HEYNE
BÜCHER

Von Anthony Burgess
sind als Heyne-Taschenbücher erschienen

Das Uhrwerk-Testament · Band 01/5124
1985 · Band 01/5981
Uhrwerk Orange · Band 01/6777

ANTHONY BURGESS

DAS REICH DER VERDERBNIS

ROMAN

Deutsche Übersetzung
von Willi Winkler

Deutsche Erstveröffentlichung

WILHELM HEYNE VERLAG
MÜNCHEN

HEYNE ALLGEMEINE REIHE
Nr. 01/6587

PER PAOLO ANDREA,
non martire

Titel der englischen Originalausgabe
THE KINGDOM OF THE WICKED

ממלכת
ארשעים

Redaktionelle Bearbeitung: Erica Wuppermann

2. Auflage

Printed in Germany 1987
Umschlaggestaltung: Atelier Ingrid Schütz, München
Satz: IBV Satz- und Datentechnik GmbH, Berlin
Druck und Bindung: Presse-Druck Augsburg

ISBN 3-453-02167-3

EINS

Ich wähle als Titel für meine Aufzeichnungen den Namen, den die Juden üblicherweise dem Römischen Kaiserreich gaben. Im folgenden dürft ihr alle Formen der Verderbnis erwarten – Schweinefleischgenuß, Wollust, Ehebruch, Bigamie, Unzucht, Roheit, die ausgesuchtesten Spielarten von Grausamkeit, Mord, die Anbetung falscher Götter und die Sünde, nicht beschnitten zu sein. Ihr dürft euch ruhig schon die Lippen in der Erwartung lecken, gleichsam stellvertretend unter der Hand eures Autors verdorben zu werden. Es ist nur zu gut möglich, daß bereits der Umgang mit Literatur verworfen genug ist, um sie, von Rechts wegen zu teilen. Es ist aber hinreichend bekannt, daß Literatur aufhört, Literatur zu sein, wenn sie sich in den Dienst einer moralischen Erneuerung stellt: dabei kommt Moralphilosophie oder ähnlich langweiliges Zeug heraus. Wollen wir also unsere jeweilige Verdammung annehmen, geht es doch immerhin darum, die Langeweile unseres Lebens ein wenig zu verringern. Meine Verdammung ist natürlich die schlimmere, bin ich doch der Verursacher dieser teuflischen Aufzeichnungen, die ihr bloß in Empfang nehmt. Überhaupt könnt ihr dieses Buch ins Feuer werfen, wenn der Ekel unerträglich wird; ich aber muß es schreiben. Schenkt euch noch ein Glas Wein ein und nehmt es hin, daß wir Menschen ein übler Haufen sind.

Mein Vater war Azor, Sohn des Sadok, und ich bin Sadok, der Sohn von Azor. In unserer Familie gab es keine große Neigung dazu, die Namen zu wechseln. Der Großvater gab die Staffel weiter an den Enkel, und dieser Brauch kommt irgendwo aus Olims Zeiten. Was wie Mangel an Fantasie wirkt, deutet wahrscheinlich eher auf ehrwürdige Zauber, Tabus, Drohungen, weitergereichte Spielregeln oder einen Gottesbund. Ich habe keine rechtmäßigen Söhne und auch nicht besonders viel Respekt der Tradition; gesetzt aber den Fall, ich wäre ein Ast im weitaustreibenden Stammbaum meiner Familie und nicht sein verdorrtes Ende: dann wäre ich abergläubisch genug, um nichts an dieser binären Erbschaft zu ändern. Wir haben unsere Namen immer anderen überlassen, damit sie sie wie ein Stück fades Fleisch mit der Soße von Spitznamen würzten.

Mein gedrungener dicker Vater, in vieler Hinsicht der unglücklichste Mann auf Erden, wurde Psilos, groß, Leptos, schlank, und Makarios genannt, was in erster Linie glücklich bedeutet. Mir wurden seinerzeit die Namen Megas, groß, und Onigros, Esel, angehängt, die sich beide auf eine Anlage bezogen, die ich hier nicht näher erklären muß. Nach einem Leben als Versandbuchhalter, mit chronischen Kopfschmerzen wegen der Frachtlisten, zugekniffenen Augen wegen der verdammten grünen See, unserer bösen Stiefmutter jenseits der Lagerhäuser, die Freizeit verbracht mit der ach allzu wahllosen Ausbeutung der besagten Anlage und einer weiteren Aktivität, oder eher einer Passivität, die mir den Spitznamen Dipsa eintrug, bin ich endlich soweit gekommen, einen kläffenden Haufen von Krankheiten im Schlepptau, mich weit im Landesinneren zur Ruhe zu setzen. Ich wohne in einem heruntergekommenen Haus oberhalb eines Sees in der Provinz Helvetia, wo mich die Behörden von Domitians schlechter Ausgabe eines Reiches in Ruhe lassen, wenn man einmal vom jährlichen Besuch des Steuereintreibers absieht. Für ihn muß ich ein Schaf oder einen Bock in Sesterzen ummünzen und ein weiteres Stück zu seiner Unterhaltung schlachten.

Meine letzten schmerzgepeinigten Tage verbringe ich damit, auf die umwölkten Alpen und ihre Schneekappen zu starren und das niederzuschreiben, was mir mein Vater, bevor ihm eine noch bösartigere Ansammlung von Schmerzen als die meine das Kreuz brach, als Sohnespflicht auferlegte – nämlich jene Chronik zu vollenden, die er mit dem Bericht von der Laufbahn des Yeshosha Naggar oder Iesous Marengos begann. Beide Namen bezeichnen den Zimmermann Jesus. Wie mein Vater schreibe ich griechisch, es mag aber sein, daß ihr mich in einer anderen Sprache des Reiches lest. Mein Griechisch ist nicht von der Qualität eines Homer oder Aischylos, eher ein schlampiges ungrammatisches Gestammel ohne attisches Salz, dafür aber einer Sacharinsüße, die mir die Zähne parodontotisch verlängert. Schuld daran ist die Sprache und nicht der Autor. Ich hätte auch Latein oder Aramäisch benutzen können, auch wenn ich mich mit der Orthographie des letzteren schwer tue. Ich beherrsche außerdem eine heruntergekommene Form des Punischen, aber das Reich von Karthago ist längst im Sand oder im Meer untergegangen. Wenn mich einer übersetzt (falls das hier je übersetzt werden sollte), wird er mich möglicherweise mit dem Segen des lateinischen Alphabets in gotisches Bellen oder keltisches Gurren verwandeln. Latein wäre zu kalt und juristisch: selbst des Petronius Pornographie liest sich wie eine Gerichtsakte mit Zeugenaussagen. Ich hatte nie besonders viel übrig für Latein – mein Leben lang Befehle, Beschlagnahmung, Zurechtweisung: kalt wie der Stahl des Henkers.

Einige von euch kennen vielleicht das Buch meines Vaters über den Riesen, der Gottes Sohn sein wollte, und je nach den Umständen zürnend oder schmeichelnd von Umkehr redete. Dem war mein Vater bereit zu folgen, aber die Theologie, die dahinter steckte, lehnte er ab. Seine Skepsis gegenüber Lehren wie der von ewiger Verdammnis und Belohnung habe ich geerbt, scheint es doch grotesk, daß irgendein menschliches Verhalten das eine oder andere wert sein könnte – ganz zu schweigen von dem faulen Zauber um leibliche Auferstehung und ein Leben nach dem Tod. Wer, frage ich euch, will seine Knochen aus der Erde gebuddelt haben, aufs neue mit Fleisch umhüllt, das durch irgendeinen Hokuspokus von Würmern wiedergekäut wurde, nur damit einer die Augen hätte, um Gott zu sehen, der laut Definition unsichtbar ist, es sei denn, es handelt sich tatsächlich um Kaiser Domitian? Wer, so frage ich, will ewig leben?

Für eine solche Verklärung sind wir nicht wichtig genug und sind, so schlecht wir gewiß sind, auch nicht schlecht genug für das ewige Höllenfeuer. Ich habe lange genug gelebt und bin bestens auf das große Finale vorbereitet. Das Leben hatte seine angenehmen Stunden, aber das Leid überwog bei weitem. Das Leid kommt in meiner möglicherweise perversen Theologie von Gott, während die Freude, die alle göttlichen Schriften verketzern, der Segen eines Demiurgen sein mag, der zu gerissen ist, als daß Gott ihn packen und abmurksen könnte. Ich kann mir nicht vorstellen, daß Jesus, wenn er von Gottes Liebe sprach, jenen vierschrötigen, launischen Jehova meinte, den die Juden furchtsam verehren, denn die schriftlichen Zeugnisse seiner Anteilnahme an menschlichen Angelegenheiten sprechen viel von Rachsucht und wenig von Nächstenliebe. Denkbar, daß Jesus von einem Gott sprach, der gewissermaßen zur Existenz gezwungen werden könnte durch den Glauben der Menschen an ihn als ein spirituelles Gegenstück zu sich selbst. Vielleicht war sein Gott auch eine Metapher für das einzige, was die Welt retten wird: anständiges Verhalten, Toleranz und gutmütige Skepsis.

Im Verlauf meiner Geschichte werdet ihr wiederholt auf eine schöne Wendung stoßen, die ich von Catull entlehnt habe: *una nox dormienda*. Offenbar waren nur die Dichter imstande, dieser steifen Gerichtssprache Menschlichkeit und Klang einzuflößen, aber die Reichswächter haben die Dichter nie besonders geschätzt, außer wenn sie, wie Vergil, vorschützten, sie würden das Reich lobpreisen. Ovid wurde verbannt, weil er das Lob des Genusses sang, und Catull starb zu früh, um in den vollen Genuß römischer *virtus* zu gelangen, die ihn für seine Verse über Küsse bestrafen wollte. *Una nox dormienda* bedeutet die eine letzte Nacht, die nach Jahrzehnten von Leid und Linderung, von Lust und Ekel nach der Lust, noch durchschlafen sein will. Dieses Leben des Leides, das womöglich für den ehemaligen Buchhalter einer Schiffahrtsgesellschaft noch erträglich ist, bedeutet für Sklaven und Gefangene, für Krüppel und unheilbar Kranke eine Qual, und sie sind es in der Hauptsache gewesen, die wie Verdurstende von der Lehre des Nazareners von einem neuen Leben getrunken haben. Sollen sie glauben, was ihr Elend zu glauben verlangt: sie werden über die *una nox dormienda* wie wir alle denken. Im Eifer, sich selbst zu belohnen und ihre Feinde zu bestrafen (zu denen auch Mutter Natur zählt), verfehlen sie den wesentlichen Grundsatz der neuen Lehre, die von der Gründung und vom Aufbau einer irdischen Gesellschaft handelt, die sich reichlich anspruchsvoll ein Himmelreich nennt. Die Mitglieder dieser Gesellschaft verpflichten sich, das zu spielen, was mein Vater *lusus amoris* oder Liebesspiel nannte, obwohl er *agape* oder *ahavah* für eine bessere Bezeichnung als *amor* hielt, das nach römischen Patriziern klingt, die nach einem Tag im Lager oder im Gericht etwas für ihre Gesundheit tun wollen. Das Spiel, zu versuchen seine Feinde zu lieben, ist die einzig mögliche Antwort auf Ungerechtigkeit und Grausamkeit. Es liegt nahe, die Einsicht, die dafür verantwortlich war, daß diese Wahrheit vorgeschlagen wurde, als übermenschlich zu bezeichnen. Der Anspruch des ersten Liebesspielers, Gottes Sohn zu sein, stellt eine treffliche Metapher dar, aber vielleicht enthält die Behauptung eine buchstäbliche Bedeutung, die sich mit der Zeit und menschlicher Nachhilfe noch herausstellen muß.

Ich schlage vor, daß ich an diesem grauen und für die Jahreszeit unüblichen Tag eines Monats, der bisher seiner Schutzgöttin Maja alle Ehre gemacht hat mit ersoffenen Wiesen und scharfen Böen, die Alpen bedeckt und die Drosseln verstummt, fünf triefende Schafe und ein schwerhodriger Bock zupfen verloren im knappen Schutz meiner Pappel und des Weichselbaumes, daß ich an diesem Tag damit beginne, alles aufzuschreiben, was ich von der Geschichte weiß, in der die Faustregeln des Liebesspiels im Reich der Verderbnis verbreitet wurden. Ich beginne mit dem, was nach dem vermutlichen Tod seines Gründers geschah, und ich schließe mit der furchtbaren Zeit des Vesuvausbruchs, der zwei schöne Städte auslöschte und uns daran erinnerte, daß es neben einem Mutterreich und sogar einer Mutter Kirche jene ältere und sehr viel launischere Mutter gibt, die ihre Kinder nährt, ohne daß Liebe oder Feindschaft sie vernichten könnte. Aus der Asche von Pompeji gibt es offensichtlich keine Auferstehung. Wenn des Menschen Leib stirbt, stirbt auch seine Seele. Die Tempel und die Tafeln und die Schriftrollen der verschiedenen Religionen verfallen, und die Götter erweisen sich als machtlos. Dennoch muß der Mensch gegen jede Wahrscheinlichkeit zu leben versuchen und sich Lebensregeln setzen. Weder die Natur noch menschliche Tyrannen verstehen diese Regeln. Vielleicht kann nie endgültig zerstört werden, was nicht zu verstehen ist. Für den Anfang ist das ein schwächlicher Glaubensartikel, aber er trägt meinen Kiel durch diesen Anfang und das Nachfolgende. Diejenigen unter euch, die bereits über soviel Moralisieren gähnen, werden ihre Verderbtheit noch früh genug kriegen. Auf Verderbtheit hat man nie lange zu warten.

Was die Auferstehung von Jesus angeht, muß jeder glauben, was er kann. Ich für mein Teil werde keine Wunder anerkennen, wenn sich eine rationale Erklärung anbietet, und ich keinerlei Beweis habe, daß Jesus am Kreuz gestorben ist. Nach allem was man weiß, war er ein Mann von riesenhaftem Wuchs, und seine ohnehin starken Lungen dürften mit der Ausübung einer Art von Rhetorik nur noch mächtiger geworden sein. Er wurde sicherlich mit Handgelenken und Füßen an ein Kreuz genagelt, dem Körper blieb es überlassen, wie ein Fisch auf dem Trockenen zu zucken und soviel wie möglich Luft einzusaugen, aber als die Erschöpfung nahte, war der Tod noch weit weg. Denn diese gewaltigen Lungen, die über die Muskeln ein starkes Zwerchfell bewegten, bewahrten noch genug Luft, um das Leben zu erhalten. Wie wir wissen, waren seine Beine nicht zerbrochen, und die Lanze an seiner Seite scheint kein inneres Organ zerrissen zu haben. Als ganzer Mann wurde er von jenem Schandbaum abgenommen, die volle Lebenskraft zwar in einem kurzfristigen Schwebezustand, aber nach einem Heilschlaf sogleich wieder zurückzuholen. Für einen Koloß wie ihn bedeutete es keinen Kraftakt, den Stein, der als Tür zu seinem Grab diente, beiseite zu schieben, und es entsprach seiner Art, den Stein wieder hinzurücken. Von seiner Auferstehung zu sprechen, wie das seine Anhänger alle taten, mußte nicht zum Schwindel einladen: schließlich sind Gräber für Tote, und wenn ein Mann, der offenbar tot ist, in eines gelegt wird, kann man seinen Abgang als ein Lebender eine Auferstehung nennen. Eine Weissagung war zufriedenstellend erfüllt worden, der Menschensohn oder Sohn Gottes hatte seinen Tempel, nach drei Tagen in der Gruft, wieder aufgebaut. Wenn der Tod aber als Beendigung der Atemtätigkeit und Herzstillstand mit anschließendem Beginn der Verwesung definiert ist, dann ist noch kein Mensch von den Toten auferstanden, nicht einmal Lazarus. Lazarus' Schlaf war außergewöhnlich lang und gesund; ihn wiederzubeleben war quasi ein Akt von Thaumaturgie, aber das Siegel des Todes zu zerbrechen, selbst wenn es möglich wäre, bedeutete jedenfalls eine Lästerung gegen den Schöpfer-Vernichter, der es unzerstörbar geprägt hat.

Dieser auferstandene oder aufgeweckte Jesus erschien vielen – zuerst einer gewöhnlichen Prostituierten, dann, so heißt es, einem betrunkenen Pontius Pilatus, danach wenigstens zweien seiner Anhänger, Kleopas und Zachäus, letzterer ein Jerusalemer Fischhändler, der nach seinem Gewerbe roch. Jesus war immer in der Nähe von Fischleuten, Fängern, Käufern und Verkäufern, und bald wurde er, dank eines typisch nazarenischen Wortspiels, mit einem Fisch identifiziert. Kleopas und Zachäus hatten eben eine Kurzstrafe über das Passahfest im Gefängnis verbüßt, weil sie einem römischen Dekurio Gesichter geschnitten hatten. In Wahrheit zeigte Zachäus Kleopas einen schmerzenden Zahn, und Kleopas hatte aus Mitgefühl ebenfalls grimassiert. Einer der Gefängniswärter kannte Zachäus (oder seine Fische) so gut, daß sie bald, wenn auch gemächlich und ohne Entschuldigung, entlassen wurden. Die zwei bescheidenen Nazarener, wie man die Anhänger des Jesus von Nazareth anfing zu bezeichnen, hatten die Kreuzigung verpaßt und waren gerade noch rechtzeitig gekommen, um mitanzusehen, wie das große und die zwei kleineren Kreuze von einer römischen Arbeitsbrigade auseinandergenommen, die Nägel herausgezogen und die Balken in den Jerusalemer Staub gezerrt wurden, während die rohen Soldaten *Pone in culum, fili scorti,* und anderes in der Güteklasse schrien. Kleopas und Zachäus sahen auch einen Blinden, den ein Junge zur Hinrichtungsstätte führte, einen Bettler, der sich nicht klar darüber war, ob er sich an die Blindheit als sein Gewerbe halten oder sich damit einverstanden erklären sollte, daß ihm eine plötzliche Heilung zuteil geworden war. Er war mit seiner gesegneten Unschuld zum Golgatha oder zur Schädelstätte gekommen, um die Angelegenheit mit Jesus zu besprechen, nachdem er gehört hatte, dort sei er im Mittelpunkt aller Aufmerksamkeit. Aber jetzt fuhr er fort zu betteln: »Gott weiß es am besten. Gott will mich blind, alles liegt in der Vorsehung. Gesegnet sei der Name des Allmächtigen. Mitleid für den armen Blinden, ihr edlen Herren und schönen Damen.«

Ein anderer Bettler, einer in fettigen Fetzen und einem ganzen Hofstaat von Fliegen, näherte sich den beiden, nickte. Er lebte hauptsächlich vom Eintopf aus Fischköpfen und -därmen, die ihm der freundliche Zachäus schenkte. Er sagte: »Dein Mann is' tot und dein Mann is' wieder lebendig. Du hast alles verpaßt.«

»Wieder lebendig?«

»Haben ihn in eins dieser Felsengräber gesteckt, und da ist er nicht mehr. Die Leiche wurde über Nacht herausgeklaut: Bestechung, einige dieser einäugigen syrischen Wachleute tun ja für Geld alles; die Geschichte geht so, daß er in voller Lebensgröße herausmarschierte und übers ganze Gesicht grinste; sie haben ihn irgendwo versteckt. Ischa klar. Die Priester würden ihn packen wollen, weil er ins Leben zurückkam, was gegen das Gesetz verstößt, und die Römer würden ihn noch mal hochnageln und es diesmal bestimmt besser machen. So sieht's aus. Es ist natürlich ein Trick und kein schlechter, genausowenig wie es seine anderen waren. Er ist tot, aus und vorbei.«

»Weißt du, wo die anderen sind?« fragte Kleopas.

»Andere? Du meinst dieses Einer-aus-jedem-Stamm-Lied? Die einen sagen so und die anderen sagen was andres. Man schätzt, daß fünf oder sechs von ihnen nach Emmaus abgehauen sind, dieses Kuhdorf zehn Kilometer vor der Stadt. Untertauchen oder so. Der Rest ist verstreut oder so. Ein Kriegsrat oder so, um zu überlegen, was geschehen soll. Kein reines Vergnügen hier in der Stadt für die, die ihn kannten. Sie wollen eine tote Leiche und sie wollen sie schnell.«

Ein Karren wurde mit Pfosten und Kreuzteilen und einem Täfelchen beladen, auf das IESVS NAZARENVS REX IVDAEORVM geschmiert war. Weiter: ein Schwamm, eine leere Weinflasche, Fischgräten, Blut, Lebensspuren, die die römische Leidenschaft für Ordnung wegräumen mußte. Am Stadttor verlangten sie Durchlaß für den Karren. Kleopas und Zachäus brachen auf. Sie verließen die Stadt bei leichtem Regen, der kurzfristig heftig wurde, schoben sich durch die Menge, wurden von der Polizei und von fliegenden Händlern mit Handkarren bedrängt, hatten Eselsscheiße, Kuhmist und Pferdeäpfeln auszuweichen, bis sie endlich in bessere Luft und bald auch bleiches Sonnenlicht kamen. Auf der Straße überholte sie ein römisches Manipel, *sin dex sin dex,* mit zwei gefesselten blutigen Gefangenen. Kleopas und Zachäus versteckten sich in einem Gebüsch von verdorrten Olivenbäumen, bis es vorbei war. Nach gut der Hälfte des Weges tauchte ein riesiger Mann in Kappe und Mantel aus dem Nichts auf und entbot ein fröhliches Schalom. Wohin des Wegs? Ich auch. Gehen wir zusammen? Warum nicht? Was gibt's Neues in der Hauptstadt?

Kleopas und Zachäus sahen feindselig den Mann und dann einander an. Ein römischer Spion, absichtlich wegen seiner Unförmigkeit ausgesucht, das Gesicht verborgen, spricht Aramäisch wie ein Ausländer. Kennt aber die Schriften, wie sie kein Ausländer kennen sollte. Gut ausgebildet heutzutage.

»Nun, wenn er wirklich dieser in der Heiligen Schrift prophezeite Messias war, dann mußte er notwendigerweise von den Toten auferstehen. Die Prophezeiungen mußten erfüllt werden. Wenn ihr glaubt, er war, was er von sich behauptete, dann müßt ihr auch glauben, daß er für drei Tage niedergefahren ist zu den Toten, um dort die Gerechten auszulösen, die gestorben waren, bevor er erschien, um sie freizukaufen, und daß er in der Gestalt des Fleisches in die Welt des Fleisches zurückkehrte.« Kleopas und Zachäus wußten jetzt, daß er kein Spion, sondern der Mann selbst war. Welches Verhalten wurde von ihnen erwartet? Das war eines seiner Spiele, in denen man sich unwissend stellen mußte, bis er einem die Auflösung in die Hand drückte. Aber die Lösung hatte er bereits gegeben. In Kappe und Mantel legte er auf dem Weg nach Emmaus einen Schritt vor, den sie nur keuchend mithielten, während der Fremde ihnen viele Kapitel- und noch mehr Versangaben machte, alle Propheten zitierte, bis Zachäus und Kleopas das Hirn so sehr sauste, daß sie die Schmerzen an ihren dahineilenden Fußsohlen vergaßen. Aber Zachäus' fauler Backenzahn vergaß seinen Herrn nicht und schoß einen Stich auf ihn ab, der mit Jeremia 9.3 zusammentraf. Der Fremde bemerkte die Grimasse und fragte: »Bekommst du Schmerzen von Bibelzitaten?«

»Es ist mein Zahn, ein Mahlzahn. Ich muß ihn mir reißen lassen.«

»Du gehst zu einem Zahnarzt in Emmaus? Den Zahn hättest du besser in der Großstadt ziehen lassen.«

»Wir suchen in Emmaus den obersten der Gefährten von Jesus«, sagte Kleopas. »Dürfen wir fragen, warum Ihr hingeht?«

»Landluft und ein kräftiges Essen in einer Wirtschaft und eine Nacht in Kontemplation. Ich bin, was man einen Geistesmenschen nennen könnte.«

»Ein belesener außerdem«, fuhr Zachäus zusammen.

»Im Kopf muß man sich erst mit der Vergangenheit auseinandergesetzt haben, bevor man Gedanken über die Zukunft ausbrüten sollte. So. Da sind wir.« Gemeint war Emmaus, ein elendes Kaff, wo nackte Kinder magere Hühner scheuchten. Vor einer Haustür, aus der knoblauchgeschwängerte Fettwolken dampften, saß ein alter Mann. An seinen paar Zähnen saugend, beobachtete er ihre Ankunft. Der Gasthof hatte ein eingesunkenes Strohdach. Die Wasseroberfläche des Kübels, der wegen des schadhaften Dachs aufgestellt war, glitzerte leicht von den Tropfen des eben vergangenen Regens. Jemand aus Jerusalem hier? Nicht, daß ich wüßte, sagte der Wirt. Soldaten waren da, um Gefangene zu nehmen, spien guten Wein auf den Boden, und bezahlten nicht mal. Woher sie waren? Die zogen dorthin. Was darf's sein? Rotwein und Räucherfisch. Brot ist steinhart, wurde ja nicht gebacken in den letzten Tagen. Man muß nehmen, wie es kommt.

Die drei mahlten nicht im Schankraum, wo es melancholisch einregnete, sondern an einem Gartentisch draußen. Im verwilderten Grün miauten haufenweise Kätzchen, und der Sonnenuntergang aus Karmesin, Grün, Purpur und verspritztem Eigelb war umsonst. Als der redselige Fremde nach dem Krug griff, sah es Zachäus. Sein Zahn war vom Anblick der dunkelroten Wunde nicht zum Schweigen zu bringen. Sie hatten es natürlich beide gewußt. Kleopas sagte: »Es ist also wirklich passiert.«

»Ja, es ist passiert.«

»Und wir.« Kleopas würgte an einer Gräte. Der Fremde, der keiner mehr war, klopfte ihm freundlich dreimal auf den Rücken. Kleopas spuckte die Gräte auf sein Brotbrett. »Danke. Wir, wollte ich sagen, erfahren es als erste. Wir sind die Geringsten, sind nichts, und dieser Ort liegt am Weg nach Nirgendwo.«

»Man kann es Zufall nennen«, sagte Jesus. »Das Leben hängt ab vom Zufall. Ihr seid nicht die allerersten. Zuerst war da eine bekehrte Prostituierte, dann – aber egal. Bitte kein Feldgeschrei. Kein Prunken, außer bei dem Sonnenuntergang hinter deinem Rücken. Verachtet mir den Zufall nicht. Ihr seid so gut wie viele andere Wächter der Wahrheit und Sämänner des Wortes. Du, dein Zahnschmerz deutet auf noch schlimmere Schmerzen –«

»Zachäus heiße ich, Zachäus.«

»Ich kenne deinen Namen und dein Gewerbe, man riecht es. Es wird kommen die üble Zeit und die Zeit, wenn man euch über die Liebe verhören wird. Trinken wir aus und bestellen einen frischen Krug.«

»Liebe?« Kleopas schluckte.

»Natürlich. Ihr werdet der Welt die Liebe verkünden, und die Welt wird glauben, das sei ein guter Fang. Für die Liebe werdet ihr ausgepeitscht, gehäutet, gegeißelt, verbrannt und ans Kreuz geschlagen werden. Ich habe nur die Liebe verkündet.«

Es wurde dunkel. Zachäus fröstelte im Nachtwind. »Ihr wart begabt«, sagte er. »Um das Wort zu verkünden, meine ich. Immer noch begabt, glaube ich, fürs Verkünden nämlich. Was werdet Ihr tun? – Herr«, fügte er hinzu.

»Meine Arbeit ist getan«, erwiderte Jesus. »Bald werde ich die Welt verlassen. Eure Welt. Zur Aufmunterung: Tod und so weiter gibt es nicht und dann – fragt besser nicht, wohin ich gehe. Ich gehe zwar, bleibe aber gewissermaßen. Ich bin an diesem Tisch.« Sie sahen seine Hände dort, wußten aber, daß er damit mehr ausdrücken wollte. »Im Brot, auch wenn es steinhart ist, und in diesem Wein, der schon eine deutliche Schlagseite zum Essig hin hat. Es ist alles ganz einfach. Glaubt, daß ich in beidem bin, wenn ihr sie zu euch nehmt. Ich bin an diesem Tisch, in eurem Mund, aufgelöst in eurem Magen, um euer Fleisch zu werden und der Geist, dem das Fleisch dient, das zwar ausgeschieden, aber täglich erneuert wird. Wenn Wein und Brot ausgehen, ist es auch aus mit der Welt. Bis dahin bin ich bei euch. Das ist so wahr, wie die Liebe wahr ist, aber wichtiger als die Wahrheit ist das Spiel, das ihr spielen werdet. Das Spiel, in dem ihr Brot und Wein aufnehmt und mich schmeckt. Das Spiel heißt: die Liebe wagen, weil Liebe nicht einfach ist. Aber die einzige Antwort.«

»Und jetzt?« fragte Zachäus. Sein Zahn dröhnte teuflisch. »Heute nacht, meine ich. Diese Dunkelhcit ist mir nicht geheuer.«

Jesus verstand. »Gewiß, der Feind liegt drin auf der Lauer, wilde Tiere starren bösartig in den Wäldern und Aasgeier erwachen zur Unzeit auf den Ästen. Fürchtet euch nicht. Die wilden Tiere werden sich zu euren Füßen wälzen, um gekitzelt zu werden, und der Feind wird von der Liebe wissen. Bleibt über Nacht hier und geht dann nach Jerusalem zurück. Ich muß fort, andere wollen auch aufgesucht sein. Auch sie müssen nach Jerusalem geschickt werden.«

»Sie sind also tatsächlich hier in der Nähe?« fragte Kleopas.

»Ja, in einem alten Bauernhaus. Ich muß mich mit ihnen bereden. Sie sollen in Nikodemus' Haus in Gethsemane, falls sie den Geruch von Verrat dort ertragen. Ich begleiche euern Verzehr und mache mich auf. Obwohl ich, wie gesagt, auch bleibe. In diesem kantigen Brotrest und dem Bodensatz Wein. Nehmt meinen Segen, während ich aufbreche.«

Kleopas wie auch Zachäus ahnten, daß die Nacht, deren Anbruch ihr Leben lang eine freundliche Aufforderung, sich schlafen zu legen, bedeutet hatte, jetzt zu einer bösartigen Heimsuchung geworden war, die keine Hoffnung auf einen Sonnenaufgang zuließ. »Bleibe bei uns, Herr«, flehte Kleopas. »Laß uns nicht allein.«

»Ich bleibe und gehe.« Und er verschwand. Die Rechnung zahlte er im Vorbeigehen. Woher hatte er das Geld? Von der bekehrten Prostituierten?

Zachäus hätte es für einen netten Zug gehalten, auch wenn er sich der Unwürdigkeit seines Gedankens bewußt war, hätte ihm der Auferstandene den glühenden Zahnschmerz gelindert. Grüblerisch untersuchte er mit zitternden Fingern seinen trockenen Mund. Der Zahn wackelte und er wackelte noch mehr, als er mit Daumen und Zeigefinger ansetzte. Er schüttelte ihn wie ein plärrendes Kind in der Wiege. Er war überzeugt, ihn am Morgen, falls es je ein Morgen geben sollte, heraus zu haben. Manche Dinge konnte ein Mann eben selbst machen.

»Über Liebe verhört«, brütete Kleopas. »Das schmeckt mir nicht.«

Die Wege der Liebe auf der Insel Capræ nahmen eine Richtung, nach der keiner zu fragen gewagt hätte. Dieser Zufluchtsort des Kaisers Tiberius hieß auch Capri und mit Spitznamen Caprineum, was ›Ort böckischer Lustbarkeiten‹ bedeutet. Hier wollen wir Tiberius Claudius Nero kennenlernen, der seit seiner Jugend Biberius Caldius Mero hieß, also Säufer von naturbelassenem Glühwein. Ein Mann der Orgien, der eine Einladung zum Mahl kaum annehmen würde, wäre er nicht versichert, daß die Bedienerinnen alle nackt auftreten, der einen Niemand zum Quästor beförderte, weil er ohne abzusetzen einen ganzen Humpen austrinken konnte, der Flaccus zum Gouverneur von Syrien und Piso zum Präfekt der Stadt Rom machte, weil sie die Nächte durchfraßen und durchsoffen, dieser Mann, in den Siebzigern bereits, weiß um seinen nachlassenden Appetit vor allem in dem einen Bereich, den er LIEBE nennen würde, und er braucht eine große Zahl von Stimulantien.

Sehen wir ihn also, wie er vor einem Gemälde von Atalanta und Meleager, die den Ritus der Fellatio vollziehen, spät erwacht und winselt, weil ihm keine rasche Erleichterung vor dem Frühstück gelang. Den Buhlknaben hat er für sein Versagen, in ihm den notwendigen Luststurm auszulösen, ausgepeitscht. Er würgt Käse mit Wein und einem federleichten Brot hinunter, das sein Bäcker von den Arabern kennt, und will dann nach seinen *spintriae* sehen. Das sind Jungen und Mädchen, die aus dem gesamten Reich gesammelt werden, wegen ihrer Begabung für unnatürliche Positionen, und er drängt sie, in Dreiergruppen zu kopulieren, um seine komplizierten Lüste aufzupeitschen. Danach besichtigt er Wäldchen und Gehölze mit Pan- und anderen Satyrgestalten, die ihn mit den verworfensten Gebärden in ihre Höhlen zu locken versuchen. Jetzt geht er zur Opferung, um von einer plötzlichen Lust auf den Weihrauchschwenker und seinen Bruder, den heiligen Trompeter, gepackt zu werden. Er zerrt sie vor Beendigung der Feier aus dem Tempel, um sie beide zu bumsen. Das geht trocken und ohne Ergebnis vonstatten, und er ächzt. Die Brüder protestieren schwach über ihren Mißbrauch, also läßt er ihnen die Beine brechen. Er hört davon, daß die Frau seines Kochs ein Kind geboren hat, und er läßt den blinden Säugling mit seinem kraftlosen Zahnfleisch an seinem schlaffen Penis nuckeln, worüber die Mutter klagt und für ihr Klagen geschlagen wird. Jetzt ist es für ihn Zeit, in seinem erwärmten Marmorbassin zu schwimmen, wobei ihm kleine Jungen, die er seine Pfrillen nennt, durch die gespreizten Beine schießen, um an seinen verschrumpelten Genitalien zu knabbern. Das ist, o Römer, euer Kaiser, Nachfolger des großen Augustus.

Abgetrocknet und eingewickelt sitzt er voller steinerner Pracht in seinem kaiserlichen Garten. Nackte Knaben und Mädchen aus allen Provinzen bis auf eine reichen ihm gekühlten Weißwein und Häppchen mit gesalzenem Fisch. Curtius Atticus, ein ältlicher ehrwürdiger Patrizier, erscheint und darf neben seinem Kaiser Platz nehmen. Curtius hat immer die Augen von Tiberius' Exzessen abgewendet. Er ist hier in Capri, um seinen ganzen guten Einfluß auf den alten Bock aufzubieten, aber er weiß, wie hoffnungslos seine Aufgabe ist. In seiner Anschauung wäre nichts notwendiger, als daß sich in Rom ein Herrscher befindet, aber dort ist keiner, und der Senat korrupt und ohnmächtig. Curtius hat sich kürzlich dem Stoizismus ergeben. Tiberius spottet:

»Du bringst noch mehr düstere Weisheit für mich?«

»Ich würde es nicht düster nennen. Stoische Philosophie soll düstere Stimmungen vertreiben.«

»Nur sinnliche Vergnügen vermögen die Leiden des Geistes zu erleichtern«, sagt Tiberius in einem Griechisch, das aus Rhodos stammt, wohin er einmal verbannt war. Er nickt einem seiner Sekretäre zu, einem schlauen griechischen Sklaven mit aufgewecktem Gesicht, der in sich hineingrinst wegen des dorischen Akzents. Er hat diese selbe billige Sentenz schon mindestens ein Dutzendmal aufgezeichnet. Die Aufwärter, Knaben und Mädchen, ziehen sich jetzt aus und führen ein relativ keusches Ballett zur Musik der Drosseln in den Pinien auf. Der Sklave schreibt: LDN DS GSTS.

»Die Sinne versagen in Eurem Alter, unserem Alter«, gibt Curtius zurück.

»Laß das deine Sorge sein. Meiner Ansicht nach kannst du auch deine Philosophie für dich behalten. Heute morgen habe ich meine *spintriae* inspiziert und mußte bemerken, daß nur eine Rasse dabei nicht vertreten ist, nämlich die jüdische. Warum schickt mir unser Prokurator in Caesarea nicht auch kleine Geschenke, wie die anderen Statthalter?« maulte er greisig.

»Letzten Monat kamen eine Schiffsladung Datteln und zwei Kamele.«

»Die Juden halten auf Roheit und Unverderbtheit. Das ist nicht menschlich, Curtius. Ich habe Lust zu beobachten, wie einige der jüngeren Unverdorbenen verdorben werden. Wir haben genug Verderbungseinrichtungen hier. Es würde mir Spaß machen, dabei zuzusehen, wie einigen kleinen gutaussehenden Hebräern, Knaben und Mädchen, langsam ihre Unverderbtheit entwunden wird. Das wäre ein neues Vergnügen.«

»Darf ich das Wort Pflicht erwähnen, Caesar?«

»Darfst du nicht. Ich gehe nicht nach Rom zurück.«

»Dann erfüllt wenigstens die wichtigsten Pflichten von Capri aus. In Spanien und Syrien gibt es keine Statthalter im Konsulsrang. Die Daker und Sarmaten pflücken Moesia wie einen reifen Apfel. Die Germanen stehen in Gallien. In Armenien machen sich die Parther...«

»Halt's Maul. Ich verbiete dir, solche Dinge zu erwähnen. Rede mir von Herrscherpflichten, nachdem du die Last von Herrschaft und den Alptraum des Verrats erlebt hast. Mich interessiert jetzt nur mehr Selbsterhaltung. Darum bin ich hier. Eine natürliche Felsenfestung mit einem einzigen strengbewachten Anlegeplatz. Ich bin sicher, dafür habe ich gesorgt.«

Er war in der Tat sicher, aber die Felseninsel war nicht ganz so unbezwingbar, wie er glaubte. Unter ihm, auf der anderen Seite der Villa Iovis, schaukelte in blauer Windstille ein kleines Fischerboot in Seilabstand vor der Felsenmauer. Ein hart arbeitender Fischer, knorrig, zäh und sonnenverbrannt, zerrte seinen Netzfang ins Boot. Es war ein riesiger Barsch oder *morone labrax,* den Krabben wütend zwickten. »Rudere«, sagte der Mann zu seinem Sohn.

»Warum?«

»*Warum?*« Er knallte seine Faust in das wild verzweifelte Auge des Seebarsches, der in seinem Gefängnis zuckte wie ein Mann am Kreuz. »Hast du schon mal so einen gesehen?«

»Ja, wirklich ein Brocken.«

»Der geht zu ihm hinauf. Seine Gnaden der Kaiser. Ich steige damit durch die Felsenwand. Genügend Gebüsch, um sich festzuhalten. Das wird eine Überraschung werden für ihn. Ich werde sagen: vom Gott des Meeres für den Gott der Welt. Das wird ihm meine Belesenheit zeigen. Viele kleinen Leute wurden erhoben, weil sie Unerwartetes leisteten. Dieser Geist hat aus dem Reich gemacht, was es heute ist.«

»Das ist wie ein Einbruch«, sagte der Junge. »Überall sind Soldaten.«

»Rudere weiter, Junge.«

Ohne zu wissen, daß ein Geschenk für ihn unterwegs war, sagte Tiberius: »Du hast nicht deinen eigenen Sohn gesehen, wie er blutüberströmt brüllte, während Messer auf ihn einstachen, und sie saß grinsend dabei...«

»Mit Verlaub, Caesar, Ihr habt es auch nicht gesehen.«

»Jede Nacht sehe ich es. Ich erwache schweißgebadet.« Drusus, der eigene Sohn, sitzt am abgeräumten Tisch, seine Frau Livilla spielt Papier-Stein-Schere mit ihn. Dann kam Sejanus, der einzige Mann in Rom, dem der Kaiser trauen konnte, der Gardepräfekt, mit seinen Mördern herein, und Drusus verkroch sich unter den Tisch, während Livilla lachte. An den Haaren haben sie ihn herausgezerrt und zugestochen, immer wieder zugestochen. Livilla lachte, weil sie Sejanus heiraten würde, und Sejanus würde Kaiser werden. Sejanus, Herr von Rom, auf den sein alternder Herr vertraute, während er seinen verdienten Ruhestand auf Capri genoß.

»Welche Befriedigung bedeutet Euch denn Rache?«

»Es war ausgleichende Gerechtigkeit, es war –«

»Die ganze Familie?«

Die Tochter war noch ein Kind, sie flehte: »Ich wollte nicht böse sein. Ich werde es nicht wieder tun. Bitte tu mir nicht weh.«

Und der Scharführer sagte zum Scharfrichter: »Das Mädchen ist wahrscheinlich noch Jungfrau. Nach dem Gesetz richten wir keine Jungfrauen hin.«

Und der Scharfrichter: »Ich vergewaltige sie. Dann ist das Gesetz befolgt.«

Tiberius leerte zittrig sein Glas Weißwein. Curtius meinte: »Ruhig, Caesar. Verweigert Euch Gefühlen. Kommt ausgeglichen nach Rom. Rom ist ein widerwärtiges Durcheinander geworden. Macro noch schlimmer als Sejanus. Rom braucht seinen Kaiser.«

»Ich werde nicht nach Rom zurückkehren. Ich werde hier sterben. In meinem Bett.«

»Und die Nachfolge?«

»Die Nachfolge ist gesichert. Gaius hat die Armee hinter sich. Ihn wird keiner töten.«

»Ein *Fisch?*« fragte Curtius. Beide sahen sie auf einen grinsenden Mann, der sich mit einem riesigen Seebarsch in den Armen näherte. Der Fisch zappelte noch immer. Zwei Wächter rahmten ihn ein. Sie grinsten ebenfalls. Der Fischer sagte:

»Ein Geschenk des göttlichen Neptun für den göttlichen Tiberius.« Er hatte diese neue und verbesserte Fassung den ganzen schwierigen Weg herauf über die Felswand eingeübt. Tiberius trat zu ihm und sagte:

»Nicht sehr göttlich, wenn Sterbliche seinen Olymp ersteigen können. Wachen, ihr vergeßt eure Anweisungen. Werft diesen Mann mit seinem Fisch dorthin, von wo er gekommen ist. Dann meldet euch bei eurem diensthabenden Offizier für Disziplinarmaßnahmen. Nein – wartet. Für mich, sagst du? Ein Geschenk von Neptun? Seltsam, daß er es nicht persönlich überbringt.«

Er nahm den riesigen Fisch aus den Armen des Mannes, trotz seines Alters noch stark genug, ihn zu halten, auch wenn er unter dem Gewicht schwankte. Er lächelte, und der Fischer lächelte zurück. Dann packte er den Fisch am Schwanz und begann den Mann damit wie mit einer biegsamen Keule zu schlagen. Gratige Schuppen zerschlugen das Gesicht wie Feuersteinsplitter. Er schrie, trug das Blut wie eine bewegliche Maske. »Wenn Fischer hereinkommen können, dann können das auch gedungene Mörder.« Er ließ den zerschlagenen Fisch fallen, keuchte. »Was sagt er?«

»Er sagt, Herr«, erwiderte einer der Wachleute, »daß er froh ist, Euch nicht auch noch seine Krebse geschenkt zu haben.«

»Bringt ihn also«, befahl Tiberius mit einer Schlagfertigkeit, die die kaiserliche Begabung für rasche Entschlüsse aufs Schönste bestätigte, »zu den Fischteichen und setzt ihm alle Krebse an. Dann werft ihn dorthin zurück, wo er herkam.« Curtius hielt sich an seinen Stoizismus und das Frühstück. Der aufheulende Fischer wurde abtransportiert. Tiberius setzte sich. Curtius blieb stehen. Ein platt- und barfüßiger Diener brachte auf einem Samtkissen eine schwarze Schlange aus Sabatum. »Mein Liebling Columba«, schmeichelte Tiberius und zog sie an seine Brust. »Mein Goldstück. Das einzige Lebewesen, dem ich trauen kann. Sie hat Hunger, Metellus. Hol ein paar Frösche und Mäuse. Überzeug dich, daß sie noch richtig lebendig sind.« Die Schlange zischte glücklich.

Nachdem sie den brüllenden Fischer mit seinen saugenden Krebsen im Gesicht und den Kopf voll ungeordneter Bösartigkeit über die Klippen geschleudert hatten, meldeten sich die beiden Wachen bei ihrem Zenturio Marcus Julius Tranquillus. Er war ein ordentlicher junger Mann, dessen Familie zum plebejischen Zweig des Julischen Hauses gehörte. Wie sein Vater hatte er die Soldatenlaufbahn eingeschlagen und war jetzt als Unterzenturio von der Prätorianergarde abkommandiert. Unbewegt hörte er sich an, was sie ihm berichteten, und verkündete dann sein Urteil.

»Er erwartet von mir, daß ich eure Hinrichtung anordne, gehen wir also davon aus, daß sie bereits stattgefunden hat und eure Leichen wegen der großen Hitze sofort im Massengrab verscharrt wurden. Ihr übernehmt Wachdienst an der Küste. Ich werde für sofortigen Ersatz sorgen. Ihr wißt hoffentlich, daß ihr euch ziemlich blöd benommen habt.«

»Wir kannten den Mann, Herr. Haben mit ihm in den Tavernen getrunken. Kein Funken Bosheit in ihm. In seinem Alter mit einem widerspenstigen Fisch auf dem Rücken diese Klippen hochzusteigen. Aus Verehrung und Liebe für den Kaiser, wie er es ausdrückte. Es will mir scheinen, Herr, daß heutzutage keiner richtig handeln kann.«

»So scheint es dir also, was? Also so scheint es dir. Will dir so scheinen, oder wie? Gut, abtreten.«

Er war ein einsamer, sorgenvoller junger Mann von gutem Wuchs und einer nicht unebenen Erscheinung. Während seiner kurzen Laufbahn hatte er immer versucht, sich an bestimmte Prinzipien von *virtus* zu halten. Die angeborene Unbestechlichkeit hatte ihm nur wenig Dank eingetragen. Durch einen glücklichen Zufall war er einer der ersten gewesen, die Hinweise darauf fanden, daß Sejanus für den Mord an Drusus verantwortlich sei, und das, obwohl Sejanus selbst den Fall, der zunächst keine Erklärung bot, eifrig verfolgte – der Kaisersohn, in Stücke gehackt, fand sich in einem Gäßchen beim Tiber; die Fliegen taten sich schon an ihm gütlich. Große Männer hatten wohl immer Feinde. Scheinverhandlungen und Hinrichtungen; an Verrätern und Denunzianten bestand kein Mangel. Dann hatte ein Sklave etwas an einen anderen weitergegeben (Sklaven, die sonst nichts hatten, waren Horte der Aufrichtigkeit geworden; theoretisch fühllose Maschinen, sahen und hörten sie mehr, als den freien Menschen zugänglich war), und unter dem Kissen eines Bettes, das ein Sklave gerade machte, fand sich ein zerknülltes Liebesbillett von Sejanus an Frau Livilla, und eins führte zum anderen. Julius, der in der Messe als Sekretär arbeitete, bekam das Briefchen in der Offiziersküche für hundert Sesterzen von einem Sklaven angeboten. Eins führte zum anderen, einschließlich Vergewaltigung und Hinrichtung eines unschuldigen Kindes. Die gesamte Prätorianergarde wurde belohnt – zehn Goldstücke pro Mann – weil sie die Revolte des Sejanus nicht unterstützt hatte. Die Legionen in Syrien erhielten die gleiche Summe, weil sie sich geweigert hatten, eigens geweihte Bildnisse von Sejanus unter ihre Standarten aufzunehmen. Und er, Marcus Julius Tranquillus, wurde für seine Loyalität mit dieser Beförderung ausgezeichnet, um gezwungen zu sein, sich die Hände am Hauptfeuer von Verderbtheit, Wahnsinn und Gefahr zu wärmen. Aber Tiberius hatte nicht mehr lange zu leben. Gewiß würde Germanicus' Sohn den Purpur erben. Germanicus, des Tiberius adoptierter Sohn, ein guter Soldat, ein aufrechter Mann, der einen vorzeitigen Tod in Syrien fand, und jeder wußte, warum und wie: er konnte dem Jungen, der der Liebling der Militärlager gewesen war, kein schlechtes Blut mitgeben. Immer in Soldatenstiefeln; sie gaben ihm den Spitznamen ›Stiefelchen‹. Caligula, wie er hieß, war ein Name, der einen schon in dieser angedeuteten Zuneigung lächeln ließ. In einem Sohn von Germanicus konnte nur Gutes sein.

In einem der äußeren Tempelvorhöfe, in den die syrischen Wachen ungerührt von der Feste Antonia hinabsahen, behandelte der Rabban Gamaliel mit seiner Meisterklasse die Gefahren des Fanatismus und die Tugend des Kompromisses. »Kompromiß«, wiederholte er. »Einige unter euch rümpfen die Nase und verziehen den Mund, als wenn Kompromiß ein schmutziges Wort wäre. Aber nur durch Kompromiß können wir den Glauben am Leben erhalten. Das Gelobte Land Israel wird regiert von einer gottlosen Rasse mit schmutzigen Gewohnheiten und einer unverhohlenen Verachtung für unsere religiösen Vorschriften. Mit einem Schwertstreich vermöchten sie den seidenen Faden zu durchtrennen, der unser Volk zusammenhält. Mit ihren Rammböcken könnten sie den Tempel zerstören. Unter den Römern lebt es sich unbehaglich, aber zumindest leben wir.«

»Sadduzäergerede ist das«, sprach Kaleb, der Sohn Jakobs.

»Was ist daran falsch?« fragte Seth, Sohn des Zachäus, der kein Fischhändler war. »Gäbe es nicht uns Sadduzäer, müßtest du den kleinen Zeh an Tiberius' Statue küssen. Rauchopfer für Jupiter und Merkur und den Rest der gottlosen Bande müßtest du bringen. Diplomatie heißt der Ausweg. Jüdische Intelligenz wird römische Dummheit immer besiegen. Ihr Zeloten würdet uns alle auf dem Hügel da drüben aufknüpfen lassen.«

»Kreuzigen«, verbesserte Stephanus schaudernd. Er war griechischer Jude.

»Schau«, sagte Kaleb. »Die Zeloten fordern nur die Wiederherstellung des jüdischen Erstgeburtsrechts. Juden regieren Judäa. Rom wird schwach und es kriegt Angst. Ein alter verrückter Kaiser und ein Senat voller schnatternder Gänse. Interimsregiment in Syrien, wie lange ist es noch zu halten? Greif Rom in Palästina an, und das gesamte Gebäude aus Provinzen wird zusammenkrachen. Rom würde keine Legionen schicken. Der römische Senat würde sagen, ›Die sind wir zum Glück los!‹, und dann zur Tagesordnung übergehen. Laß die Juden sich selber regieren, werden sie sagen; sie haben mehr Arbeit gemacht als sie wert waren.«

»Ich glaube«, warf Gamaliel ein, »du unterschätzt den römischen Machthunger. Bei Pontius Pilatus sehe ich keinerlei Anzeichen von Schwäche. Die syrischen Truppen würden einmarschieren und euch Zeloten zum Frühstück verspeisen.«

»Einige reden davon, daß er das Licht gesehen habe«, meinte Stephanus.

»Wenn du den Galiläer meinst«, erwiderte Kaleb, »dann war das ein sehr kurzlebiges Licht.«

»Kurzlebig für alle seine Anhänger.« Das kam von Saulus, einem jungen Mann, der bereits kahl wurde, mit tiefliegenden Augen und ungewöhnlich vorspringenden Knochenwülsten. »Wir hatten einen Staffettenlauf dieser falschen Propheten im letzten Jahrzehnt; fast jedes Jahr kam ein neuer. Die meisten kannten auch die Schrift. Das war's wohl, was sie zu Spinnern machte. Aber der jetzt war ein ungebildeter Zimmerer, der von Liebe quatschte.«

»Zimmermann ist aber nicht weniger als Zeltmacher«, warf Gamaliel boshaft ein.

»Wenn ich Zelte nähe, dann um unserer jüdischen Überlieferung zu gehorchen«, erklärte Saulus. »Wir müssen alle mit der Hand arbeiten. Aber in erster Linie betrachte ich mich als Gelehrten.«

»Auch er war gelehrt«, sagte Stephanus. »Die heiligen Texte führte er ständig im Mund. Was soll denn falsch sein, von Liebe ›zu quatschen‹, wie du es ausdrückst?«

»Ich sage dir, was falsch war und was falsch ist«, antwortete Kaleb. »Mit Liebe meinte er Unterwerfung, die andere Backe hinhalten, sich mit fremdländischem Unrecht arrangieren. Er billigte Tyrannei. Von einem freien Israel sagte er nichts.«

»Du mußt zugeben, Kaleb, mein Sohn, daß etwas dran war, an dem, was er predigte«, sagte Gamaliel. »Bevor wir unsere weltliche

Ordnung ändern, müssen wir uns selbst ändern. Zuerst des Menschen Seele.«

»Eine Seele in Ketten«, sagte Kaleb mit erwartungsgemäß bitterem Unterton.

»Die Ketten bestehen aus den eigenen Sünden, nicht fremder Unterdrückung. Verunglimpfe die Liebe nicht. Liebe ist etwas, das wir alle lernen müssen, auch durch Mühsal und Leid. Praktisch gesehen, kann es sehr wohl die Liebe sein, die uns rettet. Wir Juden arbeiten den Römern zu, indem wir einander hassen – Pharisäer gegen Sadduzäer, Zeloten gegen beide. Sekte gegen Sekte, Stamm gegen Stamm, Grenzen statt Einheit.«

»Ihr werdet demnach Galiläer?« fragte Saulus.

»Saulus, wie du gehöre ich zu den Pharisäern«, sagte Gamaliel. »Zumindest übernehme ich die Lehre von der Auferstehung. Was die Engstirnigkeit, die Fremdenfeindlichkeit von kleinen Bauern angeht – das ist ein anderes Thema. Aber Gott verhüte, daß ich je mit der Lästerung einverstanden bin, mit seinem Anspruch, der, der – schon der Gedanke daran läßt mich schaudern – ich kann's nicht aussprechen.«

»Sohn Gottes zu sein«, ergänzte Stephanus. »Der Messias. Ein Messias war uns immerhin verkündigt.«

»*Ist*, Stephanus«, sagte Paulus. »*Ist* uns verkündigt.«

»Ein *ist* auf ewig, jaha. Wir glauben an das Erscheinen des Messias, aber jeder, der es zu sein beansprucht, wird verurteilt und umgebracht. Muß das immer so weitergehen?«

»Ja«, sagte Kaleb. »Solange wir unter einer Fremdherrschaft leben, in der freie Meinungsäußerung untersagt ist. Solange der Hohe Rat von einer Sekte beherrscht wird, die die Römer liebt.«

»Das nimmst du zurück«, fuhr Seth hitzig auf. »Das ist eine bösartige Verleumdung. Eine widerliche Beleidigung der Bewahrer des Glaubens –«

»Es genügt«, sagte Gamaliel milde. »Können wir nichts in Ruhe und Vernunft bereden? Halten wir uns an die Dinge, die vereinen, nicht an die, die trennen. Wir sind alle Juden und müssen aufhören mit diesen Zwistigkeiten. Ihr mögt euch über Liebe mokieren wie ihr das beim Kompromiß tut – aber zeigt mir doch bitte eine bessere Lösung.« Damit entließ er die Klasse.

Aus der Klasse wurde eine Gang lebensdurstiger Halbstarker, sobald sie mit dem weltlichen Straßenleben in Berührung kam – ein schreiendes Kamel, ein mit Fliegen übersäter Esel, Händlerlärm. Seth und Kaleb zankten sich dennoch weiter. Kaleb sagte: »Arschkriecher der Römer. Gott segne Kaiser Tiberius und all die kleinen

Buben, die er bumst. Stopf uns, o erhabene Majestät, stoß richtig brutal zu.«

»Das ist Blödsinn, das weißt du selbst«, sagte Seth. »Glaubst du wirklich, ich mag diese ausländischen Rumtreiber mit ihren Speeren und Adlern und den haarigen Beinen? Ich will genauso ein freies Israel, aber das erreichen wir nicht, wenn wir sie im stillen Kämmerlein beschimpfen.«

»Möge der römische Adler seine Schwingen breiten«, jubelte Kaleb.

»Bis es ihn zer –«

»Sykophantischer Sadduzäer!«

»Xenophobischer Zelot!«

Dann knufften sie einander gutgelaunt. Sie begannen einen Ringkampf. Saulus hielt beider Umhänge, feuerte aber keinen von beiden an. Ein müder Unteroffizier der Legion Italia in Caesarea, nach Jerusalem abkommandiert, um die syrischen Truppen zu beaufsichtigen, verhielt mit seinem staubbedeckten Manipel und sah dem Ringkampf zu. Ruhestörung. Jüdische Hetze. Der eine dieser Hebräerjungen drückte den anderen in den Dreck. Nennt man allgemeine Unruhe. Zuschauer schrien und feuerten an. Zeit einzuschreiten. Er schritt ein.

»Also gut, jetzt reicht's«, sagte er in schlechtem Aramäisch. »Wenn ihr Juden kämpfen wollt, dann meldet euch zur römischen Armee. Nicht daß wir euch wollten. Los, haut ab. Du da, aufstehen.«

Er meinte Kaleb, aber der hatte sich den Knöchel verstaucht und kam nur langsam und mit Schmerzen hoch. Der Unteroffizier packte ihn am Kragen seines verschwitzten Kleides. Kaleb redete unbedacht. Er sagte: »Nimm deine römischen Dreckpfoten weg, du unbeschnittenes Schwein.«

»Unbesch – irgendwas. Schwein verstehe ich. *Chasir* heißt *sus*, nicht wahr? Sehr häßlich. Schmutziges Pack, ihr Juden, das seid ihr.«

Kaleb schlug unüberlegt um sich. Der Anblick einer Gruppe kleiner Zeloten in der Menge ermunterte ihn. Angriff. Irgendwann mußte man angreifen, nicht bloß immer davon reden.

»Auch gut. Du bist verhaftet. Widerstand, Aufruhr, Beleidigung der Besatzungstruppen. Vorwärts.« Saulus trat dazwischen. Saulus sagte: »Verzeihung, Herr Offizier – er ist ein wenig überreizt. Er hat doch Schmerzen. Mit einer Entschuldigung müßte es doch eigentlich getan sein.«

»Wer oder was bist denn du?«

»*Wer* ist nicht so wichtig. Aber ich bin römischer Bürger.«

»Ein Jude bist du.«

»Ja, aber auch ein römischer Bürger. Lucius Saul Paulus, wenn Ihr meinen Namen wissen müßt. Der Name ist im Praetorium einzusehen –«

»Also, Herr, wenn Ihr so genannt werdet, wir haben unsere Vorschriften. Dem hier muß eine Lehre erteilt werden. Er wird's schon kapieren, wenn er von da oben herunterschaut. Los, vorwärts.«

Als er Kaleb abführen wollte, überlegte sich die kleine Zelotengang, daß sie genausogut jetzt losschlagen könnte. Fünf syrische Gefreite und ein dicklicher, rothaariger Römer. Sieben Juden in der Überzahl. Dann schepperte vom Wachturm eine Trompete. Verstärkung unterwegs. Prügel und Fäuste gegen Schwerter und Lanzen. Ein sehniger Zelot prügelte kurz auf den Unteroffizier ein. Dann setzte das keuchende Manipel seine Lanzen ein. Ein niedergeschlagener Aufruhr, also kein richtiger.

»Ihr kommt gerade zurecht für ein paar strenge Maßnahmen, Herr«, sagte Quintilius. Pilatus war eben aus Caesarea eingetroffen. Eingestaubt, erhitzt, erschöpft wie er war, nahm er einen Schluck aus dem Weinkrug, der gut gekühlt unter einer Statue des Merkur bereit stand, des Schirmherrn der Diebe. »Ein jüdischer Aufstand feiert Eure Ankunft.«

»Also wieder losgeschlagen? Es war zu lange so verdächtig ruhig.«

»Ein Student aus der Synagogenschule hat auf die Uniform gespuckt, Beleidigungen gebraucht, den Kaiser geschmäht und sich der Verhaftung widersetzt. Dann ging es los. Keine Verluste. Aber ein römischer Soldat schwer verletzt.«

»Jajajaja. Der letzte Brief aus Capri erwähnte etwas von unserem Geschick, die Ruhe in Palästina zu erhalten. Haben wir deiner fundierten Meinung nach, Quintilius, dieses Geschick unter Beweis gestellt?«

Sie musterten einander ohne Herzlichkeit. Pilatus mußte vorsichtig umgehen mit seinem Stellvertreter, der, wie Pilatus bekannt war, in ausführlichen Briefen um das Statthalteramt in Syrien intrigierte. Mit den Juden zu freundlich, was sich aber als Kooperationsfähigkeit mit den Kompromißlern ausgeben ließ, weil die ihn dabei unterstützten, die wachsende Widerspenstigkeit einzudämmen. Bestechlich, aber einer, der Bestechungsgelder als Spenden ansah, für die er nichts zu leisten hätte. Die Spender bewahrten ihre Unschuld und glaubten hoffnungslos an die Möglichkeit, mit Rom feilschen zu können. Er, Pontius Pilatus, war vom seligen Sejanus protegiert worden. Freundliche Briefe hatte er an Sejanus geschrieben, in denen er ihm die Erfüllung aller Absichten wünschte. Diese Briefe lagen vermutlich in den Akten. Er, Pilatus, hatte sich nicht unentbehrlich gemacht. Das Landpflegeramt in Judäa war kein Honigschlecken. Er hoffte für sein Alter in eine Sinekure wechseln zu können, eine ehrwürdige römische Vertretung in mildem Klima, wo man nicht einmal Akten abzuzeichnen hätte. Aussichtslos. Quintilius lächelte wie immer fuchsschlau, als er sagte:

»Bisher erging kein Befehl, daß man Verstärkung aus Syrien holen müßte, Landpfleger. Handelt sich wohl eher um eine Ordnungssache als um Kriegsrecht. Natürlich waren diese übelriechenden Herren der Sanhedrin sehr hilfreich –«

»Nicht unbedingt aus Liebe für Rom. Diese jüdischen Priester schätzen ihr ruhiges Leben. Die wissen, wo der beste Wein wächst. Sie haben ihr Haus am Meer gern.«

»Ein listiges Pack«, meinte Quintilius listig. »Das Beste von beiden Welten.«

»Wir haben ihnen zugearbeitet«, sagte Pilatus. »Bei dieser Jesus-von-Nazareth-Geschichte. Das schwelt weiter. Sie haben uns den Falschen kreuzigen lassen. Wird nicht wieder vorkommen.«

»Bestimmt nicht, Landpfleger. Wegen dieser Zeloten –«

»Kommt da nicht ein jüdisches Fest? Pfingsten. Griechischer Name für einen jüdischen Karneval.«

»Kaum ein Karneval. Fest der ersten Ernte oder so was. Pfingsten bedeutet eigentlich fünfzig Tage nach Passah.«

»Ich weiß, was es bedeutet, Quintilius. Halte ich für eine gute Gelegenheit, ihnen zu zeigen, wer der Herr im Haus ist. Für das Passahfest bekamen sie drei Kreuzigungen; einen dieser verfluchten Zeloten ließen wir laufen. Weil *das Volk* es so wollte. Dann hat er einen von uns ermordet.«

»Lucius Publius Strabo.«

»Name ist egal. Er war einer der Unseren. Diesmal nageln wir drei Zeloten hoch. Und wenn der Mob brüllt, bitte.«

»Auch dieser Kaleb bar sonstwas? Er ist noch ein Junge, Landpfleger.«

»Du sagtest, ein Student. Um so besser. Jung müssen wir sie kriegen. Wehret den Anfängen. Fällt mir ein, ich habe Hunger. Wollen wir zusammen essen?«

»Ich habe eine Einladung, Landpfleger.«

»Von Juden?«

»Mit den Untertanen gute Beziehungen aufrechterhalten. Ihr selbst habt mir beigebracht, wie wichtig das ist, Herr.«

»Mach dich nicht gemein, Quintilius. Denke daran, wer und was wir sind.« Er sagte es mutlos.

»Das vergesse ich nicht, Landpfleger.«

Pilatus grummelte und zog sich in seine Räumlichkeiten zurück. Von der Terrasse sah Quintilius auf die Straße hinunter, wo ein sichtbar reicher Jude hastete, als käme er zu spät zu einer Verabredung. Fleißige Leute, fleißige Stadt. Sie glaubten an das Geld. Manchmal erschienen sie solider als das Römische Reich. Das wurde von Soldaten erhalten, und die verdienten nicht viel Geld.

Im oberen Zimmer, wo das letzte Abendmahl gegessen worden war, ohne großen Appetit, wie es viel später schien, aber der Hammel war bis auf die Knochen abgenagt und der Rest der bitteren Kräutersoße war mit dem letzten Stück des harten Brotes aufgestippt worden, waren die elf versammelt. Simon Petrus und Matthäus, einst reizbar besteuert und besteuernd, standen mit Thomas zusammen, dem finsteren Nordgaliläer, dem Skeptiker, dem es schwer recht zu machen war in seinem Pessimismus. Philippus summte eine Melodie und Thaddäus spielte sie auf der Flöte nach, bis Thomas sagte: »Ach, um Gottes willen –« Bartholomäus hielt sich stumm an sein Sodbrennen, und der große Jakobus, genannt der Jüngere, übte das Muskelspiel des bäuerlichen Ringkämpfers, der er gewesen war. Der andere Jakobus biß an einem Niednagel. Andreas, Johannes und Simon, der Zelot gewesen war, sprachen leise mit einem nervösen Mann namens Joseph Barsabas: »Also, wenn er nicht kommt, kriegst du seinen Platz, das ist klar –« Aber dann hörten sie eilige Fußtritte außen auf der hölzernen Treppe, die Tür ging auf und herein kam ganz außer Atem, der Jude von reichem Aussehen, den Quintilius gelangweilt beobachtet hatte.

»Tut mir leid, wenn ich zu spät komme. Mein Neffe – Kaleb – ist verhaftet worden. Ich habe beim Landpfleger um Audienz nachgesucht –«

»Meister«, sagte Jakobus der Jüngere zu Petrus, »jetzt können wir anfangen.«

»Nenn mich nicht Meister, Jakobus. Ich bin keiner.«

»Petrus. Hier sind die – haben wir überhaupt das Recht, sie zu benutzen?«

Petrus nahm sie in die Linke und ließ sie hörbar aneinander stoßen. Etwas schüchtern wandte er sich dann an die Versammlung:

»Freunde, Brüder! Als der Meister bei uns war, hatte er viele Anhänger, aber nur zwölf Schüler. Diese Zahl wählte er, wie ihr wißt, weil es die Zahl der Stämme Israels ist. Einer der zwölf starb – schändlich durch eigene Hand. Er ist begraben auf dem Töpferakker, der jetzt die Grabstätte für Fremde bildet, die in Jerusalem sterben. Blutacker heißt sie. Seinen Namen spreche ich nicht aus. Wie ich hoffe, wird ihn auch keiner mehr erwähnen, wenn wir zusammenkommen. Aber heute haben wir uns aus einem freudigen Anlaß versammelt: Nämlich um unsere Zahl wiederherzustellen. Wir haben die Wahl zwischen Matthias und Joseph Barsabas, beide gleichermaßen gut, gleichermaßen würdig – aber wer von uns dürfte sich würdig nennen?« Er senkte den Kopf, als wollte er auf einen Hahnenschrei warten, aber es war kein Hühnerhof in der Nähe. »Wir dürfen nur einen in die engere Gemeinschaft aufnehmen. Der Zufall ist, wie es heißt, ein Spielzeug Gottes. Spielzeug ist für Kinder, aber der Meister befahl uns, so zu werden wie die Kinder. Der Zufall soll also für uns wählen. Hier sind Würfel.« Er zeigte sie. »Ihr wißt wahrscheinlich alle, wo sie herkommen. Ein gewisser römischer Soldat spielte um ein gewisses Gewand und bedauerte seine Tat. Joseph Barsabas, nimm sie und würfle.«

Joseph Barsabas war ein dunkelhäutiger junger Mann mit säuberlich gestutztem Bart. Er hatte große, glänzende Augen. Ängstlich nahm er die Würfel auf und schüttelte sie in der hohlen Hand. Er warf. Alle sahen auf die Tischplatte: drei und zwei.

»Matthias.«

Matthias schüttelte mit beiden Händen, als wollte er sich in voreiliger Gratulation selbst die Hand drücken. Mehr ein Fallen als ein Werfen. Zwei und vier.

»Kaum ein Unterschied«, sagte Petrus. »Matthias, willkommen in unserer Mitte.« Joseph Barsabas trug seine Niederlage mit Fassung. Eine Glücksfrage. Matthias wurde an verschiedene Brüste genommen, der Rücken wurde ihm geklopft wie einem Kind, das Blähungen hat. Er war, wie sie alle bemerkten, der erste und der letzte zugleich unter den gutgekleideten Aposteln: um den Hals eine Goldkette, der Bart nicht nur gestutzt, sondern auch parfümiert, das einteilige lange Kleid an Hals und Saum mit einem griechischen Muster bestickt. Er mußte wohl noch zerlumpt und ungepflegt werden, wie es sich für einen gehörte, der dem Herrgott nahe war. Natürlich würden sie sein Geld gebrauchen können, gutes, sauberes Geld, aus der Landwirtschaft gezogen.

»Wir setzen uns an diesen Tisch«, sagte Petrus. »Und wenn der jüngere Jakobus so gut ist, zur Garküche hinunter zu gehen, um unser Essen und nicht zu vergessen den Wein zu holen, dann können wir das erste Fest unserer neuen, neuen –«

»Leitung?« schlug Bartholomäus vor.

»Ich wollte so etwas wie einsame Verantwortung sagen«, erwiderte Petrus. »Wie ihr wißt, bin ich kein Mann des Wortes, aber wir werden alle einen Haufen Worte herausspritzen müssen. Höre, Joseph Barsabas, du mußt nicht nervös tun, so als ob du nicht hergehörst. Wenn von uns einer von den Römern geschnappt wird oder vom Sanhedrin und gesteinigt und gekreuzigt wird, dann wirst du seinen Platz einnehmen. Wie viele sind wir jetzt in Jerusalem? Ich schätze an die zweihundert –«

»Eher sowas wie hundertfünfzig«, sagte Matthäus.

»Wir sind alle miteinander Brüder, und es gibt keine Geheimnisse um das, was wir tun. Deshalb wird es in Zukunft nicht viele Treffen mit nur uns zwölfen geben. Wir brauchen an Hilfe, was wir nur kriegen können von den anderen, und damit meine ich insbesondere dich, Joseph Barsabas. Es waren nur Würfel, die entschieden haben, daß du nicht zum Kreis der Zwölf gehörst.«

»Verstanden, Herr.«

»Nenn mich nicht Herr. Petrus heiße ich. Los, hol unser Essen, jüngerer Jakobus. Sie sagten, sie würden es bereithalten.«

In seiner vierschrötigen Art stand Jakobus auf und schob sich zur Tür. Ein trockener Wind spitzte herein, als er die Tür öffnete.

»Er ist wieder in der Welt«, seufzte Petrus, »aber uns läßt er die Bürde des Wortes, gewissermaßen. Wir sind nicht darauf vorbereitet, den Glanz seiner Auferstehung und die Wahrheit seiner Botschaft zu verkünden. Heute nacht träumte mir, ich wäre wieder am See bei meinen Netzen. Es war wohltuend, wieder – naja, was ihr vielleicht unwissend und friedlich nennt, zu sein und aller Verantwortung ledig. Wie ihr auch muß ich aber die Bürde annehmen. Die Schwierigkeit besteht darin, daß wir gar nicht wissen, wie sie zu tragen ist.«

Die Tür ging auf, und Jesus kam herein mit einem Weinkrug und einem Brotkorb in Händen. Hinter ihm Jakobus mit kaltem Bratfisch und Tassen und Tellern auf einem rechteckigen Tablett. Er stieß die Tür zu und den Wind hinaus. Sie standen verlegen herum. Die an der Wand saßen, hatten Mühe, sich überhaupt zu erheben. Jesus wartete, bis alle standen und sagte dann: »Setzt euch. Dreizehn? Natürlich, ich verstehe. Du bist Matthias. Du übernimmst den Platz des armen guten Judas, den seine Liebe und Unschuld umbrachten.« Sie sahen einander unbehaglich an. Er hatte es immer verstanden, das Unaussprechliche auszusprechen. »Und du mußt Barsabas sein, der glücklose Dreizehnte. Für jeden von euch wird es Verfolgung und Verachtung geben, da ist kein Mangel.« Er grinste Thomas an, als er sich neben Barsabas auf die wacklige Bank setzte, und meinte: »Und wie geht's unseren Zweifeln heute?«

»Weißt ja, was ich dachte«, knurrte Thomas in seinem rauhen nordgaliläischen Dialekt, »hatte ich nicht blutig recht damit? Gibt genug faule Tricks um und um. So arg viele sind aus dem Loch nicht wieder aufgefahren. Lazarus, ja der; und dann ging er drauf bei 'ner Messerstecherei in einer Wirtschaft, drei Tage später. Ziemliche Kraftverschwendung das. Dann dieses Gör, wo ich noch gearbeitet hab' und du mich weggeholt hast, weil du einen Zweifler brauchst, hast du gesagt. Haben jetzt genug falsche Propheten rumrennen sehen, kann schließlich jeder, sich mit roter Farbe beklecksen an Hand- und Fußgelenken. War schon richtig, was ich da sagte: sehen heißt glauben.«

»Und wieder sage ich«, sagte Jesus milde, »selig, die nicht sehen und doch glauben.«

»Mich kriegste nich' rum. Nich' schon wieder.«

»Hör zu. Und iß, während du zuhörst.« Die hölzernen Platten scharrten stumpf, und die billigen Weinbecher schepperten. Matthäus' Messer vollbrachte Rechenkunststücke, indem es den Fisch in vierzehn Portionen zerlegte. »Ihr müßt versuchen, die Macht des unschuldigen Glaubens an die weiterzugeben, die das Wort hören. Mein Wort ist jetzt auch euer. Heute ist das letzte Mal, daß ihr mich in der Gestalt des Fleisches seht, aber vergeßt nicht, daß ich in Form dieser einfachen Gottesgaben bei euch bleibe. Ich beginne mit der Feier, ihr müßt sie zu Ende führen. Ich nehme das Brot, um es zu brechen. Tut dies zu meinem Gedächtnis.«

Er riß das Brot auseinander. Die Wunden an den Gelenken waren fast verheilt. Den Entfernteren warf er die Stücke zu, denen in der Nähe reichte er sie. Petrus sagte, während er an Jesus' Leib kaute und ihn dann hinunterschluckte: »Das letzte Mal, Herr?«

»Ja, ich gehe morgen mit der Dämmerung. Fragt mich nicht, wohin.«

»Wissen wir doch, wo du hingehst«, sagte Thomas, »wir müssen's nich' sehen. Zu Deinem Vadder gehst du.«

»Schwierig für dieses Fleisch, Geist zu werden«, sagte Jesus, und pflückte die Gräten aus dem Fisch in seiner Hand. »Aber nehmt es hin, daß genau das geschieht. Ich werde keine der ebenerdigen Straßen aus Jerusalem heraus nehmen. Ich steige auf den Ölberg und am Gipfel verschwinde ich; das wird das Letzte von mir sein. Ihr könnt kommen und mir eine gute Reise wünschen, wenn ihr wollt. Danach werdet ihr auf einen besonderen Besuch zu warten haben. Wird nicht lange dauern. Ich verabschiede mich jetzt, um mich mit meiner Mutter zu unterhalten. Führe die Feier zu Ende, Petrus.« Er stand auf und legte den Finger an die Lippen. Mit der anderen Hand bedeutete er ihnen, sitzenzubleiben. Er öffnete die Tür, ohne den Wind hereinzulassen und schloß sie wieder. Auf der Treppe draußen hörten sie nicht, daß er hinuntergegangen wäre. Schweigen. Petrus seufzte tief, nahm den Weinkrug, füllte seinen Becher, und sagte dann:

»Jetzt sein Blut.« Dann reichte er es weiter. Sie nippten alle.

»Man soll also warten, hä?« sagte Thomas. Sonst sagte keiner etwas. Die letzte Entscheidung des lebenden Gottes, launisch und wenig hilfreich, brachte wenig Trost. Trost brauchten sie dringend. Der trockene Wind wurde heftiger und neckelte an der Klemme des Fensterladens.

Ein junger Mann, Euer Ehren«, sagte Kalebs Mutter, »Ihr wißt, wie junge Leute sind – voller Hirngespinste. Er hat keinen Vater, der ihn beaufsichtigen könnte. Eine Mutter kann nichts tun, wenn im Kopf eines Jungen lauter Verrücktheiten stecken. Freiheit und solcher Blödsinn.«

»Freiheit ist also verrückt«, sagte Quintilius. »Freiheit ist Blödsinn. Was glaubst du denn – ja *du?*«

Er meinte die ältere Tochter Sara, achtzehn, bleich, hochgewachsen, schleierlos, die ihn ohne sexuelles Abschätzen beständig ansah, wohl eher mit einer Art ruhiger polarer Herausforderung, die er sich kaum erklären konnte. Judäa gegen Rom? Eine Generation gegen eine andere? Der Bewahrer eines straffen Systems von sozialem Verhalten gegen jemand, der sorglos dagegen verstieß? Quintilius hatte nämlich darauf bestanden, daß die Unterredung in seinem Speisezimmer stattfand. Er aß, während sie standen. Die sechzehnjährige Ruth, bis auf die Augen vollkommen verschleiert, beobachtete jeden Bissen Fleisch mit einem Ausdruck wie von Abscheu. Ein barfüßiger Syrier mischte den Wein mit Quellwasser. Es verstieß gegen jüdische Gesetze, sich unter das Dach eines Ungläubigen zu begeben. Matthias, der sie hierher gebracht hatte, bestand darauf, im Vorraum warten zu dürfen, obwohl er damit die Damen ohne Anstandsbegleitung ließ. Der Notstand, sich für Sohn und Bruder verwenden zu müssen, entband sie ihrer Meinung nach von einem Tabu, das sie als Frauen ohnehin nicht allzu ernst nehmen konnten.

»Es gibt zwei Formen von Freiheit, Herr«, sagte sie. »Solange die Seele frei ist, tut es nichts, wenn der Körper gefesselt ist.«

»Frei, um was zu tun?«

»Zu denken, zu glauben. Diese Art Freiheit kann einem nicht weggenommen werden, nicht einmal durch –« Sie hatte wahrscheinlich schon zuviel gesagt.

»Nicht einmal durch Roms Unterdrückungsmaschinerie – war es das, was du sagen wolltest?« Er beschäftigte sich jetzt mit einem Knochen.

»Das ist etwas, was wir hinnehmen«, sagte Sara. »Römische Herrschaft, meine ich. Unsere Generation hat es nie anders gekannt.« Dann sagte sie: »Unser Aramäisch scheint Ihnen Schwierigkeiten zu bereiten. Wäre es Ihnen lieber, wenn wir Latein verwendeten?«

»Weder habe ich Probleme mit eurem Aramäisch, noch habe ich keine«, sagte er in Latein. »Das ist keine Sprache, die ich beherrschen will. Gebt dem Kaiser, was des Kaisers ist. Du kennst das Sprichwort?«

»Und Gott, was Gott gehört«, sagte sie lateinisch mit einem starken judäischen Einschlag. »Eine bekannte Redensart.«

»Eine, die dein Bruder wie eine verdorbene Feige ausspuckt. Wo hast du Latein gelernt?«

»Zu Hause. Die jüdischen Frauen bleiben zu Hause. Aber die Welt vermögen wir durch Bücher zu sehen.«

»Sie ist ein kluges Kind«, sagte die Mutter halb entschuldigend. »So sind manche in der heutigen Jugend. Fragen stellen und so Sachen. Ich bin nicht damit einverstanden, Herr.«

»Du siehst, Frau, wohin das Fragenstellen deinen Sohn gebracht hat. Für ihn kann ich nichts tun. Er trotzt dem römischen Staat und muß seine Strafe auf sich nehmen.«

Die Mutter begann zu jammern.

»Warte«, sagte Quintilius. »Ich bin noch nicht fertig. Er ist nicht allein. Es gibt noch mehr von seiner Sorte. Für mich bedeutet er mehr als nur einen Namen. Was würdet ihr darum geben, wenn ein anderer an seiner Stelle... das Strafkreuz tragen müßte?«

Sara erwiderte vorsichtig: »Herr, was meint Ihr mit... geben? Ihr glaubt, wir könnten seine Freiheit... kaufen?« Sie waren wieder bei Aramäisch; ihre Mutter verstand sonst nichts.

»Grob ausgedrückt – kaufen. Ein sehr grobes Wort. Sagen wir, seine Bestrafung könnte in eine Geldbuße umgewandelt werden. Eine hohe natürlich. Hat in eurer Familie jemand Geld?«

»Mein Gemahl war im Töpferhandwerk, Herr. Er hinterließ uns nichts. Dann mein Bruder, aber...«

»Onkel Matthias«, sagte Ruth, »hat sich den Nazarenern angeschlossen, Mutter. Er wird sein Geld den nazarenischen Armen geben.«

»Sind nicht wir die Armen?« jammert die Mutter. »Verdient es nicht sein Schwestersohn weit eher als diese ungewaschenen Bettler in der Stadt? Wir werden mit ihm sprechen, Euer Ehren. Gebt uns eine Stunde Zeit, und wir kommen mit dem Geld zurück.«

»Sagen wir fünfzig *aurei* – Goldstücke?«

»Das ist unmöglich, Herr«, sagte Sara entschlossen. »Ich weiß, daß es unmöglich ist. Und wir haben keine ...« Sie suchte nach dem Wort und fand es nicht.

»Du meinst, glaube ich, keine Gewähr. Hast du kein Vertrauen in die römische Gnade? Oder in das Wort eines römischen Offiziers?«

»Nur eine halbe Stunde, Herr«, plärrte die Mutter. »Ich weiß, daß er das Geld beschaffen kann.«

»Wahlweise«, sagte Quintilius, »denn ich nehme an, ihr Damen seid jetzt bedürftig, bietet man euch eine Stelle im Haushalt des stellvertretenden Landpflegers von Judäa. Natürlich ohne Bezahlung.«

»Ihr meint«, antwortete Ruth mit weitaufgerissenen Augen, »als *Sklaven?*«

»Kommt, Mutter, Ruth«, sagte Sara. »Wie der stellvertretende Landpfleger sagt, hat sich Kaleb dem römischen Staat widersetzt. Er muß seine Strafe auf sich nehmen.«

Aber Kalebs Mutter warf sich auf die Knie und klammerte sich an die des stellvertretenden Landpflegers. Ein Hündchen, haarlos fast und mit Augen wie kleine Lämpchen, sah erstaunt von seinen Knorpeln hoch. Quintilius stieß sie weg und rief nach der Wache: »Schmeißt diese Jüdinnen hinaus.«

Im Vorraum wartete Matthias, der jetzt ein ganz schlichtes und, wie es schien, sorgsam zerrissenes und beflecktes Kleid trug; er fragte, wie es gelaufen war. Schlecht. »Da war nie Hoffnung«, meinte Sara. »Ich hatte von seinen Methoden schon gehört. Das Geld nimmt er, aber er gibt nichts dafür.«

»Rette ihn, Matthias«, jammerte die Mutter. »Fünfzig Goldstükke.«

»Nein«, sagte Sara entschlossen. »Kaleb wußte, daß es früher oder später so kommen würde. Er sprach von der lebenden Fackel, die er für die Sache sein wollte. Ich wußte, daß es keinen Zweck hat, hierherzukommen. Wir können uns nur sagen, daß wir unser möglichstes versucht haben.«

»Du bist ein hartherziges Mädchen. Das kommt von den Büchern.«

»Noch ist er nicht tot«, sagte Sara barsch. »Er ist noch nicht einmal gepeitscht worden. Es ist noch nicht vorbei.«

Bevor Matthias in sein Witwerdomizil zurückkehrte, geleitete er sie zu ihrer Einzimmerwohnung im Haus des verrückten Elias. Dieser Elias war ein Cousin zweiten Grades, der das Haus von seinem vollkommen normalen Bruder Amos geerbt hatte. Verrückt war er nur in dem Sinn, als er glaubte, die Welt würde demnächst von Ratten übernommen, *achbroschim,* und daß die Römer, die nach seiner Einschätzung eine rattige Sprache benutzten, bereits die Quartiermacher der Ratten seien. Matthias selbst hatte ein großes Haus in Tempelnähe. Er war in den Dreißigern, Witwer seit seinen Zwanzigern, als seine Frau an einer Infektion starb, die sie sich zuzog, weil sie mit dem abendlichen Brotlaib auch ihren Finger aufschnitt. Daran waren nach Meinung von Elias die *achbroschim* schuld. Auf ihrem Weg im frühen Abend sah die kleine Gruppe schwermütig, wie die Dachfirste in den kleineren Straßen zur Feier von Pfingsten oder Shabu'oth geschmückt wurden, dem Fest der Wochen oder Tag der ersten Ernte. Junge Leute stiegen auf die Leitern, um Girlanden aus getrockneten Blättern an den Dächern zu befestigen, von wo sie mit Hakenstangen über die Straße zum gegenüberliegenden Dach gehoben wurden. Ganze Straßen wurden so festlich hergerichtet. Der griechische Jude Stephanus sah von der Spitze seiner Leiter die drei schwarzgekleideten Frauen und den reichen Matthias in Lumpen. Er konnte sich ihre Trauer erklären und rief: »Keine Sorge. Noch ist das letzte Wort nicht gesprochen.«

Auf seinem Heimweg kam Matthias am Tempel vorbei, hinter dem ein Sonnenuntergang von üppiger, doch wie es schien, beiläufiger Verschwendungspracht wie eine Art Segen glühte. War es, fragte sich Matthias, noch immer sein rechtmäßiges Glaubensgebäude? Ja, eher *sein* Tempel als von denen, die es nicht hinnehmen wollten, daß die Geschichte des Volkes sich erfüllt hätte. Es war der feste und unverrückbare Tabernakel des lebendigen Gottes, dessen Sohn er, wenn auch nur kurz und nicht sehr gründlich, in der Gestalt des Fleisches gekannt hatte und dessen Botschaft er aus ganzem Herzen zustimmte. Warum erschien ihm dann in diesem Sonnenuntergang der Tempel fast feindselig? Weil er sich in den Händen von Wärtern einer bereits verstaubten Vergangenheit befand; der Gegenwart hatte sie nichts mehr zu sagen. Die Aufgabe der Nazarener bestand darin, den Tempel ganz langsam und leise zu übernehmen, indem sie den Glauben infiltrierten. Er sollte der Tempel der Erfüllung sein, aber noch war er es nicht. In gewisser Weise mußte er mehr als je geliebt werden, wie ein stummes, aber doch lebendiges Geschöpf, dem erst noch beizubringen war, daß es Christus neben dem unvordenklichen Vater beherbergte. Dennoch würden sich verstockte Herzen noch lange dieser Wahrheit widersetzen.

Hier war einer der Hartherzigen, frühzeitig versteift in die überlieferte verbissene priesterliche Intoleranz. Sehr nah bei Matthias' Haus wohnte der junge Theologiestudent aus Kilikien im Hause seiner Schwester. Mit gekreuzten Beinen saß er draußen im staubigen mauerlosen Garten und nähte mit groben Fingern Zelte, solange das Licht noch währte. Fast drohend nickte er Matthias zu, der viel freundlicher zurücknickte. »Du bist also der Ersatz geworden für den einen, der sich erhängt hat«, sagte Saulus.

»Der zwölfte im inneren Kreis, ja. Wie hast du davon gehört?«

»Ich sehe es als meine Pflicht an, Augen und Ohren offenzuhalten für alle Dinge, die, wenn sie es nur könnten, die reine Stärke und die immerwährende Wahrheit des jüdischen Glaubens beeinträchtigen würden.«

»Du redest recht pompös für dein Alter. Aber die Studien machen manchen jungen Mann so pompös. Warum siehst du mich so erbittert an?«

»Wirkt mein Blick erbittert? Gemeint ist er mitleidig. Du bist einem fürchterlichen Irrtum anheimgefallen. Ein Irrtum muß rasch ausgebrannt werden, bevor er Wurzeln faßt, heißt es. Hast du keine Angst vor dem Brennen?«

»Ich bin ein guter Jude, dem durch Gottes Gnade eine Vision der Erlösung zuteil geworden ist. Gut, in den Augen der Welt befinde ich mich im Irrtum. In den heiligen Chroniken taucht kaum ein Prophet auf, der nicht gesteinigt und geschmäht worden wäre, weil er einen Funken der Wahrheit erspäht hatte. In *dieser* Zeit, nicht für die Ewigkeit war uns ein Messias versprochen. Während der Herrschaft des Augustus wurde er geboren, in der Herrschaft des Tiberius zum Tod geführt. Entweiht er das Ewige, indem er das Zeitliche bekleidete, weil er das Gewand menschlicher Geschichte trug?«

»Jetzt redest du pompös. Du weißt genauso gut wie ich, daß wir in letzter Zeit zu viele von diesen falschen Rettern hatten, die sich mit ihren wahnwitzigen Gesichten aufplusterten. Einer ist so schlimm wie der andere. Es werden noch mehr kommen. Einige waren immerhin schlau genug, um nicht aufrührerisch auf die Autoritäten zu speien. Dein Mann hat einfach alles gelästert – sogar den Tempel.«

»Eben habe ich die Schönheit des Tempels im Glanz dieses Sonnenuntergangs gesehen. Niemals hat er gegen ihn als Gotteshaus gelästert. Er hat ihn wie wir alle geliebt. Aber so wie des Herrn Gegenwart ein Stückchen Brot behausen kann, und Brot doch nichts weiter ist als Mehl und Wasser, so besteht der Tempel ohne die Gegenwart Gottes aus nichts anderem als Ziegeln, Steinen, Schlamm und etwas Gold und Silber. Wie Brot entstand er durch Menschenhand. Müßten wir zwischen den beiden Tempeln wählen, dann wäre auch ein Irrender heiliger als das, was Salomon erbaute und Herodes zur höheren Ehre seines verderbten Ruhmes verschönerte. Sag nicht: *sogar* den Tempel, junger Mann. Es gibt bedeutendere Dinge als Tempel und Sanhedrins und Hohe Priester.«

»Siehst du«, tat Saulus erstaunt, »wie geschickt er darin ist, dich in einen verhängnisvollen Irrtum zu verführen?«

»Ich bin ein einfacher Mann, kein Theologe wie du. Seine Einfachheit wandte sich an die meine. Es müssen aber nicht nur Theologen gerettet werden.«

»Gut, aber behalte deine *Einfachheit* still für dich, sonst wird sie dir schlecht bekommen.« Und er grub die starke scharfe Nadel in die steife Leinwand.

»Du als einfacher Student hast die Macht zu drohen?«

»Durch mich spricht das Gesetz, so wie durch alle wahren Söhne des Glaubens.« Dann rief ihn seine Schwester zum Essen. Er legte seine Nadel mit den anderen in eine kleine Holzkiste und entbot Matthias ein entschiedenes »Gut' Nacht!«

Ich bin wie viele andere etwas verwirrt über die Ereignisse, die, wie es heißt, den sechsten Tag im Monat Siwan verklärten. Früh am Morgen hatten sich die Apostel zusammen mit Maria, der Mutter von Jesus, in ihrem Obergemach versammelt in der Absicht, zum Tempel zu gehen und dort das Darbringen der ersten Früchte zu beobachten. Maria erzählte ihnen eine Geschichte aus der frühen Jugend des Mannes, der in den Dämmerungsnebeln auf dem Gipfel des Ölbergs verschwunden war. Thomas, mürrisch und müde, saß am Tisch, während der Rest die Mutter umstand. Er döste. »Er stieg auf unseren Dachfirst und befand sich schon fast oben, als die Leiter auseinanderbrach. Er stürzte; ach, es schien so ein schrecklicher Sturz. Er war so jung und wir dachten, er würde weinen. Aber er war offenbar nicht verletzt. Stand auf und lachte, dann schüttelte er die Faust gegen die Leiter. Im nächsten Moment schien er die Leiter zu streicheln, umarmte sie, als wäre sie ein Kätzchen, das ihn gekratzt hatte und das nicht verstehen konnte, warum es ausgeschimpft wurde –«

In diesem Augenblick erwachte Thomas mit einem schrillen Schrei. Sie drehten sich zu ihm. »Habt ihr's nicht gesehen?« keuchte er. »Der Mund Gottes bereit mich zu verschlingen und in dem Mund war eine feuerrote Zunge, die war gespalten und eine verzehrende Glut kam heraus.« Dann merkte er, daß er geträumt hatte. »Igitt, ich hab' einen krätzigen Geschmack im Mund. Her mit dem Wasserkrug, Jakobus, einer von euch beiden.«

Petrus' spätere Erzählung ging dahin, daß Thomas sein Wasser herausspritzte, weil sich plötzlich ein Wind erhob, im Zimmer und nicht draußen. Draußen regte sich kein Lüftchen, nirgends ein Hauch. Sie beobachteten einander, wie sich in diesem Wind ihre Haare und Bärte sträubten. Wie ein Chor sang es gegen sie und schob sie mit gewaltiger Kraft in einem Durcheinander gegen die Tür.

Die Straßen waren dichtgedrängt mit Völkern der Verstreuung: Parther, Meder und Elamiter, Einwohner der anderen palästinensischen Provinzen, aus Kappadozien, dem Pontus und Kleinasien, aus Phrygien, Pamphylien und Ägypten. Kreter, Araber und sogar Männer und Frauen aus Rom waren wie alle Juden in die Heilige Stadt gekommen zur Feier der Darbringung der ersten Garbe in der Gerstenernte. Viele der Versammelten sahen, wie zwölf Männer lachend eine hölzerne Treppe herunter stolperten, und noch mehr sahen sie in den Straßen auf dem Weg zum Tempel. Thaddäus der Flötenspieler hatte, wie es scheint, ein Bockshorn oder shofar gefunden, das er nicht in der gewohnten Weise eines aufgeregten Versammlungsrufes blies, sondern so, daß er eine Melodie aus vier Tönen wie einen Wachappell für das Essen oder eine Parade hervorbrachte. Das Lachen der anderen war wie Trunkenheit oder Inspiration (die einiges gemein haben), und die Leute folgten dem Dutzend, nachdem alle selbst beim feierlichsten Anlaß nach Zerstreuung suchen, mit Lächeln, Kopfschütteln oder einem spöttischen Hurra.

Zum selben Zeitpunkt wurde Kaleb eine der engeren Straßen hinunter zu seiner Kreuzigung getrieben. Die Handgelenke waren an den Querbalken geschnürt, den er auf den Schultern trug. Bis auf ein Lendentuch war er nackt, aber auch das würde noch rechtzeitig entfernt werden, um die Schändlichkeit seiner Hinrichtung zu unterstreichen. Auf dem Rücken waren die blutigen Streifen der vorgeschriebenen Auspeitschung zu sehen. Hinter ihm gingen seine beiden zelotischen Gefährten im Opfer, und ein syrisches

Manipel sperrte seine Lanzen gegen die drei und gegen die murrende Menge auf dem Weg. Der syrische Unteroffizier hatte diese Straße statt der Hauptstraße im unschuldigen Glauben gewählt, daß die kleine grausige Prozession auf die Weise weniger Aufmerksamkeit erregen würde; als etwas ängstlicher Syrer fürchtete er jüdische Gewalttätigkeit. Tatsächlich traf keines von beiden ein: dafür traf es ihn noch schlimmer. Schockweise folgten die Leute dem melodiösen Shofar gegen die Strömung des Zuges und stießen ohne große Furcht auf die bespeerten kleinen Syrer. Kaleb verstand den großen Lärm als Halleluja auf das Zelotentum. Seine Mutter und seine Schwestern, begleitet von den hochherzigen Frauen Jerusalems, die gegen den Widerstand der Römer den Gekreuzigten gestärkten Wein geben wollten, versuchten sich mit Weinen und Klagen in einer Lautstärke, die der Gelegenheit als angemessen erachtet wurde, dem Todesmarsch anzuschließen. Kaleb schrie:

»Hörst du sie, Mutter? Diesen Lärm wollte ich hören. Ich bedaure nichts. Laßt mich.«

In diesem Augenblick beugten sich junge Männer von den Hausdächern und setzten mit Fackeln die Girlanden aus getrockneten Blättern und Blumen in Brand, die über die Straßen gespannt waren. Beißender Rauch drang in die Augen und Ohren der syrischen Mannschaft sowohl wie der Menge, die das als neue und ziemlich brutale Form von Lustbarkeit auslegte. Junge Männer, von den schreienden Wachen durch nüchterne und verwirrte Besucher abgeschirmt, machten sich an Kalebs gefesselte Hände und befreiten sie mit ein paar Messern; der Kreuzbalken fiel zu Boden und brachte einiges Durcheinander. Von oben kam eine Strickleiter. Kaleb kletterte los. Der syrische Unteroffizier schrie und stieß um sich mit seinem kraftlosen Speer, dessen Schaft zwei Jugendliche gepackt hatten, die blendend weiße Zähne sehen ließen. Immer noch fielen brennende und rauchende Girlanden herab. Kaleb erreichte die Dachhöhe; in bemerkenswerter Geschwindigkeit wurde die Leiter hochgezogen. Bei Jupiter, das würde Ärger für jemanden geben!

Inzwischen konnte man sagen, daß ein großer Teil von Jerusalem, Einheimische wie Besucher, den Weg in die offenen Höfe des Tempels gefunden hatte, wo sich Petrus, der Anführer der Zwölf, sich für die Plinthe einer Säule entschieden hatte, die zwei nackten Füßen Raum bot, und deren Schnecken den Händen einen Halt gewährten. Von dort aus würde er reden. Der syrische Zug, der sich der beiden verbliebenen Gefangenen versicherte, war durch den Zwang, Kaleb wiederzufinden, von der geraden Straße zur Hinrichtung abgekommen. Mittlerweile befand dieser sich auf dem Dachfirst, was bedeutete, daß er bereits überall sein könnte. Der Unteroffizier brach ohne Scham in Tränen aus und wedelte in Gesten der Verzweiflung mit seinem Speer. Bei Kastor und Pollux, das würde einen Ärger geben!

Im Vorhof sangen Priester: »Wir bringen dir, Herr, Gott der Heerscharen, diese ersten Früchte unseres Pflanzens und Nährens sowie auch dieses heilige Brot, das gebacken ist mit der ersten neuen Gerstenfrucht –« Sie erzielten aber nur wenig Aufmerksamkeit. Sie wandten sich zu dem vielstimmigen Geplapper. Ein muskulöser Nazarener, nicht mehr der jüngste, riß das Maul auf:

»Männer und Frauen aus Judäa und alle Bewohner Jerusalems, leiht eurer Ohr meinen Worten.«

Welche Sprache verwendete er? Einige meinen, daß ein Wunder geschah, durch das er die uradamitische Zunge sprach und seine Zuhörer in den Genuß eines Intensivkurses von hocheffizienten Lerneinheiten in dieser Sprache gelangten. Sicherer ist es, anzunehmen, daß er nicht Aramäisch sprach und auch keine ausgefallene Mixtur aller Mundarten der Diaspora, sondern reines Hebräisch ohne galiläischen Akzent – die Galiläer hatten immer Schwierigkeiten mit den Kehllauten. Daß die Sprache der heiligen Schriften plötzlich das Medium eines unmittelbaren Diskurses werden sollte, mag schon allein für ein Wunder ausreichen. Das gilt auch für Petrus' Redegewandtheit, die er vorher nicht besessen hatte und auch später nur mehr selten. Ein Zweifler der thomasischen Art (ich beziehe mich auf den, der Thomas gewesen war, denn jetzt bestand eher die Gefahr, daß er allzu glaubensselig wurde) stand in Petrus' Nähe und ließ sich, da er die sorgfältige Formulierung von jemand hörte, der bewußt die Bewegung von Lippen und Zunge sowie die Tönung seines Enthusiasmus kontrollieren muß, folgendermaßen vernehmen:

»Betrunken ist er. Sie alle sind betrunken. Vom neuen Wein.«

Ich muß hier meine Zweifel an dem *neu* dieser Anschuldigung anmelden. Die Lese dieses Jahres war noch einige Monate entfernt. Wahrscheinlich hat er *süß* gesagt, nachdem ihm wie uns allen bekannt war, daß Wein das ganze Jahr süß bleibt, wenn man den frischen in ein Glas füllt, den Korken mit Pech verklebt und die Flasche dann für dreißig Tage in einem Fischteich versenkt.

Petrus lachte und sagte: »Hab' dich gehört. Weder ich noch meine Freunde hier sind betrunken. Es ist erst die dritte Stunde des Tages und die Tavernen sind noch kaum offen. Nein, kein besoffenes Gewäsch ist das, sondern die Verkündigung der guten Nachricht. Ihr wißt, einige zumindest, was der Prophet Joel gesagt hat: ›Ich werde meinen Geist über alles Fleisch ausgießen. Und eure Söhne und Töchter werden prophezeien. Eure Jungen werden Gesichte schauen und eure Greise Traumgesichte haben. Ich werde Wunder tun am Himmel droben und auf der Erde unten Zeichen: Blut, Feuer, Qualm und Rauch.‹« Einige hatten zumindest das gesehen. »›Die Sonne wird sich in Finsternis verwandeln, der Mond in Blut, bevor der Tag des Herrn kommt, der erhabene Tag.‹ Dieser große und erhabene Tag steht uns nunmehr bevor. Jesus von Nazareth, von Gott durch Taten der Allmacht, durch Zeichen und Wunder beglaubigt – Jesus, gekreuzigt und erschlagen von Gesetzlosen – ihn hat Gott erhöht, ihn befreit aus der Todesangst.«

Gefährliche Worte. Priester hörten finster zu.

»Diesen Jesus hat Gott erhöht«, wiederholte Petrus, »dessen sind wir zwölf hier Zeugen. Er ward erhöht durch Gottes Rechte, empfing vom Vater den verheißenen Heiligen Geist, den er mit diesen Worten ausgegossen hat, die ihr jetzt hört, und für die ich ein Werkzeug bin. So soll denn das ganze Haus Israel mit aller Sicherheit erkennen, daß Gott diesen Jesus, den ihr gekreuzigt habt, zum Herrn und Christus gemacht hat.« Jetzt waren einige aus dem Sanhedrin anwesend. Saulus, der nicht hier sein sollte, sondern bei seinem Studienkollegen Kaleb, um diesen zu geleiten, lungerte in ihrer Nähe herum und zeigte das angemessene Entsetzen.

»Rettet eure Seelen«, schrie Petrus, »ihr Männer und Frauen von Israel, denn Zeichen und Wunder ereignen sich vor euch.«

Die bewegt waren in der Menge riefen: »Wie?«

»Bereut. Jeder von euch lasse sich taufen auf den Namen Jesu Christi zur Vergebung eurer Sünden. So werdet ihr empfangen die Gabe des Heiligen Geistes. Rettet eure Seele – rettet euch von diesem ganz und gar verdorbenen Geschlecht.« Und damit die Würfel endgültig fielen, deutete er in den Rücken der Menge, wo die Priester standen. Einige stolzierten davon. Saulus blieb in schweigendem Zorn.

Matthäus, der ehemalige Steuereintreiber, war an praktische Dinge wie die Fälligkeiten von bestimmten Summen zu bestimmten Tagen gewöhnt und rief der Menge zu, daß mit dem Taufen in der Dämmerung des nächsten Tages am Ufer des Kidron begonnen werde.

Auf einem Dach, das einen entfernten Blick auf eine riesige Ansammlung gewährte, zu der in unterscheidbaren Worten in einem Tonfall gesprochen wurde, der einen Klang wie von Zelotentum hatte, und von wo auch zu erkennen war, daß Vergeltungsmaßnahmen von der Feste Antonia ausblieben, auf diesem Hausdach wusch man Kaleb die Wunden mit Weißwein und verschloß sie dann mit einer grasgrünen Salbe. Stephanus, der kein Zelot war, führte diese Handlungen aus, während drei aufrechte junge Zeloten, Joshua, Sohn des Sabbath, Tobias, der jüngere Elias, Joseph bar Joseph, Jonathan Levi und Abbas Barrabas nach römischen Unternehmungen Ausschau hielten. Es geschah aber nichts, außer der vorgesehenen und ungewöhnlich rohen Hinrichtung der beiden, die nicht entwischt waren. Sie waren keine Theologiestudenten gewesen. Stephanus sagte:

»Warte auf den Einbruch der Nacht, dann geh nach Qumran. Mit der Morgendämmerung bist du dort. Ich weiß einen Freund dort, Ananias. Er wird sich deiner annehmen.«

»Einer der unsern?«

»Zelot ist er nicht, wenn du das meinst. Er versucht ein Essener zu werden, weiß aber nicht so recht. Was du auch von den Essenern halten magst, nicht viel wahrscheinlich, sie sind jedenfalls gegen die Römer.«

»Der Rauch und die Leiter – war das alles deine Idee?«

»Ohne die Volksmenge hätte es nicht geklappt. Nebenbei bemerkt, es sieht so aus, als trauten sich die Nazarener jetzt aus ihrem Versteck. Du solltest Jesus dankbar sein.«

»Du bist keiner der unsern. Trotzdem hast du es getan. Jetzt bist *du* in Gefahr. Gehen wir zusammen nach diesem Ort.«

»Nein. Ich helfe dir als Freund, nichts weiter. Ich glaube, ihr Zeloten seid im Irrtum, oder soll man sagen: unpraktisch? Ihr werdet euch nicht durchsetzen. Der Weg verläuft irgendwie anders.«

»Der Sadduzäer-Weg? Der Pharisäer-Weg? Der – wie heißen diese Leute, zu denen ich soll?«

»Sie führen ein Leben im Geist. Fern vom Fleisch. Das ist so unpraktisch wie euer Weg. Ich bin griechischer Jude, Kaleb, kein palästinensischer. Wir denken verschieden. Meine Vorstellung von Gott ist nicht die deine. Ich kann einen brüllenden Stammes-Jehovah, der die Seinen – ziemlich mangelhaft, wenn ich es so ausdrükken darf – beschützt, nicht akzeptieren.«

»Saulus würde das Blasphemie nennen. Schätze, das ist es.«

»Soll Saulus es nennen, wie er mag. Saulus war, nebenbei gesagt, keine große Hilfe. Anderes zu tun, sagte er, als Narren in ihrer Spinnerei zu bestärken. Ich stelle fest, daß dir deine Weiberleute nicht sehr wichtig sind. Die Zeloten haben da etwas Nazarenisches. Verlaß deine Familie und folge dem Richtigen. Sehr unjüdisch.«

»Weiß ich. An sie habe ich zu spät gedacht. Aber die Römer kennen sie nicht und werden sie nicht finden, es sei denn, jemand wie Saulus liefert sie aus.«

»Soweit geht Saulus' römisches Bürgerrecht auch nicht. Quintilius kennt sie. Sie haben Quintilius aufgesucht, ohne etwas zu erreichen. Aber Quintilius wird sie nicht finden. Sie befinden sich bereits bei mir. Ich habe das Gefühl, daß sich Pontius Pilatus nicht mehr lange hält, das nur nebenbei. Die Römer gelten als *leistungsfähiges* Volk –«

Darüber mußte Kaleb leise lachen.

Im Prätorium schlug der Landpfleger mit seinem Federwisch nach den Fliegen. Die Fliegen schienen heute besonders lebhaft zu sein. Sie waren wie Juden, die es nicht verschmähten, eine vornehme Behausung zu betreten und an Honig zu saugen, der nicht von Priestern abgesegnet war. Als Quintilius den Gefangenen und den Zug hereinbrachte, tat Pilatus etwas, was sich für einen römischen Offizier nicht schickt: Er schlug dem Wicht mit seinem Fliegenwedel zweimal ins Gesicht. »Du bist ein verfluchter Syrer, aber trotzdem in der römischen Armee. Du wirst in der überkommenen römischen Form für dein Verbrechen bezahlen; schärfe also deine Schwertspitze. Heute abend wird man in den Tavernen von dem Adler singen, der seine Klauen verloren hat. Du hast mein Landpflegeramt geschändet und du hast Rom geschändet. Verpfusch bloß nicht noch deinen Selbstmord, so wie du schon diese – ach, aus den Augen mit ihm!« Die Wachen führten ihn ab, wie er in der syrischen Art jammerte. »Ich nehme an«, sagte Pilatus zu seinem Stellvertreter, »daß du inzwischen den Mann gefunden hast.«

»Völlig unmöglich, Landpfleger. Diese Juden sehen alle gleich aus, und die Stadt quillt von Touristen über. Wie sollten wir ihn je finden, und was wäre der Sinn, wenn man willkürlich jemand aufgreifen und ihn für den fraglichen Mann erklären würde? Am besten erklärt man ihn als in letzter Minute begnadigt, um den Gerüchten vorzubeugen. Zwei von ihnen hängen droben am Golgatha, und das sollte genügen, um Roms, äh, Allmacht zu beweisen. Wir könnten natürlich in der Stadt das Kriegsrecht ausrufen, aber das hieße, Legionen aus Syrien zu Hilfe zu holen und das plötzliche Interesse des Kaisers zu wecken. Die haben Euch übers Ohr gehauen, Herr; am besten, man kümmert sich nicht drum. Ist ja kein Weltuntergang.«

Pilatus sah Quintilius fest an. »*Mich* übers Ohr gehauen, nicht wahr?« sagte er. »Ich hatte die Angelegenheit *dir* übertragen.«

»Ja, Herr. Dennoch bleibe ich der Befehlsempfänger.«

»Ich wittere Unverschämtheiten.« Quintilius zuckte die Achseln und sagte nichts. Pilatus sagte: »Ich nehme an, daß du der Verwandtschaft oder was immer dieser Jude hat, einen Begriff von römischer Gerechtigkeit gegeben hast?«

»Noch nicht, Herr. Eine Mutter und zwei Schwestern. Die Mädchen sind vermutlich Jungfrauen. Das römische Recht erlaubt nicht die –«

»Also laß sie deflorieren, Mann, und hau ihnen das Schwert rein. Los doch, worauf wartest du noch? Nein, warte – peitsch sie, bis ihnen die Haut abgeht und setz sie ins nächste Schiff nach Puteoli. Tiberius mag ein wenig jüdisches Fleisch goutieren bei dem, was er seine Liebesspiele nennt.«

»Müssen wir«, fragte Quintilius, »diesen, diese unglückliche Demütigung nach Syrien melden? Oder nach Rom?«

Sie sahen einander an und Pilatus sagte:

»Ich glaube, daß sich weder hier noch dort jemand dafür interessiert. Kleinerer Unfall, sowas kommt vor. Andererseits kannst du langsam schon deinen Bericht für die oberen Instanzen vorbereiten und vorschlagen, daß der Landpfleger von Judäa für eine Ablösung reif ist –«

»Niemals, Herr, würde ich an eine solche Illoyalität auch nur zu denken wagen.«

»Natürlich nicht, Quintilius. Aber merk dir eins, Quintilius: Wenn ich falle, dann gehst du mit – denk dran. Mach jetzt weiter mit der Ausübung römischer Gerechtigkeit.« Quintilius salutierte reichlich ironisch und schritt dann langsam hinaus, als verlasse er ein Begräbnis.

Es war ein langer Tag, für die Jahreszeit zu warm, die Tavernen überfüllt, aber es gab wenige Verhaftungen. Die zwölf Jünger blieben still in ihrem Obergemach, einige lagen auf den Matratzen, während sie die morgendliche Inszenierung durchgingen. Die Euphorie war verflogen, aber geblieben war ein Gefühl wie von Trunkenheit. Petrus sagte wenig; er hatte genug geredet. Der Landarzt Bartholomäus, der außer seinen Heilkräutern wenig studiert hatte, war dennoch klug genug, die Sache mit dem Heiligen Geist anzuschneiden, ein Begriff, den der Redner Petrus freimütig verwendet hatte, ohne daß er klar umrissen war. »Wie ich das sehe«, meinte er, »ist das der Wind, der blies und das schöne Hebräisch, das Petrus sprach und jeder verstand und es war auch, meine ich, Thomas' Alptraum von der gespaltenen Zunge mit dem Feuer.«

»Das könnte man Erscheinungen des Heiligen Geistes nennen«,

sagte Simon, der ehemalige Eiferer, und kratzte seine Wange. »Dieser Heilige Geist scheint eine Kraft zu sein, die aus den beiden kommt. Vater und Sohn haben mit den Geschäften, die da oben zu erledigen sind, zu tun und überlassen die irdischen Belange diesem Heiligen Geist.«

»Du übersiehst«, sagte Thomas, »eine reichlich komische Veränderung der Lage. Ein Gott war's bisher, jetzt sieht's nach dreien aus.«

»Drei können nicht sein«, warf Johannes in mildem Ton und gleichzeitig mit ungemein starker Stimme ein. »Vater und Sohn sind dasselbe, und auch dieser Heilige Geist ist es.«

»Dasselbe wie was?«

»Dasselbe wie diese zwei, die eins sind. Drei in einem. Deshalb werden wir morgen, wenn jemand zur Massentaufe erscheint, etwas in der Art von ›Ich taufe dich im Namen der drei‹ sagen müssen. Das wird einige Leute aufregen.«

»Viele werden auftauchen«, sagte Matthäus. »Besonders von denen, die eine weite Reise gemacht haben. Etwas umsonst, um es mit nach Hause zu nehmen. In gewissem Sinn hast du recht, Johannes. Die Sache hat sich kompliziert. Gott hat jetzt einen Sohn, und sie haben eine Art Vogel gesandt.«

»Vogel?« sagte Petrus, und erhob sich vom Memorieren seines kleinen Wortschatzes an reinem Hebräisch. Er hatte die Vorstellung am Morgen auch von außen beobachtet, so als befände er sich unter der Menge. »Bitte keinen Unsinn und keine Lästerung. Was hat ein Vogel hier verloren?«

Matthäus wandte sich erstaunt um. »Oben an der Decke sah ich den Vogel, als der Wind zu wehen anfing. Wie eine Taube, aber groß wie ein Adler.«

»Welcher Wind?« fragte Andreas.

»Dreht jetzt jeder durch?« rief Petrus.

»Ja, so könnte man es wohl nennen«, sagte Matthäus. »Heute früh waren wir alle ein bißchen verrückt, sonst hätten wir nicht getan, was wir getan haben. Und so wird es auch in Zukunft sein. Ein anderer Ausdruck für ›Vom Heiligen Geist gerührt‹.«

Sie aßen wenig und gingen früh zu Bett, weil der nächste Tag, wie sie dachten, arbeitsreich sein würde. Der Kidron mit seiner engen Schlucht war auch in nichts mit dem Jordan vergleichbar. Steile Ufer, kein richtiger Strand, und der Fluß selbst reißend und feindselig. Ein schwieriger Tag winkte und danach eine schwierige Zukunft, nachdem schon der Heilige Geist herabgekommen und sich mit der Launenhaftigkeit eines Jesus zurückgezogen hatte, der es oder ihn oder sie versprochen hatte, einen Wind oder einen Vogel oder die feurige Zunge im Traum von Thomas. Es heißt, daß Johannes, einst der geliebte Jünger, jeden vor der Dämmerung mit seiner lauten Stimme weckte (von der das Buch der Sprüche später als einem Fluch spricht) und sagte, er habe ein Zeichen erfunden, das Zeichen sei ihm genauer gesagt im Traum erschienen. Dieses Zeichen, gebildet mit dem Daumen auf Braue, Brustbein und den Schultern, verband das Kreuz, an dem Jesus gestorben war, mit dem Vater, dem Sohn und dem anderen. Machte die Sache klarer. Es brachte aber auch ein Element in den einfachen Glauben, das der Fischer Petrus, der im Leben noch nicht das Wort *mustikos* gehört hatte, als gefährlich verspielt ansah. Aber lassen wir sie für jetzt weiter über Glück, Träumen und Besuchen des Heiligen Geistes sowie den Taten ihrer Feinde brüten. Amen.

In der Dämmerung, als die Jungglaubenden oder die einfach Neugierigen ihre verschiedenen Wege über Stock und Stein, über Wurzelwerk und ausgedörrten Boden zur Schlucht suchten, errichte Kaleb einen Hügel, an dem behelfsmäßige Steinbauten erreichtet waren. Er trug einen Mantel und einen Stock und war hundemüde. In seinen Ohren klangen bestimmte Worte von Stephanus nach: »Ich wünsche mir, daß du während deines Aufenthalts dort deine Philosophie überdenkst. Falls Gott die Welt erschaffen hat, dann für mehr als nur die Juden. Der Sinn des Lebens besteht nicht in der Proklamation eines freien jüdischen Staates.«

Kaleb hatte gesagt: »Aber der *meines* Lebens.« Stephanus hatte erwidert: »Aus wäre es beinah gewesen.«

Eine rauhe Nachtfahrt im Mondschein war es gewesen, während Gottes Geschöpfe kratzend, bellend oder heulend Laut gaben, Worte eines unlesbaren Buches, das Gott gut genug verstand, zusammen mit Eulen und Füchsen. Er hatte auf einem Stein gesessen, um Brot und Salzfisch zu mampfen, die er mit Jerusalemer Wasser hinunterschwemmte. Wenn ich dein je vergesse, Jerusalem, soll meine rechte Hand verdorren. Jetzt, da die Sonne anfing, die Steine weiß zu färben, hörte er eine matte Hymne: Die festgläubigen Sektierer, die Jerusalem, den Tempel, den Sanhedrin und alles verlassen hatten, begrüßten einen weiteren Tag, den der Sonnengeist überstrahlte. Kaleb stieg über Felsen, zwischen denen ein paar dürre Ziegen an gelblichem Gras zupften, und fand ein offenes Tor. Drinnen waren Männer in gebleichten Kleidern, die sich eben zu einem Frühstück im Freien niedersetzen wollten. Von einer Quelle wurde Wasser geholt, und man brachte in einem Korb frisches Brot von der Bäckerei. Ein Mann hatte offensichtlich auf ihn gewartet.

Doch wie konnte ein Zeichen hierher gelangt sein? War das alles vorausgesehen gewesen, schon als die Girlanden für Pfingsten angebracht wurden? Der Mann stand am Beginn seiner mittleren Jahre und trug ein weißes Kleid, das unreiner war als das des hohlwangigen Esseners, der Kaleb aufforderte, seinem Hunger ein Ende zu machen. Kaleb fragte: »Anias?«

»Ananias. Mir wurde gesagt, daß du vielleicht kommen würdest.«

»Wann? Wie?«

»Der junge Mann, der mir in Jerusalem Griechischstunden gab, sagte, es sei ein Plan in Vorbereitung. Ich bin erst vor vier Tagen angekommen. Ich gehöre noch nicht zur Brüdergemeinde.«

Kaleb setzte sich an sein kärgliches Mahl aus Brot, Wasser, Wurzeln, getrockneten Feigen und Trauben. Seine Anwesenheit wurde nicht befragt und nicht begrüßt. Er war aus Jerusalem gekommen, weil er Jerusalem abgelehnt hatte, und das genügte. Die Gebete, die während des Brotbrechens gesprochen wurden, konnte Kaleb nicht verstehen. Ein Wangenkuß machte die Runde um den Tisch. Kaleb küßte ohne Begeisterung die rasierte Backe eines blutleerverweiblichten Jugendlichen an seiner Rechten. Nach dem Frühstück war es Kaleb gestattet, Ananias in seiner Zelle zu besuchen und sich an einer Schüssel zu waschen; danach trocknete er sich mit einem gebleichten Tuch ab. Er sagte:

»Alles weiß. Kein Blut drin. Sogar das Brot ist weiß.«

»Das wahre Wundermittel des Glaubens«, sagte Ananias. »Hier erreicht es die Grenzen der Reinheit. Wenn du Kot und Wasser von dir gibst, mußt du, angetan mit weißen Handschuhen, die Exkremente im Boden vergraben. Keine Ehe, keine Unzucht – die Vergnügungen des Fleisches sind Sünde. Der Körper ist aus Dreck und rotem Lehm gemacht. Der Mensch muß ihn transzendieren und im Geist leben.«

»Leicht isses nich', zu vergessen, daß man einen Körper hat«, sagte Kaleb. »Diese Männer halten also nie eine Frau in ihren Armen. Wie pflanzen sie sich fort?«

»Gar nicht. Schließlich ist das Ende der Welt prophezeit und wird bald eintreffen. Fortpflanzung hat keinen Sinn. Reinigung ist gefragt.«

»Mir hat man beigebracht, daß die Welt erst beginnt, nicht endet. Die neue Welt des freien jüdischen Volkes.«

»Sie würden das einen leichtfertigen Traum nennen. Reinigung ist eine ernste Angelegenheit. Am Ende wird die reine Seele in den Himmel auffahren.«

»Und du schließt dich ihnen an?«

»Ich habe lange und mühsam nach dem richtigen Weg gesucht. Deshalb wollte ich auch Griechisch lesen können. Ich sehe diese Essener als letzte Station auf meiner Reise. Johannes der Täufer war zum Beispiel einer von ihnen. Dann wurde er zu etwas anderem geführt. Ich glaube nicht daran, daß die Welt zu Ende geht. Ich halte es für falsch, von einer Welt abgeschnitten zu sein, in der soviel Falsches richtig gestellt werden müßte. Ich bin hier, um die neue Lehre zu überdenken. Bist du mit den Anhängern Jesu zusammengekommen?«

»Mein Onkel Matthias ist eben der zwölfte unter den Jüngern des Toten geworden. Blödsinnig, oder nicht? Jünger eines Toten.«

»Die Botschaft kommt gerade erst auf die Welt.«

»Und sie heißt: Unterwerft euch den Römern. Das bringt's nicht.«

»Die Sache ist die, daß die Römer über kurz oder lang von allein ausbrennen. Wir sollten an sie keine Mühe verschwenden. Die wichtigen Sachen passieren außerhalb des *politikon.*«

»Hat dir das Stephanus beigebracht?«

»Stephanus, natürlich. Kann mir keine Namen merken. Nein, das habe ich aus einem Buch.«

»Es heißt«, sagte Kaleb, »daß Johannes der Täufer in Samaria bestattet liegt. Er soll ihnen erscheinen und rufen, daß die Stunde der Befreiung bevorstehe.«

»Und was verstehen die Samariter unter Befreiung?«

»Was *ich* darunter verstehe. Herodes der Große hat dort feste Burganlagen errichtet. Kann sein, daß der große Schlag in Samaria – nicht in Judäa und nicht in Galiläa – stattfindet. Das fiel mir in der Nacht ein, als ich den Weg verfehlte, ihn wiederfand und gleichzeitig an Samaria dachte. Kennst du Samaria?«

»Ich weiß, daß die Samariter eine üble Bande sein sollen. Einmal haben sie Scheiße auf die Tempelstufen geschaufelt. Und Totengebein. Sind keine richtigen Juden – nicht Fisch, nicht Fleisch –«

»Was macht das?«

»Ich bezweifle ja nicht, daß es auch gute Samariter gibt. Gibt sogar eine Geschichte über einen.«

Kalebs Morgenruhe bedeutete Arbeit für die Jünger: Sünden wurden abgehört, die Tränen der Reue herausschwemmten; man hatte nah genug am Wasser gebaut. Hoch oben, auf jeder Seite der Schlucht, standen Jerusalemer Truppen. Dabei war sogar ein richtiger italischer Zenturio aus Caesarea, kein syrischer Schwachkopf. Vorsicht bei jüdischen Massen, hieß eine gängige palästinensische

Parole. Offenbar war alles, was diese Juden taten, daß sie ein paar Worte sprachen und dann getaucht wurden. Einige trugen Wedel und das Blattwerk der Jahreszeit. Keine Gefahr dabei, aber man konnte nie wissen.

Thaddäus, ein ungeschickter Täufer, hatte ein Lied nach den Worten der Prophezeiung Joels geschrieben:

> Töchter mit Prophetenzungen,
> Bilder, Bilder für die Jungen,
> Träumen Träume für die Alten.
> Bilder, Träume werden nicht erkalten
> Von Jesus Christ
> Der geopfert ist.

Er wollte es lehren und gleichzeitig mit der Tauferei weitermachen. Eine anstrengende Arbeit. Der Kopf der Jünger schwirrte von anderer Leute Sünden, die meisten hatten mit Betrug und Raub und dem sexuellen Verlangen nach der falschen Person zu tun. Unterdessen suchte in der Jerusalemer nachpfingstlichen Stille ein Manipel nach Ruth, Sara und ihrer Mutter. Man fand schließlich ihre Behausung, wo zur Erinnerung an die Witwe noch immer die Töpferscheibe und eingetrockneter Ton aufbewahrt wurden. Der verrückte Elias empfing die Soldaten mit Gelächter und sprach von der Ankunft der schnurrbärtigen *achbroshim*. Sie wollten ihn herumstoßen, aber er war flink und drahtig. Seine Mieter seien von Ratten gefressen worden, sagte er. Die Soldaten fragten die Leute auf der Straße nach den drei Frauen, aber keiner wußte, wo sie waren.

Tatsächlich waren sie im Haus von Stephanus und seiner Eltern untergebracht. Der Vater, ein ehemaliger Lehrer namens Tyrannos, hatte den jüdischen Glauben aufgegeben, stieß sich aber nicht an der gelehrten Frömmigkeit seines Sohnes. Tyrannos hatte das Haus mit Szenen aus dem Homer tapeziert und setzte seinen Ehrgeiz daran, den Mädchen Griechisch beizubringen. Sara, die alle Anlagen zur Gelehrtheit in sich trug, konnte schnell das Alphabet erfassen und machte sich bald an die Konjugation *autos, auton, autou, auto*. Ruth und ihre Mutter gingen Maia, der rabenhaarigen Hausfrau, beim Putzen und Kochen zur Hand. Manchmal schluchzten sie vor Angst. Stephanus sagte:

»Ihr seid bestimmt sicher. Wir haben den tiefen Keller. Sicher natürlich nur insoweit, als man heutzutage überhaupt von Sicherheit reden kann. Dennoch wäret ihr noch besser bei den Nazarenern aufgehoben.«

»Bei einem Onkel«, sagte Sara, »der sein Geld den Armen gibt. Und nicht seiner Familie.«

»Die Nazarener haben eine andere Vorstellung von Familie. Sie sagen, ihre Familie sei die Welt.«

»Wirst *du* ein Nazarener?« fragte Sara.

»Ich habe genug vom Sektengezänk«, antwortete Stephanus. »Ich habe genug vom Gekreisch der Zeloten.«

»Dennoch hast du Kaleb gerettet.«

»Trotz seines Eiferertums.« Außerhalb des Eßzimmers, wo sich die drei jungen Leuten bei Datteln, Oliven und flachem dünnem Brot noch herumdrückten, nachdem die Älteren bereits gegessen hatten, war das klagende Lied eines alten Bettlers zu hören, den ein Junge irgendwo hinführte, welcher gelangweilt leierte:

»Almosen für ein Vergelt's Gott.« Er wurde zum Tempel gebracht, weil die neunte Stunde nahe war, die Zeit der Gebete und Opfer. Die Tempelbesucher warfen den Krüppeln und Blinden regelmäßig ein paar Münzen hin – weniger aus echter Großherzigkeit denn als ein Symbol dafür.

Auch Petrus und Johannes gingen zur Feier der neunten Stunde zum Tempel. Die anderen Jünger waren müde; das Taufen von ungefähr tausend Leuten war harte Arbeit gewesen. Petrus und Johannes stiegen also durch den Vorhof der Priester zum Hof Israels hinauf und kamen an einer griechischen und lateinischen Inschrift vorbei, die besagte, der Ungläubige würde gesteinigt, wenn er noch weiter ginge. Neun Tore führten vom äußeren Hof in den inneren, und eines davon, das zum Frauenhof, hieß Nikanor-Tor, oder das schöne Tor. Es bestand aus korinthischer Bronze und war kunstvoll gestaltet. Natürlich hatte es einen schönen Batzen gekostet. Als sich Petrus und Johannes diesem Tor näherten, sahen sie einen Krüppel auf einem Wägelchen, ein Junge war bei ihm. Der Bettler hielt eine Deichsel mit einem Querstück. Er sagte zu Petrus und Johannes:

»Gebt im Namen des Herrn. Für die Liebe des Herrn...«

Petrus sah den kreuzförmigen Schatten des Bettlersteckens auf dem abgekanteten rechten Pfosten des Tores. Es wurde ihm etwas eingeflüstert. Petrus schaute dem Bettler in die Augen und wartete darauf, daß der eigenwillige Heilige Geist heranbrauste. »Schau mich an«, sagte er. Und dann: »Wir haben weder Gold noch Silber, sind so arm wie du selbst. Aber was ich habe, will ich dir jetzt geben. Komm heraus aus deinem Wägelchen. Im Namen des Jesus Christus von Nazareth, wandle.«

Der Bettler machte eine groteske Gebärde des Gehens, um zu zeigen, daß er es nicht konnte, und kam dann, zu Petrus' und Johannes' Überraschung so gut wie zu seiner eigenen, doch auf seine nutzlosen Füße. Petrus reichte ihm die Rechte, und er nahm sie. Dann merkte er, daß er gehen konnte.

»Hab' ich schon immer gewußt, daß er ein Scharlatan ist«, sagte ein Sadduzäer. »Sind viel zu viele hier. Er konnte es ja ziemlich lange aufrechterhalten.« Der Bettler erlaubte seinem Ärger den Platz von Angst, Erstaunen, Dankbarkeit und dem Bedauern über den Verlust seines Gewerbes einzunehmen: Bitte um etwas, und du wirst immer zu viel oder zu wenig erhalten, niemals genug. Er sagte:

»Ich kenne dich, fetter Zadok, und du kennst mich. Ich werde 41 und konnte meine Knöchel nicht gebrauchen, seit ich am Leben bin. Bitte, schau dir Knochen und Muskel an und preise die Güte des Herrn, bevor du zu spotten beginnst.«

»Jetzt wirst du tanzen müssen, um deinen Lebensunterhalt zu verdienen«, spottete der Sadduzäer.

»Schaut her.« Der Bettler begann zu hüpfen und herumzuspringen. Ein Pharisäer nickte ehrfürchtig und sagte:

»Jesaja 35.6. ›Dann werden die Lahmen springen wie ein Hirsch.‹«

»Komm herein mit uns«, sagte Petrus peinlich berührt. »Bete. Nimm teil am Opfer.« Der Bettler hüpfte also den ganzen Weg bis zum Kerzenlichtglanz drinnen und schritt dann ordentlich zur Opferstelle. Als er und Petrus und Johannes wieder herauskamen, folgte ihnen eine riesige Menge zur Halle Salomons. Petrus wußte, daß er etwas sagen mußte, deshalb wartete er auf das, was er für eine Einhauchung des Heiligen Geistes hielt, ein Vogel, der in seinen Lungen flatterte und Feuer auf seiner Zunge; dann sprach er:

»Ihr Leute von Israel, was ihr seht, ist wirklich wahr und kein fauler Zauber. Was mit diesem hüpfenden Bettler hier geschah, kam nicht aus irgendeiner Kraft oder Frömmigkeit, die ich, oder die Johannes hier besäße. Der Gott Abrahams und Isaaks und Jakobs, der Gott unserer Väter, hat den Herrn Jesus, seinen Knecht, verherrlicht. Vergeßt nicht, daß ihr es wart, die ihn dem ausgeliefert haben, was ihr in eurer leisetreterischen Dummheit Gerechtigkeit nennt. Ihr habt ihn an einem Baum aufgehängt und darüber gejauchzt, während ihr einen Mörder freigegeben habt, damit er weiter morden konnte. Der Fürst des Lebens aber ist, was er war und ist, denn wir haben ihn gesehen, wie er aus dem Grabe erstand. Der Glaube an seinen Namen hat, in Kraft verwandelt, diesen Menschen wieder zu einem ganzen Mann gemacht. Jetzt seht ihr, daß die Prophezeiung keine Täuschung war. Bereut und laßt euch taufen im Namen des Heiligen Geistes. Beschreitet die neue Straße.«

»Betrug«, murmelte einer der Sadduzäer, »und das bei dieser wunderbaren Lästerrede. Gut, wir werden ja sehen.«

Die Ansammlung und das umlaufende Gerücht von einem Wunder hatte nämlich den Hauptmann der Tempelwache, den *sagan* oder *segen*, den Mann vom Berg des Hauses (was immer das sein soll), – *'ish har ha-bayith* (anders kann ich's nicht wiedergeben) – angelockt, der eine Gruppe muskulöser Leviten mit sich führte. Die Sadduzäer und einige der Oberpriester, die unteren Ränge hielten sich heraus, erhoben die üblichen Anklagen: Predigen der Auferstehung, bauernfängerische Betrugsmanöver, Zusammenrottung und Erregung von Unruhe. Der *sagan* oder *segen*, angetan mit Brustplatte und Helm, sagte:

»Du, und du, sowie dieser Springer; verhaftet. Ihr werdet über Nacht eingelocht. Verhandlung am Morgen.«

»Wir haben aber am Morgen zu tun«, donnerte Johannes. »Taufe der Neugläubigen.«

»Ihr werdet nicht zu haben sein, ganz einfach. Vorwärts.«

Der *'ish har ha-bayith* und seine ungefähr zwölf Leviten mit ihren Schmuckdolchen brachten Petrus, Johannes und den geheilten Krüppel in ein kleines heiliges Gefängnis (notwendig heilig, da es nicht römisch war) beim Ostende jener Brücke, die das Tyropoeon-Tal überquerte. Sie erhielten eine kalte Zelle hinter einer schweren Tür und wurden mit einem schweren Schlüssel eingesperrt, der quietschend in einem rostigen Vorhängeschloß mahlte. In weit mehr als Mannshöhe befand sich ein siebenstabiges Gitterfenster. Der Bettler sprang hoch, um festzustellen, ob er hinaussehen könnte. »Laß das«, sagte Petrus müde. Johannes brüllte durch die Türstäbe:

»Essen!«

»Wenn du essen willst«, sagte der Wachmann, »wirst dafür löhnen.«

»Hast du Geld?« fragte Johannes den nicht mehr Springenden.

»Nicht viel kassiert heute. Aber jetzt frage ich euch: Wie soll ich mir in Zukunft meine Kohle verdienen?«

»Immer wieder fragen sie das«, sagte der müde Petrus. »Lern was Gescheites. Töpfer, Schreiner oder so.«

»In meinem Alter? Wer würde mich als Lehrling nehmen?«

»Hast du nun Geld oder nicht?« brüllte Johannes.

»Na gut. Viel wird's aber nicht geben für die paar Mäuse.«

Altbacknes Brot und abgestandenes Wasser gab es. Sie schliefen unruhig auf dem Steinboden. Als der Frühgockel vorlaut krähte (wer von uns ist würdig, wer?), ließ man sie hinaus und führte sie in den Ratssaal, nicht weit vom Gefängnis gelegen. Der Ort hieß *lishkath ha-gazith* oder Halle am Xystos, wobei es sich beim Xystos um einen Versammlungsplatz mit geglätteten Steinen handelte, der im Freien an der Westseite des Tempelberges lag. Der Bettler hüpfte den Großteil des Weges, um zu beweisen, daß seine Heilung echt war, und Petrus sagte erschöpft: »Bitte geh wie ein normaler Mensch.« Man ließ sie eine Stunde draußen vor dem Saal warten. In der Nähe verkaufte jemand gebackenen Fisch; der stechende Geruch marterte ihre leeren Mägen. Schließlich wurden sie eingelassen und stutzten nun über den Anblick. Für sie waren fast alle im Sanhedrin versammelt, allerdings waren es mehr Sadduzäer als Pharisäer. Mit den Pharisäern hatte man noch eine Chance.

Annas war dort, von Quirinius, dem Legaten in Syrien vor ungefähr 26 Jahren zum Hohen Priester ernannt, nach neun Jahren entthront, noch immer aber die bestimmende Kraft in der Priesterschaft, die ohnehin in den Händen seiner Familie war. Seinen Schwiegersohn Kaiphas, den Valerius Gratus, Vorgänger des Pilatus, zum Nachfolger des Alten gemacht hatte, kannten sie nur zu gut. Dann war da Annas' Sohn Jonathan und ein friedlicher kleiner Mann, der den unpassenden Namen Alexander trug. Die Priester und Laien brummten in ihre Bärte. Kaiphas, der Gerichtsvorsitzende, eröffnete das Verfahren mit den Worten:

»Es heißt, ihr habt einen Mann geheilt, der als unheilbar galt. Ist er anwesend? Ja, ich sehe ihn hier. Dieses Gehüpfe ist nicht schicklich. Also: Mit welcher Vollmacht und in wessen Namen habt ihr die Heilung ausgeführt?«

Petrus hatte sich die Worte nicht zurechtgelegt. Jesus hatte immer darauf bestanden, daß es ratsam sei, Kopf und Mund freizuhalten, damit der Vogel der Eingebung hineinflattern oder der Wind hineinblasen könnte. Petrus' Zunge verspürte einen Feuersturm an der Wurzel, und er sprach:

»Ihr Obersten des Volks und ihr Ältesten! Offenbar sind Johannes hier und ich des Verbrechens einer guten Tat an einem Krüppel angeklagt, der durch Gottes Gnade keiner mehr ist. Kraft und Vollmacht? Die kommen von Jesus Christus von Nazareth, den ihr, wie ihr euch erinnert, gekreuzigt habt, und den Gott von den Toten auferweckt hat. In einem der Psalmen Davids, ich könnte nicht sagen, in welchem, nachdem ich kein Studierter bin, heißt es folgendermaßen: ›Der Stein, den die Bauleute verwarfen, ist zum Schlußstein geworden.‹ In keinem anderen ist das Heil, ist auch kein andrer

Name unter dem Himmel, darin wir selig werden. Die Wiederherstellung dieses Bettlers ist ein Testament oder Testat, ich weiß nicht, welches das rechte Wort ist, weil ich ungebildet bin, für seinen Ruhm. Mehr sage ich nicht.«

Ziemlich viel unterdrücktes Streiten gab das, und auf Petrus und Johannes dolchten eine Menge Blicke, die aber ihr Ziel verfehlten. Kaiphas ließ die beiden Jünger hinausführen, um dem Gemurmel Gelegenheit zu geben, sich zur offenen, wenn auch geheimen, klaren Rede zu erheben.

»Hört, ihr heiligen Väter und verehrten Herren«, sagte der alte Annas mit seinem pergamentenen Gesicht, das wie von Gabeln gekerbt war; seine Wamme wackelte dazu, »in dieser komischen Geschichte kann ich euch nur mit den Früchten langjähriger Erfahrung dienen. Wie ihr wißt, steht mir hier keinerlei Recht zu.« Er peilte sie alle abstoßend an. »Belial, Beelzebub und die übrigen Teufel heilen keine Krüppel, sondern machen sie noch verkrüppelter, deshalb schlagt euch die Vorstellung von teuflischer Macht aus dem Kopf; damit ist es nicht getan. Ich nehme an, daß die ganze Stadt über diesen Akt von Thaumaturgie spricht. Natürlich«, sagte er, während er die Glieder des Bettlers abschätzte, der nicht stillhalten konnte und deshalb, diesmal ohne Beanstandung, vor dem Gericht auf und ab marschierte, »natürlich können wir ihm jederzeit die Knöchel brechen lassen und sagen, die Heilung hätte nicht stattgefunden, aber das hielte ich für grundlose Grausamkeit.« Einige im Sanhedrin nickten Zustimmung. »Der Gott unserer Väter läßt manchmal Wunder geschehen, die kein Gelehrter erklären kann. Folgendes hat zu geschehen: wir müssen das Ereignis von der angeblichen geistigen Kraft dahinter lösen. Was weiter geschehen muß: wir müssen diesen Männern befehlen, mit der Propaganda im Namen des Galiläers aufzuhören. Mein Schwiegersohn hat ihn nicht eigentlich zum Tode verbracht, sondern das den Römern überlassen, aber er wird es doch außerordentlich peinlich finden, daß ein Anfänger von einem Schreiner-Rabbi jetzt als der auferweckte Sohn des Allerhöchsten ausgegeben wird.« Er grinste bösartig in Kaiphas' Richtung. »Und als Quelle unleugbarer Wunder.«

»Ihr werdet sie nicht aufhalten«, sagte Jonathan. »Man hätte sie entweder gar nicht inhaftieren sollen oder müßte sie jetzt wegen Lästerung steinigen. Das aber hieße, sie alle zu steinigen, und damit würden sich die Bekehrten, die sie machen, noch mehr gegen uns wenden, als sie das ohnehin schon tun. Eine unangenehme Situation. Man bräuchte jemand wie Rabban Gamaliel – nebenbei, warum ist er nicht hier? –, der neue Wörter und Theorien drechseln und festlegen kann, daß dieser Jesus ein echter kleinerer Prophet war und als solcher vor den Priestern wie dem Volk zu vertreten.« Er wurde niedergebrüllt.

»Sei vorsichtig«, warnte Kaiphas. »Kein Kompromiß ist annehmbar. Der Anspruch, der Messias zu sein, ist das Gefährliche, zusammen mit dem, was viele für einen Beweis dafür halten werden. Eins nach dem andern. Drohen wir ihnen ernsthafte Maßnahmen an, falls sie je wieder den Galiläer verkünden.«

»Apeile apeilesometha«, äffte Annas genießerisch. »Drohen mit Drohungen. Muß keine Tautologie sein. Nur mit Drohungen können wir drohen.«

»Müssen wir sie also laufen lassen? Mit einer Verwarnung?«

»Genau. Bis zum nächsten Mal.«

Petrus und Johannes kamen verspätet zum Taufen an jenem Tag. Petrus erlöste Bartholomäus, der seine eigene Erlösung hinter einem Busch suchen mußte. Der römische Schutz auf der Westseite trank auf die neue Sonne. »Dein Name?« fragte Petrus den jungen Mann vor sich.

»Stephanus.«

»Und welche Sünden hast du begangen, Stephanus?«

»Die gewöhnlichen menschlichen Sünden. Begierde, wenn auch keine ausgelebte. Ungeduld und Zorn. Verlängerter Fehlschlag, das Licht zu sehen.«

»Aber jetzt siehst du es?«

»Ich sehe es.«

»Ich taufe dich, Stephanus, im Namen des Vaters, des Sohnes und des Heiligen Geistes.«

Jetzt begann die Einrichtung einer Jerusalemer Gemeinschaft ohne Privateigentum. Matthias machte aus seinem einsamen Haus einen Markt, wohin man Möbel, Silbergeschirr und Besitzurkunden von Grundstücken und Häusern bringen konnte, damit sie geschätzt und in die Hand der ursprünglichen Zwölf als Verwalter übertragen wurden. Berechnende Kaufleute, die Personal und Immobilien in Bargeld umtauschen wollten, kamen und boten so wenig wie möglich. Matthias, der noch kein völlig kraftloser Nazarener geworden war, richtete eine Art Versteigerung ein. Die Griffel der Buchhalter kratzten angestrengt. Saulus, der das Zuschlagen des Hammers hörte, kam, mit wenig Nächstenliebe und voll Zorn, nachsehen.

»Gräßlich: unsauber außerdem. Schwerverdientes Geld rotztriefenden Bettlern und stinkenden Krüppeln nachzuwerfen.«

»Und doch versäumt, meinen Neffen aus der Hand der Römer freizukaufen. Unnatürlich – willst du das sagen? Ja, Gott hat die Verantwortung übernommen. Gott wußte genauso gut wie ich, daß die Römer nicht zu bestechen sind.«

»Das Wichtigste zuerst, Matthias. Familie. Die Gemeinschaft der Gläubigen. Aber zu den Gläubigen gehörst du natürlich nicht mehr.«

»Ich verstehe mich als gottesfürchtigen Juden, dem eine neue Gnade zukam. Bist ein intelligenter junger Mann, Saulus, ein Studierter außerdem. Du mußt die Zeichen der Zeit erkennen. Die alte Weise ist erledigt.«

»Die alte Weise, wie du es nennst, werde ich noch mit meinem letzten Atemzug beschützen. Und die neue bekämpfen.«

»Allein, weil es die neue ist?«

»Nein, sondern weil sie blasphemisch ist. Gott ist reiner Geist und himmelhoch über dem faulenden Fleisch des Menschlichen.«

»Wir glauben auf verschiedene Art.«

»Dann glaub du an Leid und Zerstörung. Die Steine der Gerechtigkeit mahlen bereits.« Saulus knuffte sich ungeduldig seinen Weg durch den Andrang der Händler und Schätzer und hörte, wie ihn die Stimme des Matthias bis auf die Straße verfolgte:

»Möge dich das Grab des Herrn Jesus Christus noch auf den rechten Weg führen.« Saulus spuckte aus und drängelte dann die schwächeren Verkehrsteilnehmer aus dem Weg. Zum Zeltnähen hatte er keine Lust und außerdem einen wunden Daumen. Er kam in die Nähe des Hauses, das früher Joseph Barsabas gehört hatte, und er sah etwas Neues: Sonnensegel waren da und darunter Feldbetten, auf denen die Körper von Kranken lagen. Stephanus und Bartholomäus verbanden ein offenes Knie. Ananias ging mit Brotkorb und Weinflasche von Bett zu Bett. Als er Saulus sah, lächelte er und sagte: »Bist du doch noch zu uns gestoßen? Guter Platz, um einen steifen Nacken zu entspannen.«

»Wie lange«, fragte Saulus, »soll das noch weitergehen? Du verläßt die Pharisäer und schließt dich den Essenern an. Und jetzt gehörst du zu dieser gotteslästerlichen Sekte. Stephanus auch, sehe ich. Narretei. Habt ihr auch alles zugunsten der Krüppel verkauft?«

»Alles, Saulus.«

Das stimmte nicht ganz. Später am gleichen Tag wiederholte Ananias, im früheren Haus von Matthias die Worte von Saulus, wenn auch mit mehr Anstand.

»Alles, Petrus. Zähl das Geld – liegt dort auf dem Tisch.«

»Und die Abrechnung?«

»Das fällt«, erwiderte Ananias verlegen, »nicht unbedingt in den Bereich der Gemeinschaft. Ich mußte meinen Hof ja nicht verkaufen. Das geschah freiwillig. All unsre Handlungen sind doch freiwillig? Hier wird doch kein Zwang ausgeübt, oder?«

»Wie wir gelobt haben, ohne eigene Besitztümer zu leben und alle Sachen gemeinsam zu besitzen, so warst du, als einer von uns, verpflichtet, alles herzugeben. Ich frage noch mal, Ananias – alles?«

»Alles.«

»Was bedeutet dein Name, Ananias?«

»Mein Name? Was hat mein Name damit zu tun? Man hat mir gesagt, er sei eigentlich Hananiah. Irgendwas über Jehovah, der großzügig gibt –«

»Du spottest Gottes Taten und du spottest deines Namens. Ich sehe in deine Seele, Hananiah. Und du, Saphira, unterstützt du diese Lüge?«

Saphira war des Ananias Frau. Ihr richtiger Name war Shappira, was die Schöne bedeutete. Es ist gefährlich, weiblichen Kleinkindern Namen zu geben, denen sie womöglich nicht entsprechen. Saphira war kleinäugig und dünnlippig, das Haar strähnig von Gottes Überfluß an Fett. Etwas verwirrt sagte sie: »Der Hof gehörte meinem Vater. Mein Vater gibt aus dem Grab heraus, aber den Nazarenern hat er nichts versprochen. Sie waren noch gar nicht da, als er starb.«

»Trotzdem wird das Geld von dir und deinem Gemahl gegeben. Ich frage noch mal: Unterstützt du diese Lüge?«

»Ich bin keine Lügnerin«, sagte sie. »Hatten wir nicht das Recht auf ein kleines Nest für uns allein? Wo sollen ein Mann und seine Frau leben? Es gibt Dinge, die Ehemann und Ehefrau im Privaten tun müssen; sie können nicht wie in einem Gefängnis mit Fremden zusammen schlafen, die sich Brüder nennen, aber um sie herum schnarchen oder wach bleiben, um zu beobachten, was verboten ist.«

»Also wurde von dem Geld einiges zurückbehalten. Nicht wahr, Ananias?«

»Nichts wurde zurückgehalten. Das schwöre ich.«

»Unser Meister hat uns eingeschärft, nicht zu schwören, sondern einfach ja und nein zu sagen. Bist du denn ein Lügner, Ananias?«

»Was immer mit Lügner gemeint ist. Uns wurde ein kleiner Anteil an dem Hof gewährt, nicht mehr als ein Nebengebäude. Aber das Geld aus dem Verkauf liegt alles dort.«

»Also«, sagte Petrus, »Ananias der Lügner spricht endlich die Wahrheit. Geh jetzt, und du auch, Saphira. Wir sind nicht wie die Römer oder der Sanhedrin. Wir verhängen keine Strafen; das überlassen wir Gott. Vorläufig soll das Bewußtsein genügen, falsch gehandelt zu haben. Kostet euer Vergehen allein aus, ihr beiden.« Damit wandte er ihnen den Rücken zu.

»Gebt mir ein wenig Wasser«, bat Ananias, »ich fühle mich nicht gut. Schwaches Herz.« Keiner gab ihm etwas. »Aha, das Geben ist sehr einseitig. Das soll euer Fluch sein, ihr werdet sehen.« Er ging schwankend weg. Saphira stützte ihn. Matthias sagte zu Petrus:

»Vergib mir meine Vermessenheit – ich weiß, daß ich als letzter zur Gemeinschaft gestoßen bin und deshalb am wenigsten verstehe –, aber ich vermag nicht einzusehen, warum Ananias falsch gehandelt haben soll. Ich hatte die Möglichkeit, meinen Neffen frei zu bekommen – ich meine Kaleb. Es handelte sich um Abfinden mit Geld. Wie aber, wenn ich Geld zurückbehalten hätte, das wirklich mein eigenes war?«

»War«, sagte der andere Jakobus, der Sohn des Zebedäus. »War, denk dran. Jetzt bist du in einer glücklichen Lage. Davor warst du verwirrt, weil du wußtest, daß Bestechung nichts bringt und doch leise die Hoffnung hegtest, daß es dieses eine Mal funktionieren könnte. Ohne Geld ist es immer am besten. Tausch dein Geld in das, was verbraucht werden kann, und zwar schnell verbraucht. Das befreit einen von Verwirrung und Gier und anderen Lastern.«

»Du würdest dein Geld verloren haben«, sagte Petrus, »und dein Neffe, hätte sich die Sache nicht durch Gottes Gnade anders entwickelt, dein Neffe sein Leben. Die Römer handeln nicht, da hat Jakobus recht. Die Sache hat sich zum besten entwickelt. Schau immer auf die Hand Gottes.«

»So wie jetzt?« fragte Matthias. Er schaute auf die Straße hinaus, wo Ananias in den Dreck gefallen war. Saphira beugte sich über ihn, die Hand an seiner entblößten Brust, um den Herzschlag zu fühlen. Sie erhob den Kopf und die Stimme, um Hilfe zu rufen. Ein Lastkamel kam vorbei, das wegen seiner eigenen inneren Unzufriedenheit brüllte. Es wurde geführt von einem Mann, der zwar nicht brüllte, aber seine eigenen Probleme hatte. Ein trockener Wind beschenkte Saphira und ihren Gemahl mit noch mehr Dreck. Zwei fette Weiber kamen ratschend vom Markt, die Taschen schwer beladen.

»Ich dachte, daß wir Nächstenliebe predigen«, sagte Matthias.

»Oder sollte ich sagen, daß ein Abgrund zwischen Predigt und Praxis besteht?«

»Gott haßt den Lügner«, sagte Petrus unschlüssig.

Kaleb erreichte Sebaste, das einmal den Namen des ganzen Landes getragen hatte. Die Hauptstadt Samarias war unter Herodes dem Großen im griechischen Stil neu errichtet worden und trug als Namen den des römischen Kaisers Augustus, welcher auf griechisch Sebastos lautet. In der Morgensonne sah Kaleb den Gerizim-Hügel, auf dem die Samariter ihren eigenen Tempel gebaut hatten, um mit dem in Jerusalem zu konkurrieren. Er war nicht so schön anzusehen, obwohl die Gold- und Silbertore der Ostseite ebenso in der Sonne glänzten wie die in der Stadt der wahren Heiligkeit. Die Judäer lehrten, daß es hier keine wahre Heiligkeit geben könne. Üble Mischpoke. Blut von den Assyrern, den Hasmonäern, eine verworfene Bande. Die Leute sahen aber doch wie Kalebs eigene aus. Schmutzige Kleider trugen sie, feilschten an Obstständen, spuckten, kratzten. Ein unverschleiertes Mädchen von besonders bleicher Schönheit sah sehnsüchtig von einem oberen Fenster herab und wurde dann grob von einer keifenden Stimme ins Dunkel gezerrt. Bettler riefen um Almosen in Jehovas Namen. Ein Mann in weißgesäumtem Schwarz mit einem assyrischen Bart vollführte vor einer müßigen Bürgerschar Zauberkunststücke. Die Polizei trieb sie brutal vom Durchlaß für Esel und Kamele und eine verschlossene Sänfte im römischen Stil, getragen auf harten Stangen von halbnackten Kerlen, die wie Äthiopier aussahen. Wie in Jerusalem gab es syrische Truppen, aber hier waren mehr Dekurionen italischer Herkunft. Kaleb besaß ein paar Münzen mit dem aufgeprägten Kopf des Tiberius Caesar, die ihm Ananias gegeben hatte, als er die dünnbleiche Gemeinschaft der Essener verließ. Er fand eine kleine Taverne und machte seinem Hunger ein Ende. Hier wurde das Brot zu dünnen harten Platten auf einem gefetteten Blech gebacken. Der Wein sah eher rosa als rot aus. Das Mädchen, das ihn bediente, bemerkte seinen Dialekt. Woher? Jerusalem. Das beeindruckte sie nicht.

Es war beinahe Mittag, als er Samariter seines Alters und in etwa seines Eifers traf. Das war im Badehaus, das dem Tempel auf dem Gerizim-Hügel angeschlossen war. Als er sich auszog, um sich abzuspülen, bemerkten sie die unverheilten Narben auf seinem Rükken. Sie holten einen älteren Mann, der seine nassen Haare mit einem fünfzinkigen Eisenkamm bearbeitete. Er besah sich zuerst die

Narben, bevor er die Augen richtig auf deren Besitzer heftete. »Wer bist du?« fragte der Mann. »Was willst du hier?«

»Kaleb aus Jerusalem. Zelot. Von den Römern gezüchtigt. Der Kreuzigung entgangen.«

»Hier haben wir es nicht so mit den Leuten aus Judäa«, sagte der Mann. »War eine gute Tat der Römer, uns von der judäischen Herrschaft zu befreien.«

»Dafür beherrscht euch jetzt ein römisches Judäa. Ist das besser?«

»Wir merken nicht viel von euerm Pontius Pilatus. Liegt alles beim Präfekten. Ein Hundesohn namens Gracchus, der uns an den Tempel will. Das Übliche. Raub und nochmals Raub.«

»Du führst demnach die Freiheitstruppe an.«

Der Mann gab einen einzelnen Lachlaut. »Ziemlich aufwendig, es so auszudrücken. Bin kein Führer oder sonstwas in der Art. Nenn mich eher einen Spion. Ich arbeite in der Präfektur als sowas wie Buchhalter. Eins, was ich herausgefunden habe, ist, daß sie die hiesige Garnison verkleinern. Und die in Judäa vergrößern. Was ist dort los? Hat das mit dir zu tun?«

»Gibt eine neue Sekte, die Nazarener. Wie ich es sehe, muß da ein Wunder oder sowas ähnliches gewesen sein und deshalb jetzt die Wahnsinnsbegeisterung. Hält sich nicht, solche Sachen halten sich nie, aber wenn die Juden die Begeisterung kriegen, dann kriegen die Römer die Muffen.«

»Was hast du hier vor? Wir sind nicht dein Volk.«

»Meiner Meinung nach ist jetzt die falsche Zeit für Grenzziehungen. Zeloten sind Zeloten, also Eiferer, ganz gleich wo, meine ich jedenfalls. Zeit loszuschlagen.«

»Und was hast du vom Losschlagen?«

»Wir werden die Römer los. Waren zu lange da. Das Haus Davids wird das Königreich Palästina regieren.«

Der Samariter rieb sich die eine Backe, dann die andere. Er sagte: »Wir wissen nicht unbedingt, ob wir wieder unter einem judäischen König leben wollen. Bestimmt aber wollen wir keine Römer hier haben. Du redest besser mit Johannes.«

»Wer ist Johannes?«

»Sein Vater nannte ihn nach Johannes Hyrkanos. Den Hyrkanos läßt er aus einsehbaren Gründen weg. Du weißt, wer Johannes Hyrkanos war?«

»Vor über hundert Jahren übernahm er hier die Macht, oder? Zerstörte euren Tempel als gotteslästerliche Nachäfferei und so.«

»Der Vater von Johannes hatte die verrückte Vorstellung, daß es in der Familie Erobererblut gebe. Johannes und er sind zerstritten. Johannes ist nur Johannes, ein guter biblischer Name. Johannes will Gracchus umbringen.«

»Den Präfekten?«

»Gracchus hat Johannes auspeitschen lassen. Wie auch du gepeitscht wurdest. Irgendeine Anklage im Zusammenhang mit Unterschlagung, konstruiert natürlich. Johannes hatte Geld von der Kasse zu überbringen, damit die Soldaten bezahlt werden konnten. Wir wissen, wer wirklich unterschlagen hat.«

»Ja, und warum haut er ihm dann nicht das Messer rein?«

»Nicht so leicht. Hast du Kampferfahrung?«

»Einmal habe ich einen Angriff auf ein Lager in der Wüste geführt. Jetzt ist es Zeit, näher beim Zentrum zuzuschlagen, meine ich. Meiner Ansicht nach sieht das Problem so aus: Es geht nicht darum, regelrechte Schlachten gegen die Römer zu gewinnen, sondern darum, sie davon zu überzeugen, daß für sie in Palästina nichts zu holen ist. Das war schon da. Sie werden soweit kommen, ihre Regierung zurückzunehmen und die Herodes-Familie wieder hereinzulassen. Schlimmes Blut zwar, aber immerhin einheimisches Blut. Und der Anfang von was Besserem.«

Der Johannes, mit dem Kaleb zusammentraf, bestand fast nur aus einem schwarzen Bart und einer Totalglatze, obwohl er noch recht jung war. Im Schneidersitz saß er in einer Vorstadt und flickte Sandalen. Seine Bude war staubig. Er sagte:

»Fremde wie dich hatten wir schon früher hier. Sadduzäer in römischem Sold.«

»Klar doch«, sagte Kaleb. »Und die Peitsche habe ich mir selbst übergezogen. Ich liebe sowas.« Er zeigte es vor. Johannes pfiff. Kaleb fragte: »Wie viele Leute hast du?«

»Zweihundert kann ich zusammenkriegen. Gutes Sturmmaterial. Haben Erdolchen und Erdrosseln geübt. Natürlich hauptsächlich an Vorposten. Haben uns in letzter Zeit ruhig verhalten, sind ein wenig abgeschlafft. Ein Überfall auf die Präfektur, mit der Stadtkaserne nebendran. Noch nicht soweit. Obwohl, ich weiß nicht. Wir können ja nicht ewig warten. Gracchus muß gekreuzigt werden.«

»Im Ernst?«

»Ein Messer in den Hals, das ist zu billig. Gekreuzigt und dann verbrannt.«

»Du bist sehr hart, Johannes«, grinste Kaleb.

Der Angriff war waghalsig, und Gott, oder etwas anderes, beschützte sie. Vor Tagesanbruch drangen sie in die Garnison ein, erwürgten die Wachen, erdolchten einen schlafenden Zenturio und zwei Dekurionen, die bereits wach waren. Sie griffen ängstliche nackte Männer in den Kasernenschlafsälen an und steckten dann das Holzgebäude in Brand. Die steinerne Präfektur anzustecken, machte ihnen Schwierigkeiten, aber drinnen zerschlugen sie alles, verbrannten Dokumente, töteten die Wachen und machten sich auf zur Präfektenvilla in der Vorstadt. Gracchus erschien im Schlafanzug. Eine samaritische Sukkuba, noch warm von seinem Bett, versuchte zu fliehen, wurde aber gepackt und an den Haaren angezündet. Den Wachen schnitt man die Gurgel durch. Danach wurde ein schluchzender Gracchus auf die Straße zum Stadtkern getrieben. Die gesamte Stadt war wach, und Männer mit Wasserkübeln versuchten zu verhindern, daß das Feuer von der Kaserne auf unschuldige Häuser und Läden übergriff. Feuer und Rauch gaben einen guten Hintergrund ab für die Inszenierung, die Johannes persönlich überwachte. Die Samariter hatten genügend Holzkreuze im Kasernenhof gefunden – die neue Sorte, wo oben bereits der Querbalken angenagelt und das Fußende wie ein Pfahl zugespitzt war. Gracchus wurde liebevoll nackt auf eines davon genagelt, und er schluchzte und brüllte in einer Mundart, die keiner der Anwesenden kannte – vielleicht eine Art Oskanisch oder Umbrisch wie in seinem Heimatdorf. Einmal rief er nach seiner Mama, und alle nahmen das Wort mitleidlos zur Kenntnis. Das Loch für den Kreuzfuß wurde schwitzend und schnell gegraben, und das beladene Kreuz eingesetzt; schwankend und unsicher zwar, aber das spielte keine Rolle. Bevor er brennendes Pech auf den noch lebendigen Körper warf, schnitt ihm Johannes in einem einzigen Hieb mit dem Schustermesser die Geschlechtsteile ab. Kaleb mußte sich, zu seiner eigenen Beschämung, übergeben.

Der Schrei des Tiberius war weniger verzweifelt als furchteinflößend. Der Bote, der über Rom Meldungen aus Syrien gebracht hatte, stand angstschwitzend in der Art all derer da, die schlechte Nachrichten überbringen. Tiberius' Schoßtierchen, die Schlange, ringelte sich um seine Schultern und beantwortete die Laune seines Herrn mit Zischen. Tiberius hämmerte mit der Faust auf den Holztisch in der Laube und brachte die Weinbecher zum Tanzen. Curtius Atticus wartete mitleidlos ab. Schließlich brachte Tiberius Wörter heraus.

»Was sollen wir uns noch alles gefallen lassen? Habe ich nicht für diese Juden mehr getan als als als –«

Die Wiederholung des *quam* wurde manisch. Curtius sagte:

»Gewiß, Caesar. Ihr habt ihnen ihren eigenen Besitz zurückgegeben. Einiges davon.«

Tiberius zischte wie seine Schlange. »Versuch es bloß nicht bei mir mit deinem stoischen Sarkasmus, Curtius. Deine weißen Haare garantieren dir keine Straffreiheit –«

»Laßt mich töten, Caesar, wenn es Eure Enttäuschung lindern sollte. Eine Enttäuschung, die Ihr Euch selbst eingebrockt habt. Dieser palästinensische Aufstand ist nur das Warnzeichen einer umfassenden Krankheit. Am Rhein rebellieren die Truppen. Im Senat Verbrecher. Ich sage es wieder, obwohl ich es satt bin, das zu wiederholen...«

»*Ich werde nicht nach Rom zurückkehren.* Mal sehen, was der Idiot angestellt hat.« Er las die Meldung noch einmal durch. »Die Dritte Legion aus Syrien einmarschiert. Er wünscht, daß die Miliara-Abteilung aus Ägypten zurückgeholt wird. Römerherrschaft. Römische Ordnung. Römisches Blut, vergossen in Samaria – wo das auch sein mag.«

»Teil Eures Imperiums, Tiberius. Lest weiter und Ihr werdet sehen, worin seine eigentliche Blödheit bestand. Ein Überfall auf den einheimischen Tempel. Wagenladungen voller heiliger Geräte. Der Tempelschatz geplündert. Offiziell kam er nach Samaria, um die Ordnung wiederherzustellen und nicht, um noch mehr Unordnung herauszufordern.«

Ein paar kichernde nackte spielende Jungen gerieten unabsichtlich dem hin und her tigernden Tiberius in den Weg. Mit bloßen Händen riß er an ihnen. Ein Diener scheuchte und schlug die Kinder weg, wurde aber selbst geschlagen. Ein anderer Diener kredenzte einen frisch gefüllten Weinbecher (ein besonders schöner, der aus Herculaneum stammte; die Griffe nackte Bronzekörper und der Becher selbst wie ein schwangerer Leib), und er wurde ihm aus der Hand gestoßen. »Bring mehr, du tattriger Tölpel«, rief er. Curtius schrie er an: »Pilatus muß gehen. Schick sofort eine Botschaft, die ihn abruft.«

»Er fällt unter den syrischen Statthalter. Derartige Angelegenheiten sollten wir Flaccus überlassen.«

»Schick Marcellus statt seiner los. Wieder ein Idiot, korrupt und unfähig. Wen *können* wir schicken?«

»Das Imperium«, sagte Curtius, »vergißt, wie man Verwalter heranzieht. Es wäre vielleicht klüger, die ganze Provinz einem der eingeborenen Fürsten zu unterstellen.«

»Noch ein Idiot, wenn du diesen Herodes Agrippa meinst. Eine ganze Familie von korrupten und grausamen Idioten –«

»Sie sind ja auch nach dem römischen Vorbild erzogen worden, Caesar.«

»Mein Herz«, flüsterte Tiberius dramatisch. Seine Lippen hatten sich nicht sichtbar verfärbt. »Die Krämpfe kommen wieder. Wollen sie mich umbringen, diese undankbaren Idioten? Bring mich in mein Schlafgemach. Hol mir eine Sänfte. Und du bist von allen der größte Idiot. Ich kann kaum kriechen, und du verlangst, daß ich nach Rom zurückkehre.«

Auf der anderen Seite der Insel spielten Gaius Caligula und Fürst Herodes Agrippa mit dem Ball. Es war ein einfaches Wurfspiel, bei dem man meist daneben traf. Geschmeidige nackte Sklavinnen bargen die straffe Seidenkugel, die mit Entendaunen gestopft war. Auf Gaius' bloßem Arm ließ sich eine Wespe nieder. Er schrie übertrieben auf, ziemlich in der Manier seines kaiserlichen Großonkels: »Sie hat mich gestochen, gebissen hat sie mich, ich muß sterben. Hab' ich dich.« Er hielt das Insekt gegen die untergehende Sonne und riß ihm sorgfältig die Flügel aus. Herodes Agrippa ließ sich müde auf einen Kissenstapel fallen. Die Brüste einer Sklavin schwangen vor ihm, als sie ihm die Stirn abwischte. Gaius humpelte zu ihm herüber. Er nahm eine Brust in seine Linke und untersuchte sie neugierig, als wenn es um Makel ginge. Dann zog er seine Hand zurück und ließ sie in die Ruhestellung zurückschwingen. Gaius war nicht gerade ansehnlich. Er hatte einen dünnen Hals und spindeldürre Beine. Seine Brauen waren dick, aber die Kopfhaut fast kahl. Das fehlende Haupthaar glich er aus mit dem dicken Pelz auf der Brust und dem großen Bauch. Die Hautfarbe erinnerte an ranziges Schmalz. Als er sich zurücksinken ließ, stieß er seine kleinen Stiefelchen weg. Herodes Agrippa sagte:

»Du brauchst sie größer.« Und Gaius sagte:

»Der Kaiser Stiefelchen.« Er kicherte: »Die Armee liebt mich, Herodes. Sie wird nie ihre Pflicht gegen Stiefelchen vergessen.«

»Kaiser früher als. Zu schließen nach.«

»Sein Herz, Herodes. Das Herz eines alten Mannes. Er hat zu lange gelebt. Dennoch, glaube ich, überlassen wir es der Natur. Dein Volk hat ihn soweit gebracht, wie du weißt. Die Klauen des kaiserlichen Adlers sollen sich ins Herz des jüdischen Volkes graben. Schlimme Worte. Herodes. Danach mußte man ihn zu Bett bringen.«

»Nur ein Jude versteht einen Juden«, sagte Herodes. »Dein Volk hat einen großen Fehler gemacht. Römische Landpfleger, die kaum bereit sind, auch nur eine Silbe in Aramäisch herauszubringen.

Den Juden von Jupiter, Venus, Merkur und dem göttlichen Imperator zu erzählen. Kein Wunder, daß die Juden lachen, wenn sie nicht weinen.«

Gaius schaute ihn unverwandt an und sprach sehr sanft. »Demnach«, sagte er, »magst du die Vorstellung von einem göttlichen Imperator nicht besonders?«

Herodes Agrippa grinste, spürte aber gewissermaßen einen Tritt mit einem kleinen Stiefel in seinen Eingeweiden. »Für dich, mein Lieber, werde ich natürlich ein richtiger Römer mit all den verlangten heidnischen Angewohnheiten. Ich werde an deinem Altar opfern. Ich werde Eure göttliche Göttlichkeit im Übermaß des Weihrauchs husten lassen. Aber du kannst die Juden nicht dafür tadeln, daß sie alle diese *Kleingötter* ziemlich kindisch und langweilig finden. Schließlich haben wir zuerst daran gedacht. *Ein* Gott als der Schöpfer und Erhalter des Universums. Die Römer sind, wie auch die Griechen, etwas langsam darin, diese Vorstellung anzunehmen, nicht wahr?«

»Ich bin nicht gerade langsam«, sagte Gaius, »Eure königliche jüdische Niedrigkeit. Ich halte die Vorstellung von einem einzigen Gott für reizvoll. Voll-voll-vollständige Kontrolle haben.«

»Nämlich?« Der kleine Stiefel stieß fester zu.

»Also, wenn das Universum einmal erschaffen ist, was bleibt dann noch zu tun?«

»Das Universum muß versorgt werden, und Gott wacht darüber.«

»Sehr ermüdend und langweilig für Gott, würde ich sagen. Der Schöpfungsakt war seine große Herausforderung, und das einzig – wie heißt es – Kommensurable dafür wäre die Zerstörung. Klingt das nicht vernünftig für dich? Reiß es in Fetzen und fang von vorn an. Hab' ich dich, du dummes Ding.«

Er meinte eine weitere Wespe, Capri war zu dieser Jahreszeit voll davon, die sich an einem Flecken verschütteten Weins auf dem Marmortisch berauscht hatte. Er schielte zu ihr hin und entflügelte sie sorgfältig. »Ja, wir werden großartige Spiele veranstalten, wenn ich in Rom eingeführt bin und du in deinem Palast in Jerusalem. Gegenseitige Besuche und, ja, unsere Spielchen. Aber ich werde immer gewinnen müssen, Herodes Agrippa, weil ich dann Imperator bin und du nur ein kleiner König. Aber ein kleiner König ist immer noch größer als ein großer Fürst, oder etwa nicht? Ich hoffe auf entsprechende Dankbarkeit, Eure voraussichtliche jüdische Majestät.«

»Herr des Universums, ich krieche im Staub.« Aber Herodes

Agrippa fühlte einen gewissen Ekel bei diesen Spielchen mit einem designierten Kaiser, von dem er sich ziemlich sicher war, daß er rasch von der Dummheit in die Demenz hinüberwanderte. Immerhin war er schon in den Vierzigern und wurde grau und wanstig. Es gehörte sich nicht, daß er mit einem Knaben von etwa 25 Jahren diese Spiele spielte, selbst wenn dieser Knabe bald Herr der –, wenn nicht der Welt, so doch von dem, was die Römer für die Welt hielten, werden sollte. Er sollte daheim bei seinem Volk sein. War die Schuld seiner Mutter, die ihn als Kind noch nach Rom geschickt hatte, damit er dort wie ein Römer aufgezogen würde. Seinen Vater Aristobulus, den er nie gekannt hatte, hatte man brutal und womöglich zu Unrecht hingerichtet. Auf die Sicherheit des Sohnes achten. Wozu? Er würde kein König werden, dessen war er sich sicher; in Judäa würde immer ein römischer Statthalter herrschen. Er kam sich müde vor, überfüttert, überzogen mit einem Honig, der einen seltsamen Fäkalgeschmack hatte. Gaius sagte:

»Du hast mir einmal erzählt, daß es einen geheimen jüdischen Namen für den Herrn des Weltalls gebe. Der unaussprechbare Name. Wie heißt der, Herodes? Sag ihn mir doch.«

»Kann nicht.«

»Sag ihn, sag ihn, sag ihn.«

»Kann ich nicht. Nur die Priester kennen diesen Namen.«

»Dann mußt du die Priester prügeln, bis sie ihn sagen, nicht wahr? Und wenn sie ihn nicht sagen wollen, dann mußt du sie alle in einer Reihe aufstellen und ihnen dann den Kopf abschlagen, ha? Oh, wir werden viel Spaß miteinander haben.«

Lustlos begann er dann, Herodes Agrippa mit seinen schwachen Fäusten zu bearbeiten.

Vor dem Sanhedrin waren jetzt alle zwölf in einer Reihe aufgestellt. Annas grinste sie furchteinflößend an und sagte: »Noch mal die Namen, wenn's beliebt. Euch zwei kenne ich bereits, wart schon früher hier, nicht wahr. Aber nicht auf die feierlichen Worte priesterlicher Mahnung gehört; sehr ungehorsam ist das, sehr unklug. Rufe sie einen nach dem andern auf, du da.« Er meinte Saulus, der in der Abwesenheit von Ezekiel, der wegen Magenkrämpfen krank lag, vorübergehend zu einer Art Gerichtsdiener ernannt war. »Zwei Jakobus, aha. Wer ist dieser alte Stirnrunzler? Kein Runzeln in meine Richtung, mein Herr, das besorgen wir hier. Matthias kenne ich gut. Du warst eine weltliche Stütze des Glaubens, Matthias, bedaure es, dich in dieser Anklage vor Gericht zu sehen; die Anschuldigung ist die gleiche wie zuvor. Eine recht gewöhnlich aussehende Bande, würde ich sagen. Machen wir also voran.«

»Einen Augenblick«, sagte der Rabban Gamaliel. Alle waren bereit, mit neidischer Achtung dem großen Pharisäer zuzuhören, dem Oberhaupt der Schule von Hillel, Rabban, nicht bloß Rabbi. »Es hat zuviel Gerede über den vermeintlich spalterischen Einfluß der Nazarener gegeben. Ich glaube, es muß klargestellt werden, daß sie in keiner Form ein aufrührerisches Element in unserem öffentlichen Leben gebildet hätten, wenn sie auch zweifellos Ursache des beeinträchtigen Seelenfriedens bei den Führern des jüdischen Volkes sind. Zuviel wird geredet, ich betone es, über ihre angebliche Verbindung zu Johannes dem Täufer und zum Zelotentum. Sie haben nicht nach dem fälligen Zusammenbruch der eingeführten Ordnung und der fälligen Erhebung geschrien. Was in Samaria geschehen ist und hier geschehen könnte, ich meine Erhebung und die brutale Unterdrückung der Erhebung, war durch und durch politisch. Die Anhänger dieses Jesus streben die Pflege einer Nächstenliebe für alle an, etwas, das wir einen ziemlich unpolitischen Quietismus nennen könnten.«

»Die Verbindung hat niemand hergestellt«, sagte Kaiphas.

»Bist du sicher? Sage ich etwas Falsches, wenn ich behaupte, daß der Sanhedrin sehr eifrig darin geworden ist, die römische Herrschaft davon zu überzeugen, daß er ein gefügiger Anwalt der *Pax Romana* ist und daß er sowohl Zelotentum wie Nazarenerkult als verschwisterte Manifestationen von Unrast und Unvernunft verabscheut?«

»Die Römer«, erwiderte Kaiphas, »sind nicht in der Lage, einen Unterschied zwischen der Begeisterung religiöser Ketzer und dem, äh, *furor* politischer Aktivisten zu machen. Wollen wir uns aber doch an den Tagesordnungspunkt halten, nämlich daß die zwölf hier Vorgeladenen Ketzerei gepredigt und gotteslästerliche Handlungen ausgeführt haben.«

»Zum Beispiel Kranke geheilt?« sagte Gamaliel.

»Ob sie die Kranken heilen oder nicht, das steht kaum zur Debatte. Sie schüren Aberglauben. Einige gibt es, die wollen ihre Gebrechen geheilt haben, indem sie sich in den Schatten dieses Petrus stellen, einen gewöhnlichen Fischers. Was ihr Predigen betrifft, so sind sie bereits ermahnt worden, nicht im Namen des überführten Kriminellen Jesus zu predigen. Kannst du leugnen«, wandte er sich an Petrus, »daß ihr gegen unsere Anweisung gehandelt habt? Ihr habt die Synagogen mit euren Lästerungen gefüllt.«

»Sie wollen das Blut dieses Menschen über uns bringen«, murmelte ein Sadduzäer namens Jona.

»Genug davon«, krächzte Kaiphas. »Du«, sagte er zu Petrus, »was sagst du dazu?«

»Nur das, Herr«, sagte Petrus. »Man muß Gott mehr gehorchen als den Menschen. Der Gott unserer Väter hat Jesus auferweckt. Und ihr, ihr habt ihn umgebracht. Ihr habt ihn an einen Baum genagelt.«

»Haben wir nicht«, rief Jona. Andere schrien ebenfalls, andere brummelten, andere gurgelten, als würde ihnen Blut in den Hals dringen.

»Gott«, sagte Petrus, »hat ihn durch seine rechte Hand erhöht zum Fürsten und Heiland, um Israel Buße und Vergebung der Sünden zu geben. Und wir sind Zeugen dieser Dinge, wie auch der Heilige Geist, den Gott denen verliehen hat, die ihm gehorchen.«

»Mit solchen Lästerungen«, rief Kaiphas, »bringt ihr euch in die Gefahr der äußersten Strafe –«

»Die äußerste Strafe, wie du sie nennst«, sagte Petrus, »liegt bei den Römern. Wie dir bekannt ist. Die Römer werden keine Schuld an uns finden.«

»Dadurch, daß ihr die Autorität dieser heiligen Versammlung in Frage stellt, die der Besatzungsmacht verantwortlich ist...«

»Das ist nicht gerade wohlüberlegt«, sagte Petrus. »Männer mit Steinen auf uns loszulassen, das ist alles, was ihr tun könnt. Tötet uns, wenn ihr wollt. So wie ihr Ihn getötet habt. Gottes Wort könnt ihr nicht töten.«

»Also«, sagte Jonathan. »Ihr habt allen erzählt, daß ein Engel die Gefängnistür öffnete und euch alle hinausließ. Und ihr habt gesagt, daß ein jeder, der nach den Gesetzen ins Gefängnis gesteckt wird, mit der gleichen Gott steh uns bei, Intervention durch Engel rechnen kann. Das erschüttert die Grundfesten von Recht und Ordnung und gesetzmäßiger Bestrafung.«

»Hat niemand gesagt, das«, knurrte Thomas. »Ihr habt's eilig, ihr Bande, den Leuten was in 'n Mund zu schieben. Stockduster war's und jemand machte die Tür auf, kein Schwanz weiß, wer. Vielleicht einer von euren Wachen da, der auf den rechten Glaubensweg gekommen ist. Vielleicht ein ganz anständiger Kerl, der die Botschaft des Herrn gehört hat.«

»Ein Bote des Herrn, sagst du? Das ist Gotteslästerung.«

»Hab' nicht Bote des Herrn gesagt.«

»*Mal'akh*, hast du gesagt. Wir alle wissen, was das bedeutet.«

»In meiner Jugend«, sagte Annas, »bedeutete es Bote. Dasselbe wie *angelos.*«

»Verwendet für geistliche Helfer des Allerhöchsten.«

»Nicht unbedingt.«

»Also«, schrie Thomas, »wenn der Herr einen Boten schickte, um uns aus dem Knast zu holen, dann sind der Herr und sein Bote nicht ganz klar im Kopf, wo es doch klar war, daß wir wieder predigen und Kranke heilen und vom Tempelhauptmann oder wie der heißt, geschnappt würden. Wo soll denn da der Sinn sein?«

»Du kannst das Lästern nicht lassen, oder?« sagte Jonathan. »Lästern ist dir in die Haut genäht.«

»Guter Ausdruck«, sagte Thaddäus. »Frevlerische Sünde. In deine Haut eingenäht.«

»Aufhören«, rief Petrus, als wäre er das Oberhaupt des Sanhedrin, »bleibt beim Thema. Jemand hat die Tür geöffnet und wir sind hinaus. Aber wir sind«, sagte er brüllend, »in unserer Unschuld ruhig. Laßt uns diese Sache fertig kriegen. Wir haben zu arbeiten.«

»Das nicht.« Kaiphas schüttelte den Kopf. Rabban Gamaliel sagte:

»Paßt auf.« Sie paßten auf. »Man hat gesagt und wird es wieder sagen, daß jede Versammlung, die in Gottes Namen gebildet ist, Bestand haben wird, und daß jede Versammlung, die anders zustande kam, notwendig untergehen muß. Wir hatten jetzt in den vergangenen Jahren zwei bemerkenswerte Beispiele von selbsternannten Propheten. Vor etwa dreißig Jahren trat Theudas auf und gewann vierhundert Anhänger, aber wo ist er jetzt? Gott war nicht mit ihm, und deshalb ging er zugrunde. Dann war da Judas aus Galiläa, an den sich einige von euch nur zu gut erinnern werden. Das war in den Tagen der römischen Schätzung, mit der die Summe unserer Tributzahlungen festgelegt werden sollte. Dieser Judas sagte, daß allein Gott Israels König sei, und eine Tributzahlung an Caesar Gotteslästerung und Hochverrat darstelle. Rom hat ihn ausgelöscht, und heute existiert er nur mehr als Name. Wir hatten viele gescheiterte Rebellen und viele falsche Propheten. Jetzt also diese Nazarener. Mein Rat ist, sie gewähren zu lassen. Wenn ihre Pläne und ihre Werke die von Menschen sind, werden sie aufgrund ihrer Natur zunichte werden. Wenn aber ihre Pläne und ihre Werke Gottes sind – *wenn* –, dann werdet ihr nicht in der Lage sein, sie zu überwinden. Und die, die versuchen, sie zu überwinden, werden den kürzeren ziehen. Auch wenn sie nichts davon wissen, sie werden gegen den Herrn unsern Gott kämpfen.«

Darüber gab es viel Gemurr, aber die meisten Pharisäer begrüßten die Vernunftrede. Johannes, der jüngere Jakobus, Thaddäus und Bartholomäus strahlten verstohlen, aber Petrus und Thomas runzelten die Stirn, weil sie mutmaßten, daß in soviel Vernunft irgendwo eine Falle stecken müsse. Kaiphas beriet sich mit seinem Schwiegervater und sagte schließlich: »Also spricht der Geist der Mäßigung, wie er die Erbschaft des großen Hillel ist. Manchmal müssen wir maßvoll sein, manchmal nicht. Jetzt ist so ein Fall. Unser Urteil lautet, daß ihr Predigen und Praktizieren gleichermaßen einstellt...«

»Also sollen die, die in unserm Spital krank liegen, ihre Betten nehmen müssen und wandeln?« sagte Thomas. »Keine guten Werke mehr? Ihr legt euch mit Gott an.«

»Und eins noch«, sagte Kaiphas. »Für Anmaßung, Verstocktheit und Ungezogenheit erhaltet ihr die Strafe, die im Buch Deuteronomium festgelegt ist. Auspeitschen. Vierzig Hiebe weniger einen.«

»Neununddreißig, meinst du?« fragte Thomas. »Warum sagst du nicht, was du meinst?« Die anderen Jünger gaben Laute der Freude von sich, die die Heilige Versammlung nicht recht begriff. Jonathan sagte:

»Von euren Hallelujas werden wir schon weniger hören, wenn sie die Peitschen holen, meine lieben Freunde.«

»Du arbeitest dem Herrn in die Hand; gesegnet seist du«, rief Petrus. »Jetzt haben wir teil an dem, was ihr Ihm getan habt.« Und ohne auf einen Befehl zu warten, führte er seine elf zu dem abgeschlossenen Exekutierhof beim *lishkath ha-gazith*.

»Schwäche«, sagte Saulus zu seinem Meister. »Ihr seht die Schwäche. Und Ihr, Rabban, unterstützt diese Schwäche.«

»Ich höre eine autoritäre Strenge in deiner Stimme, Saulus. Du scheinst dem Studentsein zu entwachsen.«

»O, ich ehre und verehre Euch wie je, Rabban. Aber es muß erlaubt sein, daß ich mir mein eigenes Urteil bilde.«

»Lies mehr und urteile weniger.«

»Ganz Israel ist gefährdet durch falsche Lehren«, sagte Saulus. »Und sie werden von der Peitsche gestreichelt und sollen dann gehen.«

»Lieber Saulus, ich finde kaum einen Makel an diesen Männern. Ich habe nicht nur schöne Worte gemacht.«

»Sie untergraben die Wahrheit. Sie predigen einen bekannten Messias, den die Hohen Priester abgelehnt haben; und die sind die Stimme Israels.«

»Lies deine Schriften, Saulus. Uns wurde ein Messias geweissagt. Stimmt, es wäre falsch, es ohne weiteren Beweis hinzunehmen, aber es wäre töricht, es rundheraus abzulehnen. Sie tun nichts Böses. Sie tun nur Gutes. Du hast es gesehen.«

»Nichts als Schläue. Sie kaufen sich mit guten Werken Anhänger. Sie stopfen die Armen erst mit Brot und dann mit der falschen Lehre. Ihr müßt gegen sie sprechen.«

»Muß ich, Saulus? *Müssen?*«

»Ich seh' mir das Auspeitschen an. Ich möchte sie schreien hören.«

»Einen Augenblick, Saulus.« Gamaliel zupfte beunruhigt an seinem Pharisäerbart. »Ich habe Interesse an dir. Nicht an deiner Treue zum Glauben, sondern an der starken Selbstgerechtigkeit denen gegenüber, die du für seine Feinde hältst. Dieses Gefühl ist exzessiv, besessen. Du knurrst. Du runzelst die Stirn, als ob dich ein hartnäckiges Kopfweh plagte. Bist du gesund?«

»Ausreichend. Die *epilepsia* hat mich jetzt seit mehr als 18 Monaten verschont. Gott erhält mich gesund.«

»Du hast einen mächtigen Verfolgungsinstinkt in dir. Denk daran, daß der Wunsch nach Verfolgung ungut ist. Er bringt Furcht hervor. Sogar in mir. Deinetwegen möchte man sein Gewissen nach ketzerischen Flecken oder unabsichtlichen Lästerungen durchforschen. Das, mein lieber Saulus, hat mit Religion wenig zu tun.«

»Dafür das Zunichtemachen von jahrhundertelangem Bestreben«, sagte Saulus. »Endlich aus der Wüste zu kommen und einen Tempel zu errichten. Der Tempel ist unsere Heimat und unsere Beständigkeit. Und dieser Mann verhöhnte ihn. Der menschliche Leib ist der wahre Tempel. Zerstör ihn und in drei Tagen kann er wieder aufgebaut werden. Es sollte Euch schaudern, wie es mich schaudert.«

»Derzeit«, sagte Gamaliel, »macht mich nur die Kälte schaudern. Gut, der Tempel mag unsre Heimat und Beständigkeit sein und er mag das Haus des Allerhöchsten sein, aber er ist immer noch ein Werk von Menschenhand. Der Leib ist Gottes Werk und höchst wunderbar gemacht. Alt wie ich bin, frohlocke ich in meinem Fleisch und erwarte, wie du auch, die Auferstehung darin. Durch diesen Glauben sind wir Pharisäer, was wir sind. Jetzt sehe ich dich wirklich schaudern. Sehr unpharisäisch. Magst du den menschlichen Körper nicht leiden?«

»Ein Zelt«, sagte Saulus, »um den Geist zu beherbergen.«

Gamaliel enthielt sich einer Äußerung über die Zeltstange: Saulus verdiente einen Schock, aber womöglich keinen mit unerwarteter Obszönität. Statt dessen sagte er: »Was ist deine Meinung über einen Text, den wir im Unterricht nie behandelt haben, nämlich jenes Lied Salomons?«

»Ein gutgemachtes Epithalamion. Etwas primitiv. Er zieht seine Geliebte aus und zeigt der Welt ihr Fleisch. Wie ein Sklavenmarkt. Das Fleisch bleibt am besten verborgen.«

»Außer natürlich beim Auspeitschen.«

Zum Erröten war Saulus nicht geboren. Er ging aber nicht in den Strafhof, wo die Jünger in Dreiergruppen gegeißelt wurden. Jakobus der Jüngere wartete mit verschränkten Armen auf seinen Aufruf, während Petrus, Thomas und Bartholomäus mit dem Handgelenk in der Geste einer Umarmung wie aus Liebe an die steinerne Strafsäule gefesselt waren. Ein schmächtiger kleiner Kerl namens Esra schlug den halbnackten Thomas kraftlos, wohl aus Respekt vor dem Alter des Delinquenten. »Weiter, Mann«, brüllte Jakobus. »Leg einen zu. Soll ich's für dich tun?« Thomas sagte:

»Bist doch Esra, oder? Bruder von Jephtha. Jephtha hat's gut bei uns. Komm zu ihm, au, das zog. Schäbige Art, Geld zu verdienen.« Thaddäus fabrizierte ein Peitschen-Lied in der Manier eines Shanties, und alle, die singen konnten, sangen fröhlich und falsch mit:

Hau uns und schlag uns,
Peitsch uns und prüg'l uns.
Die Liebe kommet zuhauf;
vierzig minus einmal,
einmal ist doch keinmal,
so gib doch einen ob'ndrauf.

Der ausgepeitschte Matthäus sagte: »Wir werden heute nacht auf dem Bauch schlafen müssen, Kumpel.« Über diesen typischen Beweis galiläischer Tapferkeit, von Humor oder was immer, lachten sie alle. Aber sie mußten auf dem Bauch schlafen, und sie schliefen nicht viel – für länger als eine Nacht.

Der Imperator Tiberius hatte die Nacht auf dem Rücken geschlafen; er erwachte vor dem Morgengrauen mit einem Mund, der vom Schnarchen ausgetrocknet war. Er wunderte sich über die Nässe seiner Hand, die im schwachen Nachtlicht schimmerte. Dann fiel ihm ein, daß er an den eitrigen Wunden im Gesicht gekratzt hatte. Er hatte von seinem Sohn Drusus geträumt, den er zum hundertsten Male als Fraß für die Fliegen in einem Gäßchen beim Tiber in seinem Blut hatte liegen sehen. Und doch war er sich jetzt nicht mehr sicher, ob er an Dolchwunden gestorben war, die ihm in einer Art animalischer Offenheit beigebracht worden waren. Am Ende war die Geschichte von einem inzwischen natürlich toten Eunuchen namens Lydgus herausgekommen, der mit der Schnur erdrosselt und dem zuvor der Penis abgeschnitten worden war. Er hatte dem Kaisersohn, dem er aufwartete, auf Befehl des Sejanus Jahr für Jahr kleine Mengen eines ägyptischen Gifts eingeflößt. Wer unter den Lebenden konnte die Wahrheit über irgend etwas berichten? Eitrige Wunden. Der marmorne Leib Roms angefressen und gekerbt. Die Wahrheit aber genauso tot wie Ehre und Aufrichtigkeit, und die Geschichte war ein Kampf der Lügen. Er, Tiberius, hatte vielversprechend begonnen, obwohl er sich immer bewußt war, daß ihn sein Stiefvater, der göttliche Augustus, als matten Spiegel der eigenen Herrlichkeit erwählt hatte. Ein schlechter Regierungsauftakt, auch wenn des Augustus Enkel Agrippa Postumus ermordet wurde. Nicht auf seinen, des Tiberius' Befehl, aber er hätte besser daran getan, eine gründlichere Untersuchung anzuordnen und den attentätlichen Zenturio unter der Folter zu befragen, statt sofort mit dem Beil zu kommen. Livia, die kaiserliche Mutter, hatte es natürlich getan, weil sie den Jungen, trotz seiner Beschränktheit, als möglichen Sammelpunkt von Unzufriedenheit haßte. Er, Tiberius, hätte seine Stimme erheben und nicht das wütende Schweigen bewahren sollen, das vielen wie stummes Schuldbewußtsein vorkam.

Viele Dinge gab es da, die er hätte tun sollen und nicht getan hatte. Sich um die Armee in Pannonien kümmern und den mit Recht murrenden Veteranen wenigstens genauso viel zahlen wie der Prätorianergarde. Die Eifersucht auf Germanicus unterbunden. Gnaeus Calpurnius Piso nicht zum Statthalter von Syrien ernannt. Germanicus hatte recht, wenn er Piso wegen schlechter Verwaltung der Provinz tadelte. Piso irrte sich, wenn er glaubte, es würde ihn, Tiberius, freuen zu hören, daß Piso ihn gemeuchelt oder ihm in langsamen Tröpfchen Gift in den klauenfüßigen Becher vom Rhein geträufelt hatte, der des Germanicus kindische Freude gewesen war (gute Handwerker, die Germanen, wert der Eroberung). Nein, wenn ein Mann verdientermaßen hochstieg und auf gefährliche Weise von der Menge geliebt wurde, dann mußte seine Vernichtung mit feineren Mitteln betrieben werden: eine Masse gefälschter Dokumente von Bestechung und Verschwörung, widerliche Beweise sexueller Abartigkeit. Germanicus war auf perverse Art rein und unbestechlich und außerdem noch ekelhaft begabt. Solche Männer waren gefährlich.

Doch welche Sorte Männer brauchte ein Staat, der schnell dabei war, Augustus zu vergöttlichen und nicht gerade langsam damit zu schreien ›Tiberius in den Tiber‹? Männer wie Sejanus (tot), Macro (noch am Leben), Piso (Kassierer des syrischen Reichtums)? Die Provinzen wurden miserabel regiert. Er, Tiberius, hatte sich der Meinung des göttlichen Augustus angeschlossen, daß ein Dreckhaufen wie Palästina es kaum wert wäre, administrative Begabungen hinzuschicken, aber es war kaum möglich, vor der grotesken Unfähigkeit eines Pontius Pilatus die Augen zu verschließen. Ein Mann, den Tiberius nicht kannte, ein Schützling des, zu Recht, hingeschlachteten Sejanus. Nicht ausreichend, diesem Pilatus in Syrien die Meinung zu sagen, um ihn dann in ein großzügiges Altenteil in Korinth oder Ephesus davonschleichen zu lassen. Her mit ihm nach Rom, vor Senat und Gericht Beweise der Unterschlagung, Illoyalität und des zynischen, verwahrlosenden und stutzenden Umgangs mit der adlerbeschwingten Amtsgewalt. Sein Stellvertreter, Quintus oder Sextilian oder so ein Name, *nicht* von Sejanus ernannt, hatte heimlich Briefe geschrieben, die nach Capri weitergeschickt worden waren. Von ihm, Tiberius, ungelesen, aber gelegentlich vom stoischen Curtius, der lästigen Stimme des kaiserlichen Gewissens, erwähnt, boten sie weitere Beweise für Mißwirtschaft in der Provinz. Ja, auch er, Tiberius, hatte seinen Teil an gerichtlicher Nachforschung geleistet und er hatte vorurteilsfrei und ohne Rachsucht entschieden. Er konnte noch immer für kurze Zeit am kaiserlichen Sternenhimmel als ein gerechter Fürst aufleuchten, bevor er sich in die, wie hieß es doch gleich, *una nox dormienda* zurückzog.

Ja, das war alles, was es gab. In den Provinzen gab es Götter und göttliche Inkarnationen, die den Gerechten wie den Opfern der Ungerechtigkeit Ewigkeiten von Seligkeit versprachen, aber Rom bestand hartnäckig auf einem kurzen Tag der *virtus* und dem nachfolgenden tapferen Marsch in die endlose Dunkelheit. Gerechte wie Ungerechte schliefen zusammen in jener *nox,* die so weit war wie das Weltall und so eng wie das Grab. Eine gewisse Ungerechtigkeit bestand, soviel mußte zugegeben werden, in diesem Einschaufeln von Gerechten und Ungerechten unter demselben Erdhügel: nicht buchstäblich natürlich, nachdem die Ungerechten gewöhnlich die letzte Ungerechtigkeit eines prächtigen Begräbnisses genossen. Es sollte vielleicht einen Ausgleich nach dem Tod geben für ein elendes Leben: er, Tiberius, hatte genug Elend gehabt, wie die Götter wußten, und er sollte mit schmutzigen Sklaven zusammengeschnürt werden, die nie die Qualen einer Verantwortung bis in die *una nox* hinein gekannt hatten. Natürlich waren die Götter eine ziemlich lächerliche Erfindung, wenn auch unabdingbar für die, nun ja, marmorne Erhöhung der bürgerlichen Tugenden. Man opferte Jupiter vor oder nach dem Bad, den Spielen oder dem fruchtlosen Zank mit liederlichen und eselhaften Senatoren. Glück war die einzige Göttin. Er sah das Glück auf sein einsames Bett heruntersehen, wie es die Würfel schüttelte, aber noch nicht warf. Er sah die Züge seiner abscheulichen und verabscheuten kaiserlichen Mutter. Er sagte laut:

»Mutter, du nicht umzubringende Nutte, ich gehe nach Rom.«

Einsames Bett, jawohl, ohne einen gesund schnarchenden Buhlknaben darauf ausgestreckt. Verscheucht, alle verscheucht. Er ergriff den kaiserlichen Penis, schlaff wie ein entleerter Geldbeutel aus Kinderhaut, und er erwachte nicht von der Aussicht auf Anregung. Seine Mutter sah sehr mürrisch auf ihn herunter. Nicht umzubringen, aber offiziell tot. Mit achtzig im Bett gestorben; er hatte sich geweigert, dem Begräbnis dieser Hure beizuwohnen. Im Alter von zwölf Jahren hatte sie ihn bei der Masturbation erwischt. Ungehörig, unrömisch, griechisch, jüdisch. Nun, er hatte gewissermaßen nichts außer masturbieren getan, seit er den Purpur nahm. Die lieblichen Bilder der Knabenzeit, immer ausgefallener waren sie geworden, hatten sich in Fleisch und Blut verwandelt, aber die Geister in dem erhitzten Kopf über der rubbelnden rechten Hand, besaßen im Rückblick mehr Realität. Unzulänglich, was? Du bist unzulänglich, Tiberius Caldius Mero.

»Ich gehe nach Rom, du tote Hure, und ich werde auf dein Grab spucken«, sagte er zur Dämmerung, die zollweise über dem Festland vorrückte. Er blies das Nachtlicht aus, und der kaiserliche Penis rutschte in die übliche Erschlaffung zurück. Am Tisch stand eine Glocke. Er hob sie auf, und der kleine Klöppel gab den gewohnten Morgenlaut. Eine größere Glocke antwortete ihm, und dann, weit weg, eine nochmal größere. Zwei nackte Sklaven, Felix und Tristis, kamen mit dem Morgentrunk gelaufen, einem gekühlten Gemisch von Wein und Ziegenmilch. Danach erhob er sich.

Er sah, wie auf der Terrasse der Villa Iovis die Wachen wechselten. Auf seiner morgendlichen Inspektion überprüfte der Unterzenturio die Uniformen des antretenden Manipels. Die Sandale schlampig geschnürt. Balbus, zum Friseur. Tiberius beobachtete. Das sah der Unterzenturio, straffte sich und bezeigte ihm ein Morgen-*ave*. »Hierher«, rief Tiberius. Schnellfüßig lief der Unterzenturio zur Terrasse. Ziemlich gutaussehend, muskulös, wohlgebaut.

»Ich wußte deinen Namen«, sagte Tiberius, »aber ich habe ihn vergessen. Das Gedächtnis eines alten Mannes, heißt es.«

»Marcus Julius Tranquillus«, sagte der junge Mann, »Caesar.«

»Julius? Julius? *Julius?* Das muß ein Witz sein. Zu früh am Morgen für Witze.«

»Ist keiner, Caesar. Ich gehöre zum plebejischen Zweig.«

»Es gibt keinen plebejischen Zweig am julianischen Stamm.«

»Mag sein, Caesar, obwohl mein Vater und Großvater anderer Meinung waren. Julius ist jedenfalls mein zweiter Name.«

»Also dann, Marcus Julius, für dich gibt es heute viel zu tun. Ich überlasse dir die Einzelheiten der Einschiffung.«

»Einschiffung, Caesar?«

»Ja, wir fahren nach Rom. Morgen wahrscheinlich. Natürlich muß ich die heiligen Innereien befragen. Aber die heiligen Innereien sind eher eine Formalität. Und ich nehme an, du wirst Apemantus für mich finden.«

»Apemantus, Caesar?«

»Ja doch, mein Astrologe. Setze deine Leute davon in Kenntnis, wie wichtig strengstes Pflichtbewußtsein für die Erfüllung ihrer Pflichten ist. Wir haben Feinde. Sie müssen sich bereit halten. Ich gehe nach Rom. Caesar geht nach Rom. Viel ist da zu tun. Nachrichten müssen geschickt werden. Jede denkbare Vorsichtsmaßnahme. Wir leben in gefährlichen Zeiten, Marcus Julius.«

»So ist es, Caesar.«

»Und sage mir, junger Mann, du kannst ganz offen mit mir reden, ein Männerschwatz in der Morgendämmerung, was denkst du von der Zukunft des Imperiums?«

»Eine sehr weitreichende Frage, Caesar. Ich wünsche Caesar ein verlängertes Leben und bin erfreut darüber, daß er sich in Rom zeigt. Schließlich ist Rom der Imperator.«

»Laß gut sein, Junge, du weißt, daß ich's nicht mehr lange mache. Deine Aufgaben hier haben dich mit meinem Großneffen bekannt gemacht?«

»Ich habe ihn gelegentlich gesehen. Aber nur aus der Ferne.«

»Und du hast keine Meinung über ihn? Ich meine – als den kaiserlichen Nachfolger?«

»Caesar hat ihn erwählt. Was kann ich sonst noch sagen?«

Tiberius spürte einen gallenbitteren Zorn. »Und wenn ich dir sagte, daß ich eine Schlange genährt habe?«

»Caesars Treue zu seinem Schoßtier, der Schlange, ist wohlbekannt.«

»Ich habe eine Heerschar von Speichelleckern, Heuchlern und

Vermeidern der Wahrheit genährt. Daran bin allein ich schuld. Du kannst zu mir sagen, was dein Herz dir eingibt, Mann. Ich werde dich nicht hinrichten lassen.«

»Fürst Gaius«, sagte der Unterzenturio, »ist der Sohn des betrauerten Germanicus. Naturgemäß erwarten wir das Beste von ihm.«

Tiberius wünschte jetzt, seinen Morgentrunk auszuscheiden. »Ach, geh mir aus den Augen. Hol Apemantus. Ihr Römer kriegt, was ihr verdient. Wie immer.«

Seine Schlange Columba hatte sich schläfrig um seinen linken Arm geringelt, als er dasaß und den Erläuterungen der stellaren Konfigurationen durch den Astrologen zuhörte. Günstiger würden sie nie sein.

»Günstiger werden sie nie sein«, sagte Curtius.

»Ich bemerke deinen bissigen Ton, Curtius. Auf Sterndeuter höre ich, aber nicht auf stoische Vernunft. Aber du solltest dich zufrieden geben: das Ergebnis ist dasselbe.«

»Gott oder den Göttern sei Preis«, sagte Curtius. »Wann brechen wir auf?«

»Die Winde sind günstig«, sagte der Astrologe. Er war ein durchtriebener Mann mittleren Alters, griechisch-römisch, mit Augen, die unverwandt blickten, wenn sie auf seine Diagramme gerichtet waren, aber in menschlichen Begegnungen hinterhältig wurden. Er hatte ein auffälliges Gewand für sich entworfen, um aller Welt zu zeigen, daß er Astrologe war – ein blaues Kleid mit aufgenähten stilisierten, goldenen Sternen sowie einen Turban in östlicher Manier, den er auch trug, um seinen Kahlkopf zu verbergen. Er hatte sieben Ringe, einen für jeden wichtigen Himmelskörper: Onyx, Amethyst, Mondstein, Rubin, Opal, Saphir, reines Gold. »Und die Vorzeichen für Caesars Gesundheit sind wahrhaft ausgezeichnet.«

Als Tiberius sein morgendliches Bad im Bassin nahm, erlaubte sich einer seiner Pfrillen einen boshaften Biß in seine verschrumpelten Hoden. Natürlich ließ ihn Tiberius auspeitschen, wenn auch nicht bis zur vollkommenen Auslöschung. Danach ließ er, zumal die Peitsche bereit lag, den Astrologen peitschen. Er traute keinem.

Bartholomäus kam aus dem abgedunkelten Schlafzimmer, um den beiden Mädchen zu berichten, daß sich ihre Mutter rasch verzehrte, auf den Kräuterabsud nicht ansprach und nicht einmal mehr in der Lage war, Wasser im Magen zu behalten: sie müßten sich wohl auf das Schlimmste gefaßt machen. Natürlich, wenn sie eine weitere Meinung hören wollten –

»Wir vertrauen dir«, sagte Sara seufzend. Sie legte ihr Stickzeug weg und fügte hinzu: »Also keine nazarenischen Wunder.«

»Das weiß man nie. Sie sind nicht vorhersehbar. Und es ist manchmal schwer, zwischen einem Wunder und dem festen Vertrauen auf die Zuverlässigkeit des Heilenden zu unterscheiden. Keiner wird je den menschlichen Tempel richtig verstehen.«

»Den...?«

»Menschlichen Tempel. Ein Bild. Morgen komme ich wieder. Aber ich glaube, ihr müßt –«

»Wissen wir«, sagte Ruth. Sie sah auf die bemalte Tapete mit einem Odysseus, der seine gefesselten Glieder zu befreien suchte, um zu den Sirenen zu gelangen. Ein nackter Mann, gierig darauf, seine Knochen dem Grabhügel von anderen hinzuzufügen. Griechisch. Im Nebenzimmer wurde laut Griechisch gesprochen. »Wenn Mutter nur Kaleb noch einmal sehen könnte«, sagte sie.

»Es genügt ihr, wenn sie weiß, daß er noch am Leben ist«, sagte Sara. »Sie krallt sich an den kleinen Zettel, als wäre er das Leben selbst.«

»Ihr Lebenswille ist nicht sehr stark«, sagte Bartholomäus. »Das dürfte ein Wunder ausschließen. Ich gehe jetzt.« Er ging, ein kleiner Mann mit gepflegtem Bart, gekleidet in verschossenes Schwarz.

»Du hättest ihn wegen der armen Frau fragen sollen«, sagte Ruth.

»Saphira?« fragte Sara. »Das wäre unangenehm gewesen. Ihr Mann tot, und sie für den eigenen Tod allein gelassen, um dann von den Ratten aufgefressen zu werden. Diese Nazarener sind genau wie alle anderen. Liebe und Nächstenliebe predigen sie und überlassen dann einen der ihren den Ratten zum Fraß.« Sie fügte hinzu: »Die meisten von ihnen.«

»Ob wir je in unser kleines Zimmer zurückkehren, wo Elias von den Ratten redet, die die Welt an sich reißen werden?« fragte Ruth. »Ich mag diese Nazarener nicht.« Und fügte hinzu: »Außer Stephanus und seiner Familie.«

»Eine Religion ist so schlimm wie die andre«, sagte Sara. »Religion ist ein Haufen Blödsinn. Was hat sie je Gutes getan? Auspeitschen und Kreuzigen und scheinheiliges Geschwafel. Die Menschen erfinden Religionen, um damit andere zu bedrohen. Auch die Frauen. Verlogener Quatsch.«

Ruth sah ihre Schwester scheu und furchtsam an. »Das ist doch schrecklich, Sara. Gott könnte dich niederwerfen. Er hört alles. Er könnte dich in eine Salzsäule verwandeln.«

»Wenn er mag. Er ist derzeit sowieso zu beschäftigt. Muß harte Arbeit sein, sich selbst aufzuteilen, auch wenn man Gott *ist*. Ein Stückchen für die Juden, ein anderes für die Nazarener. Und dann die ganzen anderen Religionen in Ägypten und Syrien und sonst überall.«

»Das über die Juden und Nazarener darfst du nicht sagen. Die Nazarener behaupten, sie seien gute Juden«, sagte Ruth. »Sie sagen nichts von einem anderen Gott.«

»Das ist gar nicht der langen Rede wert. Der eine Gott hat einen Sohn, und der andre nicht. Nichts einfacher als das.«

Noch immer war lautes Griechisch vom anderen Zimmer durchzuhören: vielstimmig, vom Ton her irgendwas Wichtiges. »Vom Ton her irgendwas wichtiges«, sagte Ruth. »Was reden sie?«

»Ich verstehe nicht genug Griechisch, um das zu entscheiden«, sagte Sara. »Irgendwas über Religion.«

»Griechen sind sie und nennen sich doch Juden.«

»Genau das. Griechische Juden.«

»Wie geht das?«

»Das ist eine lange Geschichte, Ruth. Israel ist ganz und gar zerstreut worden. Sie nennen es die Diaspora.«

»Wo hörst du denn diese großen Wörter?«

»Einige Juden sind nach Rom, andere auf die griechischen Inseln. Und eine große Zahl von Ihnen entschied sich dafür, nach Jerusalem zu kommen. Heimkehr nennen sie es.«

»Hör zu.«

Im anderen Zimmer war eine heftige Diskussion zwischen Tyrannos, dem Vater von Stephanus (ich bin überzeugt, daß es sich dabei um einen Spitznamen handelte, den ihm die Schüler verpaßt hatten, die er unterrichtete), Stephanus selbst und weiteren griechischen Juden – Prochorus, Nikanor, Timon, Parmenas, Nikolaus und anderen – um eine Amphora mit Retsina aus Mytilene entbrannt. Philomena, die einzige Frau im Raum, goß ihn in die steinernen Becher mit eingeritztem griechischen Muster.

Nikanor sagte: »Meine Rede. Sie halten sich für die einzig wirklichen Juden und Aramäisch für die einzig wahre jüdische Sprache. Damit sind wir, die wir Griechisch sprechen, außen vor. Nun gut, das geht ja noch. Aber wenn es sich um einen Fall von ausgemachter Ungerechtigkeit handelt –« Nikanor stand am Anfang seiner mittleren Jahre und war von Beruf ein Schmied, der Kerzenständer, meist aus Silber, herstellte. Ihm griechische Gesichtszüge zuzuschreiben, hieße die Behauptung wagen, daß diese Züge sich merklich von denen der anderen Mittelmeeranrainer unterschieden.

Denn alle Söhne und Töchter seiner milden Sonne (mild, verglichen mit der, die die Kinder Hams schwarz gebrannt hat) waren sich ähnlich in der Haut mit ihrer Oliventönung, dem dunklen Haar, das bei den Männern dem Kamm trotzt, der Kleinwüchsigkeit, die man bei den bleichen Stämmen des Nordens und Westens nicht antrifft, und in der großzügig bemessenen Nase, die, wie ein kurzsichtiges hebräisches Volksmärchen weiß, von Gott verliehen wurde, um damit das Böse und jene Fleischkost, die nicht rituell geschlachtet war, zu erschnüffeln. Dennoch blitzte es manchmal golden im Haar und Körpervlies dieser Griechen, ein Geschenk der Aphrodite, wie es ein Heide nennen würde. Philippus hatte eine solche metallische Krone, und die Sonne nistete in dem dicken rostbraunen Gewirr auf seinen Ellenbogen. Es war Philippus, der jetzt sagte: »Eher Vernachlässigung als Ungerechtigkeit, Nikanor.«

»Von mir aus«, gab Nikanor zurück. »Nimm den Fall unserer armen Philomena. Schon seit sechs Wochen verwitwet, aber noch nicht *ein* bleierner *as* aus der Kasse. Und dabei hatten sie es so eilig mit dem protzigen Begräbnis dieser, wie hieß sie doch gleich –?«

»Saphira«, sagte Philippus. »Das war nicht zu umgehen. Scham wegen der Vernachlässigung. Genauso mit dem Geld, das an die verkrüppelte Tochter gezahlt wurde, die mit der Tante oben in Galiläa lebt.«

»Ich könnte dir andere Beispiele liefern«, sagte Nikanor. »Und nicht nur solche, die mit Geld zu tun haben. Aber die Geldsache ist die krasseste und schimpflichste. Zeit, daß sich die Griechenjuden zu Wort melden.«

»Sollen Philippus und ich uns an...«, fragte Stephanus.

»Ja bitte«, sagte Nikanor. »Werde ausfallend. Gebrauch die Sprache der Fischer. Und erinnere ihn an etwas im Buch Genesis. ›Gott breite Japheth aus und lasse ihn wohnen in den Zelten Sems.‹«

»Was bedeutet?« fragte Parmenas mit dem stark parfümierten Bart. »Daß das Wort Gottes in Griechisch so viel wert ist wie in Hebräisch.«

Also gingen Philippus und Stephanus hinaus in den heißen Mittag, zwei Straßen weiter zu dem Haus, das einst Matthias gehört hatte, aber jetzt anstelle des Obergemachs, das nach Verrat roch, das Hauptquartier der Zwölf bildete. Wie der mäkelige Philippus feststellte, ließen sie die Anlage staubig werden und verkommen; anders als ihr Meister fürchteten sie die ablenkende Gegenwart von Frauen. Der alte Thomas brachte eben ein Gericht aus Bohnen, Zwiebelscheiben, Oliven, Öl und Essig an den Tisch, als die beiden Griechen eintraten. Bartholomäus, die beiden Jakobus, Matthäus und Petrus saßen an der fettverschmierten Tafel; der jüngere Jakobus schnitt einen Brotlaib auf, der so altbacken war, daß er seine Muskelkraft weitgehend beanspruchte. »Kommt essen, ihr«, knurrte ihnen Thomas entgegen. »Gutes Galiläerfutter, nicht dieser griechische Schmonzes. Los, her da, setzt euch.«

»Bohnen«, sagte Bartholomäus mit traurigem Kopfschütteln. »Die machen fürchterliche Winde.«

»Ein Aeolus unter dem Gemüse«, sagte Stephanus respektlos und schob das Bein über die Bank. »Können wir beim Essen eine wichtige Angelegenheit besprechen?« Er meinte Petrus. Petrus sagte: »Geht um die Witwen, nicht wahr?«

»Ihr habt es also gehört.«

»Schwer, es nicht zu hören, wo ihr Griechen von Ungerechtigkeit faselt. Ja gut, solche Sachen passieren notwendigerweise, obwohl ich als erster zugeben will, daß es falsch ist.«

»Passieren notwendigerweise«, sagte Philippus, der die Bohnen betastete und sie nicht gar fand, »weil ihr palästinensischen Juden glaubt, daß wir in der Verstreuung eine unbedeutende und weniger wichtige Rasse sind. Ich erinnere euch – wie heißt das aus der Genesis, Stephanus?«

»›Gott breite Japheth aus und lasse ihn wohnen in den Zelten Sems.‹«

»Was bedeutet?« fragte Thomas.

»Eure Aufgabe, *uns* zu sagen, was es bedeutet«, sagte Philippus selbstbewußt. »Ihr seid die großen Wortausleger. Aber ich nehme euch die Arbeit ab. Die Sprache Japheths ist nicht wie die Sprache Sems, aber wenn wir in ihr Gottes Wort lesen, dann segnet Gott uns genauso, wenn nicht noch mehr als euch, wenn ihr es in Aramäisch lest. Mit anderen Worten, die hellenisierten Juden, wie ihr uns nennt, haben nicht weniger Rechte als die Juden Palästinas. Aber genau das wird täglich mißachtet, wenn den Witwen und Waisen gegeben wird. Wir wollen die Sache bereinigt haben.«

»Du willst sagen«, erklärte Thomas, »daß die Hebräer die Hebräer bevorzugen.«

»Da hat er weiß Gott recht«, sagte Petrus seufzend und ließ dabei einen Zwiebelschnitz auf den Bart gleiten. »Es gibt da nur eine Lösung. Wollen doch sehen, wie ihr griechischen Juden mit der täglichen Almosenverteilung zurechtkommt. Ich wette, daß die Beschwerden jetzt von der anderen Seite kommen werden. Außerdem haben die Zwölf andere Dinge zu tun, als an Tischen aufzuwarten.«

Er sprach Aramäisch. Philippus fragte: »Wie hieß das?«

»*Diakonein trapezais.*«

»Er meint«, sagte Thomas, »daß wir zuviel Zeit damit vertun, den Armen Brot aufzutischen und mit gutem Geld zu klimpern. Wir haben noch was anderes zu tun, als, um es in eurer Sprache zu sagen, wie nennt ihr sie – *diakonoi* zu sein.«

»Demnach werden die Griechen Diakone?« fragte Stephanus.

»Nenn es so, wenn du meinst«, sagte Petrus. »Wenn ein *diakonos*, falls das das richtige Wort ist, ein Diener ist, dann sind wir alle Diener oder Diakone, aber ihr könnt diese besonderen Diakone machen. Es wird also in Zukunft keinen Ärger mehr von seiten der Griechen geben.«

»Wie viele von uns?« fragte Philippus.

»Keine zwölf, aber es gibt noch andere heilige Zahlen: sieben zum Beispiel. Bringt ihr soviel zusammen?«

»Ja«, sagte Philippus. »Ich selbst und hier Stephanus. Dann Prochorus, Timon, Parmenas, Nikanor, Nikolaus.«

»Klingt alles ziemlich ausländisch«, meinte Jakobus der Jüngere. »Überhaupt nicht jüdisch.«

»Das wird schon was bedeuten«, sagte Stephanus.

Petrus erwiderte:

»Ja, es bedeutet, daß die Griechenjuden sich um das Geld kümmern und die Hebräerjuden um das Evangelium.«

»Bedeutet es nicht in Wirklichkeit«, fragte Stephanus, »daß Griechen und Juden und Hebräer nichts mehr bedeutet? Daß wir alle in Christus vereint sind und vergessen, was wir einst waren? Daß es Zeit dafür wird, daß auch Leute mit noch ausländischeren Namen als den unseren das Evangelium hören?«

»Dafür sind wir noch nicht vorbereitet«, sagte Petrus.

»Die Samariter sind es«, sagte Philippus. »Die Römer haben sie das Evangelium des Leidens gelehrt. Die nächste Stufe wäre, sie die Bedeutung des Leidens zu lehren.«

»Wenn die Zeit dafür reif ist«, sagte Petrus. »Die Samariter sind eine Gruppe der Juden und sie haben ein Recht darauf, das Wort zu hören...«

»Und dieser Grieche ist eine Art Jude und bereit, auf die griechischen Inseln zu gehen und das Wort in Griechisch zu verkünden«, sagte Stephanus lächelnd.

»Noch nicht«, sagte Petrus. »Wenn du predigen willst, dann predige in den hiesigen Synagogen. Geh in die Synagoge der Libertiner –«

»Libertins?« fragte Philippus mißtrauisch. »Sünder im Fleische?«

»Ein *libertinus*«, erklärte Bartholomäus, »ist ein Freigelassener oder der Sohn eines Freigelassenen. Sie bleiben gern zusammen. Sie stammen aus Alexandria und Kilikien und solchen Gegenden. Zu ihnen kannst du Griechisch reden.«

»Kilikien«, sagte Matthäus, »da kommt doch Saulus her.«

»Genau«, sagte Petrus. »Versuche diesen Saulus zu bekehren. Du hast dir ein schönes Stück Arbeit ausgesucht, das kann ich dir sagen. Und, meine Herren«, sagte er im Aufstehen, »Brüder. Ihr seid herzlich willkommen.« Zur Überraschung von Stephanus und Philippus kamen zwei Männer in Priestertracht herein. »Vergebt die Unordnung hier am Tisch. Wir sind bescheidene Männer, die sich selbst versorgen müssen.«

»Wir gehen in Dankbarkeit für das, was uns gewährt wurde«, sagte Philippus.

»Bringt morgen die anderen«, sagte Petrus. »Wir müssen eine kleine Zeremonie veranstalten. Man wird euch im Angesicht eines Hauses voll der Gläubigen die Hände auflegen, und dann seid ihr auch offiziell, was ihr seid. Gott sei mit euch. Setzt euch, Brüder.« Die beiden Priester verneigten sich zur Überraschung der beiden Griechen vor Petrus, bevor sie sich setzten. Bekehrung des Feindes? Nach ihrem Aussehen zu schließen waren diese Priester arm, bereit, ihre geringe Habe im Namen des Herrn aufzugeben. Mit Leute wie Annas und Kaiphas wäre es anders. Immerhin hatte der neue Glaube eine Bresche in die steinerne Mauer der Orthodoxen geschlagen. Wunder, die weniger Aufsehen erregten als die, mit denen einem Blinden das Augenlicht zurückgegeben wurde, die aber dennoch Wunder waren: sie begannen sich vorsichtig im Reich des Geistes auszubreiten. Dennoch verspürte Stephanus ein leises Unbehagen. Der Glaube blieb in der Familie, deren Haus der Tempel war. Dabei war er gewiß als Teil einer Schiffsladung gemeint, damit er frischen Atem schöpfe. Der Tempel lag selbstgefällig und auf immerdar vor Anker.

Tiberius hatte davon gesprochen, nach etwa einem Tag nach Rom aufzubrechen, aber die Vorbereitungen für die kaiserliche Reise beanspruchten mehr als drei Wochen, für den Princeps also Zeit genug, ungefähr zwanzigmal anderen Sinnes zu werden. An einem herrlichen Tag, an dem Meer und Himmel einander in ihrer Heiterkeit spiegelten, lichtete die Trireme, die vom Festland geschickt war, ihre Anker, um dorthin zurückzukehren. Das riesige adlergeschmückte Hauptsegel blähte sich im warmen Wind ordentlich nach Osten und unterstützte die Arbeit von drei Stockwerken Rudersklaven, die im übelriechenden Dunkel mit seinen brutalen Peitschenschwingern und den taktsetzenden Trommlern hörten, wie die Bucina oben in der Welt der Lebendigen das Zeichen gab, daß Tiberius mit seinem Hofstaat an Bord gekommen war. Der Stab war ziemlich umfangreich, und zu ihm gehörten drei Ärzte, denn der Imperator war alles andere als gesund, obwohl man die eitrigen Narben gereinigt und den Wangen mit Schminke den Anschein von Gesundheit gegeben hatte. Gaius war scheinheilig besorgt. Herodes Agrippa, dem noch die friedlichste See wie ein Rudel beißwütiger Löwen vorkam, blieb in seiner Kabine und fragte sich unausgesetzt, ob der designierte Imperator sein Versprechen halten würde: er glaubte nicht. Nicht aufgeführt in der Belegschaft waren die Pfrillen des kaiserlichen Bassins, noch die jungen, geschulten Perversen aus den Liebesgrotten. Schweigend standen sie am Strand und auf der Landzunge, um das Schiff auslaufen zu sehen. Sie kannten ihre Zukunft besser als Herodes Agrippa die seine: erneute Sklaverei, ihre Jugend mißbraucht, bis die Knochen brachen oder die Jugend vorbei war. Die Unschuldigeren träumten von Freilassung, ihnen huldvoll vom neuen Imperator geschenkt als einer jener vielen Akte von Gerechtigkeit und Milde, wie sie dem Beginn einer neuen Herrschaft angemessen waren. Die mit angesehen hatten, wie Gaius jauchzte, wenn er verstümmelte Körper über die Klippen stieß und schob, erhofften sich gar nichts.

Die Reise zum Festland war kurz. Putuoli, der Hafen von Neapel, war gewöhnlich mit Schiffen überfüllt, aber sie waren zum Abwarten auf die Reede geschickt worden, damit die kaiserliche Trireme unbehelligt bliebe. Als sie einlief, brach am Kai festliche Musik aus Hörnern, Trompeten, Trommeln und Zymbeln los. Tiberius' Kopf dröhnte davon, aber Gaius begrüßte sie winkend und lachend. Dockarbeiter fingen geschleuderte Trossen auf, zogen das Schiff in den Pier und vertäuten die Seile am steinernen Poller. Andere eilten mit einer Gangway herbei, die mit Purpur und Gold und einem Adler auf angeheftetem Leinen verkleidet war. Wieder andere brachten einen alexandrinischen Teppich, der den kaiserlichen Gang vom Schiff zu der wartenden Sänfte weich machen sollte, die von hochgewachsenen, muskulösen Sklaven aus Germanien getragen wurde. Von einer großen Anhöhe in der Nähe der Speicher sah die Statue des Tiberius auf die Ankunft herab; das heroisch gestaltete Bronze spottete feierlich über das nur zu gebrechliche Original. Die Prätorianergarde salutierte zu plärrendem Messing und dumpftönenden Trommeln; Tiberius hob als Antwort seinen schwächlichen Arm. Hinter den pflichtgemäßen Jubelrufen bemerkte er den Unterton der Befriedigung darüber, daß er kränker und schneller gealtert war, als die meisten erwartet hatten. Ohne Zweifel war die Begrüßung für den Sohn des beliebten Germanicus kraftvoller. Er, Tiberius, hätte nicht zurückkommen sollen. Einmal zuvor war er gekommen, vor vielen Jahren, aber dann einfach, um den Tiber hinaufzusegeln und aus der Entfernung einen Blick auf die Stadtmauern zu werfen; am Ufer entlang waren Soldaten aufgestellt, um die Bevölkerung fernzuhalten, und er war rasch wieder nach Capri abgereist. Diesmal war er auf einen langsamen und feierlichen Vormarsch auf der Appischen Straße festgelegt, einen lärmenden Einzug in die Stadt mit Feierlichkeiten, Ansprachen und Banketten. Er konnte das nicht machen – ein sterbender Mann mit siebenundsiebzig Jahren; er hatte sich seinen Frieden verdient. Nein, hatte er nicht, zumal er sich dieses letzte Leiden gewählt hatte. Nicht einmal der geringste Sklave, der am Kai den Dreck fegte, war elender dran als er.

In einem Zug wurde er dann auf der Via Appia geleitet; die geschmückte und gepolsterte Sänfte schwang leicht wie eine Wiege. Auf dem linken Arm schlief sein Schoßtierchen Columba: sie war regungslos, vielleicht von der Fahrt krank. »Sing deine Liebe für mich, mein Liebling«, schmalzte er, aber sie wand sich nur leicht in ihrer Lethargie. Am siebten Meilenstein befahl er Halt. Er zog im rechten Moment die Vorhänge zur Seite, um zu sehen, wie Gaius einen Sklaven auspeitschte, der das ihm anvertraute verschnürte Gepäckbündel in den Straßendreck hatte fallen lassen. »Eine Schlange für das römische Volk nähren. Wer hat das gesagt, Columba?« Vor dem kleinen Fenster erschienen die Konsuln Gnaeus Acerronius Proculus und Gaius Pontius Nigrinus. Tiberius verkündete: »Heute will ich nicht mehr weiter.«

»Wie Caesar wünscht«, sagte Pontius Nigrinus. »Wir sind nahe bei der Villa des Pomponius Naso. Vielleicht wünscht Caesar sich dort für die Nacht auszuruhen.«

»Lebt Pomponius dort?«

Proculus schaute verwundert. »Pomponius Naso wurde vor fünf Jahren hingerichtet. Auf Befehl seiner kaiserlichen Majestät.«

»Gibt es sonst noch – ein anderes Haus?«

»Ein Kilometer weiter zurück. Das ehemalige Jagdhaus des seligen Sejanus.«

Tiberius zitterte wie im Schüttelfrost. »Pomponius' Villa wird genügen. Wird dort alles für mich vorbereitet sein?«

»Der kaiserliche Haushalt sah die Wünsche seiner kaiserlichen Majestät voraus.«

»Was wißt ihr von meinen Wünschen?« sagte er in plötzlichem Zorn. »Was weiß denn irgendeiner von euch über meine Nöte?« Eine Volksmenge, hauptsächlich bäurische Leute, stand an den Toren der Villa und starrte auf den zittrigen Herrn der Welt. Ein bärtiger Mann in grobem Leinen mit Flecken von Gänsescheiße, einen Stecken in der Hand, rief vorwitzig, als Tiberius seiner Sänfte entstieg:

»Fürchte die Macht des Pöbels, Caesar.« Geübt in der notwendigen Flinkheit, lief er davon, bevor ihn die Liktorenpeitsche erreicht hatte. Tiberius begab sich sofort in sein Bett, das mit in Wolle gepackten heißen Ziegelsteinen erwärmt war. Er verlangte eine Haferschleimsuppe. Danach schlief er ein und träumte einen alten Traum, einen, der ihm die trunkene Ruhe seines letzten Geburtstages verstümmelt hatte. Die riesenhafte Statue des Apollo von Temenos, die er aus Syracus geholt hatte, um sie in der Bibliothek des neuen Tempels zu Ehren des vergöttlichten Augustus aufzustellen, sprach ihn an aus einem beweglichen Mund:

»Ihr, Herr, werdet mich niemals weihen.«

Vom Donner erwachte er mitten in der Nacht. Er fürchtete Gewitter. Er rief matt und bat um einen Lorbeerkranz. Ein Sklave brachte schließlich einen (in seinem Gepäck befanden sich mehrere), und der Imperator setzte ihn zitternd mit einer Geste voll des erbärmlich bemitleidenswerten apotropäischen Widerstands auf. Die Blitze trafen ihn nicht; der Trick hatte noch immer gewirkt.

Er erwachte schließlich in der Dämmerung und stellte fest, daß sein Schoßtier Columba nicht um seinen Arm geringelt war, sondern steif am Boden lag. Nicht alles von ihr; wenigstens die Hälfte hatten die Ameisen aufgefressen. Er schrie die winzige Armee von Fräsern an und stampfte mit bloßen Füßen auf ihr herum. *Fürchte die Macht des Pöbels, Caesar.* Er rief: »Wir kehren nach Capri zurück! Blast die Fahrt nach Rom ab!«

Die Prozession machte also kehrt und der schlangenlose Caesar ging nach Kampanien zurück. Bei Astura wurde er von Magenkrämpfen und trockenem Erbrechen sehr krank. Sein Oberarzt Charicles gab ihm ein Gebräu aus Wein, Milch und Opium. Er schlief drei Tage lang und fühlte sich gestärkt. Caesar war wohlauf. Caesar würde seine wiedererlangte Gesundheit bei den Garnisionsspielen in Circeii vorführen. Jubel und einiges Gemurre für Caesar, als er seinen Platz in der überstürzt herausgeputzten kaiserlichen Loge einnahm. Ein wilder Keiler wurde in der Arena losgelassen, er brüllte und schnaubte. Gebt mir einen Wurfspeer. Einen Wurfspeer. Einen Wurfspeer, Caesar? Einen Wurfspeer, ihr

Hundesöhne. Und um seine Genesung zu beweisen, warf er die dargebotene Waffe nach dem Vieh, verfehlte es, warf einen anderen und noch einen, während ein Teil der Garnison jubelte. Dann: »Aaaach.« Er hatte sich die Muskeln an der Seite gezerrt und schien sich grotesk vor der aufgereihten Versammlung zu verbeugen. Er schwitzte vom Schmerz und der kurzen Anstrengung, dann kam ein kalter Wind auf und ließ ihn frösteln. »Gehen wir«, sagte er rauh.

Die Gruppe zog am nächsten Tag weiter nach Misenum, wo ein großes Mahl vorbereitet war. Er kannte nur wenige Gesichter, lächelte ihnen aber allen zu. Ein falsches Gerücht; Caesar geht es gut, schaut her. Noch eine Scheibe von dem gebratenen Eber. Etwas von dem goldenen Weizenlaib. Füll den Becher bis zum Rand; schaut, Freunde, ich trinke auf euer Wohl. Der Arzt Charicles sagte: »Caesar, ich muß nach dem Trunk im Tiegel sehen. Erlaubt mir zu gehen.« Charicles nahm Caesars Hand, um sie zu küssen. Tiberius flüsterte: »Mein Puls, nicht wahr? Du fühlst meinen Puls, weil ich nicht gut aussehe. Bleib bei mir, Charicles. Sag, Charicles, sag mir die Wahrheit: bin ich in Ordnung, scheine ich dir in Ordnung, kann ich diesen Abend überstehen, ohne zusammenzubrechen?«

»Nimm dieses Pulver, Caesar, mit ein wenig Wasser. Es wird dich aufrecht halten. Nimm es heimlich, soll keiner sehen.«

Gaius schrie reichlich betrunken über den Tisch: »Mein lieber und großer Großonkel, wie gut Ihr ausseht. Ihr werdet uns alle überleben.«

Am nächsten Tag erhielt er in seiner Sänfte eine Zusammenfassung der jüngsten Vorgänge im Senat. Er las, daß die drei Patrizier, die er wegen Verrat hatte vor Gericht stellen lassen, ohne Anhörung freigesprochen worden waren: sie waren nur durch einen Denunzianten angegeben worden, hieß es in dem Bericht. »Schande«, versuchte er zu schreien. Traurig vermißte er den anheimelnden Druck seiner Schlange auf dem linken Arm. »Eine Schande ist es. Zurück nach Capri.« Dann kam Gaius Pontius Nigrinus mit ungewöhnlichen und schrecklichen Nachrichten. Auf der Insel hatte es ein kurzes Erdbeben gegeben, kurz zwar, aber doch heftig genug, um den Leuchtturm auf der Landzunge umzustürzen. »Das Weltauge ist erloschen«, seufzte Tiberius. »Wer erlaubte sich den Streich mit dem Feuer in Misenum? Ihr erfindet schlimme Vorzeichen, ihr alle.« Denn im Schlafzimmer der Villa in Misenum war das erloschene Feuer zu plötzlichem Leben erwacht und hatte ihn mit einem diffusen zinnoberroten Auge die ganze Nacht lang beobachtet.

»Das Landhaus, das einmal Lucullus gehört hat«, sagte Pontius Nigrinus, »liegt nur einen knappen Kilometer entfernt. Wollen Eure kaiserliche Hoheit dort ausruhen?«

»Ruhe gibt es nirgends«, weinte Tiberius.

Das bisher Berichtete schien wenig Bedeutung für das Leben in Jerusalem zu haben, aber der Gesundheitszustand des Tiberius war in Caesarea bekannt. Von dort breitete sich in der Hauptstadt ein Gerücht aus, nach dem der Purpur bald Gaius Caligula zufallen würde. Eine seiner ersten Handlungen würde die Erhebung des Prinzen Herodes Agrippa zum König von Judäa sein, als Vorspiel für die Befreiung des Landes von der Adlerherrschaft und die Wiedereinsetzung der salomonischen Monarchie. Es wurde Zeit für einen geeinten jüdischen Glauben, und der Tempel sollte nicht mehr nur als die Behausung des Allerheiligsten, sondern als das Herrschaftssymbol auf dem geheiligten Boden Israels verehrt werden. Es war nicht die Zeit für Stephanus, daß er sich in die Synagoge der Libertiner stellte, um dort den neuen Weg zu verkünden. Er stand da und sagte zu den mißtrauischen Bärten:

»Zwei Dinge müßt ihr vom neuen Evangelium der Liebe und des Verzeihens wissen, bevor ihr irgend etwas anderes wißt. Erstens, daß es das Gesetz von Moses aufhebt.«

Saulus war anwesend. Er erhob sich und sagte: »Nichts hebt das Gesetz von Moses auf.«

Stephanus sagte lächelnd:

»Ich freue mich, deine Stimme zu hören, Saulus, alter Freund und Studienkollege. Diskutieren wir in aller Freundschaft über die Angelegenheit, wie seinerzeit bei unserem lieben Rabban. Würdest du nicht zugeben wollen, daß das mosaische Gesetz seiner Zeit entsprach, nicht aber der neuen Zeit? Denn das Volk, das eben erst aus der ägyptischen Gefangenschaft befreit worden war, brauchte die Strenge des *lex talionis* – Auge um Auge, Zahn um Zahn. Noch war es nicht in der Lage, die milderen Lehren vom Verzeihen und der Liebe zu den Feinden zu vernehmen. Es gab da auch noch kein Verzeihen für die kleineren Verstöße gegen den Bund. Das Leben in der Wüste war grausam und das Gesetz war es auch. Moses hätte gehöhnt, wenn er gehört hätte, daß wir nicht nur siebenmal, sondern siebzigmal vergeben sollten. Die Zeit für das Evangelium der Liebe war noch nicht da, aber jetzt ist die Liebe offenbart worden – eine Liebe, die ausgeht von der des Vaters für seinen Sohn, und beider Liebe für die Menschheit.«

»Du hast noch von etwas anderem gesprochen«, sagte Saulus. »Was war das?«

»Folgendes«, sagte Stephanus. »Daß die Liebe nicht dem Tempel oder seinen Verwaltern anvertraut ist. Der wahre Tempel ist nicht von Menschenhand gemacht. Ich wiederhole nur die Worte unseres Messias, der so sehr wie jeder von euch dieses heilige Gebäude verehrte, das Salomon errichtet hat, aber er erkannte größere Helligkeit in einem Tempel, den nicht menschliche Hände entworfen und geplant hatten – ein Tempel, den solche Hände gewiß zerstören mögen, dem Gottes Gnade aber, wie er selbst es in dieser unserer Stadt bewiesen hat, die Auferstehung gebieten kann.« Ein Murren erhob sich: *Er lästert gegen Moses. Er gefährdet den Tempel und damit den Staat.*

Saulus sagte ruhig:

»Fahr fort.« Matthäus und Bartholomäus, die als selbsternannte Abhörer heimlich dabeigesessen waren (hier war der erste Griechenjude, der das Evangelium verkünden sollte), erhoben sich schweigend und verließen das dunkle und stickige quadratische Gebäude, um sich Gottes blendender Luft auszusetzen. Sie sagten nichts zueinander, bis sie in dem kleinen, ausgetrockneten Garten hinter dem Weinladen des nüchternen Zecharia Platz genommen hatten. Hier löschten sie ihren Durst mit Wasser und beglückten ihr zweifelndes Herz mit Wein.Matthäus sagte:

»Er macht's besser als unsereiner. Das kommt vom Griechischen.«

»Wie denn?«

»Die Griechen treiben eine Sache bis zum Äußersten. Ich habe ein wenig Griechisch gelesen, Altgriechisch, eine harte Sprache, und da war so ein Sokrates, der mit seiner Logik, wie man es nannte, bis zum Äußersten ging. Er wurde mit Schierling zum Tod befördert. Er schloß keine Kompromisse. Macht auch Stephanus nicht. Aber das Licht war da, himmlische Zustimmung, wenn du so willst. Er glänzte von mehr als nur von Schweiß.«

»Er ist kein Grieche«, sagte Bartholomäus. »Wie wir anderen ist er Jude. Er kennt seine Schriften besser als dieser verdammte Saulus, der ihn mit Blicken durchbohrte.«

»Für mich ist das schwer zu erklären«, gab Matthäus zweifelnd zurück. »Wir wurden im jüdischen Glauben und mit nichts sonst erzogen, gewissermaßen von Jehova umgeben. Auf den griechischen Inseln sind sie, einige von ihnen, über den anstrengenden Weg zu Gott gelangt, indem sie über die Grundlagen debattierten. Unsere ganzen Schriften sind heilig, die ihrigen nicht. Sie sind über die Logik zu Gott gelangt. Was anderes; es gibt eigentlich keine Einwände gegen seine Argumente, und das wissen sie. Moses war für seine Zeit gut, aber er ist es nicht für die unsre; sie trauen sich nicht, es zuzugeben. Was den Tempel betrifft – da wird ihn wohl seine eigene Logik erledigen. Im Tempel gibt es zu viel angestammte Rechte: die Stellung der Priester, Geld, der Handel, den er in die Stadt gebracht hat. Was ihm abgeht, ist die Vorsicht – auch Sokrates hatte sie nicht –, und wir Bande, wir Hebräer haben doch gelernt, daß man in dieser Stadt das Evangelium nicht predigen kann, ohne wenigstens ein bißchen Vorsicht. Listig wie die Schlangen, einfältig wie die Tauben und so weiter. Christus erfüllt Moses und poliert seine Hörner auf ein stärkeres Gold. Wir predigen am Tempel, weil das Gold des Tempeltors mit der messianischen Erfüllung glänzender poliert wird. Verflucht doch, wir haben inzwischen vierzig Priester in unseren Reihen. Stephanus würde sie verscheuchen.«

»Was sollen wir also tun – vom weiteren Predigen abraten?«

»Wir lassen Gott entscheiden. Man kann da nichts machen. Ich fürchte allerdings, daß wir bald Besuch vom Tod kriegen.«

Saulus ging von der Synagoge schnurstracks zum Haus des Kaiphas. Er sagte, was er zu sagen hatte und fügte hinzu: »Ich komme natürlich aus Pflichtgefühl.«

»Das weiß ich zu schätzen. Obwohl, um ehrlich zu sein, die Pflicht ist oft, entschuldige, mein Sohn, eine Verkleidung der Rachsucht. Du kochst wegen dieser Nazarener, als hättest du ihnen etwas Persönliches nachzutragen. Entschuldige die Offenheit.«

»Es ist Eure Pflicht, offen zu sein«, sagte Saulus ruhig. »In dieser Angelegenheit habe ich mein Gewissen erforscht. Stephanus war ein Kommilitone, ein Freund sogar, aber nie ein enger. Es könnte wohl die erste Aufgabe sein, als Freund mit ihm zu reden – ihn auf seine Irrtümer hinzuweisen, ihn auf den rechten Weg zurückzuführen. Ihr müßt aber wissen, daß er die Überzeugung einer ganzen Sekte äußert. Man hat ihn ermutigt, so zu reden, wie er es tut. Außerdem ist er wortgewandt, sogar im Aramäischen, einer Sprache, die für ihn unter dem Griechischen steht.«

»Wie«, fragte Kaiphas, »kann eine Sprache einer anderen überlegen sein? All unsere Sprachen entstanden aus dem Sündenfall, wurden bei der Zerstörung Babels gleichermaßen verwirrt.«

»Die Zunge Sems, so sagte er einmal in Gegenwart unseres Meisters Gamaliel, ist eine Stammessprache, beschränkt und nicht bereit, sich dem Zusammenprall mit der Welt der Heiden auszusetzen.«

»Gott verhüte, daß sie es sollte.«

»Er behauptet, daß das Griechische gekämpft hat, um die Wahrheit zu enthüllen, und daß es durch diesen Kampf scharfsinnig und muskulös wurde. Aber darum geht es jetzt nicht. Seht ihn Euch an, und Ihr werdet sehen, daß er den glänzenden Blick eines Fanatikers angenommen hat. Was dieser Petrus sagt, kann bis zu einem gewissen Grad hingenommen werden. Und war es nicht mein Meister Gamaliel, der der gesamten Versammlung aus Respekt vor der ketzerischen Verkündigung des Messias Nachsicht empfahl? Aber Stephanus – er geht weiter.«

»Wie weiter?«

»Das hört Ihr am besten selbst.«

Kaiphas hörte es, während er, Saulus neben sich, hinten im Schatten der Libertinen-Synagoge stand. Er hörte die helle Stimme des Stephanus, unsicher bei den aramäischen Kehllauten, wie sie sich über das Murren der Orthodoxen erhob:

»Unsere Väter hatten in der Wüste die Bundeslade, wie Er es ihnen verordnet hatte, der zu Moses redete. Und diese übernahmen auch unsere Väter und brachten sie mit Josua in das Land, das jene Völker innehatten, die Gott ausstieß vor dem Angesicht unserer Väter, bis zur Zeit Davids –«

»Jetzt kommt's«, murmelte Saulus.

»König Salomon aber baute ihm ein Haus – das goldene Haus, das der Ruhm Jerusalems ist. Allein der Allerhöchste wohnt nicht in Häusern, die von Menschenhand gemacht sind. Wie spricht der Prophet? ›Der Himmel ist mein Thron und die Erde meiner Füße Schemel. Was für ein Haus wollt ihr mir bauen? Oder welches ist die Stätte meiner Ruhe? Hat nicht meine Hand das alles gemacht?‹ «

»Jetzt hört Ihr es«, sagte Saulus.

»Ja, ja, ich höre es jetzt. Gott helfe dem Jungen.«

»Ich halte mich als Zeuge bereit.«

»Nicht nötig. Hier herin sind genug, die es bezeugen können.«

»Soll ich jetzt den Hauptmann hereinholen?«

»Du bist immer zu voreilig, Saulus. Mir scheint, du siehst nicht, welche Folgen das haben wird.«

»Mit Verlaub, heiliger Vater, ich habe ausschließlich an diese Folgen gedacht. Ihr wollt saubere Hände haben. Manchmal ist der Jerusalemer Mob ganz nützlich.«

Kaiphas schaute in sein vor Eifer verdunkeltes Gesicht, das einen sadduzäischen Haß verriet. Fanatismus war immer von Übel. Saulus schritt vor zur Tafel der Synagoge. Stephanus sagte gerade: »Das Volk Gottes befindet sich nicht an einem einzigen Ort, und auch nicht das Haus seines Gottesdienstes.« Als er Saulus sah, lächelte er und sagte: »Ich begrüße Widerspruch. Auf den griechischen Inseln priesen wir die Dialektik als den Zickzackweg zum Thron. Mein Freund und Kommilitone Saulus hat etwas zu sagen.«

Saulus sagte:

»In der Tat habe ich etwas zu sagen. Dieser Stephanus hier, der einmal ein Freund war, es aber nicht mehr ist, der wenig gelernt hat, als wir Gamaliel zu Füßen saßen, schmückt Subversion mit griechischer Beredsamkeit aus, die in ihrer Eingängigkeit fürchterlich ist. Er spricht gegen das Gesetz. Er spricht gegen den heiligen Ort. Einfacher kann ich es nicht sagen. Mit seinen Äußerungen hat er diese Synagoge verunreinigt. Ihr wißt, was zu tun ist.«

Kaiphas war bestürzt. Fäuste wurden geschüttelt, die Stephanus am nächsten waren, rollten ihre Ärmel hoch und zeigten angespannte Armmuskeln, bereit, ihn zu ergreifen. Stephanus lächelte nur. Saulus rief: »Nicht hier. Das ist geweihter Boden.«

Außerhalb der Synagoge mußte der Oberpriester persönlich den rechtschaffenen Zorn zurückhalten, während Saulus davonstürmte, um den *'ish har ha-bayith* und seine bewaffneten Leviten zu holen. Zum Schutz von Stephanus natürlich. Als die Polizei eintraf, hatte sich bereits eine Menge gesammelt. Was hat er getan. Nichts, aber viel gesagt. Was gesagt? Daß der Tempel ein Müllhaufen ist und die Tempelpriester eine Bande von Opportunisten. Schlimm, oder nicht? Schlimm, schlimm sagst du? Stephanus wurde zum Gefängnis abgeführt. Die beiden Jakobusse, die Feigen und Brot für die Brüder brachten, sahen es. Sie sahen es, wußten aber, daß es besser wäre, nicht dazwischenzutreten. Sie liefen nach Hause, also zum konfiszierten Haus des Matthias.

Bedrückt schüttelte Petrus sein Haupt. Thomas sagte: »Ich hatte sowas im Urin, daß es nichts wie Ärger mit den Griechen geben würde, wenn man sich einmal mit ihnen eingelassen hat.«

»Wir sind alle eins, alle eins«, jammerte Petrus.

»Du wirst nicht bestreiten können, daß er das Falsche gesagt hat. Grad als es besser ging. Zu gut wohl. Was wirst du machen?«

»Die Sache«, sagte Thaddäus in prophetischer Einsicht, die er, der kleine Künstler, manchmal zeigte, »nimmt ihren Lauf. Er ist in Gottes Hand. Was geschehen muß, wird geschehen, und es wird um Rache zum Himmel schreien. Aber keine Rache wird sein, nur eine noch größere Herrlichkeit.«

»Los, mach ein Lied draus«, jauchzte Thomas. »Spiel's auf der Flöte.«

Am folgenden Morgen befand sich eine ansehnliche Menge vor dem Ratssaal. Hat gesagt, der Tempel wäre ein Müllhaufen, die

Priester beschimpft, gesagt, daß Moses ein Betrüger wär. Das habe ich schon immer gesagt, daß die Nazarener ein übler Haufen sind, gottlose Verbrecherbande, da kommt er, ein Grieche, die Griechen waren schon immer ein Kanakenpack, meine Schwester hat einen Griechen geheiratet und wohin hat es sie gebracht, die arme Schlampe?

Annas verzog das Gesicht in die Richtung von Stephanus, ein sauber aussehender Junge, obwohl er eine Nacht im dreckigen Gefängnis verbracht hatte, dünner Bart, große, aber furchtlose Augen. Er stand in der Mitte des Halbkreises, den der versammelte Sanhedrin bildete. Die Morgensonne badete ihn durch eine Mauer aus hohen Fenstern. Annas sagte:

»Mehr Ärger mit euch Nazarenern. Ich zitiere.« Er zitierte aus einem Papyrus, den ihm sein Schwiegersohn reichte. »›Dieser Mensch hört nicht auf, Worte gegen den Tempel und das Gesetz zu sprechen, denn wir haben ihn sagen hören, daß dieser Jesus von Nazareth ihn zerstören und die Bräuche ändern wird, die Moses uns überliefert hat.‹ Verhält sich das so?« Stephanus sah auf die unnachgiebige Versammlung und bemerkte ein Übergewicht an Sadduzäern. Ein Pharisäer, Gerichtsdiener, lehnte an der fensterlosen Wand; er war von allen der erbittertste. Stephanus lächelte ihm zu und sprach.

»Brüder und heilige Väter, das ist eine schwerwiegende Anklage und es ist mir vielleicht gestattet, darauf mit einer Rekapitulation dessen zu antworten, was vielen von Euch überflüssig vorkommen mag, aber ich bitte um Eure Geduld: meine Logik wird, gewährt man mir etwas Zeit, mit Gottes Hilfe deutlich hervortreten.«

»Wir brauchen keine Logik«, sagte Kaiphas. »Wir kommen auch ohne derartige griechische Importe zurecht.«

»Auch gut, nichts Griechisches. Einfach nur die Wahrheit der Heiligen Schriften. Wie Ihr alle wißt, sprach Gott in seiner Herrlichkeit zu unserem Vater Abraham und zwar zu der Zeit, da er in Mesopotamien lebte und bevor er nach Haran ging. Er sagte also zu ihm, daß er nach Haran gehen müsse. Deshalb ging er aus der Chaldäer Lande und wohnte in Haran im oberen Tal des Euphrat, wo er blieb, bis sein Vater Tharah starb. Danach zog er unter Gottes Führung bis nach Kanaan. Man beachte, daß es nicht sein Land war, und daß er auch keinen Teil daran hatte. Er war dort sozusagen ein Gastarbeiter.«

»Zur Sache«, sagte Jonathan. »Wissen wir doch alles.«

»Ihr habt die Sache bereits vor Euren Augen«, sagte Stephanus kühn. »Ihr müßt nur hinsehen. Abraham besaß kein Land, aber er glaubte an das Versprechen des Herrn, daß dort Land für seine Nachkommen sein würde. Unterdrückung, Verbannung und Knechtschaft würde es viele Generationen lang geben, aber die Verbannung würde nicht ewig währen. Wenn die Zeit gekommen wäre, würde Gott das Unrecht, das seine Kinder erlitten hatten, rächen und sie in das Land Kanaan zurückführen, wo sie ihn in Frieden verehren sollten. Er gab Abraham ein Zeichen, das Zeichen der Beschneidung, ein äußerliches Symbol einer inneren Gnade und eines göttlichen Versprechens. Als Isaak geboren wurde, beschnitt ihn Abraham am achten Tag. Das Zeichen wurde von Generation zu Generation weitergegeben, von Isaak an Jakob und von Jakob an seine zwölf Söhne; diese Zwölf waren die Erzväter der zwölf Stämme Israels.«

»Höre«, sagte Alexander. »Wir sind Priester und, wie ich glaube, hinreichend in den Schriften unterwiesen. Wir warten auf die Antwort zu der vorgebrachten schwerwiegenden Anklage.«

»Geduld«, sagte Stephanus geduldig. »Wer Ohren hat zu hören, wird die Antwort bereits erkennen. Ich verspreche Euch, Euch nicht mehr länger mit dem Aufsagen der Frühgeschichte aufzuhalten. Man beachte hier, daß es bereits in jener alten Zeit der Erzväter Männer gab, die sich dem Willen Gottes in der Leitung der Kinder Abrahams widersetzten. Denn Jakobs Söhne verkauften ihren Bruder Joseph als Sklaven nach Ägypten. Aber durch Gottes Gnade blieb er nicht lange Sklave. Er stieg zum Großwesir des Pharao auf und war, als in Kanaan Hungersnot herrschte, durch sein vorausschauendes Getreidehorten in den ägyptischen Speichern in der Lage, den Brüdern ausreichend Getreide zu verkaufen. Joseph rettete Männer, die ihn zunächst nicht als ihren eigenen Bruder erkannt hatten. Sie hatten hart an ihm gehandelt, aber er vergab ihnen und man feierte Versöhnung. Daraus läßt sich gewiß etwas lernen. Als Ergebnis dieser Versöhnung kamen alle fünfundsiebzig Mitglieder der Familie Jakobs nach Ägypten und ließen sich da nieder, und es erging ihnen wohl.«

»Die exakte Zahl ist siebzig«, sagte Annas. »Du zitierst aus einem entstellten griechischen Text.«

»Ich bitte um Vergebung«, sagte Stephanus. »Nicht entstellt. Euer Text erwähnt Jakob und Joseph und die zwei Söhne des Joseph. Unserer übergeht Jakob und Joseph, erwähnt aber neun Söhne des Joseph. Wenn Ihr mit mir jetzt etwas Zeit auf vergleichende Arithmetik verwenden wollt...«

»Wir wollen nichts Griechisches«, brüllte Kaiphas. »Und wir wollen keine Debatten mit dem Hohen Priester.«

»Wie Vater Annas wohl weiß«, sagte Stephanus, »trägt er seinen Titel ehrenhalber. Ein arithmetisches Zwischenspiel wäre eine passende Belanglosigkeit. Verzeiht meine unbeabsichtigte Dreistigkeit. Darf ich fortfahren?«

»Faß dich kurz, Kerl«, rief Annas, mußte aber grinsen.

»Also gut. Den Israeliten erging es in Ägypten gut, aber noch immer war da die Sache mit dem Gelobten Land, das sie erreichen sollten. In Gottes Plan war es notwendig, daß sich in Ägypten ein Tyrann erhob, der sie verfolgte und sie sich nach Erlösung sehnen ließ. Durch Gottes Gnade und menschliche Schläue wurde das Kind Moses, das wie die übrigen männlichen Nachfahren der Israeliten hätte zugrunde gehen sollen, gerettet und im Hause einer Prinzessin aufgezogen. Sein Gerechtigkeitsstreben, aus dem heraus er einen brutalen ägyptischen Aufseher über die israelischen Bauarbeiter erschlagen hatte, trieb ihn in die Verbannung. Man beachte hier besonders: In der Verbannung gelangte er in den Nordwesten Arabiens, in die Wildnis am Berg Sinai – weit, weit weg vom Heiligen Land. Ich glaube, hier werdet Ihr eine wichtige Wahrheit erkennen: daß kein Ort aus sich selbst heraus heilig ist, daß Heiligung dort entsteht, wo sich Gott offenbart. Jetzt könnt Ihr mit Recht den Anspruch der Stadt Jerusalem in Frage stellen, über eine angeborene Heiligkeit zu verfügen.«

Es gab die erwarteten Rufe von *Lästerung* und *Ketzerei*, aber Annas gebot mit erhobener Hand Stille. »Er schneidet sich selbst die Gurgel auf«, sagte er. »Warum hindert ihr ihn daran? Laßt ihn fortfahren.«

»Noch etwas«, sagte Stephanus ungerührt. »So wie Josephs Brüder Joseph verstießen, so verstießen die Kinder Israels Moses. Jedes eine Mal wiederholte sich, wenn sie gezwungen waren, ihren Heiland hinzunehmen. Sie befanden sich damals in der Wildnis, weit, weit entfernt vom Gelobten Land, aber sie hatten den Bund, lebende Verkündigung durch den Mund von Moses, den Engel der Gegenwart. Sie hatten die *qahal* oder *ekklesia* dort in der Wüste, aber sie waren damit nicht zufrieden. Sie wollten einen sicht- und greifbaren Gott aus Gold. Sie lehnten die Vollmacht von Moses ab. Ich bin wegen Lästerworten gegen den Propheten angeklagt, aber wer klagt mich an? Die Kinder derer, die den Propheten ablehnten. Sie sehnten sich danach, nach Ägypten zurückzukehren und dort Zwiebeln und Lauch und Knoblauch zu essen und schlechte Dämpfe in das unsichtbare Gesicht des Allerhöchsten zu hauchen. Als sie aus Ägypten fort waren, blieben sie ihrem Götzendienst treu. Ein Prophet nach dem anderen wurde abgelehnt und gesteinigt. Wie bei dem Propheten Amos geschrieben steht, trugen sie die Lade des Moloch umher und das Sternbild des Gottes Rempham. Nicht, daß die Lade des einen wahren Gottes gefehlt hätte, das Bundeszelt in der Wildnis. Dennoch kehrten sie sich in ihrer Unbotmäßigkeit von dem Schrein ab, der ihnen von Gottes innewohnender Anwesenheit sprach – nicht an einem Ort, sondern wo immer sie auch ihre Wanderschaft hinführte. Ich spreche von der Bundeslade, die wir Griechen *skene tou martyriou* nennen, *'ohel mo'ed* auf Hebräisch, was als das Zelt der Vereinbarung Gottes wiedergegeben werden könnte. Mein alter Schulfreund Saulus, zu meiner Betrübnis Anführer unter meinen Anklägern, weiß alles über Zelte. Der Ort des Allerhöchsten ist ein Zelt. David wollte eine einfache Behausung errichten, einen Unterschlupf, eine Stiftshütte. Seinem Sohn Salomo blieb es überlassen, ein unverrückbares *bayith* oder *oikos* aus Stein mit goldener und silberner Verkleidung zu errichten, damit aber erfüllte er nicht seines Vaters Absicht. Salomo hat selbst vom Ungenügen seines Bauwerks gesprochen, wenn er sagt: ›Aber sollte Gott wirklich auf Erden wohnen? Siehe, der Himmel und aller Himmel Himmel können dich nicht fassen, wie sollte es denn das Haus tun, das ich gebaut habe?‹«

»Wir erkennen deine Gelehrtheit an«, sagte Kaiphas mit ziemlichem Sarkasmus, »aber du hast sie nicht verwendet, um deinen Standpunkt darzulegen.«

»Habe ich etwa nicht?« rief Stephanus. »Ist denn mein Standpunkt nicht inzwischen deutlich geworden? Ich lästere nicht gegen den Tempel Salomos, sondern ich schimpfe über die verstockten Köpfe, die ein Gebäude aus Stein mit einer besonderen Heiligkeit umgeben, dafür aber den Glanz dessen vergessen, was einmal ein Zelt aus Häuten war. Hat denn nicht Gott ein solches Zelt genauso gefallen wie der Tempel, den Salomo errichtet hat? Ist der Glaube nicht der Glaube eines Volkes auf der Wanderschaft, durch die Winde der Unterdrückung über die ganze Erde zerstreut, in der Vergangenheit oft genug zerstreut, um ohne Zweifel auch in Zukunft noch zerstreut zu bleiben? Was wird Euch der Tempel hier noch nützen, wenn Ihr Euch, wie es meine Leute getan haben, der Gemeinschaft der Enteigneten anschließt? Die Erde gehört dem Herrn, und das Volk des Herrn ist von dieser Erde, es stammt nicht aus einem befestigten, steinernen Ort in einer volkreichen Stadt. Ich sage wieder, was ich gesagt habe, und ich zitiere dabei die Worte des Herrn: ›Der Himmel ist mein Thron und die Erde meiner Füße Schemel.‹ Wenn Er mit eigenen Händen seinen Tempel errichtet, welches Recht haben dann wir Menschen, daß wir sagen: Das, was wir gebaut haben, ist der Ort des Herrn?«

Kaiphas erhob beide Hände, um den sich erhebenden Zornessturm zu dämpfen, und sagte dabei: »Demnach ist der Tempel nichts, und die Tempelpriester sind noch weniger als nichts?«

»Jetzt«, sagte Stephanus, »legt Ihr mir Worte in den Mund. Nicht nötig. Ich habe genug eigene Worte.« Zum ersten Mal begann er dann zu rasen wie ein Löwe und schrie: »Ihr Halsstarrigen und Unbeschnittenen an Herzen und Ohren, ihr widerstrebt dem Heiligen Geiste jetzt, wie schon eure Väter vor euch. Welchen Propheten haben eure Väter nicht verfolgt? Ohne Gnade haben sie erschlagen, die das Kommen des Gerechten verkündigten. Ihr habt das Gesetz durch der Engel Dienste empfangen und habt es doch nicht gehalten. Habt ihr unter der Herrschaft des Manasse nicht den Jesaja auseinander gesägt? Habt ihr nicht den Jeremias durch Steinigen getötet? Oh, einige von euch werden sagen: wir sind nicht unsere Väter; hätten wir in jenen Tagen gelebt, dann hätten wir uns nicht mit ihnen im Blut der Propheten vereinigt. Ja, jetzt ehrt ihr die Propheten, die ihr getötet habt und errichtet ihnen Denkmäler, um ihre Erinnerung zu feiern. Nachdem diese Propheten tot sind, können sie euch nicht zur Vernunft oder auf den rechten Weg bringen. Eure Väter haben aber nichts anderes getan, als die Boten des Gerechten zu erschlagen – ihr aber habt den Gerechten selbst verspottet und ihn seinen Mördern ausgeliefert. Ihr klagt mich an. Dabei steht *ihr* vor Gericht.«

Annas und die anderen Priester hatten große Mühe, die empörten Väter des Gesetzes zurückzuhalten, die, weil ihnen keine anderen Wörter als *Lästerung*, *Aufruhr* und *Hinrichten* einfielen, ihre brüllende Beschränktheit dadurch ausglichen, daß sie ihre langen Klauen ausfuhren und in ihrer Verblendung vorwärts stolperten, um Stephanus zu ergreifen und in Stücke zu reißen. Als Kaiphas sah, daß die Sache außer Kontrolle geraten war, sagte er zu Annas: »Wir können nichts machen. Es mag geschehen, was will. Wir haben sein Blut nicht an unseren Händen und Köpfen.« Stephanus, gepackt und gezerrt, erhob die Augen ekstatisch und rief:

»Die Himmel öffnen sich. Ich sehe den Menschensohn zur Rechten des Allmächtigen.«

Jetzt wurden die Türen aufgestoßen und Stephanus vom draußen wartenden Pöbel gezerrt und gekratzt. Petrus hielt den muskulösen Jakobus zurück. Stephanus, der die Jüngergruppe sah, rief ihnen zu, sie sollten sich zurückziehen, da sie hier nicht von Nutzen wären. Doch dann brüllte er vor Qual, als er seinen Vater Tyrannos und seine Mutter Maria sowie die beiden Schwestern Calebs sah, die darauf bestanden hatten, zu ihrer Gefährdung zu kommen. »Weg«, rief er. »Geht heim und betet für die, die zu den wilden Tieren zurückgekehrt sind. Ihnen soll vergeben sein. Sie wissen nicht, was sie tun.« Das stimmte und stimmte auch wieder nicht. Der Jerusalemer Pöbel weidete sich an der Aussicht auf einen Akt gerechter Gewalt, obwohl niemand wußte, warum er gerecht war. Der fromme Geisteszustand, der kurzfristig den bestialischen Akt veredelt, entstammt Quellen, die zu gefährlich sind, als daß man sie untersuchen dürfte: sonst ließe sich das erwachte Ungeheuer beruhigen. Saulus war mit einem Strick zur Stelle, mit dem er die Hände des Stephanus hinten zusammenband, so daß sich das Opfer die Spucke nicht aus den Augen wischen konnte. Solcherart gefesselt, wurde Stephanus zu den Stadttoren getrieben, außerhalb derer sich ein Stück Boden befand, das durch das Gewohnheitsrecht ausgeübter Strafaktionen geheiligt war; Gott war im Volk und mit dem Volk. Stephanus' Freund und Mitarbeiter im Glauben wurden an den Rand gedrängt, wo sie seufzten und beteten, wenn auch einige fluchten. Ein paar römische Soldaten sahen zu, erst besorgt, dann erleichtert, weil es sich um eine rein jüdische Angelegenheit handelte; da konnten sie sich heraushalten. Aber ein Mann, der einst ein Krüppel gewesen war und sein Geld jetzt als Springer und Tänzer verdiente, während sein junger Helfer ungeschickt auf der Flöte spielte, zeigte dem Unteroffizier des Manipels die beiden jüdischen Mädchen, die einst in seiner Nähe im Hause des verrückten Elias gelebt hatten. Endlich wären sie zum Vorschein gekommen, sagte er, sie wären es, die auf Befehl des Prokurators gesucht worden waren; schnappt sie rasch und (Hand vor) vergeßt jene nicht, die auf der Seite des Gesetzes sind. Man warf ihm ein paar Metallmünzen hin, die er sich schnell unter die Füße scharrte, um sie aufzuheben. Die beiden Mädchen sahen, was auf sie zukam, und versuchten davonzulaufen, aber einer vom Pöbel schlug dem betenden Stephanus auf den Mund, und Sara konnte angesichts des Bluts nicht anders, als sich auf den grinsenden Idioten zu stürzen und ihn mit Fäusten zu bearbeiten. So wurde sie mühelos gefaßt, und ihre Schwester Ruth mit ihr. Gott sei Dank war ihre Mutter tot.

Sobald Stephanus an den rauhen Platz der Bestrafung vor den Stadtmauern gebracht worden war, begann der Pöbel in gerechtem Eifer die Steine aufzuheben, die dort auf einem Haufen lagen, stets bereit für das Züchtigen von Prostituierten, beim Ehebruch gefaßten Frauen, vermeintlichen Lästerern und ähnlichem Gelichter.

Saulus erklärte sich dazu bereit, die Umhänge der Werfenden zu halten; er wollte selbst nicht werfen, weil er seinen eigenen Akt der Frömmigkeit bereits ausgeführt hatte und kein rachsüchtiger Nimmersatt war. Stephanus sagte:

»Binde meine Hände los, Saulus. Eine kleine Bitte von einem Freund. Ich habe nicht die Absicht, mich zu verteidigen. Ich möchte nur die Hände zum Gebet falten.« Saulus band ihn mürrisch los und sprach dann, peinlich korrekt, zum Pöbel:

»Nach dem Deuteronomium soll die Hand der Zeugen die erste sein, ihn zu töten, und danach die Hand des ganzen Volkes. Siebzehntes Kapitel, siebenter Vers. Alle zurück, zehn Ellen, denn auch das gehört zum Gesetz. Und jetzt, vier Ellen vor dem Ort der Steinigung, soll er ausgezogen werden.« Also wurden Stephanus die Kleider heruntergerissen, und er stand nackt da, dünn, der Körper wie der eines Knaben noch, die Scham, wie es die Obszönität des Brauchs verlangte, entblößt. Ein Gläubiger und Katechet aus der Libertinen-Gemeinschaft trat freudig als Hauptzeuge vor. Er nahm einen scharfkantigen Feuerstein und warf. Stephanus' Lippe wurde gespalten und blutete. Dann folgten die anderen Steine. Stephanus' Nase brach und Blut tropfte ihm auf die verbundenen Hände, verformte die Worte *Herr Jesus, empfange meinen Geist*. Dieser betende Mund mußte verschlossen werden, wie auch die Augen, die den Himmel und die Vögel aufnahmen, der sich zum Glück weit über den Handlungen der Männer befand, die, wie sie behaupten würden, vom Glauben beflügelt waren. Bald war das Gesicht eine blaugeschlagene Ruine, und ein Ohr hing ungesichert am Knorpel. Stephanus fiel auf die Knie und rief, auch wenn es nur Saulus hören konnte: »Rechne ihnen diese Sünde nicht an.« Das waren seine letzten Worte, denn sein Schädel zerbarst in drei Teile und der Geist verließ seinen Sitz oder verging mit Knochen und Gewebe, deren Anstrengungen ihn gehoben zu haben schienen. Die Steinigung ging aber noch weiter. Stephanus lag reglos auf dem Bauch. Nach dem Brauch sollte er jetzt auf den Rücken gerollt werden, und drei oder vier Männer sollten die größten Steine packen und ihm damit die Rippen zum Zeichen der Zertrümmerung des Herzens. Es war aber gewiß, daß er tot war. Saulus streckte eine Hand der Autorität aus (die von einem, der aus dem Zweiten Gesetzbuch Vers und Kapitel über das Ritual des Tötens zitieren konnte), und der Pöbel schaute mit einiger Scheu auf sein Hand-Werk. Er gab die Umhänge zurück, die er für sie aufbewahrt hatte, während Petrus, Johannes, Andreas und die beiden Jakobusse vortraten. Petrus sagte:

»Ich nehme an, daß uns in deiner Auslegung des Gesetzes nichts hindert, den Leichnam unseres Bruders fortzutragen und ihn für das Begräbnis herzurichten?« Saulus lächelte höhnisch und sagte:

»*Skene tou matyriou.*« Keiner verstand die Anspielung, aber Johannes erfaßte das letzte Wort und sagte:

»Protomärtyrer.«

»Es wird noch andere geben«, sagte Saulus. Der arme, zerfetzte Körper mit seinem offenen Mund, in dem man zerbrochene Zähne sah, wurde auf vier Schultern gehoben und zum Haus der trauernden Eltern gebracht. Saulus ging weg zum Haus seiner Schwester. Auf der belebten Straße der Brotlaiber stürzte er. Er hatte das Glück, daß Bartholomäus, der den Morgen mit dem Schienen eines gebrochenen Arms verbracht hatte, in die Richtung eilte, aus der Saulus kam, hin zu dem Geschehen, von dem er mit Entsetzen gehört hatte und das er kaum glauben konnte. Er erkannte Saulus und nahm an, alles sei vorüber, und dann wurde Saulus einfach zu einem, der auf der Straße wegen Fallsucht zusammengebrochen war. Er sah die zuckenden Glieder und hörte den hohen Schrei. Aus seinem Gewand nahm er einen kleinen Stab, den er benutzte, um die Zunge niederzudrücken und entzündete Rachen zu untersuchen. Diesen steckte er rasch zwischen die Zähne des Saulus, damit diese besondere Zunge nicht in einem Krampf der Kiefermuskeln tief gebissen würde. Um ihn herum standen Leute, die von einer Besessenheit von Teufeln redeten, aber Bartholomäus sagte:

»Blödsinn. Man nennt das *epilepsia.* Helft mir ihn aufheben. Nur ein paar Schritte bis zum Ort der Heilung.«

Kurz darauf öffnete Saulus die Augen und fragte sich, was er auf dem wackligen Lager machte, einem in einer Zwölferreihe, alle belegt mit Siechen und Verwundeten. Zwei Männer sprachen über ihn, deshalb schloß er die Augen, um zuzuhören.

»Kennst du den Mann?«

»Ich kenne ihn. Weiß auch, was er getan hat. Aber ein Arzt darf keine Gefühle haben. Denk dran, Joseph Barsabas. Seine einzige Sorge muß es sein, den Patienten gesund zu machen.«

»Gesund genug, daß er erneut Böses tun kann?«

»Oder Gutes. Der Mensch kann immer wählen. Schau dir das Gesicht an. Ein starker Druck hinter der Stirn, wie eingedämmtes Wasser, das durchbrechen will. Eine große Macht für Gutes und Böses, und für dieses Gehirn ist es vielleicht nicht wichtig, was es wird. Die Macht zählt. Nichts Laues ist dort.«

Saulus öffnete die Augen, erhob sich vom Bett und sagte: »Deinem Feind Gutes tun. Ich verstehe.«

»Wirklich?« fragte Joseph Barsabas. »Du kannst gern länger bleiben. Aber du bist auch gesund genug, um nach Hause zu gehen.«

Saulus, auf schwachen Füßen, aber immerhin aufrecht, sah einige Nazarener um sich herum. Sie alle sahen ihn mit Erstaunen und fast mit Mitleid an. Von der bitteren Demütigung schaute er finster drein und versuchte in einem Gang der Autorität hinwegzuschreiten. Aber er schwankte noch.

Wo der Leichnam von Stephanus bestattet wurde, ist nicht ganz sicher. Seine Eltern hatten ein Familiengrab, aber in Thaddäus sprudelte künstlerische Inspiration. Joseph von Arimathäa, der die Stadt verlassen hatte, hatte den Brüdern eine Grabstelle geschenkt, und diese Grabstelle stand noch immer zur Verfügung, auch wenn sie um ihre Fracht betrogen worden war. Niemand glaubte, daß Stephanus wieder auferstehen würden, doch kein Grab würde sich eher für den ersten Märtyrer oder Blutzeugen im Glauben eignen. Ob aber der Leichnam des Stephanus, duftend von Spezereien und in reines Leinen gewickelt, dort bestattet wurde, ist nicht bekannt. Bekannt ist hingegen, daß seine Beerdigung in der gleichen Nacht stattfand, in einem Vollmond, der die Wüstenhunde zum Jaulen brachte. Es gab, in der vielleicht bewundernswerten Perversität dieses neuen Glaubens, mehr zu jubeln als zu trauern.

Unter dem selben Vollmond, oder einem anderen, patrouillierte der Unterzenturio Marcus Julius Tranquillus an den Grenzen des Anwesens, das einmal Lucullus gehört hatte. Er hielt die sieben Wachleute in Alarmbereitschaft und war, ganz gegen seinen Beinamen, aufgeregt und äußerst unruhig. Am gleichen Tag war er um Versetzung zu einer der aktiven Legionen in Gallien oder Pannonien eingekommen, aber der *tribunus militium* hatte seinen Antrag rundheraus abgelehnt. Er sollte bei der Abordnung der Prätorianergarde bleiben und war verantwortlich für die Sicherheit der kaiserlichen Person, ob hier in Italien oder anderswo. Was, du junger Spinner, hatte der Tribun gesagt, du bist in der ersten Kohorte der Garde, und in vielleicht einem Jahr wirst du trotz deiner Jugend zum *primipilus* befördert, wenn du nichts auffallend Dummes anstellst. Nicht, daß du das tun willst (er lächelte ein wenig geringschätzig). Ja, er wußte schon: Rechtschaffenheit, altmodisches Bestreben, *virtus* wie ein Stück seiner Ausrüstung auf Hochglanz zu bringen, etwas, das ihm sein Vater, der Zenturio, mitgegeben hatte, der es nie zum *primipilus* gebracht hatte. Er wußte auch, daß er wegen seiner Überkorrektheit gehänselt wurde, wegen dessen, was sehr nach unmännlicher Keuschheit aussah. Auf Capri hatte es aber genügend Unkeuschheit gegeben, genügend Erbrechen vom Übermaß an Wein und Traubensirup, der rund um die kaiserliche Tafel gereicht wurde: es war nicht schwer gewesen, keusch und nüchtern zu bleiben. Die Verderbten lachten über ihn, den steifen Zenturio aus alten Legenden, keine Meinung, keine Begabung für Witze und Unanständigkeiten, aber sie mußten dankbar sein, daß die Verderbten solche Wächter hatten. Die Pflicht eines Soldaten war es, die bürgerliche Ordnung aufrechtzuerhalten, wie verdorben sie auch sein mochte. Mit solcher Heuchelei war es aber immer schwieriger geworden. Während er dem verhaßten Tiberius mit einigem Abstand diente, hatte er gehofft, daß sich all das mit der Thronbesteigung des Sohnes von Germanicus ändern würde. Ein junger Mann, voll Spott über ein feiges Exil, bereit, mit dem Feuer eines jungen Mannes, den sich ausbreitenden Krankheitsherd auszubrennen. Das war Gaius, oder sollte es wenigstens sein. Inzwischen war sich Marcus Julius nicht mehr sicher. Er glaubte nicht, daß Gaius wie sein sterbender Großonkel ein kluger und bewußter Mittler des Bösen war, sondern jetzt fing er an zu glauben, daß Gaius verrückt war. War ein verrückter Kaiser schlimmer als ein gerissen bösartiger? Von der Verrücktheit hatte er, wie er bei sich dachte, in eben dieser Nacht einen Beweis erhalten.

Er wandelte unter den Zypressen, als er von oben eine Stimme vernahm. Er hielt sich vorsichtig im Schatten der Zypressen und hielt Ausschau nach der Quelle jener Stimme, als er Gaius erblickte, wie er splitternackt im vollen Mondenschein auf dem Balkon seiner Wohnung im zweiten Stock der Villa stand. Gaius hatte dem Mond die Arme entgegengestreckt und gerufen: »Komm zu mir, meine Geliebte. Ich liebe dich; warum erwiderst du meine Liebe nicht? Ich begehre dich so sehr. Ich will deinen leuchtenden Körper umfassen. Göttlicher Mond, bald werde auch ich göttlich sein. Ein Imperator ist so gut ein Gott, wie du, meine Geliebte, eine Göttin bist. Rufe ich zu früh nach dir, mein Liebling? Wirst du erst zu mir kommen, wenn ich in Purpur gewandet bin wie du in Silber?« Danach hatte er sein riesiges aufrecht stehendes Glied in beide Hände genommen und begonnen, es zu rubbeln, während er die ganze Zeit von seiner Leidenschaft für Cynthia sülzte, den pockennarbigen Planeten, der so viel Licht wie drei große Kerzen gab. Marcus Julius hatte furchtsam und fasziniert bis zum Ende zugesehen. Gaius erschauerte vor Freude, als er verschwenderisch in die silbrige Nacht hinausspritzte. Dann kicherte er und ging zu Bett.

Für Marcus Julius war es so gut wie ausgemacht, daß Gaius den stöhnenden Tiberius töten würde, der, obzwar auf den Tod krank, noch immer nicht sterben konnte. Denn Gaius hatte die Erlaubnis verweigert, daß vor den kaiserlichen Gemächern eine Wache aufgestellt würde. Er hatte behauptet, sein geliebter Großonkel habe ihm, dem designierten Kaiser, bedeutet, daß er nunmehr keines der Abzeichen von Macht mehr haben wolle, ein nackter Mann, zu dem der Tod zur rechten Zeit kommen würde. Auf einem gewöhnlichen Bett würde er liegen, wenn er den Ruf hören würde, allein mit seinem Gewissen. Marcus Julius hatte die Unterredung zwischen dem Arzt Charicles und dem Patrizier Curtius Atticus mit angehört, während diese feierlich unter den Feigenbäumen einhergingen:

»Er hat Alpträume über das Erdbeben in Capri. Er scheint den zerstörten Leuchtturm mit sich selbst gleichzusetzen. Das Auge der Welt. Seine verstörte Fantasie schwächt ihn.«

»Und die Fahrt nach Capri?«

»Zu schwach. Und die See alles andre als ruhig.«

»Wie lange?«

»Höchstens eine Woche. Das Auge der Welt ist erloschen. Hm. Sehr poetisch.«

»Die sterbende Schlange kann sich nicht mehr im grünen Capri verbergen. Die Ameisen warten.«

Saulus befand sich mit Kaiphas und Gamaliel in den Räumen des Hohen Priesters, die von der großen Ratshalle abgingen. Saulus sprach, auf und ab gehend, mit schneidender Beredsamkeit, während die beiden älteren Männer ihm von ihren Sitzen aus zusahen. Als Saulus verstummte, sagte Kaiphas: »Dein Eifer ist natürlich rühmlich, aber es ist ein Eifer, der durchaus zerstörerisch wirkt.«

»Man hat uns beigebracht, das Böse zu zerstören. Das Unkraut erstickt den Weizen; das Unkraut muß ausgerissen werden.«

»Und einiger Weizen mit dem Unkraut«, sagte Kaiphas. »Ich glaube, dein toter Feind, der Zimmermann, hat vom Warten auf die Ernte gesprochen. Aber egal. Du erstrebst einen zerstörerischen Auftrag. Was sagte dein Meister Gamaliel dazu?«

»Als erstes sage ich, daß ich es bedaure, beim sogenannten Prozeß des Nazareners Stephanus nicht dabeigewesen zu sein. Er war, wie ich mich entsinne, ein guter Student. Das Protokoll seiner Verteidigung – falls es genau ist – beweist, daß mir seine Gelehrtheit alle Ehre macht. Ich bin erschüttert von dem, was ihm zustieß. Von mir aus, schiebt es auf den stupiden Pöbel. Aber laßt es bloß nicht wieder geschehen. Denkt an meine früheren Worte. Wir wissen noch nicht, ob wir es mit Menschenwerk oder mit Gottes Werk zu tun haben –«

»Der junge Mann Stephanus«, sagte Kaiphas, »sprach wider den Tempel und die Führer des jüdischen Volkes. In der Versammlung wurden einige mit Recht zornig. Die Sache glitt uns aus den Händen.«

»Bedauerlich, sehr, sehr bedauerlich.«

»Ihr seid der große Anwalt des Kompromisses, Rabban«, sagte Saulus. »Ich selbst möchte den Kompromiß im Ungang mit dieser Sekte empfehlen. Ich strebe keineswegs ihre vollständige Vernichtung an, zumal ich überzeugt bin, daß mit der Zeit viele ihrer palästinensischen Mitglieder ihren Irrtum einsehen werden. Petrus, Thomas, Matthäus und andere sind noch immer treue Söhne des Tempels, gewissenhaft im Besuch der Gottesdienste, tätig beim Heilen und der Nächstenliebe. Die Griechenjuden sind es, die mir Sorge bereiten. Die Anhänger des Stephanus.«

»Er hatte demnach Anhänger?«

»In dem Sinn, daß er eine spezifisch hellenistische Ketzerei vertrat, die seine griechischen Landsleute ansprach und sie mehr als je anspricht.«

»Mehr als je – das war unvermeidlich, nicht wahr? Du hast einen Märtyrer geschaffen, Saulus. Und erzähle mir nicht, du hättest nicht Teil gehabt an der Steinigung. Ich weiß, daß ein Märtyrer nichts anderes als ein Zeuge ist, aber der Begriff hat eine neue und sehr gefährliche Bedeutung angenommen. Rätst du zu weiteren Auslieferungen an den Pöbel?«

»Nein, Rabban. Vorläufig nicht. Ich empfehle lieber eine Art von – darf ich es Umerziehung nennen?« Gamaliel lächelte ohne Freude. »Diese Juden von den griechischen Inseln konnten nie viel Verehrung für einen Tempel aufbringen, der so weit über dem Meer lag. Hier, in Jerusalem, hatten sie Zeit genug, um diese Verehrung zu lernen. Sie glauben aber, daß die Juden noch immer ein Volk auf der Wanderschaft mit einem reisenden Bundeszelt sind, wie es Stephanus ausdrückte. Sie werden es nicht lernen. Sie zeigen wenig Respekt für die Priesterschaft, weil sie auch so wenig für das Haus des Allerhöchsten zeigen, in dem die Priesterschaft des Amtes waltet. Der Nazarenerkult treibt sie viel weiter vom rechten Glauben weg, als das bei den Palästinensern der Fall ist.«

»Wir haben vierzig Jahre Wanderschaft in der Wüste hinter uns«, sagte Gamaliel. »Die Griechen wollen uns in die Wüste zurückschicken. Ist es das, was du sagen willst?«

»Ihr nehmt mir die Worte von der Zunge, Rabban.«

»Was genau schlägt Saulus von Tarsus vor?« fragte Kaiphas.

»Saulus von Tarsus«, sagte Saulus von Tarsus, »schlägt keineswegs etwas so Brutales wie ein allgemeines Massaker unter den griechischen Nazarenern vor. Er empfiehlt, sie einfach am Ausbreiten ihrer Ketzerei zu hindern. Interniert sie. Sperrt sie ein. Bringt sie wieder zum Licht. Und übergebt sie, aber nur die hartnäckigsten Fälle, der harten Rechtsprechung des Volkes.«

»Ist gleich steinigen«, sagte Gamaliel.

»Wir haben unseren Präzedenzfall. Das Volk war einverstanden.«

»Das Volk war, wie ich höre, sogar begeistert«, sagte Gamaliel.

»Das Volk ist immer mit Begeisterung bei der Zerstörung einer Sache dabei. Auch wenn sie nicht wissen, was sie zerstören.«

»Ich werde«, sagte Saulus zu Kaiphas, »ein Sonderkommando bewaffneter Leviten brauchen und Männer mit Verhörerfahrung.«

»Ist gleich Folter«, sagte Gamaliel.

»Ein hohes und heiliges Ziel rechtfertigt die härtesten Mittel. Das steht irgendwo geschrieben.«

»Nirgendwo, wo ich es wüßte.«

»Geh also«, sagte Kaiphas, »und nenn Sera deine Wünsche. Wollen doch sehen, ob dein Eifer bei diesen halsstarrigen Griechen hilft.« Halsstarrig: er hörte die griechische Stimme des Stephanus, wie sie das aussprach. »Geh.«

»Im Namen des Allerhöchsten«, sagte Saulus.

»Wenn es denn sein muß.«

Am sechzehnten Tag im Monat des Kriegsgottes, siebenunddreißig Jahre nach der Geburt des, wie ihn viele nannten, Friedensfürsten, tat Tiberius den letzten Atemzug. Er war siebenundsiebzig Jahre alt und hatte beinah dreiundzwanzig Jahre regiert. Seine Todesart ist nach wie vor unbekannt. Einige meinen, daß ihm Gaius schleichendes Gift in seinen Trank mischte, den er ihm unbedingt selbst reichen wollte; andere, daß Tiberius ständig um Nahrung winselte, die ihm verweigert wurde. Der Philosoph Seneca, der uns später begegnen wird, schreibt irgendwo, daß der Imperator, im Bewußtsein seines nahen Endes, seinen Siegelring abgezogen hätte, so als wollte er ihn einem anderen übergeben. Eine Zeitlang hätte er ihn festgehalten, um ihn sich dann wieder an den Finger zu stecken und die Faust zu ballen, als wollte er sich an dieses Symbol der kaiserlichen Macht halten; schwach habe er dann nach einem

Sklaven gerufen. Kein Sklave erschien, und deshalb sei er aufgestanden, hätte geschwankt, wäre gefallen und am Boden gestorben. Andere Überlieferungen berichten geradeheraus von Gaius, der Tiberius mit einem Damaszenerdolch in Gegenwart eines entsetzten Freigelassenen erstochen und dann diesen aus Wut über die entdeckte Ermordung mit eigner Hand erdrosselt habe. Glaubhafter ist die Geschichte, daß Gaius seinen Großonkel mit einem Kissen erstickt habe, das er eben zu Ehren der Mondgöttin mit Samen verunreinigt hatte. Wir befinden uns, denkt daran, im Reich der Verderbnis.

Die Verderbtheit des Tiberius war so rasch nicht vergessen. In Rom war die Freude über die Todesnachricht gedämpft durch Haß und Zorn, der sich um so lebhafter gebärdete, als er nicht mehr vor Angst unterdrückt werden mußte. Das Volk betete zu unserer Mutter, der Erde, und den Göttern darunter, Dis und seiner Braut Persephone (oder Pluto und Proserpina), daß ihm nach seinem Tod keine Ruhe gewährt würde. Eine eigene Hölle sollte statt dessen für ihn geschaffen werden, mit Feuer ausgestattet und Schlangen, die weniger folgsam waren als sein Schoßtier Columba. Man rief nach einer Entehrung seines Leichnams; er sollte gevierteilt und die blutigen Stücke sollten auf die Trauertreppe geworfen werden. Vielen wollte es scheinen, als könnte seine Grausamkeit aus posthum gedeihen. Der Senat, der von seinem nahen Tod wußte, erließ einen zehntägigen Aufschub für die Hinrichtung aller verurteilten Kriminellen, weil er annahm, innerhalb dieses Zeitraums würde sein Tod eintreten, aber Tiberius starb genau an dem Tag, als die Gnadenfrist auslief. Nachdem Gaius noch nicht regelrecht zum Kaiser ausgerufen war (man sollte im Auge behalten, daß Tiberius' Testament Gaius und Tiberius Gemellus, Sohn des jüngeren Drusus, als gleichberechtigte Erben anführte; der Senat mußte diesen letzten Willen noch zugunsten des Sohnes jenes geliebten Germanicus vollstrecken), war auch niemand da, bei dem man um Begnadigung einkommen konnte, weshalb die Kriminellen, die inzwischen Hoffnung geschöpft hatten, nunmehr wieder aus ihr herausgerissen, erdrosselt und auf die Trauertreppe geworfen wurden. Große Wut erhob sich, und der Pöbel versuchte sich des Leichnams zu bemächtigen, als er für die Bestattungsfeierlichkeiten nach Rom überführt wurde. Aber die Wache, Marcus Julius Tranquillus war nicht der einzige darunter, der bleich seine Pflicht tat, trug den bereits verwesenden Körper sicher zur Einäscherung. Bald sahen die Augen des Imperiums nicht mehr in eine schlimme Vergangenheit, sondern in eine glänzende Zukunft. Und in Palästina gab es starke

Hoffnungen, daß die Tage römischer Unterdrückung bald gezählt wären und heilige Unabhängigkeit nachfolgen werde, wo Gaius unbedingt ein Freund des jüdischen Volkes sein mußte, weil er ein Freund von Herodes Agrippa war. Herodes Agrippa war kein Salomo, aber er hatte geheiligtes Königsblut, und allein darauf kam es an. Das Königreich mußte von den Ketzern gesäubert werden: Saulus würde mithelfen, ein rechtgläubig vereinigtes Israel säuberlich in Blattgold einzuschlagen, dem neugekrönten Monarchen zu Füßen zu legen. Halleluja.

Beobachten wir also, mit welchem Eifer Saulus ans Werk geht. Eines Abends saß eine Anzahl griechisch-jüdischer Nazarener im Haus des Kerzenständermachers Nikanor beim Liebesmahl. Anwesend waren auch Parmenas mit Frau und Kindern und Philippus. Zu seinem Glück, wie sich herausstellte, war Philippus kinderlos und seit drei Jahren Witwer. Für uns selbst können wir alle die Verfolgung ertragen. Nikanor, der Haushaltsvorstand, nahm das Brot, brach es und sagte auf griechisch:

»Denn die Nacht, bevor er auf grausamste Weise zu Tode gebracht und an einen Baum gehängt wurde, um die Sünden der Menschen durch sein Opfer nachzulassen, sagte er zu seinen Jüngern: Dies ist mein Leib. Nehmt und eßt. Tut dies zu meinem Gedächtnis. Und entsprechend sagte er: Dies ist das Blut des neuen Bundes, das für die Erlösung vieler vergossen wird. Nehmt und trinkt.« Und dann, als das gebrochene Brot und ein einzelner Weinbecher um den Tisch herumgingen, wurde die Haustür lärmend aufgerissen, und Saulus erschien mit sechs Leviten, die mit hellglänzenden Brustplatten angetan und mit Schwertern bewaffnet waren. Die Feiernden erstarrten, einige mit dem Brot noch im Mund. Saulus sagte mit großer Sanftheit:

»Ich bitte um Verzeihung, wenn ich eure Feier mit so wenig, wenn ich es so sagen darf: so wenig Feierlichkeit störe. Im Namen des Heiligen Rates der Priesterschaft und der Tempelwächter! Es sind gewisse Untersuchungen anzustellen. Du – wie heißt du?«

Er schaute Parmenas an. Parmenas erwiderte: »Parmenas. Du brauchst dich natürlich nicht mehr weiter vorzustellen, als du es schon getan hast.«

»Auf hellenistische Wortspiele können wir verzichten«, sagte Saulus. »Ich stelle euch eine einfache Frage. Würdet ihr es als eitlen Götzendienst bezeichnen, in einem von Menschenhand erbauten Tempel anzubeten?«

»Solche Anbetung tut niemand weh.«

»Aber auch niemand wohl?«

»Wenn«, sagte Parmenas, »du von mir erwartest, daß ich den Worten unseres Bruders Stephanus widerspreche...«

»Ja?«

»Wahr ist, was wahr ist. Möchtest du uns, wie ihn, vor den Priesterrat stellen?«

»Auf ein Verfahren können wir verzichten. Du hast dich selbst aus deinem Mund heraus verurteilt.«

»Ich habe nichts gesagt.«

»Du hast genug gesagt.« Er wandte sich zu seinen Wachen und sagte: »Die ganze Versammlung verhaften.«

Der oberste seiner Leviten fragte: »Frauen und Kinder auch?«

»Frauen und Kinder auch.«

Die Kinder waren leichter zu fassen als die Erwachsenen. Von ihnen waren drei dabei, die zwei Söhne des Parmenas und Nikanors Tochter. Das Mädchen schrie jämmerlich, als sich die groben Männer seiner bemächtigten. Parmenas sagte:

»Diese Kinder sind unschuldig.«

»Ihre Eltern also nicht? Damit gibst du ein Verbrechen zu. Alle mitnehmen.« Die Leviten zogen das Schwert und begannen die Schafe zum Ausgang ihres Pferches zu treiben. Freundlich gaben sie nach, aber dann rief Parmenas: »Jetzt!« Offenbar hatten sie sich auf einen solchen Fall eingerichtet. Nikanor ergriff die Schwertfaust eines der Wachsoldaten und versuchte, ihm die Waffe zu entwinden. Saulus höhnte:

»So haltet ihr also die andere Backe hin?«

Nikanor wurde am linken Arm verletzt. Er rief: »Gut. Die anderen kommen.« Als Saulus und seine Leviten nach der offenen Eingangstür sahen, befreite sich Philippus aus einer Faust, die muskulös wie die eines Schmiedes war, und rannte zum Hinterausgang des Hauses. Der Oberste der Wache schrie *Ihm nach!*, aber Saulus sagte: »Nein. Weit kommt er nicht.«

Philippus lief zur Hintertür hinaus in den Gewerbehof, sprang dann auf die Mauer. Die Straße war leer, aber der Aufprall seines Körpers auf dem Straßenplaster ließ einen Hund anschlagen. Er lief in Richtung des Tempels, drehte in der Nähe des Hauses der Jünger ab und trat bei der Hintertür ein. Ausnahmsweise waren alle zwölf versammelt. Sie hatten die Kommunionsfeier begangen; die meisten nagten noch an Knochen. Philippus setzte sich; er war entkräftet. Man gab ihm einen Weinbecher. Er sagte:

»Saulus. Die Verfolgung geht los.« Die Jünger sagten nichts, sie warteten auf mehr. »Männer mit Schwertern. Sie haben verhaftet –«

»Wen?« fragte Petrus.

»Scheint sich, daß sie hinter den Griechisch Sprechenden her sind.«

»Genau«, sagte Thomas. »Wie Stephanus.«

»Keiner ist sicher«, sagte Philippus. »Verlaßt Jerusalem. Zuerst die Griechen, dann die Hebräer.«

Petrus schüttelte den Kopf. »Sie können uns nichts tun. Noch nicht. Sie haben nichts gegen uns in der Hand, jedenfalls nicht, solange Gamaliel mitredet. Bei euch ist es etwas anderes. Ihr müßt aus Jerusalem verschwinden. Man könnte das auch«, wandte er sich an alle, »den Ansporn des Heiligen Geistes nennen. Er benutzt die Verfolger, damit wir das Wort in der Fremde verbreiten. Das ist die Bedeutung von *Gott segne unsre Feinde.* Du, Philippus, gehst am besten nach Samaria. Fruchtbarer Boden, ein zerschlagenes Volk. Für uns hier ist die Zeit noch nicht gekommen. Schlaf heute nacht im Keller. Bei Tagesanbruch gehst du. Wir geben dir Geld.«

»Also sind es die Griechen, die das Wort verbreiten«, sagte Thomas. »Wer hätte das gedacht?«

»Gottes Wege sind wunderbar«, sagte Matthäus. »Gott ist ein großer Spaßvogel.«

So betrog Philippus Saulus, aber Saulus ward nicht um andere betrogen. Er requirierte das Haus des Nikanor, obwohl es in Kürze der Gemeinschaft der Nazarener übereignet werden sollte, und richtete in einem Arbeitsraum, dessen Boden mit Silberpünktchen gesprenkelt war, eine Verhörzentrale ein. Er hielt dort Timon fest, einen vitalen, aber schon alten Mann. Er ließ ihn, zerschunden wie er war, von zwei halbnackten Leviten wackelnd aufrecht halten: Folter macht warm. Er sagte:

»Fertig zum Widerruf? Ist der Zimmermann Jesus der Sohn Gottes?«

»Ja.«

Saulus nickte. Timons rechte Hand wurde gepackt und sein Arm fast bis zum Bruchpunkt nach hinten gedreht.

»Ja, ja, ja.«

Saulus deutete mit einer leichten Handbewegung an, daß die Folter wenigstens für den Augenblick aufhören solle. Er sagte:

»Timon, diese Folter ist ungehörig. Sie ist auch unvernünftig. Doch der Glaube hat so wenig mit Vernunft zu tun. Du bist ein griechischer Jude, der den Glauben seiner Väter aufgegeben hat. Zu diesem Glauben mußt du zurückgebracht werden. Wie stellen wir das am besten an?«

Timon schnaufte eine halbe Minute lang und sagte dann: »Ich

habe den Glauben nicht aufgegeben. Du bist es, der den Glauben gebacken und gesagt hat, daß der Kuchen fertig wäre.« Aus dem Vergleich sprach Timons Beruf. »Das war bevor Jesus, der Christus ist, aus dem Ofen kam. Ich bin ein guter einfacher Jude, der den Messias gefunden hat.«

Saulus nickte. Das Armverdrehen wurde wieder aufgenommen. Timon keuchte und schrie dann laut auf.

»Der Messias ist noch nicht erschienen. Oder, Timon?«

»Doch, doch, doch.« Sein Arm brach, und er fiel in Ohnmacht.

»Ein harter Brocken«, sagte der Folterer.

In keiner Sprache gibt es eine Bezeichnung für die Internierungslager im Freien, die Saulus für seine abweichlerischen griechischen Nazarener entwarf. Auf Tempelland außerhalb der Stadttore wurden grobe Palisaden errichtet und drinnen ganze Familien christustreuer Hellenen zusammengetrieben. Vor der Sonne gab es keinen anderen Schutz als Arme und Mäntel sowie die knapp bemessenen Zelte für Alte und Kranke. Es gab nicht genug Wasser und zu essen nur altbackenes Brot. Familien mit plärrenden Kindern fielen rasch vom neuen Glauben ab und konnten, selbst vom strengsten Nazarener-Patriarchen, einer Art Saulus der Neuen, kaum für ihre Ablehnung des Messias getadelt werden. Sobald sie wieder freigelassen waren, ließ sich ihr Glaube am Willen, die Verbannung auf sich zu nehmen oder an der Begabung für Ausflüchte prüfen. Aber es starben einige Kinder und viele Alte. Der Tempel schimmerte in der Ferne, und keiner rechnete damit, daß sich hinter dem Vorhang eine Stimme des Protestes erheben würde.

ZWEI

Ich habe diese Chronik in einem ungewöhnlich regnerischen Spätfrühling begonnen – das geringe Ergebnis könnt ihr hier beurteilen –, und während eines ungewöhnlich heißen Sommers gewerkelt. Ich habe schwer am Biß eines Insekts gelitten, das wir griechisch *kounoupi* und aramäisch *yit-usch* nennen, wodurch meine rechte Hand, die unter der Lampe ihre griechischen und aramäischen Zeichen kratzt, zu einem roten Ball anschwoll, und mein bloßer Knöchel vom Kratzen mit der Linken blutete. Ich hatte Atmungsschwierigkeiten, erwachte keuchend im Dunkeln und bettelte um einen guten Gott oder Dämon, daß er mich mit einer schweren Keule fälle, nicht so sehr, damit er das bißchen Leben beende, sondern den schmerzhaften Versuch, das Leben mit Lungenzügen des Nichtsichtbaren zu erhalten. Auch mein Magen war ausgefallen, weshalb mir der Wein, sonst die Stimmungskanone im Magen, sauer aufstieß und mich ächzend an eine besondere Sprudelquelle in Savosa schickte, die, wie man es hätte erwarten dürfen, in diesem Sommer austrocknete. Außer gebackenem Fisch, Honig und Schwarzbrot, gekauft auf dem Markt in Lucanum, habe ich wenig gegessen, aber von dieser kargen Diät blieb nicht viel unten. Heute beginnt der neunte Monat, genannt der siebente, mit einer rasenden Hitze, die keine Aussicht auf herbstliche Abgeklärtheit erlaubt, aber zweifellos werde ich bald über morgendliche und abendliche Kühle jammern. Weder Kälte noch Hitze behagt uns; während wir unter dem einen leiden, ersehnen wir das andere. Ich träume davon, im Tod auf ein friedliches Grünfeld unter einer milden Aprilsonne zu wechseln, um dort für immer ungestört zu liegen, während neben mir kameradschaftlich ein Esel grast.

Für einen Autor ist es zweifellos unschicklich, seine Leser mit Berichten von seinem körperlichen Zustand zu behelligen, nachdem die Schriftstellerhand nur als abstrakte Maschine gilt, genauso wie die Vielfalt von Sehnen, Muskeln und Blut, die teilhaben am Antrieb dieser Hand. Es sind allein die Schriftstellerworte, die zählen, obwohl selbst sie als eine Barriere (wenn auch, wie unwillig zugestanden wird, eine unabdingbare) zwischen dem Leser und dem, über das er liest, ungern zugestanden werden. Der Schriftsteller als lebendes und leidendes Wesen wird gleichsam parallel gesetzt mit dem, was er schreibt. Wir fragen nicht nach dem Zustand von Vergils Darm, als er diesen oder jenen Vers der ›Aeneis‹ niederschrieb, und wir wollen auch die Liebesgedichte eines Catull nicht mit dem Liebesleid desselben Catull in Verbindung bringen. Dennoch kann die Maschine zusammenbrechen, so wie letztes Jahr bei den Spielen in Rom die *hydraulis* zusammenbrach, was Domitian rasend machte. Jeder Autor, der ein umfangreiches Geschäft auf sich genommen hat, muß sich fragen, ob er seinen Abschluß erleben wird. Wenn er klug ist, wird er zugunsten seiner Arbeit allen Gefahren aus dem Weg gehen. Er wird sich weigern, schwimmen zu gehen, damit ihn keine Krämpfe befallen und er nicht ertrinkt. Er wird Kneipenschlägereien und Schalentieren aus dem Weg gehen. Aber der Tod ist wie Gott ein großer Spaßvogel und kann auch in einem Fettfleck am Tischrand lauern. Der unbedachte Autor, sicher in seiner Schreibzelle eingeschlossen, erstickt am Kern der Pflaume, die er zur Erfrischung lutscht, oder er stellt fest, daß ihn das Leben, wenn er es plötzlich müde wird, dem Schlagen seines Motors zuzuhören, in dem Moment verläßt, da er aufsteht, um sich zu strecken. Er fällt für immer und sieht, während sein Kopf unter das Schreibtischniveau sinkt, mit Bitterkeit einen unvollendeten Satz, der jetzt nicht mehr vollendet wird.

Düsteres Zeug ist das, und ich bitte dafür um Nachsicht. Ich täte besser daran, statt eine Schreibstunde mit der Aussicht, diese Chronik unvollendet zu lassen, zu verbrauchen, die Chronik selbst weiterzutreiben, wo doch alles an Zeit wertvoll ist. Ich zögere aber, wie ich jetzt bemerke, von dem Imperator Gaius Caligula zu schreiben. (Sein gestriger Geburtstag wurde, wie man vermuten und hoffen darf, allgemein vergessen und falls doch erinnert, dann nur mit Schaudern.) Ich habe meine eigenen Verdauungsprobleme, meine philosophische Schwermut und die Enttäuschung über einen erdrückenden Sommer als Vorwand aufgerufen, um einen notwendigen Bericht von einer schauerlichen Herrschaft aufzuschieben. Laßt mich also unseren ersten gemeinsamen Besuch in der blutigen Stadt am Tiber, die ihr neuer Herr noch blutiger hinterlassen hat, noch bis morgen aufschieben und dafür mit euch kurz in einem Dorf in der Nähe Jerichos schwitzen, wo zwei redliche junge Männer, von gegensätzlichen Idealen getrieben, zufällig oder auch nicht, aufeinandertrafen.

Philippus, der flammenhaarige griechisch-jüdische Nazarener, war bereit, mit seinem evangelischen Auftrag in Samaria zu beginnen. Müde erreichte er kurz vor der Mittagsstunde eines alles versengenden Tages das Dorf Mamir, das ein, zwei Meilen außerhalb von Jericho lag, und er war froh, bei einer Taverne unter einem weit ausladenden Regenbaum Schutz zu finden. Er setzte sich, warf seinen Beutel in den Staub und bestellte bei der schwerbusigen Bedienung, die aus der Küche kam, einen kleinen Laib und einen Becher Wein. Sie staunte über seine goldene Stattlichkeit und seinen Akzent, der Judäa und die griechischen Inseln der Vorfahren vereinigte. Während er Brot brach und den Wein schlürfte und seine eigene Zeremonie des Einsseins mit dem göttlichen Meister beging, kam Kaleb der Zelot aus dem Inneren der Taverne, erblickte Philippus, glaubte, ihn wenigstens vom Sehen zu kennen, schritt mutig auf den sonnengekrümmten Tisch und die Bank zu und setzte sich, nach einem *shalom*. Die beiden musterten sich mit einiger Vorsicht. Schließlich fiel Philippus der Name ein. Kalebs gerühmte Untergrundarbeit in Samaria war durch jüngere und privatere Ereignisse verdrängt worden. Kaleb hatte Philippus in Jerusalem immer wieder gesehen, wußte aber nicht, wer er war oder was er machte. Jerusalem war eine volkreiche Stadt. »Was gibt's in Jerusalem?«

»Verfolgung«, sagte Philippus, »der griechisch sprechenden Nazeraner. Hatte Glück, bin ausgebüchst. Ich bringe die Botschaft nach Samaria. Dein Mundverziehen heißt wahrscheinlich, daß dir das nicht gefällt.«

»Wer verfolgt – die Römer? Nein, natürlich nicht. Die Nazarener verbeugen sich vor den Römern. Die andere Backe. Liebe deine Feinde.«

»Ein bestimmter Römer. Der auch Jude ist.«

»Saulus von Tarsus. Mein alter Studienkollege. Er war wild auf die Nazarener. Und jetzt verfolgt er sie. Nun ja. Kennst du jemand namens Stephanus?«

»Ich kannte einen Stephanus.«

»Ein guter Mensch. Ich glaube, ich verdanke ihm mein Leben. Kannte, du sagst *kannte*.«

»Stephanus ist tot. Zu Tode gesteinigt. Weil er ein Griechisch sprechender Nazarener war.«

»Saulus?«

»Ja. Kann man wohl sagen.«

»Und was geschah mit der Familie des Stephanus?«

»Vater und Mutter sind gute Kinder des Tempels.« Philippus brachte das Wort mit einiger Bitterkeit heraus. Dann: »O ja, ich weiß. Du fragst sehr versteckt und vorsichtig und wahrscheinlich in Furcht. Du meinst deine Schwestern. Die Soldaten haben sie zum Landpfleger Pilatus gebracht. Pilatus schickte sie als Geschenk an den Kaiser. Zusammen mit Kamelen, Pferden, getrockneten Datteln und Feigen.«

»Und«, sagte Kaleb, ohne die Farbe zu wechseln, »meine Mutter?«

»Von Stephanus habe ich so was gehört, daß die Mutter Kalebs tot wäre. Und im stillen begraben. Deine Augen und dein Erblassen sagen mir, daß du dich dafür verantwortlich machst.«

»Ich hätte daran denken sollen.«

»Wenn Denken immer vor dem Tun käme, dann würde sehr wenig geschehen in der Welt. Obwohl die meisten Dinge, die geschehen, es kaum wert sind. Wir haben davon gehört, daß du die Samariter zu einem Aufstand bewegt hast. Und vom Niederschlagen des Aufstands. Das Ergebnis davon wirst du wahrscheinlich kennen. Pilatus ist nicht mehr Landpfleger in Judäa. Vitellius hat ihn beordert –«

»Wer ist Vitellius?«

»Legat in Syrien. Pilatus mußte in den vorzeitigen Ruhestand. Der Versuch, den Tempel auf dem Berg Gerizim zu verwüsten, war offenbar ein Fehler.«

»Du hast schon was über Samaria gelernt.«

»Es ist ebensogut, etwas über das Volk zu wissen, das man bekehren will.«

»Deine Freunde oder Aufseher haben in gewisser Hinsicht keine schlechte Wahl getroffen«, sagte Kaleb. »Du siehst nicht aus wie ein Hebräer.«

»Wie immer ein Hebräer aussieht.«

»Hebräer verabscheuen sie. Mich haben sie wegen der Streifen auf meinem Rücken hingenommen. Sie spucken aus, wenn der Jerusalemer Tempel erwähnt wird. Sei vorsichtig.«

»Seltsam, das«, sagte Philippus. »Und ich frage mich, ob es unser Meister vorhergesehen hat. Der Nazarenerglaube zerfällt bereits in zwei Richtungen. Stephanus wurde abgelehnt, weil er die Bedeutung des Tempels und die ganze Tempelhierarchie herabsetzte. Petrus und die anderen aber gelten noch immer als treue Söhne von Abraham und Moses.«

»Ihr spaltet euch jetzt schon«, nickte Kaleb. »Ihr werdet euch noch weiter spalten. Keine Gesundheit in euch, keine Einheit. Keine starke Hand in der Mitte. Gegen Rom verhaltet ihr euch falsch. Ihr seid so schlimm wie die Sadduzäer.«

Philippus lächelte, aber nur obenhin. »Und wohin geht dein Weg, jetzt, wo du Pilatus los bist?«

»Nicht vom nächsten Landpfleger gefaßt werden, wer es auch sei. Das für den Anfang.«

»Man redet davon, daß sich dein Traum ohne Messer und Aufregung erfüllen könnte. Ein Vizekönig, Herodes Agrippa. Kein Landpfleger mehr.«

»Ein Vizekönig ist nur ein verkleideter Landpfleger.« Kaleb starrte auf das belebte Straßenbild, ohne es zu sehen: ein Kamel, das hochnäsig seinen sandfarbenen Dung fallen ließ; die korbtragenden Frauen, bis an die Augen verschleiert, die Augen aber lebhaft; Mädchengezänk, wer zuerst am Brunnen Wasser heraufziehen dürfe: Augen und Zähne glänzten wie Spielzeugmesser; ein alter Mann, im Rausch betrunken unter einer staubigen Palmengruppe. »Ich muß«, sagte er, »im Zentrum zuschlagen.«

Philippus rettete mit nazarenischem Zartgefühl eine Wespe, die gegen die Strömung wespischer Betrunkenheit ihre Kreise in seinem halbvollen Weinbecher zog. »Du meinst«, sagte er, »nach Rom gehen?«

»Alles der Reihe nach. Richtig, nach Rom gehen. Wie ich höre, werden meine armen Schwestern nach Rom geschickt worden sein, die Hauptstadt eines Sklavenimperiums. Der erste Schlag ins Zentrum ist auch der Schlag, der meine Schwestern befreit. Wenn sie noch leben.«

»Ich glaube, die Sklaven für den Kaiser sind von rauher Behandlung ausgenommen«, sagte Philippus in seiner kühlen griechischen Art. »Ich meine die Reise unter Deck und das Gerassel der Kettensträflinge ab Puteoli oder wo sie landen. Ich glaube nicht, daß sie ausgepeitscht und vergewaltigt werden. Der Sklavenbesitzer erwartet eine heile Haut und den Anschein von Gesundheit. Was danach geschieht, hängt vom Temperament des Sklavenbesitzers ab. Und das ist der Kaiser. Nicht mehr der schändliche, verrückte Tiberius; der gesunde und vielgeliebte Gaius der kleinen Stiefel.«

»Ihr in Jerusalem kriegt offenbar neuerdings gute, brandneue Nachrichten.« Die Wespe stolperte mit schwachen nassen Flügeln über die Tischplatte. Kaleb sah sich in Rom, einer Stadt, die er nur aus phantastischen Geschichten kannte: Marmorpaläste mit fein gearbeiteten Marmoraufgängen, Gärten mit Platanen, Pinien und Oleander, dem Pöbel verschlossen, Frauen, deren Gesichter raubgierig unverschleiert wären, hölzerne Mietshäuser, die sich leicht niederbrennen ließen, riesige Standbilder falscher Götzen. Kaleb streifte durch die Straßen Roms, ein Fremder, der hinreichend Griechisch sprach, aber fehlerhaftes Latein, der von Fallobst und dem verwurmten Gemüse lebte, das die Budenbesitzer auf den riesigen Märkten weggeworfen hatten, der aus kunstreichen Brunnen trank. Am Sabbat versammelten sich die Juden in den vielen Synagogen, und Kaleb war bereit, die Stimme für ein freies Israel zu erheben: Schlagt los, schont für jetzt noch den Imperator, aber bringt die griechischen Beamten um, die metaphysischen Feinde der Juden. Es schien alles hoffnungslos zu sein. Männer in maßgeschmiedeten Brustpanzern, die in allen Sprachen des üblen Reiches sprachen, standen herum und lauerten auf abweichende Meinungen. Hoffnungslos, ja. Aber er war froh, einen begrenzten Brennpunkt für sein Handeln zu haben: seine Schwestern, die an Arm- und Fußgelenken mit sklavischem Kupfer gefesselt waren, mußten befreit werden. Das war ein Akt der Pietät, den sogar die Römer verstehen könnten, wenn sie auch gehalten waren, ihn brutal zu bestrafen. Alles der Reihe nach. Philippus sagte:

»Schlag auf die Herzen los. Der Weg des Stephanus war der bessere.«

»Jeder Idiot kann sterben«, sagte Kaleb, während er seinen eigenen Tod sah; fünf oder sechs römische Speere wurden auf ihn geschleudert. »Ihr Nazarener werdet nichts erreichen.«

»Ist dir nie die Idee gekommen«, sagte Philippus, »daß das Imperium bereits zerfällt? Zerfällt, weil Gewalt nur neue Gewalt hervorbringt. Eine schreckliche Leere ist da, die gefüllt sein will.«

»Wir sind die einzigen, die sie füllen können«, sagte Kaleb.

»Es hat lange gedauert, bis wir bei der erfüllten Vision eines einzigen Gottes angelangt waren. Die ganze Welt wird Jehova anbeten müssen. Jerusalem ist die Hauptstadt des wahren Imperiums, das kommen wird. Und im Herzen der Hauptstadt ist das Herz des Imperiums: der Tempel. So muß es geschehen.«

»Rammböcke zerschmettern«, sagte Philippus. »Gold und Silber wird geklaut. Menschenhand kann zerstören, was von Menschenhand gemacht ist. Ich glaube, wir haben recht. Ich bin sicher.« Aber er zögerte, seinen Weinbecher zu leeren und durch den Staub zur Hauptstadt der Samariter zu stapfen.

Ich bin einem alten Mann namens Livius Silanus begegnet, der die gesamte kurze Regierungszeit von Gaius erlebt und den Punkt bemerkt hat, an dem Mäßigung in Wahnsinn überging. Er hatte wachsam als nützlicher aber nicht unbedingt auffallend guter Anwalt im Herzen der römischen Geschäfte gelebt. »Ich erinnere mich«, erzählte er mir, »an den Tag, an dem Gaius den Leichnam des Tiberius von Misenum nach Rom geleitete. Er war mit Trauerkleidung angetan und bewahrte den Anschein großer Traurigkeit, aber vom Plebs wurde er derart bejubelt, daß man den Trauerzug für einen militärischen Triumphzug halten konnte, geradeso, als wenn der junge, weinende Gaius irgendein Reich der Finsternis unterworfen hätte. Sie riefen ihm Koseworte zu – unser Schätzchen, unser eigenes kaiserliches Babylein, Söhnchen und doch schon unser Vater, Stern des Ostens und des Westens, unser Hühnchen, das bald ein Adler sein wird, und so fort; alles war, wenn ich zurückdenke, reichlich ekelhaft. Ich war einer dieser unbefugten Bürger, die sich ins Senatsgebäude drängelten, um Zeuge zu werden, wie des Tiberius Testament vernachlässigt und dem Gaius unumschränkte Macht übertragen wurde, womit der Anspruch des Miterben Tiberius Gemellus zunichte wurde. Die Feierlichkeiten waren von einer gefährlichen Extravaganz. Dazu gehörte die öffentliche Opferung von beinah zweihunderttausend Stück Vieh und, wie es heißt, auch von Menschen, Sklaven natürlich, die innerhalb von drei Monaten ihm zu Ehren geschlachtet wurden. Extravaganz der einen Art überdeckt eine andere Extravaganz. Wundern muß man sich, daß Gaius nicht schon früher dem Rausch der absoluten Macht erlag. Die Anbetung des Volkes war schierer Wahnsinn. Als Gaius kurz erkrankte, weil er im Übermaß Schildkröteneier genossen hatte, gab es Leute, die bereit waren, ihr eigenes Leben hinzugeben – sie gingen auf der Straße mit entsprechend beschrifteten Tafeln herum –, wenn die Götter seine Genesung gewährten. Als Gaius genas, vergaßen sie ihr Flehen rasch.«

Die Septemberhitze hat etwas nachgelassen. In der vergangenen Nacht hat es heftig geregnet, und während ich schreibe, sind meine beiden Sklaven Felicia und Chrestus damit beschäftigt, aufzuwischen, was hereinschwappte. Livius Silanus fuhr fort:

»Gaius machte sich bei den Römern beliebt, indem er eine Sohnespietät bewies, die in meinen Augen maßlos war. Er segelte ungeachtet des schlimmen Wetters nach Pandataria und zu den Pontia-Inseln, um die sterblichen Überreste seiner Mutter und seines Bruders Nero nach Rom zurückzubringen (Nero: ein Name, der damals noch nicht nach Bosheit schmeckte. Alle Namen sind neutral; sie mögen je nach dem Temperament ihres Besitzers mit Fäkalien oder mit Honig beschmiert werden). Er ehrte ihre Asche mit Gebeten und Tränen und gab sie eigenhändig in Urnen. Er veranstaltete zum Ruhm seiner Mutter Tage mit Bestattungsopfern und mit Zirkusspielen. Für seinen Vater benannte er den Monat September in Germanicus um, eine Änderung, die viele von uns mit gemischten

Gefühlen sehen, weil wir mit der Ehrung einverstanden sind, während wir den verfluchen, der sie bezeigt hat. Muß ich noch fortfahren in dieser Aufzählung von Taten, die allesamt würdig sind? Sein Onkel Claudius, der humpelnde Stotterer, der Balbus, der keine Mauer errichtete, aber einen schlechtgeschriebenen Haufen zweifelhafter römischer Annalen aufstapelte: er war zur Zeit von Gaius' Regierungsantritt nur ein einfacher Ritter, wurde aber rasch zum Rang eines Konsuls erhoben, Kollege damit des Imperators, während er den armen Tiberius Gemellus, der den gleichen Anspruch auf das Imperatorenamt hatte, adoptierte und ihm den Titel eines Jugendführers verlieh. Seine Schwestern, mit denen er bald Inzest beging, verband er mit seinem eigenen Ruhm, indem er den Konsuln und Senatoren befahl, ihre Amtshandlungen mit dem Gebet ›Glück sei dem Imperator Gaius und seinen Schwestern‹ zu beschließen.

Er reinigte die Stadt von ihren Perversen, den sogenannten *spintriae,* und wollte sie im Tiber ertränken lassen; von solchem Übermaß an Tugend konnte er gerade noch zurückgehalten werden. Er schaffte die Zensur ab, nahm des Augustus Brauch, den jährlichen Etatplan zu veröffentlichen, wieder auf, belebte das Wahlsystem neu und erfreute den Plebs mit neuen Spielen: Pantherhetze, Boxen und Ringen mit den besten Kämpfern aus Afrika und Kampanien, nächtliche Feste in der bunt beleuchteten Stadt, großzügiges Austeilen von Geschenkgutscheinen, die er mit eigener Hand unters Volk streute. Sein größtes Schauspiel fand in keiner Arena statt, sondern in der Lagune zwischen Bajä und Puteoli. Er ließ alle Handelsschiffe der Westküste in zwei Reihen vor Anker gehen und dann auf den Planken Erde aufschütten. Bekränzt mit einer Krone von Eichenlaub, angetan mit einem goldüberzogenen Umhang, ritt er in voller Montur, hinter sich die Prätorianergarde und auf Wagen einige seiner Freunde, die er aus Gallien geholt hatte, auf einem prächtig aufgeputzten Hengst vom einen zum anderen Ende der märchenhaften Brücke. Das geschah, wie ich vermute, um den Wahrsager Thrasyllus Lügen zu strafen, der verkündet hatte: ›Gaius hat ebensowenig Aussicht, Kaiser zu werden, wie er es vermöchte, auf einem Pferd trockenen Fußes den Meerbusen von Bajä zu überqueren.‹ Hier läßt sich vielleicht schon die erste öffentliche Manifestation seines Wahnsinns erkennen.

Seine Göttlichkeit scheint er zum ersten Mal im Wettstreit mit einigen ausländischen Potentaten erklärt zu haben. Zu ihnen gehörte auch der Partherkönig Artabanus (der Tiberius gehaßt hatte, aber alles tat, um sich lieb Kind bei Gaius zu machen). Zu jener Zeit hatte er bereits darauf bestanden, mit Titeln wie ›Vater der Armee‹ und ›Bester und größter Caesar‹ angeredet zu werden, doch im königlichen Streitgespräch, das in aller Freundschaft stattfand, und wo es darum ging, wer sich der edelsten Herkunft rühmen könne, rief er aus, daß sein Adel den aller anderen übertreffe. Er bestand darauf, bedeutender als jeder König zu sein, und bedeutender als ein König war natürlich ein Gott. Von diesem Augenblick an begann er nach Beweisen für seine Göttlichkeit zu forschen. Er erweiterte seinen Palast bis zum Forum, womit der Schrein von Kastor und Pollux zu einem reinen Annex oder Anbau verkam. Indem er sich neben die steinernen Brüder stellte, gelangte er von selbst in die Lage, gleich ihnen verehrt zu werden. Einige Verehrer gingen zu weit und nannten ihn Jupiter Latiaris, aber bald hielt er sich für erhabener als alle in einem Pantheon zusammengewürfelten Götter. Er ließ einen Schrein mit einem lebensgroßen goldenen Bildnis von sich bauen, dessen Kleidung jeden Tag gewechselt werden mußte, damit sie der entsprach, die seine Göttlichkeit am echten Leibe trug. Zudem wurden teure und seltene Opfertiere wie Pfauen, Flamingos, Fasanen und Perlhühner geschlachtet. Er besprach sich mit der Jupiterstatue auf dem Kapitol und drohte damit, den himmlischen Vater in die Hölle zu stoßen, wenn er nicht ihn, den göttlichen Imperator, zum Himmel erheben würde. Es versteht sich von selbst, daß seine rituellen Kopulationen mit der Mondgöttin weitergingen; sie spielten sich nur nicht mehr im verborgenen ab. Alle Götterstatuen ließ er enthaupten und setzte ein Abbild seines eigenen grinsenden Kopfes auf den kräftigen Stein- oder Bronzeleib. Aus dieser ersten Phase seines Wahnsinns ist das Gespräch mit einem griechischen Handwerker überliefert:

›Diese Götter alle – weißt du, was die Juden glauben?‹

›Nein, o Caesar.‹

›Daß es nur einen Gott gibt. Schlaues Volk, die Juden. Begreifst du meine Anweisung, daß der Kopf des einen Gottes auf diese Vielzahl göttlicher Köpfe gesetzt werden soll?‹

›Ja, o Caesar, aber was soll mit den Göttinnen geschehen?‹

›Kleinigkeit, du Narr. Setz meinen Kopf darauf, und dazu noch Haare, Haare, Haare im Überfluß.‹ Mit einer Geste deutete er emporquellende Haarmassen auf seiner eigenen Spiegelglatze an und kicherte dazu hysterisch. Gaius Caligula – der Name läßt mich noch immer erschaudern. Er ruft sogar einen körperlichen Ekel hervor. Frag mich nicht weiter.«

Es war ein Rom, über das ein noch vernünftiger und sogar gutwilliger Gaius herrschte, in das die beiden Schwestern Kalebs in leichten Ketten, aber ohne Auspeitschungen geführt wurden. Die Überfahrt von Caesarea her hatte sie beide schwer krank werden lassen, waren sie doch mit vielen anderen Sklaven unter Deck zusammengepfercht (auch samaritische Gefangene waren dabei), aber die *Cytherea*, ein Segelschiff, das völlig vom Wind abhängig war und nicht über Ruderbänke mit elenden Sklaven verfügte (die damals tatsächlich nur auf Biremen, Triremen und Quadriremen der Küstengewässer Verwendung fanden), geriet häufig in Windstillen und lag in vielen Häfen der römischen Levante, womit dem gebeutelten Magen Gelegenheit zur Erholung gegeben war. Ruth und Sara waren sehr schmal geworden, weil sie nicht in der Lage waren, gepökeltes Schweinefleisch zu essen und fauliges Wasser zu trinken; dafür verschlangen sie später mit tierischem Heißhunger den gebackenen frischen Fisch, kämpften sogar darum. Ruth weinte viel, aber Sara veränderte ihre Schönheit in eine grimmige Härte, die sie auch dann, als sie, wie wir später hören werden, freigelassen wurde, niemals gänzlich ablegte. Sie hatte den festen Vorsatz, am Leben zu bleiben, und träumte viel von Vergeltung. Auch hatte sie das vielleicht perverse Gefühl, daß es besser sei, etwas von der großen weiten Welt, und sei es durch die Sklaverei, zu erfahren, als zu Hause demütig in der geistigen Versklavung herumzuhocken, die das jüdische Gesetz vorschrieb. An den römischen Peitschen war nichts Geistiges; die römischen Lehren von Kaufen und Verkaufen verfügten über so etwas wie eine brutale Aufrichtigkeit. An den Römern war nichts Scheinheiliges: man hatte seinen Platz, ob man stand, lag oder vorwärtsstolperte. Drei Tage dauerte der Marsch auf der Via Aurelia; erschöpft ließ man sich in der Dämmerung unter Aufsicht in die Felder fallen, wenn der Wasserkübel gereicht oder die Brotration ausgeworfen wurde.

Und schließlich Rom: der Janiculus, das Agusteische Meerestheater, die Brücke über den Tiber, die zum Palatin führte. Auf den Straßen jauchzte gewöhnliches Volk beim Anblick der Sklaven; manche spuckten. Sara, die von jetzt an immer unverschleiert war, spie zurück, aber der Wind kam von Osten. Dort im Norden lagen das Forum und der Jupitertempel, der Circus Flaminius und das Pompejanische Theater, aber die Sklaven sollten nichts davon sehen: man teilte sie in Gruppen auf und trieb sie, den ihnen auferlegten Aufgaben entsprechend, in dieses oder jenes Sklavenquartier, das jenseits der angelegten Baumgruppen im Norden des kaiserlichen Palastes lag. Sara und Ruth sollten Küchenarbeit tun. Eine Sklavenaufseherin aus dem Rheinland nahm sie mit Bellen in Empfang. Sara bellte zurück und erhielt Ohrfeigen. Sie wurden mit anderen Frauen – von denen viele klagten –, in eine fensterlose Baracke gedrängt, die wie ein riesenhafter Stall mit Stroh gefüllt war. Ruth legte sich nieder und weinte um Jerusalem. Sara stellte fest, daß es hier keine Fluchtmöglichkeit gab.

Unser Meister hat gesagt, daß wir in Jerusalem, in Judäa und auch in Samaria für ihn Zeugnis ablegen sollen«, erklärte Philippus den Samaritern in einer der Synagogen von Sebaste. »Deshalb bin ich hier.« Die Sonne, die durch das obere Fenster schien, entzündete sein Haar und ließ es wie ein Zeichen für irgend etwas aussehen. »Ihr habt ein Wort, das häufig verwendet wird, nämlich *ta'eb*, das ›Ihn, der wiederherstellen wird‹ bedeutet. Was wird er wiederherstellen? Nach Krankheit und Verwundungen wird er die Gesundheit und Ganzheit wiederherstellen. Er wird die verlorene Vision des Glaubens als Glauben der Liebe wiederherstellen. Der *ta'eb* ist in Judäa erschienen, und ich bringe seine Botschaft. Eine Botschaft der Duldsamkeit, der Beherrschtheit und der Nächstenliebe. Eine glatte und nutzlose Botschaft, werden manche von euch sagen, die ihr unter der Raserei der Römer, den Beutezügen eines ungerechten Landpflegers leidet. Manche von euch träumen von Rache und einer neuen Erhebung des Volkes. Wir Nazarener träumen nicht. Statt dessen bieten wir eine praktische Antwort auf Trübsal und Pein. Wir müssen unsere Feinde lieben, und eine solche Liebe, von der es töricht wäre anzunehmen, sie könnte ohne weiteres aus dem Herzen strömen, muß, wie jede andere Fertigkeit auch, erlernt werden. Verbrennt man sich den Finger am Feuer, dann bereitet einem der pochende Finger Schmerzen. Haßt man deshalb den Finger? Nein, ist er doch ein Teil von einem selber. Wenn euch deshalb Menschen Schmerz zufügen, dann tadelt das Feuer in ihnen, aber denkt daran, daß diese Menschen eure Brüder sind und wie ihr selber ein Teil im Leib Gottes. Liebe ist schwer zu erlernen, aber wenn wir sie nicht lernen, sind wir verloren.«

Die Mitglieder der Synagoge hörten zu, aber nicht weil seine Worte arg viel Sinn hergaben, sondern weil Philippus eine Heilkraft bewiesen hatte, die das einfachere Volk für thaumaturgisch hielt. Ein paar Krüppel waren, vor aller Augen, geheilt worden. Die Annahme von etwas Wunderbarem beunruhigt mich wie jeden vernünftig denkenden Menschen und ich bestehe darauf – wobei ich mich im Einklang mit meinem alten, verstorbenen und schmerzlich vermißten Arztfreund Sameach, Efcharistimenos auf griechisch, weiß –, daß bestimmte körperliche Zustände in der

Seele begründet sind, und die Heilung darin besteht, daß die Seele geöffnet und die Ursache herausgezupft wird. Da gab es etwa einen Mann, der in einem Anfall von Wut seine Mutter geschlagen hatte, und dem, wie er meinte, Gott jene Hand geschlagen und sie gelähmt hätte. Er bereute sein Tun, aber das taubstumme Greif- und Tastorgan wollte nichts von seiner Reue wissen. Philippus brachte ihn allem Anschein nach dazu, sein Menschenschicksal hinzunehmen, das unaustreibbare Böse, das mit Adam in den Menschen gefahren war, stellte ihm seine unehrbietige Raserei und Gewalttätigkeit als Teil einer unvermeidlichen Bedingtheit dar und befreite ihn von seiner inneren Spannung, die ihm, durch irgendwelche unerklärlichen Nervenströme, seine Hand zu einer steinharten Festigkeit versteift hatte. Halleluja, rief der Mann, als er die Finger spielen ließ. Groß ist Jesus Christus.

Nach der Predigt in der Synagoge war Philippus mit etwas beschäftigt, das wie eine Heilung an einem Straßenrand in Sebaste wirkte. Eine alte Frau war ohnmächtig geworden und lag wie tot bei, aber nicht *auf* einem Haufen von nicht beseitigtem Kamelmist. Die Samariter standen immer in dem Ruf, ein schmutziges Volk zu sein; sie unterhielten auch keine städtischen Straßenkehrer. Philippus kniete bei der Frau nieder, legte das Ohr an ihre Brust und hörte einen schwachen, aber regelmäßigen Herzschlag. Er wußte, daß sie sich erholen würde und benutzte deshalb mit griechischer Schläue die Umstände zum Vorteil des Glaubens. »Bedenkt die Güte Gottes und seines Sohnes Jesus Christus«, sagte er zur umstehenden Menge und schloß auch die beiden unruhigen bewaffneten Polizisten am Rand mit ein. »Bei Gott ist kein Ding unmöglich. Laßt uns beten.«

Zwei Männer mit Stöcken und Kraxen hörten das Gebet, das Philippus die Menge lehrte – »Vater unser, der du bist im Himmel, geheiligt werde dein Name« und so weiter – und priesen Gott, daß das Werk voranging. Als die alte Frau, etwas wackelig, wieder auf den Beinen war, wenn sie auch beim Anblick des Kamelmistes aufkreischte, teilten sie die Menge, um Philippus zu begrüßen. Philippus rief:

»Petrus. Johannes. Ihr seid zur rechten Zeit gekommen. In Samaria ist viel zu tun.«

»Schlechte Zeiten in Jerusalem«, sagte Petrus. Er war vom Straßenstaub wie ein Bäcker bestäubt, doch Johannes, dessen feiner zerbrechlicher Körper schlecht mit der Donnerstimme zusammenpaßte, hatte sich in einer Taverne am Stadtrand gereinigt und abgebürstet.

»Saulus?«

»Nachdem er die Griechenjuden unterdrückt hat, geht es jetzt an die Hebräer«, sagte Johannes. »Wie Petrus immer sagt, wir hätten nie gedacht, daß wir dazu *getrieben* würden, das Wort in der Fremde zu verkünden. Kannst du uns aufnehmen?«

»Ich wohne«, sagte Philippus, »im Hause eines gewissen Simon. Großer Zauberer nennt er sich, oder tat es. Ein Trickkünstler, bei dem das Volk offenen Mundes staunt. Er nennt sie ägyptische Wunder. Jetzt ist er bekehrt. Ich habe ihn letzte Woche getauft. Ich glaube, Ihr seid ihm willkommen.«

Simon war mit seinen Straßentheatervorstellungen reich geworden und besaß ein weitläufiges Haus, das im schlechten alexandrinischen Geschmack eingerichtet war. Augenblicklich befand er sich im großen Zimmer dieses Hauses, ein sorgfältig gekleideter Mann mit gestutztem Bart, der nach der assyrischen Mode geölt war. Düster starrte er auf einen toten Sperling, der mit den Füßen nach oben auf einem lachsroten Kissen lag. Das Mädchen, das ihm als Geliebte und zugleich als Assistentin bei seinen Kunststücken diente, saß neben dem Vogel am Boden und weinte. Sie war ein hübsches Mädchen, trug blaue Seide, ihr Haar ein schwarzschimmender Strom; sie hieß Daphne. Sie schluchzte:

»Viel hat es nicht gebracht – dieser Beitritt zum neuen Glauben.«

»Das Subjekt hat zu *glauben*. Von einem Spatzen kann man das nicht erwarten. Obwohl Gott, wie unser Freund Philippus weiß, auch über die Spatzen wacht. Hilft nichts. Auf dem Markt kaufe ich dir einen neuen.«

»Aber es wird nicht derselbe sein. Tod ist was Furchtbares. Auch der Tod eines Spatzen.«

»Meine liebe Daphne, du bist zu weichherzig. Nur Tiere kennen den Tod. Männer und Frauen leben ewig. So heißt es jetzt.«

»Und du glaubst das?«

»Ein tröstender Gedanke. Wir sterben – aber dann fängt ein neues Leben an – irgendwo. Mir lag nie viel an der *una nox dormienda.*«

»Du weißt doch, daß ich kein Latein verstehe – wenn es Latein ist.«

»Eine lange Nacht, die durchschlafen werden muß. Kein Erwachen. Catull schrieb das. Er hat auch ein Gedicht auf den Tod eines Sperlings geschrieben.«

»Du armes Ding.«

Philippus kam mit Petrus und Johannes. »Petrus«, sagte Philippus, »Johannes.« Daphne sah sie an und trocknete ihre Tränen mit den Haaren. »Simon. Daphne.« Johannes sah ein hübsches Mädchen mit Haar, das schwarz wie ein Strom schimmerte, und er verspürte eine sehr männliche Regung. War es Recht oder Unrecht, derart zu reagieren? Das Mädchen könnte die Frau des Mannes sein, obwohl er das nicht glaubte. Bisher war wenig Zeit für reine Drüsenregungen auf weibliche Anmut gewesen. Eine harte Zeit war es gewesen, kein Zweifel. »Wir wären alle dankbar«, sagte Philippus, »wenn du meinen Freunden erlaubst, in meinem Zimmer zu wohnen. Sie sind ganz besondere Freunde. Sie waren die ersten Jünger Jesu.«

»Herzlich willkommen«, sagte Simon, der sich erhoben hatte. »Philippus' Freunde sind auch die meinen und die meiner, äh, Gehilfin hier.« Johannes hatte also recht, wenn er glaubte, daß nicht. »Ihr seid also gekommen«, sagte Simon, »um den Wundern, die Philippus bewerkstelligt hat, weitere hinzuzufügen?«

»Das ist nicht die Hauptaufgabe«, sagte Petrus. »Die Hauptaufgabe besteht darin, das Wort der Erlösung zu verkünden. Dieser arme Vogel sieht wie tot aus.« Daphne fing wieder zu weinen an. »Was denn, was denn«, sagte Petrus. »Vergrabt ihn am besten und kauft einen neuen. Ich hatte als Junge in Galiläa eine Lieblingsdrossel. Als sie starb, kochte meine Mutter sie. Hatte nicht viel Fleisch.« Daphne weinte.

Ein Fremder kam herein, Simon unbekannt. »Offenes Haus«, sagte Simon sarkastisch. »Alle sind willkommen.« Der Mann kaute noch, als wäre er vom Mittagessen weggelaufen. Er schluckte hinunter und sagte:

»Mein Bruder. Er hüpft wie ein Fisch und gibt komische Geräusche von sich. Der Herr Philippus muß kommen.«

»Muß? Muß?« gab Simon zurück. »Er kommt, wenn er fertig ist. Das Geflügel dürfte inzwischen soweit sein«, sagte er zu Daphne. Himmelsgeflügel. Sie weinte. »Ungehörig, hier vor unseren Gästen zu weinen«, sagte Simon. »An deine Arbeit, Mädchen.« Sie ging zur Küche.

»Wir sehen uns deinen Bruder an«, sagte Petrus.

Er lag im Haus um die Ecke. Auf dem Tisch wurde der gebackene Fisch kalt, und am Boden war viel Wein verschüttet. Die zahlreiche Familie, vom Urgroßvater bis zum staunenden, daumenlutschenden Kind, blieb an den Wänden und ermöglichte es einem jungen Mann, der bis auf den haarigen Körper nackt war, am Boden herumzuhüpfen und dabei Worte wie *Krtscha* und *Geingff* auszustoßen. Offensichtlich hatte er sich die Kleider heruntergerissen. Petrus, Johannes, Philippus und Simon sahen zu. Petrus knurrte:

»Raus aus ihm, aber schnell.« Er meinte Teufel. Dann rief er angemessener: »Im Namen des Herrn Jesus Christus beschwöre ich dich, aus ihm auszufahren. Geh. Quäle ihn nicht mehr.«

Ich nehme an, daß eine Lehre des Besessenseins von bösen Geistern zumindest bei den Laien helfen kann, solche Erscheinungen zu erklären, wie wir sie oft in unseren Städten sehen: Männer und Frauen, gewöhnlich noch jung, die mit Schaum vor dem Mund um sich schlagen und Laute wie aus einer fremden Sprache ausstoßen, wobei es sich aber lediglich um ein mechanisches Wetzen der Sprechorgane handelt, die außer Kontrolle geraten sind. Ich würde diese Ekstase oder Gliederrevolte auf eine physische Ursache wie etwa Mangelernährung zurückführen. Lange dauert es nicht. Der Kranke erschöpft sich und liegt still; exorzisiert, wie die Exorzisten sagen würden. Nachdem Petrus noch weitere Tadelworte geknurrt oder geschrien hatte, kam aus dem Mund des jungen Mannes ein Strom schmutziger Redensarten, zu dem die anwesenden Frauen pfuiten und sich die Ohren zuhielten. Danach schnarchte er vor lauter Erschöpfung.

»Noch ein Wunder«, sagte Simon, als er seine Gäste zum Essen heimbrachte.

»Hüte dich vor dem Wort, Simon«, sagte Petrus. »Auch ich heiße nebenbei gesagt Simon, aber das ist eine andere Geschichte. Wir haben nichts getan. Die Gnade des Herrn hat alles getan.«

»Aber«, sagte Simon, »die Kraft ist in Euch. Und in Philippus. Eine Art Magie.« Er führte sie hinein an den gedeckten Tisch, auf dem bereits die verbrannten Hühner lagen, die Füße in der Höhe. Petrus setzte sich, sah ihn streng an und sagte:

»Und was meinst du mit Magie?«

»Die Kraft, Dinge zu verändern, die sich nach den Naturgesetzen nicht ändern lassen. Einst hatte ich den Anschein dieser Kraft. Ich nannte es Magie, aber es waren Gaukelkünste. In Alexandria habe ich sie gelernt. Auch Moses hat diese Künste in Ägypten gelernt. Man nimmt eine drogenbetäubte Schlange, die sich zum Aussehen eines Stocks versteift, und wirft die Schlange dann zu Boden, wo sie aus ihrer Trance erwacht, sich ringelt und zischt.«

»Wir haben es nirgends gelernt«, sagte Petrus. »Die Kraft ist nicht in uns. Die Kraft ist in Gott.« Und er machte sich halbverhungert an ein Hühnerbein und ließ dabei seine kräftigen braunen Zähne sehen.

»Diese Kraft hätte ich gerne«, sagte Simon.

»Warum?«, fragte Johannes. »Warum hättest du diese Kraft gerne?«

»Nun«, sagte Simon, »um in der Welt Gutes zu wirken. Um der Welt zu zeigen, daß ich zu den von Gott Bevorzugten gehöre. Wie Ihr.«

»Du meinst wahrscheinlich: zu deinem eigenen Ruhm«, sagte Petrus, der sich die Finger abschleckte.

»Das habe ich nicht gesagt. Das habe ich nicht gemeint. Ich war einmal ein Zauberer. Mit Philippus' Hilfe lernte ich dann, Christus nachzufolgen und dem ganzen faulen Zauber abzuschwören. Ich bin nicht mehr Simon der Zauberer. Ich bin ein Mann ohne Fertigkeit. Aber Ihr drei verfügt über eine Fertigkeit, eine sehr wertvolle sogar. Die hätte ich auch gerne.«

Johannes hatte das Gabelbein gefunden. Er lächelte zu der rotäugigen Daphne hin, die in der Haltung einer Dienerin am Tisch stand. Er bot ihr das Gabelbein, um mit ihr daran zu ziehen. Sie aber wollte nicht. Petrus sagte:

»Das Heilen der Kranken, der Lahmen, der Blinden – das ist nichts, Simon. Das sind nur Funken aus der Flamme des Glaubens im Herrn. Sie beweisen Gottes Macht, ja, aber es ist wichtiger, daß wir von Gottes Gnade lernen.«

»Kne khm«, meinte Philippus mit vollem Mund. Dann sagte Simon:

»Ich will die Kraft. Ich kann dafür bezahlen.«

Alle sahen sie zu ihm hin. Schweigen über den verwüsteten Hühnern.

»Ich kann gut bezahlen. Ich habe viel Gold und Silber damit gemacht, die Leute mit meinen Tricks reinzulegen. Das Geld kann jetzt an Euch gehen – um damit zu tun, was Ihr oder Gott wollt. Zum Ausgleich erbitte ich mir die Kraft.«

Petrus wandte sich an Philippus, der links von ihm saß. »Viel hast du ihm nicht beigebracht, Philippus. Er versteht rein gar nichts. Nichts von der Sendung oder vom Glauben.« Zu Simon sagte er: »Du willst Gottes Gnade, Macht und Barmherzigkeit kaufen?«

»Ich will bloß Gutes tun – die Kranken heilen, die Toten zum Leben erwecken –«

»Zu deinem Ruhm und deinem Ansehen«, sagte Petrus.

»Die Kraft liegt in Euren Händen. Die gleiche Kraft habe ich in den Händen des Philippus gesehen. Zur Ehre Gottes wünsche ich mir, die gleiche Kraft in meinen Händen zu haben. Ich kann gut bezahlen – zehn-, zwanzigtausend Sesterzen –«

»Zum Teufel mit dir«, sagte Petrus. »Zum Teufel mit deinem Geld. Bereu deine Verderbtheit, solange noch Zeit ist.«

»Verderbtheit?« Simon war aufrichtig verwirrt und auch verletzt. »Welche Verderbtheit?« Johannes sagte mit ungewohnter Schwäche:

»Siehst du nichts Verderbtes in dem Versuch, Gott zu kaufen?«

»Eine hier notwendige Frage«, sagte Philippus. »Liegt in vorsätzlicher Ignoranz ebensoviel Verderbtheit wie in vorsätzlicher Sünde? Ist Sünde eine Art Ignoranz, so wie Ignoranz eine Art Sünde ist?«

»Bitte nichts von diesem griechischen Blödsinn«, sagte Petrus. »Das hier ist ein schwieriger Fall. Ich weiß nicht, ob ich traurig oder froh darüber sein soll, seine Speisen gegessen zu haben. Die Gastfreundschaft, die er uns bereits gewährt hat, kann ich nicht aufheben, aber ich glaube nicht, daß ich noch mehr davon will.«

»Aber«, sagte Simon verwirrt, »Philippus hat hier in Sebaste gepredigt, daß Jesus Christus mit Gott ein Geschäft über sich abgeschlossen hat. Er hat sich am Kreuz verkauft. Er kaufte unsere Erlösung, hast du es nicht so gepredigt, Philippus? Das ganze Leben besteht aus Kaufen und Verkaufen. Nochmal – verkauft mir die Kraft.«

»Es war ein kurzer Aufenthalt«, sagte Petrus, »und ich danke dir für das Angebot von Kost und Logis. Aber wir müssen woanders hin.« Er stand auf und machte eine linkische Verbeugung zu dem Mädchen mit dem schwarzschimmernden Strom und den wegen des verlorenen Spatzen roten Augen hin. Die beiden anderen erhoben sich mit ihm. Simon war noch immer verstört.

Marullus, der neue Landpfleger von Judäa, war bereits in Caesarea gelandet. Das Schiff, es hieß *Die Himmelszwillinge* und hatte ein hölzernes, lackiertes Bild der Umarmung von Kastor und Pollux am Bug, lag vor Anker. Seine menschliche und die Handelsfracht war gelöscht, die neue Ladung von Soldaten, die in den Urlaub und die Reserve entlassen wurden, sowie süßer Palästina-Wein und getrocknete Landesfrüchte und nicht zu vergessen die Steuergelder in den Kassetten, standen bereit für die Übernahme, wenn die Reparaturen am Rumpf ausgeführt waren und das zerrissene Topsegel genäht war. In Caesarea befand sich auch der Zelot Kaleb; er hatte sich das Haar in der römischen Mode kurzgeschoren und den Bart rasiert. In dieser Griechenstadt sprach er Griechisch und stellte sich in einem der Hafenbüros als gelernter Schiffskoch vor, dem schmutzige Juden die Papiere geklaut hatten. Er wollte sich, wie er sagte, die Überfahrt nach Italien, wo seine Familie lebte, erarbeiten.

Man sagte ihm, daß es keinen Job gäbe. In einer Hafenkneipe fand er im Gespräch mit dem Bootsmann der *Himmelszwillinge* heraus, wer der Zweite Koch war – ein schwitzender, dickwanstiger Syrer. Ohne viel Bedenken stach er ihn in einer von Bordellstraßen nieder; nicht daß er tödlich verwundet war, aber doch schwer genug, um sicherzustellen, daß er so schnell keine Fahrt unternehmen würde. Als er sich wieder um Heuer auf einem ausfahrenden Schiff bewarb, sagte man ihm, daß er Glück habe. Als Name gab er Metellus an.

»Wenn du Metellus heißt«, sagte der Erste Koch, »dann bin ich Pompejus der Große.« Er war ein kleiner drahtiger Kalabrese mit Griechisch als Muttersprache. Die Schiffsstewards waren unverschämt, was die Schiffsoffiziere als witzige Spezialität Caesareas ausgaben.

»Ist der Fisch denn noch nicht fertig?«

»Wird gerade gefangen. Ihr wolltet ihn frisch.«

»Manieren sind das!«

»Kchch« (Geht ab, spuckt aus).

»Nicht für zehntausend Sesterzen wollte ich solche Manieren haben.«

Richten wir nunmehr unser Augenmerk auf den neuen Kaleb mit seinem römischen Stiftenkopf und dem starken blauen Kinn. Seine blanken Beine zeigen üppigen Flaum, seine bloßen Füße sind stark genug, sich am Deck festzuhalten; dem Umfang nach ist er ein Bulle. Sehen wir ihn also, wie er in der Kombüse das Feuer in seinen eisernen Käfigen unterhält, die Eier brät, die in Tyrus an Bord genommen wurden, den Fisch entgrätet, der vor der zyprischen Küste gefangen wurde, und wie er das harte Brot aus Aspendus aufschneidet. Seine Schultern sind sehr breit und muskulös. Vorübergehend ist er Koch, aber er hofft, auf italischen Boden bald sein Geld als Ringer zu verdienen. Er kennt griechische Griffe, judäische Finten und Stellen in der menschlichen Statik, die, wenn man sie drückt, eine kurzfristige Lähmung bewirken können. Er hat sich immer als verhinderter Krieger verstanden, der für den Tag der Befreiung übt. Er ist mit dem Dolch, dem Schwert und für Strangulationen mit dem Strick vertraut. Er hat einen klaren Auftrag, seine Schwestern zu befreien, und einen verschwommeneren, die Befreiung der Juden vom römischen Stiefel. Was er in Rom tun kann, um das weiterzutreiben, weiß er noch nicht. Er hat unbestimmte Vorstellungen davon, daß er Banden junger Hebräer aufstellt, die die römische Bevölkerung so terrorisieren würden, daß sie den Senat anruft, damit der das Volk Gottes ziehen läßt. Doch die Erfüllung solcher Träume liegt sehr weit in der Zukunft, denn er bebt vor stiller Aufregung in der Aussicht, Rom zu sehen und dort zu leben. Er sieht sich, wie er zu römischem Beifall ringt und als der große Metellus bejubelt wird. Natürlich ist das unwürdig, denn als aufrechter jüdischer Kämpfer will er von Rom nichts anderes als den Rückzug der bewaffneten Steuereintreiber (Landpfleger sind nichts anderes) vom geheiligten Gebiet. Aber wie seine Schwester Sara, der er wesensmäßig sehr nahe steht, hält er es für besser, durch große Unglücksfälle dazu gezwungen zu werden, die Welt zu sehen, als zu Hause in der kleinen Welt der jüdischen Gesetze und Gebote eingekreist zu sitzen. Unsere Drüsen haben Vorrang vor unseren Idealen. So war es schon immer.

»Beeil dich mit der Fischsuppe«, schreit der Erste Koch. »Der Käpt'nmagen knurrt laut und deutlich. Wie war doch dein Name?«

»Metellus.«

»Wenn du Metellus heißt, dann bin ich Marc Anton. Für mich siehst du aus wie ein Jude.«

»Was hältst du davon«, und Kaleb zeigt seine Zähne, die in der Meersonne blitzen, während das Schiff in die Nähe Kretas kommt, »wenn ich dir diese Fischsuppe über den Schädel kippe, du verrotzter Saukopf?« Und er nimmt die Henkel des eisernen Tiegels in die Hand. Der Kalabrese sieht wie die Muskeln hüpfen und sagt etwas über die Leute, die halt keinen Spaß verstehen.

Im Ägäischen Meer kommt Sturm auf und treibt das Schiff zur achäischen Küste. Kaleb liegt seekrank in seiner Koje und wird verspottet. Auf der sanfteren Strecke nach Syrakus erholt er sich und ringt mit dem Stämmigeren unter seinen Spöttern, einem Mann dunkler Abkunft aus Pergamon. Römischer Ordnungssinn verwandelt die zähnefletschende Gewalt in einen regelrechten Wettkampf auf dem Vordeck. Kaleb wirft den Pergamoner über Bord. Er kann nicht schwimmen, aber Kaleb kann es. Er taucht mit Anmut und unter Anfeuerungsrufen; beide holt man sie in einem Netz herauf. Ein Patrizier namens Aureus Gallus oder so ähnlich, ein Schatzbeamter, der in Alexandria und Petra Anzeigen wegen Unterschlagung nachgegangen war, verwendet lobende und bewundernde Ausdrücke für den triefenden Kaleb. Er will in der Arena arbeiten? Kann er sich den Namen merken, den er ihm jetzt nennen wird? Er betreibt ein mannhaftes Gewerbe; das genußsüchtige Rom, das mehr und mehr verweiblicht, muß Muskelarbeit sehen, um sich an primitivere Glanzpunkte zu erinnern. Ich danke Euer Ehren, sagt Kaleb.

Sie liegen drei Tage in Syrakus, wo sich Kaleb und der Rüpel aus

Pergamon gemeinsam betrinken. Dann segeln sie durch die Meerenge und halten sich an die italische Küste. Bald treffen sie in der Reede von Puteoli einen Haufen Handelsschiffe, die auf den Befehl warten, um in die Kais abziehen und mit dem Löschen beginnen zu können. Viel Getreide aus Ägypten; Rom vergißt die Ackerbaukunst, wie sie in Vergils *Georgica* gefeiert wird. *Die Himmelszwillinge* hat Truppen und kaiserliche Beamte geladen und beansprucht deshalb das Vorrecht. Bald geht Kaleb an Land; sein jetzt sandalenbekleideter Fuß betritt italischen Boden. Dort eine grinsende Statue des Imperators Gaius, die zum Meer hinausblickt. In Massen werden Ballen aus den Speichern und in sie hineingerollt. Mit straffen Leinen sind die Schiffe am Poller gesichert. Auf einem Ballenstapel steht ein bärtiger Mann, der sich an die Seeleute aus Israel wendet. Er ruft laut in Aramäisch:

»Ihr, die ihr die See befahrt, seid in euren Hafen gelangt. Wie aber ist es mit dem Seelenhafen, den alle Menschen anpeilen? Er ist im Schoß von Jesus Christus zu finden, dem Sohn des einzigen Gottes, dem Retter der Menschheit, der starb und wiedererstand.«

Demnach, denkt Kaleb, verbreitet sich der neue Glaube bereits. Seltsam, daß ein so passiver Kult derart viel Energie zeigt. Dann überlegt er sich, was er über die Arbeit von Saulus gehört hat: ist es doch Saulus, der die Nazarener auf die Seewege drängt, Saulus, der, wie die Heiden sagen würden, den Geboten zweier entgegengesetzter Gottheiten gehorcht. Eine dritte Gottheit, der grinsende Gaius, scheint mit dem Daumen in Richtung Rom zu zeigen. Und so holt Kaleb der Zelot tief Atem und macht sich auf den Weg ins Herz des Reichs der Verderbnis.

Der neue Landpfleger von Judäa ritt mit dem Oberzenturio, der vorübergehend sein Adjutant war, von Caesarea nach Jerusalem. Man könnte es einen Höflichkeitsbesuch nennen. Marullus, der sich in seinem Gesichtsausdruck an den Masken und Büsten von Julius Caesar orientiert hatte, musterte mißtrauisch, was er auf der Straße der Schmiede sah – offenbar angesehene Bürger wurden von bewaffneten Juden, die er für Tempelwächter hielt, aus ihren Häusern gezerrt. Mütter und Kinder weinten, die Männer waren blutig geschlagen. Sein Pferd schnaubte wie in der fernen Erinnerung an eine Schlacht unter einem anderen Eigentümer, als die flachen Seiten von Schwertern auf Rücken klatschten und Schmerzensgeheul ertönte. Marullus hörte das Wort *meluchlach* und fragte den Zenturio nach seiner Bedeutung.

»Es bedeutet ›schmutzig‹ «, sagte Cornelius, »und es gilt den Nazarenern hier.«

»Was sind Nazarener?«

Cornelius verkniff sich die Bemerkung, daß es die Pflicht eines Landpflegers von Judäa sei, sich wenigstens die Grundbegriffe der neueren judäischen Geschichte anzueignen.

»Sie folgen einem neuen Propheten und werden dafür bestraft.«

»Aha, der Sklave Chrestus, der behauptete, er sei Gott?«

»Nicht Chrestus. Er wurde Christus genannt, was ›gesalbt‹ bedeutet. Eine Vokalverwechslung. Und weil Chrestus ein Sklavenname ist, sprach es sich herum, daß der Kult ein Sklavenkult wäre. Diese Leute sind, wie Ihr sehen könnt, keine Sklaven.«

»Unordnung auf der Straße, Cornelius. Römische Disziplin ist während des, äh, Interregnums träge geworden.« Er meinte den Zeitraum zwischen der Enthebung des Pilatus und seiner eigenen Nachfolge.

»Das ist eine religiöse Angelegenheit, Landpfleger, und wir haben Anweisung, uns nicht in religiöse Angelegenheiten zu mischen. Den Juden ist es gestattet, ihre eigenen Vorschriften zu befolgen.«

»Es gefällt mir nicht, Cornelius.«

»Er sagte, es gefällt ihm nicht«, sagte Kaiphas später, als er mit Gamaliel und dem Priester Sera Wein trank. »Er wies darauf hin, daß es seine Aufgabe sei, hier den Frieden zu bewahren. Im Augenblick würde er nicht eingreifen, sagte er, und die Wiederherstellung der Ordnung uns überlassen. Ich sehe allerdings kommen, daß er schließlich eingreift.«

»Was gewissermaßen berechtigt wäre«, sagte Sera, während er sich einzelne Haare aus seinem schwarzen Bart zupfte; der kurze Schmerz machte ihm Vergnügen: er war nicht verheiratet. »Die Nazarener machen immer Ärger. Sollen die Römer sie kleinkriegen. Wenn es, wie ich vermute, einige unzulässige Festnahmen gab – daß sich schließlich noch herausstellte, daß der alte Esra kein Nazarener war – das ist traurig –«

»Er starb eines natürlichen Todes«, sagte Kaiphas.

»Wenn man«, sagte Gamaliel, »einen Tod durch Durst und Hitze natürlich nennen kann.«

»Was ich sagen will«, beharrte Sera. »Es ist immer besser, Disziplinarmaßnahmen den Römern zu überlassen; wenn es die Situation erlaubt, versteht sich. Damit bleiben unsere Hände sauber.«

»Unglücklicherweise«, sagte Kaiphas, »sieht es der Landpfleger Marullus anders. Er hält Saulus und seine kleine Armee für die wahren Unruhestifter. Sie vergießen schließlich Blut. Das Lager, das er eingerichtet hat, beleidigt einen jeden, der humanitäre Grundsätze hat.« Er lächelte nicht, aber Gamaliel tat es, säuerlich. »Ich habe gestern einen alten Mann sterben sehen. Seine Familie befolgte mechanisch die nazarenische Formel: den Feinden zu vergeben. Dann beteten sie ein recht gutes Gebet, nichts Ketzerisches dabei, das eine, das mit *Vater unser* beginnt. Meiner Meinung nach muß man Saulus aufhalten.«

»Gott sei Dank«, sagte Gamaliel.

»Und doch könnte sein Werk als gut und heilig ausgelegt werden«, sagte Sera. »Ihr werdet ihn nicht dazu überreden, es anders zu sehen. Warum senden wir ihn nicht weg, damit er sein gutes Werk woanders tut?«

»Eine ausgezeichnete Idee«, sagte Kaiphas. »Zum Beispiel nach Samaria?«

»Die Samariter würden ihn in Stücke reißen.«

»Er würde für eine gute und heilige Sache in Stücke gerissen«, sagte Kaiphas. »Aber ihr habt recht: die Samariter zu denazarenisieren heißt nicht unbedingt, daß sie sich dem Kern des Glaubens annäherten. Wir brauchen irgendeinen Ort mit einer starken jüdischen Gemeinde, wo die Nazarener als Proselytenmacher Erfolg hatten. Wie wär's mit Damaskus?«

»Zu Fuß natürlich«, sagte Sera.

»Ja, es hat gar keine Eile, daß er hinkommt. Zu Fuß, natürlich. Aber wir sollten das bald in die Wege leiten.«

»Es wird schwer sein, ihn so weit zu bringen«, sagte Sera. »Aber die Juden in Damaskus sind Kinder des hiesigen Tempels. Sie müssen vor sich selbst geschützt werden.«

»Indem man ihr Blut vergießt?« sagte Gemaliel.

»Ich glaube nicht, daß körperliche Belästigung so großen Schaden anrichtet«, sagte Sera. »Auf den heilsamen Schock kommt es an. Wenn diese Nazarener in Damaskus nicht auf die Warnungen der Priester hören wollen – ja, dann ist Saulus' Methode gut.«

»Wirkungsvoll«, sagte Gamaliel. »*Gut* wohl kaum.«

Inzwischen waren nur mehr wenige der ursprünglichen Jünger in Jerusalem verblieben. Keiner weiß, wohin sie sich verstreuten, obwohl ich ziemlich sicher bin, daß der predigende Jude, den Kaleb an der Werft sah, Matthäus Jakobus, Sohn des Zebedäus, weigerte sich standhaft, seinen Posten zu verlassen. Fast pedantisch besuchte er den Tempel, war gewissenhaft in seiner Weigerung, was mildtätige Übertragungen anging, zwischen wahren Juden und Nazarenern zu unterscheiden, predigte überhaupt nicht und konnte den Verfolgern, die ihn verhaften wollten, ins Auge sehen, doch war Saulus klug genug, ihn in Ruhe zu lassen. In der Nacht bevor Thomas verhaftet werden sollte, kam die Nachricht vom neuen Auftrag des Saulus. Thomas reiste dennoch nach Samaria ab, weil er Petrus und Johannes versprochen hatte, sie dort zu treffen. Er war es, der, obwohl er mit seinem aufdringlichen nordgaliläischen Akzent nur schwer zu verstehen war, den bekehrten Samaritern unbeabsichtigt die Überzeugung eingab, daß Christus sie noch vor den Judäern erwählt hatte. »Ja, merkt euch das, ihr alle da. Die von Jerusalem nach Jericho zogen, alle haben sie den armen blutenden Mann da am Straßenrand übersehen, der Levit hat ihn übersehen, alle haben ihn übersehen außer dem samaritischen Kaufmann. Der gute Samariter, so nannte ihn der Herr, und ganz bestimmt hätte er selber, wenn ihn nicht diese scheinheiligen Kunden von Recht und Ordnung umgelegt hätten, dann hätte er selber das Wort *persönlich* hierher gebracht, statt daß er diese Aufgabe uns, seinen geringen Jüngern, überlassen hätte.«

An einem regnerischen Morgen beschloß Petrus, daß Samaria jetzt auf sich selbst aufpassen konnte. Er ernannte einen *episkopos* oder Aufseher namens Justinus und eine Reihe von Diakonen. Wenn es stimmte, was Thomas berichtete, dann sollte es bald eine allgemeine Kirchenversammlung in Jerusalem geben, damit die Verteilung der Missionen besprochen werden könnte und auch – da gab es noch ein Problem, das Thomas Mühe hatte zu formulieren. Die Sonne brach durch, und mit ihr erschien Simon der Zauberer auf der Straße. Petrus, Johannes, Philippus und Thomas beobachteten ihn von der offenen Tür der Taverne aus, wo sie ihrem Hunger ein Ende gemacht hatten. Er hatte ein schmales rechteckiges Zelt aufgebaut, und das Mädchen Daphne, die Augen nicht mehr rot, aber das Haar noch immer ein schwarzschimmernder Strom, war durch eine Klappe hineingegangen, die Simon umständlich aufgehalten hatte. »Jetzt Achtung«, sagte Simon zu der herumlungernden Menge. Er hatte eine Handvoll Dolche, die er von allen vier Seiten in die Leinwand trieb. Blut floß reichlich aus den Einstichstellen. Er öffnete die Klappe wieder, und das Mädchen erschien unversehrt.

»Wunder, Wunder«, rief Simon. »Jeden Tag werdet ihr hier Wunder erleben. Können die Nazarener die Toten wieder lebendig machen? Nein, können sie nicht.«

»Jedenfalls wollen sie kein Geld«, rief ein Einäugiger aus der Menge. Dann gab es einen kleinen Wolkenbruch, und die Menge lief davon. Simon suchte Schutz im Zelt, aber das war alles andere als regendicht. Daphne, die in einem Hauseingang stand, lachte ihn aus. Johannes verspürte wieder das Kribbeln seiner Drüsen. Petrus sagte: »Etwas, das mir wirklich Kummer macht, Freunde. Folgendes. Was sollen wir nur eigentlich machen – das Wort verkünden oder die Kranken heilen? Das Krankenheilen nehmen die Leute zum Beweis, daß wir die Wahrheit verkünden, aber sollte nicht das Verkünden allein schon genügen? Ich meine, die Wahrheit ist die Wahrheit, und die Lehre ist entweder einwandfrei oder sie ist es nicht. Ich meine, die würden einem alles glauben, was man ihnen erzählt, solange man hinterdreinschickt, was sie ein Wunder nennen.«

»Es ist Gottes Wahrheit«, sagte Johannes laut, um den Donner zu übertönen, »und er mußte ihnen beweisen, daß er der Sohn Gottes war. Hilft nichts, es nur zu sagen. Der einzige Beweis war es, der Natur zu widersprechen.«

»Ist Krankenheilung ein Widerspruch zur Natur?« fragte Thomas.

»Ist sie natürlich«, sagte Johannes, »wenn die Natur nichts unternimmt, um die Krankheit zu heilen.«

»Aber wir«, meinte Petrus, »sind weit davon entfernt, Söhne Gottes zu sein. Und viele der Dinge, die wir getan haben – wie der verkümmerte Arm, der wieder zunahm, als das Mädchen sagte, es glaube – viele dieser Dinge lassen sich erklären. Sagt Bartholomäus, und er ist Naturkundler. Was ich meine ist, daß ich weit glücklicher wäre, wenn die Leute nicht ihre wassersüchtigen Großmütter und gelähmten Neffen mit zur Predigt brächten. Die kümmern sich doch nicht um die Predigt. Die wirkliche Umkehr im Herzen ist es, wenn niemand um etwas bittet. Ihr seht wie dieser Simon dort, ich bin mit dem selben Namen geschlagen, ihr seht, was er hinter allem glaubt. Und er ist einer, der mir Kummer macht. Besser, ich gehe hin und rede noch einmal mit ihm.«

Petrus, ein Mann, der an Wasser gewöhnt war, schritt also rüstig in den Wasservorhang und steckte den Kopf unter Simons armseliges Dach. Er sagte: »Dein Herz ist nicht wahrhaft bei Gott, Simon. So kann ich dich nicht lassen. bereu deine Verderbtheit, und der Herr wird dir dann vergeben.«

Simon, im Regen ein Jammer, fing an zu schniefen.

»Du«, sagte Petrus und zitierte irgend etwas, das er gelesen hatte; wo, wußte er nicht mehr, »du bist voll bitterer Galle und verstrickt in Ungerechtigkeit.«

Simon schüttelte es hysterisch oder von einem Schüttelfrost. »Dann bete für mich«, sagte er. »Ich will nicht in die Hölle.«

»Kommst du nicht, wenn du bereust. Bereust du?«

»Ich wollte nur Gutes tun in der Welt. Ich wollte nur die Kraft.«

»Ach, in die Hölle mit dir«, sagte Petrus. Er kehrte durchweicht und seufzend zu seinen Gefährten zurück. »Er versteht noch immer nicht«, sagte er. »Ich frage mich, ob er überhaupt verstanden hat, was ich sagte. Wie kommt es, daß jeder verstand, was ich an Pfingsten sagte und ich jetzt Schwierigkeiten habe? Ich kann jetzt nichts mehr außer meiner Muttersprache, und es gibt genug, die mit galiläischem Näseln nichts anfangen können. Ich werde mit einem Dingsbums herumgehen müssen.«

»Dolmetscher«, sagte Philippus. »Ich gebe dir auf dem Weg nach Jerusalem Griechischunterricht.«

»Dafür bin ich zu alt, da ist das Problem. Nun gut, der Regen verzieht sich, und wir brechen am besten auf. Wir müssen auf dem Rückweg eine ganze Anzahl samaritischer Dörfer besuchen. Und dann solltest du, Philippus, du bist ein gesunder junger Mann, nach Westen, nach Gaza gehen, wo man Samson die Augen ausstach.«

»Dort gibt es nur Wüste«, sagte Philippus.

»Dann geh in den Norden nach Caesarea, wo es lauter Griechen gibt. Es gibt für dich zu tun.«

Ich habe jetzt (an einem Gott sei Dank wohltuend kühlen September- oder Germanicustag, der die ersten kleinen Stiche einer zarten Herbstmelancholie bringt) die quälende Aufgabe, euch einen wahnsinnigen Gaius vorzuführen, wie er einem wahnsinnigen kaiserlichen Gelage vorsitzt oder besser -liegt, für das nur wenige der etwa zweihundert Gäste einen großen Appetit zeigen. Man stelle sich den großen Saal der kaiserlichen Residenz auf dem Palatin vor (von dem das Wort Palast kommt), die Säulen mit Blüten und Blättern verkleidet, schwere samitische Vorhänge schließen das grelle Mittagslicht aus und erwecken einen Anschein von Nacht (der Imperator ist mächtig: er hat die Sonne bezwungen) und Tausende von Lampen qualmen von dem mit Ambergris verfeinerten Öl. Eine grinsende Statue des Gaius, genauer gesagt ein muskulöser Mars mit Gaius' Kopf, ist in der Mitte dieses Marmorfeldes wie im Triumph bekränzt, aber es gibt da auch weniger kunstsinnige Beispiele der Bildhauerkunst, alle von zotiger Erotik: ein Esel stößt einem schreienden Knaben sein Glied in das *antrum amoris*; zwei fette nackte Weiber, die sich wie die Fische im Tierkreis Kopf an Fuß beiliegen, lutschen einander die Vulva; ein jungfräuliches Mädchen würgt am Phallus eines lachenden Priap; die Göttin Venus, des Gaius' Kopf halb unter einer Flut von steinernem Haar verborgen, wird von einem gaisierten Jupiter begattet. Auf diese riesige Marmortafel, C-förmig für Caligula, sind alexandrinische Bilder mit Feinheiten aus alexandrinischen Bordellen wie zufällige Süßigkeiten hingestreut – Kopulationen mit Hunden und Ziegen, mit frisch Enthaupteten, mit halb verwesten Körpern und weiteren Ungeheuerlichkeiten, bei denen mich so sehr das Würgen ankommt, daß ich es unterlassen möchte, sie alle aufzuführen. Das aufgetragene Essen würde schon allein vom Anblick, geschweige denn vom Kosten, jeden vernünftigen Menschen zu dem Gelübde veranlassen, künftighin sich allein von Brot und Wasser zu nähren. Nichts ist so, wie es sich gibt. Hundescheiße und Pferdeäpfel wurden zum aussehen delikater Kuchen mit silbernem Zuckerguß geformt. Geschmortes bleiches Kalbfleisch wurde zur Gestalt menschlicher Hände modelliert. Denkbar, daß sich menschliche Hände, zusammen mit eher gewöhnlichem Fleisch, mitten in riesigen dampfenden Pasteten versteckt finden. Gebrühte Krebse kriechen am Bild eines Gekreuzigten hoch. Gerollte Fleischstücke geben sich plump als phallisch. Spanferkel werden natürlich von anderen Spanferkeln bestiegen. Ermüdend, sehr ermüdend. Auch dem schlüpfrigsten Einfallsreichtum sind Grenzen gesetzt. Hie und da mag ein Gast ein ganz banales schlichtes Gericht entdecken, aber er kann nicht sicher wissen, welcher plötzliche kleine Schrecken in den Tiefen einer Gebäckmischung lauern kann. Das Brot ist vergoldet, aber es schmeckt wie Brot. Auf Gaius' Tischseite wird der Wein aus kleinen goldenen Nachttöpfen gereicht. Er lehnt sich zurück; schon zu Beginn des Festmahls ist er beschwipst. Mit ihm auf der Couch befindet sich seine Schwester Drusilla (die er schon als Jugendlicher schändete und die er dann, als sie mit dem Konsul Lucius Cassius Longinus verheiratet war, offen entführte), während die Kaiserin Ennia Naevia (die er dem Macro, Kommandant der Prätorianergarde, weggenommen hat) schmachvoll allein am unteren Ende der Tafel plaziert ist. Lollia Paulina, sternstrahlend mit Juwelen behangen, Gemahlin des Gaius Memmius, eines Statthalters im Konsulsrang, der nicht anwesend ist, ist dabei. Ihr ist durch ein kaiserliches Edikt untersagt, jemals wieder mit einem anderen Mann zu schlafen, obwohl sie verstoßen ist. Gaius gegenüber sitzt aufgedunsen und verdrießlich Herodes Agrippa. Gaius sagt zu ihm: »Du bist doch nie zufrieden!«

Herodes Agrippa ist frech genug, um zu sagen: »Ein Imperator sollte seine Versprechen halten.« Gaius sagt ohne drohenden Unterton: »Erzähl *diesem* Imperator bloß nicht, was er tun sollte und was nicht. Zum Kaiser macht einen die vollkommene Freiheit, die dazugehört. *Vollkommen.* Und dazu gehört auch die Freiheit, Versprechen nicht zu halten. Sei zufrieden mit dem, was du hast, König Herodes der Kleine.«

Was Herodes Agrippa besitzt, ist der Titel König und die Tetrarchien im südlichen Syrien, die einst Philippus und Lysanias gehörten, sowie das neuverliehene Gebiet, das Galiläa und Peräa einschließt, das einst der Herrschaftsbereich seines Onkels Antipater war, der jetzt, durch einen zufälligen Gebrauch des Schreibstifts, von Gaius entthront ist. Aber Herodes Agrippa sagt:

»Mein Thron sollte in Jerusalem sein.«

»Sei doch nicht so fad«, sagt Gaius. »Judäa bleibt römische Provinz unter römischer Herrschaft. Sagt der Senat, und manchmal höre ich auf den Senat. Oder etwa nicht, Onkel Claudius?«

Claudius sitzt ein gutes Stück weiter unten an der Tafel: sitzt, sage ich, weil er zu angespannt ist, um sich zurückzulehnen. Er ist in mittleren Jahren, sein voller Haarschopf ist vorzeitig weiß geworden. Er nickt auf die Frage seines Neffen.

»Oder etwa nicht, Onkel Claudius?«

»Gelegentlich.«

»Unterhalte uns, Onkel Claudius. Steh auf und sag ein wenig Dichtung auf. Ein bißchen Quintus Horatius Flaccus.«

Also stellt sich der zitternde Claudius so gut er kann hin – seine Liege steht nämlich senkrecht gegen den Tisch – und bringt Folgendes heraus:

»Ppppone sub cccccurru nimium pppppropinqui...«

»Setzen, du alter Depp«, schreit der Kaiser. »Mein Freund König Herodes Agrippa der Kleine wird uns mit ein wenig hebräischer Poesie erfreuen. Nicht wahr, Euer Majestät?«

»Unsere gesamte hebräische Poesie ist heilig, Caesar. Die Psalmen Davids dürfen nicht zu Krebsen und Spanferkeln gesprochen werden.«

»Warum sind alle so *fad*? Warum so *verdrießlich*? Warum verstummen die Musiker? Aufidius«, sagt Gaius zu dem fast nackten Freigelassenen, der immer hinter ihm steht, »peitsch diesen Bläsern und Trommlern Leben ein.« Aufidius führt immer eine Peitsche mit sich, die kaiserliche Peitsche. Vielschwänzig ist sie, sie läuft in Bleikügelchen aus und der Griff ist aus keuschestem Elfenbein. Die Spieler hören die Drohung und stimmen, obwohl sie erst vor drei Sekunden ihr letztes Stück beschlossen hatten, einen Marsch parthischer Herkunft an. Vier Flöten, eine zwanzigsaitige Harfe, eine trauernde Schalmei und eine Anzahl Kalbsfelltrommeln, die teils angeschlagen, teils getrommelt werde.

Wir, in unserer sicheren Unsichtbarkeit, sehen vielleicht mitleidig und etwas verächtlich auf den großen Halbkreis der Gäste, die im Essen stochern, sparsam trinken und um ihr Leben fürchten. Ist das Leben ein so großes Geschenk, daß man/frau in solcher Erniedrigung zu Füßen eines verrückten Kaisers feiern muß? Nicht einer von ihnen ist besser dran als die Sklaven, die mit neuen Gerichten hereintrippeln, oder die Prätorianer, die in festtäglichen Umhängen, die ihre prophylaktischen Dolchen verbergen (könnte nicht ein Verrückter hereinstürzen, um einen verrückten Kaiser umzubringen?) wachsam am marmornen Aufgang stehen, der zur großen Vorhalle hinunterführt, oder den Flur besetzen, der die Speisehalle mit den kaiserlichen Küchen verbindet. Einige dieser Soldaten erinnern sich an das eine Mal, da sie, ebenfalls in aller Öffentlichkeit, Befehl erhielten, sich auszuziehen und aufzustellen, um die kaiserliche Person zu bumsen. Das erste Bumsen war genug. Der Imperator schrie beim dritten und vierten Stoß und rief, man würde ihn umbringen. Aber das Bumsen geschah auf Befehl, wie der Oberzenturio betonte, und eine Bestrafung des stoßenden Wachmannes käme nicht in Frage. Ja, na gut, aber daß mir das nicht wieder vorkommt! Dieser Sklave hat einen unehrerbietigen Zug um den Mund. Peitsch ihn, peitsch ihn, Aufidius. Der Oberzenturio war, und ist immer noch, Marcus Julius Tranqillus, der wieder um Versetzung zu einer kämpfenden Legion eingekommen ist, und dessen Ersuchen abgewiesen wurde. Laßt mich das alles jetzt in die Vergangenheitsform stoßen (haha). Es ist vorbei, schon längst geschehen; es gehört der Vergangenheit an.

Marcus Julius Tranquillus war, wenn auch auf wirre Weise, sehr vom Aussehen eines palästinensischen Mädchen eingenommen, das die Gerichte vom offenen Feuer und den Öfen zur Anrichte brachte. Sie sah gut aus, aber, wichtiger noch, sie hatte sich nicht unterworfen. Sie trug sozusagen kein Fußkettchen der Sklaverei an ihrem ungebärdigen Willen. Sie fühlte für die lärmenden Köche und die verängstigten Laffen, denen sie aufwartete, gleichermaßen Verachtung. Dennoch war sie überaus zärtlich in ihrer Besorgtheit um ein anderes Palästinensermädchen, ihr ähnlich, jünger, furchtsam, vollkommen unterworfen. Diese gekettete Mitsklavin schien ihre Schwester zu sein. Marcus Julius verstand die Sprache nicht, in der sie sich unterhielten, aber er begriff den Austausch reizender exotischer Namen – Ruth, Sara, kurz wie Vogelrufe. Die Ältere war Sara. Sie trug grauen Sklavendrillich und darüber, zynisch genug, eine Schürze. Ruth, die jüngere, war als Aufwärterin mit den silbrigen Sandalen, einem bis zu den Knöcheln reichenden Kittel, der die dünnen braunen Arme freiließ, angemessener gekleidet. Das Haar trug sie in einem Reif. Marcus Julius wurde, wie jetzt mir beim Berichten, schlecht von dem Gegenstand, einem offenbar genießbaren, den Ruth zur Tafel zu bringen hatte. Er hatte das Aussehen eines Menschenkopfes, war aus irgendeiner Pastete geformt und mit Jupiter weiß was gefüllt. Hartgekochte Eier mit eingesetzten Trauben galten für die Augen, das Haar war aus Zuckerfäden und das Ganze wurde in einer Fruchtsoße serviert, die wie Blut aussah. Alles in allem wurden zwölf von diesen Monstren aufgetragen, und alle Gesichter waren verschieden: ein oder zwei kamen Marcus Julius bekannt vor – das war bestimmt Cremutius Cordus und das die Lollia Paulina. »Wenn«, sagte Gaius, »ihr euren Imperator nicht unterhalten wollt, muß euer Imperator eben *euch* unterhalten. die kaiserliche Peitsche, Aufidius.«

Er ergriff die Peitsche in dem Moment, da sich das Mädchen Ruth mit dem schwimmenden Pastetenkopf nervös der Tafel näherte. Gutgelaunt und nicht ungeschickt ließ Gaius die Peitsche fliegen und trepanierte den Schädel. Es gab einen Erguß von etwas, das wie dicker brauner Pudding aussah, und der kleckerte über drei würdige Senatoren. Gaius schlug ein hohes Lachen auf; einige Gäste lachten auch, aber eher verhalten. Die erschrockene Ruth ließ das Gericht fallen. Ließ es fallen. Platschte Kopf und blutrote Soße und eine schwere Silberschale auf den Marmorboden. Gaius war sehr zuvorkommen, als er sagte: »Täppisch, täppisch. Woher bist du, mein Täubchen?« Das Mädchen verstand nicht. Herodes Agrippa übersetzte.

»*Ayeh?*«, wiederholte sie, und dann, lateinisch, »Judäa.«

»Jüdisch«, sagte Caligula, »aber keine von deinen Untertanen, herzallerliebster Herodes Agrippa. Sag doch, Euer Majestät, wie war der Name deiner Großmutter?«

»Salome.«

»Dacht' ich mir. Eine Tänzerin, oder?«

»Das war eine andere Salome – die Stieftocher meines Onkels.«

»Sie tanzte nackt, oder?«

»Nun, wie man so sagt...«

»Und sie bekam einen Preis für ihren Tanz?«

»Den Kopf von...«

»Ja, den Kopf von irgend jemand. Eine fürstliche Unterhaltung. Tanze, mein Mädel. Wessen Kopf soll es sein? Entscheiden wir dann. Tanz, mein Mädel. Musik.«

Die Trommeln erdröhnten in vielfältigen Rhythmen. Die Flötisten wußten nicht so recht, was sie spielen sollten. Die Schalmei begann zu zwitschern. Ruth bestürzt. »*Rikud*«, sagte Herodes Agrippa. Gaius stieg über die Lehnen seiner Liege und erwartete das Mädchen am offenen Mund des Tafel-Cs.

»*Rikud*, wie es Seine Majestät befahlen. Tanz.« Und er peitschte sie dazu. Tränenüberströmt und unsicher bewegte sie steife Glieder. »Schneller, Mädel. Schneller.« Er trat zurück, um ihr und auch seiner Peitsche mehr Platz zu geben. Er schlug zu.

Sara sah es von der Anrichte aus. Sie ging zu den Fleischhauern hinüber und packte ein Messer. Marcus Julius stand bereit. Er nahm es ihr ab. «Nein«, sagte er. »Es hat keinen Zweck.« Ihre Wildheit war erstaunlich. Ihre Augen erleuchteten den Schauplatz, ihr Mund brachte kehlige Knurrlaute hervur. »Nicht«, sagte er und hielt sie fest. »Wir leben im Wahnsinn, da ist nichts zu machen.« Gefährliche Worte für einen Bediensteten von Caesar.

»Tanze, Salome. Oh, ich verstehe. Dein Gewand hemmt dich.« Gaius peitschte ihr säuberlich den oberen Teil ihrer Bekleidung weg. Sie kreischte auf, eher aus Scham denn aus Schmerz, mit den Armen schützte sie die Brüste mehr vor den Augen als vor der Peitsche.

»Tanze, Salome. So wie ich.« Gaius drehte sich schwerfällig um sich selbst; er rief: »Applaus, Applaus! *Plaudite!*« Schwaches Klatschen kam auf. »Tanz, Mädel.«

»*Lo,lo*«, heulte sie.

»Also gut. Ich werde dir das Tanzen beibringen.« Er peitschte sie über den Boden. Sie bestand nur mehr aus Fetzen und Striemen. Marcus Julius war stark, aber bald mußte er fürchten, nicht stark genug zu sein. Das Mädchen in seinen Armen tobte wie eine Löwin im Fangnetz; wie das Tier biß sie an ihren Fesseln, den gespannten Muskeln von Marcus Julius.

»Du kannst nichts ausrichten«, wollte er rufen, statt dessen stieß er bei dem plötzlichen Schmerz und dem strömenden Blut eine römische Zote aus. Er drängte sie in die Sicherheit der siedenden Küche. Der kaiserliche Verpflegungsoffizier, ein griechischer Eunuch, sah sein Reich von einem Soldaten überfallen, der ein um sich schlagendes Mädchen gepackt hielt, und quiekte protestantisch. »Aus dem Weg«, bellte Marcus Julius. Dann, als der höhnische Römer die Oberhand gewann, sagte er mit steifer Vernünftigkeit: »Die Schwester des Mädchens wird zu Tode gepeitscht. Gehört zur kaiserlichen Unterhaltung.«

Ruth lag jetzt sehr still am Boden, noch nicht ganz tot, Striemen,

Blut, zerfetzte Kleider. Gaius reichte die kaiserliche Peitsche an ihren Hüter zurück und sagte: »Jetzt meine liebe Salome, sollst du einen abgehauenen Kopf als Belohnung für den schönen Tanz erhalten. Wessen Kopf soll es sein? Von wem? Von wem? Auswahl ist doch was Fades. Von wem? Ah, *deiner*.« Er meinte einen alten Senator, der alles mitgemacht hatte und jetzt im Ruhestand ein Schüler der stoischen Philosophie war. Er war überrascht, als er sich auf der Gästeliste fand, wahrscheinlich ein Versehen, vielleicht war sein jüngerer Bruder, jetzt in Mytilene im Exil, gemeint, aber die Gästeliste war eine sehr beliebige Aufstellung. Während der Auspeitschung des armen Sklavenmädchens hatte er versucht, in sich eine kalte stoische Haltung zu erwecken: das Leben ist böse, wir können es nicht ändern; Mitleid zu zeigen, würde noch mehr Böses hervorbringen. Früher hatte er sich Gedanken über das Wesen der unumschränkten Gewalt gemacht: keine Gewalt kann absolut sein, wenn sie sich allein im Ausüben des Bösen manifestiert, denn da hätte eine selbstauferlegte Einschränkung der Wahlfreiheit stattgefunden; indem er zu einem Vertreter des Bösen geworden war, hatte der Imperator Gaius seine eigene Freiheit verpfändet und war damit um keinen Deut besser als ein Sklave. »Wann soll es sein, du, wer du auch bist?«, bellte Gaius. »Am Ende des Gelages? Oder gleich jetzt, als Krönung unserer Unterhaltung?« Der alte Senator zeigte keine Furcht. Er hob seinen Becher an die Lippen und trank dem Kaiser unbewegten Gesichts zu. Worauf der Kaiser sagte: »Ach, mir ist so *langweilig*.« Die Langeweile verpfändeter Wahlfreiheit, sagte sich der alte Senator. »Du«, sagte Gaius plötzlich und deutete auf einen jungen Offizier der Stadtregierung, der schützend eine ansehnliche junge Frau umfing, die schlichtes Leinen und einen sehr kunstfertigen Kopfschmuck in Gestalt eines dicht besetzten Drosselnestes trug, den sie von ihrer toten Mutter geerbt hatte. »Du – nimm deine Pfoten von meiner Frau.«

»Mit Verlaub, Caesar«, sagte der junge Mann tapfer, »sie ist *meine* Frau.«

»Oh, das kann sie morgen wieder sein, falls ihr die Götter – ich meine: der Gott – sie freundlicherweise leben läßt. Aber heut nacht gehört sie mir.« Grinsend schritt er auf die junge Frau zu, die eher eine Braut als eine Ehefrau war. Sie durfte nicht zu schreien wagen, auch ihr Gemahl nicht, der den schützenden Arm enger zog. Gaius, mit der flinken Unbeständigkeit eines Hundes, schien das Interesse an ihr schon zu verlieren. »Ich habe vergessen, wer es war, den wir enthaupten wollten. Macht nichts«, lächelte er den jungen Mann gewinnend an. »*Du* bist gut genug.« Mit den Fingern schnalzte er nach der Wache und rief: »Das Gelage ist vorbei. Dank für euer Kommen.«

Laßt uns aber jetzt angenehmere Luft atmen, obwohl die Jerusalemer Luft gewissermaßen gebacken ist; das Fleisch der Stadt siedet unter einer heißen Kruste, und diese Pastete ist brutal gewürzt mit dem Geruch von Kamelmist und ungewaschenen Menschen. Wir sind nur in der Stadt, um zu beobachten, wie sie von bestimmten Personen verlassen wird. Saulus befindet sich mit einer vierköpfigen Truppe, darunter seinem Schulfreund Seth, auf dem Markt, um dort etwas Obst für die Reise nach Damaskus einzukaufen. Der Grieche Phillippus ist Saulus' letzter aufsehenerregender Razzia unter jüdisch-hellenischen Nazarenern ausgekommen und bereits auf seinem Weg nach Gaza. In ein, zwei Tagen wird er einen Mann treffen, den im Augenblick Saulus und seine Begleiter neugierig anschauen. Der Mann ist groß, sehr schwarz, apart nach der äthiopischen Mode gekleidet und er reist in einem Planwagen, den zwei Braune ziehen. Er hat einen Lenker in aufwendiger Livree, der ebenso schwarz wie er ist, und dieser Lenker zögert nicht, von seiner Peitsche Gebrauch zu machen, um sich einen Weg durch die glotzende Menge zu bahnen. Der Äthiopier, wenn es einer ist, kümmert sich nicht im geringsten um seine Umgebung. Er hat eine Schriftrolle, die er, wie es damals Sitte war, laut liest. Auch jetzt noch sind es erst wenige, die das Lesen als stillschweigende Tätigkeit betrachten. Saulus schnappt ein paar Wörter auf. Griechisch. Er hört einen ganzen Satz: *Wie ein Schaf ward er zur Schlachtbank geführt; wie ein Lamm, das vor dem Scherer verstummt* – Saulus sagt scherzend zu Seth: »Also einer aus dem schwarzen Stamm liest den Propheten Jesaja. Man sieht, wie sich das heilige Wort ausbreiten wird. Los. Noch zehn Meilen bis Sonnenuntergang.«

Philippus war auf einer Straße, die der von Saulus und seiner Eskorte entgegengesetzt war. Er war auf dem Weg nach Gaza und hatte eine verwanzte Nacht in Eleutheropolis verbracht. Das Gaza, nach dem er unterwegs war, war, anders als Petrus gesagt hatte, nicht die Stadt, in der der blinde Samson, während er von alten kreisrichterlichen Urteilen träumte und das Nachwachsen seiner geschorenen Haare abwartete, unter der Peitsche Getreide für die Philister zerstoßen hatte. Diese Stadt war ein Jahrhundert vor Jesu Geburt von dem Hasmonäerkönig Alexander Jannaeus zerstört worden. Noch immer waren ihre Ruinen zu sehen; Schlangen und

Eidechsen hausten dort, und der Name Wüsten-Gaza war berechtigt. Es gab ein neues Gaza am Meer, das etwa dreißig Jahre nach der Schleifung des alten von Gabinius errichtet worden war. Es war dieses Gaza, auf das Philippus, das Haar fast weiß von Sonne und Staub, übellaunig hintrottete. Die Straße wie der Himmel leer. Nur in der Ferne ein paar rüttelnde Geier; sonst links und rechts nur Sand.

Als Philippus den Achterschritt von Hufen und das Knirschen von Rädern hinter sich hörte und im Umwenden eine Staubwolke sah, glaubte er zuerst, es sei, aufwendig mit den Beständen aus des Hohenpriesters eigenen Ställen ausgerüstet, Saulus auf einer Sondermission. Er zuckte mit den Achseln (das Spiel ist aus) und wartete am Straßenrand. Bald erreichte ihn der Wagen mit den beiden schnaubenden und stampfenden Braunen. Ein Schwarzer in Karmesin und Purpur grüßte Philippus freundlich auf griechisch, aber mit einer für seine Muskelmasse erstaunlichen Schrillheit. Sein rundes Gesicht glänzte von Schweiß und Freundlichkeit. Auf dem Kopf trug er eine scharlachrote Mütze, die kunstvoll mit Goldfäden durchwirkt war, und in seiner Hand war ein Fächer aus Pfauenfedern. Vor der Sonne schützte ihn ein weißer Leinenbaldachin. Auf den Knien lag eine geöffnete Schriftrolle. »Nach Gaza«, sagte Philippus. Er wurde eingeladen, in die Kutsche zu steigen und auf den gelben Kissen Platz zu nehmen. Schwarz aber nett. Philippus setzte sich lächelnd.

»Gaza liegt auf meinem Heimweg. Ich reise nach Napata in Äthiopien. Ich habe die heilige Stadt besucht.« Er winkte dem Lenker, und sie trabten weiter.

»Heilig«, sagte Philippus vorsichtig, »Aber doch bestimmt nicht für Euer Volk?« Der Text auf den Knien des Mannes war Griechisch. Philippus las: *Hos probaton epi sphagin ichthi...*

»Ihr kennt mein Volk?«

»Ich weiß, daß Euer König als Abkömmling der Sonne verehrt wird. Daß er zu heilig ist, als daß man ihm die Regentschaft erlauben könnte. Die Regierung liegt in den Händen der Königinmutter. Ihr Name ist immer der gleiche. Ich habe ihn vergessen.«

»Kandake. Immer Kandake. Mein Onkel hat der alten Kandake gedient, und ich diene der neuen. Er war Schatzmeister, und das bin auch ich. Mein Neffe wird mir ohne Zweifel darin folgen.«

»Ihr erweist mir große Ehre.« Und dann: »Demnach wird das Amt in Nebenlinie weitergegeben? Nicht vom Vater an den Sohn?«

Der Äthopier lachte, daß es wie ein Gewieher klang. »Der Schatzmeister muß immer Eunuch sein. Das wußtet ihr nicht? Hofbeamte dürfen sich nicht fortpflanzen und damit Dynastien bilden. Inzwischen aber verstehen wir unsere Neffen als Ersatzsöhne. Mein Neffe wurde bereits in der Erwartung kastriert, daß er mir nachfolgt. Er wird unfruchtbar wie ich, um einer unfruchtbaren Ware zu dienen. Oder wie Aristoteles sagt: Geld zeugt sich nicht fort.«

»Ihr scheint, der Schriftrolle nach, ein Kenner des Griechischen zu sein. Das sieht nach dem Propheten Jesaja aus.«

»Ich überlegte schon, ob Ihr nicht ein Edelmann wie ich wäret. Ihr seht aus wie ein Grieche. Und schon von ein paar Worten wißt Ihr, daß es sich um den Propheten Jesaja handelt.«

»Ich bin griechischer Jude und folge dem neuen Gesetz von Jesus dem Gesalbten. Ich gehe nach Gaza und von da nach Caesarea, um das Wort zu verbreiten.«

»In Jerusalem habe ich gesehen, wie der neue Weg verfolgt wird. Ich hielt ihn für eine Verfehlung am rechten Glauben.«

»Ihr betet den Sonnensprößling an und redet doch vom rechten Glauben? Die Überlieferung besagt, daß Ihr eins der Kinder von Ham seid, aus der Familie der Auserwählten ausgestoßen.«

»Ja nun«, sagte der Äthiopier und wedelte mit seinem Pfauenfederfächer. »Diese Lehre von der Heliolatrie gilt den meisten von uns als reine Gewohnheit. Wir sind ein altehrwürdiges Volk und keine Narren. Jude kann ich nicht sein, aber ich kann ein sogenannter gottesfürchtiger Nichtjude sein. Laut dreiundzwanzigstem Kapitel des Deuteronomium haben Verschnittene keinen Zutritt zur Gemeinschaft des Gläubigen. Aber Jesaja scheint eine Änderung zu versprechen.«

Philippus schloß seine Augen und zitierte: »›Den Verschnittenen, die meine Sabatte halten und an meinem Bund festhalten, denen will ich in meinem Tempel und meinen Mauern ein Denkmal und einen Namen geben, der besser ist als Söhne und Töchter.‹«

»Gut«, sagte der Äthiopier. »Ihr seid ein besserer Student als ich. Ich kennne nur wenig auswendig. Ich weiß jedoch, was mir die Priesters Eures Tempels in den Schädel gehämmert haben: ›Kein Entmannter und kein Verschnittener soll in die Gemeinde des Herrn kommen.‹ Sie behaupten, daß Jesaja nur phantasiert, und daß das strenge Gebot des Moses nicht aufgehoben werden kann.«

Philippus nahm die Schriftrolle von den Knien des Äthiopiers und sagte lächelnd: *»Ara ge ginoskeis ha anaginoskeis?«*

Der Äthiopier lachte und sagte: »Die griechische Sprache ist anmutig. Sie macht aus dem Wort *lesen* beinah das gleiche wie das Wort *verstehen*. Die lateinische Zunge zeigt fast diesselbe Anmut. *Intelligis quae legis?* Doch in meiner gröberen Sprache wäre es viel direkter: ›Verstehst du, was du liest?‹ Nun, meine Antwort ist einfach: Nein. Lies mir den Abschnitt vor, damit ich sehe, ob sich in deinem griechischen Mund mehr Sinn daraus ergibt.«

Also las ihm Philippus vor über den leidenden Diener. »›Er wurde gemartert und geschlagen und tat doch seinen Mund nicht auf. Wie ein Lamm wurde er zur Schlachtbank geführt, und wie ein Schaf, das vor dem Scherer verstummt, tat er seinen Mund nicht auf.‹«

»Wen meint er? Redet er von sich oder von jemand anderem?«

»Der Prophet«, sagte Philippus vorsichtig. »ist wirklich ein Prophet. Er spricht von jemand, der noch, zu angemessener Zeit, kommen wird. Aber jetzt ist er gekommen. Getötet, wie von Jesaja geweissagt, drei Tage verstummt im Grab, dann wieder lebendig, an seinem Körper die Male der Hinrichtung, um sich wahrhaft als der leidende Mensch zu zeigen, und doch auch der Sohn Gottes und ewiglebender Zeuge für – die Geschichte führte zu weit.«

»Zeit haben wir genug. Nichts hier außer der Wüste. Erzähle mir alles.«

Nordöstlich von Gaza war ein Wadi. Im Sonnenuntergang spielten Kinder darin, Frauen füllten ihre Krüge mit Wasser, während sie in den ersterbenden Glanz blinzelten. Überrascht sahen sie einen jungen Mann mit Haaren wie Flammen und einen starken schwarzen Mann in feiner Kleidung, die einer von zwei Braunen gezogenen Kutsche wie aus dem Sonnenuntergang entstiegen, und zusammen zur Wasserstelle hinuntergingen. Sie hatten die Worte nicht gehört, die gesprochen worden waren, bevor die Zügel angezogen wurden und die Räder knirschten: »Hier ist Wasser. Was hindert's, daß ich hier und jetzt getauft werde?«

»Wenn du von ganzem Herzen glaubst, steht dem nichts entgegen.«

»Ich glaube, daß Jesus Christus der Sohn Gottes ist.«

Philippus taufte durch Besprengen statt durch Eintauchen und murmelte die feierlichen Worte. Danach nahm der Äthiopier, jetzt Nazarener, seine Reise zum ersten Nilkatarakt wieder auf, und Philippus wanderte weiter nach Gaza. Es schien beiden nur angemessen, sich jetzt zu trennen. Sie wollten nicht durch Gespräche, Gebete oder eine Auslegung des Jesaja einen Abfall ihrer Stimmung haben. Beider Herzen waren voll. Doch in jener Nacht erwachte Philippus in einer elenden Herberge in Gaza aus einem tiefen Schlaf und krampfte seine Hand um einen Schmerz in der Hüfte. Hatte er richtig gehandelt? Dieser sacklose Mann war unbeschnitten, in zwei Punkten nicht würdig, wie das Deuteronomium sagte (und beide hatten mit den Genitalien zu tun), in die Gemeinschaft der Glaubenden aufgenommen zu werden. Christus war gekommen, um Israel freizukaufen, nicht Äthiopien. Dennoch: die Beschneidung zur Voraussetzung der Taufe zu machen – hieß das nicht bitteren Scherz treiben mit jemand, der das Messer eines mehr fordernden, aber gewiß weniger geistigen Bundes gekannt hatte? Los, schneid doch gleich alles ab, wenn du schon dabei bist. Und warum hatte Gott verkündet, daß das Abschnippeln der Vorhaut, und nicht etwa der Spitze des Ohrläppchens, Aufnahmebedingung für die Armee der Auserwählten sein sollte? Weil die Vorhaut den Zeugungsbaum behütet, und die menschliche Fortpflanzung der Mond war, der das Sonnenlicht der göttlichen Schöpfung widerspiegelte. Dieser Beschnittene aus Meroe, auf der Reise nach Napata (und Philippus hatte bereits den Namen vergessen, den er während der Taufzeremonie gemurmelt hatte), besaß keinen Zeugungsbaum, sondern nur mehr ein schlaffes Stück Leitung für das Beseiteschaffen von körperlichem Abfall, nicht einmal wert des Bundesschwertes. Unbeschnitten, unbeschneidbar, damit untaufbar? Als er sich auf seiner Mission nach Norden von Stadt zu Stadt schleppte, erwartete Philippus beinahe eine Geste des Mißfallens von Gott, einen Blitz für den Blasphemiker (denn das Ausführen einer gewiß inhaltslosen Zeremonie war – gewiß – Blasphemie?), doch Gott tat nicht mehr als das, was er sonst auch tat. Er zerrte also die Sonne in den Zenit und ließ sie dann langsam hinunterrutschen, er ließ das Gras mit der Geschwindigkeit eines Fingernagels wachsen (den er auch wachsen ließ), tötete einige und erlaubte anderen zu leben.

Als Philippus Caesarea erreichte, war er fast zu dem Schwur entschlossen, seinen Fuß nie mehr nach Jerusalem hinein zu setzen, außer vermummt und anonym für das Passahfest, weil er es nicht wagte, dem Führer der Nazarener diese Frage vorzulegen. Er wußte nicht, daß später manche die Taufe eines unbeschnittenen äthiopischen Eunuchen als Gottes ersten Atemzug aus einem Schwall von leisem Gelächter sehen würden. Denn die Söhne von Ham und Japhet sollten ihren Teil am väterlichen Erbe der Söhne Sems haben, und viele Sem-Söhne mußt ausgeschlossen werden. Es war kein Zufall, daß Saulus, einen Tag oder zwei nach Philippus' wie zufälliger Begegnung mit dem schwarzen Eunuchen, eine epileptische Offenbarung erleiden, und daß etwa einen Monat später Petrus einen erschreckenden Traum über Speisen haben sollte.

In Caesarea heiratete Philippus eine seiner Konvertiten, ein Mädchen namens Deborah, deren Vater Schiffhöker war. Auch Philippus ging in dieses Gewerbe und predigte das Wort nicht nur in seiner Freizeit. Gott verweigerte ihm Söhne, schenkte ihm aber vier Töchter mit schwarzen zusammengewachsenen Brauen. Sie alle wurden höchst redselige Vertreter des neuen Weges.

Ungefähr drei Meilen vor Damaskus hatte einer aus der Eskorte des Saulus, ein finsterer drahtiger Mann namens Esra, einen sehr lebensnahen Traum, in dem ihm ein Engel des Herrn mitteilte, daß syrische Soldaten des römischen Landpflegers seine Frau und seine Tochter schänden würden, und er besser nach Jerusalem zurückeile, um den Greueltaten zuvorzukommen. Erregt schilderte er Saulus den Traum, der aber nickte und nickte ungeduldig beim morgendlichen Brotbrechen in der muffligen Herberge. Er sagte: »Mit dem Herzen bist du ja nicht bei dieser Mission.«

»Sie hätten uns Pferde geben sollen oder Kamele«, sagte ein anderer, Enoch, der den ganzen vorigen Tag aufdringlich gehumpelt hatte. »Das ist keine Herzenssache, sondern eine der Füße.«

»Ich habe die Stimme deutlich wie das Zirpen einer Heuschrecke gehört. *Kehr um, denn die Heiden werden Samen pfeilgerade in die Gefäße der Auserwählten schießen.*«

Saulus sagte: »Ihr drei habt gemurrt, seit wir aus Jerusalem heraus sind. Seth und ich werden in Damaskus zweifellos richtige Juden finden. Männer, die mit dem Herzen bei der Arbeit der Verfolgung sind. Ihr drei könnt umkehren, wenn es mich auch stutzig macht, daß ihr gerade jetzt zurück wollt, wo wir schon so weit sind.«

»Man hatte uns aufgetragen, dich unversehrt nach Damaskus zu bringen, weil du Feinde hast, die in den Büschen lauern könnten – viel Büsche sehe ich allerdings nicht. Jedenfalls liegt dort vorn Damaskus und flimmert im Hitzedunst. Wir haben unsere Mission erfüllt.« Das sagte Jethro, ein langgesichtiger Mann, dem die Fliegen zusetzten.

»Mir hat man eure Mission anders dargestellt«, sagte Saulus. »Aber egal, kehrt um. Enoch humpelt, aber Jethro wird ihn stützen. Jethro, du hast ein Gesicht, von dem auf der ganzen Fahrt die Milch sauer würde. Esra, du machst dich besser auf die Socken.« Und er und Seth kehrten den dreien den Rücken und gingen guter Dinge weiter in Richtung Damaskus.

Keiner der beiden war vorher in der Stadt gewesen, doch hatte der Priester Sera Saulus in groben Zügen Geschichte und Gegenwart dargestellt. Die Stadt war sehr alt, sie war die Hauptstadt des grausamen aramäischen Königreiches gewesen, bis die Assyrer sie vor ungefähr achthundert Jahren unterworfen hatten. Seit der Zeit von Julius Caesar gehörte sie zur römischen Provinz Syrien, aber die Römer überließen die Herrschaft über die Stadt mehr oder weniger dem König der nabatäischen Araber, dessen Reich sich vom Golf von Akaba bis in die Umgegend von Damaskus erstreckte, der aber wegen der großen Zahl nabatäischstämmiger Bürger in der Stadt darauf bestand, daß er dort die vollen Rechte eines Souveräns besitze. Die Römer bestritten diesen Anspruch nicht ernsthaft, sondern zeigten hin und wieder einen neu aufpolierten Adler und verlangten freundlich den Tribut. Manchmal waren die Römer so. Sera hatte Saulus gegenüber besonders hervorgehoben, daß es mit einem von Gott verliehenen Recht geschehe, wenn er, Saulus, unter den Damaszener Juden die nazarenischen Ketzer aushebe und foltere, weil er ein Bevollmächtigter des Hohenpriesters wäre. In Wahrheit aber ermöglichte es ein Vertrag zwischen Römern und Juden aus alten Hasmonäerzeiten, daß der Hohepriester in Jerusalem bei palästinensischen Gesetzesbrechern, die Zuflucht in anderen römischen Gebieten gesucht hatten, das Recht auf Auslieferung beanspruchen konnte. Die Römer hatten ungefähr eineinhalb Jahrhunderte vor Jesu Geburt den Ptolemäer Euergetes II. von Ägypten und andere Verbündete in Asien angewiesen, alle solchen Straffälligen der Rechtssprechung des Hohenpriesters, damals war es Simon, zu übergeben, und dieses Privileg war neu bestätigt worden von Juliiiiiiiiiii

Seth fielen im ersten Schreck über den hohen Schrei fast die Ohren ab, dazu das plötzliche Hervortreten von Schaum auf den Lippen, und dann stürzte Saulus auf die mittägliche staubige Straße. Fallsucht. Er sah, daß sich der offene Mund bald schließen und die Zähne die Zunge abbeißen würden, deshalb warf er sich auf die Knie und steckte den dünnen Stock, den er trug, quer in Saulus' Mund, so daß Saulus das komische Aussehen eines Hundes bekam, den die Tollwut befällt, während er seinem Herrn einen weggeschleuderten Prügel apportiert. Wie in einem unruhigen Schlaf warf sich Saulus hin und her, aber die Enden des Stockes beschränkten die Rollerei. Bald war er ruhig, die Augen geschlossen, den Stock in festen Zähnen: so schnarchte er und wenn er nicht schnarchte, stöhnte er. *Gott steh uns bei* brummelte Seth immer wieder mit Besorgnis, aber auch mit einer gewissen Erleichterung, weil Saulus das, wenn er wieder zu sich kam, als Zeichen vom Himmel nehmen könnte, daß er seine Verfolgungstätigkeit aussetzen könnte, mit der Seth nur immer bedingt einverstanden gewesen war. Zu oft ging er zu weit, und es war genaugenommen ein bißchen ungehörig, in einer fremden Stadt, wo man keinerlei Wohnrecht beanspruchen konnte und einem nicht einmal Grundbegriffe von Topographie, Sitten und Gebräuchen oder dem Zivilrecht geläufig waren, abweichlerische Juden aus ihren Betten zu zerren. Seth empfand das als reichlich peinlichen Auftrag, aber es war seine Bewunderung für Saulus' Entschlossenheit, die ihn, abgesehen von seiner Frömmigkeit, ein wenig zögerlich die Einladung hatte annehmen lassen (aus der, hätte er sie ausgeschlagen, leicht ein Befehl hätte werden können), ihm dabei zu helfen, jüdische Nazarener nach Jerusalem zu schleppen, um dort in einem bereits mit anderen klagenden Abweichlern überfüllten Lager ihr Verbrechen zu untersuchen.

Als Saulus zu sich kam, sagte er nichts: Seine ganze Aufmerksamkeit galt den Nachwehen des Anfalls, den er offenbar kaum zu fassen vermochte. Seine Augen waren leblos wie Kiesel. Sie rotierten, als wäre ihnen die Sehfähigkeit genommen worden, um sie wie im Spiel in diesem oder jenem Abschnitt des grausamen Mittagshimmels zu verstecken, von wo sie leicht wieder zurückgeholt werden könnte. Seth sagte: »Saulus, Saulus, was ist mit dir?« Ein Stock fiel Saulus aus dem Mund.

»Hast du's gehört? Er hat mich umnachtet. Hilf mir aufstehen.« Stehend drehte er sich unbeholfen um sich selbst, so als versteckte sich derjenige, der ihm die Augen zuhielt spielerisch immer genau hinter ihm. »Nichts gesehen? Nichts gehört?«

»Schreien hörte ich dich und dann sah ich dich stürzen. Ein Anfall der Fallsucht.«

»Es blitzte und donnerte, und eine Stimme sagte *Sha'ul Sha'ul ma 'att radephinni?«*

»Sie sprach Aramäisch?«

»Und aramäisch sagte sie etwas über Roß und Reiter. Gott hält die Zügel und er drückte die Sporen rein. Du mußt mich führen, Seth.«

»Nach Jerusalem?«

»Nach Damaskus.«

»Bestimmt?«

»Die Stimme sagte Damaskus.«

»Gut, also, wenn ich den Gürtel meines Gewandes an den deinen binde...« Seth tat es mit zitternden Fingern. »Vielleicht hält die Blindheit ja nicht an. Wahrscheinlich ist sie nur Teil der Fallsucht.«

Geführt an einer straffen Kordel wie ein Hund an der Leine, sah Saulus in vollkommener Finsternis wie in einem außerirdischen Sonnenlicht die Zimmer und Flure seines eigenen Gehirns. Es war dasselbe Gehirn wie zuvor, doch hallte die Stimme noch immer nach. Das Wissen war dasselbe wie auch die angestaute Wildheit, aber dieses Wissen wurden sozusagen aus neuer Sicht geführt, die nie geschautes Licht und ebenso neuen Schatten warf. Die Wildheit diente nach wie vor der Vernichtung großer Irrtümer, aber die Irrtümer hatten sich geändert. Er war alles, was er schon immer gewesen war, nur daß er jetzt für das eintreten mußte, was er bisher verfolgt hatte (die Stimme hatte diese Anklage mit einer Art Freude gedonnert), und doch bemerkte er jetzt, daß die Verfolgungswut immer eine Glaubenswut gewesen war. Immer schon hat er gewußt, daß ein Kompromiß unmöglich war, und daß er der Hauptvertreter von Stephanus' blutiger Zeugenschaft gegen den Kompromiß gewesen war. Er war derselbe Mann, der er immer gewesen war, und er bemerkte, daß die Blindheit die Binde in einem Spiel war, in dem er mehrmals herumgedreht wurde, um schließlich, sehend, der Welt mit einer neuen Sichtweise gegenüberzutreten. Dieselbe Welt, und er, der sie sah, derselbe, aber das Licht verändert. Der Gott des neuen Glaubens wollte den Zeloten des alten, aber die Sache hatte sich mit einem Schnippen des göttlichen Daumens und Zeigefingers verändert. Und doch blieb in gewisser Weise die Sache dieselbe, denn zwischen dem Alten und dem Neuen gab es keine klare Trennung, das eine ging in das andere über.

Wie ein sanftmütiges Tier gezogen, wurde er durch das südliche Stadttor geführt. Er hörte den Lärm der Stadt – Räder, Händlergeschrei, Pferdeschnauben, Kamelgebrüll, Mädchen, die über den Blinden kicherten, ein Vogel, der nah an seiner rechten Seite in einem Käfig zwitscherte. »Wie sieht die Stadt aus?«

»Wie jede andere.«

»Wir müssen zum Hause des Judas. Auf der Straße, die die gerade heißt. Du mußt fragen, wo sie ist.«

»Die hier scheint ziemlich gerade. Erwartet er uns?«

»Ein Jerusalemer. Er hat Unterkunft für Leute aus Jerusalem.«

Saulus stolperte. Eine Katze oder ein anderes kleines Tier war ihm und seinem Führer zwischen die Beine geschossen. Kindisches Gelächter, als er stolperte. Seth schien die Kordel zu verkürzen, denn Saulus fühlte seine Masse und Wärme viel näher bei sich.

»Gehen wir nebeneinander«, sagte Saulus und mit vertrauensvoller Stimme rief er selbst in die Dunkelheit: »Das Haus des Judas auf der Straße, die die gerade heißt.« Judas der Flickschuster?, wollte jemand wissen. Und bald spürte Saulus Hitze und Lärm gegen Kühle und Ruhe vertauscht, abgesehen von dem fernen Klopfen eines Lehrlings vielleicht, der eine Sandale richtete, und der ruhigen Vorstellung, mit der Seth sich und seinen blinden Gefährten dem, er mußte es sein, Judas präsentierte; die Stille entsprach einem Krankenzimmer. Saulus war aber nicht krank, sondern nur blind und sehr müde. Behutsam wurde er, wie er dem Widerhall der Stimmen an den Wänden entnahm, in eine Zelle von einem Zimmer geführt und auf ein hartes Lager gebettet. Dort ahnte er voraus, daß Schlaf ein Teil des Verwandlungsaktes war; nur ein paar Sekunden Schläfrigkeit, bevor er in Morpheus' tiefe Höhle hinabsank.

Über die Träume des Saulus kann ich nur Vermutungen anstellen, aber sie müssen vielfältig und sehr vertrackt gewesen sein. Nehmen wir an, daß er den Tempel sah, dessen Hautportal ihm in der Dämmerung die innere Sicht benahm, und daß er sich dann anmutig auflöste, die Kanten zu den Bögen der menschlichen Gestalt verschmolzen und daß die menschliche Gestalt eine nackte und wohlgestaltete Frau war. Das Gesicht wurde nicht deutlich, aber die sinnlichen Umrisse der Hüften und Brüste erregten eine Begierde in ihm, die ihm, wenn sie auch nicht durch einen gesetzesmäßigen Vertrag über eine Verlobung geheiligt waren, insgesamt wohltuend, ja heilig vorkam. In seinem Traum wußte er, daß sein eigener Körper, der früher durch den Zelotenhaß so verkrampft war, sich zu einer Annahme seiner Funktionen entspannte, ohne daß er selbst durch die Furcht vor diesem Körper gehemmt gewesen wäre, die sein früheres Verhalten bestimmt hatte. Die Fallsucht, sagte ihm der Traum, würde nicht wieder auftreten, diese Krankheit sei der Protest des Körpers gegen die Starrheit der Muskeln wie des Glaubens gewesen. Was Gott getan hat, das war wohlgetan. Die menschliche Gestalt war ein Wunder an Handwerkskunst, und das gesamte menschliche Wahrnehmungsvermögen war zu kostbar, als daß man es in den Staub werfen dürfe. Gott war bereit, in ihm Quartier zu nehmen, und mit der Rückkehr in die Welt des reinen Geistes wollte er ihn durch Nerven und Blut verändert haben. Gott war als Mensch in den Himmel aufgefahren, seine menschliche Sensibilität war verfeinert, ja, aber mit dieser Sensibilität war er in eine neue Ordnung erhoben, für die es unter den Begriffen der hergebrachten Hierarchie keinen Namen gab. Als Mensch war Gott heimgekehrt, der Mensch würde ihm als Mensch folgen, nicht als Engel, denn Engel waren reiner Geist, aber im Fleisch verklärt zur, zur ... ein neues Wort mußte her. Heiligkeit?

Das Wort Liebe – *amor, agape, houb, ahavah, ai, upendo* – erfüllte den grimmig blauen Himmel über dem aufgelösten Tempel, der jetzt als flüssiges Gold und Elfenbein durch die Kanäle eines verklärten Jerusalem floß. Einige der Sprachen, in denen das Wort wiedergegeben war, kannte er nicht, aber seine Bedeutung überstieg alle Zufälligkeiten von Zunge und Zähnen. Liebe war die Verkündigung der Einheit in der göttlichen Schöpfung, in der der gesamte Mensch zu Hause war, wenn er es nur selbst wollte. Aber neu gesehen als Ziffer in Gottes Kosmos war Zuhause in seinem demütigtsten Sinn heilig und verlangte eine Liebe, die mehr war als nur Gewohnheit. Die Ameisen auf dem Steinboden, die mit einem Brotbrösel, auf dem Honig klebt, wegziehen, der Lichteinfall vom Fenster her, die Stäubchen im Sonnenstrahl, der alte Straßensänger mit der brüchigen Stimme, der täglich am Haus seiner Schwester vorüberging, die braune Maus, die aus ihrer Ritze lugte – all das war Teil der Einheit. Wenn er das Wort ›ein‹ hörte – *ene, wahid, echad* –, sah er das Gold und Elfenbein, das in den Kanälen sang, zurückströmen und den Tempel wieder den Platz einnehmen, den er verlassen hatte, jetzt aber wiederhergestellt in all seiner früheren Schönheit und Macht. Nichts sollte zerstört oder entweiht werden, denn alles war Teil der Einheit in der göttlichen Natur. Er hörte verschiedene Stimmen, die ihn zu rufen versuchten, aber ihre Besitzer schienen seinen Namen nicht zu kennen. Saulus, sagte er, aber er war nicht mehr Saulus.

Er erwachte und spürte das Heben der Augenlider, die noch schwer vom Schlaf waren, aber zu seiner Überraschung und seiner allzumenschlichen Enttäuschung konnte er noch immer nicht sehen. Er nahm das Seufzen von jemand wahr, der an seinem Bett saß, eines sehr verwirrten Mannes. »Seth?«

»Kannst du es mir jetzt sagen?«

»Du hast die Stimme gehört?«

»Nichts habe ich gehört, außer deinem Schrei, als du gestürzt bist.«

»Es war *seine* Stimme. Er fragte mich, warum ich ihn verfolge. Ich werde nicht länger verfolgen. Du kannst nach Jerusalem zurückkehren, Seth.«

»Du meinst – unsere Aufgabe ist erledigt?«

»Die meine. Du bist dein eigener Herr.«

»Ich bleibe bei dir. Nichts mehr – von dem, was wir den Nazarenern antaten?«

»Ich *werde selbst* Nazarener. Du kannst tun, was du willst.«

Er hörte einen tiefen Seufzer des Schmerzes und der Verstörung. »Du willst zu den Nazarenern gehen – einfach so?«

»Ich habe die ganze Zeit bekämpft, was ich sein mußte. Ich versuchte mir selber zu beweisen, daß der alte Weg festgelegt, unveränderlich sei. Ich muß bald nach Jerusalem zurückkehren – um die

Sache richtigzustellen. In der Zwischenzeit – weißt du noch den Namen des Nazarenneroberhaupts hier?«

»Ananias, Sohn des Ananias.«

»Such ihn. Bring ihn mir. Erzähl ihm von einem Sinneswandel.«

»Er wird mir nicht glauben.«

»Er muß glauben. Ich muß mich ihm ausliefern.«

»Also gut. Willst du etwas zu dir nehmen, bevor du ihn triffst? Du hast lange gefastet.«

»Wie lange habe ich geschlafen?«

»Fast drei Tage.«

Saulus, wie wir ihn noch immer nennen müssen, bedachte das. Ihm war es kaum mehr als eine Stunde vorgekommen. »Ich kann nichts essen«, sagte er, »ich brauche zuerst Wasser.«

»Ich hole dir Wasser«, sagte Seths Stimme eifrig.

»Nein, nein, ich meine es anders.«

Zwei Stunden später wurde er an einen Fluß namens Mayim geführt, dessen Name, wie bei vielen Bächen und Flüssen, nichts anderes als Wasser bedeutet. Ananias, Sohn des Ananias, der aus Scham über sein Lügen gestorben war, konnte er nicht sehen, aber er hörte die sanfte Stimme eines ordentlichen jungen Mannes. Es schüttelte ihn vom Schock des Eintauchens. »Ich taufe dich, Saulus, zur Nachlassung deiner Sünden mit der Fülle der Gnade des Allerhöchsten...«

»Nicht mehr Saulus. Saulus hieß jemand anderer, der inzwischen tot ist.« Langsam bemerkte er, wie die Dunkelheit und seine Sünden nachließen. Er hatte den trüben Anblick von Bäumen, die er noch nicht benennen konnte, einen Streifen, der das Wasser sein mußte. Er drehte sich, um das Gesicht seines Täufers aufzunehmen, aber er sah nur einen undeutlichen Umriß mit erhobenem Arm, etwas Allgemeines genannt Mensch. Dieses Allgemeine würde sich bald zu etwas Besonderem verklaren: bald würde er es mit Menschen zu tun haben. »Ich bin Paulus«, sagte er.

Paulus, wie wir ihn jetzt nennen müssen, setzte sich später an den Tisch von Ananias und aß mit Appetit. Frisches Brot, ein wenig zu braun gebratener Hammel, der starke Duft des Damaszener Weins. Eine junge Frau, Schwester eines der bisher namenlosen Nazarener, die auch am Tisch saß, schenkte ihm nach. Er spürte, wie ihn das Leben in der Leistengegend kitzelte, als er die Krümmung ihres Ellenbogens und den Anflug von Behaarung sah. Er sagte: »Ich sehe jetzt, was nur zu deutlich gewesen sein sollte, es aber nicht war. Wie hat Jesus gesagt? ›Weil du nicht heiß und nicht kalt bist, sondern lauwarm, werde ich dich ausspucken.‹ Wegen meines Eifers wurde ich erwählt, aber nicht wegen meiner Tugend.«

»Demnach«, meinte Ananias, »übernimmst du die Arbeit hier?«

»Wissen ging dem Haß voraus. Dasselbe Wissen ging der Liebe voraus. Aber das Wissen genügt noch nicht. Kann ich durch Lehren mehr lernen?« Seth saß auch am Tisch, aber so weit wie möglich von Paulus. Seine Verstörung war noch immer zu bemerken; er hatte noch immer keine Ahnung, was er am besten tun sollte.

»Sehr oft«, sagte der junge Ananias, »kommen mir die Worte ungebeten aus dem Mund. Erst wenn ich die Worte gesprochen habe, verstehe ich, was sie bedeuten. Ja, lehre in unserer Synagoge. Wir Nazarener müssen listig sein. Unsere List besteht jetzt darin, daß wir dich benutzen. Saulus ist Paulus geworden. Erzähl deine Geschichte.«

»Werden sie mir glauben?«

Manche waren nur zu bereit, es zu glauben. Andere hätten es nicht einmal geglaubt, wenn sich die stickige kleine Synagoge in die Straße von Damaskus verwandelt hätte und das Dach in ein Gewölbe, in dem göttliches Aramäisch donnerte. Paulus sagte zu der dichtgedrängten Versammlung – auch der Gestank von Schweiß und Knoblauch mußte geliebt werden –: »Ich verhaftete, ich schlug, ich steinigte und tötete die Anhänger Christi. Und doch arbeitete die ganze Zeit, wie Hefe, die im Dunkeln gärt, die Gnade in mir. Ungewollt, ungebeten. Mit einem Blitzschlag kam die Erleuchtung. Die Wahrheit erschien nicht in grauer Dämmerung, wo ich noch vom Schlaf berauscht war, sondern im vollen Glanz des Mittags...« Die Rechtgläubigen sahen einander an, die heidnischen Gottesfürchtigen hörten zu. »Ich war ein Pferd, das seinen Reiter verachtet, und gegen Sporen und Peitsche rebelliert. Jetzt ergebe ich mich dem Reiter...«

Ein klobiger Mann erhob sich, ein Lederverkäufer namens Rechab. Er sagte: »Du, Saulus aus Tarsus, allen hier bekannt und verehrt als Geißel der Blasphemie und Falschheit, solltest zur Freude der Gläubigen nach Damaskus kommen, die Ketzer und Ungläubigen ergreifen und vor die Oberpriester in Jerusalem bringen. Aber du bist enttarnt als einer, der selbst verdient, ergriffen, abgeurteilt und bestraft zu werden...«

»Darf sich kein Mensch ändern?« rief Paulus. »Ist es dem Licht verboten, hereinzukommen? Was ich war, das war ich. Was ich bin, seht ihr – neugeboren, neu eingekleidet, sogar mit einem neuen Namen. Im Fleisch verklärt und in der Seele erleuchtet weiß ich, daß mein Erlöser lebt, und ich weiß auch seinen Namen – Jesus der Gesalbte, wahrer Sohn des Ewigen, getötet und wieder auferstanden. Glaubt wie ich glaube...«

»Raus aus Damaskus«, schrie Rechab dagegen. »Du schändest den Glauben. Du beschmutzt das Haus des Herrn.«

»Ja, ich werde Damaskus bald verlassen«, sagte Paulus. »Der Glaube hier ist stark genug, daß er meine Worte nicht als Karyatiden braucht. Fürchtet euch nicht, ihr Gläubigen. Mein Weg führt mich dorthin, wo das Wort erst hinkommen muß. Fremde Straßen muß ich gehen und auf unbekannten Meeren reisen.«

Innerlich verklärt und doch derselbe, zeigte Saulus oder Paulus kein äußerliches Zeichen der Verklärung. Seine Zuhörer sahen einen jungen Mann, der vorzeitig kahl wurde, kleiner als der Durchschnitt war, eine dunkle Haut mit schütterem Bart hatte. Seine eng beieinander liegenden Augen waren feucht und leuchteten, doch dieses Leuchten konnte genausogut vom Wahnsinn oder einer Krankheit kommen wie von der Eingebung. Er träumte von Einheit, aber manchmal verspottete der Körper den Geist. Das Knochengerüst gehörte einem, der in der Aussicht, gefesselt und geschlagen zu werden, bereits gebeugt war, die Bewegungen des Körpers beim Reden waren wie das Zusammenzucken unter Schlägen. Sie würde nicht einfach sein, die Verwandlung vom Verfolger zum Evangelisten; es würde nicht möglich sein, mit dem harten Daumen und Zeigefinger eines Zeltnähers so viele Martyriern wegzuschnippen. Er hatte viel Unrecht getan, und die Bestrafung mußte zum Teil in seiner eigenen Verfolgung für das Predigen des Guten bestehen. Gott läßt seiner nicht spotten. Falsch ist nicht die Negierung des Richtigen, sondern eine positive Menge von großem Gewicht. Paulus schleppte Saulus auf seinem Rücken.

Castra Praetoria lag nordöstlich der Stadt zwischen der Via Nomentana und der Via Tiburtina, ein abweisendes Bauwerk mit rechtwinkligen Kanten und einem großen Exerzierplatz genau in der Mitte. Hier wurden eines Tages Soldaten und Offiziere der Garde, unter ihnen auch Marcus Julius Tranquillus, gezwungen, einer Vorführung von Gladiatorenkunst beizuwohnen. Der größere und stärkere der beiden Kämpfer hielt allzu offensichtlich das bemalte Holzschwert, das er gebrauchte, zurück. Der andere, kleiner, fetter, unbeholfener: er quäkte kurzatmig, als er seinem Gegner das eigene stumpfe Spielzeug in den Bauch hieb. Er bemerkte auch nicht, mit welch freundlicher Herablassung der andere in den Staub fiel und den angeblichen Todesstoß empfing. Als er fiel, schnippte der Sieger mit den Fingern nach dem verlegenen Schiedsrichter, der ihm sofort einen richtigen Dolch reichte, in dem sich die Mittagssonne fing. Der Quieker trieb ihm die Klinge rein und kicherte, als der Besiegte überrascht aufzustehen versuchte; seine beiden Hände füllten sich mit dem roten Schwall, der aus den Eingeweiden kam. »*Plaudite, plaudite*«, schrie Gaius Caligula. Die vorne taten es ohne Begeisterung; hinten erbrachen einige.

Gaius Caligula stolzierte in seinen Stiefelchen zu dem Tor, das zur Via Tiburtina (Vetus) führte; ihm folgten Ordonnanzen, Kissenträger, Bonbonbewahrer. Nicht weit vom Schilderhäuschen wurde an jenem Tag ein Schrein errichtet; die Statue des Imperators befand sich bereits an ihrem Platz, der Zement, der sie befestigen sollte, war noch nicht getrocknet. Das lorbeerbekränzte Bildnis wandte bescheiden die Augen von der Inschrift ab: GAIVS CALIGVLA DIVS, aber der Mund zeigte Häme. Gaius Caligula sagte:

»Ein Gott, ein Gott. Ja, die Juden haben ihren einen Gott, und wir haben ihn jetzt auch. Keine ungewaschene Stammesgottheit, sondern einen Herrn der Länder und Meere. Unsere heilige Mission verlangt, daß wir den neuen Glauben von der einen Gottheit an die Wohnorte der Barbaren auf dieser Erde bringen. Britannien. Germanien. Thrakien. Und so weiter.«

Der Tribun Cornelius Sabinus sagte: »Palästina?« Er hatte einen lauten Disput daarüber zwischen dem Kaiser und Herodes Agrippa mitangehört, wobei der Kaiser großmütig einer ernsthafteren Auffassung des Monotheismus nachgab, aber der Verrückte änderte seine Meinung rasch. Gaius Caligula sagte:

»Die haben schon ihren – Du hast gehört, was ich sagte. Dennoch – Logik, Logik, eine gewisse Logik hat das ganze. In Ordnung, Truppe abtreten.« Und er salutierte vor seiner eigenen Büste, bevor er auf dem Purpurteppich bis zu seiner Kutsche stapfte, einem geschmacklosen krustigen Goldzeug. Einige der Offiziere gingen weg, um sich vor dem Mittagessen in der Messe frischzumachen. Der Körper des toten Opsius wurde bereits für die Beerdigung hergerichtet. Davon war keiner besonders in seinem Appetit beeinträchtigt, schließlich war der Tod ihr täglicher Spielgefährte. Marcus Tranquillus zog seine Rüstung aus, als wäre sie besudelt und ließ sie am Boden verstreut liegen, damit der Bursche sie schrubbe und poliere. Dann eilte er zu den Ställen im Norden der Baracken, um dort seine Schecke Euphemia zu satteln. Sie kaute an dem Rest ihres Mahles und hatte zum Willkomm kein Wiehern übrig.

Er ritt nach Westen zum Viminal, wandte sich zum Vicus Patricius und trabte mit ziemlicher Mühe durch die Hauptstraßen der Stadt, die mit den mittäglichen Massen vollgestopft waren. Die Via Sacra. Das Forum. Der Palatin. Er hatte das Recht, das dortige Gelände zu betreten. Die Sklavenquartiere standen nach hinten im Norden des Grundstücks und waren hinter einem gemischt bepflanzten Hain versteckt – Pinien, Pappeln, Zypressen, Kastanien. Marcus Julius traf Sara, die ihn bereits erwartete, einige Meter vom Sklavenlager entfernt auf dem Gebiet der Herrschaft, wo Blumen wuchsen. Mit unruhigen Fingern zupfte sie an einer Rose. Marcus Julius nahm ihre Hände. Die Blume fiel zu Boden, entblättert. Die Situation war grotesk; beide wußten sie das. Sie sprachen Griechisch; das beherrschten sie so ziemlich gleich gut. Ruth? Ruth war vor zwei Tagen gestorben, unversorgt, außer von ihrer Schwester, ein Ärgernis, Sklavenfleisch, das keinerlei Wert mehr hatte. Der Lagereinäscherer soll sie lebendig nehmen. Sara war in Wut entbrannt, nichts gleicht diesem Feuer. Man hatte sie kurzfristig respektiert, als sie eine Erdbestattung verlangt hatte sowie Exequien durch einen der Rabbis in der Stadt, der den *qaddish* anstimmen sollte. Sklaven hatten aber keine Rechte, im Tod schon gar nicht. Ruth war also wie ein Hund verscharrt worden. Sara hatte sich ruhig verhalten; es war die Ruhe von jemandem, der es nicht gelingt, den Zorn aus einem bekannten Land mit Gewinn in ein unbekanntes zu tragen: hier wäre Zorn eine wertlose Sprache. Aber Zorn ist eine Flüssigkeit und Ruhe ein Stein; ein Stein kann Köpfe zerschlagen. Sara bewahrte ihren Stein für einen fernen, einen bestimmten Tag. »Ich sollte eigentlich nicht hier sein«, sagte sie und meinte den Bereich, der sich ein paar Schritte außerhalb des Sklaventerritoriums befand.

»Ich auch nicht. Ich meine das in einem weiteren Sinn. Der Wahnsinn verschlimmert sich.«

»Du könntest aufhören.«

»Aufhören? Familientradition. Dienst für den Kaiser. Wie Vater und Großvater. Ein Kaiser war damals noch was anderes. Gab freie Menschen damals.«

»Wie soll das alles enden?«

»Es wird damit enden, daß jemand einen Dolch in den göttlichen Gaius steckt. So wie er heute morgen einen Dolch in den Opsius gesteckt hat. Nein, frag mich nicht danach. Passiert immer wieder.«

»Warum ist das gerade so und nicht anders?«

»Du mußt fragen, wo du das mit deiner Schwester erlebt hast? Macht, die von Vernunft abgetrennt ist. Das nenne ich Wahnsinn. Wenn ich zuschlage, wird Vernunft in der Dolchspitze sein...«

»Du?«

»Einer wie ich. Bestimmt wird es die Armee sein. Er glaubt, die

Armee liebt ihn. Rührend. Kann gut sein, daß die Armee der zuschlagende Arm des Volkes wird.«

»Davon verstehe ich nichts. Rom ist nicht real.«

»Folter und Tod sind reichlich real. Auch der Bankrott. Millionen für Tempel und Bilder des göttlichen Caligula. Die Leute bis zum letzten besteuert. Du bist in den römischen Wahnsinn verkauft worden. Und uns hat man beigebracht, daß ihr Juden verrückt wäret. Ihr habt die Vorteile römischer Stabilität lernen müssen.«

»In Judäa gibt es auch genug Wahnsinn. Igitt, schau, wer kommt.«

Sie meinte eine mittelalterliche Frau, aus einer Familie, die einst in Ketten gebunden vom Rheinland gekommen war, massig, grauwerdendes Strohhaar in Zöpfen, der blaue Umhang der Sklavenaufseher. Diese Frau knurrte in schlechtem Latein: »Du – wie du auch heißt – hast du mich nicht rufen hören?«

»Wenn Ihr meinen Namen nicht wißt, Herrin, wie soll ich da wissen, daß ich gerufen werde?«

»Hundert Hühner müssen gerupft werden. Los, vorwärts. Ihr Jüdinnen seid eine faule Bande.«

»Du, wer du auch bist«, sagte Marcus Julius, »du unterbrichst ein privates Gespräch.«

»Sklaven führen keine Privatgespräche – wer *du* auch sein magst.«

»Ich bin Marcus Julius Tranquillus, Oberzenturio der Prätorianergarde. Überleg dir, wer du bist, Frau.«

»Laß es«, murmelte Sara beunruhigt. »ich geh' schon.«

»Und«, sagte Marcus Julius, »achte auf dein Verhalten dieser Dame gegenüber. Ja, *Dame. Sklave* heißt nichts. Sogar Königinnen haben als Sklaven angefangen.«

»Das wird dir schaden«, sagte Sara im Weggehen.

»Es wird sich alles ändern. Es muß sich ändern«, sagte er. »Ich versuche morgen zu kommen.«

Für Kaleb bedeutete *morgen* etwas anderes. Der Bruder Saras befand sich am Fuße des Palatinhügels in einem der Gymnasien, die die kaiserlichen Spiele belieferten, in Ausbildung als Ringer. »Metellus«, hatte er gesagt und den Namen des patrizischen Sponsors genannt, den er auf der Reise hierher beeindruckt hatte. Ausziehen, hatte der Spielemanager befohlen. Ausgezogen war er von allen, die zugegen waren, begrinst worden, aber nicht einmal unfreundlich. *Nullum praeputium.* Wenn du Metellus bist, dann bin ich der Geist Julius Caesars. Zeig was du kannst, Junge. Nackt, ja, Hoden baumeln. *Testibus ponderosis,* um Cicero zu zitieren. Und Kaleb hatte es mit einem biegsamen drahtigen einäugigen Halbgriechen aufgenommen, der ein halber Araber war; sein Körper glänzte von Olivenöl. Kaleb kannte den Trick, arabisch. Er packte ein Handtuch und forderte den Mann auf, sich trocken und anfaßbar zu reiben. Nein, wer war er überhaupt, ein Jude gebe ihm keine Befehle. Metellus nahm ihn also, glitschig wie er war, bei den langen, seltsam fettlosen Haaren, warf ihn in den Sand im Ring und rollte ihn mit seinen Füßen, wie einen Fisch beim Panieren im Mehl, hin und her. Als sich dann der sandige Griechenaraber protestierend erhob, zeigte ihm Kaleb ein paar seiner palästinensischen Griffe. Du bist in Ordnung, Junge. Mit der Zeit, meine ich. Stil, Grazie fehlen. Dem römischen Publikum kann man nicht irgendwas vorsetzen. Los jetzt, der germanische Riese soll dich in Form schlagen. Oder aus ihr heraus. Wir müssen alle lernen. Dieser germanische Riese war ein Goliath mit einer Warze in der Augenbraue, was an einen Stein in der Schlinge erinnerte. Stark aber langsam. Sein Körper war wie ein Rasen mit sandfarbenem Flaum übersät; nur auf seiner breiten Brust hatte er Haare, so dick wie drei Kehrbesesn. Er stieß Kaleb wie einen Mehlsack herum und warf ihn dann auf den Kiesboden vor seine großen germanischen Plattfüße. Kaleb grub die Zähne in den linken kleinen Zeh und würde ihn abgebissen haben, hätte ihm der Riese nicht heulend einen Hieb in den Nacken verpaßt. Der Hieb schmerzte Kaleb fürchterlich und erregte in ihm einen Zorn, von dem er wußte, daß er unterdrückt werden mußte: Zorn war Flüssigkeit, Ruhe ein Stein. Mit dem Doppelstein seiner geballten Fäuste sprang Kaleb, um die Nase des Germanen zu zerschmettern, in dessen Atemlöchern wie in einem doppelten Füllhorn Haarfarne sprossen. Der Germane drehte durch und drosch auf ihn ein, während er das Blut von seiner Oberlippe schlenzte. Kaleb sprang hoch, um ihm seine blassen germanischen Augen herauszuhauen. Kaleb wurde in den Kiefer geschlagen; zu seiner Überraschung schien der Kiefer seinen Platz zu wechseln. Er nahm sich für zwei Sekunden frei, indem er den nächsten Schlägen tänzelnd auswich, um den Kiefer in die richtige Lage zurückschnappen zu lassen. Er tauchte nach dem dicken bemoosten Baumstamm eines rechten Beines und hielt ihn in einer Umklammerung, aus der er sich auch nicht durch Kracher und Fausthiebe befreien ließ. Er würde ihn flachlegen, er würde es beim Herrn der Heerscharen. Und tat es. Er tanzte auf dem riesigen kahlen Bauch. Das genügt, Junge, du hast gezeigt, was du kannst. Verbeug dich vor dem Gegner. In die Baracken einrücken bis morgen.

Morgen bedeutete in einem anderen Sinn den Tag des Gerichtes, aber mit wem oder was, das war noch nicht heraus. Den Palast in

Brand stecken. Die Juden bewaffnen. Den Imperator in einen schmerzhaften Schwitzkasten nehmen und schreien: Laß meine Schwestern ziehen. Eins nach dem andern. Ein Morgen würde kommen, aber nicht morgen.

Morgen?«, sagte Paulus. »Morgen kann er tot sein. Heut nacht sage ich, jetzt.«

»Ich spreche nicht wie ein Nazarener«, sagte Seeth, »weil ich keiner bin, jedenfalls bis jetzt nicht. Aber ich nehme an, daß du in mir noch immer einen Freund siehst.«

»Freund und Bruder. Um du bist um mein Leben besorgt. Nun, das bin ich auch – ich habe viel zu tun und fange spät an. Aber mit Feigheit hilft man der Sache nicht.«

»Die Straßen«, sagte Ananias, »sind nachts immer gefährlich. Es ist Wahnsinn hinauszugehen.«

»Von wem droht Gefahr?« fragte Paulus. »Von den Juden oder den Arabern?«

»*Dir*«, sagte ein alter Mann am Feuer, »von beiden.« Paulus nickte: das war einsehbar. Er war außerhalb der Stadt im Gebiet der Nabatäer gewesen. Er war sogar zum Berg Horeb gepilgert, um alles durchzudenken, aber der Gott von Moses und Elias hatte ihm kein besonderes Zeichen angeboten, es sei denn, daß ungewöhnlich böses Wetter eines bedeutete: über dem Gipfel war ein Gewitter aufgeflammt wie üble Laune. Die nabatäischen Araber, für die er außerhalb der Stadtgrenzen gepredigt hatte, konnten zwar sein Aramäisch verstehen, aber sie hatten ziemlich bösartig auf seine Botschaft vom Gottessohn reagiert. Sie wollten bei ihren plärrenden Kindern und den Kochtöpfen in Ruhe gelassen werden. Sie mochten keine glatzköpfigen Fremden, die vorbeischauten und ihren angenehm monotonen Tag mit neuen Ideen störten. Der Ethnarch der Stadt, ein stockkonservativer Mann, der dem König Aretas unterstand, stand zweifelsohne auf seiten der Damaszener Juden, wenn sie gegen den abtrünnigen Lästerer schrien. Die Lehre von der Liebe war höchst subversiv. Paulus starrte in das Feuer, das Ananias' Tante entzündet hatte: es war ein kühler Abend. In dem Feuer, das wie nabatäische Araber und ihre Kamele spuckte, sah er keine günstigen Vorzeichen. Er sagte:

»Ein befreundeter Nazarener liegt im Sterben, weil ihn die Meuchler dieses Rechab zusammengeschlagen haben. Er braucht meinen Trost. Soll ich mich wegen der paar Banditen mit Brotmessern hier herumdrücken? Außerdem habe ich einen Leibwächter, oder?« Er lächelte, erhielt aber keine Antwort von Seth, Ananias und den stämmigen, aber nicht unbedingt tapferen Zwillingen Adbeel und Mibsam (wenn sie wirklich so hießen). Die letzten beiden bissen sich immer in die Lippe. Paulus stand vom Feuer auf und sagte: »Ich gehe jetzt.«

Das Haus des sterbenden Nazareners lag nicht weit von der Stadtmauer. Die Straße, die sich an diesem Mauerabschnitt hinzog, bildete eine enge Kurve: labyrinthische Gassen führten wie verbogene Speichen zu ihr hin. Der Mond war beinah voll, aber er hatte mit trägen Regenwolken zu kämpfen. Paulus schritt aus, und seine Freunde mußten traben, um mitzukommen. Sie hätten ihn nicht gegen Dolche schützen können, weil sie doch Zeloten der Liebe und deshalb unbewaffnet waren. Aber Seth, der zum Glück bisher nicht bekehrt war, trug noch immer sein Messer. Als drei Halsabschneider mit üblem Geschrei, das ein unredlicher Ausdruck von Heiligkeit war, aus dem Schatten sprangen, war es Seth, der zuschlug. Paulus sah, wie Ananias, er war sicher, daß es Ananias war, gurgelnd zu Boden ging. In den Hals; sie machten ihrem Namen Ehre. Paulus stolperte gegen einige Steinstufen zur Rechten. An deren Spitze schwang jemand eine Laterne. In ihrem Schein sah er, wie zwei Leute den um sich schlagenden Seth festhielten und ein dritter mit dem Dolch ausholte, um ihn ihm in den Bauch zu rammen. Dann schwang die Laterne weiter. Der sie hielt, rief herunter: »Paulus! Paulus! Hier! Schnell!« Paulus kletterte stolpernd nach oben und stellte fest, daß die Stufen zu einer offenen Tür führten. Ein Haus, dessen Mauern Teil der Stadtmauern waren. »Rein! Schnell!« Unten hörte er ein Keuchen, bei dem er annahm, daß Seth starb, und die Schritte weglaufender Männer, ohne Zweifel die lippenbeißenden Zwillinge.

Paulus schnaufte und sah sich in dem verdunkelten Haus um. Sein Herr, den die schwingende Laterne dramatisch in roten und goldenen Facetten mit tintigen Schatten beleuchtete, schien ein kräftiger Mann mittleren Alters zu sein. Mit der freien Hand legte er drei kreischende eiserne Riegel vor. Das Haus war möglicherweise in der Zeit, bevor die Römer das Land befriedeten, der Standort eines Wachpostens gewesen. Paulus hörte, wie Messergriffe und beringte Fäuste gegen das harte Holz der verriegelten Tür schlugen. Her mit ihm, der abtrünnige Saulus, der Hals wird ihm durchgeschnitten, Gottes gute, wenn auch kurzgefaßte Gerechtigkeit. Der Hausherr rief: »Rebekka! Lea!« Zwei alte Frauen kamen aus einem dunklen Zimmerloch, eine kleine Lampe zwischen sich. Der Mann trat zu Paulus und atmete ihm häusliche Behaglichkeit und Sicherheit ins Gesicht – Ziegenkäse mit Zwiebeln zum Abendessen. »Ich muß ihnen aufmachen. Komm schnell mit.« Rebekka und Lea gingen an die Tür, nickten sich zu und begannen dann laut schnatternd über die bösen Männer zu fluchen, die anständige Frauen in ihren einfachen Betten störten. Paulus wurde an eine Öffnung geführt, von der die Läden zurückgezogen waren. Über ihm die düstere Nacht, unter ihm, wie die Laterne zeigte, ein Steilhang von Steinmauer, die Stadtmauer; keine Trittstellen. Er schüttelte den Kopf. »Warte«, sagte der Mann. Indem er »sofort, sofort« zu den Hämmerern hin rief, brachte er einen Netzsack von der Art, die die Griechen *sagrane* nennen, und der für das Hochwinden von Heuballen verwendet wird. Ein Seil war schon daran befestigt. Die beiden alten Frauen fluchten kräftig, schüttelten aber die Köpfe: diese Flüche waren gegen die göttlichen Verfolger wenig wirksam. Paulus stieg in den Sack. »Und jetzt«, sagte der Mann, »immer mit der Ruhe.« Er zerrte am Seil und gab es gleichzeitig mit rhythmischen Handgriffen frei; dabei sah er zu, wie Paulus hinuntersank. Paulus sah ihn hoch oben, wie er zwischen Ziehen und Freigeben wechselte, und winkte dann, als er auf die gute Erde stieß. Der Mann konnte nicht sehen, aber er fühlte, wie sich der Sack leerte. Paulus verbarg sich im Schatten eines Pfeilers und lauschte. Wo ist er? Nicht hier, Euer Ehren. Wo hast du ihn versteckt? Schwer zu fassen, diese Nazarener – aalglatte Kunden, muß man sagen. Brummen und Türenschlagen, Rufe und noch mehr Brummen und dann Stille auf der Seitengasse. Von oben eine gepfiffene Melodie in Gestalt einer Frage. Paulus pfiff in Gestalt einer Antwort zurück. Dann war er der Nacht und seinen Zornestränen überlassen.

Nach hebräischer Sitte waren diese Tränen wie auch die Anrufungen des höchsten Himmels zurückzuhalten, bis er eine bestimmte Strecke Wegs von der Stadt zurückgelegt hatte. Er rastete, zitternd auch vom Nachtwind, auf einem Feld an der Leeseite eines Hausstocks. Kühe muhten aus dem Stall, und ein Esel gab ihm eine kurze Lektion in Brüllen. Er brüllte in einem Ärger, den ihn kein Nazarener gelehrt haben konnte. Welcher Unterschied bestand zwischen der Steinigung des Stephanus und den Messerstichen bei Seth und Ananias? Für beides war er verantwortlich. Er war derselbe wie immer, ein Todesbringer, und das Todbringen hatte gerade erst angefangen. *Besser nicht geboren zu sein,* flöteten Vögel in der Ferne. Seine eigenen Worte, wie er sie während seines Studiums bei Gamaliel verbittert gebraucht hatte. Kein Mensch konnte es diesem magenkranken und launischen Gott je recht machen. Der Geruch verbrannten Fleisches gefiel ihm genauso wie das Abschneiden der Säuglingsvorhaut. Auf die berechtigten Klagen des leidenden Hiob gab er völlig unpassende Antworten. Wie sehr hatte er sich unter dem humanisierenden Einfluß seines gepriesenen Sohnes verändert? Ich habe dich, Saulus-Paulus, wegen deiner todbringenden Härte auserwählt. Eulen heulten, jagten Mäuse. Die Nachtwelt atmete den Schrecken der Verfolgung. Es gab keine Einheit, es gab nur bittere Trennung, und die Trennung war das Werk eines Schöpfers, der sich, selber sicher in der Einheit, von dem Schauspiel aus Schmerzen, Zweifeln und dem Gesetz des Fressens und Gefressenwerdens unterhalten ließ. Über der südwestlichen Straße nach Tyrus hatten sich die Wolken verzogen und den Mond voll und wie ein blutunterlaufenes Auge geädert zurückgelassen. Der Mond verlieh den ebenen Feldern und den jenseitigen Hügeln einen spöttischen Silbersegen.

Liebe. Er hätte viel darum gegeben, im Bett einer Frau zu liegen, sie gesichtslos wie Eva, mit Evas Körper, ihn zu trösten. Unsere erste Mutter, unsere erste Geliebte, ihr Verstand, undurchdringlich wie der Gottes, in Träumen von Ehebruch entfernt, das Hirn erfüllt mit einem Wirrwarr von Launen. Doch die Liebe zum Körper einer Frau war nur Gottes bauernschlaues Mittel, um mehr Kreaturen fürs Leiden zu züchten. Natürlich wünschte er sich zurück ins Bett seiner Mutter, aus schlimmen Träumen, die sie an seine Wiege gebracht hatten, in den Schlaf gesungen. Der Schlaf einer Mutter war so schnell durch ein Schreien, ja, schon vom beinah lautlosen Wimmern ihres Kindes, das in den Fallen der Alpträume gefangen saß zu stören; ein Geschenk Gottes für die Unschuldigen. Er wußte aber, daß er mit seiner Last einer völlig anderen und wahrscheinlich nutzlosen Liebe vollkommen allein war. Nie würde ihn der Körper einer Frau trösten. Die Vision der Annahme war ein Werk der Nerven und Muskeln gewesen, die ankündigten, daß der Incubus der Fallsucht am Ende angelangt war. In Zukunft mußte der Schmerz von außen kommen. Er war stark und gegürtet und bereit, allen Menschen zu verkünden, daß sie die Fallsucht hätten, ein Geschenk Evas. Er hatte eine seltsame Vorahnung, daß es Eva war, gegen die er zu kämpfen hätte. Eva stand silberübergossen auf dem nahen Hügelchen; ihr Körper ließ die Brüste wie unförmige Warzen sprießen. Er trocknete die Tränen mit dem Ärmel. Danach versuchte er seinen Kopf mit Liebe für eine lieblose Welt zu erfüllen und machte sich ohne Stock und Bündel auf den langen Weg nach Jerusalem.

Das erste, was am frühen Morgen des vorigen Tages in Caesarea von einem Kauffahrer aus Puteoli gelöscht wurde, war eine riesige Kiste. Der Landpfleger Marullus und der Oberzenturio Cornelius wußten, was sie enthielt. Sie standen am Kai und beobachteten, wie sie aus der Verankerung gezerrt und unter den kernigen Flüchen der *stipatores* oder Stauer genau unter den Haken des Krans plaziert wurde, der sie, an der Kupfer-Verschnürung schwankend, an Land heben sollte. Marullus sagte:

»Was soll ich tun, Cornelius?«

»Zeit gewinnen«, sagte Cornelius. »Verzögern. Die wahre Herrscherkunst. Wenn Ihr aber ein allgemeines Gemetzel wollt – auf beiden Seiten –, dann folgt dem Mann oder Gott, für den er sich hält. Ich muß nicht extra auf die verstiegene Blasphemie dieser Geschichte hinweisen.«

»Blasphemie«, sagte Marullus. »*Blasphemos*. Dieses Wort höre ich die ganze Zeit von den Juden. Ich verstehe es nicht. Keine römische Vorstellung. Wahrscheinlich habe ich die falsche Erziehung genossen. Wann sie an *einen* Gott glauben – warum sollten sie dann nicht das Bildnis dieses Gottes in ihrem verfluchten Tempel haben?«

»Ja«, sagte Cornelius. »Viel hilft die römische Erziehung hier nicht. Außer, wenn Rom nichts als Geld will. Ihr werdet schon oft über die eigentliche Bedeutung der Rangbezeichnung nachgedacht haben, die Ihr tragt. Ein Landpfleger hat die Aufgabe zu pflegen. Deshalb ist nichts außer ihrem Obolus und ihrem Schekel wichtig. Sie sollten froh darüber sein, so tun zu können, als wäre das Bildnis des vergöttlichten Gaius Galigula in Wahrheit das von Jehova. Verneig dich davor, bete an. Aber Gott hat kein Bildnis. Und Gott ist kein Mensch.«

»Du hast hier wie lange gedient, Cornelius?«

»Lang genug um mitzukriegen, was sie glauben. Nicht lang genug, um ihre Sprache gut genug zu sprechen und damit ihr Vertrauen zu gewinnen. Nicht lang genug, um ihre Bücher lesen zu lernen. Ich habe jetzt noch drei Jahre bis zur Pensionierung und eine Spanne Freizeit, um mir das noch anzueignen.«

»Du weißt, daß das alles falsch ist«, sagte Marullus. »Du bist nicht hier, um ihr Vertrauen zu gewinnen oder ihre Bücher zu lesen. Sie sind ein Kolonialvolk. Wir sind hier, um die Befehle zu geben.«

»Lieber sterben sie, als einige der römischen Befehle zu befolgen. Außerdem ist es festgeschrieben, daß ihre Religion unantastbar ist.«

»Ist was?«

»Man darf nicht mit ihr in Widerspruch geraten. Sag ihnen, daß der Kaiser Gott ist, und du gerätst in Widerspruch zu ihrer Religion.«

»Aber sie haben doch verflucht nochmal dem Kaiser zu gehorchen.«

»Den Steuereintreibern müssen sie gehorchen. Weiter nichts.«

Marullus seufzte. Die riesige Kiste lag jetzt am Kai. Ein Eichenbrett hatte sich gelockert. Von innen der Glanz warmen Metalls. Er sagte: »Nach dieser neuen Judensekte hat sich Gott selbst in einen Menschen verwandelt. Den Sklaven Chrestus.«

»Es handelt sich hier um eine kleine Verwechslung, Landpfleger, wie ich schon mal die Freiheit hatte zu bemerken. Chrestus, das versichere ich Euch, ist ein recht häufiger Name für einen Sklaven. Was bedeutet er? Freundlich, hilfreich, nützlich. Der Name, den Ihr meint, ist Christus. Dieser Mann war kein Sklave, sondern Abkömmling des davidischen Königshauses. Wenn Ihr vorhabt, so zu tun, als wäre diese Kaiserstatue in Wahrheit eine Christusstatue, dann kriegt Ihr von beiden Seiten fürchterliche Schwierigkeiten. Ihr werdet sie nicht in den Tempel bringen. In den Tempel werdet Ihr überhaupt kein Bildnis bringen. Ihr seid in einer Zwickmühle. Mit Verlaub.«

Der Morgenwind ächzte und mit ihm auch Marullus. »Ich muß damit aufhören, bei dir Informationen einzuholen, Cornelius. Du gibst mir immer zuviel. Aber ich nehme deinen Rat an. Der göttliche Caligula muß vorübergehend eingelagert werden. Wir führen irgendeinen Vorwand an, wenn oder falls diese Senatorenvisite stattfindet. Oder wenn die syrischen Machthaber zu neugierig werden. Das Bildnis sei schlecht ausgefallen oder von der aufgebrachten Menge beschädigt worden, irgend so etwas. Unsere besten Handwerker sind an der Arbeit. Wir haben mit diesen Juden schon genug Ärger, als daß wir noch nach mehr suchen müßten.«

Doch werden, wie allgemein bekannt, gute Absichten, und die Zauderpolitik des Landpflegers konnte als gut gemeint bezeichnet werden, oft von genau den Leuten zunichte gemacht, für die sie gedacht waren. In Rom war es, wo Judäa in die Gefahr eines Aufstands getrieben wurde. Philo Judäus, Führer der jüdischen Gemeinde, verlangte und erhielt eine Unterredung mit dem Imperator selbst. Er wollte eine Protestnote überbringen. Mit einer fünfköpfigen Abordnung seiner Rasse und seines Glaubens, gute Römer, wenn auch recht bärtig, dazu in der Sitte ihres Volkes bemützt und bekleidet, kam er in die Gärten am Palatin. Gaius Caligula räkelte sich in einem Gartenstuhl und massierte die Glieder eines Griechenknaben, trank Wein, ohne jemanden welchen anzubieten und hörte unter dem Zypressenrauschen nur halb hin, als Philo anhub:

»Die Idee von einem einzigen Gott – nicht einem Panthenon – Jupiter, Saturn und all die anderen...« Philo sah auf das Panthenon der Steinfiguren, die den Gartenweg säumten – Leiber mit unterschiedlicher Muskulatur und den Utensilien pseudogöttlicher Aufgaben, Blitz, Dreizack, Flügelschuhe – ihnen allen aber war der gleiche grinsende Kopf aufgesetzt. »Ja, Caesar – es ist vom römischen Staat seit langem akzeptiert, daß der jüdischen Anschauung der Respekt der Besatzungsmacht gebührt...«

»Allein der Imperator«, sagte der Imperator, »erzwingt Respekt. Euer Glaube, über den Ich einiges weiß, weil er der Glaube Meines alten Freundes Herodes Agrippa ist, wird natürlich geduldet, und das sollte genügen. Er ist eigenwillig, fremd und amüsant. Er bildet einen besonderen Farbtupfer im prächtigen Wandteppich Unseres Imperiums. Er hat Unser Imperium sogar etwas gelehrt – eben diese Idee von dem einen Gott, von der du sprichst. Der Imperator ist dieser Gott, dieser Gott ist der Imperator. Was könnte denn zufriedenstellender sein?«

»Die Juden stellt es nicht zufrieden«, sagte Philo. »Für uns ist Gott Geist – ungeboren, unsterblich. Auch der Imperator muß sterben.«

Gaius Caligula quetschte den Schenkel des Griechenknaben und ließ ihn winseln. »Du wirst mir nicht vom Tod sprechen, verstanden? Ein Gott ist definitionsgemäß unsterblich.«

»Ich erbitte Caesars Nachsicht«, sagte Philo. »Laßt mich die Petition folgendermaßen begrenzen. Besteht nicht, so flehen wir, um des Friedens in Euren palästinensischen Besitztümern willen, besteht nicht darauf, daß Eure Statue im heiligen Tempel Salomons zu Jerusalem aufgestellt werde.«

»Sie wurde bereits aufgestellt. Zur großen Zufriedenheit des jüdischen Volkes. Jedenfalls kommen Mir keine Beschwerden zu Ohren. Jetzt können sie ihren Gott sehen. Sie haben etwas Gediegenes, vor dem sie sich verneigen können.«

»Ich würde den Glauben unserer Väter schänden, wenn ich sagte: Ja, Caesar, so ist es. Aber so ist es nicht. Euer Landpfleger Marullus scheint ein vernünftiger Mann zu sein und bestätigt damit Caesars Fähigkeit, gute Verwalter auszuwählen...«

»Ich habe ihn nicht ausgesucht. Das war der Imperator Tiberius. Ich kenne ihn überhaupt nicht. Hat er etwa«, und er lehnte sich maulaufsperrend nach vorn, »Unsere Befehle mißachtet?«

»Briefe aus Jerusalem unterrichten unsere Gemeinde hier davon, daß er seine Gehorsamspflicht sehr klug hinausgezögert hat. Jetzt aber drängen ihn Befehle Eures Statthalters in Syrien in eine Lage, wo er sofort nachgeben muß. Ich brauche, so darf ich hoffen, die Bedeutung des...«

Doch Gaius Caligula war schon aufgesprungen und stampfte mit seinen kleinen Stiefeln auf. Böse schaute er auf Torquatus und Strabo, die beiden Offiziersadjutanten. »Warum«, schrie er, »hat man Mir nichts davon gesagt? Warum hält man Dinge vor Mir geheim?« Sie konnten nicht antworten. Philo sagte:

»Um zusammenzufassen: Euer Landpfleger Marullus wurde zu dem Befehl gezwungen, Eure Statue... Wir bitten Euch darum, diesen Befehl aufzuheben... Es liegt im Interesse von Frieden und Stabilität...« Gaius Caligula schäumte und hüpfte und schrie dabei:

»Raus mit euch, ihr ungewaschenen Juden. Ich werde euren ach so freundlichen Landpfleger loswerden. Ich rufe ihn zurück und bestrafe ihn. Ihr werdet seinen Kopf erhalten, über den ihr dann in der hiesigen Synagoge schmalzen könnt, euer einziger römischer Freund, leider tot. Ihr wolltet doch immer einen jüdischen König über das Judentum haben, oder? Gut, ihr sollt König Herodes Agrippa haben, einen wahren Freund Roms. Er wird dafür sorgen, daß Mein Bildnis aufgestellt wird. Er wird dafür sorgen, daß es nach den geheiligten kaiserlichen Riten verehrt wird. Hebt eure ungewaschenen Leiber von hier fort.«

»Mit Verlaub, Caesar«, sagte Philo ruhig, »Ihr seid doch das ungewaschene Volk. Ihr seid auch nicht beschnitten. Die Mission der Juden besteht darin, die Welt zu säubern. Ihr wollt sie noch schmutziger machen. Viel Blut wird fließen, glaubt mir...« Doch der Imperator brachte ihnen die Peitsche nahe. Sie hasteten die symmetrischen Erdbeerbeete mit soviel Anmut hinab, wie die Eile es erlaubte. Dann raste der Imperator, angetan mit einem himmelblauen Frauenkleid, das mit gelben Narzissen durchwirkt war, die viel von seinen haarlosen Schenkeln sehen ließen, auf Torquatus und Strabo zu. Erwürgen, kreuzigen, konfiszieren. Sie nickten weise; solche Sachen hatten sie schon öfter gehört.

»Konfiskation von Gütern«, sagte Strabo schließlich. »Ich bin froh, daß Caesar dieses Thema angeschnitten hat. Was Ihr auch wollt, daß mit den Juden geschieht, dieser andere Vorschlag ist unannehmbar.«

»Welcher andere Vorschlag? Was ist unannehmbar? Wenn etwas für Caesar annehmbar ist, dann reicht das.«

»Mit Verlaub«, sagte Strabo, »es widerspricht unserer Tradition, das römische Patrizier willkürlich hingerichtet werden, damit ihre Liegenschaften konfisziert werden können.«

»Es wird nicht willkürlich sein«, sagte der Imperator, jetzt ruhiger geworden, »wenn ihr ihnen Vergehen zuschreibt. Ich brauche Geld. Ich gedenke es zu kriegen.«

»Da wären Gebrauchsgegenstände«, sagte Torquatus, »die versteigert werden könnten. Da sie kaiserlicher Herkunft sind, dürften sie einen guten Preis erzielen.«

»Ich«, rief der Imperator, »soll Sein eigenes Hab und Gut verkaufen?«

»Dinge, die Caesar besitzt, die er aber nicht benutzt und nicht vermissen wird«, sagte Strabo. »Zum Beispiel wäre da die ältere der goldenen Karossen. Die dreihundert Morgen bei Neapel. Der kaiserliche Haushalt hat mehr Sklaven als er braucht.«

»Weg«, sagte Gaius Caligula. »Hau ab. Dein Gesicht macht Mich krank. Ein Gott, der verramscht, was er durch göttliches Recht besitzt. Einige deiner Ideen sind kopfkranker Wahnsinn.« Und dann brüllte er: »Verfluchte Juden. Du, Strabo, fährst mit dem Schiff nach Palästina. Sieh nach, ob die Befehle befolgt werden.«

»Bei allem Respekt, Caesar...«

»Bei allem Respektrespektrespekt. Das ist alles, was ich höre, aber nie sehe ich ihn. Bin Ich Imperator oder bin Ich es nicht?«

Momentan schon, sagte Torquatus zu sich.

Paulus kam vermummt in Jerusalem an; es wurde zudem schon Nacht. Doch Barabas erkannte ihn am Gang. Ein Gerücht war von Damaskus hereingekommen, dem man kaum Glauben schenken konnte. Doch Saulus war allein und verhüllte sich nicht vor friedlichen Nazarenern. Barbaras beobachtete ihn, wie er in die Straße eilte, in der das ehemalige Haus des Matthias lag. Er ergriff die Gelegenheit und grüßte ihn.

»Saulus!« Saulus drehte sich um.

»Barbaras? Ja. Hat man was aus Damaskus gehört?«

»Etwas, das kaum zu glauben ist.«

»Dennoch mußt du es glauben. Begleitest du mich zu den Brüdern? Ich bin allein, wie du siehst. Ich trage auch keine Waffe.«

»Ein Mann«, sagte Barbaras, »verwandelt sich nicht aus einem Glaubenshasser in einen Glaubensprediger. Nicht einfach so, nicht über Nacht.«

»Es war alles andere als über Nacht, Barbaras. Schließlich lehrt dich dein Glaube, Wunder hinzunehmen. Du siehsst einen verwandelten Menschen. Sogar der Name hat sich gewandelt.«

»Das haben wir auch gehört.«

Nur Petrus, Thomas und die beiden Jakobusse waren zu Hause. Das Haus war unsauber, wie immer seit der nazarenischen Besitzergreifung. Die Apostel saßen um den Abendmahlstisch, auf dem wiederum eine spuckende Lampe wie ein magerer Ersatz für das Essen saß. Sie schauten sich Paulus bedächtig an. Petrus sagte:

»Was ich nicht verstehe, ist folgendes: Warum kommst du nach Jerusalem zurück, wenn du dich so vor Verhaftung und Vergeltung und dem allem fürchtest? Verflucht, Mann, du läufst deinen Mördern in die Arme...«

»Wegen der Einweisung bin ich gekommen.«

»Immerhin offen heraus«, sagte Thomas, »wenigstens etwas. Lauf zu deinem Hohenpriester und sag ihm, daß du einen Nazarener spielst; was soll ich jetzt machen, Euer Heiligkeit. Jaja, ein Oberschlauer.«

»Spinn dich aus, Thomas«, sagte Petrus. »Er meint unsere Einweisung.«

»Ein flinker Wechsel, ich weiß«, sagte Paulus. »Ich bin noch immer ein Werkzeug. Aber jetzt für andere Hände. Was wollt ihr, daß ich tue?« Thomas murmelte etwas über den Mann, der seinen Mantel einmal wendet, daß der ihn auch zweimal wenden würde.

»Sei still, Thomas«, sagte Petrus. »Was ich dir aufgebe, Saulus...«

»Paulus.«

»...ist, daß du von hier verschwindest. Denk über alles nach.«

»Ich habe bereits über alles nachgedacht. Oder soll ich sagen, daß das für mich getan wurde?«

»Tot hast du keinen Wert, und es bedeutet den Tod, wenn du noch länger hier bleibst. Geh nach Hause. Dort bist du sicher.«

»Nach Hause? Tarsus?«

»Geh zurück zu Vater und Mutter oder was du hast und zu deinen Büchern und deiner Zeltnäherei. Versuch es mit der Bekehrung.«

»Ich will es in Judäa versuchen. Nicht unbedingt hier in der Stadt. Aber es wäre ein Akt der Gerechtigkeit, wenn ich den Griechenjuden predigen würde; so was habe ich mir vorgestellt.« Seine Stimme wackelte. »Weil wir grade von Griechenjuden reden...«

»Sobald du weg warst«, sagte Jakobus, der Sohn des Zebedäus, »haben sie die armen Teufel aus dem Lager entlassen, in das du sie gesteckt hattest. Es ist recht ruhig geworden, seit du fort warst.

Wenn du aber zu predigen anfangen willst, werden sie dich in Stücke hacken und sich darüber beratschlagen, was mit dem Rest von uns geschehen soll. Wir hatten schon genug Ärger«, fügte er unschuldig hinzu.

»Der Herr«, sagte Paulus, »hat mir aufgetragen, was ich tun soll. Er hat nichts davon gesagt, daß ich heimsausen soll, um der Verfolgung auszuweichen. Ich habe viel gutzumachen. Ich muß mein Glück versuchen.«

»Paß mal auf«, sagte Petrus. »Du kommst hier ganz demütig an und sagst, du willst eingewiesen werden. Und dann heißt es auf einmal, der Herr hätte dir gesagt, was du tun sollst. Der Herr hat dir überhaupt nichts gesagt. Du hast den Herrn nie gesehen. *Wir* haben ihn gesehen. Und der Herr sagte ziemlich deutlich, daß wir alles in unseren Händen haben sollten. Willst du dir jetzt was von mir sagen lassen oder nicht?«

»Wo er sich versuchen könnte«, meinte Jakobus der Jüngere, »wäre die griechische Ansiedlung in Bethanien. Wäre eine machtvolle Waffe, wenn die große Peitsche plötzlich gläubig wird. Wäre doch auch Verschwendung, wenn man ihn nach Hause schickt, damit er über alles nachdenkt.«

»Ich habe über alles nachgedacht«, sagte Paulus wieder.

»Also von mir aus«, sagte Petrus resigniert. »Halt dich an den Stadtrand. Aber sobald sie dir den Kopf mit einem Stein einschlagen, komm her und hol dir Lösegeld. Barnabas und Thomas werden besser mit dir gehen. Mal sehen, wie es wird. Wir können nicht einen jeden predigen lassen, versteht sich. Du kannst nicht auf einmal alles wissen, einfach so im Handumdrehen.«

»Ohne mich«, sagte Thomas. »Fürs Steineschmeißen bin ich zu alt.«

Marcus Julius Tranquillus atmete Nordseeluft und sah in der kühlen Dämmerung über das galliggrüne Wasser zu den gespenstisch weißen Klippen hinüber. Er hatte sich in einen wollenen Mantel gewickelt. Er bestaunte seine eigene und die Dampfwolke seines Wachkameraden Rufus Calvus, der weder kahl noch rotbraun behaart war. »Britannia, Britannia, Britannia«, sang Marcus Julius, als er auf den kiesigen Strand vor der langen Reihe von Landungsbooten sprang. »Wie nennen es die Eingeborenen?«

»Es hat keinen Namen. Jeder Stamm verfügt über einen eigenen kleinen Bezirk, den er für die große Welt hält.«

»Und jetzt platzt die wirkliche große Welt herein. Der römische Adler breitet seine Schwingen...« Es war nicht nötig, diesen Scherz zu vollenden, da er in allen Sprachen im gesamten Imperium verbreitet war. Rufus Calvus lachte pflichtschuldig. Er sagte:

»Man nennt das, ein Imperium errichten. Ultima Thule. Der Rand der Welt. Und was bringen wir?«

»Gesetz. Ordnung. Straßen. Tempel. Damit der göttliche Caligula verehrt werde. Die angemessenere Frage lautet: Was bringen wir zurück?«

»Sklaven. Tribut. Gold. Silber. Um die geplünderten«, Rufus Calvus befleißigte sich zum Spaß der rhetorischen Manier des Senats, »äh Schatzkammern wiederaufzufüllen. Britannia als Sanierung der kaiserlichen Armut.« Eine Bucina ertönte. Bald ergab sich im ganzen Lager, das hinter ihnen lag, eine klingende Vermählung von Bucinae. »Wir gehen besser auf unseren Posten.«

Unübersehbare Invasionstruppen. Ein weithin verstreutes Lager. An den Feuerstellen, die die ganze Nacht unterhalten worden waren, legten die Soldaten bibbernd den Brustpanzer an. Gebündelte Schilde und Pila klapperten und knirschten. Trommeln dröhnten. Tuba und Bucina seufzten unmelodisch. Unter bellenden Unteroffizieren nahmen die Soldaten kompanieweise Aufstellung. Wiehernde Pferde wurden zu ihrem Seetransport gezerrt. Sie rochen Kälte und mochten sie nicht. Man hörte Schwerter zischen, die zur Inspektion herausgezogen und dann zurückgeschoben wurden. In den Dünen erhob sich ein Wald aus lauter Speeren. Offiziere brüllten, Gesichter wurden für das Rasiermesser verzogen. Zelte wurden abgebaut und auf Karren verladen, die zu den Booten rollten. Wogen donnerten, Möwen kreischten. Der Tribun Cornelius Sabinus inspizierte in Vorwegnahme der kaiserlichen Inspektion. Trompeten. Gaius Caligula kam gähnend aus seinem Zelt, noch vom Nachtgelage verkatert. Er stolzierte gockelig, den Stab hinter sich, zur Inspektion der Legionen, zu denen eine Abteilung der Prätorianergarde abgeordnet worden war. Die Inspektion dauerte lange, war zum Frösteln und gründlich. Der Imperator beklagte sich bitter über die Kälte, eine Beleidigung seiner Göttlichkeit. Als er soweit war, sich auf einen Karren heben zu lassen, um eine Ansprache an die Angetretenen zu halten, war die Sonne schon hoch gestiegen. Er wandte sich im gebührenden Feierton an die Angetretenen, war aber in den hinteren Reihen nicht gut zu verstehen:

»Soldaten des Imperiums. Euer tapferes Herz und euer starker Körper hat euch an die Nordküste unserer Provinz Gallien geführt.

Ihr werdet euch hier einschiffen und nach Britannia übersetzen. Britannia wird uns in die Hände fallen und uns gehören. Das ist ein besonders feierlicher Augenblick. Die letzte Provinz des römischen Imperiums wartet darauf, erobert zu werden. Doch zunächst – hat etwas Wichtiges zu geschehen. Seht ihr die Muscheln, die an der ganzen Küste, soweit das Auge reicht, hingestreut liegen? Sie sind römisches Eigentum. Deshalb müssen sie zurück nach Rom. Sammelt sie ein.«

Keiner mochte glauben, was er gehört hatte. Der Imperator wiederholte ungeduldig:

»Sammelt sie. Klaubt sie zusammen. Rasch. Die Waffen nieder und sammeln.«

Die Stimme von Cornelius Sabinus war kaum wahrnehmbar.

»Alle, Caesar?«

»Einsammeln. *Ein — sammeln.*«

Ungläubig, zitternd, wurde die große disziplinierte Streitmacht auf eine Kinderschar reduziert, die an der Küste Muscheln aufklaubt.

»Wo – wo sollen wir sie hintun, Caesar?«

»Sie sollen sie in den Helm tun; der ist wie gemacht fürs Muschelnsammeln. Und dann die Helme in diese Transportkarren leeren.«

»Das reicht. Das«, keuchte Marcus Julius schwächlich, während er Muscheln einsammelte.

»Was?«, fragte der weißgewordene Rufus Calvus.

»Das wird er nicht überleben. Die Armee demütigen. Diese Schande. Er kann doch nicht einfach...« Muscheln klauben. An der ganzen Küste. Muscheln einsammeln. Das trockene Scharren auf dem Schalentiermarkt in Neapel ins Widerwärtige gesteigert. Gaius Caligula untersuchte eine einzelne Muschel eingehend und sagte: »Wunderbar gemacht, nicht wahr? Außerordentliche Handwerkskunst. Der alte Gott, wer er immer war, besaß hervorragende kreative Fähigkeiten. Aber der neue Gott erhält deren Gewinn. So soll es sein.«

Die Knöchel von Cornelius Sabinus wurden weißer und weißer, während er das Heft seines Schwertes umklammerte.

Doch Gaius Caligula war noch immer ein Gott. Sein Abbild war aus einem der Schiffsspeicher herausgeschafft worden und lag für den Transport nach Jerusalem bereit, während Paulus an Bord des Schiffes ging, das ihn nach Tarsus in Kilikien bringen sollte. Sein

Kopf war, wie es Petrus richtig prophezeit hatte, von einem Stein angeschlagen, er trug blaue Flecken am Kinn, und er hinkte. Es waren Petrus und Thomas, die ihn nach Caesarea begleitet hatten, wo er in des Philippus Händen für die nazarenische Missionierung sicher war, und das nicht weit von Joppe lag, wohin Simon Petrus von einem anderen Simon, einem Gerber, bestellt worden war, der einen bisher nicht enthüllten Aspekt seiner evangelischen Arbeit jenseits von sich entdeckt hatte. Der Wind blähte bereits die Segel, und die Flut stieg. Petrus und Thomas sahen, wie das Schiff mit heidnischer Anmut auf die hohe See hinausglitt. Petrus sagte:

»Ich sollte es vielleicht nicht sagen, aber ich sage es doch.«

»Du meinst, Gott sei Dank, daß wir ihn los sind?«

»Wir sollten es nicht denken, geschweige denn aussprechen.« Er nahm einige Lungenzüge Seeluft, als würde er keine Gelegenheit mehr haben, obwohl doch Joppe am Meer lag. »Ein komplizierter Charakter. Hat zudem eigene Vorstellungen. Man läßt ihn am besten in Tarsus, mal sehen, was er dort ausrichtet. In Jerusalem möchte ich ihn auf keinen Fall mehr sehen.«

»Weißt du, ich glaube, ich weiß, was mit ihm nicht stimmt. Er denkt zuviel.«

»Ja, das macht der Ort, von dem er kommt. Über Tarsus habe ich viel reden hören. Wichtige Schulen dort, die Leute gehen hin, um dort zu studieren. Seit mehr als tausend Jahren, heißt es. Er hat einen Haufen Bücher gelegen und jetzt hat er Zeit, noch viel mehr zu lesen. Bisher hatten wir nicht viel von solcher Gescheitheit.«

»Bis auf...« Thomas erwähnte den Namen nicht gern: er hatte im Mund einen schlechten Geschmack. »Du weißt, wen ich meine.«

»Ja ja, man sieht, wohin ihn seine Gescheitheit gebracht hat.« Petrus dachte eine Weile nach. »Armer Junge, er. Fürs Leben zu unschuldig.«

»Deshalb starb er«, sagte Thomas brutal. »Sollen wir diesen griechischen Knaben Philippus besuchen?«

Paulus lief an Deck umher, die Füße im Gleichmaß mit dem Schlingern, und kostete seine körperlichen Leiden aus. Er war bestraft worden, aber noch nicht genug. Er kostete die nächste Bestrafung im voraus. Ein Mann muß um meinetwillen Vater und Mutter verlassen. So soll es sein. Das hübsche Häuschen eines Mannes, der mit Segeltuch reich geworden war, würde allein schon durch die bloße Anwesenheit des einzigen Sohnes des Hauses befleckt werden. Auf einem gewundenen Piedestal war da immer die Büste des Kaisers gewesen. Jetzt würde es wahrscheinlich die Büste eines Gottes sein, womöglich mit einer Votivlampe davor. Rede mir nicht von Ketzerei, Vater. Du bist zu den römischen Heiden übergegangen. Du hast deinen Gott im Wohnzimmer. Und sein Vater polternd: Das ist nichts weiter als Respekt. Ich bleibe ein guter Jude und ein guter Römer. Auch ich, Herr. Außer, daß ich den jüdischen Messias anerkenne und zuviel Respekt vor der römischen Ordnung habe, als daß ich sie unter einem Verrückten zusammenbrechen sehen wollte. *So sprichst du vom Imperator?* Ich erkenne jetzt nur mehr einen Herrn an, Vater. Ich schwöre dem Wahnsinn der Welt ab, sei es in Gestalt von Gaius Caligula oder sei es in der des Mannes, der einmal Saulus von Tarsus war.

Schmerzlich, schmerzlich. Seine Mutter, wie eine römische Matrone gekleidet, weint: Den eigenen Namen aufgeben. Der Name, auf den du hörtest, wenn das Essen fertig war oder es Zeit fürs Bettgehen war. O Saulus, Saulus – *Sha'ul Sha'ul ma 'att radephinni?* (Immer mußtest du jemand verfolgen.) Ich kann es nicht glauben, nein, stöhnt der Vater. Du mußt, Vater. Und du mußt dich damit aussöhnen. Dinge ändern sich. Die Geschichte hat es so festgelegt. Ein Imperium, das von innen heraus zusammenbricht, ein Glaube, zerrissen von seinen Widersprüchen. *Doppelte Ketzerei, doppelt.* Rede mir nicht von Ketzerei, Vater.

Du mußt wissen, daß für dich hier kein Platz ist. *Paulus,* wie du dich jetzt nennst. *Das habe ich erwartet.* Enterbt und enteignet. Dein Großvater diente Rom, als Julius Caesar in Ägypten war. Ich diente dem Glauben unserer Rasse vom ersten Tag an, da ich die Verse der Thora wiederholen konnte. Ein guter Jude und ein guter Römer erhält seine Belohnung. Und du wirst die deine eines nicht allzu fernen Tages erhalten – das Beil des Oberhauptes oder die Steine der aufgebrachten Gläubigen oder die Schande des Kreuzes. *Nicht Schande, Vater. Rede mir nicht von Schande.* Und die Mutter: *Sha'ul, Sha'ul, lama sabachthani?*

Er sah alles voraus. Seine Heimkunft und seine Abreise auf immer würde ein bloßes Ritual sein. Nun, Tarsus war seine Stadt so gut wie die seines Vaters. er würde den alten Israel aufsuchen (zu dem Namen berechtigt, würde er sagen, weil er den Namen Jakob erhalten hatte), der ihn das Zeltmachergewerbe gelehrt hatte. Er würde vor seinem Laden in der Sonne sitzen und nicht mit Gott; aber mit steifer Leinwand und der Ahle ringen. Ein Mann im Beruf war ein freier Mann. Er würde nicht die Versammlungen in der Synagoge seines Vaters stören. Sohnesfrömmigkeit war ein Laster mit scharfen Krallen. Abwarten, dachte er. Er konnte warten, während er in der Sonne nähte. Er war, wenn auch kahl, noch immer jung.

Da Paulus und er eines Tages in enge Verbindung treten würden, ist es nicht so unpassend, wie es scheinen mag, wenn man jetzt das Vater-Sohn-Gespräch hersetzt, das sich Marcus Julius Tranquillus im Bad oder auf seinem harten Militärlager oder, im Barackengeviert, beim Warten auf die Inspektion des Tribuns vorstellte. Das Wohnzimmer eines hübschen Häuschens am Janiculus, auf einer gewundenen Säule eine Büste des Imperators, sein Vater, wie er sagt: »Damit ist es aus mit deiner Laufbahn. Einer Laufbahn, der, wenn ich dich erinnern darf, die Familie seit den Tagen der Republik gefolgt ist. Es war immer unsere Absicht, daß du in die Familie von Callidus Marcellus heiratest, eine Familie mit einer langen Tradition der Loyalität zum römischen Staat. Ich hatte immer gehofft, du würdest Söhne zeugen, die die Tradition forttragen würden, die unsere Familien gemeinsam haben.«

»Eine Tradition, wenn ich das sagen darf, des Mäntelchen-nach-dem-Wind-Hängens. Eher Taktik als Überzeugung.«

»Das ist ungehörig.«

»Vater, die Welt dreht sich. Die Welt bricht zusammen, damit sie neu gemacht werde. Ich möchte Teil daran haben, wenn sie neu gemacht wird.«

»Indem du ein jüdisches Mädchen heiratest«, sagt die Mutter, ihr Gesicht eine wohlgestaltete Leidensmaske, *»eine Sklavin?«*

»Sklaverei, liebe Mutter, ist ein Status, der vom Tyrannen verkündet wird, nicht vom Blut oder einem Mangel an Begabung. Unser Beamtenapparat ist in den Händen von Sklaven oder Freigelassenen mit durchstochenen Ohrläppchen, die auch unter einem besonders weiblichen Haarwuchs nur schwer zu verbergen sind. Wenn ein Mädchen aus guter palästinensischer Familie dank der Rachsucht eines römischen Beamten zu einer Sklavin gemacht wird, dann muß sie deshalb noch nicht verachtet werden. Es ist das römische System, das verächtlich gemacht wird.«

»Seltsame Worte«, sagt sein Vater, »für einen Sohn Roms.«

»Rom ist nicht mehr, was es einmal war. Gott allein weiß, wann es wieder sein wird, was es einmal war.«

»Was soll das Wort *Gott*? Hast du schon etwas von den Juden gelernt?«

»Der Mann, der sich Gott nennt, verkauft einen Teil seines Hausstandes. Der göttliche Caligula ist hoch verschuldet, und Steuern können ihn nicht mehr retten. Ich möchte eine jüdische Dame guter Herkunft aus der Sklaverei freikaufen. Haben wir das Geld dafür?«

»Wir? Wir? Das ist deine Sache, Sohn, das geht mich und deine Mutter nichts an.«

»Es gibt so etwas wie ein Erbteil.«

»Wenn ich tot bin, nicht eher. Und viel wird es nicht sein. Ein Berufssoldat wird, wie du gerade selber lernst, nicht so leicht reich.«

Geld auftreiben, um eine Braut zu kaufen. Wer spricht da von einer verrückten Welt. Es würde nötig sein, im stillen mit dem *tribunus militum* zu reden, der, wie es schien, durchaus wohlgesinnt war. Hatte nicht Gaius Caligula zur Zeit seiner Thronnachfolge ganze Geldkisten in die Regimentskasse geleert, eine seiner gesunden Handlungen? War nicht das Befreien eines kaiserlichen Haushaltsgegenstandes, deren Schwester von ihrem durchgedrehten Herrn zu Tode geprügelt worden war, ein legitimer Gebrauch jener Mittel, die keine Garantie mehr für Loyalität boten? Soll er sein schmutziges Geld zurückhaben. Marcus Julius Tranquillus, steif bei der Parade oder entspannt im Bad, sah eine Hoffnung in der Sentimentalität, die der harte militärische Panzer oft verbarg. Der Oberzenturio in eine Sklavin verliebt. Lies deinen Lukrez: Venus schlägt, wen immer sie will. Leert die Schatztruhen, um ihm die Braut zu kaufen. Wer spricht da noch von einer verrückten Welt.

Petrus und Thomas rasteten vor einer Herberge am Meer in Joppe oder Jeppe oder Jeffa oder Jaffa; der Name war alles andere als eindeutig, wenn ihn die Einheimischen aussprachen. Thomas streifte die Sandalen ab und bewegte die steifen alten Zehen in der Meeresbrise. »Für diese ewige Tippelei werde ich zu alt«, sagte er. »Meine Knochen knirschen.«

»Du hättest ja nicht mitzukommen brauchen«, sagte Petrus. »Zu Hause wäre genug zu tun.«

»Zu Hause. Ach, Jerusalem. Manchmal habe ich Lust, in mein richtiges Zuhause zurückzugehen. Über dem großen See. Weißt noch, wie wir uns da trafen?«

»Nicht so lange her, Thomas.« Die Bedienung brachte Becher, einen Weinkrug und einen kleineren mit Wasser. Betrübt betrachtete Petrus ihre munter wegwackelnden Hinterbacken.

»Dort arbeitete ich im Garten von der Familie da, und dann geht das arme Mädel ein und alle Welt glaubt, sie ist tot und dann bist du dahergekommen, mit *ihm*.«

»*Talitha cumi*«, erinnerte sich Petrus. »Mädchen, steh auf. Und bei Gott, sie stand auf. Und danach das große Essen, du hast beim Auftragen geholfen. Damals waren wir immer so hungrig.«

»Sind's noch immer. Nicht daß ein alter Mann viel braucht. Gute Luft brauche ich, und das ist gute Seeluft. Sind auch keine schlechten Leute.«

»Simon ist ein guter Mensch, aber er erwartet zu viel.« Mit einer Art priesterlicher Sorgfalt sah Petrus in den Weinkrug, so als wollte er Eingeweide nach Wahrzeichen untersuchen. Die Fingerspitze stieß hinein und förderte eine Fliege zutage. Er trocknete die Fliege in der Sonne und beobachtete dann, wie sie unsicher in die blaue Seeluft schwirrte. Die Wellen schnaubten wie erschöpfte Läufer. »Er meint, daß er imstande sein sollte, Wunder zu wirken.«

»Meine Rede«, sagte Thomas. »Kommt darauf an, was man unter Wunder versteht. Die andere Sache ist viel schlimmer, besonders, seit Philippus die Geschichte von dem großen Schwarzen ohne Sack erzählt hat.«

»Unmöglich ist es«, sagte Petrus. »Da gibt's keine Debatte. Wenn der große Schwarze im Glauben abzog, er wäre gerettet, von mir aus. Soll er's sein bis zu dem Tag, da er aufgeklärt wird. Und das wird er bei seiner nächsten Reise nach Jerusalem, wenn er davon erfährt. Wenn ich noch am Leben bin, werde ich ein Auge auf ihn haben. Ein großer Schwarzer mit hoher Stimme wird schon auffallen. Das war der einzige Fehler von Philippus. Aber unser Freund Simon hat literweise geweihtes Wasser über Nichtjuden geschüttet, und das geht nicht. Niemals war die Rede von den Nichtjuden. Nazarener, die Schweinefleisch essen, unbeschnitten noch dazu. Nein, es geht nicht. Und das andere geht auch nicht, aber wir müssen ihnen den Trost geben, den sie erwarten.«

»Wie lange liegt der Leichnam schon dort?«

»Zu lange, würde ich sagen. Doch diese Frauen schwören, er sei noch immer im – sie nennen es Zustand der Reinigung.«

»Also das Gegenteil der Verunreinigung.«

»Vielleicht hab ich's falsch verstanden.« Petrus nahm einen tüchtigen Schluck Wein und Wasser, rülpste und sagte: »Besser.«

»Er stinkt nicht, um es knallhart zu sagen. Was man von Simon nicht behaupten kann. Der stinkt nach seinem Gewerbe. Wie sein ganzes Haus.«

»Gerben ist ein stinkender Beruf«, sagte Petrus. »Wußtest du, daß man es mit Kamelmist macht?«

»So was will ich gar nicht wissen. Jedenfalls gibt's genug Kamelmist hier. Sieh nur dieses große brüllende Stück Vieh. Kamele waren mir immer ziemlich wurscht. Aber jetzt los: mal sehen, ob sie schon stinkt. Dürfte eine delikate Sorte von damenhaftem Gestank sein.« Zögernd standen sie auf und bahnten sich, auf ihren Stock gestützt, den Weg zwischen den beengenden Obstständen und den lauten Feilschern. Viel zu teuer; weiter unten zahle ich weniger. Meine Dame, bei diesem Preis zahle ich drauf. Vor dem Tor eines Hauses, dessen Läden vorgelegt waren, erwarteten sie zwei Frauen in Schwarz. Sie gingen ins Dunkle, aber da war kein Verwesungsgeruch. Viele Lilien in Töpfen. Zwei weitere Frauen saßen da und tranken eine Art Kräuterabsud. Behaltet Platz, meine Damen.

»Wie war der Name?«, fragte Petrus.

»Dorkas, Dorkas.«

»Oder Tabitha.«

»Ahja«, sagte Thomas. »Beides ist ein Tier, das schnell läuft.«

»Gazelle.«

»Gazelle, ja. In die nächste Welt davongesprintet, was?«

Die Gefühlsroheit ließ sie alle in Tränen ausbrechen. Eine Frau weinte, während sie an ihrem Gebräu nippte.

»Feingefühl, Thomas«, sagte Petrus. »Wo ist die äh...?« Sie wurden über ein paar Stufen an ein Schlafzimmer geführt. Die Läden waren geschlossen, aber der Geruch von Nardenöl überwältigend. Auch Kampfer, wie Thomas verstohlen erschnüffelte. Eine Kerze zu Häupten und eine zu Füßen. Ein ziemlich junges Mädchen, eine nicht mehr leichtfüßige Gazelle, auch hübsch; nicht unähnlich der Tochter dieses, wie hieß er, Jairus.

»Tja, scheint ziemlich tot zu sein, aber man weiß nie.«

»Wie sagte er? Ja, *Talitha cumi.*«

»Jetzt mußt du bloß *Tabitha cumi* sagen. Mußt es genauso wie er machen, Petrus. Müssen wir, hat er gesagt.«

»Das ist nichts für uns.«

»Manchmal mogelt die Natur so wie bei dem Magier Simon. *Scheint* ist nicht dasselbe wie *ist.*«

»Gefällt mir nicht«, sagte Petrus. »Aber ein Versuch kann nicht schaden. *Tabitha cumi.* Steh auf, Mädchen.«

Vom Körper des Mädchens keine Antwort. »Ist viel verlangt«, sagte Thomas.

»Zu viel. Er war er. Wir sind bloß wir.«

Aber Thomas riß die Augen auf und berührte Petrus am Ärmel. Er murmelte so etwas wie ein Gebet, damit das, was zu geschehen schien, nicht geschehe. Beide starrten mit blöd offenstehendem Mund auf einen Mund, der sich sanft öffnete und etwas herausließ, das ein kleiner Atemvorrat zu sein schien, der dort aufbewahrt war. Eine der Kerzen flackerte. War der alte Atem einmal herausgelassen, konnte neuer vom Körper Besitz ergreifen; sein Rhythmus war noch so schwach wie in einem Körper, der sich am Rand des Todes befindet. Beide Männer fürchteten das Öffnen der Augen, die eine Lichtbotschaft aus einer Welt brächten, die niemand besuchen wollte, wenn er es nur verhindern konnte. Übereinanderstolpernd stürzten sie aus dem Gemach. Als sie die Treppe hinabgefallen waren, sagte Petrus zu den Frauen: »Ihr könnt jetzt nach oben gehen.« Der Kräuterabsud war auf den abgetretenen griechischen Läufer mit dem Schlüsselmotiv gespritzt. Petrus sah zum ersten Mal einen protzigen Vogel in einem Käfig, wie er ihn mit erhobenem Kopf wie aus einer anderen Welt ansah. Eine Schar schwerer schwarzer Vögel rannte mit flatternden Flügeln die Stufen hoch. In einer Minute würden sie nach Frauenart ein Freudengeheul anstimmen, das sich wie Schmerz anhörte. Mit der Schnelligkeit von Dieben waren die beiden Männer aus dem Haus.

In diesem Augenblick hielt der Zenturio Cornelius eine Versammlung mit den wichtigen Unteroffizieren seiner Zenturie ab. Sie fand in seinem eigenen Haus über der Bucht von Caesarea statt. Seine Frau sang in der Küche, und sein kleiner Sohn besabberte einen Spielzeugzenturio, den ihm netterweise der Garnisonsschreiner geschnitzt hatte. »Also, Leute«, sagte Cornelius gerade, »die Lage ist nicht klar. Überhaupt nichts ist, soweit es um Rom geht, heutzutage klar. Wir bleiben, aber er geht.«

»Kein Landpfleger?«, fragte der Dekurio Fidelis. »Nie mehr? Wem sind wir verantwortlich?«

»Im Augenblick mir. Und es sieht so aus, als wäre ich direkt diesem Herrn in Syrien verantwortlich, Lippius.«

»Caius Lippius«, sagte der grüne Junius Rusticus, ein Junge, der zu überflüssigen Pedanterien neigte.

»Wir haben aber auch Anweisungen von diesem Herodes Agrippa entgegenzunehmen, der aus Galiläa angereist kommt. Der König Palästinas, wie er sich nennt. Ihr könnt euch euren Teil selber denken.«

»Wir werden also nach Jerusalem verlegt?«, fragte Fidelis.

»Wir werden mehr in Jerusalem als in Caesarea gebraucht«, sagte Cornelius. »Besonders, wenn er diese Statue hineinschaffen läßt.«

»Kann ich nicht verstehen«, sagte der Dekurio Androgeus, ein halber Grieche und sehr olivenhäutig, einer, der nach zwei Degradierungen wegen Schlägerei zum dritten Mal Dekurio war. »Verstehe ich nicht, wie ein Jude das tun kann. Und selbst wenn er sich König nennt. Die anderen Juden werden ihm schnell die verfluchte Gurgel durchschneiden«, sagte er vorgreifend. Darauf Cornelius:

»Es scheint bei der römischen Armee zu liegen, daß sie es nicht tun. Also bei uns. Und den syrischen Knaben, der üblen Bande. Der Gott Caligula oder wie? Gleichermaßen für Juden und Römer. Ich glaube nicht, daß ich noch viel vom Wahnsinn dieser Welt vertrage«, sagte er und sang ein unbewußtes Unisono mit einem viele

Meilen entfernten anderen Zenturio. Er trat auf seinen kleinen Balkon und sah auf das Meer und die dichtgedrängten Schiffe hinaus. All das schien recht gesund zu sein. Dann wandte er sich um und betrachtete das Zimmer, ohne seine Leute zu sehen. Er war bei sich zu Hause, so war es doch. Voller Nippes, den er in vielen fremden Bazaren gesammelt hatte. Das meiste billig, bis auf den Bronzebüffel; wahrscheinlich alles geschmacklos. Er sagte: »Ihr wißt doch, wo Vernunft ist?«

»Ihr sagtet etwas darüber, Zenturio«, sagte Junius Rusticus.

»Wir brauchen jemand, der zu uns spricht«, sagte Cornelius mit niedergeschlagenen Augen. »Der Mann, an den ich denke, war vor ein paar Tagen hier. Der Grieche im Ramschladen hat gesagt, er wäre nach Joppe oder Jeffa oder wie sie's nennen, gegangen. Er ist Fischer, dieser Petrus, von dem ich spreche. Er ist der Chef. Es heißt, er habe seltsame Dinge getan. Trotzdem, ein bescheidener Mann für bescheidene Männer.«

»Seltsam?«, fragte Fidelis.

»Du weißt schon, was ich meine. Ich weiß nicht das richtige Wort dafür. In diesen Tagen des Weltwahnsinns verlieren sogar Wörter ihre Bedeutung. Fragt in Jappe oder Jaffa nach diesem Petrus. Jeder müßte wissen, wo er ist. Rusticus und Androgeus, ihr zwei könnt euch freiwillig zur Verfügung stellen.«

Wo war Petrus? Im Augenblick befand er sich auf dem Dach seines Gastgebers, des Gerbers Simon. Aus zwei Gründen war er da hinaufgestiegen. Der eine war, daß die Küchendämpfe der Abendessenbereitung unten so leicht nicht den Gestank des Gewerbes verdrängen konnten, dem in den Schuppen auf der Rückseite des Hauses nachgegangen wurde. Eine betagte Frau, die grantelnd den Griff hielt, die Mutter Simons, des Gerbers, drehte ein schon betagtes Stück Hammelfleisch am Spieß. Ihr werdet es schon noch erwarten können, hatte sie ungnädig gesagt. Zeit und Gezeiten warten auf niemand, respektlos das. Der andere Grund, warum er sich auf dem Dach befand, war die Entfernung von der Menge, die von der plötzlichen Genesung des Gazellenmädchens gehört hatte. Das Mädchen war früh verwaist und hatte das meiste einer reichlichen Erbschaft für die Bekleidung der Armen verwendet. Unten waren viele dieser auf solche Art bekleideten Armen, zeigten ihre Eiterbeulen und verschrumpelten Glieder und verlangten durch den Glauben geheilt zu werden, den nicht eben viele besaßen. Eine Treppe führte zum Dach hinauf, und oben befand sich eine Tür, die er, Petrus, verriegelt hatte. Gefühlsmäßig überfordert und erschöpft lag er unter einem weißlichen Baldachin, der die Sonne fernhielt. Seine einzige Gesellschaft waren die Behälter mit Meerwasser, das Simon zusammen mit dem Kamelmist für sein unerfreuliches Gewerbe brauchte. Fäuste klopften an diese Tür.

»Wer?«

»Ich bin's, Thomas. Eure Anwesenheit, mein Herr, wird für weitere Wunder verlangt.«

»Sag ihnen, das sei Gotteslästerung. Sie sollen beten. Sag ihnen, daß ich nichts bin. Auch du nicht.«

»Das weiß ich schon, daß ich nichts bin. Ich werde ihnen sagen, daß du vor dem Essen ein Nickerchen brauchst, und daß sie sich am besten verziehen.«

»Das Essen brauche ich vor dem Nickerchen. Kannst es mir hier herauf bringen.«

»Da hast du recht. Der Gestank unten vergast einem des Essen. Aber es ist noch nicht fertig.«

Petrus, der kein Nickerchen brauchte, nickte dennoch ein. Beinah sofort stellte sich ein Traum ein, und der Traum sagte ihm, wie hungrig er war. Das Licht im Traum war das Licht auf diesem Dach, es beschien die richtige Anzahl von Meerwasserkesseln, vielleicht auch einen weniger, und die zwei, drei vertrockneten Topfpflanzen, die dort standen. Eine Katze kam aufs Dach, starrte Petrus an, um dann, als sie einen auffliegenden Spatzen ausmachte, diesem blitzschnell hinterher und aus dem Traum zu sausen. Der weißliche Baldachin blieb nicht da, wo er war. Er flog fort aus der Lage über Petrus' Kopf und spannte sich ungefähr drei Meter vor ihm am Himmel straff. Er begann sich mit den Bestandteilen eines dieser römischen Gelage zu füllen, von denen er gehört hatte. Hirschlenden, ein ganzes gebratenes Kameljunges, sich krümmende Hummer, Krebse, die miteinander kämpften, obwohl sie siedend aus dem Kessel kamen, Spanferkel, Schweinefleischwürste (die erkannte er, obwohl seine Augen die Haut nicht durchdringen konnten), ein Kitz, das in einer blubbernden Milch gesotten wurde, die zweifelsohne die seiner Mutter war. Ziegen- oder Kuhmilch, die in Töpfen geröstetes Schweinefleisch bespülte. Im Traum war das kein Greuel. Eine Stimme, die die vier Enden der Welt erfüllte, rief, daß alles gut wäre. »Iß, iß. Nichts ist verboten. Alles kommt von Gott.« Petrus hörte sich selbst sagen: *Ich kann nicht. Es ist unrein.* Und die Stimme dröhnte: »Gott hat es gereinigt. Iß.« Petrus erwachte. Das Sonnendach war wieder dort, wo es gewesen war. Er hörte Thomas an die Tür trommeln und rufen: »Du wolltest doch essen. Iß.« Petrus stolperte zu den Riegeln und zog sie zurück. Thomas brachte eine Holzplatte mit dampfendem Fleisch darauf, dazu

Brot und ein Krug. Petrus sagte lallend: »Schweinefleisch. Mit Ziegenmilch runtergespült.«

»Igitt. Du hast schlecht geträumt.«

»Wir dürfen alles essen, Thomas. Hat er grade gesagt. Wir können wie Nichtjuden sein.«

»Wach endlich auf, Mann, dann iß dein Abendbrot. Lauter gutes *koscheres* Fressen. Milch und Schweinebraten. Da hat der Teufel reingelangt. Igitt.«

Während sich Petrus gerade durch den gebratenen Hammel arbeitete, erreichten zwei Männer von der italischen *speira* zu Pferd das Haus von Simon dem Gerber. »*Wen* wollt Ihr?«, fragte Simons alte Mutter. »Was hat er eigentlich angestellt?« Nichts angestellt. Er wird in Cäsarea gebraucht. »Liegt einer im Sterben?« Man könnte sagen, daß jemand sein Leben für etwas lassen würde.

Petrus saß hinter Rusticus, und Thomas hinter Androgeus. Noch nie waren sie zuvor auf einem Pferd gesessen. Die Rüttelerfahrung tat ihrem Essen nicht unbedingt gut. Sie mußten sich an der Koppel der beiden Reiter festhalten und mit den Schenkeln die heißen Flanken der Tiere umklammern. Es geschahen zu viele neue Dinge. Thomas schrie gegen den Wind: »Es ist einfach unmöglich. Das Haus eines Unbeschnittenen betreten. *Er* hat das nie getan. Gegen das Gesetz.«

»Welches Gesetz? Das Gesetz, das uns verfolgt hat?«

»Wir sind Juden, Herrschaftsseiten. Die Jünger sind noch immer Juden. Wir beachten das Gesetz.«

»Mein Traum hat das Gesetz gebrochen. Die Stimme vom Himmel hat das Gesetz vom erlaubten und verbotenen Essen gebrochen.«

»Und du ißt Schweinefleisch? Krebse aus dem Meer?«

»Ich weiß, was der Traum bedeutete. Wenn ich kein solcher Idiot gewesen wäre, hätte ich gewußt, wann das neue Gesetz begonnen hat. Als Philippus den Neger taufte...«

»Hatte kein Recht zu. Nicht bloß nicht beschnitten, auch noch Eunuch. Nach allem, was Recht ist, ein elender Kannibale.«

»Dein Hirn knirscht wie deine Gelenke«, schrie Petrus. »Der Glaube muß auch zu den Nichtjuden gehen.«

»Wer sagt das?« Thomas überknurrte das Schnauben von Androgeus' Pferd. »Ich geh da nich rein, nee. Geht auf deine Kappe.«

Cornelius hatte eine große Gruppe zusammengetrommelt, um Petrus zu begrüßen. Er hörte den achtfachen Hufschlag auf der Straße kommen und sagte: »Da sind sie. Gehen wir ihnen entgegen.« Beim Absteigen stürzte Petrus beinahe. Thomas blieb sitzen, bis man ihm herunterhalf. Sie befanden sich in einem kleinen Garten mit breiter Einfahrt. Thomas entfernte sich von der ganzen geschichte und ging beiseite, um sich auf die Steinbank unter einem Feigenbaum zu setzen. Petrus stand unsicher herum, lächelte und erschrak ernstlich, als der Zenturio vor ihm in die Knie ging. Andere taten es ihm im Bestreben, das richtige zu tun, nach. Petrus hob Cornelius rasch auf und sagte:

»Auf, auf. Ich bin nichts besonderes. Auch ich bin nur ein Mensch. Ja nun«, fügte er mit der Aufrichtigkeit des Fischers hinzu, »es gibt da gewisse Unterschiede. Gesetz, meine ich, wenn du weißt, was ich meine.«

»Ich kenne das Gesetz Eurer Väter, Herr«, sagte Cornelius.

»Nicht Herr, bitte bitte nicht Herr...«

»Daß es ungesetzlich ist, sich mit den Unbeschnittenen abzugeben. Daß Ihr durch Verbindung befleckt werdet. Und für mich, für uns, wollt Ihr das Gesetz brechen. Ihr kommt in mein Haus. Deshalb bin ich auf die Knie gefallen.«

»In dein Haus«, sagte Petrus fest. Er hörte, wie Thomas unter dem Feigenbaum seufzte. »Gott scheint nicht auf die Person zu sehen. Jedes Volk, das ihn fürchtet und das Rechte tut – jedenfalls scheint er es anzunehmen. Ihr wollt die Taufe?«

Cornelius nickte feierlich. Er war wie für eine Parade in voller Uniform. »Wenn Ihr hereinkommen wollt...«

Thomas fiel vom Feigenbaum eine Feige in den Schoß. Er nahm sie auf und begann sie auseinanderzunehmen. Sie war rot und reif. Er begann sie kopfschüttelnd zu essen. »Eine Feige aus einem römischen Baum in einem römischen Garten. Habe ich deine Erlaubnis, o Herr? Ach, eine böse Geschichte.«

Die Zeremonie, vollzogen durch Besprengen, fand in einem kleinen Salzsee an der Küste statt. Besprengen schien statt des Eintauchens angebracht. Man erwartet von Männern in voller Uniform nicht, daß sie sich vollkommen naß machen.

Der Name Cornelius war in Rom gebräuchlich geworden, kurz nachdem Publius Cornelius Sulla zehntausend Sklaven freigelassen und sie damit zu Mitgliedern der *gens Cornelia* gemacht hatte. Das war etwa achtzig Jahre vor Jesu Geburt gewesen. Jetzt lagen die Dinge anders. Sklaven waren Besitz, und nur Narren konnten Besitz weggeben. Für die Dauer des siebentägigen Ausverkaufs von kaiserlichem Besitz, in dem Sklaven gleichgültig mit goldenen

Nachttöpfen, griechischen Statuen, Kleppern, die schon bessere Tage gesehen hatten und Besitzurkunden über entfernte Kraut- und Rübenfelder zusammengeworfen waren, zog es den Imperator in einem ungewohnten Anfall von Beschämung vor, sich aus der Stadt zu entfernen. Er verfolgte in Neapel irgendwelche zweitrangigen Spiele und war ziemlich begeistert von den Vorführungen der Ringer. Der Jude Kaleb, der sich Metellus nannte, ohne daß jemand drauf reinfiel, hatte eine Tour durch die Provinzen beendet und war jetzt, wie es hieß, reif für Rom. Kaleb-Metellus warf einen pannonischen Riesen in den Staub und brach einem höhnenden Athener den Arm. Gaius Caligula lobte die Darbietung. Wäre Kaleb zusammen mit seinem Imperator in Rom gewesen, hätte er sehen können, wie seine eigene Schwester auf dem Markt bei der Via Sacra in Forumsnähe verramscht wurde.

»Keiner bietet mehr?« schrie der Auktionator. »Gutes syrisches Fleisch das, kein Gramm Fett.« Er meinte einen finsterblickenden Sklavenholzarbeiter. »Los, los, Bürger, direkt aus des Kaisers eigenem Haushalt. Kein Ladenhüter. Da ist doch mehr drin – war das zweitausendfünfhundert, ja?« Der finstere Blick des Syrers war noch gar nichts gegen den Saras, die auf die Idee gekommen war, ein Bein kürzer als das andere erscheinen zu lassen und die Schultern wie bei einer Lähmung zu verrenken.

»Mädchen aus Jerusalem, die geheimnisvolle Stadt des Ostens. Halte dich gerade, Zähnchen, und weg mit dem bösen Blick, du. Versteht einen Spaß, sieht man, spricht aber auch Latein und Griechisch, eine Bereicherung für jeden Haushalt. Zugeritten, wenn die Herren wissen, was ich meine. Aufgerufen für fünfhundert Sesterzen, wer bietet mehr? Siebenhundertfünfzig, der edle Herr Senator dort drüben. Guten Tag, Herr Lepidus. Einer für tausend? Fünfzehnhundert? Keiner? Verkauft an den Bürger in der grünen Toga für tausend. Bitte, nur Gold und Silber, keine Schuldverschreibungen. Befehl des Imperators.« Ein unbekannter Käufer führte eine kratzende Sara ab. Er sagte nichts. Er brachte sie in den kleinen Park am Vicus Patricius. Dann nahm er aus einer Innentasche eine Schere und begann damit, Saras Kette durchzuschneiden. Überrascht sah sie nach unten. Hinter einer Schirmpinie kam Marcus Julius Tranquillus hervor. Er sagte:

»Danke, Gracchus. Ich werde mich schon um die Fußringe kümmern.«

Nach Meinung seiner Mitstreiter war Petrus länger als nötig in Joppe gewesen. Sie hatten ihm einen schwerwiegenden Vorwurf zu machen, und er, sagten sie, sei aus dem Stadium eines Menschenfischers in das eines Fischfischers zurückgefallen. »Ich habe dort genug Männer und auch Frauen gefischt«, sagte er. »Da gab es genug zu tun, glaubt mir, und wenn ich mich auf meinen alten Beruf besann, dann um genug zu verdienen, um das Werk zu vollenden. Ich konnte es im Haus von Simon dem Gerber nicht mehr aushalten, der Gestank hat mich erwürgt, und da mußte ich nach einer Bleibe suchen. Eine Wohnung kostet Geld. Ich schloß mich einer Art Fisch-...«

»Syndikat?«

»Ja, so haben sie's genannt. Dann aber überlegte ich mir, daß es besser wäre, hierher zurückzukehren, obwohl ich das Meer mochte, gute Luft, nicht wie hier, daß ich also besser heimkäme, um nachzuschauen, wie alles ging. Schließlich«, sagte er vorsichtig, »bin ich der Chef.«

Jakobus, der Sohn des Zebedäus, vermied den Hinweis darauf, daß er Chef der Kirche von Jerusalem geworden war. »Thomas«, sagte er, »hat uns reichlich verwirrende Dinge erzählt.«

»Wo *ist* Thomas?«

»In den Süden.«

»Süden? Was soll das heißen?«

»Er sagte, er sei jetzt reiselustig, bevor er dafür zu alt werde. Er läßt dich schön grüßen. Ob er das Wort verbreiten würde oder nicht, da war er sich nicht sicher. Meditation in der Sonne, sagte er, was das auch immer sein mag. Wir würden von ihm hören, sagte er noch.« Beide Jakobusse sahen Petrus ernst an. Jetzt waren nur mehr drei Apostel in Jerusalem übrig. Die anderen, die im Haus von Matthias versammelt waren, waren in der Hauptsache Konvertiten, Pharisäer die meisten, unter ihnen ein oder zwei Priester in Amtstracht. Sie sahen noch ernster als die beiden Jakobusse drein. Jakobus der Jüngere sagte zu seinem Namensvetter:

»Soll ich es sagen?«

»Rede.«

»Also gut. Es geht darum, daß du das Gesetz des Moses herausgefordert hast.« Petrus grimassierte wütend. »Alles, was wir tun, Petrus, ist in der Schrift festgelegt. Das Gesetz des Moses wird nicht durch das neue Gesetz geändert.«

»Was soll ich denn getan haben, das das Gesetz herausfordert?«

»Zunächst mal hast du unreine Speisen gegessen. Dann hast du gesagt, so was wie unreine Speisen gebe es nicht. Du hast behauptet, du habest die Stimme des Herrn gehört, wie sie sagte, daß alles gleich gut sei – Schweine, Krebse, soviel ich weiß auch Kröten und Spinnen ...«

»Ich hatte diesen Traum«, sagte Petrus. »und der Traum war von Gott. Dafür habt ihr nur mein Wort, aber vielleicht seid ihr schon soweit, daß ihr das Wort des Felsens, auf den die Kirche gebaut ist, nicht mehr hinnehmt. Was das Essen von Sachen mit Blut drin angeht – ja, das habe ich getan. Es geschah im Haus dieses Römers, den ich in den Glauben hineingetauft habe. Was sollte ich tun – seine Gastfreundschaft verschmähen?«

»Ja«, sagte Jakobus, Sohn des Zebedäus. »Du hättest schon gar nicht in sein Haus gehen dürfen. Es war ein römischer Zenturio, oder?«

»Ja«, sagte Petrus. »Und er und seine Familie und ein Haufen seiner Leute wollten Nazarener werden. Die Gnade des Herrn erleuchtete sie. Ich nehme an, daß sich die Gnade des Herrn versündigt hat.«

»Wir gingen davon aus«, sagte ein Priester namens Kish, »daß sich die Bestimmung Israels mit der Ankunft des Messias erfüllen würde. Ein römischer Zenturio scheint etwas weit ab von Israel, außer natürlich, wenn er mithilft, Israel auszubluten und gotteslästerliche Statuen zu schicken, die die heilige Stadt entweihen.«

»Was denn für gotteslästerliche Statuen?« fragte Petrus.

»Dazu später«, sagte Jakobus der Jüngere. »Alles der Reihe nach.«

»Von mir aus«, sagte Petrus. »Ein Mann muß sich also die Vorhaut kappen lassen, bevor er das Taufwasser empfangen kann ...«

»Das ist ziemlich roh ausgedrückt«, sagte Kish. »Die Beschneidung ist das Unterpfand für Gottes Erwählung des einen Volkes. Dieses eine Volk wird durch die Ankunft von Gottes Sohn erlöst.«

»Demnach«, sagte Petrus, »muß ich aus einem römischen Zenturio erst einen Juden machen, bevor ich einen Nazarener aus ihm machen kann?«

»Man kann nicht einfach aus einem Menschen einen Juden machen«, sagte ein anderer Priester namens Nathan. »Man muß als Jude geboren sein. Und wenn man als Jude geboren ist, kann man Nazarener werden. Ganz einfach.«

»Wir ignorieren also die Nichtjuden?« sagte Petrus laut. »Wenn ich mich recht entsinne, dann hat man uns gesagt, wir sollten hinaus in die ganze verfluchte Welt gehen und jedem, der zuhörte, die Botschaft bringen; da war nichts von Kleidaufheben und Nachschauen, ob sie auch beschnitten wären. Und man hat uns nichts davon gesagt, daß wir unrein würden, wenn wir in das Haus von Nichtjuden gingen. Verdammt nochmal, der Herr selbst war drauf und dran, in das Haus eines anderen römischen Zenturios zu gehen, um dessen Diener oder wer es war zu heilen.«

»Er ging nicht«, sagte Jakobus, Sohn des Zebedäus. »Der Zenturio sagte, er sei nicht würdig, was richtig war...«

»Und der Herr«, rief Petrus, »sagte, er habe soviel Glauben nicht unter den verfluchten Israeliten gefunden.«

»Uns hat man es erst gar nicht sagen müssen«, sagte Jakobus der Jüngere, »daß wir nicht in das Haus von Unreinen gehen dürften. Wir wußten das bereits. Es steht alles im alten Gesetz geschrieben.«

»Richtig«, sagte Petrus heftig schnaufend. »Ich taufe also ein Dutzend römische Soldaten, die an Jesus als Sohn Gottes glauben, und ich versündige mich. Ist es so, ja? Und ich esse ein Stück römisches Fleisch und schwemme es mit einem Becher römischer Ziegenmilch runter, und auch das ist Sünde. Ist es nicht so?«

»Igitt«, entfuhr es einigen in der Versammlung.

»Ihr Herrschaften«, sagte Petrus, »scheint manchmal zu vergessen, wer zum Chef gemacht wurde. Er schickt eine Vision herunter, und ich nehme die Vision an. Und ihr sagt, ich versündige mich. An mich ergeht der Ruf, eine römische Gänseherde zu bekehren. Und auch das ist Sünde. Ihr denkt langsam. Der arme kleine Stephanus war schneller als ihr. Deshalb haben sie ihn umgebracht. Staphanus erkannte, daß der alte Weg zu Ende war. Priester, Synagogen, Beschneidung, die Speisekarte, die im Buch Leviticus festgelegt ist – das ganze Zeug. Wir sind nicht mehr, was wir einmal waren.«

»Ich kann's nicht begreifen«, stöhnte Jakobus, Sohn des Zebedäus. »Ich kann's einfach nicht.«

»Du *willst* nicht, wäre ehrlicher. Diese verfluchte Sturheit muß euch ausgetrieben werden. Und wenn die Metzgerschürze Caligula persönlich erleuchtet würde und sagte, er wolle ein Nazarener werden – was machen wir da? Sagen wir nein, Euer Metzgermajestät, Ihr könnt kein Jude sein und damit keiner von uns. Ihr bleibt besser beim Kopfabhacken und den zehn Weibern und dem Stopfen kleiner Buben? Mir scheint, daß ihr alle über einiges nachdenken müßt.«

»Und der Tempel?«, fragte Jakobus der Jüngere.

»Was ist mit dem Tempel?«

»Ist er noch unser Tempel? Gehen wir mit den Juden zusammen, die keine Nazarener sind, und sterben für den Tempel?«

»Keiner«, sagte Petrus, »stirbt für einen Steinhaufen, auch wenn ihn König Salomo selbst errichtet hat.« Petrus merkte, daß ihn heute der Teufel ritt, aber es schien ein reiner und zuträglicher Teufel zu sein. »Wenn er sich von der Königin von Saba und zehntausend Konkubinen freimachen konnte.«

»Das ist alles sehr ungehörig«, sagte der Priester Nathan. »Solch leichtfertige Worte haben wir nicht erwartet. Die Gegenstände, um die es hier geht, dürfen eine erhebliche Bedeutung beanspruchen.«

»Offenbar verstehst du nicht, was ich sage, Petrus«, sagte Jakobus der Jüngere. »Wir sind nach wie vor Teil der Geschichte der Juden. Was heißt, daß wir den Tempel verteidigen müssen. *Er* hätte sich dort im Tempel mit einer Peitsche aufgestellt – das weißt du ganz genau.«

»Gegen was den Tempel verteidigen?« Petrus war schlicht bestürzt. Er war ganz woanders gewesen. Alle seufzten.

»Die Statue des Imperators Caligula«, sagte Jakobus, Sohn des Zebedäus, »wartet am Stadtrand. Du mußt sie doch gesehen haben?«

»Einen Karren mit Soldaten und einen Haufen syrische Sklaven habe ich gesehen. Auf dem Karren war was mit einem Purpurtuch verkleidet. Ich habe mir nichts dabei gedacht. Wieder was von den spinnerten Römern, habe ich mir gedacht. Es war also die Statue des Imperators, aha. Ihr meint doch nicht...«

»Der Imperator hat sich zum Gott erklärt«, sagte ein Priester namens Nebat – seine steigende und fallende galiläische Intonation schien aus einer gräßlichen Lästerung harmlose Musik zu machen. »Er verlangt, daß sein Bildnis im Allerheiligsten aufgestellt wird. Wir erwarten die Ankunft von König Herodes Agrippa, der für die Aufstellung sorgen soll. Oder, wir beten und hoffen, eine Erklärung abgibt, die Judäa vor einem Blutbad bewahrt. Er wird wahrscheinlich nur Zeit schinden, hoffen wir jedenfalls und beten darum. Er ist ein römischer Heide geworden und seit langem mit dem Kaiser befreundet. Aber er gehört auch zum Glauben unserer Väter. Das eine wird jetzt zweifellos das andere bekämpfen. Die Zeloten greifen zu den Waffen. Er wird kein Blutbad wollen.«

»Entweihung, Entweihung, Entweihung«, stimmte der Priester Kish an.

»Nun«, sagte Petrus, »*er* hat gesagt, *er* hat gesagt... *er* hat gesagt, nicht das, was hineingeht, macht einen Mann schmutzig, sondern was herauskommt. Wir haben viel zu tun. Wir können es uns nicht leisten, abgestochen oder ans Kreuz gehängt zu werden – jedenfalls vorläufig nicht. Wir haben viel zu tun. Ich lasse mich doch nicht von einem Römerschwert abstechen, nur weil ich...« Er vollendete den Satz nicht; er merkte, daß er zu weit ging. »Die Statue von Gaius Caligula im Tempel. Das lassen wir nicht zu, o nein. Was für eine scheußliche Lästerung.« Und dann: »Was soll das mit einem König Agrippa? Ihr meint König von Judäa?«

»Er ist bereits woanders König«, sagte Jakob, Sohn des Zebedäus. »Jetzt sagt er, er warte auf die kaiserliche Bestätigung der weiteren Ernennung. Der Imperator hat den Landpfleger nach Syrien geschickt. Judäa bekommt offenbar wieder einen König. Doch wohl nicht für lange. Er hat die Wahl, ob er sich von den Römern oder von seinem eigenen Volk massakrieren lassen will.«

»Wir müssen den Mund aufmachen«, sang Nebat. »Wir müssen diesen Widerstand sogar anführen. Wir sind für ein Israel verantwortlich, das durch die Erlösung des Gesalbten erfüllt wurde. Wir sind die wahre Stimme Israels.«

»Und«, sagte Petrus, »wir müssen unseren ersten Martyrer verleugnen. Wir müssen für den Tempel sterben. Irgendwas stimmt da nicht.«

»Vielleicht kommt es nicht so weit«, sagte Jakobus der Jüngere.

Doch am nächsten Tag ward im vollen Glanz des Mittags vor den Augen eines finsteren Volkes ein riesiges goldgrinsendes Bildnis enthüllt. Noch immer stand es auf dem Karren und eben der befand sich unverschämterweise gerade außerhalb des Tempelbezirks. Es harrte einer weiteren kurzen und diesmal letzten Reise. Soldaten aus Cäsarea hatten einen Wald von Lanzen darum aufgepflanzt. Von den Zeloten wagte noch keiner loszuschlagen. Sie brummten und fluchten nur.

Herodes Agrippa wurde, angetan mit einer eleganten Toga, in einer Sänfte zur heiligen Stadt getragen. Am Stadttor erwartete ihn, angeführt von Kaiphas, die Ältesten des Sanhedrin. Ein Chor sang eine der Klagen des Jeremia. Die trauervolle Koloratur begleitete die langsame Prozession zu dem Palast, den Herodes der Große errichtet hatte, aber im Augenblick unbewohnt war. Herodes Agrippa geruhte, die äußeren Marmorstufen, jede so lang wie eine kurze Straße, zu Fuß zu erklimmen. Der Thronsaal war verstaubt, aber der Thron abgestaubt. Er ließ sich nicht auf dem Thron nieder. Er wählte einen bescheideneren Sitz, der ein paar Meter von jenem entfernt war. Dieser Stuhl war staubig. Ein Kämmerer staubte ihn mit seinem Rocksaum ab. Herodes Agrippa nahm Platz. Die Mitglieder des Sanhedrin blieben stehen. Herodes Agrippa sagte zu Kaiphas:

»Ich kenne das Protokoll, Euer Eminenz. Entschuldigt, wenn ich

Griechisch spreche. Mein Aramäisch braucht – ein Staubtuch. Ich stelle fest«, und er ließ höhnisch-genußvoll einen Haufen einander ähnlicher Endwörter prasseln, »daß meine Erhebung der imperialen Bestätigung und der Ratifizierung meiner Krönung bedarf. Sobald ich auf diesem Thron sitze, werdet Ihr wissen, daß ich König bin. Wie ich höre, legt eben jetzt ein Schiff in Cäsarea an. Es hat ein bestimmtes Papier an Bord – mit dem imperialen Siegel. Dieses Dokument enthält die imperiale Bestätigung von Judäas Wiedereingliederung in die Familie der Königreiche, Gott sei gepriesen.«

»Ein Vizekönigtum«, sagte Kaiphas.

»Die ganze Welt anerkennt seinen Klientelstatus. Freiheit war schon immer ein relativer Begriff. Caesar ist Caesar.«

»Nachdem Ihr noch nicht ganz König von Judäa seid«, sagte Kaiphas, »kann ich ohne übertriebene Unterwürfigkeit sprechen. Falls die Statue Caesars in den heiligen Tempel von Jerusalem kommt...«

»... wird sich das jüdische Volk den Hals durchschneiden. Weiß ich.«

»Wird das jüdische Volk als erstes römische Hälse durchschneiden. Und dann seine Auslöschung hinnehmen.«

»Euer Eminenz, nehmt Vernunft an. Der Imperator Gaius hält sich für einen Gott – ja sogar für den einzigen Gott. Ihr wißt wie ich, daß der Imperator verrückt ist, aber Verrückte muß man bei Laune halten. Stellt die Statue als eine Geste der Annahme römischer Herrschaft drinnen auf, und der Schaden ist gering. Man kann sie als Dekorationsstück betrachten.«

»Ihr wißt doch die einzige Antwort darauf.«

»Ich weiß sie allerdings. Und deshalb muß ich Zeit schinden. Laßt das Bildnis dort, wo es steht, eine Weile stehen. Streut aus, daß es die Ehrerbietung Caesars für den Gott der Juden symbolisiere. Der Gott Gaius anerkennt die Existenz von jemand, der größer ist als er. Seine Statue steht als Symbol seiner Lehnspflicht gegen den Herrn der Heerscharen an der Grenze des Tempelbezirks. Streut das aus. Euer Volk, mein Volk wird es willig glauben.«

»Ihr meint, eine Lüge verbreiten.«

»Was ist Wahrheit? Sollen sich die Leute an das Kaiserbild gewöhnen. Der nächste Schritt wird vielleicht hinausgeschoben.«

»Für wie lange?«

»Wer weiß? Der nächste Schritt wird es sein, die Statue in den Tempelbezirk zu bringen. Eins nach dem anderen. An ihre Anwesenheit gewöhnt, werden auch die Zeloten vergessen, sich zu widersetzen. Außerdem...«

»Außerdem was?«
»Nichts. Im Moment nichts.«

Was Herodes Agrippa überlegt haben könnte und aus Aberglauben nicht rundheraus verkünden wollte, war die Möglichkeit, daß die Tage von Gaius Caligula, wie man sagt, gezählt sein würden. Caligulas eigene Träume berichteten ihm davon, aber er gab nichts drauf. Manche dieser belegten Trugbilder seines schlafenden Gehirns wurden mit belegten Tatsachen verwechselt, weshalb manche glauben, daß die Statue des Jupiter von Olympia, als sie für die Verschiffung nach Rom (wo ihr Gaius statt des würdevollen Bartgesichts des Göttervaters seinen eigenen grinsenden Schädel hätte aufsetzen können) von der uralten Fußleiste gehoben werden sollte, in ein so riesenhaftes Gelächter ausgebrochen sei und das Gerüst derart erschüttert habe, daß die Arbeiter in Todesangst davongerannt seien. Ohne Zweifel war das die Einbildung eines schlafenden und berauschten Hirns, ebenso wie die andere, die den Imperator in der Nacht vor seiner Ermordung aufweckte: ihm träumte, er stünde vor Jupiters himmlischem Thron, und der Gott stoße ihn mit der großen Zehe seines linken Fußes (nicht des rechten, wie manche wissen wollen) und sende ihn purzelnd und schreiend zur Erde zurück. Was den Ermordungsplan angeht, so hatten ihn Cassius Charea und Cornelius Sabinus, beide Militärtribunen, ausgeheckt, und das auserwählte Werkzeug für die Tat war niemand anderer als Marcus Julius Tranquillus, der, jung verheiratet und halb wahnsinnig von Glück über seine Braut, jetzt feststellen mußte, daß man nichts umsonst bekam. Ihr konspiratives Treffen hielten die drei Männer im Haus von Cornelius Sabinus ab, und zwar im Arbeitszimmer, dessen Spalierregale mit Rollen gefüllt waren, denn Sabinus war belesen. Cassius Chaerea sagte bitter: »Ich könnte Verbrechen verzeihen. Die Verbrechen sind gar nichts ...«
»Gar nichts?«, fragte Sabinus. »Vergewaltigung, Inzest, Verstümmelung, Besitzaneignung, willkürliche Hinrichtungen, widernatürliche Unzucht. Hast du die Liste gesehen?«
»Man kann nicht mengenmäßig urteilen«, sagte Chaerea. »Wenn man das Böse in diesem Menschen hinnimmt, muß man auch hinnehmen, daß er die ganze Welt umbringt. Was ich aber nicht hinnehme, ist Demütigung ...«
»Die von dir?«
»Laß es mich so sagen. Ich habe es satt, mich in aller Öffentlichkeit als verweiblicht verspotten zu lassen; er nennt mich sogar Ve-

nus. In meinem Alter! Streckt er den Mittelfinger aus, damit man ihn küsse, befindet sich der Finger immer in Höhe seines Gekröses. Manchmal sind es kleine Dinge, die einen zum Wahnsinn treiben, wenn sie nur ewig und ewig wiederholt werden. Aber nein, ich denke an die Demütigung, die er dem Militär als Ganzes angetan hat...«

»Der Garde oder den Legionen?«

»Kann man eins vom anderen trennen? Ich erwähne die Heuchelei, mit der er in Britannien eingefallen ist. Ein, zwei Ausfälle. Ein paar Gefangene. Er selbst verbleibt im gemütlichen Zelt und hängt der Armee die Lüge an, er habe sie in die Schlacht geführt, zum Sieg in den südlichen Stammesgebieten. Im Triumphzug nach Rom zurück. Das Einsammeln von Muscheln war ja schon schlimm genug, aber das...«

»Und sein Nachfolger?«

»Zweifel, wer es sein wird? Ein guter Mann, der seinen Wein wie ein Soldat in der Prätorianermesse trinkt, aber nie das Gespür für die geziemende Bescheidenheit in Gegenwart seiner Vorgesetzten verliert. Ein zuverlässiger Mann, der seinen Studien obliegt. Der einzige Kandidat, um genau zu sein.«

Sabinus verdaute das einen Moment und wandte sich dann an Macus Julius Tranquillus. »Zenturio«, sagte er, »Ihr wißt jetzt, warum ich Euch herbeordert habe.«

»Ihr erwägt etwas Schreckliches.«

»O ja. Einen selbsternannten Gott zu töten ist zweifelsohne schrecklich. Fragt Eure reizende Braut, was sie über das *lex talionis* denkt.«

»Ich glaube nicht, daß ich...«

»Obacht, Kerl, das Gesetz der Vergeltung. Ihr habt uns alles darüber erzählt, wie ihre Schwester zu Tode gepeitscht wurde. Wenn Euch die Ungeheuerlichkeit schreckt, gegen Caesar loszuschlagen, dann denkt an die erwähnte Befriedigung der Blutrache. Ihr seid jedenfalls nicht allein. Wer tötete Euren Namensvetter, den göttlichen Julius? Genaugenommen eine ganze bange und verstörte Nation. Eure Hand wird nicht nur die Eure sein. Außerdem werden auch wir unsere Dolche tragen.«

»Aber ich«, sagte Marcus Julius Tranquillus, »werde der einzige bezahlte Attentäter sein. Diese Summe wird, wenn ich sie ansparen kann, dem Prätorianer-Vermögen mit Zinsen zurückgezahlt....«

»Laß das, Mann. Das Befreien einer Sklavin Caesars war selbst ein Schlag gegen Caesar.« Er schenkte allen dreien Wein ein. »Trinken wir also darauf und binden wir uns in einem Gelöbnis.«

»Wo und wann?« fragte Chaerea.

Vor Gaius Caligulas letztem Abendmahl marschierte ein Jude namens Kaleb, der sich selbst Metellus getauft hatte, in römischer Tunika und mit Kraftbändern verziert, auf die kaiserlichen Küchen zu. Endlich war er beim bisher Unerreichbaren, nämlich dem Palatin angekommen. Er sollte neuerlich vor dem Imperator auftreten, doch diesmal anläßlich eines intimen Gelages; in einem Ringerturnier sollte er sich mit einem weizenblonden Griechen namens Philemon messen. Schon früh hatte sich eine ganze Heerschar kaiserlicher Unterhaltungskünstler im Vorzimmer des Bankettsaales versammelt – parthische Schwertschlucker, Tänzer von der Insel Lesbos, syrische Musiker mit Gongs, Schalmeien und Zithern, ein kleines Rudel dressierter Löwen, ein Paar junger Panther, einer davon ein läufiges Weibchen, das öffentlich kopulieren würde, sobald ihre streng getrennten Käfige auf dem gefliesten Bühnenboden geöffnet würden. Die menschlichen Darsteller hatte man mit leichtem Wein und Leckereien gefüttert, und Kaleb war einem Diener zur Küche gefolgt, nachdem er ihm eine Frage gestellt hatte, die dieser nicht richtig hatte beantworten können, weil man ihm den Kehlkopf entfernt hatte. Er marschierte also in die große glühende Hölle, wo zahllose phantastische Gerichte ihre letzten Verzierungen erhielten. Sofort sprach ein Unterkoch Kaleb an und sagte, indem er drohend einen eisernen Tiegel hochnahm: *Raus.* »Ihr habt hier zwei Sklaven«, sagte Kaleb, »palästinensische Mädchen.« Das wußte er nicht, aber es war offenbar gut geraten. *Schleich dich. Bubo, los, schmeiß ihn raus.* Bubo war ein grobschlächtiger, furunkulöser Mann, der vor dem Waschen die Pfannen auskratzte. Er näherte sich Kaleb mit einer riesigen kupfernen Geleeform. Kaleb zeigte seine Muskeln, und Bubo grunzte. Ein altes Weib, das ein Backblech scheuerte, zeigte Kaleb einen offenen Mund mit nur wenigen Zähnen. Sie sagte: *Palästinensisch?* »Du weißt, wen ich meine?«, fragte der jetzt bebende Kaleb. *»Ja gewiß, das ist eine ziemlich lange Geschichte, also...«*

Cassius Chaerea und Cornelius Sabinus waren auf das Bankett geladen. Als er mit seinem Freigelassenen Aufidius, der eine Ledertasche bei sich trug, die zweifelsohne die kaiserliche Peitsche enthielt, erschien, sagte Gaius Caesar, der die beiden womöglich in einem Traum im Blut hatte waten sehen: »Habt keine Angst, werte Herren. Ich kriege euch, bevor ihr mich kriegt.« Dann mußte er kichern. Er ließ sich ohne Anmut nieder und den ersten Gang auftragen. Es war irgendeine phantastische Monstrosität – vielleicht ein Gebäck in Gestalt eines neugeborenen Säuglings mit geriebenem

Lerchenhirn, das aus dem Anus trat. Dann rief er seinen Onkel Claudius auf, etwas vorzutragen. Claudius erhob sich mit Würde, schob seine Liege zurück, um sich Platz zum Stehen zu verschaffen und kündigte fast ohne Stottern an, daß er eine Passage aus einem unbekannten Philosophen vortragen werde. Die Passage lautete so:

»Wer aber alle Macht hat, hat die Freiheit, sowohl Gutes wie Böses zu tun. Und weil das GGGGute schwerer zu tun ist als das Böse, wird er seine MMMacht am besten mit gutem Handeln unter Beweis stellen. Wer aber nur Böses tttut, ist sichtbar dem Bösen versklavt und hat seine Macht der Wahl verscherzt. Der böse Herrscher ist überhaupt kein Herrscher.«

Er setzte sich in eine unbehagliche Stille. Gaius Caligula sagte: »Wer hat das geschrieben? Der Idiot Seneca? Einer der blökenden Anhänger des Sklaven Chrestus? Ich will hoffen, daß ich da nicht das Glöcklein des Verrats habe läuten hören.«

Claudius sagte ruhig: »Ein unbekannter Philosoph wie gesagt. Etwa fünfzig Jahre alt und ohne Reichtum, bis auf den an weißem Haaar.« Nachdem er solcherart eine Beschreibung gegeben hatte, streckte er sich mit einer gewissen Anmut auf seiner Liege aus. Gaius Caligula sagte:

»Deine Zunge ist recht beweglich geworden, Onkel Claudius. Ist auch dein Körper so beweglich? Ich hätte Lust, dich ausziehen und ringen zu lassen. Ich schätze ein gelegentliches Turnier in – wie heißt das? – o ja, Gerontomachie.«

»Ach, ich bin ziemlich langsam, Caesar«, sagte Claudius. »Ich hinke, Neffe, ich claudiziere, wie der Name schon sagt. Ich würde Euch wenig Kurzweil bieten.«

»Wenn du auch alt bist«, sagte Gaius Caligula, »bist du doch nicht alt genug. Nehmen wir richtige Alte. Du, Herr – und du.« Er meinte zwei altehrwürdige Senatoren, kahl, zahnlos, abgemagert.

»Wir würden lieber nicht, Caesar«, sagte der weniger alte, obwohl der Unterschied nicht zählte.

»Wiiwüüliiniie«, höhnte der Imperator. »Seid so gut, verehrte Herren. Unterhaltet euern Herrn. Für den Sieger kein Preis. Für den Verlierer aber eine ewige Krone. Ewige Dunkelheit, wollte ich sagen. *Una nox dormienda.* Ausziehen, Aufidius.« Die beiden Ehrwürden wurden also völlig nackt ausgezogen, nur um dem imperialen Gelächter zu dienen. Bestürzt mußten sie einander ansehen. »Kämpft, los, kämpft, ihr Gerontomachen. Ich verlange Unterhaltung.« Sie taten so, als wäre es ihnen ernst. Der Sohn des einen, ein Importeur wilder Tiere namens Licinius Calvinus, erhob sich prote-

stierend, wurde aber rasch von seiner groben Frau auf die Liege zurückgezerrt. »Muß es euch meine Peitsche zeigen?« rief Gaius Caligula. »Oha, Zeichen übelverbrachter Jugend. Zuviel düstere Philosophie. Nicht genug Pflege des Muskelstolzes. *Kämpft.*« Sie schlugen sich arthritisch. Der Jüngere erblaute an den Lippen. Er stürzte, beide Hände am Herzen. »Da scheint mir einer zu mogeln, verehrte Herren. Das sieht ja nach natürlichem Tod aus. Ach, bringt sie weg«, schrie er ungeduldig. »Her mit den Profis. Ich möchte *Blut* sehen.« Zumindest im Bild sah er es, denn der zweite Gang bestand in einem namenlosen Karmesinpudding mit gottweißwelchen Zusätzen. Licinius Calvinus erschien, um seinen Vater beiseite zu schaffen: er war nicht tot, sondern tat nur so. Jetzt schickte der kaiserliche Zeremonienmeister den Juden Kaleb, der noch etwas von dem benommen war, was er eben gehört hatte, und den weizenblonden Griechen Philemon. Sie machten die formelle Verbeugung vor dem Imperator und begannen dann zu kämpfen. Durch eine launige Vorrichtung spritzte heiße Butter aus dem blutfarbenen Pudding. Gaius Caligula lachte, als er das keusche Gesicht der keuschen Lollia Paulina verbuttert sah. Dann widmete er sein kritisches Auge dem Ringkampf. Er war nicht zufrieden: er sah kein Blut. »Weg mit dem blonden Riesen«, rief er. »Hebt ihn für mein Bett auf. Lange her, daß ich zur Strafe gelöchert wurde. Jetzt, mein Herr, wird dir dein Kaiser zeigen, wie man kämpft. Aufidius – miezemiezemiez, miauu.« Aufidius entnahm der Ledertasche eine wunderschön gearbeitete Katzenmaske aus sizilianischer Werkstatt und ein Paar Katzenhauthandschuhe mit spitzen Krallen. Gaius Caligula verwandelte sich in eine tapsige Katze, einen überfütterten Kater, verließ seine Couch und näherte sich Kaleb. Kaleb war fassungslos. Er stand da und erlaubte dem Kaiser, ihm die Arme aufzukratzen. Er besah sich das aus den Katzenkratzern strömende Blut und fragte sich, was er tun sollte. Von den hingelagerten Gästen kam polterndes Gerede, aber er erriet dessen Bedeutung nicht. »Los, Jungchen. Miauu. Grrrrr.« Der Kaiser wischte nach Kalebs linkem Auge, verfehlte, und erwischte die linke Schläfe. Kaleb sah mit Erstaunen was augenscheinlich ein niederfallender Vorhang aus Blut war, und ließ dann seine Schwester Ruth in seinen Körper kommen. Kaleb drehte ab, rieb sich das Blut weg, und Gaius Caligula, der sich schnaufend über Mangel an Fairness beklagte, kratzte in der leeren Luft herum. In einem glücklichen Ausfall erwischte er Kalebs Backe, quieckte triumphierend und fand sich wieder, wie er kraftlos drauflosdrosch, weil er von hinten gefesselt war. »Unfair«, versuchte er zu schreien. »Laß mich los! Befreit mich von ihm! Bringt ihn um!« Kaleb hatte den vergeblich kratzenden Caligula mit geringem Kraftaufwand in die Luft gehoben, wo seine Stiefelchen ins Leere strampelten. Dann ließ er ihn fallen. Der Imperator nahm sein Katzenspiel nicht mehr auf. Statt dessen rief er nach Aufidius um Töten! Töten! Cornelius Sabinus stand auf und schrie:

»Nein!«

Der autoritäre Ton überraschte sogar Gaius Caligula. Kaleb lief davon. Der Kaiser sah mehr feindselige Gesichter als sich je zuvor hatten enttarnen trauen. Er riß seine Maske ab und brummte: »Spielverderber. Versteht keinen Spaß. Das Mahl ist vorbei.« Er verschwand mit unkaiserlicher Schnelligkeit, die Speichellecker hinterdrein; ihre Hände machten bedauernde Gesten an die Statuen und Säulen mit ihren Girlanden, an die ungegessenen Gerichte hin. Claudius blickte zu Cornelius Sabinus hinüber; sein Mund hatte eine Sperre, er wollte unbedingt etwas sagen, aber seine Sprechwerkzeuge waren nicht zu gebrauchen.

Gaius Caligula wäre gut beraten gewesen, wenn er sich in dieser Nacht nach Antium zurückgezogen hätte. Die Katzenmaske verlieh ihm aber nicht den Instinkt einer Katze. Am folgenden Morgen betrachtete er im Theater eine pantomimische Komödie mit dem Titel *Laureolus*, wo am Ende der Protagonist, der Anführer einer Bande von Straßenräubern, stirbt und dabei massenhaft Blut spuckt. Entsprechend den damaligen Gewohnheiten wurde die Handlung von den Darstellern in einer Art Verfremdung übertrieben, wobei sie die Bühne offensichtlich mit wiedergekäutem rotem Sirup füllten. Gaius Caligula, der das Gelage der vorigen Nacht vorzeitig beendet hatte, hatte sich später hungrig erklärt und kalten Rebhuhnbraten mit eingelegten Essiggurken hinuntergeschlungen. Vom Anblick des Bühnenbluts wurde ihm übel, aber er konnte nicht erbrechen, Vielleicht brauchte er, um seinen Magen zu beruhigen, ein leichtes zweites Frühstück. Er war unschlüssig. Auf seinen Befehl war auch sein Onkel Claudius dabei: irgendein Instinkt, kein ganz kätzischer, warnte ihn davor, Claudius zu lange aus den Augen zu lassen. Vorige Nacht hatte sich Claudius keineswegs wie ein Idiot benommen; der Neffe hatte so was wie eine Aureole um des Onkels Stimme gehört, die sich wie das hohle Echo des Senatssaales anhörte. Claudius sagte jetzt zu ihm: »Gewährt Euerm Magen ein wenig Ruhe. Geht mit spazieren.«

»Für einen Spaziergang ist es zu kalt.« So war es auch; eine Woche vor Januarende.

»Der KKKorridor.« Er meinte den überdachten Weg, der vom

Zuschauerraum zu den Garderoben der Schauspieler führte. Sie wandelten – Gaius, Claudius, der Schauspieler Mnester, eine Handvoll namenloser Verweiberter. Gaius Caligula war erfreut, in dem Korridor die Probe eines trojanischen Kriegstanzes zu sehen, vorgeführt von einer Gruppe adeliger Jungen, die erst vor kurzem aus einer der asiatischen Provinzen gekommen war. »Glänzend«, sagte er. »Vorzügliche Ausführung. Eine Sondervorstellung heute nachmittag.«

»Ich bin nicht ganz auf der Höhe, Caesar«, sagte einer der Jungen offen. »Ich hatte einen bösen Rheumaanfall. Rom ist eine kalte Stadt.«

»Zu dieser Jahreszeit manchmal«, sagte Gaius Caligula jovial. »Wenn du bei uns bleibst, und du bist herzlich eingeladen, wirst du einen strahlenden Frühling und einen Sommer erleben, dessen Hitze manches Mal unerträglich ist.« Chaerea und Sabinus tauchten jetzt aus einem Gang auf, der im rechten Winkel auf den Korridor zulief; sie hatten einen Teil der ersten Kohorte der Prätorianergarde hinter sich. Diese wurde von einem Oberzenturio geführt, dessen Gesicht der Kaiser gut kannte. Er zitterte, vielleicht vom Schüttelfrost, als er sich beim Gruß an die Brust schlug. Für Zittern war es nicht kalt genug. Sabinus sagte ehrerbietig:

»Caesar, wie lautet die heutige Losung?«

»Ach, das. Nehmen wir *Jupiter*.«

»Bei Jupiter, jetzt!« Chaerea schrie es. Marcus Julius Tranquillus zog seinen Dolch und stieß ihn dem Imperator in die Rippen. Die Spitze schien auf widerständige Knochen zu stoßen, aber Gaius Caligula stolperte und wandte sich ab. Chaerea stieß zu und zersplitterte den kaiserlichen Kiefer. Sabinus ließ zwei verschränkte Fäuste auf den Kopf des Imperators niedersausen. Der Kaiser stürzte und schrie durch das Blut: »Ihr dürft das nicht tun! Ich bin unsterblich!« Dann zog die ganze Kohorte das Schwert und jeder kämpfte darum, seinen Stich anbringen zu können. Dreißig waren es insgesamt; der dreißigste ging in die Genitalien. Die kaiserlichen Sänftenträger schlugen loyal aber schwach mit Sänftenstangen um sich. Die germanische Leibwache kam angerannt und schlitzte auf, wer sich ihr in den Weg stellte. Cornelius Sabinus wurde das Handgelenk aufgerissen. Die Germanen, die aus dem Bauch herauf heulten, wurden abgetrieben. Caesar lag in seinem Blut. Chaerea zog die kaiserliche Purpurrobe aus und brachte den Leichnam damit ins Rollen. Er sah sich nach Claudius um. Alle sahen sich nach Claudius um. Claudius hatte hinter einem der bemalten Vorhänge (dem einen mit der vergewaltigten Lukretia), die den Korridor säumten,

Schutz gesucht. Die Prätorianer sahen, daß sich der Vorhang zittrig bauchte, und sie rissen ihn einfach von der Stange; der gewalttätige Druck hatte noch nicht nachgelassen. Der Vorhang überwogte einen Claudius, der kkkkk machte. Chaerea ging mit dem Purpur auf ihn zu.

Die Nachricht brauchte weniger als einen Monat, um Caesarea zu erreichen. Aus Syrien war ein Offizier gesandt worden, der als geschäftsführender Landpfleger walten sollte, solange die Bestätigung für Herodes Agrippas Erhebung zum Monarchen von Judäa noch ausstand. Er, Junius Saturninus, stand mit Cornelius und seinem Manipel am Kai. Sie erwarteten eine oder zwei Botschaften: die Bestätigung; die Erneuerung des Befehls, daß die Statue unter Strafe der sofortigen Hinrichtung von... (Namen mußten nicht erwähnt werden) in das Allerheiligste zu schieben sei. Was man nicht erwartet hatte, war die Nachricht von Caligulas Ermordung. Schließlich hatte er nur drei Jahre und zehn Monate geherrscht, erst 29 Jahre alt und hatte noch einen Haufen Schurkerei vor sich. Als das Schiff einlief, konnte man einen Offizierskurier oder *frumentarius* sehen, der über die Verzögerung beim Anlegen der Laufplanke sichtlich gereizt war. Er rannte herab und überreichte Junius Saturninus eine versiegelte Rolle. »Hier, Ihr öffnet sie«, sagte der geschäftsführende Landpfleger zu Cornelius. Cornelius las zitternd und sagte dann: »Gott sei Dank. Vier Mann reiten sofort nach Jerusalem. Du, du, du, du.«

»Welche Meldung?«

»Keinen Ärger mehr mit der Statue.«

Dreißig Meilen von Caesarea nach Jerusalem. Bei Sonnenuntergang löste sich die belanzte Garde auf und überließ die Zerstörung des Bildnisses den Zeloten. Zuerst stürzte es in den Staub, und als Hammer und Knüppel ans Werk gingen, stellte man fest, daß es keineswegs reines Gold, sondern ein ziemlich gewöhnlicher Stein mit einer aufgeklopften Blattgoldmaske war. Dieses Gold wurde in einen Barren umgeschmolzen, der schließlich in den Tempelschatz ging. Das Happy End einer schlimmen Geschichte war das nicht, weil es vor dem Jüngsten Tag kein Ende gibt. Die Zeloten waren mehr auf der Hut, organisierten sich besser und verwendeten des Kaisers Geld für ihre Bewaffnung. Die Unfähigkeit der Jerusalemer Nazarener, wegen der geplanten Entweihung des Tempels mehr als lauwarme Betroffenheit zu zeigen, bekam ihnen nicht gut, und das Erscheinen von Cornelius in der Stadt, der anreiste, um vor seinem Ausscheiden aus dem Dienst Petrus Lebewohl zu sagen, bezeichnete die wachsende Abgrenzung des neuen vom alten Glauben. Ein schmutziger Römer, unbeschnitten, kniet zum Segen vor einem, der als guter galiläischer Jude geboren wurde. Herodes Agrippa erwartete die Bestätigung seines Königtums durch den neuen Imperator und erfuhr, nachdem er der einen Form von Lästerung nur knapp ausgekommen war, daß es eine seiner Aufgaben war, die andere hinzunehmen.

DREI

Zu meiner Schande muß ich feststellen, daß genau ein Jahr verstrichen ist, seit ich mit dieser unbeholfenen Chronik begonnen habe, und der neue Mai ist keinen Deut besser als der alte. Regen, Kälte, Rheuma, und das Gras für die Sense zu feucht. Von meinem körperlichen Leiden will ich nicht sprechen, ihnen nur die Schuld für die lange Unterbrechung meiner Aufgabe geben, mußte ich doch nach Mediolanum reisen, um einen sizilianischen Arzt zu konsultieren, der als geschickter Behandler von Unterleibserkrankungen gilt. Er konnte jedoch nur wenig mehr für mich tun, als eine mildere Diät zu verschreiben als jene, die ich gewohnt war und mir zu raten, mich nicht allzu sehr gegen die chronische Verstopfung zu wehren, die, wie er sagte, durch Untätigkeit zumindest die Reizbarkeit der unteren Gewebe lindert und... Aber was geht euch das an? Ihr habt eure eigenen Probleme. Nichtsdestoweniger müssen manche Mängel in meinem Schreiben und in der Erinnerung, die ihm dient, dieser innerlichen Trägheit zugerechnet werden, die – Leib und Seele sind bekanntlich eine Einheit – Körper und Kopf gleichermaßen ergreift. Täglich bringe ich Kopfschmerzen an den Schreibtisch, senke mich vorsichtig in die Polster auf dem Stuhl, und der Schmerz saust mir wie ein Messser in Satzbauten. Ferner leide ich an der Unfähigkeit, mit der gehörigen Schärfe alle Kleinigkeiten meiner mannigfaltigen Geschichte zu erinnern, die auf dem gründet, was ich einmal hier und einmal da gehört habe, und kaum alles mit Beziehung auf Dokumente von erwiesener Echtheit nachgeprüft werden kann. Endlich frage ich mich, welchen Wert meine Geschichte haben soll, nachdem ich von einer untergegangenen Zeit und einem untergegangenen Glauben berichte und überhaupt keine Vorstellung von einer möglichen Leserschaft habe. Und doch fahre ich mit einer gewissen Hoffnungslosigkeit fort.

Ich komme jetzt zum Imperiat des Tiberius Claudius, der den Purpur im fortgeschrittenen Alter von fünfzig Jahren erlangte und außer dem erwähnten Ruhm seines Bruders nur wenig zu seinen Gunsten vorzubringen hatte. Er war nämlich von schwächlicher

Konstitution, zitterte sogar bei Hitze, hinkte, stotterte und hatte sein Gehirn zu lange in nutzloser Gelehrsamkeit eingesponnen, so wie er auch seinen kalten Leib in Wolle einspann. Was das Volk und den Senat bei seinem Aufstieg überraschte, war die Strenge seines Gerechtigkeitssinnes, der ein offenes Verfahren mit nachfolgender Exekution für die Mörder seines Vorgängers Gaius Caligula verlangte. Marcus Julius Tanquillus, der den ersten Streich geführt hatte, befand sich eine Zeitlang in Todesangst, aber man entschied, daß er nach Anweisung gehandelt habe, nur ein verlängerter Arm des überwachenden Verstandes seiner Vorgesetzten, und daß deshalb eine Bestrafung nicht in Frage käme. Doch Julius litt auf vielfache Art.

Viele Nächte lang träumte er von dem entsetzten Gesicht Gaius', als der Dolch erhoben wurde, von dem Kreischen wie bei einer abgestochenen Sau, wenn die Spitze eindringt und das Blut quillt, und manches Mal weckte er seine Frau mit seinen Schreien. Er und Sara lebten in einem kleinen gemieteten Haus auf dem Janiculus, von dessen kleinem Garten aus man die ganze Stadt übersah. Es war ein kalter Februarmorgen, als er seinen zwanzigsten Alptraum hatte und froh war, im winterbleichen Licht und in den schützenden Armen Saras aufzuwachen, die dieser Träume, auch wenn ihr Mitleid nicht geringer geworden war, langsam müde wurde.

»Dasselbe?«, fragte sie, und er nickte, wobei er sich den Schweiß von der Stirn wischte. »Aber du mußtest es tun«, sagte sie.

»Es mußte geschehen. Die einzige Möglichkeit. Warum also sollte ich schlecht träumen? Wahrscheinlich bin ich nicht zum Mörder geboren.«

»Du meinst zum Soldaten.«

Sie lagen ganz nackt und hielten einander unter der lose gewebten Wolldecke. »Barbaren töten ist nicht dasselbe«, sagte Julius. »Nicht, daß ich je welche getötet hätte. Gehört zu Roms Zivilisierungsauftrag.« Er war ironisch. Sie verstand den lateinischen Ausdruck nicht, den er gebrauchte. Obwohl sie inzwischen so etwas wie eine Römerin war, war die römische Sprache noch immer wie ein fremdes Kleid, genauso wie der lange gegürtete Rock, den sie außer Haus trug, die hochgekämmte Frisur, die sie verabscheute: Ihr schwarzes Haar floß über die weiße Wolle. »Wir müssen die niedrigeren Rassen disziplinieren.« Solche Worte verstand sie: Sie hatte sie in Jerusalem gehört. Sie sagte:

»Töten ist töten. Das Leben sollte heilig sein.«

»Alles Leben? Das Leben des Gaius?«

»Die Nazarener würden sagen, daß für Gott sogar Caligulas Leben kostbar war.« Sie dachte darüber nach und schüttelte es ab. Julius küßte ihre braune Schulter. Er sagte:

»Vielleicht werde ich bald Briten töten müssen.«

»Was sind Briten?«

»Stämme in einem nördlichen Land, zwanzig Seemeilen vor Gallien. Die Kreideküste habe ich schon gesehen. Was Gaius dem Anschein nach getan haben wollte, sagt Claudius, will er wirklich tun. Männer mit gelben Haaren und langen Schnurrbärten. Barbaren. Sie reden immer Rhabarber, Rhabarber. Sie müssen unter römische Herrschaft und außerdem lernen, daß man sich wäscht.«

»Im Osten Palästina und im Norden diese Leute. Alles Rom.« Sie gähnte. Er hatte sie vorzeitig geweckt.

»Das ist eure Bestimmung, o Römer – werft die Hochmütigen nieder, schont die Sanftmütigen. Von Vergil. Und doch sind die Völker, die wir erobern und beherrschen, manchmal weniger kindisch als wir. Die Griechen besitzen ihre Philosophie und ihre Religion. Wir haben nur Soldaten, Spiele, Straßen und Orgien.«

»Ich hoffe, du verkündest das nicht gerade in der Offiziersmesse.«

»Vielleicht war ich nie zum Soldaten bestimmt. Ich folge nur der Familientradition. Doch was könnte ich sonst tun?«

»Wann fängt dein Dienst an?«

»Mittag.«

»Heute ist unser Sabbat. Hätte ich vergessen. Mit dir vergesse ich zu viel. Wieder eine römische Eroberung.«

»Kaum.«

Denn es war sie, die die erste Umarmung anbot. Von Jesus Naggar heißt es, daß er die Vereinigung von Mann und Frau nicht nur im Stande des, wie er sich ausdrückte, heiligen Ehebundes, sondern in der Bestätigung der ihr eigenen Intimität geheiligt habe: »Sogar Gott«, sagte er einmal, »wendet die Augen ab von den Umarmungen Liebender.« Habe ich dann das Recht, diesen beiden zuzuschauen, während sie küssen, streicheln und unter der Decke stöhnen? Und doch glaube ich, daß die Betrachtung ihrer Ekstase gewissermaßen von therapeutischem Wert ist: Sie holt das Blut aus den leidenden Zonen und füttert Drüsen, die zu lange schon in Stumpfheit abgesunken waren. Also ran. Vermische den Speichel, du glückliches Paar, fühle die Erregung, die die Membrane deiner Lippen hervorrufen, wie in der Harmonie der unberührten Lyrasaite mit der angeschlagenen Saite, das Prickeln der anderen Membrane und bald den Wahnsinnsakt des Gehorsams für die Göttin, der in den Gebetsworten einer universellen Sprache gipfelt. Das ist genug Religion: Das Feuer einer sozusagen wohlwollenden Hölle in einen Himmel verwandelt, in dem Gott fehlt, und dann die kühle Vorhölle, deren Name Dankbarkeit lautet. Venus lebt; die Rabbis mögen sagen, was sie wollen. Damit wurde der Sabbat genauso gut gefeiert wie in der Synagoge.

Diejenigen, die den Sabbat ernster nahmen, ihn also Gott weihten, befanden sich in den Synagogen, die meist ordentliche Bauwerke im römischen Stil und mit dem Reichtum der jüdischen Kaufleute und dem Scherflein der jüdischen Armen errichtet waren. Heute gab es in mehr als einer Synagoge Ärger. Die Nazarener waren am Werk, sie predigten das Evangelium von Gottes fleischgewordenem Sohn und seine Lehre von der weltumspannenden Liebe. In der Synagoge in der Nähe des Marcellustheaters stand ein besonders zungenfertiger Vertreter dieses Christus, vermutlich jener Matthäus, der einmal Steuereintreiber gewesen war. Es gab die üblichen Rufe: »Lästerung!«, »Steinigt ihn!«, »Das ist ein Greuel vor dem Herrn!«, es erhob sich aber ein vornehmer und maßvoller Jude mit Namen Eliab bar-Henon, forderte mit lauter Stimme Ruhe und sagte:

»Brüder! Was ihr Lästerung und Greuel nennt, ist für uns, die die Verbannung nach Rom vertrieben hat, nichts Neues. Sind wir doch von weit schlimmeren Lästerungen und Greueln umgeben als denen, die hier gesprochen wurden. Diese hier sind, so möchte ich vorschlagen, noch immer der Debatte und des Nachdenkens wert, während die Schrecken des römischen Heidentums unser tägliches Leben möblieren. Wir dulden sie und sind, weil wir sie dulden, selber geduldet. Es hat aber in letzter Zeit Fälle von unschicklichen Raufereien und Steinigungen außerhalb unserer geheiligten Gebäude gegeben, wo denen Leid geschah, die vielen Rechtgläubigen als die teuflischen Anwälte einer Heterodoxie ankommen, die so schädlich ist, daß sich die Erzengel selbst ihre Schwingenfedern in die Ohren stopfen müßten, daß sie es nicht hörten. Wie muß das aber den heidnischen Römern vorkommen? Es entsteht der Eindruck, daß die Juden ein aufsässiges Pack geworden sind, das seine gute Aufnahme verwirkt hat. Und wie werden die Römer auf das reagieren, was sie die jüdische Unordnung nennen? Im günstigeren Fall werden sie die Steuerschraube anziehen, im schlimmeren unseren Glauben als der römischen Ordnung feindlich gesonnen ächten. Deshalb bitte ich euch, diese Ketzerlehren, wie ihr sie nennt, mit kühlem Kopf und einem Eifer anzuhören, der sich nur als intellektuelle und theologische Opposition äußern möchte. Laßt diese Männer sagen, was sie zu sagen haben und antwortet ihnen mit ruhigem Blut in offener Diskussion. Dann laßt sie in Frieden ziehen. Ich sage das nicht, um ihre Haut zu retten, sondern um die unsere zu retten. Ich habe gesprochen.« Danach setzte er sich wieder.

Seine vernünftigen Worte bewirkten bei den Hitzigeren und weniger Toleranten der versammelten Brüder nur wenig. Sie wiederholten ihre Schmähungen, und einige gingen hinaus, um Steine zu sammeln. Doch Eliab bar-Henon sprach vernünftiger und wahrer, als er wissen konnte. Was er zum Beispiel nicht wußte, war, daß kurz darauf ein angesehener heidnischer Senator namens Licinus Novatus, der auf dem Marsfeld in der Nähe des Ara Pacis Luft schnappen wollte, kurz darauf von einer Bande jugendlicher jüdischer Saukerle bedrängt wurde, die schwor, er wäre der ketzerische Lehrer Azania bar-Jeshua. Wenn es eine Ähnlichkeit gab, dann konnte sie allenfalls oberflächlich sein, denn Licinus Novatus war bartlos, kurzhaarig und trug kein jüdisches Gewand. Es hatte aber eine Anzahl Nazarener die jüdische Tracht abgelegt, und manche dieser abtrünnigen Juden waren Griechen, die sich von jeher gleichgültig in Fragen der äußerlichen Unterscheidung verhalten hatten. Die Bande bärtiger Jugendlicher war vertrieben und verprügelt worden, doch Licinus Novatus, der nicht ernsthaft verletzt war und die Rachsucht des Gesetzes verabscheute, ein Stoiker außerdem und mit Seneca befreundet, wollte die Angelegenheit nicht weitertreiben.

Als aber vor einer Synagoge am Fuß des Janiculus eine Rauferei entstand, in deren Verlauf zufällig der Kopf eines römischen Kindes, das mit seinem Kindermädchen unterwegs war, in Stücke ging, kam die Frage der jüdischen Aufsässigkeit auf die Tagesordnung der Senatssitzung.

Der Imperator Claudius hatte Feinde im Senat. Einer von diesen, ein gewisser C. Silvius Rusticus, hielt in seiner Gegenwart vor einem überfüllten Haus eine lange Rede gegen ihn, doch war sein Hauptgegenstand weit radikaler als der von der Widerspenstigkeit der jüdischen Gemeinde. Er sagte:

»Es ist hinreichend bekannt, daß der designierte Imperator die Armee bestochen hat, damit der ihm unrechtmäßig übertragene Status aufrechterhalten bleibe. Der Senat muß ihn noch bestätigen, und ich bezweifle, ob das der Senat tun wird. Unsere jüngste Erfahrung mit Imperatoren erweckt in vielen von uns – ich würde sagen, in der Mehrheit – die sehr verständliche Sehnsucht nach der Wiederherstellung der Republik. Als Republik blühte Rom auf, und so wird es wieder blühen. Als kaiserliche Monarchie wurde es entehrt und im Blut von Unschuldigen gebadet; dieser Schlächtergeruch wird nicht leicht zu tilgen sein.«

Es gab lauten Applaus, aber auch den Lärm des Widerspruchs. Der Kaiser erhob sich und wurde mit einigen Buhs begrüßt, doch das vorgestreckte Kinn und die gesträubten Speere seiner Militäreskorte brachten die Ängstlicheren zum Schweigen. Claudius sagte:

»Ehrenwerte Senatoren! Es zeugt von ggggroßen Mißttttrauen, wenn ich...«

Sein Stottern provozierte Gassenlaute von jenen weißgekleideten Würdenträgern, die am weitesten von der Militäreskorte entfernt saßen. Claudius lief rot an, und sein Hals schwoll merklich. Durch irgendein befristetes Wunder war seine Sprechbehinderung fast vollständig behoben, und er sprach klar und kraftvoll die Worte:

»Jawohl – diejenigen unter euch, die mit Schweigen oder sogar mit Zustimmung die Exzesse von Tiberius Caesar und Gaius Caligula Caesar begrüßten, sie sind schnell dabei, eine knäbische Schadenfreude bei meinen rednerischen Beschränkungen zu empfinden. Ich spreche von Feiglingen, Selbstsüchtlingen, Mördern, Nullen, die allzeit bereit waren, unter der Tyrannenpeitsche zu kuschen, aber überhaupt nicht zu sehen vermochten, daß Roms Krankheit nur durch einen Wandel im Herzen geheilt werden kann und nicht einfach durch die Anpassung seiner politischen Verfassung. Vor euch seht ihr den Arzt, nein, den Chirurgen, der das Brechmittel verschreibt und das Geschwür ausbrennt. Rom wird wieder sein, was es einmal war – ein Gemeinwesen, in dem niemand Ungerechtigkeit zu fürchten hat, mit einer Stadt als Metropole, in der man nachts unbesorgt auf die Straße kann, mit einem Volk, das gemeinschaftlich zur römischen Tugend und der Verehrung der römischen Götter zurückkehrt und vom Makel der Verweichlichung und orientalischen Verunreinigungen befreit ist. Außerdem wünsche ich mir einen weiteren BBBBegriff, mit dem die Idee *Römer* zu bestimmen wäre. Alle die, die für das römische Ethos eintreten – seien sie Gallier, Germanen oder Asiaten – dürfen sich echte Römer nennen...«

Es gab einen Aufschrei, aber Claudius schritt tapfer darüber hinweg.

»Die Romanisierung der Gallier hat bereits begonnen, und was ist das Ergebnis? In Gallien müssen wir nicht mehr das Schwert gegen Uneinigkeit oder Rebellion erheben. Ich sehe den Tag, an dem Gallier in diesem Hohen Hause sitzen...«

C. Silvius Rusticus erhob sich mit einem höhnischen Lächeln. Claudius bedauerte die Unterbrechung keineswegs. Sein Hals kratzte und ohne den Schluck Gerstenschleim, den er jetzt verstohlen aus einer Taschenflasche nahm, hätte er unter groteskem Gekrächze zusammenbrechen können. Er hatte noch mehr zu sagen, aber jetzt sagte Rusticus:

»Weiter so, Caesar. Füllt den Senat mit orientalischem Gesindel, das die ehrwürdigen römischen Tugenden verachtet und die römischen Götter anspeit. Macht aus Rom das bastardige Zentrum eines Bastardenimperiums. Herein mit den bärtigen Juden, die Gebete an ihre Stammesgottheit murmeln. Erobert Britannien nur, damit die blauärschigen Austernknacker, mit Läusen übersät und mit stinkenden Hundefellen bekleidet, die ihre Nacktheit kaum verbergen, daß sie in diesem Hohen Hause ihre Barbarismen heraussprudeln und den immerwährenden Marmor schänden.«

Lautes Brüllen der Zustimmung. Claudius wischte sich den Mund mit dem Handrücken und rief:

»Wie allzu viele Rhetoriker erzeugt der edle Senator mehr Lärm als Geist. Britannien wird erobert, ja, aber es wird viele Jahre dauern, bevor es in mehr als einen störrischen Tributzahler verwandelt werden kann. Was die Juden angeht – in Rom sind sie unerwünscht.«

Endlich hatte er die fast einhellige Zustimmung des Senats. Nicht wenige von denen, die die Fäuste ballten und ja, ja, ja schrien, waren die Unvorsichtigen, die ihre Liegenschaften an jüdische Geldverleiher verpfändet hatten.

»Die Juden«, fuhr Claudius fort, »können oder wollen sich nicht an die römische Lebensart anpassen. Mit ihrem sektiererischen Gezänk sind sie Störenfriede in der öffentlichen Ordnung. Sie sind eine wandernde Rasse. Sollen sie also zurück nach Palästina oder die anderen Barbarenzonen im Osten wandern. Ob sie ihren eigenen Gott oder den vergöttlichten Sklaven Chrestus anbeten – beides Lästerungen gegen Rom –, sie werden sich damit zufriedengeben, daß ein jüdischer König ihrer wartet. Ein von Rom ernannter König. Sie werden weiterhin zu Rom gehören, aber mit gebührendem Abstand. Sie werden ihre Steuern bezahlen, uns aber nicht mit ihrer abergläubischen Frömmigkeit und ihrem Mangel an Disziplin anekeln. Und falls eine solche Vorgehensweise dem Senat nicht annehmbar scheint, dann ist der Senat nicht würdig, seinen Imperator zu beraten.«

Es gab einige Pfiffe aus Prinzip, aber man hörte auch Hochrufe. Claudius wandte sich um, um nach dem Anführer seiner Leibwache zu sehen, dessen Umklammerung des Schwertgriffs nachgelassen hatte. Er nickte in stiller Selbstbestätigung. Die Juden waren ein nützliches Volk. Ein ausgezeichnetes Mittel der loyalen Vereinigung.

Herodes Agrippa I. wurde, die unanständige Beleibtheit unter Purpur und Gold versteckt, in einer Sänfte zum Tempel getragen. Vor ihm schritten die Glaubensältesten. Vor diesen marschierten die Vortragenden feierlich-festlicher Musik, die Posaunen- und Kitharaspieler und die Bediener der Trommeln verschiedenster Größe. Halleluja. Judäa begrüßte seinen Monarchen. Er sollte den seit unvordenklichen Zeiten heiligen Platz eines tausendjährigen Königtums ersteigen, um dort mit Herrschergewand und Krone beliehen zu werden. Das Volk brüllte jubelnd seinen Namen. Er nahm den Beifall ohne Lächeln hin, war er doch, wie er sich zugeben mußte, nicht besonders gut auf den Füßen. Die Salben und Tränklein, die ihm seine Ärzte verschrieben, hatten nur Ekel und ein Klopfen im Herzen bewirkt, das aus dem Takt der Triumphtrommeln tanzte. Lieber wäre er im Bett geblieben.

Am äußersten Rand der Menge, die den Tempelbezirk erfüllte und von Wächtern in aufpolierten Brustplatten aus dem Weg, den der Zug nahm, gepeitscht wurde, standen Petrus und Jakobus, der Sohn des Zebedäus. Jakobus sagte: »Das sollte die Zeloten zur Ruhe bringen. Sie haben endlich erreicht, was sie wollten.«

Petrus jedoch schien wie ein unzufriedener Zelot zu sprechen. »Glaub das nicht. Rom ist das, bunt herausgeputzt. Das Schlimmste aus zwei Welten, wenn du mich fragst. Römische Anmaßung und priesterliche Intoleranz. Schließlich gibt er unseren Feinden eine offizielle Peitsche.«

»Warten wir auf die Peitsche?« fragte Jakobus. »Oder brechen wir auf?«

»Einige gehen fort, einige bleiben hier.«

Die königliche Prozession erstieg die straßenbreiten Stufen zum großen Tor. Die Musiker hatten mit dem Spielen aufgehört. Drinnen stimmten Männer und Knaben eine Hymne an. Herodes Agrippa I. wurde zur Krönung getragen. Froh würde er sein, wenn alles vorbei wäre.

Noch waren die Juden nicht aus Rom in ihr königliches Heimatland abgeschoben worden. Noch war der allseits erwartete Akt zu verlautbaren. Doch jene Juden, die offizielle, wenn auch bescheidene Stellen bekleideten – Schatzamtsbuchhalter, städtische Beamte – wurden summarisch entlassen. Von ihnen hatten sich manche als geborene Römer ausgegeben, sie waren auch bereit, ihr ehrenwertes Heidentum dadurch zu beweisen, daß sie den Göttern opferten, aber es gab viel rohes Heben der Röcke, und gewisse Dinge lassen sich einfach nicht verbergen. Traurig sah Kaleb alias Metellus in einem der kaiserlichen Gymnasien zum letzten Mal, wie er glaubte, den Ringern und Gladiatoren beim Training zu. Er schnüffelte den kreatürlichen Schweiß und hörte den dumpfen Aufprall stürzender Körper, als ihm der Spielmeister behutsam die schlechte Nachricht beibrachte.

»Also, es ist so, Metellus – oder willst du mit deinem richtigen Namen angeredet werden?«

»Die Verstellung bringt's nicht mehr.«

»Wenn du Geld hättest, so wie die wanstigen Wucherer, ja dann wäre klar, was du machen könntest. Kaufen. Natürlich nicht offiziell. Aber es geht. Ihre Hurenmajestät, die Kaiserin Messalina macht heimlich ein Vermögen. Das war noch nie da – Bürgerrecht im Ausverkauf.«

»Ja, ja«, sagte Kaleb, »soviel zu einer vielversprechenden Karriere als Athlet.«

»Ich würde dich behalten. Griechen, Juden, Mohrenköpfe, da dreh' ich die Hand nicht um. Du hast gute Anlagen, Junge – aber hier geht es um meine Stellung. Sie haben es auf dein Volk abgesehen.«

»Ihr wißt, warum ich nach Rom gekommen bin«, sagte Kaleb.

»Um den Kaiser halb zu erdrosseln. Das hast du geschafft. Nein, weiß schon. Weißt du, wie der Mann heißt?«

»Soldat is' er, mehr wußten sie nicht. Befleckung oder so würden sie es zu Hause nennen. Ein Römer, der eine Jüdin heiratet.«

»Das macht sie zu einer Römerin. *Sie* ist jedenfalls sicher. Aber fang mir bloß nicht mit diesem Zeug vom reinen und unreinen Blut an. Blut ist überall dasselbe. Hab' genug davon gesehen, um's zu wissen. Ich bin ein so guter siziliano-arabischer Römer wie jeder andere. Kein Fehler, wenn man Römer ist. So sieht's aus. Tut mir leid. Mach's gut.«

Er schüttelte Kaleb die Hand, ein anständiger nußbrauner Mann mit einer Nase wie ein Schnabel, bei dem sich die Muskeln langsam zum mittelalterlichen Fett erweichten. Dann schlurfte er in abgetretenen Sandalen durch den Sand zum neuen pannonischen Riesen – zwei Meter groß, als wäre das nichts –, der darauf wartete, daß man ihm Augenauskratzen und Fingerbrechen beibrachte. Kaleb ging traurig fort.

Traurig wanderte er durch die belebten Straßen; ohne Hoffnung zwar, sah er doch nach ihr. Frauen. Römische Matronen der Patrizierklasse in verhängten Sänften, um milde Gaben krächzende Bettler, gelegentlich ein weißes bereiftes Handgelenk von den Vorhängen freigegeben, um eine Münze zu werfen. Weiber, die Feigen verkaufen. Übermütige römische Mädchen, die untereinander kichern. Er streifte durch einen der schlechteren Märkte, wo Mimosen und Narzissen in kleinen Fässern verkauft wurden und Unterschichtshausfrauen zwischen totgeborenen Lämmern, weinrotem Flachsenfleisch, kleinen Vögeln, hellen Trauben und geschwollenen Kürbissen ihre Einkäufe tätigten. Da, eine Frau, die in der lebhaften Jerusalemer Weise mit einem Händler feilschte. Er konnte sie nur von hinten sehen; ihr schwarzes Haar floß den Rücken herab. Im Hals steckte ihm ein Kloß wie ein hartes Brot. Er war drauf und dran, »Sara!« zu rufen, aber es war nicht Sara. Was sollte er jetzt machen? Bettler werden? Jung, kräftig und anstellig war er, aber ein Jude. Vielleicht außerhalb der Stadt, auf den Feldern, wo man als Taglöhner arbeiten konnte und niemand dran Interesse hatte, den Bund mit Jehova zu überprüfen, würde er eintönige Arbeit am Pflug oder mit der Hacke finden. Genauso gut könnte er ein Schiff nach Palästina besteigen, wenn er seine Suche in der Stadt aufgeben wollte. Er sah und hörte einen unmelodischen Straßensänger. Sing uns eins der Lieder Sions. Er versuchte zu humpeln: Veteran, meine Dame, weit weg von dreckigen Juden verstümmelt, im Dienst fürs Imperium. Doch er war nicht alt. Aber hungrig war er. Als sich ein Brotverkäufer umdrehte, um aus dem Korb hinter seinem Stand Zweipfünder zu nehmen, klemmte sich Kaleb einen einfachen Laib aus dem unbeaufsichtigten Haufen. Er schob ihn unter den römischen Umhang. Kostenloses Wasser sprudelte reichlich aus den römischen Brunnen. Ein paar Straßen weiter setzte er sich in die milde Sonne nicht weit von einem Zeltnäher, der zu seiner eigenen Rasse zu gehören schien, auch wenn keiner den anderen grüßte. Kaleb mümmelte das trockene Brot und goß später ein paar Schlucke Quellwasser hinterher. Weiß Gott, was er mit seiner Zukunft anfangen sollte.

Die Zukunft von Paulus begann. Er saß an der Hauptstraße von Tarsus mit seiner Zeltarbeit in der Sonne und sah einen Mann, den er bestimmt kannte und der in der Menge verloren wirkte. Blind trat er in einen großen Fladen Kamelscheiße, fluchte tonlos, zog die Sandale aus und hüpfte an die Mauer, wo er den Mist mit einer Tonscherbe abkratzte. Paulus kannte ihn von Jerusalem her, hatte ihn aber schmaler in Erinnerung. An den Namen konnte er sich nicht erinnern, aber dann leuchtete das Wort *Ermutigung* in seinem Kopf auf. Genau: Sohn der Ermutigung. »Barnabas«, rief er. Barnabas lächelte und hüpfte in seine Richtung; die Sandale war noch nicht ganz sauber. »Ich hatte mir schon überlegt«, sagte Paulus, »wann jemand kommen würde.«

»Lange her«, sagte Barnabas und schüttelte die angebotene Hand, deren Finger vom Druck auf die Knochennadel hart waren.

»Nicht zu lang, um zu lernen. Lesen. Denken. Ein wenig predigen. Aber ich muß eine gewisse Ungeduld eingestehen. Das Leben ist nicht lang, auch wenn es ewig währt.«

Barnabas nickte. Aphorismen, Spitzfindigkeiten, Paradoxien. Er würde das alles ablegen müssen, wenn er ... «Ich habe den Fehler begangen, als erstes zum Haus deiner Eltern zu gehen. Sie ließen den Hund los. Ich komme aus Antiochien. Du und ich werden dort zusammen arbeiten. Kennst du dich da aus?«

»Zweimal war ich dort. Aber noch nicht in meiner neuen Inkarnation. Eine Stadt voller Prostituierter.«

»Sie nennen sich lieber Dienerinnen der Göttin. Ob du's glaubst oder nicht: Die nichtjüdischen Heiden wollen bekehrt werden, nicht die Juden.«

»Glaub' ich sofort. Heiden haben keine Vorurteile.«

»Es ist kein Problem, über das Kommen des Messias zu predigen, wenn sie nicht einmal wissen, was ein Messias ist. Sie verstehen *kyrios* und *soter*, und sie verstehen *Christos*. Man nennt uns *Christianoi*. So heißen wir jetzt, Christen.«

»Du wirkst wohlgenährt. Ich sehe keine Schürfungen. Die Arbeit läuft gut, oder?«

»Ich brauche Unterstützung.«

Paulus gab einen schwachen Laut der Unzufriedenheit von sich. »Keine Dispute, keine theologischen Unternehmungen. Lehm, keine Steine. So etwa, nicht?«

»Wir predigen zuerst für die Juden. So ist es festgeschrieben. Aber es gibt eine ganze Anzahl halber Juden – du weißt schon, die die Gott wollen, aber nicht ihre Vorhaut abgeschnitten haben wollen, um ihn zu bekommen. Davon kommen viele in die Synagoge, und wenn sie von *Christos* hören, sehen sie in ihm die Lösung.«

»Als Kompromiß hatte ich die neue Lehre nicht gesehen«, sagte Paulus. »Was predigen wir – Erlösung von den Sünden und das Bedürfnis nach brüderlicher Liebe?«

»Ich predige das Wesen des Glaubens«, sagte Barnabas. »Und Liebe ist das Wesentliche. Das Wort muß natürlich neu definiert werden. Für viele ist es mit der Göttin verknüpft und mit dem, was die Römer *Daphnici mores* nennen.«

»Die Sittenlehre von Daphne. Daphne ist dieser Ort etwa fünf Meilen außerhalb der Stadt, wo Astarte oder Artemis oder Diana, oder wie sie heißt, angebetet wird. Groß ist der Unterschied zu Venus oder Aphrodite ja nicht. Man betet die Fruchtbarkeit an und hat eine großbusige Mutter Erde, aber dann überläßt man die Fruchtbarkeit der Natur und betet an, was als Liebesakt bezeichnet wird. Du wirst das schon noch sehen.«

»Hab' ich schon gesehen. Predigst du auch über Auferstehung?«

»Die Auferstehung Christi? Aber das ist doch das Fundament.«

»Ich meine *unsere* Auferstehung. Wenn er erstand, werden auch wir wieder auferstehen. Wenn er sein Fleisch mit in den Himmel nahm, dann nehmen wir unsers mit. Ich meine nicht, Knochen und Eingeweide zum Himmel befördern. Ich habe viel darüber nachgedacht, Barnabas. Eine diffizile Geschichte. Das Fleisch verklärt. Wir werden keine Engel, weil sie das Fleisch nie kannten. Wir bilden eine neue Ordnung – die natürlich nur, die gerettet werden.«

Barnabas seufzte. »Sie sind einfache Leute. Sie verstehen, was Sünde, was Liebe, was Erlösung ist. Aber weiter darf man da nicht gehen. Noch nicht.«

Paulus hatte weitergenäht, die Augen bei seinen Gedanken. Die Finger bewiesen eine Fertigkeit, die von ihrem Herrn unabhängig war. »Wann brechen wir auf?« fragte er.

»Sobald du fertig bist. Ich habe Reisegeld. Eine große Stadt, Antiochien, die drittgrößte der Welt. Viel Reichtum dort, wird keine Geldprobleme geben.«

»Dann schleppen wir uns nicht über Land. Einfach mit dem Boot über die Bucht.«

»Ein zweites Paar Sandalen, ein zweiter Umhang. Ich habe hier über dem Laden geschlafen. Ich muß mich verabschieden. Pedaia, der Mann, für den ich gearbeitet habe, hat einen ziemlich guten jungen Lehrbuben. Man wird mich nicht vermissen.«

In Daphne, an den Ausläufern der Syrischen Wüste, stand ein Heidentempel, der großzügig mit heidnischem Geld versorgt war.

Er war der Göttin Astarte geweiht, deren Goldbildnis, ein prachtvolles Basrelief von sieben Metern Höhe, an der Ziegelfassade befestigt war. Dieses Bildnis war prächtig, der massige Leib der Göttin mit zusätzlichen Brüsten übersät, die über jenes großzügige Paar hinausgingen, das sie mit ihren sterblichen Jüngerinnen und auch mit der gebenedeiten Jungfrau Maria, der Mutter Christi, verband. Um das ganze Gebäude liefen vier Meter über dem Kopf des Betrachters eingeritzte Darstellungen des erotischen Aktes, Mann mit Frau, aber niemals Mann mit Mann oder Frau mit Frau. Damit wurde scheinbar die Heiligkeit des Aktes in seinen Zeugungsaspekten verkündet, doch zeigte nur eine Abbildung das herzhafte Stoßen des männlichen Schwertes in die weibliche Scheide, während die anderen eine Vielfalt von Fantasien verherrlichten, die gewiß nicht auf natürliche Fortpflanzung abzielten – anale, fellatische, axillare, kreuzweise Penetration, Küsse von widerwärtigem Einfallsreichtum, ein Appetit, der ans Kannibalische grenzte. Das war das Werk von Griechen und Syrern und bezeichnete den riesigen Unterschied zwischen der hebräischen Vorstellung vom Sinn des von Gott eingepflanzten Sexualtriebs, der die Stämme bevölkern und das Land mit Soldaten und Hirten erfüllen sollte, und dem verfeinerten Treiben in den kleinasiatischen und mittelmeerischen Städten, wo die Mittel über den Zweck gestellt waren und diese Mittel sich in einer Formenvielfalt ausbilden durften, der nur die Anatomie Grenzen setzte. Deshalb stand die vielbrüstige Göttin, die einmal die Fruchtbarkeit bedeutet hatte, inzwischen für Ekstasen, die damit nichts zu tun hatten. Sie konnte keine Venus sein, die, wie uns Lukrez erinnert, die Gottheit der brünstigen Tiere sowohl wie der fortpflanzungsfreudigen Menschheit ist; Tiere aber kennen keine Ekstasen, die über die einfachen biologischen Bedürfnisse hinausgehen. So wurde die Göttin Astarte oder Aschtoret zu Artemis hellenisiert oder zu Diana romanisiert. Natürlich war Diana eine Jungfrau, doch konnte Jungfräulichkeit als ein Zustand ausgelegt werden, der den Zeugungszweck der Liebe verschmähte. Liebe mußte, wie Barnabas gesagt hatte, innerhalb des christlichen Glaubenssystems, wie wir es seit Antiochien zu bezeichnen haben, neu definiert werden. Paulus, meinte er, wäre genau der Mann für die neue Definition.

Eines Tages, vielleicht einen Monat nach der Ankunft von Paulus und Barnabas in Antiochien, steigt ein junger Arzt namens Lukas, ein heidnischer Grieche, von einem Pferd, das er Thersites nannte (vielleicht wegen seiner Häßlichkeit und seines störrischen Wesens), und betrat das heilige Gebäude. Er war dunkel, klein, gut gebaut, geschickt. Er trug einen oder zwei Goldreife, die den bescheidenen Erfolg verkündeten, den er in seinem Beruf erzielt hatte. Er betrat den Tempel unbeteiligt, ein Arzt, der zur Behandlung eines Patienten gerufen wurde, und er roch die parfümierte Luft, in der Nardenöl und Sandelholz dampften, ohne die leiseste Regung erotischer Verzauberung. Eine Priesterin versorgte das Feuer, aus dem köstliche Gerüche zu einem lächelnden Elfenbeinabbild der Göttin emporstiegen. Im gesamten Tempel, dessen Boden mit einem einteiligen griechisch-syrischen Mosaik verziert war, das die Vereinigung von Apollo und Artemis darstellte (war doch der Astartekult aus Sonnen- und Mondmythen westlicher Herkunft entstanden, denen ein asiatischer Mystizismus hinzugefügt worden war), befanden sich Zellen, die aus Gründen der Diskretion mit seidenen Vorhängen verschlossen waren, und die Priesterin, eine ansehnliche dunkle Frau, die ihre erste Blüte hinter sich hatte, deutete auf eine von ihnen. Lukas nickte und betrat die bezeichnete Zelle. Auf einem Bett liegend, fand er ein junges Mädchen, das irgendein Kummer plagte. Sie war eine Tempelprostituierte, deren Gunst jedem zur Verfügung stand, der einen anständigen Goldtribut an die Göttin entrichten konnte oder wollte, deren Macht sie beschwor. Ursprünglich hatte diese Gunst allen und umsonst zur Verfügung gestanden, aber die Beschwerden der weltlichen Berufsmäßigen sowie der gesunde Erwerbstrieb der mächtigen Priesterschaft hatten der Verfügbarkeit vernünftige Grenzen gesetzt. Das Mädchen, das Fengari hieß, hatte tintendunkle Haare, war bleich wie ihre lunare Namensvetterin, war fein gebaut, hatte eine gerade Nase und apart auseinanderstehende Augen. Sie war nackt und zeigte keine Scham. Lukas sah in ihrer Nacktheit eine klinische Notwendigkeit und untersuchte sorgfältig die braunen Pusteln, die wie der Schwamm an einem Baum die Pudenda umgaben.

»Tut's weh, wenn ich drücke?«

»Wie Teufel.«

»Du warst mit einem unreinen Mann zusammen. Das ist keine saubere Beschäftigung. Nimm die Salbe, reib sie großzügig ein. Außerdem diesen Trank, wird mit Wasser eingenommen. Und«, fügte Lukas hinzu, »gib diese Arbeit auf.«

»Ist aber keine Arbeit. Ich diene der Göttin.« Sie war beleidigt.

»Na ja. Sagen wir mal, das ist ein Luxusbordell.«

»Die Göttin wird Euch zerschmettern.«

»Offenbar hat sie aber dich zerschmettert.« Sie deutete schmollend auf ein paar Silberstücke, die für ihn auf einer Zedern-Anrichte bereitlagen. Er nahm sie und sackte sie ein. »Dein Dienst für die Göttin ist vorübergehend unterbrochen«, sagte er mit spöttischer Grobheit. »In einer Woche schaue ich wieder rein.«

Auf dem Ritt zurück in die Stadt sagte er der warmen Luft die Verse auf, die er am Morgen geschrieben hatte. Wie viele Ärzte, wollte er ein Buch herausbringen. Er war nicht zufrieden mit dem, was er geschrieben hatte: eine Art episches Gedicht in homerischen Hexametern über einen odysseischen Wanderer, der auf den griechischen Inseln nach dem Ithaka der philosophischen Wahrheit suchte. Wo war Wirklichkeit? Lag sie in der unsichtbaren Welt der Begriffe oder in der schieren Greifbarkeit der natürlichen Ordnung? Er hatte seinen Plato gelesen. Plato wäre mit dem Gedicht nicht einverstanden gewesen, weil es Literatur war, aber konnte Literatur, also Geschichten von Wander- und Irrfahrten, Philosophie hinreichend erfassen? Beim Betreten der Stadt sah er, wie sich die Philosphie wie Rauch in der Luft kräuselte und sich dann im Wind verlor. Denn die sichtbare Welt schrie ihren Primat heraus – Händler und Bettler und schmutzige nackte Kinder, die sich im Staub wälzten, über ihnen Frauen und Mädchen mit herausgestrecktem Busen und Hintern, ihrer Rolle in einer Welt des Genusses wohl bewußt, *Daphnici mores*. Juvenal hatte in einer seiner Satiren, der dritten, wie sich Lukas zu erinnern glaubte, über die Abwasser des syrischen Orontes, des Flusses von Antiochien, geklagt, die den Tiber verunreinigten. Er las Latein genauso gut wie Griechisch. So als wollte es sofort ein Beispiel von Verunreinigung geben, blieb das Pferd Thersites stehen, wie es seine Gewohnheit war, und schiß kräftig aufs Pflaster. Damit fertig, reagierte es wieder auf das Gebiß und trabte in seinen Stall. Der Stall war gemietet und stand zweihundert Meter von dem Haus, das Lukas ebenfalls gemietet hatte und das er allein bewohnte. Auch lag es an einer Straße, an deren verschattetem Ende, ein vierstöckiges Warenhaus beugte sich darüber, die Synagoge stand, die Lukas, ein unbeschnittener Wahrheitssucher, manchmal aufsuchte.

Nachdem er Thersites Heu gestreut und die Stalltür geschlossen hatte, schritt er, die Tasche unter dem Arm, auf sie zu, weil ihn die Menge überraschte, die draußen stand. Offensichtlich wollten sie hinein, konnten aber nicht, da schon zu viele versammelt waren. Er kannte die beiden Juden, die sich bei ihm beklagten. Amos, der einen Buckel wie ein aufgesetzter, fast leerer Mehlsack hatte, sagte:

»Wenn ein ehrfürchtiger Gläubiger schon nicht mehr in dieses Haus der Anbetung kann – vollgestopft mit Nichtjuden – nichts für ungut, Herr Doktor, – wohlfeile Rhetorik – und dann auch noch

Ausländer.« Der andere war einäugig, Brüder waren sie in der Deformation, schwätzte drauflos:

»Halt dich da raus, griechischer Heide, wenn du nicht deine Unschuld ruiniert haben willst. Auferstehung predigen und die Kranken heilen. Du wirst einige Patienten verlieren.«

»Wer ist das?«

»Der kahlköpfige Knilch aus Kilikien.«

Lukas drängte sich höflich nach vorn und sah einen Schädel und zwei fuchtelnde Hände. Er hörte: »Er hinterläßt uns die Wahrheit seiner Unsterblichkeit und die aller, die an ihn glauben. Unser Geist kam zur Erde und verband sich bereits im Augenblick der Empfängnis mit unserem Leib. Der Geist kann anders als der Körper nicht ausgelöscht werden, aber wenn er im Tod dieses Leben hinter sich läßt, dann verläßt er es verändert. Wir leben ewig durch den, der die verwandelte Gestalt des Menschen mit in den Himmel nahm. Wäre er als reiner englischer Geist zurückgekehrt, würde er nicht eins sein mit dem Vater, sein Wesen wäre ununterscheidbar von dem des Vaters, weshalb er nicht rechtens als sein Sohn bezeichnet werden könnte. Dadurch, daß er Fleisch geworden ist, wurde er Sohn, und Sohn bleibt er. Aber auch wir sind Söhne des Himmels von nichtenglischem Wesen. Er hat den Tod überwunden, und wir sind seine Gefährten dabei. Ihr sucht die Erneuerung, wir alle suchen sie. Der Anfang der Erneuerung ist die Annahme des Göttlichen, dessen Symbol der Taufakt sein soll. Was ist diese Taufe? Ich will es euch erklären.«

Der Einäugige hieß Eliphas. Zum weggehenden Lukas sagte er:

»Beeindruckt?«

»Er ist mächtig.»

»Mächtig daneben. Warum können die Leute nichts in Ruhe lassen? Warum kann nicht alles so bleiben, wie es ist?«

›Warum‹, dachte Lukas bei sich, ›kann die Welt nicht einäugig sein?‹ Er ging nach Hause zu seinem einfachen Essen aus gekochten Bohnen und gebratenem Flußfisch. Er nahm sein vielfach gezüchtigtes Manuskript aus dem Kasten – lauter Tilgungen, Verbesserungen, Interlinearversionen. Er studierte es und zog dabei Bohnenreste aus den Zähnen. ›Von der Suche des Mannes sing' ich, den Freunde verließen, / der auf Meeren und Inseln suchte, unter der kalten Sonne, / die keine Antwort gab, die Antwort auf glühende Fragen ...‹ Er war vielleicht nicht zum Dichter geboren. Poesie war mehr als Versfüße zählen. Auch nicht zum Philosophen. Und dann, von einem Reisenden zu schreiben, wo er selber kaum zehn Meilen über den Orontes hinausgekommen war. Er mußte sich selbst auf die Suche machen. Er war an einen Beruf gebunden, der in einer Stadt nicht allzuviel galt, in der sich eher Magie und Aberglaube auszahlten. Allmählich verfaulte er hier.

Reiner Zufall war es, daß er am nächsten Morgen bei strahlendem Sonnenschein an einer Taufzeremonie am linken Orontusufer vorüberkam. Er sah den kleinen kahlen Mann bei der Arbeit, dem Tränken des Patienten, wie man es nennen könnte, die Ankündigung einer Hoffnung auf Heilung. Barnabas war bei ihm; ihn kannte er flüchtig. Magie gewissermaßen. Er ritt weiter zu dem Dorf, wo er ohne Erfolg ein Kind mit einer hydatischen Zyste behandelt hatte. Bandwurmlarven nisteten im aufgetriebenen Bauch. Sie waren nicht auszutreiben. Das Kind wurde immer dünner. Als er zurücktritt, sah er die Täufer noch mitten in der Arbeit. Es konnte wohl nichts schaden, nahm er an. Eine Zeremonie, Geste des Glaubens und der Hoffnung, äußeres Zeichen innerer Gnade, was immer das war.

Nach Antiochien kam ein älterer Mann namens Agabus. Er war breit und muskulös und hatte den glubschäugigen Blick eines Propheten. Er trug ein erdbraunes langes Hemd, das seine haarigen Schienbeine freiließ. Um den Hals trug er an einer Kordel ein Kreuz und sagte: »Das Zeichen der Schmach ist in ein Siegeszeichen verwandelt. Halleluja.« Mit einer Gruppe Christen saß er im Hause der bekehrten Witwe Agatha, einer früheren Heidin, wo Paulus und Barnabas zusammen ein Zimmer bewohnten. Er aß mit gesundem Appetit und weithin schweigend, was man ihm vorsetzte. Beim süßlichen syrischen Wein leckte er sich die Lippen, rülpste höflich und sagte:

»Er hat euch gesagt, ihr sollt die Hungernden nähren und die Dürstenden tränken. Hab' ich nicht recht? Ja. Jetzt wird es bald genug Hungernde in Judäa geben, kann ich euch sagen. Auf Ehre hätte ich nie gedacht, daß dieses Den-Durstigen-zu-trinken-geben mehr als eine Redefloskel sein könnte in einem Land, in dem das Wasser nicht knapp ist. Hab' ich nicht recht? Ja doch. Nicht bloß Träume, meine Freunde, wirkliche Wahrheit. Drei schlechte Ernten hintereinander, und das Getreide steigt schon weiter, als es sich die Leute noch leisten können.«

»Nicht nur Judäa«, sagte Barnabas. »Sogar Italien. Der Kaiser Claudius wird alle Händevoll zu tun haben. Oder eher leere Hände.«

»Soll er seine Leute nähren«, sagte ein mittelalterlicher Mann namens Asaphus. »Und zu den Seinen sollte eigentlich auch das Volk von Judäa gehören. Die Römer nehmen nur ohne zu geben.«

»Judäa hat jetzt einen eigenen König«, sagte Agabus. »Aber der ist über Kleinkram wie, sein Volk nähren, erhaben. Hab' ich nicht recht? Ja.«

»Was willst du?« fragte Paulus.

»Bring deinen neuen Heidenchristen persönliche Gnadenwerke bei. Hier ist reichlich Geld. Bring es nach Jerusalem. Du und Barnabas, ihr redet doch davon, daß ihr zurückkehrt.«

»Ja, wegen neuer Anweisungen«, sagte Barnabas. »Aber erst, wenn unsere Arbeit hier in Antiochien abgeschlossen ist. Wir haben noch immer nicht genug Diakone.«

»Im Augenblick dürfte es nichts Vordringlicheres geben, als Geld nach Jerusalem zu schaffen. In Ägypten muß Getreide, in Zypern müssen Feigen gekauft werden. Hoher Preis, aber wie geht's weiter? Noch höher wird er steigen, steigt ein, bevor er es tut. Hab' ich nicht recht? Sollen die Gläubigen von Antiochien an ihre Brüder in Jerusalem denken. Eine reiche Stadt ist das.«

»Wie steht's mit den Kornscheuern in Judäa?« fragte Paulus.

»Vorrat für zwei Monate, wenn gerecht verteilt wird. Doch die Reichen horten, und Herodes Agrippa zählt sein Gold. Ihr habt ein dringliches Geschäft vor euch. Ich meine, es stimmt, was ich über Prioritäten sage. Ich weiß, daß ich recht habe.«

Die braunen Pusteln im Genitalbereich der Tempelhure Fengari waren verschwunden. Was aber weniger Lukas' Medikation als den im geheimen heilenden Säften von Zeit und Natur zuzuschreiben war. Lukas verließ den Tempel mit seinen Silberstücken und fand zu seiner Überraschung den kahlen Paulus etwa zehn Meter vor der Stirnseite stehen, wie er mit einer Haltung, die alles andere als Anbetung ausdrückte, zur Göttin aufblickte. Lukas konnte sich nicht verkneifen zu sagen:

»Du siehst dich am Feind satt?«

Paulus sah ihn scharf an. »Diese vielen überzähligen Brüste machen sie nicht gerade verführerisch. Kennen wir uns?«

»Lukas, Arzt. Ich habe dich einmal in der Synagoge an der Aischstraße, wie sie heißt, gehört. Wo die Mehlläden sind.«

»Ich glaube, ich habe dich einmal am Flußufer gesehen. Du sahst aus wie einer, der gern schwimmen möchte, aber Angst hat, das Wasser könnte kalt sein.«

»Ich war nicht gerade begeistert«, sagte Lukas, »über eure thaumaturgische Heilung, wenn ich's so bezeichnen darf. Der Alte, der meinte, er könnte seinen linken Arm nicht gebrauchen. Dann habe ich überlegt: Heilung ist ja oft eine Sache des Zutrauens, was ihr wahrscheinlich Glauben nennen würdet.«

»Und was ist dein Glaube, Arzt Lukas? Du kommst gerade wo heraus, wo ich nicht um mein Leben hineingehen wollte.«

»Ich habe meinen Beruf ausgeübt, so ist das. Eine Liebeskrankheit.« Paulus zuckte dabei zusammen, aber der Begriff *eros* war von *agape* unterschieden: Dennoch sollte sich in der Ehe, unter der man einen Freilauf der Gaben dieser Göttin oben verstehen könnte, das eine im anderen ausdrücken. Lukas sagte:

»Bist du den ganzen Weg zu Fuß gegangen, um Frau Polycolpous so streng anzuschauen? Ich bin geritten, und ich reite zurück. Da steht mein störrischer Klepper Thersites. Du kannst dich gern hinten draufsetzen.«

»Dank dir«, sagte Paulus. »Was Frau Polycolpous angeht – ein grotesker Ausdruck, aber er klingt nach Homer –: Sie ist Feindin und auch wieder nicht, wenn du mich verstehst. Ich denke an unsere Mutter Eva, die uns in die Welt gebracht hat und sich aus weiblicher Neugier in Dinge einmischte, die sie nichts angingen und die deshalb die Sünde entdeckte. Hier sind körperliche Umarmungen in einer Weise glorifiziert, die gegen die Natur geht. Irgendwie steckt Eva hinter allem. Ich fürchte die Feindin, aber auch ich hatte eine Mutter.« Brütend stand er da, während Lukas' Pferd reizbar wurde, weil es kein Gras fand, und deshalb den Pflock im Tempelvorhof benagte. »Ich habe nicht die Absicht, sagte er so trotzig, als wollte er einem Vorwurf zuvorkommen, »den Frauen den Krieg zu erklären. Jedoch ist die Göttin nicht Geist noch Einbildung – sie ist sehr wirklich. Sie muß bekämpft werden. Hinter ihr ist nur Wüste, wie du siehst. Sie regiert über kein Gras, keine Bäume, keine Kornfelder.« Er seufzte. »Die Göttin ist ein großes Ärgernis.«

Zusammen ritten sie in die Stadt, Paulus' Zeltnäherfinger gruben sich bei Lukas ein, um das Gleichgewicht zu halten. Paulus sagte: »Du hast meine Frage nicht beantwortet. Wegen deines Glaubens.«

»Ich bin noch nicht soweit, um ins Wasser zu steigen«, sagte Lukas. »Ist mir noch zu kalt.«

»Manche brauchen Bedenkzeit. Andere werden urplötzlich überfallen, ohne daß sie sich groß Gedanken machen. Ja, laß dir nur Zeit. Wenn ich zurückkomme, bist du vielleicht schon soweit.«

»Gehst du von hier weg?«

Der Mond ging auf, bucklig wie der bissige Jude Amos. »Die Göttin«, sagte Paulus, »ist nur totes Metall. Doch kauft totes Metall Nahrung. Ja, ich gehe mit Geld aus Antiochien nach Jerusalem. Aber ich werde wieder herkommen.« Und dann, bei der Ankunft in der Stadt, angeregt von der Nichtfortzeugerin, »ich wollte bei Gott, es wäre so. Daß sie totes Metall ist, meine ich.«

Marcus Julius Tranquillus wurde aus der Prätorianergarde der Neunten Legion überstellt. Das konnte man als persönliche heimliche Geste des Kaisers verstehen: Wenn Julius Blut vergießen wollte, dann am besten bei Barbaren. Denn Claudius, dem der Senat die Triumphabzeichen angeboten hatte, verschmähte eine solche Ehrung ohne echten Triumph und strebte in Britannien nach einem solchen Triumph. Der Imperator, dem sich Julius' Familie verwandt fühlte, wenn auch auf der plebejischen Seite, war in Britannien eingefallen, hatte aber nichts erobert. Die Hochstapelei des Caligula kennt ihr bereits. Claudius segelte von Ostia ab, und Julius begleitete ihn in einem Offizierskader, der in die Neunte übergeleitet werden sollte, die damals in Nordgallien stationiert war. Es war keine ganz ruhige Fahrt. Vor der ligurischen Küste gerieten sie zweimal beinah ins Kentern, und nur mit genauer Not kamen sie davon, als sich plötzlich an den Stöchaden ein Sturm erhob. Doch erreichten sie Massilia unversehrt und marschierten dann in den Norden nach Gesoriacum. Bei klarem Wetter überquerten sie dann den schmalen Kanalstreifen und wurden drüben von den Barbaren erwartet. Sie waren leicht zu unterwerfen.

Claudius richtete sich in einem geschmückten Zelt im fruchtbaren Hügelland ein und bewunderte die landwirtschaftlichen Möglichkeiten im südlichen Britannien. Doch Zeit für eine regelrechte Kolonisierung war nicht: Jetzt bestand die einfache Absicht darin, Barbarenbeute zu sammeln und einige gelblockige Gefangene nach Rom zu schaffen, um damit den kaiserlichen Triumph auszustaffieren. Marcus Crassus Frugi, ein erfahrener Generalstäbler, befahl ein paar Eingeborenenbehausungen niederzubrennen und ihre Bewohner niederzumetzeln, ohne Rücksicht auf Alter und Geschlecht. Auf die römischen Karren wurde eine große Anzahl heimischer Kunstwerke geladen, die bewiesen, daß eine komplexe Kunst nicht unbedingt Beweis einer hochstehenden Zivilisation sein muß. Die Schilde, Schwerter und Kessel waren aus Bronze und Eisen und sehr kunstfertig mit Zopfmustern verziert.

Julius' aktive Militärlaufbahn währte nicht lang. Zwei Meilen von der Küste einwärts schirrten er und sein Überfallkommando eine Gruppe Gefangener zusammen und wollten sie eben zu den Booten treiben. Aus dem Unterholz spähten zwei einzelne britische Krieger, sahen einen bloßbeinigen römischen Offizier Befehle erteilen und schleuderten dann Speere auf ihn. Einer der Speere ging ins Abseits, der andere, rasiermesserscharf und gut gezielt, traf ihn tief ins rechte Bein. Er fluchte und versuchte ihn mit beiden Händen herauszuziehen, aber er war gründlich eingegraben. Er mußte einen gemeinen Soldaten rufen. Der gluckste mitleidig und wand den Schaft heraus, wobei er die Spitze drinließ. Julius wurde ohnmächtig. Er kam zu sich und fand sich in einer Barke am Bug liegen, während der neblige Anblick der Kalkklippen zurückwich. Geringschätzige, kräftige britische Gefangene sahen sein Leiden und zeigten keine Zufriedenheit. Eine Ordonnanz war bei ihm und versuchte das Blut mit weißer Wolle zu stillen, deren Fasern an den Wundrändern haften blieben. »Da scheint etwas durchgetrennt. Irgendwo innen. Muß man der Natur überlassen, heißt es. Ihr werdet auf lange Zeit nicht marschieren können.«

Der kaiserliche Rapport sprach von ›keine Gefechte keine Verluste‹, also römischen Toten. Ein großer Teil des südlichen Inselabschnitts war erobert und mit Garnisonen belegt worden. Der langsame Kolonisierungsprozeß konnte irgendwann in naher Zukunft mit dem gebotenen römischen Ernst aufgenommen werden. In Rom gab es einen glanzvollen Triumphzug, an dem Marcus Julius Tranquillus nicht teilnahm. Er befand sich bei seiner Frau zu Hause; sie hatte eben einem Mädchen das Leben geschenkt. Seine Sara bestand darauf, das Kind Ruth zu nennen, während sie der Vater im Andenken an eine Lieblingstante Flavia nennen wollte. Flavia oder Ruth – entweder so oder so, je nach den Umständen. Julius humpelte im Schlafzimmer herum, schaukelte das plärrende Kind. Sara sah vom Bett aus zu; sie schien unbewegt. Das Gelärme der Triumphbucinas war sogar hier am Janiculus zu hören.

Claudius strahlte auf dem Wagen. Er trug eine Schiffskrone, die ein Fries von stilisierten Schiffsschnäbeln zeigte; sie symbolisierte seine Eroberung des Ozeans, womit die etwa zwanzig Meilen Kanal gemeint waren. Hinter seinem Wagen ritt die Kaiserin Messalina; schön war sie wie der Mond. Heute morgen hatte sie von dem Pantoffelhelden von einem Ehemann das Geschenk einer Militäreskorte verlangt. Sie hatte, wie sie sagte, Feinde. Claudius sagte, er würde schauen, was sich da machen ließe. Hinter ihr die siegreichen Generäle, die Sieger über nacktarschige Barbaren, die wie alte Hunde stanken; sie trugen purpurgesäumte Togas, die die errungene Ehre bezeichneten. Marcus Crassus Frugi, der sich das Recht, eine solche Kleidung zu tragen, bereits auf einem früheren Zug erworben hatte – einem, der gegen richtige Feinde ging, rothaarige Danubier –, verschmähte es, nochmal eine zu tragen. Er ritt ein kostbar aufgeputztes Pferd und trug ein Gewand, das mit Palmen gesäumt war: Bäume, die auf der nebligen Insel, die er für den Kaiser erobert zu haben beanspruchte, nicht beheimatet waren.

Im alten Jerusalem beaufsichtigte König Herodes Agrippa I. die Folterung eines jungen Nazareners oder (bleiben wir doch lieber bei der Bezeichnung aus Antiochien) Christen, Simon, der Sohn des Kleopas, den wir bereits kennenlernten und dann wieder verließen. Er sagte zu seinen Folterern:

»Bitte gleich noch mal.«

Die beiden bekleideten Männer – es gehörte sich zwar für Folterknechte, daß sie ihren Dienst halbnackt versahen, aber die königlichen Verliese waren kalt – drehten Simon, Sohn des Kleopas, die Arme auf den Rücken, bis sie fast brachen. Simon schrie: »Weiß nicht. Wenn ich's doch sage!«

»Dieser Petrus«, drang Herodes Agrippa. »Zum letzten Mal – wo ist er?«

»Sie sind nicht in Jerusalem – keiner.«

»Lügner. Untergetaucht sind sie doch. Ich will wissen, wo.«

»Weiß nicht.«

Der König ließ sich auf einem kleinen Stuhl nieder und sah Simon streng an. Ein historisches Verlies war das, und noch immer trug es die Flecken der Geschichte – rostige Blutflecken an den weißgewaschenen Wänden. Hier hatten sein Großvater, Herodes der Große, die Folterung der Magierdiener überwacht, jener Könige aus dem Osten, die nicht verraten wollten, wo sie hinzogen. Sie wußten es, und die Diener hätten es auch wissen müssen, aber sie starben an gebrochenem Herzen oder am Bruch eines anderen Organs, bevor sie ihr Wissen offenbaren konnten. Was jetzt er, der Enkel, tat, hatte in jeder Beziehung mit der Unfähigkeit Herodes des Großen zu tun, die rechte Reaktion auf sein Knochenbrechen herauszulokken. Dieses Kind war nach Ägypten entwischt, war aber gewissermaßen für den brutalen Tod so vieler Unschuldiger verantwortlich. Wäre er nicht geboren worden, hätte es all diese Morde nicht gegeben. Herodes Agrippa beabsichtigte jetzt eher politisch motivierte Morde. Er sagte:

»Man hat dich gestern mit einem von ihnen gesehen. Wer war das?«

»Ich war nicht... Ich habe keinen...«

»Name?« Der Junge tauchte weg.

»Tauft ihn noch mal«, befahl Herodes Agrippa launig. Ein hölzerner Kübel Hebronwasser durchweichte den Knaben und ließ ihn zu sich kommen.

»Los, den Namen.«

Diesmal schnalzte ein Knochen, ohne daß man das in dem weiten leeren Verlies gehört hätte. Bevor der zweite brach, und jetzt wurde strafender vorgegangen als im Fall des Verhörs, hatte Herodes Agrippa, was er haben wollte. Danach begab er sich zu einem Treffen mit dem alten Kaiphas, der mittlerweile überallhin getragen werden mußte, weil die Füße die Bewegungsfähigkeit verloren hatten. Als sie in einem der königlichen Gemächer zusammensaßen, die für den alten Priester betrüblicherweise sehr heidnisch ausgestattet waren, konnte Herodes Agrippa sehen, daß Kaiphas den angeschwollenen königlichen Bauch insgeheim mit Mißfallen betrachtete, da er wie die monströse Frucht übermäßiger Genußsucht wirkte und nicht wie das, was es war – Krankheit, Krankheit, eine schwerwiegende Krankheit. Dennoch würde er Heilung finden. Der Oberarzt wartete auf ein unfehlbares Abführmittel aus Zypern. Herodes Agrippa dachte viel über den Tod nach, aber nicht über den eigenen. Jetzt sagte er:

»Dieser Jakobus ist de facto der derzeitige Anführer der Nazarener. Doch eigentlich bin ich hinter Petrus her. Er ist das Oberhaupt des ganzen Körpers. Kappt man den, ist es mit der gesamten Bewegung vorbei.«

»Seid Ihr sicher?«

»Egal ob ich's bin oder nicht, es wird das Volk zufriedenstellen. Und eine meiner königlichen Aufgaben besteht darin, das Volk glücklich zu machen.«

»Es wäre am schnellsten glücklich, wenn man ihm zu essen gäbe.«

»Wird sich klären. Es wird eine Rekordernte geben. Aber zu Jakobus. Ich weiß jetzt, wo er ist. Wir könnten ein Schnellverfahren aufziehen, in dem die Schuld für den Getreidemangel den Nazarenern aufgebunden wird. Gott äußert sein Mißfallen und so weiter.«

»Jakobus«, sagte Kaiphas, »hat nicht gerade schwer gegen das jüdische Gesetz verstoßen. Sogar in der Gestaltung der nazarenischen Politik war er peinlich darauf bedacht, alles Gerede von einer Gleichwertigkeit von Juden und Heiden zu vermeiden. Die meisten halten ihn für einen guten rechtgläubigen Juden, der daran glaubt, daß der Messias erschienen und wieder verschwunden ist. Soviel ich weiß, hat er keine Feinde.«

»Na gut«, sagte der König. »Aber wir wollen Petrus und diejenigen seiner Bundesgenossen, die noch immer hier sind; die Enthauptung des Jakobus wird ihn und sie ausräuchern. Doch ich denke hauptsächlich an ihn. Er ist der eigentliche Lästerer. Jakobus ist halt zur Hand.«

»Mir ist nicht wohl dabei«, sagte Kaiphas. »Nicht sehr. Der

Mann, der mir gar keine Gewissensbisse macht, ist dieser Saulus, der sich inzwischen anders nennt. Er heißt sich selber einen Renegaten, und ich habe davon gehört, daß er sich derzeit in Judäa aufhält.«

»Aber verschlagen ist er und jederzeit fähig, sich auf seine Rechte als römischer Bürger zu berufen. Zu problematisch, zu gefährlich auch. Es wäre außerdem nicht opportun, ihn zu schnappen, selbst wenn das gelänge. Er ist mit Geld aus Antiochien gekommen, um Brot für das Volk zu kaufen. Das Volk ist blöd. Wäre schwierig, es davon zu überzeugen, daß der Mann ein Krimineller ist.«

»Kriminalität wird nie durch gute Werke aufgewogen.«

»Erzählt das dem hungernden Jerusalem. Ich ziehe es vor, ihm zu sagen, daß die gegenwärtige Knappheit die Schuld der Nazarener ist. Wegen seines Mißfallens an ihrer Ketzerei sucht er das Volk Israel als ganzes heim. Das Blut des Jakobus wird dem Herrgott wohlgefällig sein. Es wird ihm angenehm in die Nüstern steigen.«

»Und doch glaubt Euer Majestät, wenn ich offen sein darf, überhaupt nichts davon.«

»Oh, ich glaube an *einen* Glauben für *ein* Volk. Das ist Politik. Natürlich glaube ich auch an Gott als Oberhaupt. Ich glaube sogar an die menschlichen Eigenschaften, die wir diesem Oberhaupt zuschreiben. Der Imperator Gaius, der jetzt in der Hölle schmort, falls es eine Hölle gibt, hat mir manches beigebracht. Der König ist der Gesalbte des Herrn und deshalb Gottes sichtbarer Stellvertreter auf Erden. Wann wird mein Bildnis im Tempel aufgestellt?«

»Das wird nie geschehen – wie Ihr wißt. Der Sanhedrin ist einhellig dagegen. Zum Schutz Eurer Majestät. Wir haben schließlich, bei allem, was Euer Majestät wünschen, einen Glauben aufrechtzuerhalten.«

»Ja, richtig. Der heilige ewige jüdische Glaube an den großen lieblos liebenden, gnädig rachsüchtigen Vater der Stämme. Verzeiht meine *privaten* Zweifel. Ich habe in der großen Welt gelebt, in Rom, meine ich.«

Jakobus, der Sohn des Zebedäus, wurde ohne weitere Schwierigkeiten im Keller des Kleophas ausgehoben. Ohne Verfahren wurde er eingesperrt und in den Vorhof des Tempels geführt, wo er nach römischer Weise hingerichtet werden sollte: Kopf auf den Block, Enthauptung durch das Schwert – ein schwerer Säbel, der auf beiden Seiten hauchdünn geschärft war. Er kam herein, die Hände vor dem Leib gebunden, und war sich bewußt, daß er unter den Aposteln als erster den Märtyrertod erleiden sollte, und war darüber auf vertrackte Art sehr zufrieden. Sein persönlicher Wächter Esra begleitete ihn. Diese beiden und der Henker marschierten zu einem weichen Trommelwirbel bis zum Block. Die Menge murmelte, ohne laut zu werden. Herodes Agrippa saß auf einem tragbaren Thron. Er hob den Finger, um den Trommelwirbel zu beenden und wandte sich dann an seine Untertanen. Er schrie, und jeder Impuls seiner Stimme senkte sich wie ein Dolch in seine inneren Organe: »Volk von Judäa, Brüder im heiligen Glauben! Wir sind hier als Zeugen einer gerechten Exekution. Unser Glaube ist von giftiger Ketzerei angefallen worden. Die Ketzer haben große Duldsamkeit gefunden, denn das jüdische Volk hat ein weites Herz und keine Vorurteile, doch die heidnischen Verunreinigungen haben uns den Magen verdorben und unsere Duldsamkeit erschöpft. Israel als Einheit muß sich auch als Einheit erheben. Ein Volk sind wir und ein Glaube, und die Stärke dieses Glaubens darf sich nicht nur in passiver Frömmigkeit erweisen, sondern auch im gelegentlichen Aufblitzen des Schwertes der gerechten Strafe. Ganz besonders gilt das, so darf ich hinzufügen, wenn der Herrgott sein Mißfallen zeigt. Und hat er dieses Mißfallen nicht gezeigt, indem er uns mit Hunger quält? Dieser Jakobus ist verurteilt. Henker, ans Werk!«

Der Leibwächter Esra sprach jetzt sehr deutlich. »König von Israel, wenn mir erlaubt ist, daß ich spreche, ich war der Wächter von Jakobus, seit er verhaftet wurde. Nichts als Gutes fand ich an ihm. Ich bin zu seinem Glauben übergetreten. Wenn er den Tod verdient hat, sterbe ich mit ihm. Aber nicht, ehe ich die Ungerechtigkeit dieses Schlächterwesens angeklagt habe.«

Herodes Agrippa rief: »Wenn du dich nach dem Schwert des Henkers sehnst, leg deinen Kopf auf den Block. An dir kann man die Schärfe des Säbels erproben. Zu deiner Sünde der Ketzerei kommt die noch größere des Verrats. Henker!«

Nicht alle beobachteten das Abtrennen von Esras Kopf. Frauen wandten die eigenen und die Augen ihrer Kinder ab, und das taten auch die Tempelwachen und Geheimpolizisten, die ein scharfes Auge auf diejenigen Anhänger des Nazarenerglaubens haben sollten, die sich aus ihrem Unterschlupf eingeschlichen hatten, um Zeuge beim Tod des ersten apostolischen Märtyrers zu sein. Während Esras Kopf, alles andere als säuberlich abgetrennt, den Hunden zugeworfen wurde und das Blut auf dem Block mit einem nassen Lappen abgewischt wurde, zeigte eine der Tempelwachen auf jemanden. Einen graubärtigen Alten, der unruhig um sich blickte. Dieser Alte sah, daß auf ihn gezeigt wurde, und versuchte deshalb, in der Menge unterzutauchen. Jakobus, der darauf wartete, daß der Block vollständig gesäubert würde, blickte um sich und verriet ein

Anzeichen von Kummer, daß seine Hinrichtung Gelegenheit dazu bot, einen oder mehrere seiner Brüder in Gefahr zu bringen. Dieses Zeichen wurde bemerkt. Bald jedoch war Jakobus zu keinem weiteren unschuldigen Verrat mehr fähig. Er legte den Kopf nieder, ohne darauf zu warten, daß es der Henkersknecht für ihn täte, das gesäuberte Schwert ward zur unschuldigen Sonne erhoben, sauste dann herunter und schnitt durch den Hals des Jakobus wie durch Käse. Blut spritzte auf, die Menge stöhnte auf und begann sich dann zu zerstreuen. Die Wachen und Polizisten folgten dem Weg, der ihnen gewiesen worden war.

Petrus wurde nicht vor dem Beginn der Woche der ungesäuerten Brote verhaftet, also am Vorabend des vierzehnten Tages im Nisan, auch Passah-Abend genannt. Beinah zufällig wurde er in einem nicht mehr benutzten Keller unter einem abgebrannten und verlassenen Haus im Nordwesten der Stadt gefunden. Ein Kinderball war hinabgerollt, das Kind hinabgelaufen, um ihn zu holen, weil eine Steintreppe da war, aber keine Tür, und zufällig kam es wieder nach oben, als sich zwei Polizisten für eine Brotzeit niederließen. »Mann da unten«, sagte das Kind. Geschnappt, gab er bereitwillig an, wer er war und wurde sofort in die Feste Antonia geschafft, die nicht weit ablag. Er war ein kostbarer Gefangener, und vier Schichten wechselten sich ab, um ihn zu bewachen. In der ersten Nacht, als ein Hausknecht, hinter sich einen Wachmann, Essen und Wasser brachte, fragte Petrus:

»Wie lang?« Der Wächter sagte:

»Du hast Schwein. Gnädigerweise darfst du bis nach dem Passahfest leben. So hast du Zeit, dir'n paar Sachen zu überlegen, nich? Nu' iß mal schön.« Die Metallplatte mit trockenem Brot und einem fasrigen Klumpen namenlosen verkochten Fleisches knallte auf den Steinboden, zusammen mit einem Tonkrug. Dann wurde die Tür zugeworfen. Petrus kümmerte sich nicht um das Essen. Er kniete sich auf den kalten Stein und betete:

»Herr, in jener Nacht, die jetzt so lang vergangen scheint, hörte ich dich sagen: Nicht mein, sondern dein Wille geschehe. Das sind jetzt meine Worte. Und doch hast du mich zum Oberhaupt der Kirche gemacht, zum ersten sterblichen Vater der Gläubigen. Ich habe meine Arbeit noch nicht vollendet und flehe dich an bei deiner Macht, daß ich sie tun darf. Doch alles liegt in deiner Hand. Herr, ich glaube. Herr, ich vertraue. Herr, vor allem liebe ich. Zumindest glaube ich, daß ich liebe. Unseren Feinden soll vergeben werden. Der Glaube soll leben. Dein Reich komme für mich. Aber nicht«, und er hob die Stimme, als wollte er sich an eine harthörige Fischerversammlung wenden, *»bevor ich meine Arbeit vollendet habe.* Amen.« Er seufzte, trank etwas Wasser, knabberte am Brot. Dann ging er zu seiner harten Matratze und legte sich hin. Bald, denn das Gebet ist ein gutes Schlafmittel, begann er zu schnarchen.

In seinem Schlafzimmer im Palast brütete Herodes Agrippa über dem Abführmittel aus Zypern. Bisher hatte es wenig geleistet, außer seine Schmerzen zu vermehren. Er überlegte sich in der Phase vor dem Einschlafen, wenn die Fantasie vom Ufer der Vernunft wegrudert, daß sein Leib besseres als das verdient hätte. Er hatte den Hauptstaatsfeind gefangen und eingesperrt. Er bedauerte nicht, daß die Zeit der Passahfeiern das Blutvergießen verbot. Damit war Zeit, nach allen Regeln der Kunst einen Schauprozeß aufzuziehen, für den sich die weltlichen und geistigen Mächte in einem Redeschwall des Abscheus vereinigen würden. Das Verfahren gegen den Nazarenerglauben erhielte eine genau überlegte Ausformulierung, und die Enthauptung des Vaters der Lügen, der auch ein dämlicher Fischer war, ließe sich als Akt der Frömmigkeit darstellen, der letztlich keinem anderen als Israels Monarchen zugutekommen würde. Er würde als Retter der Rasse in die Geschichte eingehen. Er sonnte sich, bevor er ganz wegschlummerte, in der Betrachtung dieser Ehrung; das war fast so gut wie eine Medizin.

Die Kaiserin Messalina erhielt ihre Militäreskorte, und Marcus Julius Tranquillus befehligte sie. Das Manipel ausgesuchter ehemaliger Frontkämpfer, von denen einige ihre britannischen Schmisse wie Orden trugen, marschierte vor und hinter der vergoldeten Sänfte, die links und rechts, aber auch vorne und hinten Griffe hatte und damit die Muskelkraft von acht Trägern erforderte. Das waren reichlich tumbe Germanen, die so dreinschauten, als würden sie sich denken – sofern sie überhaupt dachten –, daß sie diese Arbeit so gut wie jede andere verrichten konnten. Die geschlossene Sänfte hatte innen eine Couch, auf welcher die Kaiserin lag. Gelegentlich durfte ein ausgewählter männlicher Freund bei ihr liegen. Es gefiel ihr zu kopulieren, während sie durch die belebten Straßen Roms getragen wurde; damit wurde fast ein öffentlicher Akt daraus. Marcus Julius Tranquillus lag ihr nicht bei, er wurde auch nie dazu beordert. Er hatte eine etwas steife Haltung und nahm seine Pflicht ernst. Außerdem schien er Schmerzen zu leiden und mußte sich beim Gehen auf einen Schwarzdornstock stützen. Im Dienst der Kaiserin hatte er allerdings nicht viel zu gehen; sein Platz war bei ihr in der geschlossenen und verhängten Sänfte, wo er korrekt am Fußende ihrer Couch saß. Er machte sie ziemlich neugierig: Er war recht ansehnlich, sichtlich tapfer und hatte an einer Schlacht teilgenommen. Er war ernsthaft, und sie liebte für ungefähr zehn Minuten täglich diesen Ernst.

Die unbestreitbare Schönheit der Messalina und ihre Unmoral werden immer ein Problem für diejenigen Philosophen darstellen, die bei der Beschäftigung mit Schönheit, Wahrheit und Güte als verwandten Werten mit der mystischen Sehnsucht enden, dieses Verhältnis bis zur Identität zu steigern und sogar eine Göttin konstruieren, die diese Werte als Eigenschaften besitzt. Gott, so sagen manche Philosophen, offenbart sich in der irdischen Welt durch bestimmte Schönheiten, Wahrheiten und gütige Handlungen; dementsprechend sollten sich diese Werte vereinigen, um ihre Einheit im göttlichen Oberhaupt zu spiegeln, aber das geschieht so unregelmäßig, daß man annehmen muß, das göttliche Wesen übersieht eine Art von teuflischem Bruch oder so etwas (vielleicht gibt mein Buch bereits Hinweise darauf), und es beweist seine unaussprechliche Freiheit, indem es von Zeit zu Zeit eine liederliche Inkonsistenz austüftelt. Wenn es sich in der Tat so verhält, brauchen wir uns nicht darüber zu wundern, daß es Messalina nicht gelingt, ihre Schönheit mit der Liebe zu Wahrheit und Güte in Einklang zu bringen. Sie war eine chronische Lügnerin und durch und durch schlecht. Doch war ihre Schönheit ein Wunder, wie es heißt. Die Symmetrie des Körpers gehorchte all den goldenen Regeln der mystischen Architekten, ihre Haut wies nicht den winzigsten Makel auf und glühte, als wäre Gold hinter durchscheinendes Elfenbein gelegt worden, ihre Brüste waren voll und widerstanden doch dreist der Erdanziehungskraft, die Nippel waren fast immer erigiert und wie im Zustand fortgesetzter sexueller Erregung unter dem feinen Flachs sichtbar, die Aureolen sanft zu einer Art Rotbraun pigmentiert. Der Anblick ihrer bloßen webenden Arme soll bereits genügt haben, um beim Mann die zähneknirschende Sehnsucht zu erwecken, von ihnen umfaßt zu werden; die zarte Fläche ihres Rückens, die auf eine exquisite Schlankheit zulief, nur um sich zur verschwenderischen Fülle ihrer vollkommenen Hinterbakken zu verbreitern, verlangte nach unendlichen Zärtlichkeiten. Das Gesicht war das Gesicht einer Jungfrau, deren Hingabe an die Keuschheit die einfachen Gebräuche des Dianakultes überstiegen, der weitgehend in reiner Scheinheiligkeit besteht: Die braunen Augen waren groß und standen weit auseinander, die Nase vermied das Übermaß, das als Willensstärke ausgelegt wird, aber die meisten mediterranen Gesichter entstellt, und die Lippen waren nur darin nicht vollkommen, als sie überaus feucht waren, was auf einen Überfluß an Speichel zu weisen, und daß die leicht aufgeworfene Haltung eine Schnute der Unzufriedenheit anzudeuten schien. Ihr Appetit war in der Tat nicht so leicht zufriedenzustellen und er war, wie bei den meisten Frauen, nicht nur in jenen kitzligen Nerven angesiedelt, die das Zentrum der Zeugung bewachen, sondern in abgelegenen Bereichen ihres Körpers, wo man sie für zu entfernt gehalten hätte, als daß sie hätten Feuer fangen können. Ihr Haar, dachte Julius mit einer Untreue, die er rasch unterdrückte, war von einer noch tieferen und duftigeren Dunkelheit als das seiner Frau Sara. Messalina fand in ihrem Leben nur einen Mann, der ihr die Vielfalt an Befriedigungen gewährleistete, die sie ersehnte, und die Begegnung mit diesem Mann führte in ihr Verderben. Ihr kaiserlicher Gemahl war alt und im Bett so unbrauchbar wie in anderen Tätigkeitsfeldern. Ihre Heirat rührte von Gaius her, der von Messalinas Neigungen wußte und seinen stotternden Onkel mit der Mesalliance demütigen wollte.

Auf ihrer ersten gemeinsamen Fahrt verwickelte Messalina den Anführer ihrer Garde in eine angenehme Unterhaltung, ohne sich dabei aber auch nur im geringsten herabzulassen. Ihre Stimme war so schön wie ihre Person; sie erinnerte an Tauben und Honig und Spalierobst, das den höchsten Grad von Reife erreicht hatte. Sie sagte oder sang: »Man berichtet mir, daß du dich in Britannien tapfer geschlagen hast, Junius.«

»Julius, Herrin.«

»Gewiß. Der Caesar, der getötet wurde. Aber du hast Caesars Feinde getötet.«

»Die Briten sind wohl kaum als Caesars Feinde zu bezeichnen, Herrin. Stämme, die es zufrieden sind, wenn man sie in Ruhe ihrer Fischerei, dem Ackerbau und den internen Kämpfen überläßt.«

»Demnach«, gurrte sie, »bist du mit Roms Zivilisierungsauftrag, wie es mein kaiserlicher Gemahl nennt, nicht einverstanden?«

»So habe ich mich nicht ausgedrückt, Herrin.«

»Du kannst ganz offen mit deiner Kaiserin sprechen. Schließlich sollen du und ich ja Freunde werden, nicht wahr?«

»Meine Kaiserin ist zu gütig. Ich bin der geringste Diener meiner Kaiserin. Doch muß ich gestehen – die Anpassung fällt mir schwer. Mord ist mein Beruf. Und jetzt – manchmal wundere ich mich über meine Ernennung.«

»Ganz einfach, mein lieber Freund. Der Anführer meiner Garde soll tapfer, ehrbar, verschwiegen – und vorzeigbar sein. Das Zeugnis deines Vorgesetzten bestätigt mir die ersten drei dieser Eigenschaften. Das andere kann ich selbst beurteilen. Sage mir – bist du verheiratet?«

»Ja, Herrin. Und seit kurzem bin ich auch Vater.«

»Gut. Verheiratete Männer sind diskreter als ledige. Müssen sie sein. Sie haben etwas zu verlieren. Erzähle mir von deiner Frau. Ist sie schön?«

»Sehr schön, aber natürlich« (da brach sich der Kavalier Bahn) »nicht so schön wie...«

»Jaja. Wie heißt sie? Ist der Name auch schön?«

»Sara. Ein jüdischer Name. Und unsere Tochter heißt Ruth. Kurze klare Namen.«

»Ja, wie Vogelrufe. Und warum sollte ein römischer Offizier altrömischer Herkunft eine aus den Kolonien heiraten?«

»Aus Liebe, Herrin.«

»Oh, dann bin ich einverstanden. Mit der Liebe bin ich einverstanden, Junius, nein, Julius. Liebe ist das ganze Leben. Das Leben ist nichts ohne die Liebe. Liebe übersteigt alle Schranken, alle Formalitäten, alle Schwüre und Pflichten. Sag den Sklaven, daß wir da sind«, fügte sie hinzu, während sie dreifingerbreit den Vorhang zur Seite schob. Julius klopfte mit dem Stock gegen die Außenwand der Sänfte, stand dann mühsam und unter Schmerzen auf und ging hinaus. »Armer Junge«, girrte Messalina. Sie waren an einer Besitzung jenseits der Servilianischen Gärten im dreizehnten Stadtbezirk, gerade nördlich der Porta Ostiensis, angekommen. Julius glaubte zu wissen, wessen Besitzung das war. Diskretion, befahl er sich. Messalina sagte: »Es dauert vielleicht eine Stunde. Am besten verteilst du die Wache sehr diskret um das Haus und auf dem Gelände. Weißt du, wem das Haus hier gehört?«

»Nein, Herrin«, diskret.

»Gut, sehr gut. Note eins für Diskretion.« Sie lächelte bezaubernd und entschwebte zum Tor. Als sie nicht mehr zu sehen war, sah Julius einem von seinen Männern, der nicht gerade ein Muster an Unterwürfigkeit war, direkt in die Augen und machte eine halsabschneidende Gebärde. Er sagte:

»Wenn sie die meine wäre...«

Und die Arbeit ging weiter – falls man das Arbeit nennen konnte. Wie aber stand es um Julius' Drüsenreaktion auf die beinah tägliche Nähe zu seiner Kaiserin, so nackt unter dem Batist? Der Körper folgte der Natur, der blinden Göttin, Schwester der Fortuna, und wußte nichts von Wörtern wie ›Liebe‹ und ›Treue‹. Was eigentlich *war* seine Arbeit? Oft hatte Sara das gefragt, während sie Ruth die Brust gab. Oh, ich muß die Gemächer der Kaiserin bewachen.

Siehst du sie oft? Selten eigentlich. Sie hält auf Distanz zu uns gewöhnlichen Soldaten. Ich habe was anderes gehört. Von wem, Sara? Jeder weiß von ihr. Eines Tages, fürchtete Julius, würde sie einen Befehl erteilen, während sie zu einer ihrer diskreten Indiskretionen auf dem Esqulinuns oder bei der Naumachia Augusti, dem Seetheater in der Nähe seines eigenen gemieteten Hauses, oder jenseits der Lukullischen Gärten auf der Via Pinciana schaukelten. Junius, Julius meine ich, du findest deine Kaiserin also nicht attraktiv; für diese Art Undankbarkeit habe ich Männer auspeitschen lassen. Komm her, leg die Hand hierhin. Seine Nächte im Bett mit Sara wurden dank der blinden Natur ausgelassen. Frauen waren nicht dumm, wußten immer, was los war. Er konnte sich Sara gut vorstellen, wie sie der Kaiserin von Frau zu Frau gegenübertrat mit ›Laß meinen Mann in Ruhe, oder ich kratz' dir die Augen aus.‹ Augen würden bestimmt herauskommen, aber keine Frau würde das Kratzen besorgen. Dafür standen brutale Syrer und Pannonier im kaiserlichen Sold, die für die Bestrafung der *laesa maiestas* begabt waren.

Eines Morgens erhob sich Julius in der Landluft, hörte die Hähne krähen und Schweine schniefen. Er und seine Männer hatten in soldatischer Kargheit in einer einfachen Bauernunterkunft geschlafen. Der Hof grenzte an die Liegenschaft eines gewissen Laturnus und lag gerade vor dem südlichen Tor, das zur Via Asinaria führte. Im Herrenhaus verbrachte die Kaiserin die Nacht mit – Julius wußte mit wem, war aber sogar zu sich verschwiegen. Er hatte ein einfaches Frühstück aus schaumiger warmer Kuhmilch und einem altbackenen Brotkanten mit eingemachten Brombeeren genossen. Jetzt sog er die gute Luft ein und sah eine furchtbare Zukunft für sich voraus. Eines Tages würde man ihr auf die Schliche kommen, und er würde wegen Illoyalität gegen den Imperator angeklagt. Es war seine Pflicht, diskret immer wieder ein Wort gegen einen der griechischen Beamten auf dem Palatin fallen zu lassen. Doch würde ihn Messalinas privater Geheimdienst diskret erdolchen lassen, bevor er soweit käme. Das Elend im Gesicht des unrasierten jungen Mannes, der aus der Richtung der Scheunen kam und sich wie nach einem unerfreulichen Schlaf im Stroh kratzte, spiegelte, davon war er überzeugt, sein eigenes. Der junge Mann sah ziemlich furchtsam nach dem uniformierten und bewaffneten Julius und schritt mit einer Geschwindigkeit, die man als diebisch bezeichnen konnte, in Richtung Via Asinaria davon. Julius rief freundlich:

»Einen Augenblick. Nein, keine Gefahr. Kennen wir uns nicht?«

Der junge Mann blieb stehen und überlegte: Kannten sie sich?

»Ein Ringkampf. Du warst einer der Ringer. Der andere trug Katzenkrallen. Er weilt nicht mehr unter uns.«

Der junge Mann sprach. Sein Latein war nicht gut und enthielt Kehllaute, die griechischer Herkunft sein mochten. Er sagte: »Ja. Erinnere mich. Ich hatte aber nicht die Zeit, mir alle Zuschauer anzusehen. Anscheinend habe ich wo geschlafen, wo man nicht darf. Ich wußte nicht, daß Bauernhöfe vom Militär bewacht werden.«

»Ich bin Teil einer kaiserlichen Eskorte und warte auf den Morgenappell.«

»Mit kaiserlichen Eskorten habe ich nichts am Hut.«

»Du ringst nicht mehr?«

»Ich ringe um mein Leben, aber nicht sehr erfolgreich. Manche dürfen sich ihren Lebensunterhalt nicht mehr verdienen. Kaiserliches Edikt.«

»Bist du Jude?«

»Hab' ich nicht gesagt.«

»Juden sollten überhaupt nicht mehr hier sein. Keine Angst, ich gehe nicht zur Polizei. Ich bin mit einer der Töchter Israels verheiratet.«

»Der Name, der Name?« Der junge Mann keuchte in großer Bedrängnis, er ballte und öffnete die Fäuste.

»Sara.«

»Nein, nein. Gibt's doch nicht. Redet sie manchmal von einem Kaleb?«

»Sehr oft.«

Kaleb brach bei dieser Entdeckung vor Erleichterung fast zusammen. Julius führte ihn zu den Unterkünften und reichte ihm eine Tasse inzwischen kühler gewordener Milch.

Im Schlafzimmer des Herrenhauses von Laturnus, der sich derzeit in Sardinien befand, war ein Paar, das noch keine Zeit für ein Frühstück hatte. Es war kein luxuriös ausgestattetes Schlafzimmer; die Möblierung hatte etwas Rustikales. Doch das Bett war breit und tief. Die nackte Messalina lag darin und umschlang mit ihren liebreizenden Armen die Nacktheit des Gaius Silius, ein junger Patrizier von etwas hohler Ansehnlichkeit. Er sagte:

»Warum müssen diese Soldaten draußen herumtrampeln? Ich komme mir, nun ja, bewacht vor.«

»Die Kaiserin braucht Schutz. Vor ihren zahlreichen Feinden. Keine Angst, Gaius. Sie sagen nichts. Sie wagen es nicht. Genaugenommen *sehen* sie gar nichts. Die Kaiserin Messalina stattet ihre Pflichtbesuche ab. Geschäftsbesuche auch noch. Die sind schon ordentlich. Nichts also, um sich zu fürchten oder Schuldgefühle zu bekommen.«

»Du, meine Liebe«, sagte Gaius Silius, jetzt etwas beruhigter, »bist eine der Unschuldigen auf immerdar. Du weißt gar nicht, was Schuld ist. Deine Haut ist unberührt von den Falten von – ja, zum Beispiel, Gewissensbissen, Mitleid...«

»Grausamkeit? *Bin* ich grausam?«

»Manchmal.«

»Grausamkeit«, sagte sie (sie hatte das irgendwo gelesen und sofort die innewohnende Wahrheit erkannt), »ist eine der scharfen Soßen der *Liebe*. Das andere ist nur – nun ja, Politik, Selbstschutz, Kaiserin sein.«

»Auch der Kaiser«, sagte Gaius Silius etwas schulbubenhaft, »hat das Recht auf Selbstschutz. Wie würde sich der Kaiser fühlen, wenn er wüßte, daß man ihm Hörner aufsetzt?«

»Zumindest«, sagte sie und nahm dabei etwas von seiner Steifheit an, »posaune ich es nicht heraus, oder? Claudius macht seiner eigenen Nichte schöne Augen und drückt die gichtigen Finger auf ihren Busen, wenn er meint, ich sähe es nicht. Igitt, Altmännergeilheit. Der Imperator ist über Tabus wie Inzest erhaben. Ich glaube, Agrippina wird etwas trinken müssen, was ihr nicht bekommt. Und vielleicht sollte ihr sabbernder Onkel auch ein wenig mittrinken.«

»Manchmal, *meum mel*, bist du – wie soll ich sagen...?«

»Widerlich? Erschrecke ich dich? Keine Angst vor klarem Denken, Gaius. Und steig nie bei etwas ein, das du nicht bis zum Ende durchführen willst. Manchmal habe ich das Gefühl, daß du glaubtest, ins Bett der Kaiserin steigen zu können, ohne dafür bezahlen zu müssen. Messalina ist eine Nutte, aber sie ist nicht wie alle anderen Nutten. Sie kostet nichts. Das haben die blödeste Dorfschlampe und die erste Dame des Reiches gemeinsam. Doch die Kaiserin Messalina, mein liebster Schatz, kostet alles. Wie du noch merken wirst. Was macht die schöne Lollia Paulina derzeit?«

»Keine Ahnung. Sie ist in Herculaneum. Lebt für sich. Ich sage nichts, und sie sagt nichts.«

»Sollte sie je etwas sagen«, flüsterte Messalina zärtlich in seine rechte Wange, »würden ihr ihre Juwelen in den Schlund gerammt. Wie eine Gans würde sie damit genudelt. Ich ließe sie vor mich kommen, mit ihnen wie der Sternenschein bedeckt, wie dieser törichte Dichter sagt, und dann würde sie bis auf die nackte Haut ausgezogen, Perle für Perle und Amethyst für Amethyst abgerissen und hinunter damit.« Gaius Silius konnte die Erregung in ihrem heißen Atem bemerken. Dann sagte sie: »Manche Dinge haben zu geschehen, liebster Gaius. Du und ich werden für immer und ewig zusammensein oder jedenfalls so lang, daß es nicht mehr zählt. Das ist ein Bett, aus dem man sich nicht mit ein paar Münzen auf der Decke und dem Finger an den Lippen davonstiehlt. Ich will dich für mich und bei Kastor und Pollux...« (mit scharfen Nägeln packte sie jenen Körperteil, den sie scherzhaft so genannt hatte)... »ich werde dich nicht gehen lassen.«

Gaius Silius hielt einen Seufzer zurück und sagte: »Ich bin geschmeichelt, aber, vergib mir, *cor cordium,* ein bißchen skeptisch. Sag doch, wie viele Männer hast du in deinem kurzen Leben besessen?«

»Wie viele? Ich kann sie nicht zählen. Ihre Namen ergäben ein Buch, nehme ich an, allein die, an die ich mich erinnere.«

»Eine Frau«, sagte sie kategorisch, »hat ein Recht auf ihr Vergnügen. Wenige Männer können mehr, als nur den äußersten Rand der weiblichen Befriedigung berühren. Du, Honigwäbchen, bist eine sagenhafte Ausnahme. Du bist *unermüdlich.* Ich glaube, daß ist deine einzige Begabung. Du bist alles andere als ein kluger Bursche, aber du hast das. Sowie Fantasie und Erfindungsreichtum. Du weißt, wie wichtig das Körperleben ist. Das ist selten genug. Ich werde dich nicht fortlassen. Du und ich werden heiraten.«

Bei diesen Worten sprang er fast aus dem Bett. *»Heiraten?* Du meinst... Scheidung von Claudius, Scheidung von Paulina? Unmöglich.«

»Zwei lang verborgene Scheidungen. Ohne Standesbeamte oder Notar oder wie diese gesetzmäßigen Herrschaften heißen. Frag jetzt nicht nach mehr. Es gibt viel zu tun, lieber Gaius, aber es hat keine besondere Eile. Die Sonne steigt langsam, wie du sehen kannst.«

Sie packte ihn mit maßlosem Appetit. Die nächste Stunde wurde mit einer bemerkenswerten Vielfalt von Umarmungen und Penetrationen verbracht. Sie spielte Succuba und Incuba, Roß und Reiter. Sie stiegen aus dem Bett, gingen auf den Boden, an die Wand, sogar an die Seite des geöffneten Fensters, und selbst dann war sie noch nicht befriedigt, obwohl Gaius Silius glaubte, sie müsse von den Erfüllungsschreien heiser werden. Wieder im Bett, erlangte sie schließlich das Ziel ihrer Bedürfnisse, und ihr liebliches Gesicht glühte vor Verzückung, so daß man es nur mehr als heilig beschreiben konnte. Das ist, die ganze Sache, reichlich ekelhaft.

Petrus auf seiner Gefängnismatratze, obwohl im Vorfeld der Heiligkeit, zeigte kein solches Glühen. Er schlief gut, obwohl ihm diese Nacht als seine letzte vor der Hinrichtung verkündet worden war. Während der letzten Woche hatte man ihn täglich für ein langwieriges Verfahren aus dem Gefängnis geholt, doch bestand nie ein Zweifel am Ausgang. Ihm war daran gelegen, darauf hinzuweisen, daß die ketzerischen Aspekte von seines Meisters Messianismus kaum darin bestanden, daß der neue Glaube (den manche der protokollierenden Priester bereit waren um des Streits willen als eine fast legitime Erweiterung der Orthodoxie zu betrachten) für die unbeschnittenen Nichtjuden geöffnet werde. Die Bekehrung des Zenturios Cornelius wurde als unautorisierter Akt der Verunreinigung dargestellt; die Bereitschaft, die grundlegenden hygienischen und Ernährungsvorschriften des jüdischen Glaubens zu lockern, um einem heidnischen Vorurteil nachzugeben, wurde als brutaler Akt der Entwurzelung dargestellt und nicht, wie mit der Annahme des Messiasglaubens, als Abreißen der Borke oder Kappen von Ästen. Das Baumgleichnis hielt sich: Der judäische Baum muß von seinen eigenen designierten Hegern zurückgeschnitten werden, was schlicht und einfach hieß, daß man sich Petrus' entledigen und die neumodische Sekte ihres Kopfes berauben müsse. Für Petrus war es vergebliche Liebesmüh, wenn er einwendete, daß seine Neuerungen direkt von Gott kämen: Das machte die Sache nur noch schlimmer. In den Plädoyers war die starke Frömmigkeit von Israels Monarchen, der beim Verfahren fehlte, weil er wegen heimtükkischer Magenschmerzen das Bett hüten mußte, immer wieder gerühmt worden; sein hoher Rang in der Geschichte von Israels Kampf um die Erhaltung der althergebrachten Reinheit des Glaubens war bestätigt. Danach wurde Petrus feierlich zum Tode verurteilt. In seiner Unschuld verlangte er die Kreuzigung in einer Form, die nicht mit der seines Meisters identisch war, weil er sich für unwürdig erklärte: Er wolle an ein griechisches *chi* oder an ein umgedrehtes römisches T genagelt werden. Römisch, sagte man ihm, römisch, eine römische Bestrafung wolle er haben, wo Rom nicht mehr im Lande herrsche. Er sollte regelrecht, wie der griechische Häresiarch Stephanus, zu Tode gesteinigt werden, aber der Präzedenzfall der Hinrichtung des Jakobus, bei der das Schwert Verwendung fand, war als saubere, leichte und irgendwie passende Tötungsart annehmbar: Es hatte viel Gerede von einer symbolischen Enthauptung gegeben; sollte es also eine buchstäbliche und hoffentlich endgültige Enthauptung werden. Mit dem Abschneiden des Kopfes von Petrus würden die Glieder des verachtenswerten neuen Glaubens alle Bewegungsfähigkeit verlieren. Amen und Halleluja.

Petrus schlief gut, weil er einen Becher Wein erhalten hatte, dem etwas zugesetzt war. Er schnarchte herzhaft, doch hätte ein englischer Besucher womöglich eine Blässe wie bei einer Krankheit wahrgenommen: Trotz seiner Seelenruhe wegen des Todesurteils und sogar einer Forderung, daß die Todesart qualvoll sein solle, war er doch noch ein Feigling, und seine Farbe im Schlaf zeigte das. Ein Licht glitt am Fenster vorbei, und ein Hahn sang laut in der Meinung, die Dämmerung wäre gekommen. Das weckte Petrus: Selbst noch tief in seinem schlafenden Gehirn war er empfindlich für das Krähen von Hähnen. Sein Mund war ausgetrocknet. Das Krähen hatte aufgehört. Jetzt heulte irgendwo ein Hund den Mond an. Zu seiner Überraschung sah Petrus die beiden Wachen, die seiner Person zugeteilt waren, schlafend auf dem Steinboden liegen. Darüber war er schon ein wenig entrüstet: Man sollte schließlich das tun, wofür man bezahlt wird. Und dann sah er, daß die Zellentür offenstand. Das war mehr als die Sorglosigkeit eines Wärters. Irgendwo mußte da eine Falle sein. Die schlafenden Wachen schnarchten laut und keineswegs unisono. Hatten sie von dem versetzten Wein getrunken und ihn für rein gehalten? Wenn eine Tür offenstand, war das eine Einladung, durch sie zu gehen. Er nahm den alten Mantel, den er als Zudecke benutzt hatte und wickelte sich warm ein. Vorsichtig spähte er dann in den Gang, der von zwei Fackeln an der Wand beleuchtet war, und stellte fest, daß er leer war. Irgend etwas war hier furchtbar aus der Ordnung, es sei denn natürlich, daß er noch immer schlief und von einem Ausbruch träumte. Doch ein Blick zurück in die Zelle bewies ihm, daß seine Matratze leer war. Irgendwer organisierte seinen Ausbruch, aber wer und wie?

Dann sah er den Namen Ioannis Markos oder Johannes Markus mit gelber Kreide außen bei der Zellentür hingekritzelt. Das war der Name von Barnabas' Cousin; jener sollte sich zusammen mit Saulus oder Paulus, wie er jetzt hieß, in Caesarea versteckt halten. Der Instinkt sagte ihm, daß er diesen Namen mit dem Mantel abwischen sollte. Mit wenig Zuversicht ging er den Korridor auf leisen Sohlen entlang und erreichte eine weitere offene Tür. Diese ging auf einen anderen Gang, der im rechten Winkel zu dem verlief, aus dem er kam. Ein paar Meter weiter hörte er auf der Linken Lärm, den er für polternde Trunkenheit nahm. Eine offene Tür war da, und aus ihr fiel Licht, die einzige Lichtquelle auf diesem Korridor. Wachen beim Feiern. Irgend etwas sagte ihm, daß hier keine Verstohlenheit angebracht wäre, weshalb er fast selbstsicher und sogar mit einem lauten Räuspern auf das Licht zuging. Drinnen sagte jemand, der ihn hörte »Alles klar soweit?« in schlechtem Aramäisch, und er antwortete, wobei er vorsichtig judäische und nicht galiläische Vokale benutzte, daß alles klar wäre. Dann trat er aus dem Licht und kam an eine recht dünne Metalltür, die, wie erwartet, offenstand, die er aber in einem Teil seines Kopfes eigentlich nicht hatte offen sehen wollen, und stellte fest, daß sie auf eine schmale, abwärtsführende Treppe ging. Plötzlich stand er im Freien, in einem schlechtgepflegten Garten mit verkümmerten Sträuchern und einem jungen Judasbaum. Am Ende eines überwucherten Weges befand sich ein massives Eisentor. Im Licht des Mondes, den inzwischen mehr als ein Hund anheulte, ging er darauf zu und war darauf vorbereitet, jeden Augenblick von lärmenden Soldaten geschnappt zu werden. Vielleicht wäre sogar ein schmaler intellektueller Offizier dabei, der sagte: ›Wollten dir nochmal den Geschmack von Hoffnung geben, alter Mann. Feine Sache das, Hoffnung. Davon hatte ich viel zu meiner Zeit. Wurde trotzdem nichts draus. Also, Jungs, buchtet ihn wieder ein.‹ Tatsächlich war etwas anwesend, es war aber der aufkommende Wind. Er erhob sich so heftig, daß er die linke Torhälfte aufschlug. Petrus eilte durch und kam an die sieben Stufen, die er oft von unten betrachtet hatte und nur einmal, als er in die verlorene Freiheit zurücksah, von oben. Jetzt lief er hinunter und stand auf der verlassenen Straße. Die Polizei von Herodes Agrippa würde ihn um die Ecke erwarten. Das Spiel, ein sehr grausames, war aus, und selbstsicher schritt er in ihre versteckten Arme. Sie waren nicht dort. Niemand war dort. Seine Freiheit war echt. Er lief in sie hinein, also in die Richtung des Hauses der Mutter von Johannes Markus.

Er kam in eine dunkle Gasse. Weit drinnen hörte er, wie betrunkenes Gegröle anhub: Zwei späte Zecher nahmen eine Abkürzung. Er fand eine offene Hinterhoftür und trat in einen Hof, wo Katzen so innig mit ihren Werbungsritualen beschäftigt waren, daß sie ihn kaum beachteten. Die Sänger zogen vorüber: Das Liedchen war trivial und war eben bei der Jerusalemer Jugend populär geworden, irgendwas über ein Mädchen, das so ebenmäßig wie ein *dikla*baum war. Er war gerade wieder heraus, als der sängerische Teil der kätzischen Coúrmacherei, vielleicht von der menschlichen Katzenmusik angeregt, den schlafenden Haushalt darüber aufzuwecken begann: ein männliches Stöhnen, die Drohung, einen alten Stiefel zu werfen. Er verließ die Gasse und erreichte eine breitere Straße, wandte sich dann nach rechts in ein baumgesäumtes Wohngebiet, wo, wie er wußte, das Haus der Mutter von Johannes Markus lag. In diesem Haus waren die Lichter an: vielleicht eine Versammlung im Gebet, das der Ruhe seiner Seele galt; wahrscheinlicher war es, daß sie, nachdem sie in noch unerklärbarer Machart seinen Ausbruch geplant hatten, darauf warteten, daß er hierher käme.

Doch das äußere Tor, das zu einem Vorhof mit diesmal gepflegten Sträuchern und Blumen führte, war verschlossen. Ein Glöckchen an einer Kette war an einem eisernen Haken in der Mauer befestigt. Er betätigte den Zug. Das Läuten war leise, schien aber in seinen Ohren die halbe Straße aufzuwecken. Immer noch schien Licht aus dem oberen Fenster. Er läutete nochmal betäubend, wie ihm schien. Diesmal öffnete sich die Haustür, und ein junges dikkes Mädchen erschien. Er kannte sie; sie hieß Rhode. »Rhode«, rief er laut wispernd, »ich bin's, Petrus. Laß mich rein.« Rhodes Antwort war Kreischen und Türzuschlagen. Blödes, saudummes Weibsstück. Er läutete wieder und diesmal war es ihm egal, ob er die ganze verdammte Straße aufweckte. Saublödes, schwachsinniges Gör. Die Haustür ging wieder auf, und diesmal kam die Mutter von Johannes Markus mit einem Schlüssel den Weg herunter. Sie ließ ihn ein. Sie verschloß das Tor wieder. Zusammen betraten sie das Haus.

Johannes Markus lag im Bett. Er galt als echter Schwachsinniger und war damit unempfindlich gegen die Nachstellungen des Gesetzes, das zur Zeit der Verfolgung des Saulus, Interesse für die nazarenische Philanthropie seines Vaters gezeigt hatte, der inzwischen in einem der Lager, die Saulus eingerichtet hatte, verhungert war. Seine Schwachsinnigkeit galt in der Stadt als so echt, daß er auf dem Markt herumtrielen konnte, unbehelligt Äpfel stehlen und Obszönitäten wie ›Jesus lebt‹ kichern konnte. Man nahm an, er habe den Spruch von seinem Vater, ohne sich seiner Bedeutung bewußt zu sein. Tatsächlich war er ein gebildeter junger Mann, der jetzt, als Rhode sich in der Angst vor dem Ding, das behauptete, Petrus zu heißen, an die Wand drückte, folgendes sagte: »Sie hält dich noch immer für einen *fravashi.«*

»Einen was?«

»Ein ganz brauchbarer zoroastrischer Begriff. Kein rechter Engel, kein rechter Geist. Ein *fravashi.* Faß sie an, los, umarme sie, küß sie, zeig ihr, daß du echt bist.« Finster schritt Petrus auf sie zu, und sie schrie auf und lief davon, wobei sie über alles mögliche stolperte. »Gutes Kind, aber dumm. Ihr Name bedeutet Rose, aber so riecht sie nicht. Willkommen in der Freiheit.«

Petrus ließ sich schwer hinfallen; und Johannes Markus' Mutter gab ihm einen Becher Wein, diesmal unversetzt. »Was mich wirklich interessiert«, sagte er, »wie habt ihr das eigentlich angestellt?«

»Was?«

»Mich da rausgeholt.«

»Ich hatte nichts damit zu tun.«

»Die Zellentür stand auf, und dein Name war mit Kreide hingemalt.«

»Es wird mehr als einen Johannes Markus auf der Welt geben.«

»Vielleicht« warf seine Mutter ein, »war da mal ein anderer Gefangener namens Johannes Markus.«

»Ja dann«, sagte Petrus durch seinen weinnassen Bart, »muß jemand einen geschmiert oder umgelegt haben. Ich habe aber keine Leichen gesehen.«

»Die Freunde des Glaubens haben kein Geld«, sagte Johannes Markus, »und sie töten nicht. Es war göttliches Eingreifen oder so was.«

»Ich glaub's, wenn ich's sehe.«

»Wie willst du's wissen, wenn du's nicht gesehen hast?«

»Ein verfluchtes Rätsel das, mehr kann ich nicht sagen.«

»Bestimmt nicht verflucht, oder?«

Die Mutter von Johannes Markus war ein durchtriebenes Luder, das als ergebene Tochter des strengen Glaubens galt; sie war berühmt für ihre lauten Schmähungen der nazarenischen Ketzer und den reichen Schatz von Wörtern, mit denen sie diese Ketzer belegte. Sie nannte sie Wüstengeier, Ferkel zitzenloser Säue, laufende Brocken von Stinkkäse, schleimige Schwellenlecker, aufdringliche Bettler, wandelnde Seuchen und mehr in dieser Preisklasse. Einige dieser Schimpf- und Schandwörter gingen auch den Mitgliedern des Sanhedrin zu weit, besonders jene, die der angeblichen sexuellen Perversion der Nazarener galten, also faustgefickte Arschlöcher, Beschmutzer der unbefleckten Ärsche der Söhne und Töchter von Jerusalem und so weiter. Dennoch durfte sich niemand allzu sicher vor den Nachforschungen der Religionspolizei fühlen: Ihre Schimpfexzesse könnten eines Tages durchschaut werden. Jetzt sagte sie: »Ich hoffe bei Gott, daß du den Namen von der Tür abgewischt hast.«

»Hältst du mich für einen kompletten Idioten?«

»Ja gut, dann«, sagte sie. »Selbst dann müssen wir noch vorsichtig sein. Du mußt hier eine Zeitlang im Keller bleiben. Kalt ist er zwar, aber dafür sicher. Wir haben genug Decken. Jakobus ist dort unten.«

»Gibt ja keinen anderen mehr, nicht wahr, seit dein alter Fischerfreund von Seiner Majestät erledigt worden ist. Wer weiß, wie lange es dauert, aber wir holen dich schon wieder raus. Jakobus ist dagegen stur. Er sagt, sein Platz sei hier und er bleibe auch hier.«

»Jakobus weiß noch nichts davon?«

»Von deinem Ausbruch? Wie sollte er? Es sei denn, daß die blöde Rhode drunten ist und ihn wachrütteln will, um es ihm zu sagen. Jakobus der Jüngere ist ein gesunder Schläfer. Das Mädchen ist blöd und ein Plappermaul. Sie muß weg.«

»Wenn sie plappert, Mutter, dann ist das ein Grund mehr, daß sie bleibt. Außerdem gehört sie zu uns.«

»Sagt sie. Aber sie kennt nicht mal den Unterschied zwischen ihrem Hintern und dem kleinen Finger. Entschuldige meine Ausdrucksweise. Man weiß nie mit den jungen Dingern heutzutage. Sie haben nur lauter Blödsinn im Kopf, Liebesgeschichten und junge Burschen und lillige Liedchen. Sie weiß gar nicht, *was* sie ist.«

Laut einer gefälschten und später entfälschten Urkunde wurde Petrus am anderen Morgen ordnungsgemäß enthauptet. Natürlich war es nicht der echte Petrus, der seinen Kopf auf den Block legte, sondern ein Ersatz-Petrus, ein graubärtiger Krimineller, der schon lange aufgrund einer rein weltlichen Anschuldigung einsaß (Tötung des Schwiegersohns in einem betrunkenen Streit um den Besitz einer kleinen Silberkuh, die bei einem der berühmten Schmiede in Ephesus hergestellt und wiederum von dem einen oder dem anderen von irgendwem gestohlen war), jetzt einen verspäteten Beruhigungstrank erhielt und dem die Augen dick verbunden wurden. Der König war, wie bereits bekannt, nicht in der Lage, der Hinrichtung beizuwohnen, da er im Bett lag und stöhnte. Es war auch nicht für nötig gehalten worden, eine Ansprache über die nazarenischen Schrecken und den Akt der Gerechtigkeit zu halten, indem der führende Kopf den Tod finden sollte, weil für all das anläßlich des Schauprozesses gegen Petrus Sorge getragen worden war. Kopf und Körper wurden eilends bestattet, und alle Beteiligten – Wachen, deren Vorgesetzte, der Gefängnisdirektor und seine Adjutanten – atmeten erleichtert auf. Sollte die Kunde von der verblüffenden Befreiung des Petrus je aus dem Gefängnis und über die Kanäle der Abteilung für Innere Sicherheit bis zu Herodes Agrippa dringen, dann würde der Codex Justinianeus (IX. 4.4) geltend gemacht werden, einer der römischen Importe des Königs, und das gesamte Gefängnispersonal auf der Stelle des Kopfes verlustig ge-

Hier irrt Asor, der Sohn des Sadok. Der Codex Justinianeus existiert erst seit 528 n. Chr. (Anm. d. Ü.)

hen. Es gab ein paar stille Peitschenhiebe in Worten und Werken auf dem Gefängnisgelände, und danach war man sich einig, daß man die Angelegenheit am besten vergesse, wenn auch die Versuche, das Unerklärliche zu erklären in der feuchten Kantine der Wachen noch eine Zeitlang weitergingen.

König Herodes Agrippa I. fühlte sich ein wenig besser und arbeitete sich aus dem Bett, um nach Caesarea zu reisen und dort in seinen neuen silbernen Gewändern die Schirmherrschaft über die Feierlichkeiten auszuüben, die dort alle fünf Jahre am Jahrestag der Stadtgründung zu Ehren des jeweiligen Caesar begangen wurden, dessen Titel im Namen der Stadt aufschien. Ein paar römische Würdenträger reisten aus Syrien an, und zwei Senatoren mit Sonderauftrag wohnten den Spielen bei, die blutreich die Ausbreitung der römischen Kultur bestätigten. In Jerusalem hätte es solche Spiele nicht gegeben, doch Caesarea war eine römische Stadt, sie war genaugenommen voller Griechen und galt als die eigentliche Provinzhauptstadt. Neben den Römern waren Phönizier anwesend, zwei ängstliche Gesandte im Fürstenrang aus Tyrus und Sidon, Städten an der phönizischen Küste, die trotz ihrer gewinnbringenden Häfen mit den Zahlungen für die jüngsten Getreideimporte aus Galiläa im Verzug waren. Die diesmal gelieferte Kornmenge war kleiner als üblich, und es hatte galiläisches Murren gegeben, weil überhaupt Korn geliefert wurde, war doch die Zeit eines ernsthaften Mangels, und die Ernährung Palästinas sollte an erster Stelle stehen. Doch Tyros und Sidon waren seit den Zeiten von Salomo und Hiram von diesen Importen abhängig, und der königliche Schatzmeister in Jerusalem empfing eine erkleckliche Provision sowohl von den galiläischen Händlern wie den phönizischen Aufkäufern. Die Gesandten aus Tyrus und Sidon wollten Gelegenheit erhalten, Herodes Agrippa zu erklären, warum keine Zahlungen geleistet worden waren und warum für eine Zeitlang auch keine zu erwarten waren (eine lange Geschichte, die den König nicht interessieren würde, irgend etwas mit Unterschlagung, einem fehlgeschlagenen Werftprojekt, einem Bergbauunternehmen, das danebengegangen war). Am Abend vor der Feier, in der Caesar und seiner Stadt gehuldigt werden und der König die Spiele für eröffnet erklären sollte, beredeten sie sich mit dem königlichen Kammerherrn Blastus.

»Er ist krank«, sagte Blastus, »und ständig schlechter Laune. Begütigende Worte und Versprechungen helfen gar nichts. Über euer Volk ist er schon länger nicht sonderlich begeistert.« Er sprach ein langsames Aramäisch, das, als dem Phönizischen verwandte Sprache, die Gesandten recht gut verstanden.

»Wir haben Geschenke dabei.«

»Gute Geschenke?«

»Vom besten. Phönizische Handwerkskunst. Gold- und Silberreife, Brustplatten und lauter so Zeug.«

»Lauter Zeug?«

»Ja nun, er wird trotzdem saftige Zinsen für die unbezahlten Rechnungen fordern, und wir haben es gern mit Geschäftsleuten zu tun und nicht mit Herrschern, die von Juwelen und dem ganzen Zeug erdrückt werden. Schmeichelei ist nicht unser Stil.«

»Ihr werdet ihm trotzdem schmeicheln müssen. Für ihn ist das die derzeitige Leib- und Magenspeise, die einzige Speise eigentlich, die er zu sich nimmt.«

»Wieviel Zinsen wird er verlangen?«

»Er geht bis zum äußersten. An eurer Stelle würde ich mir überlegen, ob man sich das Getreide nicht besser aus Ägypten besorgt. Die haben mehr Ahnung vom Geschäft als er. Er war zu lange in Rom.«

Während sich Herodes Agrippa unter den unerträglichen Schmerzen im Bett krümmte, verkündete ihm seine Tochter Bernike leichthin die schlechte Botschaft. »Der Typ ist noch am Leben«, sagte sie.

»Welcher Typ, Kindchen?«

»Der eine, dem der *rosch* abgehauen werden sollte.« Sie hatte die Angewohnheit, das Aramäisch ihres Kindermädchens mit dem eigenen Griechisch durcheinanderzubringen. »Der eine, der zuerst *dagim* gefangen und dann gepredigt hat, der mit dem weißen *sakan.*« Sie knetete dabei ihr wunderbar zartes Kinn.

»Red doch klar, Kindchen.« Ihr Vater hatte sich auf den Ellbogen gestützt und sah sie streng an.

»Ja, sie haben im *schuk* alle über ihn geredet, sagt die Miriam, sie haben den alten *yeled* gekannt, dem wirklich der *rosch* runterkam. Ein paar haben ihn danach gesehen, ich meine den *rosch*, und haben gesagt, das sei der alte Sowieso. Und der andere ist abgehauen, haust irgendwo in einem Keller, irgendeine *naarah* hat ihn gesehen. Sie hat ihn zuerst für einen Geist gehalten, aber er war keiner. Ein ausgemachter Betrug ist das, sagt die Miriam, und ein König läßt sich nicht betrügen, sagt sie. Das habe ich in der Küche gehört«, sagte Bernike.

Aufgebracht läutete der König die Glocke neben dem Bett, und nach einiger Zeit erschien Blastus. Blastus sah den König ohne Ehrerbietung an: Für ihn war klar, daß Herodes Agrippa I. nicht mehr lange in dieser Welt zu leben hatte; Blastus war erst dreißig und hatte sich Gedanken über eine Zukunft ohne den Monarchen zu machen. Der König ließ seine Tochter die Geschichte noch mal erzählen. »Hast du auch von jemand so was Ähnliches gehört?« fragte Herodes Agrippa streng und unter Wimmern. Blastus mußte zugeben, daß er sowas gehört hatte. »Zurück nach Jerusalem«, befahl der König, »die Polizei soll sich damit befassen. Ich will den Kopf dieses Mannes auf dem Richtblock sowie den Kopf von allen, die die Wahrheit vor ihrem König zurückhielten. Ich will Blut sehen, und ich werde bei Gott dieses Blut sehen.«

»Nach den Feierlichkeiten? Der Eröffnung der Spiele, meine ich?«

»Jetzt. Sofort aufs Pferd.«

Als Herodes Agrippa inmitten lärmender Caesareer und vornehmer Besucher unter Blechmusikgeschmetter und Trommelschlag erschien, wirkte er nicht nur überaus kräftig, sondern unbeschreiblich majestätisch, denn er trug sein glitzerndes Silbergewand, in dem sich die Morgensonne brach: Er leuchtete wie ein Planet. Sein Gesicht war geschminkt worden, und man hatte ihm Aufputschmittel verabreicht. Als er sprach, zeigte er die bemüht sorgfältige Ausdrucksweise von jemandem, der leicht angetrunken ist. Im protzigen Vorraum der königlichen Zirkusloge empfing er die römischen Besucher mit den Worten: »Wir heißen die ehrenwerten Senatoren Auspicius und Cinnus in unserem königlichen Hafen Caesarea willkommen. Wir dürfen hoffen, daß sie mit der Unterhaltung zufrieden sein werden. Wir haben ... Was haben wir vorbereitet, Blastus?« Aber Blastus war auf dem Weg nach Jerusalem. Der stellvertretende Kammerherr sagte:

»Wilde Tiere, Majestät. Gladiatoren.« Hier trat rasch einer der beiden phönizischen Gesandten dazwischen, um ein offenes Kistchen mit strahlenden Juwelen zu überreichen. Er sagte in der zynischen Sprache des Hofmannes:

»Majestät, nein, Majestät war fahrlässig, Gottheit will ich sagen. Eure heilige Person leuchtet wie ein Gott. Euer Volk braucht keinen anderen Gott als Herodes Agrippa. Und hier, Euer Heiligkeit, sind Geschenke, die zu gering für einen Gott sind, aber alles, was ein demütiger, irrender Menschenwurm zur Zierde von einem ersinnen konnte, der bereits heller als alle Sonnen und Monde und alle anderen Sternbilder erstrahlt.« Gierig versenkte Herodes Agrippa seine schwer beringte Rechte in die Kassette und hob ein besonders kunstvoll gearbeitetes Armband ans Licht. Dann sah er etwas durchs offene Fenster hereinflattern. Ein Vogel. Er ließ sich auf einer der Schnüre nieder, an denen Girlanden mit frischen Blumen zur Ehre des Königs befestigt waren. Eine kleine weiße Eule. Sie sah ihn ohne Ehrerbietung an. Dann erinnerte sich Herodes Agrippa an etwas. Vor vielen Jahren, als er dem Unwillen des Kaisers Tiberius anheimgefallen war, war er in Ketten gelegt und in einem Freiluftgefängnis mit Kriminellen der übelsten Sorte zusammengesteckt worden. Er hatte sich an einen Baumstamm gelehnt, und in den Zweigen des Baumes hockten zwitschernde Vögel. Nur einer zwitscherte nicht; er heulte. Eine weiße Eule, größer als die hier. Zuerst war er erschrocken, weil er Eulen für die Vögel schlimmer Vorzeichen hielt. Aber ein Gefangener aus dem Rheinland hatte gelacht und kehlig gesagt, daß dieser Vogel bedeute, daß Herodes Agrippa bald entlassen würde, was dann auch eintrat. Doch der Germane hatte auch gesagt, und das ohne zu lachen, daß Herodes Agrippa nur mehr fünf Tage zu leben hätte, wenn er wieder eine weiße Eule sähe. »Weg mit dem Vogel«, schrie er jetzt und brach dann zusammen.

In seinem Leiden heulte er und wurde eilends in einer Sänfte zum Palast geschafft. Er hätte die phönizische Lästerung nicht als sein Recht hinnehmen dürfen, sagten einige der bärtigen Ratsherren. Er erhebt sich selbst zur Göttlichkeit, und das Göttliche antwortet, indem es ihn niederwirft. Doch hätte Lukas, wäre er dabei gewesen und hätte nicht die Rückkunft des Paulus nach Antiochien erwartet, damit er ihn in den neuen Glauben hineintaufe, eine weniger blumige Diagnose gestellt: Durchbruch einer hydatischen Zyste. Die sich ringelnden Bandwürmer im letzten königlichen Stuhl bestätigten es.

Nirgends bedauerte man den Tod von Herodes Agrippa I. Sogar bei seinem Begräbnis fehlten die aufwendigen Trauerbekundungen, die aufzubieten die östlichen Gebiete so begabt sind. Mit bescheidenen Zeremonien wurde er ins Grabmal seiner Vorfahren geschoben. Er hatte, wenn auch nur passiv, gelästert, und er hatte, nach fünf Tagen verdienten Leidens, seinen Geist mit einem Schrei aufgegeben, der wie ein Fluch klang. Die Zelotenpartei konnte jetzt nach einer unbefriedigenden Unterbrechung ihrer Pläne für die Befreiung vom ausländischen Joch ihre geheimen Treffen wieder aufnehmen und neuerlich Waffen an versteckten Plätzen ansammeln. Die Lage hatte sich wieder in die einzige Situation verkehrt, die die meisten vor der dreijährigen Herrschaft (in Judäa natürlich; in den Nachbargebieten hatte sie sieben Jahre gedauert) von einem gekannt hatten, der trotz seiner Unabhängigkeitsgesten nichts weiter als eine römische Marionette gewesen war. Jetzt rechneten sie mit der Ernennung eines Landpflegers und einigen Jahren erneuerter, wenn auch machtloser Unzufriedenheit, dem einzigen Zustand, in dem sie wirklich glücklich waren.

Endlich wurde das Gesetz durch Claudius und den Senat verkündet, nach dem keine Juden, außer denen, die das volle römische Bürgerrecht von der Kaiserin Messalina gekauft hatten, in Rom mehr bleiben durften, und damit kamen Schiffsladungen voller Flüchtlinge nach Caesarea. Die Flucht wurde als Rückführung beschönigt, aber nur wenige dieser Juden hatten Palästina je gesehen, noch wollten sie es sehen. Unter ihnen befand sich eine große Zahl Nazarener, und die Gemeinde von Jerusalem frohlockte über diese Vergrößerung.

Die Hohepriester des jüdischen Glaubens, abgestoßen von der Rachsucht des Herodes Agrippa, die nicht in wahrer Frömmigkeit begründet lag, schuldig auch an der Hinrichtung des Jakobus, bei der sie täppisch stillgehalten hatten, ließen die Nazarener in Ruhe. Manche bekehrten Pharisäer, die unter der kurzen Monarchie fahnenflüchtig geworden waren, staubten jetzt den Glauben ab, den sie aus dem Schrank geholt hatten, und forderten lautstark, daß sein eigentlich jüdisches Wesen verkündet und festgeschrieben werde.

Petrus, der sich nicht mehr verstecken mußte, führte den Vorsitz über ein großes Nazarenertreffen auf dem Ölberg. Mit der Hilfe von Johannes Markus hatte er sorgfältig seine Eröffnungsansprache vorbereitet und sprach dabei die folgenden Worte:

»Glaubensbrüder und Freunde der Gläubigen! Wir sind zu einer Zeit zusammengekommen, da sich kaum etwas dem Wachsen der Gemeinde in Jerusalem und der Tochtergemeinden in Kleinasien in den Weg zu stellen scheint. Die Herrschaft über Judäa fällt, wie ihr wißt, nach dem kaum bedauerten Tod seines Königs an Rom zurück. Wir erwarten einen von Kaiser Claudius ernannten Landpfleger, und wir rechnen mit römischer Rechtssprechung und römischer Neutralität. Meinen Bruder und Mitarbeiter Jakobus, dessen Namen keiner ohne traurige, aber gleichwohl triumphierende Erinnerungen an seinen Namensvetter über die Lippen bringt, wurde die Amtsgewalt eines Oberhaupts der Gemeinde von Jerusalem verliehen. Wir wollen ihn Aufseher oder *episkopos* oder Bischof von Jerusalem nennen. Mein Arbeitsfeld liegt woanders, wie auch das von vielen meiner Mitarbeiter – wie Paulus und Barnabas, die das Wort mit Eifer zu den Nichtjuden tragen. Wir sind hier zusammengekommen, um über ein bestimmtes Problem zu beraten – das des Verhältnisses zwischen eben diesen Nichtjuden und jenen Anhängern des Herrn Jesus Christus, die, im jüdischen Glauben aufgewachsen, sich trotz der vielen radikalen Veränderungen noch immer zu diesem Glauben bekennen. Matthias hat das Wort.«

Matthias erhob sich aus dem Gras, spuckte erst einen Olivenkern aus und sprach:

»Vater Petrus, wie ich ihn nennen muß, Brüder im Glauben, laßt mich die Sache klarmachen. Wir Anhänger des Herrn Jesus, sein Name sei gepriesen, kamen zu seiner Lehre nicht als etwas Neuem, sondern als der Erfüllung des Alten. Seine Ankunft war von den Propheten verkündet worden, seine Herkunft ist aus dem Hause Davids, sein Messias-Sein kam als Erlösung zum jüdischen Volk. Um es einfach zu sagen – zuerst die Juden, dann die Heiden. Das faßt die Missionstätigkeit unseres Bruders Paulus zusammen, der in jeder Stadt, die er besucht, zuerst die Synagoge aufsucht, wo er die Juden anspricht, die das Wort annehmen oder nicht annehmen, aber auch die Nichtjuden, wie man sie nennt, die nach seiner Erfahrung schneller als die Juden dabei sind, der neuen Lehre zu folgen und sie aufzunehmen. Jetzt folgt aber ein Nichtjude, der Christus folgt, auch dem Gesetz, das vor Christus war. Er ist auf das Mosaische Gesetz verpflichtet. Er muß die Beschneidung hinnehmen, er muß unreines Essen verabscheuen, muß Hurerei ebenso vermeiden wie die verbotenen Formen der Eheschließung...«

Hier trat Petrus dazwischen und sagte: »Du meinst, er muß sich erst wie ein Jude fügen, bevor er sich wie ein Nazarener fügen kann. Ich bemerke in den Worten von Matthias einen gewissen Tadel dafür, daß ich es war, der den römischen Zenturio Cornelius in den Glauben hineingetauft hat, ohne eine Änderung seiner Eßgewohnheiten oder das Abschneiden seiner Vorhaut zu verlangen. Aber wir haben keine Vorschriften, die den getauften Heiden zwingen würden, die Gesetze des Judentums anzunehmen. Das muß klargestellt werden. Der Glaube ist für alle da. Vorhautabschneiden hat damit nichts zu tun.«

Ein Priester niederen Ranges erhob sich und sagte: »Ich bin bisher noch kein Anhänger Christi, obwohl ich – wie viele meiner hier anwesenden Brüder – in diese Richtung neige. In der Tat sind wir Pharisäer, die wir die Auferstehung des Leibes annehmen, schon auf dem Weg dorthin. Aber ihr könnt von uns, die wir uns Juden nennen und es, auch wenn wir zur Taufe bereit sind, auch immer bleiben werden, nicht erwarten, daß wir die Gebräuche von Nichtjuden hinnehmen. Ja, ihr könnt auch nicht erwarten, daß wir uns mit Heiden zusammentun und sie unsere Brüder nennen, da sie laut unseren früheren Überzeugungen ein unreines Volk sind.«

Darüber schrie Petrus ärgerlich auf, hatte er doch jene Vision, die ihn bestätigte: »Nichts von dem, was Gott geschaffen hat, kann als *unrein* bezeichnet werden. Auch das muß klargestellt werden. Jesus Christus befiehlt die Brüderschaft allen an, die ihm folgen. Beschneidung und Essensgebote haben damit nichts zu tun. Brüder, hört mir zu.« Es gab dort auf dem Ölberg nämlich einiges kriegerische Gemurre, wo der Olivenzweig doch, wie ihr wißt, ein Friedensbild ist. »Hört zu, ich bitte euch.« Sie hörten zu, die meisten. »Vor einiger Zeit hat Gott unter euch eine Wahl getroffen, wonach durch meinen Mund die Heiden das Wort des Evangeliums hören und glauben sollten. Und Gott, der die Herzen der Menschen kennt, gab den Heiden den heiligen Geist genauso wie uns. Und er machte keinen Unterschied zwischen uns und ihnen, nachdem er ihre Herzen gereinigt hatte durch den Glauben. Was versucht ihr nun Gott dadurch, daß ihr dem Hals der Jünger Christi ein Joch aufbürdet, welches weder unsere Väter noch wir haben tragen können? Vielmehr glauben wir, daß wir alle durch die Gnade des Herrn Jesus selig werden – Juden und Heiden gleichermaßen.«

Es gab ein Murren und im Hintergrund ein, zwei Zurufe. Ein weiterer Mann im Priestergewand, älter als der andere, erhob sich und sprach vernünftig. Er sagte: »Wir erhalten Berichte von der Bekehrungsarbeit des Mannes, den wir noch als Saulus kennen, und von der anderer. Wir vernehmen, daß sich die Heiden, die sich zu eurem Glauben, der noch nicht der meine ist, bekehren, als besonderes und bevorzugtes Volk verstehen, das seinem eigenen Gesetz oder dem Fehlen eines solchen folgt. Sie schreien herum, daß sie vom Herrn Jesus gerettet seien, der sie von allen Sünden, den vergangenen, den gegenwärtigen und den zukünftigen, gereinigt habe. Deshalb können sie sich verhalten, wie sie wollen, mit ihrer Mutter, Großmutter, Nichte und Tochter ins Bett springen; wie man hört, auch mit Neffen und Söhnen. Jenseits jeden schicklichen Gebots, versteht ihr? Liebet einander, und wir wissen alle, was das bedeuten kann. Allein das jüdische Gesetz legt fest, was man tun darf und was nicht. Iß ruhig ein Stück Schweinefleisch, und es hört damit auf, daß man Hundescheiße ißt und sagt, wie gut es mit etwas Senf schmecke. Wohne nur jedem bei, und am Ende beschälst du Schafe. Worauf ich hinaus will: Diese Sache mit allumfassender Liebe und ewigem Leben genügt nicht. Die Leute müssen sich benehmen. Die Leute müssen saubere Genitalien haben und sollen nicht den Schmutz der Städte und den Sand der Wüste unter der Vorhaut herumschleppen. Nazarener müssen zunächst einmal Juden sein. Ich schlage vor, daß das als grundsätzliches Gebot niedergelegt wird.« Und dann setzte er sich, von vielen beklatscht, wieder ins Gras. Jakobus der Jüngere, der jetzt nicht mehr den unterscheidenden Spitznamen brauchte, Jakobus der einzige Jakobus, dieser Jakobus stand auf und sagte:

»Brüder, hört her. Wir wissen, daß vor vielen hundert Jahren Gott zum ersten Mal die Heiden heimgesucht hat nach einem Volk, das seinem Gesetz folgen würde. Statt dessen fand er die Juden, aber er sagte, daß der Rest der Menschheit den Herrn suchen solle und, jetzt zitiere ich aus der Heiligen Schrift, ›alle Heiden, über welche mein Name genannt ist.‹ Darum urteile ich, daß man den Heiden nicht Unruhe mache, sondern wir Briefe an unsere neuen kleinasiatischen Kirchen schreiben des Inhalts, daß sie keine Götzen anbeten und nicht Unzucht begehen sollen, auch nicht huren und Sodomie treiben und nichts essen sollen, was erdrosselt wurde und Blut enthält. Und dieser Kompromiß vereinigt das Wort Moses mit dem von Christus.«

»Beschnitten müssen sie werden«, schrie jemand, und andere fielen ein. Petrus rief ärgerlich:

»Hängt die Ausbreitung unseres Glaubens denn allein von den... Wie heißt das Wort, Johannes Markus?«

»Genitalien. Die Zeugungsorgane.«

»Was ich sagen will: Unsere Männer in den kleinasiatischen Provinzen verbringen einen Großteil ihrer Arbeit im Kampf mit Göttinnen, die für... was stehen?«

»Koitus.«

»Koitus. Die Leute huren herum und erhalten den Segen der Göttin, weil sie es tun.« In diesen Heidenorten kann man behaupten, daß die weiblichen Geschlechtsorgane der große Feind sind. Und hier in Jerusalem machen einige von euch die männlichen Geschlechtsorgane zu einer Art Stock, mit dem der Eintritt in die Gemeinschaft des Herrn unterbunden werden soll. Dabei sollten wir uns an sich mit der Seele, mit Liebe und Erlösung befassen. Für euch ist das viel unbedeutender als das Abschneiden von einem Fetzchen Haut vom...«

»Zeugungsorgan.«

»Zeugungsorgan.«

Doch die Forderung nach nazarenischer Heidenbeschneidung blieb bestehen. »Wir erwähnen es in einem Brief«, rief Jakobus. Er hatte irgendwie nicht bedacht, daß die Verbreitung des Glaubens und seine Organisation das Schreiben von Briefen nach sich ziehen würde. Christus hatte nie welche geschrieben. Keiner von ihnen war ein Briefeschreiber. Mit Paulus war es anders, natürlich. Er stand für den neuen Weg. Bei seinem kurzen Besuch in Caesarea mit dem Hungerhilfsgeld hatte er den ganzen langen Tag Briefe geschrieben. Zuvor hatten sie nie etwas schriftlich.

Marcus Julius Tranquillus erhielt einen Brief, genauer eine Nachricht, welche besagte, daß er sich vorsehen solle. Unterschrift: *Quidam amicus.* Er hatte die Nachricht bei Erhalt vernichtet, aber jetzt saß er im Eßzimmer des kleinen gemieteten Hauses auf dem Janiculus und brütete darüber. Er sah sich nicht vor; er schritt zur Tat. Heute abend hatte er eine Verabredung. Warum nachts? Narcissus, der griechische Freigelassene, hatte nachts gesagt und seine Gründe dafür. Gefährlich wurde es nur, wenn man nachts Feinde hatte. Tagsüber konnte man ihnen ausweichen. Nachts lagen die Dinge anders.

Sara räumte nach dem Nachtmahl den Tisch ab, und Julius' Schwager Kaleb saß dort und versuchte, der kleinen Ruth eine weiße Traube in den Mund zu drücken. Sie sträubte sich dagegen, da sie abgestillt war, und spuckte Festes aus. Sie saugte jedoch am dürftigen Saft der Traube.

»Sie muß ins Bett«, sagte Sara zu ihrem Bruder und nahm das Kind.

»Ich muß Arbeit finden«, sagte Kaleb. »Heiraten. Selber eine Familie gründen.«

»Wenn du damit sagen willst«, sagte Sara, »daß du hier nicht mehr willkommen bist...«

»Nein. Nur unruhig. Aber welche Arbeit es auch wäre, sie wäre nicht meine eigentliche Aufgabe.«

»Römer umbringen. Nicht sehr höflich gegen deinen Schwager.«

»Ach«, sagte Kaleb, »Julius denkt wie ich. Das römische Imperium ist eine Schande. Von Korruption zersetzt, und meint doch, seine Aufgabe sei es, in der Welt aufzuräumen. Ich will keine Römer umbringen. Keine normalen. Sie sind auch nur Menschen. Der römische Staat ist etwas anderes.«

»Julius kriegt sein Geld vom römischen Staat«, sagte Sara, während sie das Kind im Arm wiegte. »Aber Jupiter oder wem immer sei Dank, daß er nicht mehr der Gemahlin des römischen Staates dient.«

»Ist mir neu«, sagte Kaleb. »Seit wann nicht mehr?«

»Hä? Was? Was seit wann?«

»Er hat nicht zugehört«, sagte Sara. »Er brütete über seine Entfernung aus der liebreizenden Gesellschaft der göttlichen Messalina.«

»Ich muß noch fort«, sagte Julius.

»Jetzt noch? Warum?«

»Muß zum Palatin.«

»Zu Fuß? Da ist es weit hin.«

»Nur eine Meile oder so. Bergab. Es geht vielleicht um den neuen Dienst oder so was.«

»Dafür siehst du aber ziemlich trüb drein. Ich muß ernstlich glauben«, sagte Sara, »daß dir die göttliche Messalina fehlt.«

»Zieh mich nicht auf«, sagte Julius. »Ich bin mir nie sicher vorgekommen. Und rede mir bloß nicht von *göttlich*. Es müßte doch ein Gegenteil zu dem Wort geben, es fällt mir aber keins ein.«

»Auf hebräisch gibt's ein Gegenteil«, sagte Kaleb.

»Sie strahlte eine Art... Ich weiß nicht, wie ich es ausdrücken soll.«

»Wie Eis sah sie aus«, sagte Sara.

»Du hast nie Eis gesehen.«

»*Sie* habe ich gesehen. Zugegeben aus einiger Entfernung. Schön wie Eis.«

»Eis bestimmt nicht, kann ich dir sagen. Zischendes kaiserliches Lächeln. Wenn sie... Ist ja egal.«

»Wenn sie was?«, fragte Kaleb.

»Wenn sie um *Diskretion* bat. Das war ihr wichtiges Wort. Aber jetzt muß ich indiskret werden. Kaleb, ich meine Metellus, wir müssen da diskret sein, nicht? Irgend etwas ist da... Ist ja egal.«

»Die Juden kehren nach Rom zurück«, sagte Kaleb. »Die Römer können nicht auf uns verzichten. Die Synagogen werden bald wieder aufgemacht. Vor der Tür römische Soldaten, um Unruhen zu verhindern.«

Als Sara Klein-Ruth zur Wiege im großen Schlafzimmer brachte, sagte Julius: »Was ich sagen wollte..., würdest du mit mir bis zum Palatin gehen?«

»Gern. Aber ist es...«

»Nein, sicher nicht. Heutzutage ist nichts sicher. Besonders bei Nacht.«

»Soll ich meinen...«

»Ja, nimm ihn mit. Vielleicht bin ich blöd, aber ein Ehemann sollte, nun ja, vorsichtig sein. Eines Tages wirst du das verstehen.«

»Ich weiß schon, was man unter Vorsicht versteht.«

Während Sara Klein-Ruth in den Schlaf sang, brachte er seinen Dolch auf Hochglanz:

»Weine nicht, wenn der Regen fällt,
Weine nicht, wenn Mutter dich hält,
Weine nicht, mein Mägdelein, denn hier bin ich ja
Weine nicht, mein Töchterlein, denn ich hab' dich ja.«

Julius ging zuerst den Hügel hinab, noch immer stolpernd, bemantelt, das Schwert unter dem Mantel. Kaleb folgte in der Kleidung eines römischen Bürgers nach. Auf der Via Aurelia war kein Verkehr. Als sie am Seetheater vorüberkamen, sprangen Julius drei Männer aus Erdbeerbüschen heraus an. Kaleb lief dreißig Schritte und gebrauchte seinen flinken Dolch. Einen der Angreifer streckte er nieder. Dieser Angreifer versuchte in seinem Blut zu den Büschen zurückzukriechen. Die andern beiden liefen davon. »Nicht sehr brauchbar«, sagte Kaleb. »Vielleicht quetschen wir den mal aus. Scheint aber schon zu spät zu sein. Schau mal, der Riesenschnitt. Endlich habe ich einen Römer umgebracht.«

»Der muß nicht mehr ausgequetscht werden. Damit war zu rechnen.«

Julius fühlte sich sicher, sobald er die Palatin-Wachen passiert hatte. Man kannte ihn, es bedurfte keiner Losung. Er gab seine Sache an und wurde durch lange Gänge in ein Zimmer geführt, in dem ein Pult mit vielen Schriftrollen stand. Er mußte eine Zeitlang warten, bevor Narcissus erschien. Er berichtete Narcissus, was sich auf dem Weg hierher ereignet hatte.

»Du mußt nicht steif in Habacht stehen«, sagte Narcissus. »Wir machen hier keinen Appell.« Er wirkte sehr griechisch und trug das Haar lang bis über die Ohren, um die Einstiche zu verbergen, die Ohrringen gedient hatten, Abzeichen einer längst abgetanen Sklaverei. Emanzipation. Ein Freigelassener. Die Griechen eigneten sich am besten für den höheren Verwaltungsdienst. Auf dem Palatin gab es viele durchstochene Ohrläppchen. Er war viel kleiner als Julius. Er lud ihn ein, Platz zu nehmen. Sie setzten sich. Narcissus sagte:

»Gibt es vielleicht einen besonderen Grund, warum man es auf dich abgesehen haben sollte? Ich meine, waren es nicht einfach gewöhnliche Straßenräuber?«

»Ich hatte damit gerechnet, daß man auf die eine oder andere Weise versuchen würde, ... mir den Mund zu stopfen. Wäre nicht mein Schwager bei mir gewesen, dann wäre dieser Mund für immer gestopft.«

»Ja, ja, ja. Dein Schwager, wer immer er ist, hat sich um dich und, wie ich meine, auch um den Staat verdient gemacht. Ein tapferer

Römer von der Sorte, von der wir manchmal hören, ohne sie je zu Gesicht zu bekommen.«

»Er ist nun leider ein Jude.«

»Jude? O ja, sie kommen zurück, gewiß. Ich habe Caesar gesagt, daß man sie nicht so recht draußenhalten kann. Eine Beruhigungspille für Senatoren, die den Juden Geld schuldeten. Jetzt aber voran; du sollst mit dem Kaiser sprechen.«

»Ich hatte nicht erwartet...« Julius war völlig überrascht. »Ich meine, eigentlich...«

»Er ist eben aus Ostia zurückgekommen. Der neue Hafen dort. Eins seiner Hätschelkinder. Und morgen früh reist er schon nach Neapel. Heut nacht schien die beste Gelegenheit zu sein. Komm mit.«

Narcissus führte ihn durch viele Gänge zu den kaiserlichen Gemächern, die bewacht waren. Ohne Befehlsgebell wechselte die Wache. Julius kannte den Anführer der Wache, einen gewissen Flaccus. Sie nickten einander zu. Narcissus sagte, während sie auf Teppichen, weichen Teppichen für Claudius' schmerzende Füße, gingen: »Der Kaiser kennt dich und hält viel von dir. Daß du während des britischen Feldzugs verwundet wurdest, reicht aus, um seine Zuneigung zu gewinnen. Du hast wenig für deine zukünftige Laufbahn zu befürchten, wenn, ja, wenn alles so geht, wie wir es bei Gott hoffen.«

»Amen.«

»Was war das?«

»Verzeihung, Herr, es ist mir so rausgerutscht. Ein Wort, das ich von meiner Frau aufgeschnappt habe. Hebräisch.«

»Kannst du Hebräisch?«

»Nicht besonders.«

»Aber doch etwas. Interessant.« Narcissus klopfte gegen eine Tür und trat sofort ein. »Ich bitte den Imperator um Vergebung«, sagte er, ohne aufrichtig zu klingen. Der Imperator hatte auf seinem Schoß eine gutaussehende junge Frau versorgt, die Julius als die kaiserliche Nichte Agrippina erkannte. Hastig lief sie durch die Seitentür davon. Ein wenig peinlich berührt, sagte Claudius:

»Ein Beweis onkelhafter Zuneigung, nichts weiter.« Er sah nicht gesund aus: das Haar reiner Schnee, das Gesicht faltig, das Gestotter schlimm. »Das also ist der junge Mann, von dem ich so viel Gutes höre? Ich ststständärke mich also jetzt, und du wirst mir aaaalles erzählen.« Er hatte zum Schluß die Stimme erhoben. Julius schluckte und begann.

»Ihr werdet verstehen, Herr, daß es in meinem Kopf einen gewissen Zwiespalt gibt, den man als Loyalitätskonflikt bezeichnen könnte. Ich erhielt eine Stellung, in der mir Diskretion auferlegt war. Ich hatte mich loyal zur Kaiserin zu verhalten, doch beinhaltete diese Loyalität eine Illoyalität gegen den Imperator. Ihr seht meine Schwierigkeiten.«

Er und Narcissus waren stehengeblieben; der Imperator, angetan mit einem Morgenrock, der sich öffnete, um Blicke auf den molluskenbleichen, fetten Körper freizugeben, saß in einem weiten Sessel, der mit gelben Kissen beladen war. Der Imperator sagte: »Ich denke, du setzt dich besser hin. Vielleicht ttttrinken wir auch ein bißchen Wein. Du bist Soldat, und ich habe zu meiner Zeit mit den Soldaten tüchtig einen gepppichelt. Fühl dich wie in der Messe. Narcissus, bist du so gut?« Narcissus brachte einen gewöhnlichen Weinkrug und Becher von einem Tisch in einer Ecke des Gemachs, das nicht übermäßig groß und in seiner Ausstattung intim und eher häuslich war. Julius war für den Wein dankbar: Sein Mund war ausgetrocknet. »WWWWWeiter«, sagte der Imperator. Julius fuhr fort:

»Die Kaiserin machte in der Stadt und davor viele Besuche, bei denen ich sie als Anführer einer bewaffneten Eskorte begleitete. Die meisten Besuche galten derselben Person – oft in dem einen oder anderen ihrer Häuser, manchmal in einem Hof oder einer Villa, die ihr nicht gehörte. Gelegentlich in einer Herberge an der Straße nach Ostia. Die fragliche Person war Gaius Silius, obwohl ich die Kaiserin ihn nur einmal mit Namen anreden hörte. Das geschah, als ich um das Haus eines Verwandten seiner früheren Gemahlin, der Frau Lollia Pollina, patrouillierte.«

»FFFFFrühere...?«

»Gestern, ehe ich aus dem Dienst ihrer kaiserlichen Majestät entlassen wurde, hörte ich sie den Konsul Gaius Silius als *Gemahl* anreden, und der fragliche – Herr antwortete mit *Gemahlin*. Zuerst hielt ich es für eine Art Scherz. Doch eine meiner letzten Aufgaben war es gewesen, eine Militärgarde für eine – ich weiß nicht, soll ich es Feier oder religiöse Zeremonie oder Orgie nennen...«

»Du meinst«, sagte ein sehr bleicher Claudius, »eine dieser orientalischen... Der Sklave CCCCChrestus, oder wer er sein mag...«

»Nein, Herr, religiös nicht in dem Sinn. Auf dem Anwesen eines gewissen Silanus fand etwas statt, das als Huldigung an den Weingott ausgegeben wurde, entsprechend der Zeit der Weinernte. Trauben und Weinblätter und viel Wein und ein fetter nackter Mann, der Bacchus verkörperte. Reichlich betrunken waren sie alle...« Julius bemerkte eine gewisse Förmlichkeit in seinem Ton und fühlte sich paradoxerweise davon beschmutzt. »Der Konsul Silius verwandelte sich, unvermeidlich vielleicht, in Silenus. Es gab dabei – Unzucht, Nacktheit. Es war ein warmer Nachmittag«, fügte er hinzu, so als wollte er die Nacktheit entschuldigen.

»WWWW...«

Er tat wie geheißen und sprach weiter. »Dann erschien ein Mann in Priesterkleidung, der die Trauungszeremonie leitete. Vielleicht sah ich mehr, als ich sollte. Ich sollte mich in einer Art Hain aufhalten. Aber ich sah diese Zeremonie zwischen der Kaiserin und Gaius Silius und hielt alles für ein Spiel. Es gab viel Gelächter und wenig Feierlichkeit. Danach wurde die Ehe oder Spottehe... Es ist schwer, hier fortzufahren...«

»Du mußt«, sagte Narcissus.

»Sie wurde... vollzogen; sofort und in aller Öffentlichkeit. Und aus Sympathie wohl taten es die anderen Gäste... Ein großer Haufen nackter Körper. Männer und Frauen. Hurerei für sie. Es waren auch Knaben dabei, Ganymeds. Bei der Kaiserin und Gaius Silius hieß es der Vollzug.«

Claudius sagte ruhig und ohne viel Stottern: »Du hast doch recht gehabt, Narcissus. Ich muß dich vielmals um Verzeihung bitten. Eine Zweitehe, um ihre VVVVerachtung nicht nur für den Ehegemahl, sondern für das römische Gesetz zu zeigen – ein Signal an die Welt, die in Verworfenheit triumphiert. Und wann glaubt Gaius Silius den Schlag führen zu können, der ihm die kkkkaiserliche Krone sichert?«

»Ich glaube nicht«, sagte Narcissus, »daß Gaius Silius so viel Ehrgeiz besitzt. Er ist ein schwächlicher, von Sex berauschter Mann, nichts weiter.« Zu Julius sagte er: »Wo sind sie jetzt?«

»Man hat mir gesagt, daß man meiner Dienste nicht mehr bedürfe und ich mich für einen neuen Auftrag zurückzumelden habe. Das wurde in einem Ton gesagt, den ich als verärgert empfunden habe. Ich habe eine kurze Unterredung über eine Reise nach Neapel gehört.«

»Und womöglich«, fragte Narcissus, »daß man dort ein Schiff zur Insel Capri nehmen wolle? Die Villa Iovis? Sie«, sagte er zu dem jetzt zitternden Claudius, »wurde der Kaiserin durch eine Schenkungsurkunde überschrieben.«

»Bezeichne sie nicht als Kaiserin. Wenn du magst, kannst du von der Kaiserin, selig, sprechen. Sofort verhaften und möglichst sofort hinrichten!« Seine Laute waren klar und pedantisch, als würde er sich auf verderbte Figuren in seinen eigenen historischen Schriften beziehen. »Was den Prozeß angeht – ganz Rom wird schon von dieser Verworfenheit wissen, die zu übelriechend ist, als daß sie die Kloaken beseitigen könnten. Alle außer dem Imperator. Ich war schwach, Narcissus.«

»Großherzig, Caesar. Abgelenkt durch mannigfaltige Pflichten.«

»Junger Mann«, sagte der Imperator zu Julius, »die Welt ist böser, als das irgend jemand wissen kann. Jeden Tag gibt es eine neue stinkende Überraschung, eine neue sssssscheußliche Enthüllung. Die Zeit selbst muß gewaschen, geschlämmt werden, um die TTTTTafel für die Schrift einer neuen Zeit zu werden. Eine große SSSSäuberung und ein neuer Anfang. Doch es gibt keiner das Signal. Keiner, keiner, keiner.« Und mit einem überraschenden und völlig unerwarteten Geheul tierhaften Schreckens platschte er den Wein auf den Boden und stolperte hinaus.

Es gab eine Pause. Julius stand da. Er hatte seine Pflicht getan und war bereit, entlassen zu werden. Narcissus sah aus dem Stuhl zu ihm empor.

»Was kannst du mir denn sonst noch erzählen?«

»Nur die Straße nach Neapel. Halt, irgend etwas mit Gemini, den himmlischen Zwillingen. Ich habe nicht weiter darauf geachtet. Es schien ein Scherz zwischen ihnen zu sein.«

»Ein Schiff heißt so. Es verkehrt zwischen Neapel und Capri. Tat es jedenfalls. Sage mir: Willst du deinem Säuberungsauftrag bis zum Ende folgen? Das – kriminelle Paar ergreifen?«

»Habe ich denn dabei die Wahl, Herr?«

»Ja, ich glaube doch. Ich könnte deinen Wunsch verstehen, mit der ganzen Geschichte nichts mehr zu tun haben zu wollen. Ich lasse ein paar Schläger aus der Prätorianergarde antreten. Du hast gute Arbeit geleistet. Du hast auch, um ganz offen zu sein, meine Glaubwürdigkeit beim Kaiser wiederhergestellt. Ich hatte ihn vor dieser Sache gewarnt, aber er war nicht bereit zuzuhören. Einmal gab er Töne von sich, die einen großen aufsteigenden Zorn andeuteten, so als würde ich von einer Art zugewiesenem Verrat sprechen. Und jetzt – ich denke, eine erholsame Woche im Schoße deiner Familie wäre angemessen. Und vielleicht ein kleiner Bonus aus dem Schatz. So soll es sein oder... Wie war das hebräische Wort?«

»Amen.«

»Ja. Du stehst irgendwie mit den Juden in Verbindung, sagtest du.«

»Angeheiratet, Herr.«

»Hättest du Lust, in Palästina Dienst zu tun?«

»Ich halte mich für einen guten Diener des Imperiums. Aber ich mag den Blutgeruch nicht mehr.«

»Eine unserer Aufgaben besteht darin, die Leute daran zu hindern, daß sie es vergießen. Vielleicht solltest du dich mehr dem Hebräischen widmen.«

»Aramäisch, Herr.«

Müßig wäre es wahrscheinlich, meine ich, in allen Einzelheiten von den vielen Reisen zu berichten, die der unermüdliche Paulus im Dienste des neuen Wortes unternahm, denn wo immer er hinkam, sagte er so ziemlich das gleiche und traf auf die gleichen gemischten Gefühle. Nachdem er das Geld für die Hungerhilfe in Judäa überbracht hatte, kehrte er nach Antiochien zurück, wo er den Arzt Lukas taufte, sah, daß die christliche Gemeinde in guten Händen war und rüstete sich dann für eine Fahrt nach Zypern. Bei den Gemeindevorstehern in Antiochien ist es vielleicht interessant darauf hinzuweisen, daß einer von ihnen schwarz gewesen sein mußte (warum hätte er sonst Symeon Niger geheißen?) und daß ein anderer mit Namen Manahen, was Tröster bedeutet, der Milchbruder des Vierfürsten Herodes war. Offenbar hatte sein Großvater, der wie er hieß, dem Kindesmörder Herodes der Große eine Freude gemacht, indem er ihm eine glänzende Zukunft prophezeite, worauf Herodes die gesamte Familie in seinen Hausstand aufnehmen ließ und der junge Manahen so etwas wie ein adoptierter Prinz wurde. Man kann sich also zwei Jungen vorstellen, die miteinander und mit goldenen Bällen spielen, dem einen ist es bestimmt, daß er Gemeindevorstand wird und dem anderen, daß er als Geschenk für eine Tänzerin namens Salome den Kopf von Johannes dem Täufer abhauen läßt. Irgend etwas wird das schon bedeuten, aber ich weiß nicht was.

Fünf Meilen nördlich der Mündung des Orontes bestieg Paulus zusammen mit Barnabas in Seleukia ein Schiff, und später schloß sich ihnen in Salamis, an der Ostküste Zyperns, wo manche das Licht sahen und andere mit Steinen warfen, der gebildete Johannes Markus an. In der Provinzhauptstadt Pahpos, wo im Auftrag des römischen Senats der Prokonsul Sergius Paulus herrschte, betete Paulus darum, daß der blasphemische Zauberer Elymas geblendet werde; sein Gebet wurde erhört und auf der Stelle angewandt. Sergius Paulus war beeindruckt und erklärte sich willens, über die Möglichkeit eines Übertritts zum neuen Glauben zu meditieren, doch möchte ich glauben, daß er das nur aus Höflichkeit gegen seinen Namensvetter sagte. Paphos hatte seine vielbrüstige Göttin; sie stand Aphrodite näher als Artemis, und Paulus donnerte gegen

Hurerei. Viele hörten mit Vergnügen zu, aber die meisten hurten weiter.

Die zwei segelten dann nach Perge, oder genauer nach Attalia, von wo sie mit einem Flußboot den Cestus aufwärts fuhren und die landeinwärts gelegene Stadt erreichten. In der Synagoge hielt Paulus eine lange nahtlose Rede, die von der Suche des jüdischen Volkes nach dem Messias und von der Erfüllung dieser Suche berichtete. Klein, kahl, donnernd die Stimme, auch wenn sie vom Fieber geschüttelt war: So beeindruckte er die Heiden mehr als die Juden. Er schien auch davon auszugehen, daß er der Leiter der Mission sei, obwohl Barnabas schon länger im Dienst stand und deshalb in der Muttergemeinde von Antiochien über mehr Ansehen verfügte. Johannes Markus widersetzte sich dieser Verdrängung seines Cousins auf den zweiten Rang. Er sagte das zu Paulus, und Paulus gab zurück:

»Ich wüßte nicht, daß dich das irgend etwas angehen sollte. Barnabas hat sich nicht beschwert. Er ist zu sehr mit Predigen beschäftigt, als daß er einer solcher Sache irgendwelche Bedeutung beimessen würde. Geh auch du wieder an deine Predigerarbeit und laß mich mit dieser Kleinlichkeit in Frieden.«

»Ich glaube, du wirst ganz schön aufgeblasen. Mir scheint, daß deine Beredsamkeit mehr als nur deine Lungen aufgebläht hat. Du sprichst in der Versammlung, als hättest du den Glauben entdeckt. Und von deiner Predigerei kommt mir manches nicht so ganz rechtgläubig vor.«

»Wer sagt denn das außer dir vielleicht, der du zu viele Bücher gelesen, aber zu wenig über den Glauben nachgedacht hast?«

»Jesus war mit Huren befreundet, und du schreist über sie, als wären sie der Teufel persönlich.«

»Das sind sie auch.«

»Ich glaube, ich gehe wieder nach Jerusalem.«

»Wie willst du das machen? Das Reisegeld erarbeiten?«

»Eine Woche Griechischstunden für die Töchter dieses Nabal wird reichen. Außerdem soll ich einen Vortrag über Zarathustra halten. Keine Geldsorgen, o Vater der Gläubigen.«

»Was soll denn das heißen?«

»Ist ja egal. Viel Erfolg beim Predigen.«

»Ein Verräter und Deserteur bist du.«

»Von mir aus. Ich wüßte auch ein paar Titel für dich.«

Johannes und Barnabas sorgten für Aufregung, weil sie die Synagogen mit Heiden füllten, die man vorgewarnt hatte, daß sie vor der üblichen Zeit der Juden hinkommen sollten. Steine flogen, als sie ostwärts weiter nach Ikonion zogen. Auch in dieser Stadt gab es Ärger, doch unterrichtete sie ein ikonischer Bürger namens Onesiphoros von der drohenden Gewalttätigkeit des Pöbels, den ein paar Stadtväter angestiftet hatten, und deshalb gelang es ihnen, unversehrt davonzukommen. Onesiphoros war sehr von Paulus beeindruckt und hat uns ein kleines Gedicht in griechischer Sprache hinterlassen, das dessen Erscheinungsbild für alle Zeiten festschreibt:

Starkknochig, aber auch kleinwüchsig,
Großnasig, aber ein durchdringender Blick.
Die Füße, und wie!, omegaförmig.
Kahl ist er wie ein Stück
Vom Hintern, doch dann und wann ganz englisch
Erstrahlt sein Gesicht, das so häßlich.

Weiter also nach Lystra und dann Derbe, zurück schließlich nach Antiochien. Dort stritten sich Paulus und Barnabas. Paulus sagte:

»Hier läuft alles recht gut. Ich würde vorschlagen, daß wir nochmal die gleiche Reise machen und nachsehen, wie die Dinge dort stehen.«

»Sofort?«

»Bald.«

Barnabas hustete entschuldigend. Er sagte: »Hier in Antiochien ist jemand, der seine Verfehlungen bedauert. Er geht dir aus dem Weg. Ich hab' ihm gesagt, er soll kommen und um Verzeihung bitten, aber er traut sich nicht.«

»Meinst du deinen verdammten Cousin?«

»Ja, und ich darf hoffen, daß dieses *verdammt* nur der übliche Ausdruck des Mißfallens ist. Johannes Markus ist brauchbar und nützlich. Es stimmt, er hat eine Zeitlang in Jerusalem geschmollt, aber endlich hat er gemerkt, wo er hingehört. Deshalb glaube ich, wir sollten ihm noch mal eine Chance geben.«

»Ein Verräter und Deserteur ist er, und ich will nichts mit ihm zu tun haben.«

Barnabas seufzte. »Aber wenn ich ihn haben will?« sagte er.

»Also hör her, Barnabas, das sind verwandtschaftliche Gefühle. Du willst ihn haben, weil er dein Cousin ist. Ich will ihn nicht, weil er nicht loyal ist und seine Vorstellung vom Glauben, um aufrichtig zu sein, überhaupt nicht rechtgläubig ist. Er macht mehr Ärger, als er wert ist.«

»Mir will scheinen, wenn ich so sagen darf, daß du zu viel an dich ziehst. Keiner bestreitet deine Beredsamkeit und deinen Intellekt und deinen Erfolg als Evangelist. Aber du beanspruchst Vorrang vor mir, und das ohne Grund. Du hast in Tarsus auf deinem Arsch gehockt und Zelte geflickt, als ich dich berief. Ich war es, der die Gemeinde hier in Antiochien aufbaute, und ich war es, der dich als Hilfskraft holte und nicht als jemand, der sich meinen Vorrang aneignen dürfte, wenn ihm danach ist. Das sind klare Worte, aber du wolltest es so. Johannes Markus kommt mit.«

»Nein, kommt er nicht.«

»Nein, kommt er doch.«

»Ochsenstur bist du, Barnabas, und unser Anliegen hast du nicht in dir drin. Wir können uns keine reinen Mitfahrer leisten, insbesondere so Nörgler wie Johannes Markus, der außerdem in vielen seiner Ansichten mit Heterodoxien liebäugelt. Er kommt nicht mit, und damit Schluß.«

»Also gut, dann komme ich auch nicht.«

»Nein, du kommst doch.«

»Nein, ich komme nicht.«

»Dann«, sagte Paulus, »ist das sehr bedauerlich, aber es sieht so aus, als würden sich hier unsere Wege trennen. Geh, wohin du willst, wenn du das Recht auf den Vorrang, wie du es nennst, verkündest, und diesen verdammten Cousin nimm gleich mit. Ich muß mich nach einer anderen Hilfskraft umsehen.«

»Siehst du? Das war alles, was ich dir bedeutet habe, eine Hilfskraft, kein Gefährte, der mit dir auf der gleichen Ebene arbeitete. Johannes Markus und ich werden als Brüder im Glauben ziehen.«

»Cousins, entfernte noch dazu. Wohin wollt ihr gehen?«

»Für den Anfang nach Zypern.«

»Um das gute Werk zu ruinieren, das dort schon Fuß gefaßt hat? Damit Johannes Markus die Tempelhuren bekehrt?«

»Der Weg des Herrn steht allen offen.«

»Dann nur los. Ich brauche sowieso«, sagte er jetzt brutal, »jemanden, der wie ich römischer Bürger ist. Es war immer etwas unangenehm, mit jemand herumzuziehen, der nicht die Rechte beanspruchen kann, wie sie einem römischen Bürger zustehen. Ich habe sie bisher nicht beansprucht und warum wohl nicht? Weil ich loyal zu dir war, Barnabas. Jetzt ist doch der junge Silas zu Besuch hier. Er hat die ererbten Ansprüche. Sagt er jedenfalls, und ich habe keinen Grund, ihn für einen Lügner zu halten. So ist es halt gekommen, und wir werden die Lehre von der Liebe verkünden.«

»Meine Liebe für dich, Paulus«, sagte Barnabas förmlich, »hat wegen unseres Streits überhaupt nicht nachgelassen.«

»Freut mich zu hören«, sagte Paulus.

So kehrten er und Silas, ein junger Mann, der stolz auf sein Latein war, das er mit ciceronischen Rundungen sprach, so daß die Muttersprachler Mühe hatten, ihn zu verstehen, in das heimatliche Kilikien des Paulus zurück, überquerten auf einem Paß, der die Kilikische Pforte heißt, das Taurusgebirge, kamen ins Reich von Antiochus, dem König von Kommagene, der vor etlichen Jahren einen Teil Kilikiens und das ganze Ostlykaonien seinem Gebiet angegliedert hatte, und inspizierten die Gemeinden in Galatien. Die Missionierung von Paulus und Barnabas dort hatte reiche Frucht getragen, und viele fragten freundlich nach dem vorigen Mitarbeiter des Paulus. Paulus sagte milde: »Das Ei ist geborsten, und jetzt sind zwei Gruppen unterwegs, wo bisher eine war, gepriesen sei der Herr.«

Die Gemeinde in Lystra empfahl wärmstens einen jungen Mann namens Timotheus als besonders befähigt, von Paulus die Kunst der Verkündigung zu erlernen, und Paulus inspizierte ihn, nachdem er die Gemeinde inspiziert hatte. Wie Silas war er jung, hatte einen scheuen Blick, war aber nicht zurückhaltend. Paulus sagte: »Erzähl von dir. Alles.«

»Meine Mutter«, sagte Timotheus mit leichtem galatischen Gelispel, »heißt Eunike und ist Jüdin. Mein Vater ist griechischer Heide. Ich heiße wie er.«

»Aha. Du bist also ein Jude.«

»Das glauben die Juden aber nicht. Sie nennen mich den unbeschnittenen Sohn eines Griechen. Bei ihnen klingt das wie eine Beleidigung.«

»Da ist nichts dabei, dich zu beschneiden.«

Timotheus war bestürzt. »In meinem Alter? Außerdem habt Ihr einen Brief geschrieben, nicht wahr, nachdem es nicht nötig sei. Er wurde in den galatischen Gemeinden verlesen.«

»Ja, aber das war noch ehe wir diesen Brief aus Jerusalem erhielten. Jener, der besagt, daß sich die Heiden soweit möglich dem jüdischen Gesetz fügen sollten. Damit Meinungsverschiedenheiten bereinigt werden«, sagte er freundlich lächelnd. »Beschneidung. Du bist genau der richtige Mann dafür. Das wird denen in Jerusalem gefallen.«

»Aber«, wandte Timotheus ein, »es ist schmerzhaft und auch gefährlich.«

»Blödsinn. Du wirst dich danach wie neugeboren fühlen. Wir wollen es noch heute nachmittag machen.«

Dem armen Timotheus wurde also die Vorhaut gezwickt und von den steifen Fingern des *mohel* gezerrt, der im Hauptberuf

Schmied war. Er schloß die Augen, spürte den Stich des Messers, öffnete die Augen und sah ein Stück seines Körpers auf weißem Tuch liegen, blutete, erholte sich und zog wund mit Paulus und Silas an Orte weiter, die Paulus im galatischen Phrygien bereits kannte, weiter nördlich nach Philomelium und dann nordwestlich durch das kleinasiatische Phrygien, wo Paulus nicht predigte. Dieses Gebiet war für das Wort des Herrn noch nicht sonderlich vorbereitet. Bei Dorylaeum oder Cotiaeum (meine Zuträger sind sich nicht sicher, wo) wagten sie sich nach Westen und rochen bei Troas das Meer. Troas war eine römische Ansiedlung, hatte aber nicht vergessen, daß es eine griechische Stadt war. Paulus sog das Ozon tief ein und sagte: »*Thalassa.*« Dann hörte er hinter sich eine Stimme sagen:

»Oder *thalatta*, je nachdem, welchen Dialekt du bevorzugst.« Paulus wandte sich um und erblickte den Arzt Lukas. Sie befanden sich in einem kleinen offenen Weinladen am Hauptkai. Lukas lächelte Paulus an; er schwang den kleinen Lederbeutel mit den Medikamenten. »Ich sagte, ich würde hier sein. Besser als Antiochien. Mehr Kranke. Willst du mich nicht vorstellen?« Er setzte sich, und man brachte ihm noch einen Becher. »Noch immer wund?« fragte er schließlich Timotheus. »Vom Schwingen zwischen den Beinen beim Gehen. Nimm die Salbe.«

»Makedonien«, sagte Paulus plötzlich. »Viele Schiffe fahren dorthin, sehe ich. Philipp von Makedonien. Alexander der Große. Das Land des Eroberers erobern. Kommst du mit?« sagte er zu Lukas.

»Als dein medizinischer Ratgeber? Ich kann nicht predigen. Ich gehöre zum Glauben, bin aber nicht dafür ausgebildet.«

»Wie läuft dein Gedicht?«

»Ich hab's aufgegeben. Fürs Dichten bin ich nicht gemacht.«

»Versuch's mit Prosa.«

In der Unterkunft von Lukas, wo Paulus das Vorrecht des Bettes genoß, während die anderen am Boden lagen, schlief Paulus tief und hatte verschiedene Träume. Manche waren banal, doch war einer, wie er sich beim Aufwachen überlegte, bedeutungsvoll, wegweisend, sogar befehlend. Er sah, wie Alexander in sein Zelt kam und die Rüstung ablegte. Er setzte sich an einen Tisch und beriet sich unverständlich mit seinen Generälen. Dann schaute er aus dem Bild heraus, dem betrachtenden Träumer direkt ins Gesicht und sagte: »Von jedem habe ich das Blut getrunken. Jetzt kann ich auch noch seines trinken.«

Die vier nahmen also am nächsten Tag ein Schiff über die nördliche Ägäis, erreichten bei Sonnenuntergang Samothrake, fühlten in Wellen den unvordenklichen Kult der Kabiren vom Berg herab auf sie herunterhämmern und gelangten am nächsten Tag nach Neapolis an der makedonischen Küste. »Philippi«, sagte Paulus, als er von einem der Matrosen erfahren hatte, daß die Stadt so ungefähr zehn Meilen von der Küste entfernt lag. »Weißt du«, sagte Silas unterwegs, »daß wir uns jetzt in Europa befinden? Wir sind auf dem römischen Erdteil. Antonius und Augustus, damals hieß er noch Octavian, schlugen Brutus und Cassius bei Philippi. Wir sind jetzt mitten in der römischen Geschichte.« »Interessant«, sagte Paulus, aber er war ein wenig abwesend. Interessanter war, daß es ihnen nicht gelang, in Philippi eine Synagoge zu finden. Keine Juden? »Augustus hat hier seine Veteranen angesiedelt«, sagte Silas, »und zwar nicht bloß, nachdem er Brutus und Cassius besiegt hatte, sondern auch nach der Schlacht von Aktium, als er Antonius und Kleopatra erledigte.« Interessant: lauter Heiden, kein einziger Jude zu sehen. Zehn Mann, das *minyan* für eine Synagoge, also konnten es höchstens neun sein. Die vier ließen sich am Fluß Gangites nieder und aßen das Brot, das sie unterwegs gekauft hatten. Ein paar Frauen wuschen Kleider und schlugen sie in einer Weise gegen die Steine, die zu heftig war, als daß sie ihrer Langlebigkeit zuträglich sein könnte, wie sich Silas ausdrückte. Timotheus schlug vor, daß er zurückgehen und nach Juden suchen könnte, aber es kam ohne Begeisterung. Paulus sagte:

»Nein. Im Augenblick genügen Heiden. Überlaß das mir.« Und er erhob seine Stimme vor den Frauen. »Habt ihr von den Christen gehört? Wir sind gekommen, um für sie zu sprechen. Macht nur weiter mit euerm Leinenschlagen und hört zu oder auch nicht, ganz wie es beliebt.« Manche hörten zu. Eine Frau, die nicht wusch, sondern unter den Weiden der Kühle genoß, hörte sehr aufmerksam zu. Ihr Name sei Lydia, sagte sie, und sie stamme aus Thyatira, einem Teil der alten Provinz Lydien, der sie ihren Namen verdanke. Sie kannte die Juden in Thyatira, wo sich eine jüdische Ansiedlung befand, und zufällig war sie selber so etwas wie eine Gottesfürchtige. In Lydia wurde die Purpurschnecke gefangen, ein stachliges Wesen, aus dem man Farbstoff gewann. Sie war nicht verheiratet und verdiente ihren Lebensunterhalt, indem sie den Farbstoff aus Thyatira importierte. Interessant. Ob sie getauft zu werden wünschte? Später, meinte sie, nur nichts überstürzen. Haben die Herren eine Bleibe? Eben angekommen, sagten sie. Manchmal vermiete ich; ich habe zwei freie Zimmer.

Sie blieben also bei Lydia, die am Import von Purpurfarbstoff offenbar gut verdient hatte. Sie setzten sich an einen Tisch, wo ihnen ein Diener gebackenen Flußfisch brachte, zu dem nach der philippischen Küche eine scharfe Soße in einer Keramikschale gereicht wurde. Während sie aßen (die Soße bestand aus zerkleinertem Knoblauch und Senfkörnern in Wein), hörten sie draußen vor dem Fenster, das auf die Hauptstraße hinausging, eine Mädchenstimme irgendwas schreien, das sich reichlich blödsinnig anhörte. Lydia seufzte ein gewohnheitsmäßiges Seufzen und sagte: »Für mich ist das Sünde und Schande. Das arme Kind ist nicht ganz richtig im Kopf, und zwei Männer haben sie in ihre Gewalt gebracht, wo sie doch eine Waise ist, und sie benutzen sie als eine Art Wahrsagerin. Sie sagt einen solchen Blödsinn, daß manche das für die Stimme des Gottes Apollo halten und ihr Fragen stellen, und diese Männer erklären dann, was ihre verrückten Antworten bedeuten. Sie verlangen viel Geld dafür und halten das Mädchen wie eine Gefangene in einem Keller; nichts außer altes Brot geben sie ihr. Eine himmelschreiende Schande ist das. Bitte nehmt noch Fisch.« Während sie allen gab, außer Paulus, der sagte, er wäre jetzt satt, erzitterte das Haus und die Erde dröhnte. Interessanter Ort das, Philippi. »Beben haben wir oft«, sagte Lydia. »Die beiden Männer, die das Mädchen in ihrer Gewalt haben, behaupten, es sei der Zorn des Gottes Apollo, weil ihm nicht genug für seine Prophezeiungen bezahlt würde. Manche Leute könnten um des Geldes willen einfach alles sagen.« Silas sagte, daß es auch während der Schlacht von Philippi ein Erdbeben gegeben hätte, das Brutus und Cassius in Verlegenheit gebracht hätte, nicht dagegen Octavian.

Paulus und Silas gingen am anderen Morgen allein aus und ließen Lukas und Timotheus, die keine römische Staatsbürgerschaft besaßen und sich in einer römischen Stadt lieber vorsichtig verhielten, sich im Haus von Lydia von der scharfen Soße erholen. Sie sahen das arme schwachsinnige Mädchen bei der ihm aufgezwungenen Arbeit auf dem Marktplatz, wo sie Unsinn wie *alababa, babalala, arkrakrrk* von sich gab, was als ›Der Gott sagt, daß du die Reise machen, aber nicht mehr als drei Tage aus sein sollst‹ verdolmetscht wurde. Der Boden bebte. »Das ist die Stimme des Gottes selber, der die Aussage bekräftigt und dir befiehlt, dich seinen Dienern gegenüber großzügig zu zeigen.« Die beiden Männer waren in mittleren Jahren, trugen verdreckte Kleidung und hatten unstete Augen; Paulus vermutete, daß sie das Mädchen nicht nur finanziell mißbrauchten. Das Mädchen selbst hatte zu weit auseinanderstehende Augen und fettiges Haar, trug aber das saubere blaue Gewand einer Priesterin. Paulus und sie sahen sich an; wenn sie schwachsinnig war, dann war es er, Paulus, auch. Er sagte zu ihr folgendes, wobei er die Worte deutlich aussprach:

»Mädchen, wie heißt du?«

»*Arggrgra mamanak labrantik.*«

»Komm mir nicht mit diesem Quatsch. Du hast Angst vor diesen Männern, die deine Aufseher und Ausbeuter sind und die dich in eine Stimme verwandelt haben, die in der Verkleidung göttlicher Wahrheit vor sich hinschnattert. Sogar nach den Maßstäben des heidnischen Rom ist das ein furchtbarer Greuel. Komm mit uns, wir werden uns um dich kümmern. Wir dienen dem wahren Gott, also der Wahrheit, der Freundlichkeit und der Bescheidenheit. Verlaß diese schlechten Menschen, und wir werden dich an einen Ort des Trostes und der Sicherheit bringen.« Das Mädchen fing schrecklich zu weinen an, und die beiden Männer beschimpften Paulus und riefen die Zaungäste als Zeugen für die Blasphemien der beiden Fremden an; dabei hatte Silas bis dahin noch gar nichts gesagt. Das weinende Mädchen reagierte anders. Sie erhob sich von dem dreifüßigen Hocker, auf dem sie gesessen hatte, einem pythionischen Tripoden, und schluchzte:

»Aber er hat doch recht. Ich hab's reichlich satt. *Die da* wollen, daß ich's mache. Er hat recht, wenn er sagt, es ist alles Quatsch.« Und sie schloß sich Paulus und Silas an, die sie rasch weg und zum Haus Lydias schafften. Sie hatten einige Mühe damit, denn der gewöhnliche Mensch gibt nicht so gern die Verbindung mit etwas auf, das er für das Numinose hält, und manche warfen mit Kieselsteinen. Lydia machte es Freude, das Mädchen bei sich zu haben, das sich von der älteren Frau umarmen ließ und schnaubte und heulte, als würde ihr Herz entzweigehen. Paulus nickte und sagte:

»Laß sie. Sie lädt das schlechte Zeug in sich ab. Aha, wir bekommen Besuch.« Das waren die Herren des Mädchens, die jetzt ans Haustor hämmerten und schrien, sie hätten die Liktoren mit sich. Paulus öffnete und nickte erfreut den uniformierten Beamten zu, die Ruten als Symbol der Amtsgewalt und als Strafwerkzeug mit sich führten. Einer sagte:

»Ausländer? Ihr müßt euch einer Anzeige stellen. Mitkommen.«

Paulus und Silas zuckten mit den Schultern und ließen sich zum Gerichtsgebäude abführen, wo die Duumvirn oder Prätoren einberufen waren, um sie zu überprüfen. Einer der Kläger sagte:

»Die Sache verhält sich folgendermaßen, Euer Ehren. Die beiden sind Ausländer und dem Aussehen nach Juden, und sie mischen sich in ordentliche römische Religionspraktiken ein sowie in ein ordentliches römisches Gewerbe.«

Einer der Prätoren, ein Mann der noch Krümel von seiner unterbrochenen Mahlzeit an den Backen hatte, sagte zu Paulus:

»Seid ihr die Männer, die gestern am Flußufer irgendwelchen fremden blödsinnigen Quark gepredigt haben, der den römischen Gesetzen widerspricht?«

»Wenn Ihr damit den christlichen Glauben meint, ja. Darum scheint es hier jedoch nicht zu gehen. Diese Männer haben meinen Mitarbeiter und mich hierhergebracht, damit wir uns einer Anklage stellen, die sie bis jetzt noch nicht expliziert haben.«

»Das laß meine Sorge sein. Ihr seid doch Juden?«

»Juden, ja.«

»Aber auch ...«, setzte Silas an, doch gab ihm Paulus einen Stoß, damit er mit ihm im Schweigen verharre. »Warum?«, fragte Silas bestürzt.

»Wir haben es nicht gern, wenn Fremde hierherkommen«, sagte der verbröselte Praetor, »und Unruhe erzeugen und sich in die römische Lebensart einmischen. Ihr Liktoren«, sagte er, »zeigt ihnen, was eine Rute ist und schmeißt das großnasige Pack dann ins Gefängnis.«

»Aber«, sagte einer der Marktscheier, »sie haben sich in unser Geschäft eingemischt, in die Anrufung des apollinischen Orakels. Das Mädchen, das wir besitzen, Euer Ehren, sie haben sich bei ihr eingemischt, so daß sie jetzt das heilige Werk nicht mehr ausüben kann.«

»Wie schon gesagt«, sagte der Praetor, während er sich aus dem Stuhl erhob, »gebraucht die Rute tüchtig und werft sie nicht bloß ins Gefängnis, sondern legt sie gleich in den Block, so daß sie sich nicht mehr von der Stelle rühren können. Das wird ihre ausländische heißblütige Einmischerei abkühlen. Los vorwärts, an die Arbeit.« Der andere Praetor folgte dem ersten und fügte hinzu: »Ihr habt's ja gehört.«

Die Liktoren, die beim Peitschen ein wenig aus der Übung waren, stießen und trieben als Paulus und Silas zum Marktplatz, wo sie zur Tagesunterhaltung beitrugen, indem sie sie bis auf die Haut auszogen und dann mit den Ruten verdroschen. »Das dürfen die nicht tun«, schnaufte Silas, »nicht bei ... Gegen das Gesetz ist das.«

»Laß sie sich nur ins Unrecht setzen«, wimmerte Paulus. »Manchmal kann sowas – aua – ganz nützlich sein.« Lydia beobachtete die Auspeitschung. Sie hatte das Mädchen, die sich als Eusebia herausstellte, zu Hause gelassen, damit sie sich die Haare wasche; Lukas und Timotheus würden sie gegen das Wiederauftauchen der Männer beschützen, die vorgaben, sie zu besitzen. Lydia verfügte über einiges Ansehen in der Stadt und brachte einige Frauen soweit, in ihr Rufen einzustimmen, »Eine Schande für die römische Gerechtigkeit ist das, oder was sie so nennen.«

Es gab ein Erdbeben, das wahlweise als die Zustimmung des Gottes Apollo zu der Auspeitschung oder als Mißfallensäußerung gegen den Gott der beiden zu deuten war, die ausgepeitscht wurden. Als die Auspeitschung vorüber war, weigerten sich Paulus und Silas ihre Kleider wieder anzuziehen, wobei sie ganz vernünftig sagten, sie wollten sie nicht mit Blut auf den Rücken geklebt haben, und daß die Wärme der Sonne (oder des gepriesenen Gottes Apollo) ihren Wunden guttat. So wurden sie denn in eine Zelle abgeführt, wo die Einschließung mit einer Festschraubung der Glieder in einer sinnreichen römischen Maschine mit Namen Block verbunden war. Lydia und eine weitere Frau bedrängten die Wachen so lange, bis sie zuließen, daß die Gefangenen von Hand gefüttert würden, worum sich dann die beiden Frauen kümmerten, die gebackenen Fisch und Brot hineinschoben. »Bitte ohne die scharfe Soße«, bat sich Silas aus. Und schütteten Wein herunter. Dann ließ man Paulus und Silas allein. Die Beben kamen wieder und bildeten einen Brummbaß zu den lauten Psalmen, die sie sangen und der horazischen Ode, die Silas zwischenhinein aufsagte. Sie waren nicht allein in der Zelle. Da waren noch zwei Diebe, denen Lydia und ihre Begleiterin den Rest von Fisch und Wein, wovon viel übrig geblieben war, gegeben hatten. Sie wußten die Psalmen zu schätzen, hatten doch sowohl Paulus wie Silas eine laute aber auch melodische Stimme, und sie mochten auch den erotischen Horaz, ein Dichter, von dem sie, wie sie zugeben mußten, noch nie gehört hatten. »Wir, wir echten Römer, müssen uns von ein paar Juden sagen lassen, was uns gehört. Ihr müßt nicht unbedingt in diesen Dingern stecken«, sagte der stämmigere der beiden Klaubrüder, der offenbar Parvulus hieß. Er untersuchte den Mechanismus des Blocks. »Ich meine, so schnell packt ihr's nich raus hier. Will mal so sagen: Sachbeschädigung gegen Beleidigung. Los, Calvinus, faß mal mit an hier.« Die beiden groben Männer, die große Übung im Einbrechen hatten, bogen, wenn auch mit Mühe, Leiste um Leiste weg. Das Beben war alles andere als hilfreich, denn es machte den Steinboden so unsicher wie ein Schiffsdeck beim Gezeitenwechsel. »Da«, sagte Parvulus triumphierend, und Paulus und Silas rieben sich erleichtert Hand- und Fußgelenke. »Keine Wertarbeit das. Ausländisches Zeug.« Und jetzt gelang dem Beben, wie einem starken unterirdischen Mann, der versucht, mehr als einen Block zu sprengen und nur die Mühen seiner Anstrengung zeigt, das, hinter dem es her war, nämlich die gemütliche Statik in der philippischen Architektur durcheinanderzubringen. ›Kastor und verreckter Pollux‹, erging sich Parvulus ehrfürchtig, als die Zelle in eine Meeresrinne hinabzugleiten schien und die Tür aus den Angeln sprang. Dann, als die tellurische Botschaft übermittelt war, legte sich die Erde zu der Ruhe, die ihren unmittelbaren Bewohnern verwehrt war. »Wir machen die Fliege«, sagte Parvulus und strebte zur willkommenen Tür. Doch Paulus sagte:

»Warte. Wenn du das machst, sind die Wachen in der Patsche. Sie sind reif für die Enthauptung. Du kennst doch das Gesetz.«

»Von mir aus sollen sich Pluto und sein Weibchen die Wachen stückweis holen. Keinen Furz geb' ich auf das Gesetz, das uns hier reinbefördert hat.« Doch in diesem Moment kamen erleichtert zwei Wachen hereingelaufen und fanden ihre Schützlinge am Platz und unverletzt. Paulus sagte:

»Ihr seht, wie es ist. Unser Gott kümmert sich um die Seinen. Er hat uns von unseren Banden befreit und die Tür zur Freiheit geöffnet. Doch wir haben uns in eure peinliche Lage versetzt und das Angebot ausgeschlagen. Jetzt könnt ihr die Stärke unserer Religion sehen. Tretet ein in die Reihen der Bekehrten, mit denen wir hier hinausgehen werden.«

Wie es der Zufall wollte, dauerte es nicht lange, bis Paulus und Silas entlassen wurden, obwohl die beiden guten Diebe, denen Paulus ordnungsgemäß erzählt hatte, daß Männern ihres Kalibers im christlichen Himmelreich besondere Ecken aufgehoben würden, ihre Strafe abzusitzen hatten. Paulus und Silas wurden ein weiteres Mal den Praetoren vorgeführt, die mit der Haltung römischer Großmut sagten, sie hofften, daß sie klüger geworden seien und daß sie jetzt aus der Stadt geschickt würden. Doch Paulus sagte:

»Einen Moment. Mein Mitarbeiter und ich sind römische Bürger. *Cives Romani sumus.* Natürlich, kein Problem, das einfach so zu beanspruchen ohne es zu untermauern, aber unser Status ist in Tarsus in Kilikien beziehungsweise in Caesarea in Palästina beurkundet. Wir verlangen, daß ihr euch um die Verifizierung unseres Anspruchs kümmert. Wir wollen gern warten. In der Unterweisung im neuen Glauben gibt es hier viel zu tun, Ihr kennt die Strafe für (a) Auspeitschen römischer Bürger, (b) ihr Einsperren ohne Verfahren und (c) die Nötigung, unter der sie römisches Gebiet zu verlassen haben. Ihr werdet aus dem Praetorenamt entfernt und nach den Vorgaben der valerianischen und porcianischen Gesetze bestraft werden. Soweit, so gut. Mehr müssen wir dazu nicht sagen. Wenn ihr aber nicht mit einer angemessenen Duldung der diskreten Ausübung des Glaubens einverstanden seid, garantieren wir euch, euch beiden Herren, um von den Liktoren noch ganz zu schweigen, ernste Schwierigkeiten. Guten Tag.«

Auf die Weise entstand in Philippi eine Gemeinde, die wenig Widerstand von den Juden, deren weniger als zehn waren, oder von den Römern erfuhren, die den Wert von Diskretion einsahen. Lukas wurde ausgewählt, um weiter im Hause Lydias zu bleiben, angeblich wegen der medizinischen Versorgung von Eusebia, die am ganzen Körper mit Wunden bedeckt und auf gemeine Weise unterernährt war. Außerdem, sagte er, wäre die Stadt mit Ärzten nicht überversorgt, und er wolle sich in der kühlen Bequemlichkeit des Zimmers, das er zugeteilt bekommen hatte, schriftlich – in Prosa – mit den Einzelheiten der Missionsreisen des Paulus auseinandersetzen. Paulus, Silas und Timotheus brachen nach Westen auf und hielten sich an die Via egnatia, die die Ägäis mit der Adria verband. Sie kamen schließlich nach Thessalonich, der Hauptstadt von Makedonien, wo es viele Juden, die meisten mit hellenisierten Namen, und eine blühende Synagoge gab. Ein bezahlter Haufe versuchte Paulus, Silas und Timotheus mit der Anschuldigung vor die Politarchen oder Stadtväter zu bringen, sie würden einen gewissen Jesus Chrestos, einen palästinensischen Verbrecher, der ein griechischer Sklave geworden sei, als einen Widersacher gegen Claudius aufbauen. Doch wurden Paulus, Silas und Timotheus nachts aus der Stadt befördert, und der einzige Anhänger der verräterischen Verschwörung, dessen sie habhaft werden konnten, war ein jüdischer Kaufmann namens Jason (in Wirklichkeit hieß er Josua), der von den Politarchen aus Mangel an Beweisen freigesprochen wurde. Das erzürnte jene, die den Haufen bezahlt hatten, und dieser Haufen tauchte in Beroea auf, wohin die Evangelisten abgereist waren. Silas und Timotheus tauchten unter, doch brachten einige der beroeischen Bekehrten Paulus nach Methone oder Dium oder zu einem anderen Hafen, von wo aus er allein mit dem Schiff nach Athen weiterfuhr.

Athen. Hier erwartete Paulus nun die schwierigste Aufgabe seiner Laufbahn, nämlich Intellektuelle, die mit der Philosophie von Plato, Aristoteles, Zeno und Epikur vertraut waren, dazu zu bringen, daß sie einer Religion Aufmerksamkeit schenkten, die nicht gerade mit Vernunft untermauert war. Die Griechen unterstanden den Römern, ein stolzes Volk, das da kolonisiert war, doch war den Erfindern der Wissenschaft vom Regieren weitgehende Bewegungsfreiheit gestattet. Deshalb traf Paulus bei seinen Predigten auf keinen Widerstand, weder von den Juden, die zu vernünftig waren, um verbohrt zu sein, noch von seiten der Stadtregierung, die jede Art intellektueller und religiöser Neuheit duldete. Für Paulus, der in einer Herberge unterhalb der Akropolis wohnte, war die ganze Stadt eine verführerische Beleidigung seines Glaubens, sowohl als Jude wie als Nazarener. Denn hier waren all die Götter und Göttinnen, die sich, unter anderen Namen, die Römer angeeignet hatten, mit einer Fertigkeit und Kultiviertheit in kostbarem Marmor ausgeformt, wie das die Juden, deren einzige Kunstform die Literatur war, auch dann niemals auch nur annähernd erreichen würden, wenn ihre hornigen Pfoten je vom Pflug oder vom Euter der Geiß wegkommen und statt dessen den Meißel ergreifen würden. Die Tempel dieser Dämonen, wie er sie bei sich bezeichnete, waren von erlesener Eleganz. Diese Leute besaßen alles außer Gott. Und, hätte er beinah hinzugefügt, gutem Wein, denn der harzige Urin, den sie hier verkauften, versauerte ihm den Magen. Er war einsam: Silas und Timotheus sollten ihm folgen, waren aber bisher nicht angekommen; er fürchtete ein wenig um ihre Sicherheit. In Athen würden sie bestimmt sicher sein, denn der neue Glaube löste keinen Widerspruch aus, sondern nur Gähnen.

Täglich ging er auf die Agora, eine Art Marktplatz westlich der Akropolis, wo er Stoiker und Epikureer traf. Sie leugneten nicht, daß es einen Gott oder einen Weltgeist geben könnte, aber er war zu erhaben, als daß er sich um menschliche Geschicke kümmern würde. Die Stoiker traten für Ethos und Pflicht ohne eschatologische Strafen ein, und die Epikureer hielten es mit Vergnügen, Seelenruhe und dem Kampf gegen die Angst vor dem Tod. »Vor dem Tod«, sagte Paulus, »braucht man keine Angst zu haben. Der Tod ist die Pforte zu einem erfüllteren Leben. Pflichterfüllung und ein moralisches Leben werden belohnt, und Begriffe wie Vergnügen und Seelenruhe reichen kaum aus, um die ewige Freude über die Vereinigung mit Gott zu beschreiben.« Woher willst du das wissen? Wer hat dir das gesagt? Wo ist der Beweis? ›Im Erscheinen des fleischgewordenen Gottes in der Welt, in der Auferstehung seines leibhaftigen Sohnes nach dem Tod.‹ Viele mißverstanden den Namen Jesus als *iasis,* was heilen bedeutet, und als *Ieso,* den Namen der Göttin des Heilens im ionischen Dialekt. Sie deuteten *anastasis,* das die Auferstehung bezeichnet, als Wiederherstellung der Gesundheit, und *soter,* das Retter bedeutet, als den Arzt, der wiederherstellt. Sie waren nicht sonderlich beeindruckt. Hier nichts Neues. Ohne jede Vernunftbasis. Sie nannten Paulus einen *spermologos* oder Samenpicker, einen herumhackenden Rinnsteinspatz, einen Lieferanten von Fetzchen und Tand. »Aber seht doch«, sagte ein ernsthafter Rhetoriklehrer namens Kratippus, dessen gleichnamiger Vater, der peripatehsche Philosoph, durch den Einfluß Ciceros einen Lehrstuhl in Athen erhalten hatte und deshalb weniger als die anderen dazu neigte, über alles Nichtathenische zu spotten, »dieser kilikische Jude hat eine lange Reise gemacht, er ist sichtlich intelligent und in seiner eigenen Theologie beschlagen, und auch sein Griechisch ist nicht ganz schlecht. Auf der Agora vertut er nur seine Zeit. Er sollte vor den Areopag treten.«

»Den Areopag?«, wiederholte Paulus. »Soviel ich weiß, habe ich kein Verbrechen begangen.«

»Nein, das sind keine Richter im römischen Sinn. Sie führen die Überaufsicht über unsere Religion und unsere Sitten. Die beste Möglichkeit, um diese deine Ideen den Athenern nahezubringen, wird sein, wenn du auf dem Areopag sprichst. Sie werden zuhören. Sie sind nicht wie die Römer, die auf niemand hören, wie sich mein Vater ausdrückte. Und sie erklären sich für das, was du ihnen sagst. Sie werden dir sagen, ob etwas dran ist oder nicht.«

»Aber ich brauche doch keinen Areopag, damit er mir das bestätigt, von dessen Wahrheit ich bis in Blut und Knochen und Gedärme überzeugt bin.«

»Da spricht der Jude. Ihr seid ein sehr körperliches Volk. Wir sind mehr für die Seele. Bereite deinen Schriftsatz sorgfältig vor. Ich werde für dich vorarbeiten. Sagen wir morgen um diese Zeit?«

Früher war der Areopag auf dem Areshügel zusammengetreten, was eben Areopagus bedeutet, aber jetzt kam man in der Stoa Poikile nordöstlich der Agora zusammen. Paulus, den Kratippus hingeführt hatte, traf eine Anzahl würdiger Herren, manche sehr alt, alle hatten sie ein autoritatives Aussehen. Kratippus sagte: »Vor Euch bringe ich einen gewissen Paulus, der die Reise von Palästina her gemacht hat, um die Grundzüge einer neuen Religion vorzutragen, die in jener Provinz und auch darüber hinaus sehr vital ist. Athen muß noch von ihr hören. Hier ist der Mann, der darum bittet, daß man ihm Gehör schenke.«

Paulus sprach also; es war ein Griechisch ohne kilikische Verunreinigungen. Er sagte: »Ihr Männer von Athen! Während meines kurzen Aufenthalts in Eurer Stadt habe ich Euer Interesse für religiöse Angelegenheiten bemerkt, auch wenn man es als ein negatives Interesse bezeichnen muß, habe ich doch viele Altäre mit der Inschrift *Einem unbekannten Gott* gesehen. Das beinhaltet die Bereitschaft, eine Negativität zu verehren, die weder Grammatik noch Theologie ordnungsgemäß erlauben könnten. Nun möchte ich

Euch bitten, einen einzelnen und einzigen Gott in Erwägung zu ziehen, nicht einen unter vielen, sondern den einen, der die Welt und alle Dinge in ihr erschaffen hat, den einen, der weil er den Menschen sowohl wie die Erde und den Himmel gemacht hat, sehr an der Situation des Menschen interessiert ist. Besonders ist er daran interessiert, daß die Menschen nach ihm suchen. Er ist nicht fern von uns, leicht ist er zu finden. Ja, sogar einer Eurer eigenen Dichter, der Kreter Epimenides sagt, daß wir in ihm leben, uns bewegen und sind. Wir sind seines Geschlechts, Wesen von seinem Wesen, und es wäre einfach grotesk, sich ihn als ein schlichtes Ding vorzustellen, ein goldenes oder silbernes oder steinernes Objekt, wie es der Fall ist, wenn seine Einheit in reine Personifikationen menschlicher Wünsche und Bedürfnisse zerfällt. Eine personifizierte Eigenschaft ist nämlich nichts weiter als ein Batzen Metall. Über die Zeiten der Unwissenheit hat Gott hinweggesehen, doch jetzt befiehlt er, daß die Menschen ihre Unwissenheit bereuen. Damit diese Unwissenheit nicht mehr länger durch das Gefühl seiner Entferntheit entschuldigt werde, die bisher die Menschen dazu ermutigt hat, ihn in einen Gedanken oder ein Ding zu verwandeln, ist er selbst zur Erde herabgestiegen und zwar erst kürzlich. Und es war an einem bestimmten Ort, in Palästina, und zu einer bestimmten Zeit, die meiner Zeugung, und er kam in Gestalt eines Menschen. Wir können die Metapher von dem Vater, der seinen Sohn hernieder sendet, als Metapher verwenden, solange wir das als ein reines Gleichnis verstehen. Der Sohn Gottes also lehrt den Weg der Rechtschaffenheit, indem er menschliche Güte als einen Teil jener ewigen Güte zeigte, die im göttlichen Wesen beschlossen liegt. Er hat auch gelehrt, daß die Rechtschaffenheit die Menschen dazu führen würde, für immer aus der Quelle der Rechtschaffenheit zu schöpfen oder, um die Metapher zu wechseln, daß sich das menschliche Wasser zu guter Letzt als Teil des göttlichen Ozeans herausstellen würde. Ich lehre die *anastasis*, was nicht das Überleben der Seele bezeichnet, was jeder Eurer Platoniker als zumindest logische Möglichkeit nachweisen könnte, sondern auch das Überleben des Sinnesvermögens, wenn auch in verklärter Gestalt. Denn der Gottessohn erhob sich von den Toten und kehrte, in diesem verwandtschaftlichen oder menschlichen Aspekt, in das ewige Haus des Vaters zurück. Das, Ihr gelehrten Männer von Athen, ist der Kern meiner Botschaft.«

Es gab eine unruhige und knarrende Stille. Dann krächzte ein sehr alter Mann: »Du zitierst einen zweitrangigen Dichter. Ich möchte einen erstrangigen zitieren, unsern eigenen Aischylos, der in seinen *Eumenides* sagt, es gebe keine *anastasis*. Der Mensch stirbt, sagt er, und die Erde trinkt sein Blut, und für alle Dinge gibt es ein Ende. Worte, die dem Gott Apollo persönlich zugeschrieben werden, Worte, die er gesprochen haben soll, als unsere Schutzgöttin Athene eben diesen Areopag gründete. Es ist richtig, daß die Epikureer von der Unzerstörbarkeit der Atome sprechen, aus denen wir zusammen mit allen anderen Dingen des Universums gemacht sind, aber die Vorstellung von einem *körperlichen* Weiterleben des Menschen ist nur eine unbelegbare Annahme.« Ein anderer, jüngerer Mann fuhr gelangweilt dazwischen:

»Wir erwarten, daß ein Lehrsatz auf seine grundsätzlichen Voraussetzungen zurückgeführt wird. Wir Athener akzeptieren nichts in gutem Glauben.«

»Die erste Prämisse einer logischen Aussage«, sagte Paulus, »muß immer gutgläubig akzeptiert werden. Wir alle müssen mit dem Beweis durch die Sinne beginnen.«

»Hast du wirklich diesen Mann von den Toten erstehen *gesehen*?«, fragte ein Mann, der so abgemagert war, daß er auf den reinen Gedanken reduziert schien.

»Ich war mit denen zusammen, die ihn sahen und die noch am Leben sind, um ihr Erlebnis wiederzugeben«, sagte Paulus.

»Gut, dann schick sie her. Nicht daß ihr Zeugnis unbedingt glaubwürdig wäre. Die Welt ist voller Lügner und Spinner. Ich glaube, wir haben genug gehört.«

Der Vorsitzende des Areopags, ein zurückhaltender, amtlich wirkender Mann in vorgerückten Jahren mit Namen Demetrios sagte: »Wir wollen dich wieder anhören, wenn du das auch willst. Nicht morgen, nicht übermorgen, aber irgendwann. Wir sind an den neuen Phantastereien interessiert, die in der großen Welt außerhalb von Athen umlaufen.« Mit leichter Ironie betonte er die *große Welt*. »Im Moment aber wollen wir dir für dein Erscheinen und die sichtliche Aufrichtigkeit deiner Diskussionsbeiträge danken.« Damit erhob sich der Areopag und ließ Paulus mit einem alten Mann allein, der sich als Dionysius vorstellte. Dionysius sagte:

»Interessant. Hat den Reiz des Exotischen. Gibt es Bücher zu dem Thema?«

»Leider noch nicht. Es ist noch zu neu, um sich schon in Büchern zu kristallisieren.«

»Ja, eine Neuheit. Du mußt mal zum Essen kommen und mir mehr darüber erzählen.«

Die Einladung war vage, aber Paulus, der merkte, daß er drauf und dran war, in einem *thalassa* des Desinteresses unterzugehen, entschied sich für das Festhalten an diesem Strandgut möglicher Beredbarkeit und beredete Dionysius, ein genaues Datum festzulegen. Drei Tage später, Silas und Timotheus waren noch nicht angekommen, war Paulus also zum Essen bei ihm und seinem bescheidenen Mahl. Bei Tisch lernte er eine *hetera* kennen, jedenfalls hielt er Damaris für eine. Sie war ein wenig zu begeistert für die neuen Lehren, und Paulus' Herz sank ihm in den Magen, wo es ein Säurebad nahm, das der harzige Urin eingelassen hatte. Athen, soviel wußte er, war ein Reinfall. Am nächsten Tag erhielt er eine Botschaft von Silas und Timotheus, die ein reisender Beroeaner überbrachte und die besagte, daß sie noch ein Weilchen in Makedonien bleiben würden, um die gute Arbeit fortzusetzen, die bereits angelaufen war. Er war sehr allein.

Auf der Reise nach Korinth bedachte er das Problem der Verbreitung des Evangeliums unter Aufgeklärten und Gebildeten. Die Juden, die meisten von ihnen, waren dagegen, weil sie sich mit dem begnügten, was sie bereits hatten, und die Heiden sogen es in großen Zügen ein, weil sie sonst nichts hatten. Grundsätzliche Voraussetzungen. Glaubwürdigkeit. Als er in den Ausläufern Korinths eines Tempels mit einer an der Außenwand aufgespießten vielbrüstigen Göttin ansichtig wurde, fühlte er wieder Hoffnung in sich aufkeimen. Wieder einmal war *eros* in *agape* zu überführen. Er begrüßte Astarte, oder wer immer sie war, fast wie eine alte Freundin. Nach einem leichten Essen, das er sich von den paar verbliebenen Münzen des Imperiums gekauft hatte (Zeit, daß er eine Arbeit fand), ging er zu einer Ecke auf dem Marktplatz, wo er wie irgendein fröhlicher Marktschreier das Geheimnis ewigen Lebens feilbot. Es kostet nichts, nur alles, sagte er schließlich. Ein Mann in der ersten Reihe der Zuhörer, der mit Einkäufen für die Speisekammer beladen war, zeigte ein schwaches, zustimmendes Lächeln für die Präzision und die Redekunst, sagte aber nichts. Paulus sagte, er würde das in zwei Tagen in der Synagoge weiter ausführen, wo sich die Heiden gern den Platz der üblichen Besucher aneignen dürften. Für eine Übernachtung hatte er kein Geld, und schlief deshalb im öffentlichen Park, unter einem Bronzebildnis der Göttin, die einen abgetrennten Phallus in einer schützenden Geste, wie er sich vorzustellen erlaubte, über ihn hielt. Diese Göttin mußte seinem schlafenden Kopf erotische Bilder eingegeben haben, denn als er erwachte, fand er sich mit einem nächtlichen Erguß verunreinigt. Nicht seine Schuld, aber er flehte Gott an, er möge die unerforschten Bereiche in seinem Gehirn in dieser Stadt beschützen, die so sehr für ihren Erotismus bekannt ist, daß sie das Verb *korinthiazo* in der griechischen Sprache als Synonym für *Ich treibe Hurerei* gebildet hatte. Zum Frühstück trank er Brunnenwasser und erbettelte sich ohne Scham ein Stück Brot von einem Gärtner. Dann ging er wieder auf den Marktplatz zu. Auf der Hauptstraße rief ihm jedoch jemand ein Willkommen zu. Es war der leicht lächelnde Mann von gestern, der in der Morgensonne vor einem Laden saß und an etwas nähte, das ein Zelt zu sein schien. Paulus blieb stehen und setzte sich mit etwas Wehmut für diese Arbeit neben ihn hin. Der Mann sagte:

»Ich habe dich gestern gehört. Ich warte auf das, was du am Sabbat zu sagen hast. Nicht, daß ich leicht zu überzeugen wäre. Das ist meine Frau, Priscilla.« Eine lächelnde Frau, die etwas Vornehmes an sich hatte, wrang einen Lappen über dem Pflaster aus. »Das ist Paulus, der das nazarenische Evangelium predigt. O ja, und ich bin Aquila. Heißt Adler. Wegen der Nase, nicht. Wein, oder ist es dafür zu früh?«

»Bitte nur Wasser. Ein durstiges Wetter.«

»Und du willst dich wieder an deine durstige Arbeit machen?«

»Korinth ist schon vielversprechend.«

»Ein sehr fleischlicher Haufen, wenn du meine Anspielung bemerkst.«

»Ja, ja. *Korinthiazo* – ich treibe es.«

Aquila schien schockiert. »Aber nicht doch.«

»Nein, nein, das Wort. Als wäre die Hurerei in Korinth erfunden worden.« Er sah nach den vorbeigehenden Frauen, möglicherweise Tempelhuren beim Ausgang; sie schienen eigens in irgendeinem erotischen Stall gezüchtet, damit ihre verführerischen Rundungen noch schmerzhafter aufreizen könnten. Aber dabei war kein Leid, außer für Paulus: sie reizten nur, um zu befriedigen. Allein der Gang: wiegend, die Hinterbacken zuckelnd, die Brüste durch ein einfallsreiches Korsett nach oben gepreßt. Der Mund sehr rot, das Haar vom kürzlichen Waschen ein knisterndes Schwarz. Paulus seufzte, weil er erkannte, daß der Impuls in ihm nicht böse sein konnte, außer man neigte dem Dualismus der Zoroaster von Johannes Markus zu. Was sollte man damit anfangen? Man machte Christus zu seiner Braut, was wieder neue Schwierigkeiten hervorrief; man heiratete. Er, der predigende Zeltmacher, verheiratet. Das ging nicht. Die Lenden erhoben wimmernd Einspruch. Doch Aquila sagte etwas über Arbeitsüberlastung, darüber, daß die Stadt überfüllt und reich war, zum Teil wegen der aus Rom hereinströmenden Juden, wenn auch manche zurückkehrten. Eine Handelsmetropole, ein großer Hafen, in Konkurrenz zu Athen. Paulus wollte den Namen Athen nicht hören. Er sagte, während er auf Aquillas nähende Finger sah: »Ich glaube nicht, daß ich den Kreuzstisch in Tarsus je sah.«

»Römischer Stich. Obwohl sie in Italien mehr Markisen und Bettvorhänge haben. Du scheinst dich in der Branche auszukennen, wenn du den Kreuzstich kennst.«

»Weil's die meine ist. Ich lebe davon, und von der Wohltätigkeit. Irgendwie muß man sich ja seinen Lebensunterhalt verdienen.«

»Willst du länger in Korinth bleiben?«

»Gibt hier viel zu tun.«

»Du hättest also nichts dagegen, deinen Beruf hier auszuüben?«

»Zeltnähen? Willst du mir was anbieten?«

»Arbeit für Zwei. Hinter dem Laden ist ein kleines Zimmer. Sehr klein.«

»Ich bin für alles dankbar.«

»Natürlich bleiben wir nicht immer hier. Meine Frau gehört einer höheren Klasse an als ich. Ein gutes jüdisches Mädchen, doch eine echte Römerin. Sie will zurück. Eigentlich auch ich. Aber wir haben uns überlegt, daß wir ein paar erwachsene Leute, keine Lehrlinge, anlernen und die Leitung einem Verwalter übergeben sollten. Hier und in Ephesus. Im Osten ist genug Geld. Aber in Rom kann man's ausgeben. Du warst noch nicht in Rom, oder?«

»Nein, aber ich werde noch hinkommen.«

Gestärkt durch Priscillas nahrhafte Küche geißelte Paulus energisch die korinthische Unzucht, blühte bei der Verkündung des neuen Glaubens sichtlich auf, erzürnte die Juden, taufte die Heiden und richtete eine Kapelle ein, die mit der Synagoge wetteiferte. Ein gewisser Titus oder Titius Justus, ein Italer, der sein Geld mit dem Export getrockneter Rosinen, die nach Korinth Korinthen hießen, gemacht hatte und jetzt als zurückgezogener Witwer lebte, besaß in nächster Nähe zur Synagoge ein großes Haus, das für den eigenen Gebrauch zu groß war, und das er deshalb Paulus für seine Predigten und die Feier des Herrenmahls anbot. Die Kirche ist der Leib der Gläubigen, doch ist das Kirchgebäude der Ort, an dem die Gläubigen zusammenkommen. Es wurde die erste Kirche aus Ziegeln und Mörtel. Zu ihr kam eines Tages in höchster Aufregung der Jude, der der Synagoge vorstand. Er hieß Krispus. Er sagte zu Paulus: »Ich bin überzeugt. Gott steh mir bei. Ich sage das, weil er mich in arge Gefahr bringt. Körperliche, meine ich. Meine früheren Gefährten, was werden sie denken, was tun? Meine Füße haben die Sache selbst in die Hand genommen. Ich gehe hin zur Synagoge, und dann zwingen sie mich, nach links abzuschwenken, und ich lande hier. Um Gottes willen, was soll ich bloß machen?«

»Manche von uns Christen bleiben Juden«, sagte Paulus. »Es sind nur die Verstockten, die auf dem *schisma* bestehen. Laß dich heimlich taufen – es kann hier an dieser Art Quelle im rückwärtigen Garten geschehen – halte deine Pflichten in der Synagoge aufrecht. Ich bin noch immer Jude genug, um für das Passahfest nach Jerusalem reisen zu wollen – dieses Jahr oder im nächsten. Der neue Glaube ist nichts anderes als die Erfüllung des alten.«

»Ich wollte bei Gott, daß ich auch von den anderen welche dazu bringen könnte, daß sie das erkennen.«

»Hab' ich versucht. Du weißt, daß ich es versucht habe. Man kann es nicht ewig versuchen. Das Leben ist kurz, und die ganze bekannte Erde muß versorgt werden. Willst du jetzt mit dem Taufwasser geweiht werden?«

»Ja, Gott steh mir bei.«

Die Abende verbrachte Paulus im Wohnzimmer von Aquila und Priscilla. Sie nähte kostbare Tücher; er trank, wie es sein Recht nach einem harten Arbeitstag war, Wein und aß Korinthen aus einer silbernen Schale. Paulus erzählte von seinen Abenteuern. Priscilla lachte bei einigen, aber er wußte nicht, warum. Er sagte eines Abends: »Silas und ich befanden uns in Lystra – Silas dürfte, nebenbei gesagt, bald hier eintreffen –, und ein Mann in unserer Versammlung war eher im Gehirn als am Körper verkrüppelt. Seine Glieder waren nicht geschrumpft; für mich sahen sie recht gesund aus. Es war nicht schwer, ihn zu heilen. Die Leute waren ekstatisch, redeten von göttlicher Magie, und dann – ach, sie identifizierten Silas und mich mit den beiden heidnischen Dämonen – war er Jupiter und ich war Merkur. Sie führten sogar ein Gespann weißer Ochsen heran, die mit Blumen bekränzt waren. Natürlich, Lystra ist das Zentrum des Kultes um Zeus und Hermes – warum mußt du da lachen? Kommt dir diese Lästerung denn komisch vor? Ich arbeite im Namen des Herrn, und sie grüßen mich im Namen Merkurs...«

»Gott der Diebe«, sagte Priscilla mit feuchten Augen, »aber auch der schönen Rede. Ich finde, da ist Humor in deiner Geschichte. Wie bei der anderen, die du erzählt hast – ins Gefängnis geworfen, und dann öffnet euch ein Erdbeben die Tore. Ich habe schon immer gewußt, daß Gott einen gutentwickelten Sinn für das Komische hat.«

»Davon merke ich nichts«, sagte Paulus.

»Wirst du vielleicht, wenn die Geschichten niedergeschrieben sind. Sie dürfen der Nachwelt nicht vorenthalten werden, dafür sind sie zu gut.«

»Genau die Worte von Lukas«, sagte Paulus streng.

»Wer ist Lukas?«

»Ein griechischer Arzt, den ich in Antiochien bekehrte. Vom Schreiben versteht er was. Auch von dem, was du komisch nennen würdest. So ist das also: ich werde eine Figur in einer griechischen Erzählung.«

»Wer aber«, sagte Aquila, »ist lebensechter als einige der griechischen Heroen? Warum sollten die Heiden die besten Helden für sich behalten?«

»Die Pauliade.« Priscilla lachte schon wieder.

»Nein, nein, nein.« An die Ladentür wurde mehr gehämmert als geklopft.

»Sie sind wieder da«, seufzte Aquila. »Ich wollte, sie würden uns in Ruhe lassen.«

»Verzeih«, sagte Paulus. »Sie wollen nicht dich, bestimmt nicht. Ich gehe.« Er ging hin und entriegelte. Drei jüdische Älteste standen draußen und schauten böse im weichen Licht des frühen Abends. Ihr Anführer, Amos, sagte: »Saulus oder Paulus oder wie du dich nennst: Der Statthalter ist bereit, dich anzuhören.«

»Aber ich«, erwiderte Paulus, »bin nicht bereit, den Statthalter anzuhören. Hat die Sache denn nicht Zeit, was es auch sein mag? Ein Mann hat das Recht auf Erholung am Ende eines schweren Tages.«

»Ein Verkünder von Lästerungen hat kein Recht auf Erholung. Gallio, der Statthalter von Achaia, ist eben angekommen und bestrebt, deinen Fall zu untersuchen.«

»Soll heißen, daß ihr bestrebt seid, daß er untersucht. Und einen Fall gibt es auch nicht.«

»Nach dem römischen Recht ist der unsere ein gesetzmäßiger Glaube. Deiner nicht. Aus dem Munde eines römischen Konsuls...«

»Prokonsul«, verbesserte Priscilla. Sie war nähergekommen, um zuzuhören, und lächelte frech.

»Ich muß mich nicht von ausländischen Frauen schulmeistern lassen, die Ketzer aufnehmen«, grunzte Amos. »Also gut. Von einem römischen Prokonsul sollst du die Entscheidung hören. Los.« Paulus ging. Priscilla war höchst erheitert. Diese Aufregung immer. Und nur, weil Männer sich Gedanken über das Abschneiden ihrer Vorhaut machten.

Gallios eigentlicher Name war Lucius Annaeus Novatus. In Corduba geboren und in Rom erzogen, war er von dem großen Rhetoriklehrer Junius Gallio adoptiert worden und nahm daher dessen

Namen an. Er hatte Charme, Geist und einige Geduld, wobei Geduld hieß, daß er Religion als unbeträchtliches Spielzeug betrachtete. Erschöpft von der Reise und seiner chronischen Lungenschwäche, die er durch mehrere Winterurlaube in Ägypten daran gehindert hatte, sich in eine Tuberkulose zu verwandeln, war er doch noch gut aufgelegt, als ihm sein Stellvertreter die Ankunft einer Bande Juden meldete, die eine Entscheidung über irgendwas oder was anderes haben wollten. Er saß in der Bibliothek und überflog eine Schriftrolle mit neuen Versen, die aus Rom gekommen war. *Furfur caelestis.* Himmelsschuppen. Warum konnten diese Modernen nicht *Schnee* sagen und damit genug? »Sie wollen nicht hier drinnen angehört werden? Nein, woher denn, das Haus eines Ungläubigen. Dann allerdings muß ich in aller Unreinheit mein Haupt beugen. Wie ich sehe, haben sie sogar Fackeln mitgebracht.« Deren Licht fiel durch das Fenster, während die Träger unter den Olivenbäumen marschierten. Er trat hinaus in den Garten, der, weil er Gott und nicht einem Heiden gehörte, rein war. Die Bande hatte einen kleinen kahlen Mann mit ruhigen Augen dabei. Der Rest stampfte und wieherte um ihn herum. Der alte Jude namens Amos sprach laut die Worte:

»Gallio, Prokonsul, heil dir und langes Leben. Das ist jener Paulus, von dem wir gesprochen und geschrieben haben. Er fährt fort darin, Menschen zu überreden, daß sie einen Gott anbeten, der dem jüdischen Gesetz widerspricht. Da aber das jüdische Gesetz durch den Imperator als *religio licita* verfügt ist...«

»Hat er irgendwas Schurkisches gesagt? Diebstahl, Mord, Verrat: hat er davon irgend etwas begangen? Hat er gegen den Imperator gesprochen?«

»Nein, aber er lästert, indem er behauptet, die neue Ketzerei stünde über dem mosaischen Gesetz...«

»Das mosaische Gesetz«, sagte Gallio, »geht mich nichts an. Das ist allein eure Sache. Eure Religion steht, wie ihr richtig sagt, unter dem Schutz Roms. Das gilt auch für alle Varianten eurer Religion, seien sie nun ketzerisch oder nicht. Wir Römer haben daher kein Recht, uns in eure inneren Angelegenheiten oder die Abweichungen zwischen ihnen einzumischen. Das würde gegen das Gesetz verstoßen. Deshalb werde ich in dieser Sache nicht Richter sein.«

»Überleg's dir genau, Gallio«, sagte Amos – vorlaut, wie dem Prokonsul schien. »Die Entscheidung, die du hier fällst, schafft einen legislativen Präzedenzfall für die römischen Provinzen und muß selbst in Rom befolgt werden. Wenn diesem Paulus die Freiheit gelassen wird, seine Lehre, wie er sie nennt, zu verkünden, dann wird diese Lehre oder widerwärtige Perversion einer Lehre im römischen Recht legalisiert.«

»Ich habe es mir so genau überlegt, wie es die Sache zu rechtfertigen scheint«, sagte Gallio. »Das heißt, ich habe ungefähr zwanzig Sekunden darüber nachgedacht. Und ich sage mit dem römischen Nachdruck, nach den du zu verlangen scheinst: so gelte es.«

Den fackeltragenden Rechtgläubigen waren natürlich einige Nazarener in Gallios Garten gefolgt. Diese ließen jetzt ein Freudengeheul los und begannen die aus dem Felde Geschlagenen auch noch zu verprügeln, als sie abzogen. Da war ein würdiger Ältester, der in der Nachfolge von Krispus (der sich insgeheim aus Gesundheitsgründen zurückgezogen hatte) Vorsteher der Synagoge werden sollte, und er bekam die meisten Schläge ab. Paulus gebrauchte sein Ansehen und rief: »Aufhören. Brüderliche Liebe. Duldung.« Doch die Prügler blieben beim Prügeln, als die Abordnung, die laut ihrer Enttäuschung Ausdruck gab, den Gartenweg hinunter und zum Tor hinaus zog. Gallio sagte zu Paulus:

»Ich habe von deiner Religion gehört. Von meinem Bruder. Er ist Philosoph. Lucius Annaeus Seneca. Kennst du ihn?«

»Ach so. Du bist der Sohn des älteren Seneca. Mein Vater hatte sich überlegt, ob er ihn aufsuchen sollte. In Spanien wäre das gewesen.«

»Wir sind eine spanische Familie. Und was hatte ein Jude in Spanien zu tun?«

»Du bist spanisch und römisch. Wir sind jüdisch und römisch. Das liegt am Beruf. Die Schwingen des Adlers spannen weit, wie man sagt. Was hast du über des Christentum gehört?«

»Daß es dem ziemlich ähnlich ist, was mein Bruder lehrt. Die Philosophie der Stoa. Tue recht, auch wenn der Staat das Unrecht vorschreibt. Sei bereit, für das Richtige zu leiden. Sei stolz in dem Wissen, daß das Recht die Oberhand behält, auch wenn es der Staat vernichtet.«

»Ich lehre keinen Stolz.«

»Ein stolzer Mann ist, wer für seinen Glauben stirbt – so wie der Mann bei euch.«

»Er ging wie ein Lamm zu seinem Schlächter. Wir folgen ihm. Der Stoiker kennt keinen Gott, muß also sein eigener Tugendwächter sein. Die Tugend des Christen liegt allein bei Gott. Er kann es sich leisten, demütig zu sein.«

»Welcher Gott? Der Gott dieser raubgierigen Ältesten da draußen?«

»Es gibt nur einen. Er liebt die Menschheit. Er hat seinen einzigen

Sohn herabgesandt, damit er im Fleisch leide. Denn so groß ist seine Liebe.«

»Du scheinst mir nicht unbedingt wie ein Verrückter auszusehen.«

»Du wirst keinen gesünderen Glauben finden als den, den ich verkünde. Liebe, Geduld, Verzeihen – gesunde Tugenden. Ohne sie wird die Welt nicht überleben. Frage deinen Bruder, was *er* meint.«

Wir waren jetzt für einige Zeit fort von Rom, und nun da der Name Lucius Annaeus Seneca gefallen ist, können wir uns gleich den Träger des Namens ansehen, wie er gesichert auf dem Palatin als Vertrauter und Berater Agrippinas und als Erzieher ihres Sohnes sitzt. Er hat einen gehetzten Blick und einen Mund, als wäre er auf Leiden eingestellt, seine glatten Haare fallen achtlos in die Stirn, als verschmähte er die gekämmte Ordnung der Welt, doch ist er beim Ordnen seiner Besitzungen geschickt genug, das asketische Aussehen täuscht. Er spielt eine der Figuren in seinen Lesetragödien, die überlebende Stimme der Tugend im Angesicht des Unrechts, das nicht nur von Menschen, sondern auch von Göttern begangen wird. Doch welches Unrecht wurde ihm zugefügt? Der Imperator Claudius, soviel ist richtig, verbannte ihn wegen der unverschämten Spötterei in einem seiner moralischen Traktate, aber Agrippina holte ihn bald wieder zurück. Sein Reichtum ist sagenhaft. Sein Einfluß im Staat wird beträchtlich sein, wenn er sich zurückhält und klug ist. Im Augenblick sehen wir ihn in einem der Unterrichtsräume des Palastes sitzen, ein Gästezimmer mit Karten und Schriftrollen und dem Duft der Pinie vor dem Fenster, der den Moralphilosophen an den wilden Charme der natürlichen Welt erinnert. Sein Schüler ist in seiner Nähe hingelagert und unterbricht ein Gespräch über die Philosophie Zenos mit den Worten, er habe genug von dieser totenbleichen Unwirklichkeit, und es sei Zeit für seine Musikstunde.

»Philosophie wirst du dringender als Musik benötigen.«

»Bei was?«

»In jeder Stellung, die du im Staat bekleiden wirst. Du mußt dich auf die Verantwortung vorbereiten.«

»Ich will ein großer Schauspieler, Tänzer und Sänger werden. Gibt es nicht sowas wie Verantwortung gegenüber der Kunst?«

»Das ist keine moralische Verantwortung.«

Der Name des Schülers ist Lucius Domitius Ahenobarbus, und Agrippina, die Tochter jenes Germanicus, der der Bruder des Imperators Claudius war, ist seine Mutter. Sein Vater, Cn. Domitius Ahenobarbus, starb unter seltsamen Umständen, um die sich der Sohn, obwohl er wußte, daß seine Mutter etwas damit zu tun gehabt haben könnte, nie weiter gekümmert hat. Sittlichkeit interessiert ihn nicht. Er sagt gerade:

»Du redest zuviel von Sittlichkeit. Und mit Sittlichkeit meinst du... ich vergesse die genauen Worte...«

»Das Unterdrücken des Impulses.«

»Ja, du hast meinen natürlichen Impuls, das Leben kennenzulernen, unterdrückt. Die Hinrichtung der Kaiserin Messalina beispielsweise.«

»Das war wohl kaum das Leben.«

»Aber sie war sehr schön. Sehen, wie ihr schöner Kopf abging und das goldene Blut über die elfenbeinerne Haut strömte, nicht spritzte. Ein lebendiges Gedicht. Würdest du nicht auch sagen, daß es unmoralisch war, die Augen eines jungen Mannes vor dem Anblick der Schönheit dieser Welt abzuwenden?«

»Der Tod hat keine Schönheit, auch wenn ihn die Gerechtigkeit umgibt. Tod ist nur eine Notwendigkeit – die ohne Angst umfassen zu lernen, wir unser ganzes Leben verbringen. Was den Tod anderer angeht, so liegt etwas Erschütterndes, fast möchte ich sagen, etwas Seismisches im Anblick der menschlichen Auflösung. Von der Schönheit goldenen Blutes auf elfenbeinerner Haut zu sprechen, könnte man als unmoralisch ansehen. Man darf einen Organismus, sei er lebendig oder tot, nicht einfach in ein Arrangement von Formen und Farben verkehren.«

»Aber das mache ich doch immer. Du kannst das nicht verstehen, Seneca, du bist kein Künstler.«

»Ich gelte«, und der bittere Mund entspannte sich selbstgefällig, was der Schüler schnell genug bemerkte, »ich gelte als brauchbarer Tragödiendichter. Morgen werden wir meinen *Hercules Furens* durchnehmen. Darin wirst du eine erlesene Anordnung von Wörtern und Rhythmen feststellen, die einem stoischen Ziel dient.«

»Ich kenne das Stück und finde es zu gewalttätig. Nicht in dem, was es zeigt, sondern in seiner Sprache. Du hast kein Ohr für Worte. Und wenn du, wie du sagst, *einem stoischen Ziel* dienst, dann begehst du eine krasse Unsittlichkeit gegen den Ethos der Kunst, deren Ziel nicht das Einpauken einer moralischen Übung, sondern Schönheit um ihrer selbst willen ist. Schönheit, *Schönheit*.«

»Wer hat dir diesen Unsinn erzählt?«

»Egal, wer's mir erzählt hat. Wer er auch ist, er hat recht. Die Schönheit und das Sittengesetz kann man als Todfeinde betrachten, das sagt er auch, und du würdest sagen, daß das lächerlich weit geht. Da ist auch die Frage von Schönheit und Sexualität, und das stellt ein sehr schwieriges Problem dar.«

»Ein Problem«, sagte Seneca, »das du recht befriedigend gelöst zu haben scheinst. Der kopflose Leichnam eines Objektes sexueller Begierde einfach auf Formen und Farben reduziert. Du siehst, wohin eine Konzentration auf das, was du Schönheit nennst, führt. Sie wird dich über die Grenzen des Mitleids und wenn ich so sagen darf, von jeglichem moralischen Gefühl führen. Aber der Mensch ist als moralisches Wesen definiert. Schönheit ist allenfalls eine Sache der Sinne. Wollen wir also in unserem Studium des Moralsystems von Zeno fortfahren.«

»Ach Seneca, Seneca«, sagte der frühreife Jugendliche und lümmelte sich auf den einen Arm, der flach auf dem Tisch ausgestreckt war, »du hast kein Feingefühl. Es ist sinnlos, diese höchst ästhetischen Fragen mit dir zu besprechen. Also gut, wenn wir die Sittenlehre studieren müssen, dann sag mir, warum du und die anderen Moralisten den Inzest mit solchem Abscheu betrachten.«

»Warum stellst du diese Frage?«

»Du weißt genau warum. Der Imperator Claudius hat die Absicht, seine eigene Nichte, die zufällig meine verehrte Frau Mutter ist, zu heiraten. Du bist entsetzt, und Pallas und Narcissus sind entsetzt, sagen sie jedenfalls. Und der Senat weigert sich, ein Gesetz zu verabschieden, das es erlaubte. Dabei beharrte das Reich Ägypten darauf, daß das Königshaus durch die Heirat der Brüder mit ihren Schwestern erhalten werde. Inzest war dort nicht bloß erlaubt, sondern als wünschenswert und heilig angesehen; noch heute, glaube ich. Warum ist es dann für Römer so schrecklich?«

»Wenn du mein Stück über Ödipus liest oder, falls deine Abneigung gegen meinen Stil so groß sein sollte, Sophokles' Stück, auf dem es beruht, dann wirst du feststellen, daß in unserer westlichen Kultur die schwerwiegendsten Verbrechen gegen das Sittengesetz immer der Vatermord oder der Inzest waren. Wenn du den Vater tötest, wenn du die Mutter oder Tochter oder Schwester oder Nichte befruchtest, ist das gesamte Gesellschaftsgebäude bedroht. Es gibt eine instinktive Abscheu vor diesen Taten, die auf einem instinktiven Wissen um das beruht, was für die Stabilität der Gesellschaft sorgt. Die Familie bricht zusammen, und mit ihr die Autorität von Priestern und ganzen Regierungen. Die Ergebnisse des Inzests sind häufig Ungeheuer.«

»Hast du eins gesehen?«

»Ich habe von ihnen gelesen.«

»Meine verehrte Frau Mutter wird demnach ein Ungeheuer austragen?« Lucius Domitius Ahenobarbus grinste seinen Erzieher verächtlich an. Der Beiname der Familie bedeutete *Bronzebart*, und wenn Lucius Domitius auch bartlos war, hatte sein gekräuseltes Haar doch den Schimmer von Bronze und leuchtete golden im Sonnenlicht. Die Augen waren blau und die Züge wohlgestaltet: er war eher ein hübscher Junge als gutaussehend. Er war etwas picklig, ein bei Heranwachsenden nicht ungewöhnlicher Zustand, aber die Reife würde die Ausbrüche auf der Haut beruhigen. Seneca sagte:

»Dem Imperator wird man nicht gestatten, Inzest zu begehen. Auch für die kaiserliche Macht gibt es Grenzen. Der Senat hat die Pflicht, diese Grenzen zu setzen. Deine Mutter wird nicht Kaiserin.«

»Willst du darauf wetten – sagen wir hundert Sesterzen?«

»Ich wette nicht. Wetten heißt, sich selbst in die Hand des Zufalls zu geben, und das ziemt sich für einen Stoiker nicht.«

»Du bist ein alter Trottel, Seneca.«

»Das ist mehr als ungeziemend. Du wirst dich mit fünfzig Zeilen Elfsilbern entschuldigen und sie morgen abliefern.«

»Und wenn nicht?«

»Ich werde es deiner Mutter sagen.«

»Darf ich die Elfsilber singen?«

Paulus befand sich jetzt in Ephesus. Aquila und Priscillas waren mit ihm hierher gereist, erwogen die Chancen, dort ein Geschäft aufzumachen, überlegten es sich wieder anders und nahmen dann, da Priscilla Heimweh die Oberhand gewann, das Schiff nach Italien. Silas tauchte auf, aber nicht Timotheus, der in Makedonien ein eigenes Amt ausübte. Lukas kam mit einigen Seiten Dokumentation in säuberlichem Griechisch von Paulus' Arbeit an; es war mehr oder weniger genau, war aber nach Paulus' Ansicht durch griechischen Humor entstellt. »Streich das weg. Das auch. Ungehörig. Und das da ist mehr als ungehörig.« Also gut, seufzend. Dann ging Paulus zur Synagoge und sprach folgendermaßen:

»Männer von Ephesus! Nach vielen Fahrten bin ich zu euch gekommen – von Jerusalem nach Tarsus und von Tarsus nach Antiochien. Ich habe die Gute Botschaft nach Zypern gebracht, ins andere Antiochien in Pisidien, nach Ikonien, Lystra und Derbe, nach Philippi, nach Thessalonich, nach Athen und Korinth. Ich habe viele Dinge gesehen und erlitten, und mir wurde vom Seegang genauso übel wie von den harten Worten, die mir die Männer in den Städten meiner Reisen zuriefen. Es war keine leichte Arbeit, die Gute Botschaft zu bringen, und doch ist die Mühsal durch Gottes Gnade gelindert, denn die Liebe Gottes erlaubt der Hefe seines Wortes durch Zeichen und Wunder zu wirken. Wenn ihr sagt, daß dieser Paulus die Kranken geheilt, den Blinden das Augenlicht wiedergegeben und den Wahnsinn des Teufels aus der Seele von Menschen ausgetrieben hat, dann seid ihr im Irrtum: es ist Gottes Macht, die durch Paulus wirkt, denn der Mensch Paulus hat keine Macht. Seid auf der Hut, denn diese Stadt Ephesus ist in der Welt draußen nur zu bekannt für ihre Gaukler und Zauberer. Ich bin nicht gekommen, um mich mit ihnen zu messen, sondern um Gottes Wort zu bringen. Und wenn ich jetzt sage, die Macht des Namens Jesus macht euch ganz, dann fröne ich nicht dem faulen Zauber eines schäbigen Marktschreiers. Denn der Mensch wird erst im Glauben an Jesus, den Sohn Gottes, ganz.«

In der Versammlung erhob sich ein Mann und hielt für alle sichtbar ein Stück verschlissenes Leder hoch. Er rief zu Paulus hin: »Weißt du, was das ist?«

»Nein«, sagte Paulus.

»Ein Stück, das von einer der Schürzen abgeschnitten ist, die du benutzt, wenn du dich an die morgendliche Zeltarbeit setzt. Ich erhielt es von meinem Handlanger. Er gab zu, es gestohlen zu haben. Er war herumgegangen und hatte versucht, damit die Lahmen und die Blinden zu heilen. Wenn das keine Zauberei ist, was ist es dann?«

»Meine Schuld ist das nicht«, sagte Paulus, »wenn andere abergläubisch sind. Nicht nur meine *semicinctia*, auch meine *sudaria* ...«

»Hier redet man nicht Lateinisch.«

»Schweißtücher. An diesen Sachen ist weder unheilige Zauberei noch heilige Macht. Weder in mir noch in meinem Schatten noch in den elenden Sachen, die mir gehören. Merkt euch das gut. Nur der Name Jesus besitzt Macht.«

Ein Mann namens Skeuas nahm das zu wörtlich. er nannte sich einen Hohenpriester, doch war die Stellung nur angemaßt, weil allein die Hohenpriester die Aussprache des unaussprechlichen Namens wissen sollten, ein in der Zauberei allmächtiger Trick. Er kannte ihn nicht, obwohl er schon *Iao* und *Iae* und *Iaoue* und andere Annäherungen versucht hatte. Jetzt saß er mit einigen seiner Zaubergesellen in seinem muffigen Labor, wo es nach Teufelsdreck und anderen giftigen Harzen stank, die für nützlich beim Exorzismus galten. Abwesend drehte er den traurigen trockenen Totenschädel eines Kindes zwischen den Händen und sagte: » Sie wollen nichts mehr zahlen, sagen sie. Ergebnisse wollen sie sehen.«

»Man kann *perierga* nicht befehlen«, sagte ein Mann, der sich Antipholus nannte.

»Das vielleicht nicht, aber sie zahlen für *perierga.* Wir haben alles versucht. Wir haben sogar auf *Sabaoth* und *Abraham* zurückgegriffen. Eine Goldgrube waren solche guten Namen immer gewesen. Ihr wißt, was der Neue ausrichten kann. Ist es ungefährlich, wenn wir ihn ausprobieren?«

»Beim alten Kahlkopf und bei dem Zitterer hat's funktioniert.«

»Darum geht es nicht. Er glaubt an das, was hinter dem Namen steckt. Wir nicht. Für uns ist er fremd und womöglich gefährlich. Er könnte auf uns zurückfallen.«

»Jetzt bist aber du abergläubisch.«

»Die Stärke liegt im Namen«, sagte ein Mann namens Trophus, der sehr dunkel und klein und weißgott woher war. »Und der Name gehört jedem, würd' ich sagen.«

»Ich schätze, das Schlimmste, was passieren kann ist, daß gar nichts passiert«, sagte Antipholus.

»Also gut«, seufzte Skeuas. »Wir gehen.«

Zu siebt gingen sie zum Haus der Witwe Sameach, eine trotz ihres Namens (der *froh* bedeutete) und dem von ihrem Gatten hinterlassenen Reichtum, den er sich mit dem Export libanesischer Hölzer erworben hatte, traurige Frau. Sie war traurig wegen ihres Sohnes Bohan (so gerufen, weil ihm der Herr vor der Geburt den Finger in den Hals gedrückt und dort einen tiefen Eindruck hinterlassen hatte), der den ganzen Tag in einer Art Stupor auf dem Bett lag und nur durch gelegentliches heftiges Gliederzucken und unverständliche Schreie sowie durch Anfälle regelrechter Gewalttätigkeit Leben zeigte; bei denen er Vasen zerschlug. Sie war dazu übergegangen, seine Schlafzimmertür, gegen die er gelegentlich hämmerte, zu verriegeln. Er aß wenig, spie viel und ekelerregend und war gegen Medizin und Zaubertricks immun. Als Skeuas mit seinen Kollegen eintraf, war auch Sameachs Schwager da, ein Skeptiker, der den Hokuspokus satt hatte. »Rausgeworfenes Geld«, sagte er. »Keinen Heller mehr.«

»Dieses Mal«, versprach Skeuas, »wirst du Ergebnisse sehen.«

Die Sieben begaben sich in die kleine Schlafkammer, ein Anfall war nahe, und sie hörten, wie die Witwe die Tür hinter ihnen verriegelte. Das hatten sie nie gemacht, aber es hatte eine Gelegenheit gegeben, wo der Junge lebhaft auf das Anstimmen einer deformierten Version des unaussprechlichen Namens reagiert hatte und hinausgerannt war, um Sachen zu zertrümmern. Den Rest des Tages hatte er sich ruhig verhalten. Die Sieben sahen ihn an, kein schöner Anblick, denn er trielte irgendeinen gelben Zähfluß aus Nase und Mund, und die Augen rollten unabhängig voneinander. Aus seinem Mund kamen Stimmen von einem Streit in einer nichtbekannten Sprache, wie im fortgeschrittenen Stadium einer Sauferei, und einmal stritt sich ein Baß mit einem Sopran, während die anderen Stimmen eine Art zuhörender Ruhe bewahrten. Trophus stupfte Skeuas und sagte: »Jetzt.« Skeuas holte tief Luft und sang:

»Ihr bösen Geister, die ihr in unserem Bruder hier hauset: Ich beschwöre euch im Namen von Jesus, den Paulus prediget – fahrt aus ihm.«

Die Antwort kam sofort und war zum Fürchten. Eine einzelne Stimme sprach in deutlichem Griechisch aus dem triefenden Mund und sagte: »Jesus kenne ich wohl, und von Paulus weiß ich wohl; wer aber seid ihr?« Dann sprang der Junge von seinem Bett und stürzte mit einer erschreckenden Energie in die Sieben hinein, riß an den Bärten, bearbeitete die Augen, zerrte an den Ohren, stampfte auf Füße, zerfetzte Kleider. Skeuas hämmerte gegen die Tür, schrie. Zwei der Mutigeren und Kräftigeren unter den Sieben schlugen bei ihrem Patienten zurück, der die Schläge nicht zu fühlen schien. Als sich schließlich die Tür öffnete, stürmten die Sieben mit dem energiegeladenen Bohan mitten unter ihnen hinaus; er stieß vor und zurück. Die Witwe Sameach kreischte, und der Schwager sagte mit traurigem Kopfschütteln: »Mehr Schaden als Nutzen. Keinen Heller mehr.«

Ich berichte die Geschichte, wie sie mir berichtet wurde, und überlasse es meinen Lesern, das hinzunehmen oder abzulehnen. Bohan auf der Straße war ein Wunder an Wildheit, das die Hunde erst bellen und dann kläffend davonrennen ließ, während die Luft von den Schmerzensschreien der Frauen und Kinder zerrissen wurde. Er brüllte, riß einer armen alten Frau sämtliche Kleider vom Leib, stieß einen Marktstand voller Kürbisse um und lag schließlich erschöpft in einer Pfütze, wo er wimmerte und leise heute. Paulus war zu jener Zeit die Synagoge verboten, und er entwickelte einen kniffligen Punkt in der leiblichen Auferstehung vor einigen seiner neuen Pflanzen oder Neophyten in dem Schulzimmer, das ihm ein Lehrer überlassen hatte, der im Volksmund als Tyrannos bekannt, aber nicht mit dem Vater des ersten Märtyrers verwandt war. Er wurde herausgerufen, sah den armen Bohan, ließ ihn zurück ins Haus seiner Mutter schaffen und führte dort einen tiefen natürlichen Schlaf herbei, aus dem der Junge geheilt erwachte. Erzählt hat man's mir jedenfalls.

Man muß gewiß irgend so eine Thaumaturgie herbeizitieren, um die erstaunliche Szene zu erklären, die am Abend auf dem Marktplatz folgte, als Bücher über zauberische Kniffe, Traktate über die *perierga,* kraß bebilderte Führer über das Gewinnen von Liebe, Amulette, Bildchen, Perlen, Fläschchen mit ungesundem Gebräu (Hundescheiße, Eisenhut, Monatsblut) ins Feuer geworfen wurden. Es gab Versuche, auch Skeuas und seine Mitstreiter hineinzustoßen, doch ging das, wie Paulus sagte, zu weit. Silas und Lukas, die Bücher liebten, war nicht sehr wohl beim Inbrandstecken einiger sehr kostbarer Lederbände mit goldenen Schlössern, doch Paulus sagte: »Schau nur diese Scheußlichkeit. Und da: Hund schändet Mann. Mann schändet Hund.«

»Man könnte sie verkaufen.«

»An andere Trickzauberer.«

»Aber sieh nur die feine Arbeit.«

»Ins Feuer damit, Lukas.«

Eine alte Frau brachte Paulus eine kleine Silberfigur. »Was soll ich damit anfangen, Herr?« Paulus prüfte es schielend. Es war ein Bildnis der Göttin, die Brüste wie Warzen sproß. »Ich und meine Familie – wir verehren sie nicht mehr.« Paulus sagte:

»Das Bildnis ist böse. Das Silber ist aus dem Felsen, den Gott geschaffen hat. Schmilz es ein und gib das Silber den Armen.« Dann erhob er seine Stimme: »Es ist wohlbekannt, daß die Stadt Ephesus das Heiligtum der falschen Göttin Artemis ist, die manche Diana nennen. Ihr, die ihr dieser Göttin dient – bereut. Ihr Silberschmiede, die ihr ein Vermögen mit dem Verfertigen ihrer Abbilder macht – verändert euer Geschäft und macht Kerzenständer. Macht Schluß mit den falschen Götzen.« Ein Silberschmied namens Demetrius hörte das und war sehr unglücklich darüber.

Es war jetzt jene Zeit im Frühling, wenn Tag und Nacht etwa gleich lang sind, am Anfang des Artemision genannten Monats, da die eunuchischen Priester und ihre Priesterinnen im Tempel zu Ephesus die Rituale für Artemis oder Diana leiten. Dieser Tempel war, und ist noch immer, eins der Weltwunder. Er ist 130 Meter lang und 70 Meter breit und aufs schönste mit Bildern der Kopulation ausgestattet. Es hatte zuvor einen anderen Tempel gegeben, der der Brandstiftung eines jungen Mannes namens Herostratos zum Opfer gefallen war. Er hatte die Tat begangen, um für sich Berühmtheit zu erlangen, erfolgreich, denn man denkt noch immer an ihn. (Es heißt, daß er seine Tat in der selben Nacht beging, in der

Alexander der Große zur Welt kam). Das Bildnis der Göttin im Tempel war unzerstört und tatsächlich auch unzerstörbar, weil es ein Meteorit oder Sternbrocken war, der auf die Erde fiel. Durch himmlischen Zufall war er nach dem Bild einer vielbrüstigen Frau geformt, und auch die Gebildeten und Skeptischen waren leicht davon zu überzeugen, daß die Göttin eine unfertige Darstellung eines der ihren, vielleicht von Vulcanus gemeißelt, herabgesandt hatten. Zweifellos gewann Ephesus großen Ruhm als die von der Göttin begünstigte Stadt und wurde tatsächlich das Zentrum ihrer Verehrung. Daß dieser Kult von einem glatzköpfigen Juden mit Lust auf Bücherverbrennungen beeinträchtigt werden sollte, war für den Silberschmied Demetrius und die anderen in seinem Gewerbe zu viel, verdienten sie doch einen Haufen Geld mit der Herstellung und dem Verkauf von Figuren der Göttin. Zumal in dieser Saison.

Demetrius und einige seiner Kollegen im Gewerbe hielten also am anderen Morgen eine Versammlung in seinem Atelier ab. Das war eine große Hütte mit vielen Feuerstellen, wo einige Männer geschmolzenes Metall in Formen gossen und andere erkaltete Formen aufbrachen, um die grinsende Lokalgottheit zu enthüllen. Demetrius sagte:

»Also Leute, es ist unser Beruf. So machen wir unser Geld.«

»In deinem Fall nicht wenig.«

Demetrius überhörte das. »Wir alle haben mit der Verehrung der Göttin zu tun, gesegnet sei ihr heiliger Name und der heilige Einfluß. Dieser Paulus erzählt allen, daß es keine handgemachten Götter gebe. Bevor wir uns umschauen, ist der verfluchte Tempel abgerissen und der Verkehr unterbrochen.«

»Verkehr?«

»Du weißt, was ich meine. Die heiligen Pilgerfahrten aus ganz Griechenland und Kleinasien. Unser täglich Brot, Leute.«

»Er lästert unser kostbares Metall. Also wir...?«

»... stoppen ihn.«

So kam es, daß Paulus mit einigen seiner christlichen Gefährten von der militanten Gilde der Silberschmiede zum Tempel in Ephesus gezerrt wurde. Unterstützt wurde die Geiselnahme vom Mob, der nicht eigens gemietet werden mußte, ist doch die Mißhandlung von Fremden in Provinzstädten, wo am Abend sowieso wenig los ist, immer zugleich eine Tugend und ein Heidenspaß. Silas, der angsterfüllt im roten Flackerlicht der Fackeln stand, sah sieben Meter über sich hügelartig den riesenhaften Bauch der Göttin drohen und drehte durch in dem Glauben, sie sollten ihr geopfert werden: Christenblut, das sorgfältig über die polymastischen oder vielzitzigen Rundungen verschmiert würde. Er begann zuzuschlagen, und Paulus tat es ihm nach. Der Mob, beeinflußbar wie immer, fing an, in die gleiche Richtung zu schlagen, und ein vierschrötiger Kerl rief Paulus zu: »Recht so, gib den gottlosen Kretern oder wie das Pack heißt ordentlich Zunder.« Ein verblüffender und sehr griechischer Instinkt für bürgerliche Regelmäßigkeit gewann die Oberhand, und offenbar die gesamte männliche Bevölkerung von Ephesus trieb zwei kürzlich zum Christentum Bekehrte, zwei Ausländer, Gaius aus Derbe und Aristarchos aus Thessalonich, die Paulus hierher gefolgt waren, gegen das riesige Freilufttheater. Paulus, Lukas und Silas drängten ohne Widerstand gegen diese Strömung, war doch jeder in das rhythmische Rufen des ›Lang lebe die Artemis von Ephesus!‹ vertieft. Während also Gaius und Aristarchos und andere, namenlose Bekehrte hügelaufwärts in Richtung Pion getrieben wurden, gelangten die Bekehrten in den Innenhafen und versteckten sich keuchend hinter verschnürten Ballen.

Es gilt festzuhalten, daß die obersten Bürger von Ephesus, bekannt als die Asiarchen, den Aktivitäten von Paulus keineswegs feindlich gegenüber standen. Die Entscheidung des Gallio hatte für die römischen Provinzen einen Präzedenzfall geschaffen, Paulus gegen kein Gesetz verstoßen. Als er sich ein wenig später mit seinen Gefährten, Silas war noch immer voller Angst, im Dunkeln des Schulzimmers von Tyrannos niederließen, erschien ein freundlicher Asiarch, um Bericht von den Vorgängen am Theater zu erstatten. »Dreiviertel von ihnen«, sagte er, »haben keine Ahnung, warum sie dort sind, aber es ist die Vorstellung aufgetaucht, es handele sich um eine antijüdische Demonstration. Ein Jude namens Alexander versichert ihnen, daß die Juden Artemis wie jeder andere lieben, eine verfluchte Lüge, aber ich kann's ihm nicht verdenken. Alles, was sie beruhigt.«

»Was das Beruhigen betrifft«, sagte Paulus, »gehe ich wohl besser selbst hin und richte ein paar Worte an sie. So oft kriegen wir nicht die ganze Stadt zusammen.«

»Bist du verrückt geworden?«, fragte Silas. »Bist du endgültig und unwiderruflich durchgeknallt? In Stücke werden sie dich reißen.«

Lukas sagte: »Ich gehe hin und schau, was passiert. Am Rand sozusagen, mit meinem kleinen Notizbuch. Ist doch eine Art Literatenpflicht.« Also ließen sie Lukas ziehen. Lukas stand im Rücken der Masse, die sich in Publikum verwandelt hatte, und über die Tausenden staunte, die sich mit dem monotonen Choralgesang von ›Ewig lebe die Diana von Ephesus!‹ selbst unterhielt, während ein alter Mann mit langem Bart, vermutlich Alexander, unhörbare Mund- und Armbewegungen vom *theatron* machte. Dann schritt ein Mann auf die Bühne, den Lukas kannte: er war der *grammateus*, oder Stadtschreiber, ein Beamter, der die Verkündung der städtischen Erlasse verantwortete und als Verbindungsmann zwischen dem Stadtrat und der Provinzregierung fungierte. Daher war er den römischen Behörden für die Ordnung in der Stadt verantwortlich, und als er sprach, sprach er mit einer Dringlichkeit, die die Versammlung beruhigte und zu Zuhörern machte.

»Männer von Ephesus«, rief er, »es gibt keinen Grund für eure Aufregung. Wir wissen alle, daß Artemis groß ist. Wir wissen alle, daß Ephesus der Tempelhüter ist. Wir wissen, daß ihr Bild vom Himmel aus den Händen des Gottes Jupiter selbst herabfiel. Warum sollen wir unsern Atem für eine Wahrheit verschwenden, die alle kennen? Warum wollen wir nicht in Würde Ruhe bewahren und unbedachte Handlungen vermeiden? Die Männer, die ihr hierher gebracht habt, sind weder Tempelräuber noch haben sie gegen die Göttin gelästert. Falls Demetrius hier und andere in seinem Handwerk etwas gegen diese Männer, die Christen heißen, vorzubringen haben –, in Ordnung, das Gericht steht bereit, die Prokonsuln können tagen. Laßt uns doch alles im gewohnten Rahmen vollziehen. Aufruhr und Bürgerstolz vertragen sich schlecht miteinander. Geht nach Hause.«

Wenn die brummelnde Versammlung hier auseinander und nach Hause ging, geschah das zum Teil aus einem griechischen Sinn für dramatische Formen. Zwei Stunden waren sie dort gewesen, lange genug für ein Stück, und die abschließende Rede hatte die krönende Eigenschaft einer wohlgestalteten Dramaturgie. Als Paulus Lukas' Bericht hörte, nickte er zustimmend über die Klugheit des *Grammateus*, wenn er auch naturgemäß dessen Heidentum bedauerte, und er sagte: »Kein Verstockter. In ihm sieht man die große Wandlung kommen. Die Menschen werden nicht für die alten Götter kämpfen, es sei denn, sie verdienten an ihnen. Wenn in der Heiligkeit Vernunft steckt, dann kann genausogut Heiligkeit in der Vernunft stecken. Ihr werdet erleben, wie das Silber eingeschmolzen und die Göttin zur Erinnerung wird. Schon jetzt ist sie nichts weiter als totes Metall.«

Totes Metall, gewiß. Er hatte das früher schon gesagt, aber er sollte es nicht noch einmal sagen. Was ich jetzt zu berichten habe, ist äußerst schmerzlich, doch hätte Paulus wissen sollen, daß man für alles bezahlen muß. Demetrius und seine Kollegen waren nicht von Natur aus gewalttätig, außer gegen wehrloses Silber, und sie gaben sich halb und halb damit zufrieden, ihre Sache dem Prokonsul vorzutragen (zu der Zeit gab es, entgegen der gewohnheitsmäßigen Pluralform des Stadtschreibers, nur einen: Marcus Junius Silanus, Prokonsul in Kleinasien, war auf Anordnung Agrippinas ermordet worden, doch das ist eine andere Geschichte. Jedenfalls fanden sie es nur gerecht, wenn Paulus eine Kostprobe von der Göttin bekäme, die sein Eifern über Reinheit stark verändern würde. Sie sorgten dafür daß eine Tempelhure in die Schlafkammer des Paulus eingeschleust wurde, der, seiner Stellung entsprechend, allein schlief, während sich Lukas und Silas eine Zelle teilten: das war im Hause des Bekehrten Pyrrhus, wo sie freies Logis hatten. Das Mädchen war nur zu bereit für das Spielchen, und ein grinsender Demetrius half ihr, im Verein mit einem zwergenhaften Kollegen namens Achilles, in das Parterrefenster. Paulus, nach einem Morgen mit Leinwandnäherei und einem am Nachmittag und Abend beim Ausrufen des Wortes verbrachten Tag, schlief tief. Sie zog sich nackt aus und schlüpfte in das schmale Bett, wo sie auf nackte Haarigkeit und eine schlaffe Rute traf, welche sie rasch zum Leben erweckte. Paulus glaubte sich im Traum. Dann erwachte er mit Schrecken und fand sich von einem weichen weiblichen Körper, der jeden Kniff beherrschte, in die Haltung eines Succubus gedrängt. Er schrie, und das lachende Mädchen sprang ab und aus dem Fenster, vor dem die beiden Verbündeten auf sie warteten. Zu seiner Beschämung bemerkte Paulus, daß er Samen auf sein Bett spritzte. Totes Metall, gewiß.

Am anderen Tag wurde viel mit dem Finger auf ihn gezeigt. Er kochte, und entwarf im Kopf beredte Briefe an alle Gemeinden über die Tödlichkeit der Sünde der Hurerei. Für sich selber verlangte ihn nach ritueller Reinigung, und dafür war in der neuen Lehre nichts vorgesehen. Er brauchte Jerusalem, er brauchte den Tempel Salomons. Was den Tempel der Artemis anging, so stand der fest und spöttisch, und das riesige Bildnis der Göttin glotzte in einer Art Triumph lüstern auf ihn herunter. Sie würde schwer einzuschmelzen sein.

Von Agrippina habt ihr schon etwas gehört, aber mit ihr bekannt seid ihr noch nicht geworden. Sie war, zu diesem Zeitpunkt unserer Geschichte, eine Frau auf der Höhe ihrer Schönheit und stellte damit das gleiche philosophische Problem wie ihre Vorgängerin dar, nämlich die offensichtliche Versöhnbarkeit einer schier göttlichen Tugend – was Schönheit ist, immer ist und immer sein muß –, mit einer Begabung für unaussprechliche Laster. Aber während die Laster selbst Messalina verzeihlich waren, da sie meist einer Leidenschaft für sinnlichen Genuß dienten und nur, wie wir sahen, in dem Maß gefährlich wurden, als ihr Mangel an moralischen Bedenken alles seiner Erlangung unterordneten, lebte Agrippina allein für die Macht, was schon bei einem Mann schrecklich genug, bei einer Frau aber schauerlich ist. Sie war dem Widerstand des Senats gegen ihre Eheschließung mit Claudius damit begegnet, daß sie den Schreihälsen unter den Senatoren persönlich drohte, und manche dieser Drohungen hatten sich mit der Hilfe Pallas, des kaiserlichen Finanzministers, den sie erfolgreich verführte, erbarmungslos erfüllt. Schließlich wurde dahingehend entschieden, daß Claudius gegen das Gesetz, das Inzest untersagte, verstoßen dürfe, weil (a) die Heirat mit einer Nichte sich nicht so sehr von einer Heirat mit einer Cousine, welche gesetzmäßig war, unterschied, und die Edikte über Eheschließungsverbote eigentlich nur für die nächsten Blutsverwandten galten – Mutter, Schwester, Tochter, und (b) Claudius nicht nur jenseits der Möglichkeit, ein Kind zu zeugen, schien (das natürlich ein Ungeheuer sein würde), sondern auch für den ehelichen Akt selbst zu alt und schwach wäre. Agrippina selbst schlief mit jedem, doch nicht um eines körperlichen Vergnügens, sondern allein des politischen Vorteils willen. Sie war mit einer gewissen sexuellen Kälte geschlagen oder gesegnet, wußte genausoviel wie eine Tempelhure über das Erwecken männlicher Leidenschaften und die Erlangung ihrer ekstatischen Befreiung, blieb aber selbst unbeteiligt, obwohl sie gelegentlich Begierde vortäuschte und die eine oder andere orgastische Zuckung und den Schrei einer Erfüllung vorführte, zu einem Vorgang, den sie betrüblich tierisch, wenn nicht gleich offen belustigend fand. Sie hatte ihren eigenen Sohn, L. Domitius Ahenobarbus, in recht jungen Jahren in die Begeisterung körperlicher Liebe eingeführt. Das war ihr Mittel, um ihn klein zu halten. Selbst als sie bereits mit Claudius verheiratet war, schlich sie nachts in das Schlafzimmer des Knaben und peitschte seinen pickligen Körper zu lauten Begeisterungsschreien, die ein aufwachender Diener als Alptraum verstehen würde. Dieser Sohn war übrigens von Claudius adoptiert worden und trug jetzt den neuen Namen Nero Claudius Drusus Germanicus.

Lasset uns jetzt ins kaiserliche Schlafzimmer, zehenspitzeln, das gegen die aufdringliche Sonne des späten Nachmittags verdunkelt ist, hat doch Claudius Kopfschmerzen und muß einen feuchten Verband auf den Augen tragen. Agrippina, herrlich anzusehen in dem dünnen Batist, die nackten Arme ein Wunder an Proportion, das Haar in der Schattierung ägyptischer Mitternacht über die feinen Schultern gebreitet, streicht ihm über die Schläfen und sagt: »Besser?«

»BBBBBesser. Aber nur dahingehend, als es nicht so schlimm wie gggggestern ist. Und nicht so schlimm wie mmmmorgen.«

»Keiner weiß, was morgen sein wird.«

»Ein alternder Mann weiß, daß er mmmmorgen nicht jünger wird.«

»Oh, diese blitzenden Plattheiten. Gemmen kaiserlicher Weisheit. Goldene Strahlen des Selbstverständlichen. Ich will hoffen, daß das Buch, das du diktierst, nicht voll Aphorismen steckt.«

»Ich schreibe Geschichte. Moralische PPPPPlattheiten überlasse ich Seneca.«

»Beseitige ihn.«

»Hä?« Claudius erhob sich, einen Augenblick überrascht, vom Bett, und fiel dann zurück. »Ich war es doch, wenn mich die Erinnerung nicht täuscht, der ihn vor einiger Zeit bbbbeiseite schaffte. Und auf deine Veranlassung habe ich ihn aus dem Exil geholt.«

»Meine Meinung von ihm hat sich geändert. Verkleidet als Philosoph lehrt er meinen Sohn Verrat.«

»Verrat am KKKKaiser?«

»Der Kaiserin.«

»Also uns bbbeiden. Davon habe ich gehört. Sittengesetz ist Sittengesetz. Für Seneca gibt es keine Ausnahmen. Wir leben in einem Zustand inzestuöser Verunreinigung, Imperator und Senat mögen sagen, was sie wollen. Vermutlich hat er das deinem Sohn gesagt. Nicht um ihn aufzuregen oder unser kaiserliches Selbst zu verleumden, sondern um ihm einzuschärfen, daß es kkkkeine moralischen Ausnahmen gibt.«

»Als Mädchen hat man mir beigebracht, daß Macht darin besteht, daß man gegen die Vorschriften verstoßen kann.«

»Ich habe sicherlich gggggegen eine Vorschrift verstoßen.« Er sprach sehnsüchtig, und sie antwortete scharf: »Bedauerst du es?«

»Du hast mich neue Verzückungen des Körpers gelehrt. Verzückungen, die nicht einmal Messalina... Oh, nein, ich bedaure es nicht. Doch manchmal fühle ich mich... ja, schuldig. Besonders, wenn ich ddddeinen Sohn ansehe. Irgendwie ist es seltsam, wenn man einen Großneffen hat, der einen Vater nennt. Und das tut er öfter als BBBBritannicus. Offenbar will er mir irgend etwas einhämmern.«

»Daß er«, sagte Agrippina offen, »für den Purpur geeigneter ist als Britannicus. Britannicus ist ein Spinner.«

»Ich glaube nicht, daß ich das von dir geddddduldet hätte, als du nur meine Nichte warst. Britannicus mag der Sohn Messalinas sein. Doch hat er verblüffend wwwwenige Laster geerbt. Er ist sogar so etwas wie ein Denker. Und er war nicht schlecht als Soldat in Britannien. Er war es schließlich, der CCCCCaratacus ggggefangen* hat.«

»Was wir einfach nicht vergessen dürfen. Was ich persönlich aber nicht glaube. Wenn du *Britannicus* sagst, scheinst du immer von uns zu erwarten, daß wir alles stehen und liegen lassen und auf seine Gesundheit trinken.«

»Ich will mir, liebe Frau Nichte, verbieten«, sagte er müde, »an etwas ganz bbbbbestimmtes zu denken – daß du deinen Sohn mehr als mich liebst, daß deine Liebe für ihn groß genug ist, um verschiedene Hindernisse zu überwinden, von denen der Inzest noch das kleinste war. Jetzt laß mich schlafen. Mir dröhnt der Kopf.«

»Die Ehe ist der Königsweg zur legitimen Nachkommenschaft, *lieber* Claudius. Dieser Weg steht dir immer offen. Du bist immer zu müde oder zu krank, um... Mehr sage ich nicht. VVVVater aller Römer.« Er richtete sich auf und sah sie ohne Zuneigung an. Er sagte:

»Dieser Hohn ist ungehörig. Es ist gleichfalls ungehörig, eine Lage vorzugeben, die nicht besteht, und das in der Gegenwart jemandes, der weiß, daß sie nicht besteht. Die Ärzte haben dich kurz nach dem Tod deines verehrten zweiten Gemahls für unfruchtbar erklärt. Mach dich zu keiner größeren Närrin, als ddddu schon bist.« Er überlegte sich das noch einmal. »Nein, nicht Närrin. Aber eine Lügnerin, so wie sie. Und, wie ich zu mutmaßen bbbbeginne, noch viel bösartiger.«

»Denkst du an etwas bestimmtes?« sagte sie in einer Stimme, die von Hyblahonig troff.

»Ja. Was ist mit Sttttattttilius TTTTTaurus geschehen?«

»Der alte Stier? Manchmal scheinst du zu vergessen, wen und wen nicht du zum Schweigen gebracht hast, um diesen neckischen staatlichen Euphemismus zu gebrauchen. Der alte Stier wurde geschlachtet.«

Claudius fuhr fast aus seinem Bett. »Nicht auf meinen Befehl.«

»Auf Befehl von Pallas. Ist doch genauso gut, nicht?«

»Wes wurde er angeklagt? PPPPallas hat mir nichts davon gesagt, mir keine Dokumente gezeigt, um, um...«

* Hier betrügt sich Claudius in seinem Vaterstolz selbst: Britannicus war bei seines Vaters Tod erst 13 Jahre alt. (Anm. d. Ü.)

»Er sagte«, sagte sie mit einer Sitmme, die ins Unschuldig-Kindliche hinüberspielte, »daß er mir seine Gärten übertragen müssse. Er wußte, daß ich sie wollte. Dann überlegte er es sich anders.«

»Was?«

»Wohlhabende römische Bürger sollten gelegentlich ihre Dankbarkeit dafür bezeigen, daß man sie wohlhabend bleiben läßt. Und sie sollten gewiß nicht ihre Kaiserin dadurch beleidigen, daß sie ihre Versprechen nicht einhalten. Die Gärten sind sehr schön. Du mußt sie irgendwann einmal mit mir begehen. Die piniengeschwängerte Luft wird deiner schwachen Brust guttun.«

Er atmete die stickige Luft des Krankenzimmers in tiefen Zügen. »Pallas«, sagte er, und dann, eher zu ihm passend, »PPPPPallas, ich verstehe. Der nützliche Finanzminister ist eher dein Diener als meiner. Versuchst du deine Hexenkünste an ihm?«

»Wie meinst du das – Hexenkünste?«, fragte sie, nicht ohne einen leicht ängstlichen Ton, für den Claudius wohl zu taub war, um ihn wahrzunehmen.

»Dein Zauber. Dieser pppppricklende Duft der Sinnlichkeit, der deinen alten Onkel ergggggriff und ihn zu dem Narren machte, den er vorstellt.«

»Pallas ist dir ergeben. Er nimmt dir soviel wie möglich ab, damit du die Hände für die wesentlicheren Angelegenheiten frei hast. Er fragt mich um Rat, wie sich das gehört. Ich bin die Gehilfin und Gemahlin des Imperators.«

»Es war Pallas, der darauf drängte, daß ich die kaiserliche Erbfolge von meinem auf dddddeinen Sohn überttttrug.«

»Er hatte nur das Wohl des Staates im Sinn. Britannicus ist ein guter, ordentlicher Soldat, also ein bißchen dumm. Mein Sohn steht jetzt auf höhere Ämter bereit. Er lernt viel und er hat die besten Lehrer. Er ist klug, feinfühlig...«

»Was er aber unzureichend ist beim Klang seiner eigenen PPPPPlärrtrompete von einer Stimme. Dein Sohn mag sich meinetwegen im Imperium als Sänger und Tänzer umtun, sich den Beifall kaufen, aber den Purpur wird er nicht tragen, wenn ich irgend etwas zu sagen habe.« Er versuchte sich aus dem Bett zu erheben, aber seine Migräne gab ihm anderslautende Befehle. Er fiel wieder auf die Kissen zurück. Agrippina nickte freundlich.

»Schlafe ein«, sie sang es fast. Er hatte Hexenkünste erwähnt; ein aufgeklärter Intellektueller wie er, konnte den Begriff nicht anders als metaphorisch gebrauchen. Doch gab es echte Hexen, und sie übten ein regelrechtes Handwerk aus. Eine von ihnen hauste in der Suburba; ihr Name war Locusta. Agrippina hatte ihre Dienste schon früher in Anspruch genommen. *Plötzlich, sagst du? Es darf nicht zu plötzlich kommen. Die Kunst des Einschläferers liegt in der Nachahmung der Natur. Du weißt, wie man ihn... verabreicht?* Schlafen, Schweigen: bewundernswerte Euphemismen. Sie machte eine spöttische Geste gegen Claudius' stöhnende Masse und ging dann hinaus.

Nach Caesarea kam Paulus nicht nur mit Lukas, sondern auch mit einem Bekehrten aus Ephesus mit Namen Trophimus. Dieser Trophimus war ein blondhaariger Junge, Sohn eines Goldschmieds, der nicht so schnell zu bekehren gewesen war: Seine letzten Worte an Paulus, als er seinen Sohn verabschiedete, waren, daß er darüber nachdenken wolle. Seiner Meinung nach sollten sich die jungen Leute in der Welt umtun und zwar möglichst in Gesellschaft Älterer, die sie von Tavernen und Bordellen fernhielten; und die Enthaltsamkeit und Nüchternheit von Paulus bezweifelte er nicht. In Caesarea suchten sie Philippus auf, den Griechen, der den schwarzen Eunuchen bekehrt hatte und dem noch immer nicht wohl damit war. Er hatte vier klatschsüchtige Töchter, die ständig das Ende der Welt voraussagten und im Haushalt offenbar wenig zu tun hatten. Immerhin war des Philippus dicke Frau eine gute Köchin, und sie hätten zusammen ein angenehmes Mahl eingenommen – die Töchter waren, wenn sie nicht weissagten, gute, stille Spachtlerinnen –, wäre nicht ein anderer regelrechter Prophezeier angekommen, an den wir uns noch aus Antiochien erinnern; sein Name: Agabus. er fing mit Weissagungen über Paulus an, während sie noch aßen. Er sagte:

»Recht hatte ich wegen der Hungersnot in Palästina, nicht wahr, ja. Also schaut mir genau zu und hört mir mal mit beiden Ohren zu. Gib mir den Gürtel, den du um die Mitte trägst.« Ein verblüffter Paulus entknotete und reichte ihn hinüber. Agabus sagte, als er ihn nahm: »Ich folge der Heiligen Schrift, indem ich darstelle, was ich weissage. Hat nicht Ahija der Schilonit das Auseinanderbrechen des salomonischen Königreiches vorausgesagt, indem er seinen neuen Mantel zerriß? Ja, hat er. Ist nicht Jesaja nackt umhergegangen, um die assyrische Gefangenschaft der Ägypter zu weissagen? Aber gewiß doch. Jetzt also bindet sich Agabus Füße und Hände zusammen – was ihm zugegebenermaßen einige Mühe macht –, um anzudeuten, daß die Jerusalemer Juden den Besitzer des Gürtels ergreifen, ihm Hände und Füße fesseln und ihn in die Hand der Heiden ausliefern werden. Die einzigen Heiden in Judäa sind die

Römer, hab ich nicht recht, halte dich also von Jerusalem fern. Das genügt.« Er gab den Gürtel zurück. Paulus gürtete sich und sagte: »Ich muß gehen.« Des Philippus vier Töchter begannen einstimmig zu klagen. »Ruhe, Mädchen«, sagte Paulus. »Ich bitte um Verzeihung, Philippus, das hätte ich dir überlassen sollen, doch habe ich langsam genug davon, daß den Leuten meine Sicherheit so sehr am Herzen liegt. In Tyrus wurde mir eine ähnliche Weissagung übermittelt, wenn sie auch nicht so schlagend wie die von Agabus war, da sie nur aus Worten bestand. Im Augenblick ist viel wichtiger, wo diese beiden Heiden, die die weite Reise mit mir gemacht haben, in Jerusalem sicher unterzubringen sind. Inzwischen kenne ich dort fast niemanden mehr, abgesehen von meiner Schwester, und die hat nichts mehr für mich übrig. Jede jüdische Herberge wird ihre Zweifel haben, ob sie Unbeschnittene aufnehmen soll. Wo können wir hin?«

»Da ist doch dieser Mnason«, sagte Philippus. »Ein zypriotischer Grieche, einer der ersten Jerusalemer Bekehrten. Er befindet sich gerade in Caesarea, aber zum Passahfest will er wieder in Jerusalem sein. Nur eine Geschäftssache. Er verkauft unvergorenen Traubensaft, der bei den Kindern sehr beliebt ist.«

Mnasoon war damit einverstanden, vorübergehend drei Mieter aufzunehmen. Er war ein wortkarger, soldatischer alter Mann, der ein weißes Pferd ritt. »Werde gut vor euch dasein«, sagte er. »Kann euch jeder sagen, wo das Haus ist. Eine Schande, daß ihr laufen müßt. Über sechzig Meilen in der Hitze. Und Ihr, mein Herr«, sagte er zu Lukas. »Setze mich gern mit Euch einen Abend zusammen und berichte, was ich über die erste Zeit des Glaubens da weiß. Hab' ich schon immer gesagt, daß man ein Buch machen sollte. Verdammt viel zu lesen wird es sein, eine ganze Masse. Bis Jerusalem, meine Herren. Paßt auf eure Füße auf.«

Mit wunden Füßen zog Paulus allein los, um Jakobus, den einmal ›der Jüngere‹ und jetzt, mit einiger Gerechtigkeit, ›der Gerechte‹ genannten, aufzusuchen. Er war der einzige der Apostel, der in Jerusalem verblieben war, die anderen waren in der Welt zerstreut, manche bereits tot. Er führte den Vorsitz über zahlreiche neue jüdische Bekehrte, die, als etwas furchtsame und häusliche Menschen, den großen Missionsreisenden mit Ehrfurcht betrachteten. Jakobus fühlte die eigene geistige Unterlegenheit gegenüber Paulus, wie bei den anderen kurzen Begegnungen mit ihm, auf sich lasten wie sein eigenes Fett. Die Muskulatur seiner Jugend war, seit er die Bauernringerei aufgegeben hatte und dem Glauben nachgefolgt war, zu einer unvorteilhaften Fettleibigkeit zerschmolzen. Es war grotesk, wie er oft meinte, daß einer wie er der Bischof von Jerusalem werden sollte, aber er hatte die richtigen Qualifikationen, die man auch als die falschen für eine aktive Missionierung verspotten könnte: Er zog es vor, da zu bleiben, wo er war, und schloß, um Ärger zu vermeiden, alle möglichen Kompromisse mit den rechtgläubigen Juden. Er schien damit einen neuen und revolutionären Glauben als einen völlig harmlosen Fortsatz am alten darzustellen. Er bezahlte seine Tempelgebühren, erfüllte die Vorschriften der jahreszeitlichen Rituale und gab nazarenisches Geld auch jenen Jerusalemer Armen, die sagten: ›Recht ist ihm geschehen, zwischen Klaubrüdern aufgehängt‹. Er war erfreut, als ihm Paulus einen Beutel mit kaiserlichen Münzen für die Auslagen der Mutterkirche überreicht. ›Denk immer an die Armen‹, war ein Spruch, an den Paulus gedacht zu haben schien. Er sagte zu ihm:

»Wir sind erfreut, dich gesund und wohlbehalten zu sehen. Wir werden uns noch mehr freuen, wenn wir von deinen Abenteuern und Erfolgen hören, aber das vielleicht in Gestalt eines formalen Streitgesprächs vor allen unseren Ältesten. Dieses Haus des armen Matthias dürfte wohl kaum ausreichen, um sie und dich aufzunehmen. Vielleicht unter freiem Himmel, auf dem Ölberg.« Paulus sah sich um: das Haus war heruntergekommen; es schien geschrumpft, und Spinnen waren wie kleine schwarze Römer in dunklen Ecken mit Hoch- und Tiefbau beschäftigt. Paulus sagte:

»Der *arme* Matthias?«

»Er ist auf dem italienischen Festland tätig und hat nach allem, was wir hören, wenig Glück und viele Schläge. Italien, würde ich sagen, braucht einen wie dich.«

»Ich habe die ernste Absicht, nach Rom zu gehen. Den Dolch ins Herz sozusagen.«

»Ja. Gut so. Hier gibt es nun etwas eher Unangenehmes, wie die Herren bestätigen werden. Hier sind einige schlimme Geschichten im Umlauf, nicht eine natürlich berechtigt, die du irgendwie widerlegen mußt. Ich glaube, du weißt, um was es sich handelt.«

Paulus zuckte die Achseln. »Ich nehme an, daß die Judenchristen mal wieder am Werk sind. Mit der Unterstellung, ich hätte behauptet, daß Beschneidung unnötiger Quatsch sei. Ja nun, ist sie ja auch, verglichen mit dem, was man die Beschneidung des Geistes nennen könnte. Es wird auch über den neuen Sabbat gemurrt – *Dies Solis* statt *Yom Rischon*. Das mußte sein. Jetzt heißt es, laut Philippus oben in Caesarea, daß ich aus Jesus einen Sonnengott mache. Sollen sie doch sagen, was sie wollen.«

Das mißfiel Jakobus sehr. Er verschob seine Massen und brachte den Stuhl zum Knarren. »Ich war schon immer gegen überstürzte Neuerungen.«

»Überstürzt? Ich meine, wir sind verdammt langsam. Das Leben mag ewig währen, aber es ist nicht sehr lang.«

Jakobus hatte das schon mal gehört, vielleicht zu oft. Er sagte: »Hier in Judäa sind Tausende Juden, die zum Glauben bekehrt wurden, aber sie wollen ihren Eifer für das alte Gesetz nicht aufgeben. Zu vielen von ihnen hat man gesagt, daß du die jüdischen Nazarener, die unter den Heiden leben, dazu überreden wolltest, daß sie Moses aufgeben, was in der Hauptsache bedeutet, daß sie damit aufhören, ihre Söhne zu beschneiden. Und dann das Problem mit den Essensvorschriften. Darüber macht ein Verschen die Runde. Wie war es doch, Remalia?«

Ein dünnbärtiger Konvertit mit einem allzu weißen Gewand räusperte sich und zwitscherte fast:

»Am Sonntag lädt der Paul die Heiden zur Messe ein.
Für jeden etwas: von Gott das Wort, das Fleisch vom Schwein.«

»Ein reichlich dummes Gesumms«, grinste Paulus. Er löschte das Grinsen und sagte: »Eine der großen Klagen der Christen in Ephesus ist, daß das Fleisch nach nichts mehr schmeckt. Kein Blut drin. Ich habe mein Bestes getan, um Essensvorschriften durchzusetzen, aber nur wenige Heiden begreifen, was sie bedeuten. Der Traum, den Petrus in Joppe hatte, schien mir sehr vernünftig, doch jetzt höre ich, daß Petrus leugnet, ihn je gehabt zu haben. Im Leugnen ist er groß«, fügte er etwas boshaft hinzu.

»Es geht darum«, sagte Jakobus verlegen, »daß von dir Erklärungen erwartet werden.«

»Tun ist besser als erklären. Ich schneide mir die Haare, viele sind's ja nicht mehr, und gehe mit der vorgeschriebenen Menagerie zum Tempel. Du wirst mir etwas von dem Geld da zurückgeben müssen.«

»Ein Bock, zwei Lämmer, ein Viertel Wein, weißes Mehl – ich weiß nicht mehr wieviel, ich werde es feststellen lassen. Du meinst den Reinigungsritus.«

»Ich habe ihn nötig, glaub's mir.«

»Das wird bei unseren Leuten gut ankommen.« Und dann: »Nötig? Warum?«

»Befleckung. Mehr sage ich nicht.«

»Ich frage nicht mehr. Das eigentliche Problem sind die Juden, die aus den Provinzen gekommen sind – Antiochien und so weiter. Sie konnten sich im Land der Heiden nicht frei fühlen. Jetzt fühlen sie sich allzu frei. Schatten des Tempels. Weihe des Hasses. Verstehst du, was ich meine? Es würde keinem von uns nützen, wenn sie auf dich losgingen.«

»Bedauerst du es, daß ich gekommen bin, Jakobus? Ich störe deinen bequemen Frieden, nicht wahr? Soll ich warten, bis es dunkel ist, und dann wieder verschwinden?«

»Neinneinnein. Ich sage nur, daß du dich vorsehen mußt.«

Bevor er ganz kahl war, ging Paulus wegen seines Reinigungsritus zum Tempel und nahm den jungen Trophimus mit in die Vorhöfe. Trophimus fand die Großartigkeit imponierend, konnte sie aber nur schwer mit dem Lärm eines Fleischmarktes vereinbaren. Eine Aufschrift befand sich dort, deren Hauptwörter *Thanatos* und *Mors* und *Mavet* lauteten. »Bis hierher und nicht weiter«, sagte Paulus. »Du siehst – Tod durch Hinrichtung für alle Ungläubigen, die den Inneren Tempel betreten. Ein uraltes Gesetz – nicht einmal die Römer können es angreifen. Ja, ein Römer war mal tatsächlich so unberaten, diese Warnung zu mißachten. Auf Befehl der Priester wurde er zu Tode gesteinigt. Das römische Gesetz konnte ihn nicht retten. Wir drehen hier um.«

Paulus und sein Freund wurden genau beobachtet. Mit besonderer Sorgfalt blinzelten zwei Männer aus Antiochien, Job und Amos, gegen das Sonnenlicht. »Hast ihn gesehen?«, sagte Amos zu einem Knäuel Besucher aus der gleichen Stadt. »Erkennt ihr ihn? Da ist er, in Lebensgröße, und er nimmt einen dieser blonden Bastarde mit zugeknöpftem Pimmel ins Allerheiligste.«

»Nein, tut er nicht. Er kennt die Regeln. Da, jetzt sind sie weg.«

»Dreckiger Besudler des Allerhöchsten, der Bastard.«

»Jetzt gehst du zu weit.«

»Warte.«

Seine Feinde schnappten Paulus, als er im Hof Israels gerade die rituellen Verpflichtungen beendete. Das war ein Teil des Inneren Bezirks, der den Laiensöhnen des Glaubens vorbehalten war: Priester und Leviten durften hinein und bis an die Grenze gehen, oder fast. *Für die unter dem Gesetz wurde ich wie einer unter dem Gesetz, obwohl ich selbst nicht unter dem Gesetz war, um die unter dem Gesetz zu gewinnen.* Er kostete den Satz; er würde sich gut in einem Brief nach Korinth machen. Er war überrascht, im Aufsehen einen offenbar großen Anteil der jüdischen Bevölkerung Korinths zu ihm hinstieren zu sehen. Dann zeigte jemand mit dem Finger auf jemand und sagte: »Da ist er.« Letzterer stand in einem Lichtstrahl und war für einen Augenblick goldübergossen. Dann, als er merkte, daß auf ihn gedeutet wurde und er wahrscheinlich einigen Grund hatte, sich schuldig zu fühlen, trat er in die Dunkelheit und dann hinaus.

»Heiden in den Tempel des Allerhöchsten bringen!« Paulus tat so, als ob er humpelte, als man ihn packte: er hatte damit gerechnet, wenn auch nicht so früh und nicht hier. Jemand klatschte leicht einen Schuh auf seinen kahlen Schädel. Er wurde die Stufen hinab in die Vorhöfe gezerrt. Er hörte die Tore des Heiligtums zuknallen. Jemand dort wollte hinauf, um den abwesenden Trophimus zu ergreifen: die Tempelpolizei wollte keinen Aufstand und schlug selber eifrig mit. Eine bereite Menge strömte in die Vorhöfe. Ein Mann, den Paulus als bekannten Unruhestifter von Ephesus her zu kennen glaubte, schrie: »Los, ihr Männer von Israel, helft ihn zu Brei zu patschen. Er hat den Ort besudelt. Griechen hat er mit herein gebracht«, pluralisierte er eilends. »Er predigt gegen das Gesetz und das Volk und den Tempel. Gesetz und Ordnung. Gerechtigkeit. Schlagt ihm die Fresse ein.« Paulus wurde gestoßen und geknufft. Ein widerlicher schwitzender Mann in alten Sachen schlug ihm auf den Scheitel und fragte dann: »Was hat er eigentlich angestellt?« Dann kamen römische Soldaten dazu und erstickten den Aufruhr.

Eine Kohorte bewaffneter Römer lag dort im Nordwesten in der Feste Antonia. Der Militärtribun hatte rasch gehandelt. Zweihundert Mann strömten mit ihren Zenturionen herein und prügelten mit Vergnügen mit der Flachseite der Säbel auf die Juden ein. Sie legten Paulus Handschellen an und waren bereit, ihn als Kriminellen, Räuber, Taschendieb, als irgendwas, die Treppen zur Feste hochzuschleifen, aber er wollte in Würde hinaufsteigen. Mit Stößen wehrte die Derrièregarde den Pöbel ab. Ein großer Tag war das.

Keuchend stand Paulus in der Wachstube vor dem Tribun. Dieser Offizier, kurz vor der Pensionierung, müde, schlaffe Wangen, sagte:

»Unruhestifter, was? Aufwiegler. Ich kenn' dich. Du bist dieser Ägypter, der uns vor drei Jahren Ärger machte. Haben sie dich erwischt, hä? Sagtest, die Mauer käme runter, wenn du's sagst und könntest dann reinmarschieren und alles übernehmen. Nun, sie haben gekriegt, was sie verdient haben, aber du bist entwischt, du ägyptisches Schwein. Jetzt wirst du dafür bluten.«

»Seh' ich etwa wie ein Ägypter aus? Sprech ich wie einer? Ein Jude bin ich, aus Tarsus in Kilikien, Bürger keiner geringen...«

»Kann ja jeder sagen.«

»Wenn du die Menge unten beruhigen willst, laß mich zu ihr sprechen. In der Sprache der Juden.«

»Recht so, sollen sie die Feste angreifen. Also gut, Zenturio, weg mit ihm.«

»Sah das etwa so aus, als könnte ich den Pöbel anführen? Hinter meinem Blut waren sie her, nicht dem deinen. Laß mich ein paar aramäische Sätze sagen.«

»Laßt ihn, Herr«, sagte der Zenturio. »Wenn man sieht, was sie ihm antun wollten, dann hat er ein Recht dazu. Räumen wir die Menge weg.«

Sie brachten Paulus zurück an die Stufen, die zur Feste hinaufführten. Er hatte vor sich und hinter sich Soldaten. Die Menge schrie und wurde dann des Schreiens müde. Für aufstachelnde Worte würde sie dankbar sein; als Pöbel wollte sie weiter aufgereizt werden. Paulus brüllte nicht. Er setzte seine Stimme hoch und weit vorne an und sagte: »Männer von Jerusalem, hört mir zu. Ich bin ein Jude, geboren in Tarsus in Kilikien, aber erzogen in dieser Stadt – unterwiesen mit allem Fleiß im väterlichen Gesetz, und war ein Eiferer für Gott, gleichwie ihr heute alle seid. Ich habe zu Füßen von keinem anderen als Gamaliel gesessen, dem Glanz des Gesetzes. Ein Jude bin ich also, aber einer, der die Stimme des Herrn hörte, die mir sagte, ich sollte aufhören mit der Verfolgung seiner Heiligen, den Anhängern des Jesus von Nazareth, der Christus ist. Denn mir wurde gesagt: ›Der Gott unserer Väter hat dich verordnet, daß du seinen Willen erkennen sollst und sehen den Gerechten und hören die Stimme aus seinem Munde. Steh auf, laß dich taufen und abwaschen deine Sünden und rufe seinen Namen an.‹ Und wieder wurde mir gesagt: ›Geh hin, denn ich will dich unter die Heiden senden, auf daß du ihnen das Wort bringst.‹ Und ich bin gefolgt der Stimme des Gottes unserer Väter. Was also habe ich Unrechtes getan?«

Es war das Wort *Heiden*, das Öl in die kurz beruhigte Flamme goß. Ein schmutziges Wort. Der Pöbel antwortete nicht nur mit Geschrei. Er folgte den Frömmeren unter ihnen und begann ihre Kleider zu zerreißen, Mäntel in die Luft zu werfen und Staub aufzuwirbeln. Paulus merkte, daß er nicht zurückhaltend gewesen war; Jakobus wäre das niemals passiert. Das Geheul, das die römischen Soldaten hörten, war etwas, das sie nur zu gut kannten, aber in der letzten Zeit nicht mehr gehört hatten: Es war das Murren kolonialer Unzufriedenheit, hochgeschraubt in eine Wut, die gegen Schläge und das Schwert unempfindlich war. Der Zenturio, der auf der Stufe unterhalb von Paulus stand, begann ihn selbst in die Rippen zu stoßen und aufwärts zu treiben.

»Sinnlos ist das«, sagte der Tribun. Paulus war atemlos. Er betrachtete das Blut, das ihm vom Schnitt durch eine beringte Faust von der rechten Backe auf die rechte Hand tropfte. »Was du gesagt hast, soviel ich davon verstand, und das, was sie plärren, ist sinnlos. Du mußt nach römischem Recht untersucht werden. Du weißt, was das heißt?« Paulus schüttelte den Kopf. »Also gut. Bringt ihn in den Hof.«

Im Hof begannen sie, ihm die Handgelenke mit Lederriemen an die Kette zu knoten, die an einer Art Galgen hing. Er sah ein paar Soldaten auftauchen und die Luft mit *flagella* peitschen, mit Stacheln und Knochensplittern gespickte Lederriemen, die an einem Holzgriff befestigt waren. Er sagte zum Zenturio: »Darf ich etwas sagen?«

»Nein, nicht ehe das hier vorbei ist. Die einzige Möglichkeit, um hier hinter die Wahrheit zu kommen.«

»Ich *werde* sprechen. Ist es gesetzlich, einen Mann zu züchtigen, der nicht verurteilt und der außerdem Römer ist?«

»Du«, glotzte der Zenturio, »ein Römer?«

»Ein Römer.«

Der Zenturio sah den Tribun am entfernten Ende des Hofes stehen, wo er einen Zusatz zum Reglement studierte, den der Schreiber gebracht hatte. »Warte hier.« Spöttisch wies Paulus auf seine Fesseln. Die beiden Auspeitscher übten das Peitschen am noch bekleideten Rücken des Paulus: Sie hielten gehörigen Abstand und ließen nur die beinerne Spitze das Tuch antippen, vor allem aber genossen sie das Pfeifen des Leders in der Luft. Der Zenturio kam mit dem Tribun zurück. Der Tribun sagte:

»Mein Zenturio sagt, daß du behauptest ein Römer zu sein.«

»Ich *bin* Römer. Die Urkunden befinden sich in der Residenz des Landpflegers in Caesarea. Ich bitte das nachzuprüfen. Derzeit verstößt du gegen das Gesetz, wenn du meine Hände in dieser Form gebunden läßt. Aber du wirst es ja wissen.«

»Hör zu, Bruder«, sagte der Tribun. »Es hat mich einen schönen Batzen gekostet, um *mir* die römische Staatsbürgerschaft zu kaufen. Ja gut, natürlich, sag's nur, ein Griech' bin ich, hab ich's je geleugnet? Besonders reich schaust du nicht gerade aus.«

»Ich mußte nicht erst Messalinas Kunde werden. ich bin ein geborener Römer. Wie gesagt, ich bitte das nachzuprüfen. Bis dahin tust du wohl besser nichts, was du später bereuen könntest.«

Der Tribun massierte sein bläuliches Doppelkinn. Dann sagte er zum Zenturio: »Losbinden. Über Nacht einsperren. Morgen früh sollen sich ihre Priester der Sache annehmen. Du kennst die Strafe für das Auspeitschen eines römischen Bürgers?«

»Ja, Herr, gewiß.« Paulus wurde also entfesselt und in die Feste geführt. Die gefoppten Auspeitscher wollten ein Paar abhebender

Spatzen peitschen. Unverletzt flogen sie davon. Paulus beobachtete von seiner Zelle aus andere Vögel, die nach Hause unter die Traufe zurückkehrten, als es rasch dunkelte. Man brachte ihm Soldatenkost: Schwarzbrot und ein Stück fettes Ziegenfleisch mit Blut darin. Dazu Wein. Er trank den Wein und entwarf im Kopf Briefe. Dem römischen Kuriersystem war es zu verdanken, daß sie ihre Leser erreichten, die Oberhäupter der Gemeinden, die sie beim Liebesmahl oder der Eucharistiefeier laut vorlasen: sexuelle Unmoral, Unreinheit, Geilheit, teuflische Begierden, Leidenschaften, Götzendienst. Um ihretwillen wird der Zorn Gottes herabkommen... Ihr Männer, liebt eure Frauen und seid nicht zu streng mit ihnen... Ihr Väter, verbittert nicht eure Kinder, auf daß sie nicht entmutigt werden... Er sah eine ganze sonnenüberglänzte Welt aus weißen Steinen, in der Luft der Geruch von Kamelmist und verfaulenden Feigen, und die Worte waren vielleicht nichts anderes als geformte Lust. Er kam in seine mittleren Jahre, die Nachtluft umwehte kühl seine völlige Kahlheit, und er meinte, daß seine Worte zwar gehört, aber nicht genügend verstanden würden, daß Christus zu einer Legende geworden sei, daß er seine Zeit vertan hätte. Seine Zelte würden länger halten als seine Predigten. Dann lächelte er wieder, erkannte er doch die vertrauten Teufel der Entmutigung, die ungewollt bewiesen, daß nichts vertan worden sei: die Teufel wußten es zumindest, wenn auch die Menschen nicht.

Er dachte an seinen eigenen Tod, der vielleicht nicht mehr lange auf sich warten ließe. Wenn er glaubte, wenn er ernsthaft glaubte, dann würde er in eine Welt jenseits der Zeit die Gaben der Zeit bringen, die er sich im Halbschlaf als irdene Schale mit getrockneten Rosinen aus Korinth vorstellte. Kein Engel, so wenig wie Christus einer war. Menschlich, aber unsterblich mit einer Art gereinigtem Empfindungsvermögen. Die Freuden der nächsten Welt würden also gewissermaßen solche der Sinne sein. Was eine Schranke zur Erfahrung des reinen Geistes bedeutete, also eigentlich eine Verweigerung der höchsten Anschauung. Was bedeutete, daß Christus, selbst ein sinnliches Geschöpf, von der Vereinigung mit dem Vater ausgeschlossen war. Das erklärte, warum Vater und Sohn trotz ihrer Wesensgleichheit verschiedene Personen waren. Theologie. Das Leben war dafür zu kurz, doch vor dem Einschlafen sah er Männer voraus, die lange Bücher über die Persönlichkeit Christi schrieben und dabei die vielfältige Botschaft vernachlässigten. Das Entscheidende war, daß die Sache Fuß gefaßt hatte, als Botschaft oder Metaphysik. Sie konnte nicht mehr weggewünscht werden, nicht einmal von Gottvater persönlich. Und Gottvater stand dem verfluchten unbekannten Gott der Athener näher als dem Jehova, dem er den Bock und die Lämmer geopfert hatte. Er schlief ein.

In der Dämmerung wurde er aufgeweckt und zu einer Krisensitzung des Sanhedrin geschafft. Draußen trieb sich bereits eine unternehmungslustige Menge herum, um in den Stahlkäfig seiner römischen Eskorte zu spucken. Er wurde der Tempelwache übergeben, die ihn voll Willkür in den Versammlungssaal hineinknuffte. Brummend wartete die römische Eskorte draußen. Paulus besah sich die gähnenden Priester und heiligen Laien, wie sie zusammenströmten. Er erkannte nur wenige von ihnen, konnte aber Sadduzäer und Pharisäer voneinander unterscheiden. Diese hatten die roten Gesichter von Bauern und die entsprechend knotigen Hände; jene hatten ein römisches Aussehen. Alle erhoben sich, als der Hohepriester hereinkam. Er war neu, der Nachfolger von Kaiphas, schmal und zeigte das Aussehen innerer Pein, vielleicht vom Magen und Darm her. Ein Schreiber überreichte ihm ein Schriftstück. Er blickte darauf und sagte:

»Du, Saul von Tarsus, bist eines schweren Verstoßes gegen das jüdische Gesetz angeklagt.« Bevor er noch mehr sagen konnte, sagte Paulus dazwischen:

»Ich heiße Paulus. Ich gebe keinen Verstoß zu. Brüder, ich bin mit allem gutem Gewissen gewandelt vor Gott bis auf den heutigen Tag.« Er bereitete sich darauf vor, noch mehr zu sagen, doch schlug ihn, nicht nur zur Überraschung Paulus', der Hohepriester mit der beringten Rechten auf den Mund. Paulus blutete. Er hatte es satt, die ganze Zeit bluten zu müssen. Zornig hörte er des Hohenpriesters Worte:

»Du Lästerer, du besitzt die Frechheit, vor der hier zusammengetretenen Versammlung von der Reinheit des Gewissens zu sprechen?« Paulus schnarrte:

»Gott wird *dich* schlagen, du getünchte Wand. Du stehst da, um mich zu richten nach dem Gesetz und du schlägst mich wider das Gesetz.«

Ein Sadduzäer erhob sich und sagte: »Junge, du sprichst mit Ananias dem Hohenpriester Gottes. Hüte deine Zunge.« So. Ein vieldeutiger Name. Für die Christen war ein Ananias nichts weiter als ein Lügner. Paulus sagte:

»Ich weiß, was geschrieben steht: den Obersten des Volkes sollst du nicht schmähen. Aber keiner hat mir gesagt, daß er der Hohepriester ist. Er hat sich auch nicht in der Art benommen, die einem Hohenpriester angemessen ist.« Im Hintergrund der Versammlung wieherte jemand kurz auf, und aus Ananias' Augen blitzten

Dolche. Paulus erkannte, daß für ihn außer bei den reicheren Sadduzäern wenig Ehrfurcht gezeigt wurde. Er sagte forsch: »Ich bemerke die Aufteilung eurer Versammlung. Ich sehe Sadduzäer, ich sehe Zeloten, ich sehe Pharisäer. An was glauben die Sadduzäer? Daß es keine Auferstehung gibt, daß mit dem Tod alles zu Ende ist. Doch die Pharisäer nehmen die Hoffnung auf Auferstehung von den Toten hin. Brüder, ich bin ein Pharisäer und eines Pharisäers Sohn. Die Toten erstehen, wie Jesus von Nazareth erstand...«

Es gab einige Erregung bei den Sadduzäern. Die Zeloten spien aus, und einer rief: »Auferstehung eines freien jüdischen Staates unter Gott.« Ein Pharisäer, der um einiges jünger war als Paulus, schlug mit dem Stock auf den Boden und wirbelte Staub auf. Er schrie: »Ich rieche eine Verschwörung.« Paulus verstand nichts. »Was findet ihr Arges an diesem Menschen? Seid vorsichtig. Man weiß nicht immer, mit wem man es zu tun hat.« Dann wurde die Meinungsverschiedenheit lautstark. Wieder erhob sich ein Pharisäer und schrie über alle hinweg:

»Wir sind zusammengekommen, um uns mit einer Nichtigkeit zu befassen. Ich habe genug von diesem Heuchler und Opportunisten. Er hatte recht, als er von einer getünchten Wand sprach. Entweiher des heiligen Amtes. Raffgier und Habsucht. Wenn wir schon zusammen sind, wollen wir doch den einen verurteilen, der verurteilt werden müßte. Ananias, Sohn des Nedebäus, gestehe, daß du den Zehnten einstreichst, der an die *niedrige* Priesterschaft gehen sollte. Römerfreund, Kaiserarschkriecher.« Jetzt gab es ein wenig unwürdiges Gestoße. Ananias bebte, war weiß wie eine getünchte Wand. Dann wurden die Außentüren aufgebrochen, und der Zenturio, der Paulus herbegleitet hatte, kam mit Soldaten herein. Er war überrascht, als er Paulus abseits von dem Lärm und den ungeschickten Faustduellen stehen sah. Ananias blickte wütend auf den Zenturio und rief:

»Das ist ein heiliger Ort.«

»Hörte sich ganz danach an. Los, mein Herr, zurück ins Hauptquartier.« Damit war Paulus gemeint, der nickte und damit einverstanden war, für den Marsch zur Feste zurück von barfüßigen Soldaten mit gezogenem Schwert eingerahmt zu werden. Viele heulten gegen ihn, ohne daß sie gewußt hätten, warum sie heulten. Er sah Lukas und Trophimus, die sehr verstört waren und etwas schrien, das sich wie *Nur Mut!* anhörte. Jakobus sah er nicht. Paulus wurde in seine Zelle zurückgeleitet.

Am gleichen Tag, nur etwas später, lauschte eine Gruppe Zeloten Amos und Job, den glücklosen Besuchern aus Antiochien. Der

Anführer der Zeloten hieß Jotam: sein hartes junges Gesicht war von Pocken, die er sich in Samaria eingefangen hatte, stark vernarbt. »So sieht's also aus mit ihm«, sagte Jotam. »Zum Teufel mit dem Reich von dieser Welt und vergiß, daß du Jude bist. Weg mit ihm, das wäre schon ein Feind weniger. Irgendwo müssen wir ja anfangen. Wenn er, wie er behauptet, Römer ist, dann ist die Situation geradezu ideal. Sie werden nicht zurückschlagen, das wagen sie nicht. Söhne des Königreichs töten einen römischen Bürger. Und damit ist's aus mit den Nazarenern.«

»Wie?«, fragte ein Zelot namens Jehoasch, der nicht viel Worte machte.

»Der Sanhedrin soll ihn zu einer weiteren Untersuchung herausholen. Nicht der ganze Rat, keine Pharisäer; das ist zu machen. Dann das Messer rein.«

»Schwierig.«

»Paß auf«, sagte Jotam heftig, als der Servierbursche frischen Wein an den Tisch brachte. »Wie wär's wenn wir ein Gelübde auf die Sache machen? Nichts essen, nichts trinken, bis es geschafft ist. Den Priestern das sagen. Wir verschwören uns, bis zur Tat.«

»Ananias erzählen?«

»Nicht diesem Haufen Ziegenscheiße. Johanan, der Schüler von Pinqai.« Die Zeloten wieherten, aber die Besucher aus Antiochien begriffen es nicht. Hätten sie an die Schreibung des Namens gedacht, dann hätten sie gemerkt, daß ein rückwärts gesprochener Hanania Johanan ergab. Einer der Psalmen Davids enthielt die Zeile: »Der Hof des Tempels rief aus ›Erhebt eure Häupter, o ihr Pforten, und lasset ein Johanan, den Sohn Narbais und Schüler Pinqais, damit er sich den Bauch fülle mit den göttlichen Opfergaben.‹« Ananias war für seine Habgier bekannt. Pinqai erinnerte an pinka, ein Gericht aus geschmortem Fleisch mit Zwiebeln, für das der Hohepriester eine Vorliebe zeigte. In mancher Hinsicht waren die Juden ein spitzfindiges Volk. Der Junge, der den Wein an den Tisch brachte, hörte die Sache mit Nichtessen und Nichttrinken und war bereit, ihn wieder mitzunehmen, aber Jehoasch umklammerte mit schwerer Hand den Henkel des Krugs. Vermutlich trat das Gelübde erst am Morgen oder am Tag danach in Kraft. Der Junge ging weg.

Der Junge verließ die Taverne und lief den ganzen Weg zur Feste Antonia. Er wollte die Außentreppe hinaufrennen, wurde aber von einem Soldaten angehalten. Der Soldat wollte ihn erst wegschikken, aber der Bursche schien ein ernstes Anliegen zu haben. Man mußte genau aufpassen seit dieser Jude-ist-Römer-Geschichte. Sollen doch besser die Vorgesetzten darüber entscheiden. Der Soldat ließ den Jungen zum Zenturio hinauf, der eben mit der Inspektion der Wache auf der mittleren Terrasse fertig war. Der Bursche redete mit dem Zenturio. Der Zenturio nahm den Jungen freundlich bei der Hand und ließ ihn ein zum Militärtribun.

Später an diesem Tag diktierte der Militärtribun einen Brief. Es dauerte lange, denn er hatte Mühe mit dem ciceronischen Latein. Sein Sekretär bereinigte insgeheim die Grammatik. »Claudius Lysias, Tribun zu Jerusalem, an den hochedlen Statthalter Felix in Caesarea, Grüße zuvor und langes Leben. Diesen Mann haben die Juden ergriffen und wollten ihn töten. Ich rettete ihn, als ich erfuhr, daß er römischer Bürger sei. Besorgt, nein begierig, daß ich die Ursache, um derentwillen sie ihn beschuldigten, erfahre, ließ ich ihn in ihrem Rat untersuchen. Er wurde wegen bestimmter Fragen ihres Gesetzes beschuldigt, aber es wurde keine Anklage gegen ihn erhoben, die des Todes oder gar des Gefängnisses wert wäre. Nun da vor mich kam, daß ein Mord gegen ihn geplant wäre, sende ich ihn daher alsbald zu dir. Ich will auch seine Kläger anweisen, daß sie vor dir sagen, was sie wider ihn haben. Hast du das? Zum Ende das übliche blumige Zeugs.«

Dieser Grieche Lysias, der den Namen des Imperators angenommen hatte, als er von der Kaiserin die Staatsbürgerschaft kaufte, hatte seine eigenen guten Gründe, warum er Paulus loswerden wollte. Sollten ihn die Juden töten, würde es eine langwierige Untersuchung geben, und am Ende würde sich gewiß herausstellen, daß er reichlich Bestechungsgelder von den Juden angenommen hatte. Jeder machte das. Sporteln im Kolonialdienst. Am besten schmiß man die ganze Geschichte dem Statthalter da oben in Caesarea in den Schoß; dem mit der jüdischen Prinzessin als Frau. Er ließ ein Pferd für Paulus vorführen, dazu eine berittene Schwadron und eine Infanterieabteilung. Das sollte genügen. Aufbruch neun Uhr abends, wenn diese lärmenden jüdischen Bastarde mit dem Dolch unterm Kissen im Bett lägen. Zügiger Marsch, fünf Minuten Pause alle Stunden, in Antipatris vor der Dämmerung, nicht mehr jüdisches Gebiet, also sicher, die Masse der Eskorte zurück nach Jerusalem, eine Handvoll Kavallerie sollte genügen, um ihn nach Caesarea zu bringen, dort sollte ihn Felix, jämmerliche Sorte von einem Schwein, seltsam wie der Name eines Mannes immer so was wie ein Witz ist, übernehmen. Das war's dann wohl.

Paulus war mit wunder Rückseite in einem neutralen Zimmer untergebracht, versperrt zwar, aber keine Zelle, um dort abzuwarten, bis der Sanhedrin die Anklage gegen ihn vorbereitet und einen

Rat für die Strafverfolgung gebildet hatte. Er wurde regelmäßig mit Brot, Bohnen und gestrecktem Wein versorgt, und man hatte ihm Schreibsachen erlaubt. Immer gab es Briefe zu schreiben. Nach fünf Tagen erhielt er warmes Wasser zum Waschen und danach ein neues Gewand. Im Palast war jemand, der sichtlich keine unfreundlichen Gefühle gegen ihn hegte. Vermutlich die Frau des Statthalters, die Tochter des unbetrauerten Herodes Agrippa I. Frisch gewaschen und neu eingekleidet, wurde er von zwei syrischen Privatsoldaten in die Halle geführt, die man für die Anhörung reserviert hatte. Ein böse glotzender Ananias befand sich dort mit drei Hilfspriestern sowie ein beleibter Mann, der über seinen Papieren keuchte und als Tertulles vorgestellt wurde; dem Aussehen nach ein griechischer Jude. Der Statthalter kam mit seiner persönlichen Eskorte herein und nahm ergeben auf einer Art Thron Platz. Gereizt bewegte er einen Fliegenwedel. Paulus sah in ihm einen Mann niedriger Abkunft, der sich seinen Weg nach oben mit Drohungen und Bestechungen gebahnt hatte. Später erfuhr er, daß er ein Freigelassener war, der Claudius' Mutter Antonie gedient und den Vornamen Antonius dem des Knechts Felix angefügt hatte. Auch daß sein Bruder Pallas war, des Claudius Finanzminister. Drusilla, Felixens Frau, würde ihm das erzählen. Der Statthalter schaute Paulus finster an und fragte nach seiner Herkunft. Aus Tarsus in Kilikien, keiner geringen... Fangen wir mit dieser Geschichte an. Tertullus verbeugte sich bauchig und fing an:

»In Anbetracht der Tatsache, o weitberühmter Felix, daß wir unter Eurer Herrschaft so viel Frieden genießen dürfen und daß dank Eurer Voraussicht so viele Übelstände in diesem Gebiet sich verbessern ließen, empfangen wir das Urteil, das Ihr in der Euch jetzt vorliegenden Sache, höchst erhabener Felix, zu fällen geruhen werdet, mit der schuldigen Dankbarkeit. Ich will mich kurz fassen und alle Umständlichkeiten beiseite lassen und nur vorbringen, daß wir vor uns den allergefährlichsten Burschen, den Verursacher von Erhebungen unter den Juden in aller Welt und einen Rädelsführer einer Sekte vor uns haben, die manche Nazarener und andere Christen nennen. Eine weitere Angelegenheit, diejenige, um die es hier und heute gehen soll: Er hat den Versuch unternommen, den Tempel in Jerusalem zu entweihen, indem er einen Mann heidnischen Glaubens entgegen dem geheiligten Gesetz der Juden dorthin führte. Wenn Ihr die Sache überprüft, o Allerberühmtester, werdet Ihr feststellen, daß sich die Sache in der Tat so verhält. Ich will mich nicht unterfangen, das Urteil, das hier zugemessen werden muß in den Mund Eurer Ehrwürden zu legen, sondern will im Augenblick nur die Schwere seines Verbrechens betonen.« Während er nach Luft rang, um weiter fortzufahren, schüttelte der Statthalter den Fliegenwedel und deutete dann mit den Worten auf Paulus:

»Lassen wir den Angeklagten zu Wort kommen.« Paulus lächelte und sprach sanft die Worte:

»Ich weiß, Herr, daß Ihr lange Jahre Richter in diesem Land wart, und deshalb gebe ich meine Erklärung an Euch mit Freude und Vertrauen ab. Kurz also. Ich war nicht länger als zwölf Tage in Jerusalem. In dieser Zeit habe ich keine Massen aufgestachelt, weder in den Synagogen noch in der Stadt. Ich war nicht einmal in ein religiöses Streitgespräch verwickelt. Nichts von dem, was man mir vorwirft, kann aufrechterhalten werden. Die kleinasiatischen Juden, die meine Anklage angezettelt haben, sind, wie ich sehe, nicht anwesend. Die Männer von Jerusalem werden mir nur in einem Punkt Schuld zusprechen können, und dieser Punkt ist auch fest bei einer Sekte akzeptiert, die die Pharisäer heißt und aus Recht und Überlieferung in den religiösen Räten von Israel vertreten ist...«

»Welcher Punkt?«

»Daß auf den Tod die Auferstehung folgt. Mit diesem Glauben verstoße ich nicht gegen die althergebrachten Überzeugungen der Juden. Worin also bin ich schuldig?«

»Und die andere Sache?«

»Einen Heiden mit in den Tempel nehmen? Das ist ausdrücklich verboten. Würde ich bewußt einen Freund, der die lange Reise mit mir gemacht hat, in den sicheren Tod führen? Ich stelle fest, daß niemand hier ist, der diese Anschuldigung bezeugen könnte.«

Antonius Felix grunzte. Hier kam eine sehr junge Dame von feiner dunkler Schönheit herein, die Paulus anlächelte und Felix auf den Scheitel küßte. Das mußte wohl Drusilla sein, seine Frau. Sie stellte sich hinter dem Sessel auf und lächelte jetzt mehr allgemein. Felix sagte: »Ich kenne die Methoden der Juden. Ich werde die Angelegenheit ausführlich mit dem Angeklagten selbst besprechen. Räumt den Gerichtssaal.«

Die Priester waren darüber nicht glücklich, aber Tertullus zog sich unter Bücklingen und Verbeugungen zurück. Felix bedeutete Paulus mit dem Fliegenwedel, sich bis zu der einem Gefangenen gebührenden Entfernung der Schranke zu nähern. Paulus tat es und erfaßte einen Hauch des Parfums der Statthaltergemahlin. Felix sagte: »Ich habe in den Urkunden bestätigt gefunden, daß du römischer Bürger bist. Das heißt also, daß du über Geld verfügst.«

»Geborener Römer. Ich besitze kein Geld.«

»Ein Jammer. Geld vermag häufig Dinge aufzulösen, die gerichtliche Auseinandersetzungen mehr und mehr, nun ja, verknäueln. Du bist mit Frau Drusilla bekannt?«

»Habe die Ehre. Die Tochter eines Königs von Isreal.«

»Sie zieht es vor, als Gemahlin eines römischen Statthalters zu gelten. Paß auf, ich mag keine Faxen. Ich hasse Heuchelei. Ich hasse Kleinkönige. Ich hasse das Gesetz. Ich schätze die Zweckdienlichkeit.«

Drusilla begann mit Paulus Aramäisch zu sprechen, wechselte dann aber in ein bezauberndes Griechisch mit tiefkratzendem *Chi*. »Mein Vater, muß ich bedauerlicherweise sagen, hat Dinge getan, die nicht leicht zu vergeben sind. Weder im christlichen noch im römischen Rechtsgefühl. Überrascht es dich, wenn du hörst, daß seine Tochter begierig ist, etwas von dem neuen Glauben zu hören?«

»Und«, lächelte Paulus, »ihr Gemahl – der das Gesetz haßt, Zweckdienlichkeit aber schätzt?«

»Paulus, ich will offen mit dir sein«, sagte Felix. »Ich will in deinem Fall keine Entscheidung fällen. Ich bin mir nicht einmal sicher, ob ich ihn verstehe. Außerdem bin ich nach Rom zurückbeordert worden. Irgendein Blödsinn über unnötige Härte beim Niederschlagen eines Aufruhrs in Samaria. Du weißt, was ich meine. Während ich auf die Ankunft eines Schiffes warte, bist du herzlich eingeladen, deine Lehre auszubreiten. Aber du wirst inhaftiert sein. Die Haft kann lange dauern. Dein Fall wird von meinem Nachfolger angehört werden, und Kastor und Pollux allein wissen, wann er hier eintrifft.«

»Um Vergebung. Wenn es hier offenbar schon keinen Fall zu verhandeln gibt, könnte es dann nicht zweckdienlich sein, mich laufen zu lassen?«

»Oh, du bist ein Jude, aber du scheinst die Juden nicht zu kennen. Ich nehme an, daß hier der Römer aus dir spricht. Mit einem Freispruch werden sie sich nicht zufriedengeben. Wenn ich die ganze Geschichte fallen und dich ein Schiff von Caesarea nach Tarsus oder wohin immer du gern gehen wolltest, nehmen ließe, würde dieses Jerusalemer Pack das rasch genug herausfinden und hier keinen Stein mehr auf dem andern lassen. Ich will hier nicht mitten in einer neuen Erhebung abreisen. Diese verfluchten *sicarii* – hast du von denen gehört?«

»Ich habe von ihnen gehört.«

»Nein, ich habe schon jetzt genug auf dem Teller. Dieser Nero hat etwas von einem neuen Besen. Ein Bürschchen nur, aber er weiß alles über das Aufräumen in den Provinzen, meint er jedenfalls.«

»Wie war der Name?«, fragte Paulus mit finsterem Gesicht.

»Natürlich, du wirst noch nichts davon wissen, woher auch. Wir haben einen neuen Imperator. Claudius wurde unter die Götter versetzt.«

»Verwahrung also«, seufzte Paulus. »Ich ergebe mich.«

»Mußt du wohl auch, nicht? Also gut, Drusilla, du kannst ihn befragen.«

Zeit. Zeit. Mit Paulus haben wir in claudischen Zeiten gelebt. Jetzt wechseln wir in neronische. Zeit ist nicht, wie manche sagen, eine Weltwasseruhr, sondern ein dem Ort nachgeordnetes Begleitschiff. Doch muß der Chronist, als Diener von Chronos, vergessen, daß der Ort real ist, während die Zeit als Phantom darüber schwebt wie der Rauch aus der Räucherpfanne. Von seinem Herrn gepeitscht, geht er in der Zeit zurück, was unsinnig ist. Was jetzt geschehen soll, ist bereits geschehen.

Claudius lag im unruhigen Schlaf. Agrippina schüttelte ihn sanft wach.

»Ich bin mmmmmüde. Ich habe SSSchch...«

»Jaja. *Lieber* Claudius.« Mit gespielter Liebe, ja, Begierde, umfing sie die alternde Masse. Krank wie er war, begann er quietschend zu reagieren. »Nein, Liebster, nicht jetzt«, sülzte sie, lachte dann angenehm. »Essenszeit. Essen ist fertig. Du bist ja ganz ausgehungert. Der dumme Seneca mit seiner Selbstverleugnung. Du mußt essen, damit du wieder gesund wirst. Ich habe deine Leibspeise bestellt – wilde Pilze.«

»Wilde PPPPPP...«

Sie saßen bereits an der Tafel, als Claudius hereinkam. Seine Tochter fehlte, weil sie an Migräne litt; eine leibliche Mitgift vom Vater. Von seinen geistigen Anlagen hatte sie nichts. Britannicus, sein derber Sohn, stand in Habacht. Agrippina, übers ganze Gesicht lächelnd, half ihrem Gemahl zur Liege. Die drei anderen lagen bereits, als Claudius den freien Platz einnahm. »Wieder zu spät. Nicht auf die Stunde, sondern fünf Minuten davvvvor. Wäre das nicht militärische PPPPPünktlichkeit, mein Sohn?«

»Ein Essen im Familienkreis ist kein Appell, Vater.«

»Nein. Aber doch die übliche Höflichkkkkkeit. Ein Imperium sollte als eine Verbbbbindung von FFFFamilie und Armee verwaltet werden. Wenn mmmmmöglich.«

Die Pilze in dicker brauner Soße dampften weniger dringlich. »Iß, Claudiusschatz. Wir brauchen nicht auf Domitius zu warten.«

»Ich habe kkkkkaum Appetit, mein Liebling. Doch der Geruch ist... verführerisch.« Jetzt stürzte Agrippinas Sohn herein, hakte seinen Mantel auf und schrie:

»Meine ergebenste Entschuldigung. Verabredung in der Suburba. Einer der sänftentragenden Sklaven hat sich den Knöchel gebrochen. Ich bedauere meine Verspätung aufrichtig, liebster Vater. Natürlich habe ich den Dummkopf verprügelt und mir von jemandem einen Sklaven geliehen, weiß nicht mehr, von wem... Ah, Pilze, köstlich...«

Er war drauf und dran, ganz unzeremoniös die Finger in das Gericht zu tauchen, doch bot ihm Claudius den eigenen vollen Teller an. »Nimm meine. Ich kann nichts essen.«

Agrippina hustete heftig. Blind warf sie dann, mit dem vorgetäuschten Anfall beschäftigt, ihren Becher um und ließ den Wein auf ihr Kleid schwappen. Ihr Sohn nahm Britannicus' Serviette und wischte sie ab. Claudius sagte: »Ja nun, wenn du sie schon eigens hast kommen lassen, Liebes...«

Er schob sich drei ganze Pilze in den Mund. Agrippina atmete erleichtert aus und rief: »Ja, das gefällt mir. Trinken wir auf die wiederhergestellte Gesundheit des Imperators und seinen Appetit. Möge Imperator Claudius für immer leben.«

»Nicht einmal du, Liebling, kannst meine Versetzung unter die GGGGG...« Er wurde bleich. Er schwitzte. »Gier. Immer eine meiner Schwächen. Die Tugend der Mäßigung. Seneca versteht sich gut auf diese TTTTT... O nein.« Das runde Gesicht unter dem schneeigen Schopf wechselte Farbe um Farbe wie ein Chamäleon. Er schluckte und versuchte alle Luft dieser Erde zu trinken. Den aufgedunsenen Bauch umfaßte er mit beiden Händen. Schnelle Sache. Die Hexe in der Suburba verstand sich auf ihre Kunst. Und hatte auch nicht erraten, so stand zu hoffen, wer die verschleierte Kundin sein könnte. Um aber ganz sicher zu gehen, wird man sie, nützliches Wort, zum Schweigen bringen. Agrippina klatschte in die Hände, im Applaus, wie ihr essender Sohn für einen Moment glaubte, aber es galt den Sklaven, die kommen sollten. Ein stöhnender Claudius wurde hinausgeführt. Ein Sklave führte eine wichtigere Handlung aus – er entfernte die Pilze und verschickte sie in die Stille. Domitius riß weißes Fleisch von einem Knochen. Britannicus stand in Habacht und wartete auf Befehle, die nicht kamen.

Pallas und Agrippina standen im kaiserlichen Schlafzimmer und beobachteten, wie aus Claudius schmerzhaft ein Gott wurde. Er hatte sich übergeben, aber sie war schnell mit etwas, das sie als stark verflüssigtes, heilsames Abführmittel bezeichnete. Offen umfing sie Pallas, als Claudius für einen letzten Schluck von dieser Welt die Augen weit aufriß. Bis zuletzt starren, um alles mit nach unten ins blutleere Reich der Schatten zu nehmen. In Pallas' Armen machte sie eine brünstige Bewegung, als das Röcheln anfing. »Tschüß, Onkel CCCClaudius«, jubelte sie. Dann, verletzt vom hörbaren Versagen der unteren Muskeln, schritt sie zur einzigen Lampe und blies sie aus.

Als sich die römische Dämmerung strahlend über den Pinien jenseits der Terrasse erhob, lief Narcissus schon auf und ab, da er auf das Erscheinen des Kommandanten der Prätorianergarde wartete. Endlich schritt er herein, Afranius Burrus, ein ordentlicher ehrlicher Mann, obwohl ihn Agrippina für das Amt ausgesucht hatte. »Nachricht?«, fragte er.

»Alles vorüber. Herzversagen. In dem Alter nichts ungewöhnliches, wenn man so unvorsichtig schlingt.«

»Was hat er gegessen?«

»Pilze.«

»Pilze können immer gefährlich sein. Hat er die Nachfolge geregelt?«

»Pallas und die Kaiserin berichten, daß er sie geregelt hat.«

»Sei so gut«, sagte Burrus gewichtig, »und versichere den designierten Imperator, daß die Prätorianergarde bereit ist, ihm mit der gleichen Hingabe zu dienen wie seinem Vater.«

»Ich nehme an, du meinst Adoptivvater. Der designierte Imperator ist *nicht* Britannicus.«

»Nicht Britannicus?« Burrus schien volle neunzig Sekunden zu benötigen, um die einfache Operation einer Subtraktion auszuführen. Dann hörte er die Stimme eines, wenn auch frühreifen Knaben, der früh auf war, um sich in der Musik zu üben. Zur Begleitung einer Kithara seufzte er ein Lied:

»Troja zerstört.
Troja ersteht,
aus Schutt erneut,
das keiner zerstört.«

Wenn ich über viele Seiten das Nebenpersonal dieser Chronik vernachlässigt habe, dann geschah das, weil es wenig tat, das eurer Aufmerksamkeit wert gewesen wäre. Wer kann das mütterliche

Putzen der Kindernase mit der Ausbreitung des Wortes vergleichen? Wenn ihr mir antwortet, daß das Wort nicht dauern, daß Nasen aber immer tropfen werden, dann sprecht ihr zweifellos eine tiefe Wahrheit aus, aber Chroniken werden nicht erstellt, um das Selbstverständliche zu verewigen. Wenn die großen Männer fort sind, wird sich noch die Zeit finden, um den kleinen ein Ohr und ein Auge zu leihen. Dennoch laßt uns kurz in ein Gymnasium in Rom gehen, wo Kaleb alias Metallus sich nicht mehr länger selbst trainiert, um im Zirkus ausgebuffte Angriffs- und Verteidigungsschläge zu zeigen, sondern stattdessen andere trainiert. Er hat seine Jugend verloren, und ist jetzt in einer kräftigen Reife, Gesundheit glänzt an ihm wie Öl. »Schluß jetzt«, sagt er zu zwei griechischen Ringern. »Abrubbeln. Dann Baden. Ah, Julius.«

Denn Marcus Julius Tranquillus der Oberzenturio ist durch den Sand gestapft und hat einen Bogen um schwitzende Hämmerer und Schläger gemacht, um seinem Schwager Lebewohl zu sagen. Während der letzten Jahre hat er nichts Bemerkenswertes geleistet. Das Bein brauchte lange, um zu heilen, er hat etwas zugenommen, die Haarfülle abgenommen und er ist sichtlich nicht mehr der junge Offizier, von dem man sich viel erwartet. Sein einziger Triumph war die Bestätigung von Messalinas Schurkentum, aber er empfand kein Vergnügen als Zeuge ihrer Hinrichtung, als er sehen mußte, wie der herrliche Körper einer vorhersagbar faulenden Morphologie oder dem Würmerfutter anheim gegeben wurde. Der Imperator Claudius war nicht so dankbar, wie er es hätte sein können: Vermutlich assoziierte er Julius mit einer Periode der Demütigung und des Schmerzes, und Narcissus vergaß in seiner Konzentration auf das Anhäufen von Reichtum vor der Pensionierung den zurückhaltenden Soldaten, der in einer höchst gefährlichen Anklage sein Gewicht als Zeuge in die Waagschale geworfen hatte. Für kurze Zeit diente er in Syrien, wurde aber vom Fieber befallen und nach Hause geschickt. Von den Pflichten in der Garnison wurde er lethargisch. Doch jetzt, unter einem neuen Imperator und einem neuen Landpfleger für Palästina, soll er die Gelegenheit erhalten, Rom mit seinem Aramäisch zu dienen; nicht daß es viel wäre. Kaleb sagte:

»Was meint Sara dazu?«

»Sie kommt nicht mit. Sie will Palästina nie wieder sehen. In Rom ist sie glücklich, sagte sie.«

»Du begleitest den neuen Landpfleger?«

»Ja. Porcius Festus. Aber in einem Jahr trete ich in den Ruhestand. Man hat mir diesen kurzen Turnus gegeben, wie sie sagen, dann aber – eine Rente, ein Garten und langweilige Erinnerungen, damit Sara was zu gähnen hat. Sara meint, ein Jahr Trennung kann sie aushalten.«

»Kannst du's?«

»Sie hat Ruth. Möchtest du mal zurückgehen?«

Kaleb massierte sein Kinn, als wolle er sich daran erinnern, daß da einmal ein Bart gewesen war; er war kein richtiger Jude mehr. »Um Erhebungen anzuzetteln? Poncius Festus und dich im Namen eines freien Israel umbringen? Mittlerweile bin ich selbst verheiratet, ein Kind ist unterwegs. Das Wichtigste zuerst. Ich bin verführt. Ich habe mich unterworfen.«

»Erwachsen geworden.«

»Oh, ich bin noch gläubig. Aber ich glaube, daß Israel seine Unabhängigkeit durch Verhandlungen erlangen wird. Mit einem neuen Vizekönig den Durchbruch schaffen. Ich habe so ein Gefühl, daß Rom Palästina loswerden will. Kostet zu viel Steuergelder. Zu arm, um Steuern zu zahlen. Ich weiß nicht. Aber jetzt kommt Hanna zuerst. Und das Kind ist unterwegs.«

»Bist du sicher, daß es ein Junge wird?«

»Ich nehme, was Gott schickt. Wann fährst du ab?«

»Übermorgen, wenn der Wind mitmacht. Von Puteoli aus. Und wenn die Vorstellung des Imperators in Neapel rechtzeitig endet.«

»Was für eine Vorstellung?«

»Wirklich eine Schande. Er singt und tanzt vor geladenem Publikum. Eingekauft, würde ich sagen. Ich bin einer der Gekauften. Wir liegen in der Nacht in der Kaserne in Puteoli, und die gesamte Besatzung hat anwesend zu sein.«

»Gott mit dir.«

Das war die denkwürdige Gelegenheit, bei der die Götter oder die chronischen Dämonen mit Mißfallen darauf reagierten, daß ein römischer Imperator in aller Öffentlichkeit einen Narren aus sich machte. Es war in einem überdachten Theater außerhalb Neapels. Die gesamte Garnison von Puteoli, eine Anzahl Patrizier, Ritter, Konsuln und ihre Frauen saßen trübselig auf den Steinbänken, während ein gewisser Gaius Petronius, ein gezierter Ästhet in violettem Gewand und mit einem Hyazinthenstrauß, auf der Bühne herumtanzte und verkündete:

»Verehrte Gäste. Kaiserliche Unterhaltung. Seine Gnaden, der Imperator Tiberius Claudius Nero Caesar.« Er klemmte die Hyazinthen unter den Arm und führte den Applaus an. Es gab die pflichtgemäßen »Ave!«-Rufe. Der Imperator, der wie der törichte, wenn auch frühreife Knabe aussah, der er war, kam grimassierend herein. Er trug purpurne Rüschen und eine Blumenkrone. Bei ihm waren eine Anzahl schamgesichtiger Lauten- und Flötenspieler, die nichts weiter zu tun hatten, als ihn bei der einfachen Melodie zu halten, die er als Stütze für die Wörter, die er erdichtet, erdichtet hatte. Die Melodie ging so:

Die Spieler machten damit eine Prelude, während der Imperator ankündigte: »Die Belagerung Trojas«. Unter dem loyalen, beziehungsweise sykophantischen Applaus gab es von weit unten auch tieferes Gerumple. Manche Frauen zeigten regelrecht Furcht, aber die Luchsaugen des Imperators ruhten auf jedem, und die Ehemänner brachten ihre Frauen zum Schweigen. Der Imperator begann:

»Mit den Flammen so reich gerüstet zur Hochzeit,
zur Hochzeit vermählt mit dem Tod, berühmtes Ilion,
du Liebreiches, Lustvolles, Taubengleich gurrend,
Brüllend wie Löwen und heulend wie Wölfe im Wald.
Oh, sieh nur die Bürger, sie rennen und schreien,
sie kreischen wie Mäuse im Nest, das im Feuer kocht...«

Einer aus dem Publikum gähnte unwillkürlich, ein mit der höheren Kunst nicht vertrauter junger Soldat, der sich bei schmutzigen Liedchen in der Taverne wohler fühlte. Der Imperator rief: »Ich verlange nicht nur Aufmerksamkeit. Ich verlange Wertschätzung. Schafft diesen Mann hinweg.« Der elende Kerl wurde von zweien seiner Kameraden weggeschleift, ein wenig übereifrig, wie Marcus Lulius Tranquilla fand, der neben Porcius Festus saß. Der Imperator hub wieder an:

»Aus dem Schlaf, ach, der alte Anchises erwacht,
dem die Flammen verschlingen das Erbe der Ahnen.
  Zu Hilfe er ruft da den Sohn, den Äneas,
  den frommen Äneas, Vater und Gründer Roms...«

Das unterirdische Gerumpel nahm zu, und die Säulen des *theatron* wankten sichtbar. Jetzt kreischten die Frauen. Der Imperator rief:

»Bleibt! Bleibt! Keiner verläßt das Theater! Befehl des Imperators!« Die nervösen Musiker nahmen ihr Flöten und Schrammen wieder auf, wenn auch nicht alle zur selben Zeit. Der Imperator sang laut, aber nicht laut genug, um den verräterischen Lärm zu übertönen, mit dem draußen irgend etwas zusammenbrach:

»Den frommen Äneas, Vater und Gründer Roms.
Ja, er trug ihn geschultert, Äneas der Sohn
Anchises, den Vater von allen Vätern von Rom...«

Er gab auf. Es gab keinen Beifall. Die bebende Erde schien genügend zu applaudieren. Tapfer oder einfach blöd, beobachtete der Imperator, wie ein Teil des Dachs herabkam. Gaius Petronius kam herzu und führte den dumm Glotzenden hinweg. Julius sagte zu Porcius Festus:

»Das ist wohl die einzige Möglichkeit, ihn am Singen zu hindern.«

Es gab kein Lächeln als Antwort. Der designierte Landpfleger schubste sich durch ein wie wahnsinnig schubsendes Publikum. Das Erdbeben fuhr mit seiner Vorstellung fort.

VIER

Es ist der Monat der ochsenäugigen Göttin. Zur Zeit etwa seiner Iden hat sich das Wetter so weit verbessert, daß ich mich vor die Tür setzen und die fetten Drosseln bewundern oder die durchs Laub der Platanen blinzelnde Sonne genießen kann. Ich habe in einem ziemlich seltenen Buch gelesen, das während der Herrschaft des Galba erschien: es ist nicht lang und möglicherweise apokryph und trägt den Titel *Ein Dialog zwischen dem Imperator Nero und seinem Freund Gaius Petronius*. Petronius werdet ihr vielleicht von seinem geschwätzigen aber geistreichen *Satyricon* kennen, das ich manchmal für einen Spottgesang auf Lukas' »Pauliade« halten möchte. Doch wurde dieser Dialog, der eher ein Monolog ist, weil Nero allenfalls Ausdrücke des Erstaunens und der Zustimmung einwirft, als gefährliches Werk eingestuft, und die meisten Exemplare sind aufgrund eines zensorialen Edikts heimlich verbrannt worden. Das Buch stellt eine Philosophie vor, die ich bereits den jungen Nero in einer Diskussion mit Seneca habe andeuten lassen. Von dieser Philosophie heißt es, daß sie von den Unterweisungen abgeleitet sei, die der junge Gaius Petronius von einem Dichter erfahren hat, der unter der unzweideutig heterosexuellen Herrschaft des Claudius wegen himmelschreiender Sodomie verbannt war. Sein wahrer Name ist unbekannt; überliefert diese Philosophie, daß sich alles der Kunst zu unterwerfen habe, und daß der Künstler über den regelrechten ethischen Anliegen der gewöhnlichen Menschheit steht. Nachdem die Gesetze des Staates eine solche Transzendenz schwerlich zugeben würden, folgt daraus, daß allein das Individuum, das sein Rang über das Gesetz erhoben hat, die Möglichkeit hat, nach der äußersten Schönheit zu streben. Die Schönheit in der Natur ist bewundernswürdig, aber letztlich zu sinnlich, als daß sie die ästhetische Natur des Menschen in seiner Gesamtheit zu befriedigen vermöchte. Die Schönheit der Kunst steht weit höher, und es ist der Kunst erlaubt, die Formen der Natur in unbekannten und oft komplizierten Mustern zu ordnen, was notwendigerweise – und hier ist der Punkt, wo die moralische Freiheit ins Spiel kommt – eine Beschneidung oder Verkehrung dessen nach sich zieht, was man als Naturrecht ansehen könnte. Das grundsätzlichste Naturrecht aller Lebewesen besteht im Leben und in der Erfüllung dessen, was manche als Lebenskreis bezeichnet haben. In der Ästhetik des Petronius, die die Neros wurde, wird dieses Recht geleugnet. Das menschliche Leben wurde vom kaiserlichen Künstler genauso betrachtet, wie ein Zimmerer lebendes Holz betrachtet – nämlich daß es spaltbar und empfänglich für neue Formen ist. Um diese ästhetische Philosophie zu verfeinern, war es notwendig, so natürliche Mitleidsregungen, die dem gewöhnlichen, unästhetischen Menschen den Wunsch eingeben, anderen, insonderheit seinen Nächsten, möglichst keinen Schmerz zuzufügen, einfach abzutöten und das, was die gewöhnliche Menschheit Grausamkeit nennt, als moralisch wertfreies Mittel zu betrachten, um neue ästhetische Ekstasen zu erlangen. Diese Philosophie der Schönheit zu verstehen hilft teilweise auch die Auswüchse von Neros Herrschaft verstehen, waren sie doch, nach petronischen Maßstäben, überhaupt keine Auswüchse, sondern völlig legitime Mittel, um die Einbildungskraft mit Andeutungen einer höheren Realität zu überfluten. So wie des Petronius eigene Begabung als Wortkünstler in der Erschaffung eingebildeter Personen lag, die in freier Weise geführt und ebenso frei ausgelöscht werden konnten, so lagen Neros besondere künstlerische Errungenschaften in Führungshandlungen, die sich im Bereich der Tatsachenwelt und nicht der Einbildung abspielten. In gewisser Hinsicht war er der herausragendste Künstler seiner Zeit, in einer anderen, und das war zum Teil dem erzwungenen Fehlen heilsamer Kritik zuzuschreiben, war er nicht der schlechteste, aber jedenfalls nur einer unten vielen Mittelmäßigen. Seine Verse waren schlecht, seine Musik ohne Melodie, sein Singen zum Weinen, sein Tanzen lachhaft, sein Schauspiel peinlich. Petronius, der ein nützlicher Kritiker hätte sein können, war von des Imperators vollkommener moralischer Freiheit, eine der petronischen Forderungen an hohe Kunst, so bezaubert, daß er dazu neigte, die jämmerlichen Ergebnisse dieser Freiheit im kreativen Bereich zu übersehen.

Weiter oben habe ich eine gewisse höhere Realität erwähnt, die durch die Kunst erzeugt würde. Petronius akzeptierte, und er folgte darin der Tradition Platos und auch der des Aristoteles, die Vorstellung eines höchsten Wesens, wenn auch eines, das von hebräischen und christlichen Ideen weit entfernt war. Dieses Wesen war amoralisch und konnte deshalb die Menschheit auch nicht durch Akte der Gerechtigkeit oder die Eingebungen der Naturheilphilosophen mit seiner Essenz vertraut machen. Ein Hauch dieser

Eigenschaft klang in den von Menschen geschaffenen Werken der Schönheit an. Die gebildeteren Römer jener Zeit akzeptierten gutmütig und manchmal auch mit rachsüchtiger Verfolgung derjenigen, die von ihnen abfielen, die Staatsgötter als nützliche und womöglich unterhaltsame Personifizierungen sozialer Tugenden und natürlicher Vorgänge. Doch hatten sie, ähnlich wie die Athener, die zu überzeugen Paulus nicht gelang, einen mystischen Gefallen daran, über einem unbekannten Gott zu brüten, dessen Größe in seiner Fähigkeit lag, sich nur negativ bestimmen zu lassen. Schönheit, so Petronius, sei seine einzige gesicherte Eigenschaft, und das Streben nach Schönheit sei die höchste aller menschlichen Taten. Auch Nero glaubte das, hatte ihn Petronius doch unterrichtet, als sein junger Kopf noch unbeschrieben war und beredsamen Einflüssen offen stand. Seneca, der nur moralische Verpflichtungen lehrte, fand ihn entweder zu zanksüchtig oder taub.

Jung und geil wie er war, empfand Nero naturgemäß die orthodoxen Ausdrucksformen von Sexualität während der ersten fünf Jahre seines Regiments als genauso wichtig wie die Kunst. Ja, mit der Lektüre Ovids im Hinterkopf, glaubte er an so etwas wie Liebeskunst und verfeinerte sie unermüdlich. Als junger und ehrgeiziger Herrscher ohne Enttäuschungen erhob er sich von seinen vielfältigen Orgasmen, um im rechten Regieren des Staates und einer wirkungsvollen Verwaltung der Provinzen zur Ruhe zu kommen. Seine Mutter, die in erster Linie damit beschäftigt war, ihre Feinde, tatsächliche, mögliche oder nur eingebildete, loszuwerden, mischte sich anfangs nicht weiter in seine Pflichten oder seine Vergnügen ein. Bald jedoch hatte sie Muße für Überlegungen, wie sie am besten hinter der Maske ihres Sohnes selber die Kontrolle über das Reich an sich ziehen könnte. Ihr Sohn, den sie für vollkommen kontrollierbar gehalten hatte, zeigte, wie sie feststellen mußte, einen selbständigen Willen.

Eines sonnigen Nachmittags amüsierte sich Nero im kaiserlichen Schlafzimmer mit seiner neuesten Liebschaft, einer Freigelassenen namens Akte. Sie war zwar gewöhnlich, aber ihre Glieder waren geschmeidig, und ihre Haut strömte einen Duft aus, der einen verrückt machen konnte. Nero, nackt, noch immer betrüblich picklig, schnaufte wie ein Läufer am Zielband, als er sich endlich in der Genesung eines erreichten Orgasmus entspannte. Akte bestaunte die Einrichtung im griechischen Stil, die Tapeten, die Bilder menschlicher und tierischer Tändeleien zeigte, und sagte:

»Puh. Echt wahr, ich bin hier.«

»Und warum nicht? Ist nicht das Bett des Imperators der einzig angemessene Platz für die schönste Frau Roms?«

»So schön bin ich gar nicht«, sagte sie förmlich. »Aber ich weiß einiges, oder? Ich weiß doch einiges?«

»Du bist eine Quelle der Weisheit. In deinem linken Hinterbäckchen steckt mehr Weisheit als in der gesamten düsteren Bibliothek eines Seneca.«

»Wer's Seneca?«

»Ein alter Mann, der glaubt, alles zu wissen. Er hat mich einstens unterrichtet. Tugend, Selbstbeherrschung, was sie stoische Eigenschaften nennen. Was er mir nicht gesagt hat, ist, daß die wahre Weisheit in den Nerven und dem Aufstacheln der Einbildungskraft liegt.«

»Hab ich dir das beigebracht?«

»Du gibst mir praktische Einführungen. Und jetzt muß ich in den Senat.«

»Mußt? Du?«

»Höflichkeit. Bedacht. So tun, als ließe man sie machen. Steuern senken. Sich beliebt machen. Eigentlich nur Tricks.«

An der großen Doppeltür war ein Klopfen zu hören. Akte bedeckte ihre herrlichen Brüste mit der Zudecke und sagte: »Kann das deine Frau sein? Ich meine, die Kaiserin.«

»Meine Gemahlin liest Seneca mit Seneca. Ich weiß nicht wer es ist. O doch, ich weiß. Zieh dich an. Geh dort raus.« Er deutete auf den neuen Auslaß, den er durch die Wand hatte schlagen lassen, ein gewöhnlicher Gang, der mit einem Behang verdeckt war, der einen Odysseus zeigte, den kreischenden Sirenen auf vielfältige Weise angriffen.

»Die andere Kaiserin, was? Deine Mutter?« Sie zog sich weit schneller an, als sie sich ausgezogen hatte.

»Vorwärts – komm morgen. Selbe Zeit. Du hast den Ring, den du der Wache am Tor zeigst?«

Sie streckte einen winkenden Finger aus und streckte und streckte ihn immer weiter, hauchte einen Kuß und verschwand. Nero legte einen fransigen Umhang an, ging zur Doppeltür und entriegelte sie. Agrippina kam, den Kopf wie eine Henne nach vorn gestreckt, in das Schlafzimmer und schnüffelte. »War diese Sklavin wieder da?«

»Sie ist keine Sklavin. Nicht mehr. Und wenn sie's auch war.«

»Du bist langsam von Begriff. Der ganze Haushalt weiß davon. Wenn du schon diese geschmacklosen Affären haben mußt, dann bitte außerhalb der Stadt.«

»Du meinst so wie du und Pallas? Du mußt schon *sehr* weit aus der Stadt hinaus, um *diese* geschmacklose Affäre zu haben.«

»Mit deiner Mutter«, sagte Agrippina, »sprichst du nicht so.«

Er klaubte eine Flöte auf und blies drei spöttische Töne darauf. »Der Imperator spricht zu jedem in der Weise, die ihm beliebt. Der Imperator *macht*, was er tun will – in vernünftigen Grenzen und den düsteren Ratschlägen von Sextus Afranius Burrus und Lucius Annaeus Seneca ergeben. Die Mutter des Imperators sollte sich wie eine angesehene Matrone betragen.« Er blies drei weitere Noten, tiefer, aber noch immer spöttisch. Sie sagte:

»Leg das weg. Hör zu.« Verdrießlich setzte er sich auf das Bett. Sie nahm neben ihm Platz. »Dieses Frauenzimmer, Akte, ist nicht ganz so dumm, wie sie aussieht. Sie ist auch nicht ganz so hingerissen, wie du zu glauben scheinst. Sie spielt ein geduldiges Spiel. Sie wird dich in Situationen und an Orte ziehen, wo dir weder dein Titel noch dein Status helfen werden. Sie wird«, beschloß sie plötzlich zu erfinden, »von Britannicus bezahlt.«

»Das kann ich nicht glauben. Nein, nein, bestimmt nicht. Das ist erfunden. Britannicus ist kein solcher Stiefbruder. Britannicus hat sich mit der Lage abgefunden.«

»Britannicus hat Freunde, die sich *nicht* mit der Lage abgefunden haben. Britannicus wurde öffentlich als Nachfolger seines Vaters vorgestellt. Rom hat nur mein Wort und das von Pallas, daß Claudius dich nominiert hat. In deinen Augen sehe ich etwas, das für Pallas nichts Gutes ahnen läßt, aber sei bloß vorsichtig. Ich bin mir nicht zu schade dafür, den Mund aufzumachen, wann immer die Zeit dafür reif ist. Wenn du das kaiserliche Pferd nicht wie ein richtiger Reiter reitest, wird es dich abwerfen.«

»Das klingt so ähnlich wie in einem Stück von Seneca«, sagte er, untersuchte dabei die Nägel an der rechten Hand und drückte mit dem Daumen der Linken Nagelhaut nach hinten. »Übrigens, du erinnerst dich an die Siedlung am Rhein, die der göttliche Claudius nach dir benannt hat? Nun, ich habe beschlossen, sie neu zu taufen. Nicht mehr Colonia Agrippinensis sondern Colonia Aktensis. Klingt nicht mehr so vollmundig, meinst du nicht?«

Er biß ein Stück Niednagel von seinem rechten kleinen Finger an. Sie schlug ihm ins Gesicht. Er war erstaunt. Er sagte: »Das machst du lieber nicht nochmal.« Sie schlug ihn nochmal. Er schlug zurück, aber mit instinktiver Scheu des Sohnes. »Kein Junge«, sagte er, »schlägt gerne seine Mutter. Außer natürlich in jenen Anfällen während des Liebesspiels, das eine bestimmte Mutter ihren Sohn gelehrt hat. Ich glaube, du bist auf Akte eifersüchtig. Ein jüngerer

Körper, und außerdem weiß sie mehr. Aber vielleicht hast du recht damit, daß sie gefährlich ist. Manchmal verlasse ich mich auf dein Urteil, das Urteil einer *älteren* Frau. Auf die liebe Octavia bist du, wie ich feststellen muß, nicht eifersüchtig.«

»Ich bin auf niemanden eifersüchtig. Nur wegen deines Ansehens bin ich eifersüchtig. Schaff dir die Sklavin vom Hals.«

»Ich bin jung«, schnutete er. »Ich habe ein Recht darauf, mein Leben zu genießen.«

»Also, mit Senecas Worten, in flagranter Weise der Promiskuität zu frönen.«

»Hat er das gesagt? Über mich?« Die Schnute wurde häßlich.

»Ich zweifle nicht daran, daß er es sagt. Jedoch nicht zu mir. Ein Teil deines Anspruchs auf den Purpur beruht, vergiß das nicht, auf deiner Ehe. Demütige Octavia mit dieser Sklavin, und ihr Bruder wird zur Tat schreiten. Britannicus betet seine Schwester an.«

»Du meinst«, sagte er mit weit aufgerissenen Augen der Unschuld, »daß sie miteinander ins Bett gehen? Ich glaube nicht, daß ich da ernsthaft etwas dagegen hätte. Das würde beweisen, daß ein Funken Leben in ihnen steckt. Und es wäre nützlich, wenn über ihnen der Vorwurf des Inzest baumelte. So wie er, liebe Mutter, über dir baumelt.«

»Du kannst ein ganz schön dreckiges kleines Biest sein«, sagte sie. »Keine Begabung für die Liebe, für den natürlichen Ausdruck von Liebe. Das Ausmaß meiner Liebe ist ausreichend durch die Gefahr erwiesen, in die ich mich begab, um für dich den Titel zu sichern. Und was ist der Dank dafür?«

»Ja«, sagte er einschmeichelnd, »du hast Claudius vergiftet. Du hast mehrere Leute, gute Leute, vergiftet. Du hast den ergebenen Narcissus in den Selbstmord getrieben. Ungestraft, nichts geschah. Im Schutz des Imperators, liebe Mutter. Aber das ist immerhin eine weitere Sache, die du mir beigebracht hast. Die erste und beste kaiserliche Unterrichtseinheit. Beseitige diejenigen, die einem das künstlerische Muster des Lebens beeinträchtigen. Radiere sie aus, wie schlechte Zeichnungen mit Brotkrumen. Rasch und gründlich. Ich glaube, ich muß Pallas loswerden. Verbannung genügt nicht. Ein Sohn hat ein Recht, den guten Ruf seiner Mutter zu schützen. Etwa nicht?« Und er spielte ein keuchendes Tier in der Brunst und streckte seine Linke in den tiefausgeschnittenen Umhang seiner Mutter und streichelte ihre rechte Brust. »Die bedeutendste aller Tugenden, nicht wahr? Die Sohnesliebe zur Mutter.« Sie schlug ihm die Hand weg. Sie stand auf und sah auf ihn herab. Sie sagte:

»Manchmal habe ich den Eindruck, daß ich einen Fehler gemacht habe. Den Eindruck habe ich mehr und mehr.«

»Ein stotternder, hinkender alter Claudius hätte also in einem gutabgelagerten Alter in einen Gott verwandelt werden sollen? Und der liebe anständige Britannicus hätte den Purpur erhalten sollen? Oder hast du irgendwelche Absichten, daß er ihn jetzt erhalten soll? Vergiftete Pilze für den Sohn. Schaff deinen Stiefsohn ins Bett und lehre ihn all die flackernden Stoßfreuden. Du würdest ihn überwältigen, Mutter. Wie Wachs wäre er. Ich sehe schon, ich muß auf der Hut sein.«

»Du bist ein ekelhaftes kleines Kerlchen«, sagte Agrippina, die vor Abscheu keuchte.

»Du bist eine wunderschöne Frau, Mutter, wenn auch nicht ganz so wunderschön wie meine Akte. Sie hat die Jugend auf ihrer Seite. Mit ihr springe ich in Honig hinein, ich wälze mich im Blütenschnee.«

Ihre Hand juckte, um ihn wieder zu schlagen, aber sie sagte nur: »Der Charakter einer Sklavin und das Benehmen eines rotznasigen Balgs. Der Senat erwartet dich, Caesar. Versuch dich wie ein Imperator zu benehmen.«

»Das werde ich, das kann ich. Ich kann alles spielen, liebe Mutter. Ein bemerkenswerter Künstler, wie du weißt. Laß mich allein, während ich mich für die Rolle umkleide. Ich glaube, du solltest mich nicht mehr nackt sehen.« Doch dann sah er sich, in einer Art unerbetenem Traumgedicht, nackt vor ihr liegen, mit Dolchen in seinen edelsten Körperteilen, und das Gedicht sagte etwas in der Art, daß eine Mutter, die ihren Sohn verführt, ihn genauso gut töten kann. Wie sie ihn jetzt ansah, schien sie einen Obstkern von den Zähnen zu lösen und in seine Richtung zu spucken. Dann ging sie, und er vollführte ihr zur Unehre einen kurzen wilden Tanz.

Etwa eine Woche später sah er sie mit Britannicus in dem Publikum sitzen, das er einberufen hatte, damit es seine Vorstellung der Rolle des Soldaten Pyrgopolnikes in Plautus' Komödie *Miles Glorisosus* verfolge. Für den Anlaß war das kaiserliche Eßzimmer in ein Theater verwandelt worden, eine Plattform aus hölzernen Planken bildete eine Bühne, und an den Seiten schwangen Vorhänge, um Auftritte und Abgänge zu verbergen. Gaius Petronius spielte die Rolle des Parasiten Artotrogus. Sykophantisch brillierend sagte er:

»Novisse mores me tuos meditate decet
Curamque adhibere, ut praeolat mihi quod tu velis.«

Nero.Pyrgopolnikes fragte: *»Ecquid meministi?«* Er war mit einer Rüstung aus eingedicktem Papyrus und einem kleinen Helm herausgeputzt. Er versuchte seine Stimme so süffig pompös klingen zu lassen wie die von Britannicus, ein *miles*, ja, aber keineswegs *gloriosus*. Er sah im Hintergrund Burrus und Seneca sitzen, die ohne rechtes Vergnügen zusahen und zuhörten. Gaius Petronius-Artotrogus listete die Morde des Pyrgopolikes auf:

> »*Memini: centum milia in Cicilia*
> *Et quinquaginta, centum in Scytholatronia,*
> *Triginta Sardis, sexaginta Macedones*
> *Sunt homines quos to occidisti uno die.*«

Aber wie viele insgesamt? »*Quanta istaec hominum summast?*« Und Artotrogus nannte die Summe: *Septem milia.*« Im Publikum lachten manche pflichtgemäß; Agrippina, Britannicus, Seneca und Burrus zeigten keinen Ausdruck. Ein sehr alter Mann flüsterte einem anderen zu:

»Wenn ich so tue, als stürbe ich: trägst du mich dann hinaus?«

Am Ende des Stücks sagte Nero zu Petronius: »Ich habe ein paar Verse vergessen. Hast du's gemerkt? Ich mußte improvisieren.«

»Ah, deshalb. Ich dachte mir schon, daß der alte Plautus wohl endlich zu poetischen Höhenflügen angesetzt hätte. Ihr müßt noch mehr Verse vergessen, Caesar.«

»Du bist zu gütig, mein Lieber. Keine wahnsinnig gute Komödie, oder? Manche Lacher klangen etwas, nun ja, pflichteifrig. ich habe Lust, etwas Tragisches zu machen. Einen echten *Oedipus*, wo nichts verborgen bleibt. Inzest auf der Bühne und echter Selbstmord und richtige Selbstblendung. Britannicus in der Titelrolle und die Kaiserinwitwe als Jokaste. Ich könnte den Kreon machen.«

»Ein gelungener Scherz«, sagte Petronius zweifelnd, als er auf Neros hübschem, pickligen Gesicht wenig Witzlust sah. »Was den sozusagen realistischen Ansatz angeht, den Ihr vorschlagt, werdet Ihr oder werde ich etwas mit richtigen Toten darin schreiben müssen, damit Ihr Verurteilte Straftäter verwenden und sie als Teil der Handlung enthaupten lassen könnt. Ihr habt unbegrenzte künstlerische Reichweite, allerliebster Caesar.«

»Das müßten keine Sprechrollen sein. Ich glaube, ich kann keinem Menschen aufgeben, daß er Verse lernt, damit er sie aufsagt, bevor er gestutzt wird.«

»Oh, da unterschätzt Ihr Eure Genialität. Begnadige und erhöht ihn, indem Ihr ihn in einer von Caesars eigenen Tragödien auftreten laßt, und dann kann das Stutzen, wie Ihr das so hervorragend bezeichnet, als vollkommene Überraschung kommen.«

»Ich muß mir das einmal durch den Kopf gehen lassen, lieber Gaius.«

Als Nero, nunmehr abgerüstet und angetan mit einem grünen Kleid, auf das künstliche Gladiolen genäht waren, später dasaß, Süßigkeiten kaute und sich die klebrigen Finger an der Haarfülle eines griechischen Sklaven abwischte, sprachen sein Gardepräfekt und sein früherer Erzieher ernste Worte mit ihm. Burrus sagte:

»Ich muß, ich bitte um Vergebung, alles an Autorität aufbieten, was ich besitze, um Euch anzuflehen, Euch in Zukunft nicht mehr in aller Öffentlichkeit bloßzustellen.«

»Meinst du, ich spiele schlecht? Oder singe ich schlecht? Oder tanze ich schlecht?«

»Ästhetische Urteile sind hier wohl kaum angebracht, mein Junge«, sagte Seneca. »Es geht hier um die Würde deines Amtes...«

Nero sagte, indem er den Part des gefährlichen Tyrannen spielte: *»Mein Junge?* Du nennst mich *mein Junge?«*

»Ich erbitte Caesars Vergebung«, sagte Seneca. »Die Macht der Gewohnheit. Ihr seid noch nicht lange aus dem Schulzimmer heraus. Verzeiht mir. Und verzeiht mir, wenn ich darauf verweise, daß Schauspieler, Sänger und Tänzer zur niederen Klasse gehören, und daß Caesar sich nicht mit ihnen gemein machen und schon gar nicht ihr Handwerk ausüben sollte.«

»Du hast keine Ahnung, du alter Trottel«, sagte ein kauender Caesar. »Du hast nichts von der *wirklichen* Welt gesehen.«

»Mit Verlaub, Caesar, ich habe ein bißchen zuviel davon gesehen. Das hat mich zum Stoiker gemacht. Wieder mit Verlaub: Muß ich euch daran erinnern, daß ich selbst als begabter Dramatiker gelte und daß ich nichts gegen eine intime Lesung einer meiner Tragödien vor einer begrenzten Zuhörerschaft haben kann? Es sind diese öffentlichen Vorstellungen, die mich und Euren Gardepräfekten beunruhigen. Und Euer Vorhaben, an Wagenrennen teilzunehmen... das ist nun gewiß... nun, abgesehen davon, daß Ihr Euer Leben aufs Spiel setzt...«

»Caesar«, sagte Caesar mit gut eingeübter Wichtigkeit, »wird, wenn er soweit ist, darüber nachdenken, ob er sein Volk um eine gesunde und erhebende Unterhaltung berauben soll. Im Augenblick benötige ich euren Rat in einer Staatsangelegenheit.«

»Caesar«, fragte Burrus, »sucht ernsthaft unseren Rat?«

»Ja. Aber zuerst zwei Fragen. Erstens, hat diese Herrschaft mit Mord und Schrecken und einer Rückkehr zu den Schauerlichkeiten unter dem Regiment des entgötterten Caligula begonnen?«

Seneca sagte vorsichtig: »Es wurden zu viele Menschen auf einmal entfernt, wenn ich mich so ausdrücken darf, Caesar.«

»Du darfst«, mit angemessener Herablassung. »Ich schätze deine Schönfärberei. Du meinst ermordet. Zweite Frage. Wer war verantwortlich? *Loslos*, keine Angst vor der Antwort. Ihr wißt es ganz genau. Also gut, ich werde für euch antworten. Meine Mutter. Die Kaiserinwitwe Agrippina. Los, Burrus, was meinst du dazu?«

»Ihr erwartet einen Rat von mir, Caesar?«

»Nicht ganz. Ich erwarte mir von euch als den Erziehern eines *Jungen*, der sich eben erst zu rasieren begonnen hat, nur die Zustimmung zu meiner Vorgehensweise. Meine verehrte Frau Mutter muß in die Verbannung gehen – Tusculum oder Antium – sie hat an beiden Orten Besitzungen. Unterstützt ihr meine Entscheidung?«

»Die Entscheidung«, sagte Seneca, »muß sorgfältig formuliert werden. Rückzug aus Rom aufgrund einer schlechten Gesundheit – irgend etwas in der Art.«

»Schlechte Gesundheit, das gefällt mir«, sagte ein Caesar ohne Sohnesliebe. »Sie ist so gesund wie eine Sau. Aber natürlich ließe sich ihre schlechte Gesundheit herbeiführen. Sie weiß das. Sie weiß, was ich von ihr halte. Gestern habe ich ihr die Ehrengarde weggenommen.«

»Das kommt einer Beleidigung gleich, wenn ich mich so ausdrücken darf, Caesar.«

»Du darfst, Burrus. Sie weiß, wie es steht. Nicht *ein* Schwert gibt es, das zu ihrer Verteidigung gezogen würde. Seneca, ich erinnere mich an etwas, daß ich bei dir lesen mußte. Wie war das, ja: ›Nichts in den Menschendingen ist so ...«

»›Vergänglich und schwankend‹«

»Meine Pause war kein Zeichen für ein schlechtes Gedächtnis, du alter Trottel. Sie galt der dramatischen Wirkung. Laß mich abschließen. ›... wie eine Macht dem Namen nach, der die Fähigkeit sie zu stützen fehlt.‹ Und, bin ich kein Musterschüler? Also, ein liebevolles Lebewohl an die Kaiserinwitwe Agrippina, die blutrünstige alte Kuh ...«

»Eure Mutter, Caesar«, beanstandete Seneca.

»Man muß mich nicht daran erinnern, daß sie meine Mutter ist. Der ehemalige Säugling ist entwöhnt. Der verehrungswürdige Schoß hat seinen Zweck erfüllt. Aus dem Weg mit ihr, ihre Rolle in der Komödie ist gestrichen, soll sie allein in Antium oder Tusculum verkommen. Nicht schlecht das, würde ich mal sagen, das hat seinen dramaturgischen Rhythmus. Gut dann. Ihr seid entlassen.«

Nur wenige Chronisten der Herrschaft Neros waren genau,

wenn sie von der Situation sprachen, die zwischen dem Imperator und seiner Mutter von der Zeit an weiter bestand, da sie, um ihre germanischen und pannonischen Wachen beraubt, in einem mehr oder weniger einsamen Wutschnauben auf diesem oder jenem Gut lebte. Niemand wußte, was mit ihrem Liebhaber Pallas geschehen war, aber sie befürchtete das Schlimmste. Sie war keine Nymphomanin und beorderte keinen Sklaven und kaufte sich keinen Inkubus oder Sukkubus für ihr Bett. Sie brütete einfach über der Niedertracht ihres Sohnes und verbreitete die Geschichte, er hätte sie zu töten versucht, indem er das Dach über ihrem Schlafzimmer im Haus in Antium auf sie habe herabstürzen lassen. Daß das Dach eingebrochen war, war nicht gelogen, und sie beließ das Zimmer in seinem verfallenen Zustand, damit alle den Staub und Gips und die Ziegelbrocken sowie den Abdruck ihres Körpers auf der staubigen Matratze sehen konnten, den sie in weiser Voraussicht ein paar Augenblicke zuvor auf ein stilles Örtchen bewegt hatte. Tatsächlich war eine alte Ulme auf das Dach heruntergebrochen, aber es gab keine Anzeichen dafür, daß den Baum jemand angesägt haben könnte und das damit entweder ihren Sohn oder sonst einen der Feinde, denen sie gnädigerweise das Überleben gestattet hatte, verdächtigt hatte. Als Gaius Petronius von dem Vorfall hörte, hatte er keine Zweifel, daß sein kaiserlicher Herr und Gefährte in den Künsten diese geniale Ruhigstellung versucht hatte, und er bedauerte den Fehlschlag des Unternehmens mit den Worten: »Sehr häufig wird gerade aus unseren bestausgedachten dramatischen Effekten nichts. Das ist weniger dem Plan selbst anzulasten, als eher dem Dazwischentreten der mißgünstigen Göttin Zufall. Aber man versucht es aufs neue.«

»Glaubst du im Ernst«, sagte Nero mit weitaufgerissenen Augen, »diese Geschichten, die herumgehen – daß ich die Absicht hätte, meine eigene Mutter umzubringen, auch wenn sie eine alte Kuh ist?«

»Oh, liebster Caesar, manche von uns bringen die Mutter um, wenn sie geboren werden. Ich habe die meine getötet, sie starb daran, daß sie mich hatte. Gewissermaßen eine komische Situation, aber ein Risiko, das Frauen in ihrer Gier nach Mutterschaft eingehen.«

»Du sagtest komisch?«

»Ja nun, tragisch kann es ja wohl kaum sein, wenn wir uns an die aristotelischen Regeln halten? In gewisser Hinsicht, mein lieber Caesar, enttäuscht Ihr mich ziemlich mit dieser doch ziemlich konventionellen Haltung des Schauderns, beim Klang des Wortes Muttermord. Caesar ist nicht so frei, wie er sein sollte. Ihr beklagt Euch laut und oftmals sehr bezaubernd über mütterliche Verfolgung. Dramatische Selbstgespräche, die den Weg in die Tat nicht finden. Aber Caesar wird das am besten wissen. Vielleicht ist Eure Mutter das notwendige Reizmittel, das die Perle der Poesie hervorbringt.«

»Meinst du denn, ich *sollte* meine Mutter umbringen?«

»Sollte? Sollte? Was beschwört Ihr jetzt, Allerliebster? Moralische Verpflichtung, Seelenruhe, ein Gesetz der künstlerischen Ökonomie?«

»Ich verstehe nicht.«

»Wenn wir uns das Leben als Drama vorstellen, dann dürfen wir doch die Bühne nicht überfüllen. Das soll für jetzt genügen, obwohl ein Aphorismus des verewigten Selvaticus es wert ist, dem kaiserlichen Hirn eingeprägt zu werden – *Wahre Freiheit beginnt erst dann, wenn wir die Götter der Biologie erschlagen haben.* Ich hätte ein Jungchen für Euch.«

»Ein Jungchen? Was soll ich mit einem Jungen?«

»Was du von einem Jungen willst, ist das gleiche, was du von der Entfernung einer Mutter willst – Lösung von den biologischen Tyrannen. Um es deutlich zu sagen, die Befreiung vom Schoß.«

»Aber ich mag Mädchen. Und ich bete Akte an.«

»Befreiung, liebster Caesar. Folgt mir.«

Sie hatten in einem der kaiserlichen Gärten zwischen blinkenden Birken zusammengesessen, und hatte so laut wie auf einer Bühne gesprochen, nur von unehrerbietigem Vögelschall umgeben. Jetzt ließen sich in der geräumigen Sänfte, die einmal Messalina gehört hatte, zu einem kleinen Haus nördlich des pompejanischen Theaters tragen. Hier klopfte Gaius Petronius dreimal und wurde von einem alten griechischen Satyr begrüßt, der ihn herzlich umfing. Als der Imperator eingeführt wurde, fiel er auf den Mamor und küßte die kaiserlichen Füße, bis Nero der Anblick des kahlen Scheitels, der sich in ein seitlich ausschwingendes Pendel verwandelt hatte, unangenehm wurde. Dann gab es mit Häppchen von geräuchertem Käse auf gebratenem Brot, das Beste aus Küche und Keller des Gastgebers Falernianus, und schließlich wurden die Knaben hereingebracht. Ganz etwas Edles, dieser eine da, der germanische Bursche, hergebracht von Colonia Agrippinensis. Weg mit dem kleinen Schreckgespenst. Oder dieser, ein Grieche natürlich, oder diese syrische Schönheit. Schließlich begab sich der Imperator in ein luftiges Kabinett von delikater Sauberkeit und wohlriechend parfümiert; bei sich hatte er einen blonden Knaben namens Sporus. Es war wahrhaftig eine Erleuchtung.

Wenn seiner Mutter auch nicht erlaubt war, nach Rom zu kommen, konnte sie doch nichts daran hindern, sich den internen Botendienst zunutze zu machen und ihren Sohn für seine widernatürlichen Praktiken zu schelten (wozu Inzest vermutlich nicht gehörte):

> ... fast bin ich versucht, an eine dieser verrückten asiatischen Religionen zu glauben, die einen ewigen Kampf zwischen den Mächten des Lichts und jenen der Finsternis annehmen und glaubhaft beweisen können, daß böse Kräfte in das menschliche Hirn dringen und es dazu zwingen können, schmutzige Dinge zu tun. Glaub bloß nicht, daß Rom nichts von den widerwärtigen Perversionen erfährt, die du und dein Freund Gaius Petronius, der schmutzige Dichter, treiben. Wenn Rom davon erfährt, erfahre es auch ich und, noch einschlägiger, hört die Partei, die Britannicus unterstützt sehr deutlich davon, und plant Maßnahmen, um das Kaiseramt von Schauerlichkeiten zu reinigen, die man mit dem Tod von Gaius Caligula abgetan glaubte. Dein Stiefvater, der göttliche Claudius, einer der edelsten Männer, die je das Licht der Sonne erblickten, und ohne ein Gramm von Perversion in sich, muß sich im Grab umdrehen oder an der Schulter seinen Götterkollegen die Augen ausweinen, wenn er daran denkt, daß das Römische Reich in die Hand eines solchen Monsters übergegangen ist. Ja, ich habe ein Monster empfangen und weiß nicht, in welcher Form ich mich vergangen habe, daß mich in meiner Verbannung und meiner Einsamkeit diese Schande und dieses Elend überfallen sollen. Wenn der Fluch einer Mutter auch nur irgendwelches Gewicht hat, dann sollst du wissen, daß ein Mutterfluch aus Tusculum strahlt. Du hast das Reich entehrt und deine usw.

Nero las das gerade, als Gaius Petronius, der schmutzige Poet, von seinen Sklaven in einer offenen Sänfte zu ihm getragen wurde. Er war buchstäblich schmutzig, vom Dreck der römischen Gosse, mit unversorgten Kratzern von Schürfungen im Gesicht und an den Gliedern. In der Hand hielt er eine riesige Karotte, von der er beteuerte, sie wäre ihm nicht bloß in den Anus gestopft, sondern *gehämmert* worden. Sein kostbares Gewand war zerfetzt, und das Haar, das er lang trug und auf dessen Pflege er jeden Morgen wenigstens eine Stunde verwendete, war stellenweise abgehackt worden, und zwar dem Anschein nach mit einem Fleischmesser. Nero nickte, als er den lauten Klagen zuhörte. Mehr als nur Mutterflüche strahlen von Tusculum aus (vermutlich Antium; seine Mutter war eine schäbige Lügnerin): sie hatte einen Sklavensekretär mit schnellem Gold nach Rom entsandt, um nächtliche Meuchelmörder zu dingen. »Ja, ja, liebster Gaius«, tröstete der Imperator. »Es ist Zeit, eine Komödie in der Art auf den Spielplan zu setzen, die du so häufig empfohlen hast. Laßt uns feierlich das Minervafest in Baiae begehen und etwas wirklich *besonderes* vorbereiten, um alles zu krönen. Mein armer lieber Freund.« Dann schrieb er einen Brief und ließ ihn zweifach ausfertigen, einen für Antium und einen für Tusculum. Darin sagte er:

> Geliebteste Mutter, deine Worte greifen mir ans Herz. Ich merke jetzt nur zu deutlich, daß ich von gewissenlosen Gefährten verführt worden bin, die, während sie mich gleichzeitig ihrer Freundschaft und ihrer Treue versicherten, in den Diensten von Britannicus und anderen Staatsfeinden standen. Ein Narr bin ich gewesen und klopfe mir an die Brust für diesen meinen Wahn. Das Reich bedarf deiner Weisheit und politischen Begabung; dein widerspenstiger, aber jetzt reuiger Sohn braucht wie ein Verlorener seine Mutter. Wollen wir uns versöhnen unter der Ägide der Göttin der Weisheit und feiern wir unsere Versöhnung mit Wein, Küssen und der öffentlichen Selbstdemütigung deines dich immer liebenden usw.

Petronius war die Verantwortung für die Vorbereitungen der Feierlichkeiten in Baiae übertragen worden, aber man erachtete es für klüger, ihn abseits zu halten, als Agrippina auf einer Mietgaleere aus Bauli (wie sie mußte) eintraf, schön wie immer, verkleidet als Minerva mit einer lebenden Eule auf der Schulter. Es kam zu einem unglücklichen Zwischenfall, als ihr Boot anlegen wollte: eine der geschmückten Barken, auf der Nymphen und Satyren bescheiden schwebten und ein Lied aus des Imperators eigener Feder über die Schönheit und Weisheit des Ehrengastes sangen, rammte die Galeere, und ein Matrose, der die Galeere wegzustoßen versuchte, trieb mit einem Enterhaken ein Loch in die zerbrechliche Seitenwand. Unterwasserschwimmer, manche von ihnen aus dem Satyrenchor, schlugen weitere Löcher in das abgetakelte Schiff, und das Boot, das sichtbar vollief, wurde eilends zur Reparatur weggeschleppt. »Das macht gar nichts, allerliebste Mutter«, sagte Nero, als er sie umarmte. »Ich habe ein weiteres Boot, das deinem Rang entspricht und bereit liegt, um dich zurückzubringen.« Sie wurde nicht mißtrauisch; ihre lange, langweilige Verbannung hatte ihr den Wunsch eingegeben, kein Mißtrauen haben zu müssen; sie wünschte sich aufrichtig eine Versöhnung und das Anzetteln neuer Intrigen im Zentrum der kaiserlichen Kultur.

Es war ein schönes Fest ohne Epheben und Lustknaben, nur mit sauberen ehebrecherischen Ehefrauen und gelassenen Senatoren, die rasch betrunken wurden. Ganze Eber wurden am Spieß geröstet, die Glieder von Schwänen und Pfauen schwammen in würziger Soße, es gab Torten und Flammeris und viel Wein. Die Gesellschaft bat Nero um ein Lied, aber er sagte: »Nein, meine Freunde, das gehört sich bei einem Imperator nicht. Ich habe aus der Vergangenheit gelernt, o ja, und ich bin bereit, auf die Seite der Würdigen und Einsichtigen hinüberzuwechseln und mich aufs neue dem Einfluß meiner gesegneten Mutter zu ergeben.« Und er küßte Agrippina liebevoll. Als die Nacht kam, wurden in den Bäumen die Lampions entzündet, und eine Heerschar von Eulen aus Käfigen freigesetzt. Agrippinas eigene Eule, die der Zusammenprall erschreckt hatte, war davongeflogen, um irgendwo zu übernachten und kehrte nicht wieder: zumindest ist niemand einer Eule mit kleinen goldenen Kettchen und winzigen Glöckchen begegnet. Als für Agrippina der Aufbruch nahte, begleitete sie Nero mit Trompetenschall zur Landungsbrücke, wo er sich anschickte, ihr in die Barke zu helfen, die er bereitgestellt hatte und deren Aufbau mit goldenen Vorhängen bedeckt war. »Meine liebe Mutter, es war mir eine reine Freude, dich bei mir zu sehen. Zu lange waren wir getrennt«, sagte er.

»Nicht meine Schuld, mein Sohn. Du hast es sehr deutlich gemacht, daß ich in Rom nicht mehr willkommen war.«

»Das ist vorbei, alles vorbei. Bereite alles für deine Rückkehr vor. Ich brauche dich.« Was genau mit diesen Worten gemeint war, wurde nicht klar, denn der Sohn küßte seine Mutter nicht auf die Lippen, sondern auf die Brüste und zog, um das noch aufrichtiger oder intimer tun zu können, ihr Kleid von der Schulter. Dann ging sie an Bord, und die Ruderer stießen das Boot vom Land ab, bevor sie ihre Plätze einnahmen. Agrippina lag auf der Couch, die man aufmerksam unter dem Baldachin aufgestellt hatte; bei ihr waren zwei Bedienerinnen und ihr Freigelassener Lucius Agermus. Agermus bemerkte als erster, daß mit dem Baldachin irgend etwas nicht in Ordnung war: zwei seiner hölzernen Stützen begannen unter dem Gewicht von etwas zu knacken, das unter dem goldenen Tuch verborgen war; zudem lag das Boot tiefer im Wasser, als es sollte. Er sagte: »Irgend jemand erlaubt sich einen Scherz mit diesem Boot. Laßt mich... o nein. Raus. Herrin, schnell.« Und er stieß sie ins Wasser, als ein Klumpen von etwas, das wie Blei aussah, herunterkam und den beiden Bedienerinnen den Schädel einschlug. Die Streben des Baldachin brachen jetzt gänzlich, und noch mehr Blei prasselte. Die Ruderer gingen über Bord, aber nur wenige konnten schwimmen. Die Kaiserinwitwe jedoch bewies eine athletische Geübtheit, die Lucius Agermus nie vermutet hätte. Während er selbst schwamm, beobachtete er, wie sie sich lustvoll bog, die Hände zusammenführte und sie dann im beständigen Rhythmus wegführte und mit starken Füßen in Richtung auf die Küste zu paddelte. Er drehte sich um, spie Wasser aus und sah, wie das Boot sank und verzweifelte Arme in der Luft ruderten, bevor sie untergingen. Als er endlich die Küste erreichte, fand er Agrippina durchnäßt dasitzen und in großen Zügen Luft einschnaufen.

Lucius Agermus platschte die Küste entlang bis nach Baiae, wo er die feierlichen Lampions gelöscht, aber noch immer Licht im Segeltuchpavillon fand, in dem die kaiserliche Gesellschaft sich betrunken und den Namen der Minerva geehrt hatte. Dort fand er Nero, der reichlich abwesend die Gliedmaßen eines syrischen Buhlknaben streichelte. Gaius Petronius, den Lucius Agermus geächtet geglaubt hatte, war auch dabei; er trug eine gelbe Perücke. »Caesar«, sagte der Freigelassene, »ich komme, um einen Unfall zu melden. Das Schiff, in dem die Kaiserin Agrippina befördert wurde...«

»Ja? Abgesoffen, oder? Arme Mutter. Meine geliebte, elende Mutter.«

»Die Götter seien gepriesen, Caesar. Eure Mutter und ich sind die einzigen Überlebenden. Zusammen konnten wir an die Küste schwimmen.«

»Wo ist sie?« fragte Nero, der sich übertrieben erleichtert zeigte.

»In einer Arbeiterhütte drei Meilen die Küste abwärts.«

»Tapfere Mutter. *Glückliche* Mutter. Und du – wie heißt du?«

»Lucius...«

Ist egal. Sie hat dich gesandt, um mich zu töten, nicht? Glaubt, daß es meine Schuld ist. Rachsucht bis zum letzten. Aufidius! Crespus!« Zwei Leibwächter kamen in den Pavillon gelaufen. »Ein Attentäter unter uns. Ihr wißt, was zu tun ist.«

In der Arbeiterhütte saß Agrippina in eine rauhe Decke gewickelt und trank Glühwein. Der alte Mann, der dort lebte, hatte in einem Kohlenbecken ein kleines Feuer angezündet. Er war einsam und geschwätzig und sagte: »Eine Frage der Geschicklichkeit, meine

Dame. Die Sachen werden heute nicht mal mehr halb so gut gemacht wie noch in der guten alten Zeit des Kaisers Augustus. Ein Niedergang, wenn Ihr versteht, was ich meine. Und jetzt dieser Lausejunge als Kaiser, zu allen Streichen ist der fähig. Ermutigt Niedergang in allem – schlechte Manieren, Unehrlichkeit, schlechte Arbeit. Tut mir leid, wenn ich nicht mehr Gastfreundschaft bieten kann, meine Dame – Ihr seht ja, wie's aussieht. Ein armer Arbeitsmann ist es nicht gewohnt, daß er Besuch von feinen Leuten kriegt.«

»Du bekommst deine Belohnung.«

»Oh, meine Rede ist das doch, daß die gewöhnliche Redlichkeit schon Belohnung genug ist. Nicht, daß ich nicht dankbar wäre für ein Wort, das für mich beim Bauamt eingelegt wird. Ein guter Arbeiter – schaut Euch diese Hände an – steif wie Leder und hart wie Horn. Ich kann arbeiten wie ein Wilder, ja...«

Da kamen Aufidius und Crespus mit gezogenen Dolchen herein. Sie sah auf sie und nickte. »Anklage der Verschwörung«, sagte Aufidius, »mit dem Prätendenten Britannicus. Euer Attentatsversuch ist fehlgeschlagen. Kommt, wie Ihr seid. Leistet keinen Widerstand. Wir haben Befehl, die entsprechenden Maßnahmen bei Zuwiderhandeln...« Genau das tat sie: sie sprang mit umgeschlagenen Tuch zur Tür. Crespus schlug zu und sie lag stöhnend da. Aufidius machte ihr mit zwei weiteren Stichen den Garaus. Der eingeschüchterte Arbeiter sagte:

»Also, ich habe nichts getan. Weiß überhaupt von nichts oder wer sie ist. Hab sie nur aufgenommen, wie sie so halb ertrunken war. Ich kümmere mich nicht um höhere Angelegenheiten. Ich werde nichts sagen, Ehrenwort.«

»Stimmt«, sagte Aufidius. Er hielt ihn fest, und Crespus schnitt ihm die Kehle durch.

Später ließ der betrunkene Sohn die Leiche seiner Mutter vor sich bringen. Er sah sie an, nackt, die Wunden gesäubert und trocken. »Ich denke an die Zeit, als Messalina das Beil kriegte«, sagte er. »Ein wunderschöner Körper. Was wäre, Gaius, die ästhetische Einstellung zum Leichnam der eigenen Mutter? Nur eine Sache der Gestalt, Farbe, nicht wahr? Sie hat sich aufgelöst in, in... wie heißt der Ausdruck?«

»Morphologie.«

»Wunderschön gegliedert. Edle Haut. Was habe ich jetzt zu tun, um meine Eroberung der Götter der Biologie, wie du sie nennst, zu beweisen? Den Leichnam vergewaltigen? Nein. Eine Eulogie vorbereiten, nehme ich an. Oder sollte es eher eine Elegie sein?«

Der theatralische Schmerz, dachte Gaius Petronius später, hat niemand getäuscht. Nero stand in tiefer aber überaus kleidsamer Trauer da. Hinter ihm grinste Akte; die Kaiserin Octavia war peinlich berührt. Der Imperator rief: »Ein elegisches Gedicht werde ich schreiben und es öffentlich vortragen, meine gelehrten Erzieher mögen denken, was sie wollen. Hat ein Sohn nicht das Recht, den Verlust seiner Mutter zu betrauern und der fühllosen Welt das heilsame Muster von Sohnesleid zu präsentieren? Für mich war sie alles – der Schoß, der mich getragen hat, die Brüste, die mich nährten, die Sorge und Weisheit, die mein Wachsen bewachten. Nie wieder wird jemand sein wie sie. Liebste Mutter, die du den Schatten übergeben bist, sieh herab auf deinen Sohn, bring ihm Rat in Träumen, beobachte mit schattenhaftem Stolz das Gedeihen seiner Herrschaft und den wachsenden Ruhm jenes Roms, das du so geliebt hast. Ich wollte, daß die Toten wieder auferstehen könnten, doch ach – Städte werden zerstört und in noch größerem Glanze wieder aufgebaut, Reiche vergehen und erstehen wieder – doch, einmal dahin, werden wir Menschenwesen zu Staub, Asche, Nichts. Liebe Mutter, lebe weiter in der Erinnerung. Die Liebe einer Mutter währt ewiglich. So auch die Liebe eines Sohnes. Ich weine, ich weine, und nichts kann mich trösten. *Vale, mater.*«

Im Hintergrund applaudierte jemand ironisch. Man hatte Burus im Verdacht, aber ganz sicher war man nicht.

Das also war der Imperator, dem Marcus Julius Tranquillus in Palästina diente und an dessen Gerechtigkeit Paulus appellieren sollte. Es dauerte nicht lange, bis Julius über seinen Auftrag unglücklich wurde. Er hatte kein Vertrauen in Porcius Festus, der unerfahren und dafür in einer Reihe von Vorurteilen gefestigt war; das wichtigste davon war das gegen die Juden. »Caesarea«, sagte Festus, als das Schiff einlief. »Felix hat mir geraten, hierzubleiben und so wenig wie möglich nach Jerusalem zu reisen. Zumindest atmen wir in Caesarea gesunde Seeluft. Und nicht den stickigen Gestank jüdischen Aberglaubens. Sie sind schon in Rom schlimm genug: wie sie aber hier sind – mich schaudert's schon, wenn ich nur dran denke.«

»Ihr fangt also mit einem Vorurteil an.«

»Solange ich Landpfleger bin, wird nicht lange gefackelt. Kleinhalten. Ihnen zeigen, wer der Herr ist. Nein, ich mag die Juden nicht.«

»Wißt Ihr, daß ich mit einer Jüdin verheiratet bin?«

»Ja, natürlich, hab' ich ganz vergessen. Ja nun, die Frauen sind vielleicht ganz in Ordnung. Die nehmen den religiösen Blödsinn wahrscheinlich nicht so ernst. Ich habe nichts gegen Jüdinnen. Manche sind sehr verführerisch. Und gut im Bett, heißt es. Davon werdet Ihr wahrscheinlich mehr verstehen als ich.«

»Landpfleger, bei allem Respekt, mir gefällt Euer Ton nicht.«

»Nein? Dann werdet Ihr Euch, bei allem Respekt, damit abfinden müssen. Jedenfalls solange wir zusammen arbeiten. Ich stelle fest, daß Ihr nicht wild darauf wart, Eure Frau mitzubringen.«

»Sie bleibt lieber in Rom. Ein Jahr ist keine Ewigkeit.«

»Auch besser so. Sie würde Euch diesen Leuten zu sehr annähern, Euch aufsaugen. Ihr müßt Euch draußen halten, das ist wichtig. Ihr kennt doch die Sprache?«

»Ausreichend.«

»Vermeidet, sie zu gut zu sprechen. Haltet auf Abstand. Laßt sie Griechisch oder Latein sprechen. Ich schätze, Felix hat einen Haufen unerledigter Geschäfte zurückgelassen. Jüdische Gesetze, jüdische Tabus, Prozesse, die ewig weitergehen. Warum können sie nicht lernen, wie die Römer zu denken? Dafür sind wir ja da. Um die Klarheit des römischen Denkens zu bringen, römische Vernunft, römische Sitten. Ein Zivilisationsauftrag.«

»Und wir treiben natürlich Steuern ein.«

»Das auch. Schließlich kostet Zivilisation Geld.«

Paulus befand sich noch immer in Caesarea und wartete darauf, daß Porcius Festus ein Urteil fälle. Seine Zelle war geräumig, und ihm waren Besucher erlaubt. Der wichtigste von ihnen war Lukas. Lukas diktierte Paulus einen Brief über »Nächstenliebe, die ein anderes Wort für Liebe ist. Wenn ich mit Menschen- und mit Engelszungen redete, hätte aber die Liebe nicht, wäre ich nichts weiter als eine zerbrochene Trompete oder ein tönendes Stück Eisen. Und wenn ich weissagen könnte und wüßte Geheimnisse und hätte ein unermeßliches Wissen um alle Dinge und könnte sogar Berge versetzen, hätte aber die Liebe nicht, dann wäre ich nichts. Nichts. Ich kann meinen ganzen Besitz verkaufen, um damit die Armen zu nähren, ich kann mich der Hinrichtung, dem Verbrennen, dem Märtyrertod ergeben, aber wenn ich die Liebe nicht habe, so ist's nichts nütze. Laßt mich erzählen, wie die Liebe aussieht. Die Liebe ist bereit zu leiden, sie ist nicht neidisch, sie ist nicht aufgebläht, sie ist niemals ungebärdig, sie suchet nicht das Ihre, denkt nichts Böses, läßt sich nicht erbittern. Sie ergibt sich, glaubt mehr als sie zweifelt, hofft mehr als sie verzweifelt. Sie höret nimmer auf – so doch die Weissagungen aufhören oder das Zungenreden aufhört oder sogar die Erkenntnis aufhört. Unser Wissen ist Stückwerk, und unser Weissagen ist Stückwerk. Wenn aber kommen wird das Vollkommene – und das ist die Liebe – werden wir kein Stückwerk mehr brauchen. Da ich ein Kind war, redete ich wie ein Kind, da ich aber ein Mann wurde, tat ich ab, was kindisch war. Der Wunsch, mehr zu wissen, besteht also fort. Jetzt blicken wir durch einen Vorhang, dunkel und verschwommen. Doch eines Tages werden wir die Wirklichkeit von Angesicht zu Angesicht sehen. Jetzt erkenne ich stückweise, doch eines Tages werde ich gründlich erkennen, so wie ich erkannt bin. Und all das wird geschehen durch die Macht der Liebe. Drei Dinge sind es, die, wie ihr wißt, groß sind – Glaube, Hoffnung und Liebe. Aber die größte unter ihnen ist die Liebe. Hast du's?«

»Die größte unter ihnen ist...« Lukas setzte seine Schreibtafel ab. »Und du glaubst das alles?«

»Besser sie glauben es, diejenigen, denen es vorgelesen werden wird. Selbstverständlich glaube ich es. Bleibst du nicht mehr, um was zu essen?«

»Ich muß noch mal nach diesem Neuen sehen. Ärger mit dem Magen. Krämpfe. Diarrhöe. Diese Neulinge können einfach nicht die Pfoten vom Obst lassen.«

»Bist du sein offizieller Arzt?«

»Nein. Nur hinzugezogen. Ich übe den Beruf aus. Man muß irgendwie leben. Nicht alle haben die Möglichkeit, die Gastfreundschaft eines römischen Gefängnisses zu genießen.«

»Ziemlich weitreichende Gastfreundschaft. Zwei Jahre.«

»So lange schon? Inzwischen muß jeder vergessen haben, um was es in deinem Fall geht.«

»Glaub' ich nicht, Lukas.«

Er hatte recht. Festus und Julius trafen sich an der Grenze des Tempelbezirks mit den Anführern des Sanhedrin; Julius bewunderte den Tempel gebührend. Ananias sagte: »Wir wissen diesen Antrittsbesuch zu schätzen, Landpfleger. Wir freuen uns, daß die römische Rechtsprechung wieder in Gang gekommen ist. Zu lange war sie eingeschlafen.«

»Das ist die Schuld der Bürokraten in Rom«, sagte Festus. »Ein neuer Imperator, und der Regierungsapparat wird neu organisiert. Wenn ihr Fälle habt, in denen ich entscheiden soll, bringt sie nach Caesarea.«

»Da ist ein ganz bestimmter Fall, der seit der Abreise des Landpflegers Felix eingeschlafen ist. Dieser Paulus. Er sitzt in Caesarea im Gefängnis, wie Ihr wißt. Wir erbitten untertänigst seiner Überstellung nach Jerusalem, damit seine Verbrechen hier in Jerusalem weiter untersucht werden können.«

»Verbrechen? Irgend jemand hat mir von diesen Verbrechen gesprochen, aber noch immer weiß ich nicht, worin sie bestehen. Es ist ohnehin die Aufgabe des Richters zu entscheiden, ob es sich um Verbrechen handelt oder nicht.«

»Oh, da sind wir uns ganz sicher.« Festus sah sie an und bemerkte einen, der sich die Lippen leckte. Der Arzt Lukas hatte dem Landpfleger mehr als nur Arzneien verabreicht. Festus sagte:

»Denkt ihr an einen kurzen Prozeß? Ein Unfall auf dem Weg nach Jerusalem? Von solchen Geschichten habe ich schon gehört.«

»Bei uns kommen solche *Geschichten* nicht vor, Landpfleger. Die überlassen wir den nazarenischen Feinden des römischen Staates. Wir sind mit Euch in der Gerechtigkeitsliebe einig.«

»Gerechtigkeit wird ihm zuteil werden, und zwar in Caesarea.«

Im großen Hof vor dem Prätorium in Caesarea sah Marcus Julius Tranquillus mit großer Neugier auf Paulus, dem die Handgelenke auf dem Rücken zusammengebunden waren, der kahl war und alterte, aber, wie es schien, im Einklang mit sich selbst war. Er wußte alles über Paulus, oder genauer Saulus, den Kommilitonen seines Schwagers, den zum nazarenischen Fanatiker gewordenen Mörder, den Reisenden, religiösen Redner, römischen Bürger. Er hatte Paulus' Akte im Prätorenbüro gelesen. Überhaupt nicht verstehen konnte er die Klage, die der gockelige Griechenjude Tertullus mit Komplimenten an einen römischen Beamten verblümte, der bisher noch gar nichts getan hatte, um sich Lob oder Tadel zu verdienen.

»Um also abzuschließen, hochberühmter Felix...«

»Festus heiße ich. Porcius Festus.«

»Um Vergebung. Ich hatte aus der ursprünglichen Zusammenfassung zitiert. Hochberühmter Festus, dieser Mann hat nicht nur den heiligen Tempel unserer Väter entweiht, sondern hartnäckig jene falsche Lehre weiter gepredigt, die allen aufrichtigen Gläubigen ein Ärgernis ist.«

»Das«, sagte Festus, »ist eine interne und lokale Angelegenheit und geht Rom nichts an.«

»Aber, o Berühmter, seine Taten und Worte waren zum Schaden der öffentlichen Ruhe und Ordnung, und das geht Rom sehr viel an.«

»Was«, fragte Festus, »hat der Beklagte dazu zu sagen?«

Für Julius' Ohr war das, was der Beklagte jetzt sagte, in einem bewundernswerten, wenn auch provinziellen Griechisch gesprochen, bei dem sich die Stimme zum Ende eines jeden Satzes erhob, zweifellos ein Mittel, um Klarheit zu gewährleisten, aber sie enthielt auch die Melodie einer Frage. »Ich habe nichts Unrechtes getan – weder Sünden nach den Gesetzen der Religion noch Verbrechen nach den Gesetzen Roms.«

»Dieser zweite Teil ist es, der das Gericht angeht. Du behauptest, daß du kein Verbrechen gegen Caesar begangen hast?«

»Ich wiederhole: weder gegen das jüdische Gesetz, noch gegen den Tempel, noch gegen Caesar...«

»Wirst du«, fragte Festus, »nach Jerusalem gehen, um dort – vor mir – in den Dingen, deren man dich anklagt, gerichtet zu werden?«

Julius glaubte in dem Blick, den der Landpfleger einem Mann in schwarzen Kleidern, der der Hohe Priester genannt wurde, zuwarf, einen Schimmer von Komplizenschaft zu entdecken. Mit Sicherheit sah er einen seiner eigenen Soldaten, wie er eine daumenreibende Gebärde zu seinem Kameraden hin machte; der Kamerad nickte wissend. Paulus sah das auch. Paulus sagte:

»Ich stehe vor dem Richterstuhl Caesars, wo ich ein Recht darauf habe, gerichtet zu werden. Ich habe kein Unrecht gegen die Juden getan – Ihr wißt das ganz genau. Wäre ich ein Übeltäter und hätte ich ein todeswürdiges Verbrechen begangen, nun, dann widersetzte ich mich weder der Anklage noch der Hinrichtung. Doch wenn nichts von dem, wes man mich beschuldigt, zutrifft – dann darf mich diesen Anklägern niemand ausliefern. Ich berufe mich auf Caesar.«

»Du behauptest, du wärest ein römischer Bürger. Zenturio, geht das auch den Unterlagen hervor?«

»Ja.«

»Also gut. Auf Caesar hast du dich berufen, zu Caesar sollst zu ziehen. Einen Moment«, als die Juden zum Himmel schreien wollten. »Mehr Ruhe bitte. Das hier ist ein Gerichtshof. Ich bin noch nicht fertig. Du sollst zu Caesar ziehen, sobald für mich hinreichend geklärt ist, um was es in diesem Fall eigentlich geht.« Die Juden atmeten auf: noch immer gab es eine Möglichkeit, ihm ein Messer reinzujagen. »Weg mit ihm. Räumt den Gerichtssaal.«

Welche Vorstellung von Caesar sich Paulus in seinem noch immer provinziellen Kopf machte, steht nicht so genau fest: wahrscheinlich eine hohläugige Figur, die grausam aber so beständig war wie der Nordstern, die einen richterlichen Finger gen Olymp richtete, die eine wogende Toga und den Lorbeerkranz eines Goldschmieds trug und nicht wußte, daß die Verschwörer loszuschlagen bereit waren. Der wirkliche Caesar war hübsch, aber pickelig und in jener neronischen Zeit, die nicht genau mit der paulinischen übereinstimmt, in Maske und grüner Perücke mit seinen alten Schulfreunden im Suburbabezirk Roms zwischen den Läden und Bordellen, die sich zwischen dem Vicus Longus und dem Vicus Patricius erstreckten, als Plünderer unterwegs. In gewisser Weise versuchte er, aus der Schuld des Muttermörders, die ihn nicht in Ruhe lassen wollte, in ein glückliches Heranreifen zu flüchten. Rom beglückwünschte sich selbst zur Entfernung einer Person, die durch ihre unbezweifelbare Schönheit zu einer mehr oder weniger unheilverkündenden Figur gemacht worden war, und Rom erriet, wo die Verantwortung für diese Entfernung lag. Am Ende, wenn es opportun wäre, würde Rom vom zweitschrecklichsten Verbrechen in der Geschichte sprechen; zunächst aber jubelte es über die Beseitigung eines Ungeheuers, dessen ungeheuerliche Taten nicht durch männliches Mitleid, männliche Lethargie und männliche Vernunft gemildert worden waren. Roms Bürger hatten einen gesunden Schlaf, aber Roms Herrscher erwachte schwitzend. Er hörte, wie ihn nachts ihre Stimme rief; tagsüber sah er sie für einen Moment im Theaterpublikum auferweckt, wo sie ihn Verse vergessen ließ, wenn er spielte, oder zum Krächzen brachte, wenn er sang. Er mußte lernen, daß ein Mord immer zu weiteren führte: die Attentäter mußten der Reihe nach ermordet und die neuen Messerstecher mußten wieder erstochen werden. Er begriff, daß Mord eigentlich nicht delegiert werden konnte, es sei denn, er wollte die ganze Welt umbringen lassen. Das führte ihn, und es war mühsam, zum Studium der Gifte und zur Bekanntschaft mit jener Locusta (genau hier im Bezirk Suburba), die seine Mutter stellvertretend zu seiner eigenen undankbaren Erhöhung eingesetzt hatte.

Gaius Petronius hatte die Idee mit der Bleigaleere selbstverständlich als höchst künstlerisch gelobt, das Fehlschlagen bedauert und den Vorwand eines eingebildeten Verrats als Posse mit legitimer, wenn auch banaler Improvisation hingenommen. Er wischte die schlimmen Träume und die Erscheinungen im Wachzustand als, wie er sich in seinem elaborierten Griechisch ausdrückte, reine *epiphenomena* weg und verglich sie mit den langweiligen Geistern, mit denen die Tragödien Senecas überladen waren. Er schwatzte zuviel, und Nero ließ ihn in einen ausgedehnten bezahlten Urlaub nach Athen schicken, wo er der Teilnahme seines Herrn am Sängerwettstreit den Weg bereiten sollte. In der Zwischenzeit: nächtliche Überfälle auf Läden und Bordelle in der Gesellschaft der kläffenden Jugendfreunde. Noch keuchend vom Verprügeln eines Händlers, der eben seinen Laden für den Tag schließen wollte, bogen sie um eine Ecke und entdeckten einen überdachten Fischmarkt, der noch offen war. Es war ein Heidenspaß, den Ladenschwengeln mit deren Abschupp- und Ausweidmessern nachzurennen, sich gegenseitig mit Seebarsch und Polypen zu verdreschen, auf dem glitschigen Boden auszurutschen und sich wieder zu fangen, und das alles unter Geheul und Gebrüll. Als ein ruhiger, nachsichtiger, sogar lächelnder Mann mit einem riesigen Butt im Arm wie ein schlafendes Kind erschien, der offenbar der Besitzer des Marktes war, unterbrachen sie ihr Spiel: sie trafen auf eine Reaktion, wie sie ihre bisherigen Erfahrungen nicht hatte erwarten lassen. Der Mann, dunkel, kräftig, am Beginn seiner mittleren Jahre, trat auf den verkleideten Nero zu und versuchte ihm den Butt mit folgenden Worten zu überreichen:

»Heil, Caesar. Ein Geschenk Neptuns an die herrschende Gottheit Roms.«

»Wie kannst du wissen, wer ich bin.«

»Das kaiserliche Licht scheint trotz dieser eleganten Maske in den Zügen Eurer Ehren. Ihr riecht nach Göttlichkeit wie dieser Butt nach... wonach immer er riecht. Genaugenommen ist er nicht mehr der Jüngste. Ich habe drinnen frischeren Fisch. Bereits in der Pfanne, mit Knoblauch, süßer Butter, Nelken und Kapern.«

»Du wagst es, den Imperator zum Abendessen einzuladen?«

»Unterwürfigste Pflicht, Herr. Der Stolz eines Untertanen. Ich kann Tänzerinnen kommen lassen. Auch Tänzer, wenn Ihr es wünscht. Nackt.«

Nero in seiner Perücke grinste den Mann an. »Fischhandel lohnt sich wohl, wie?«

»Geld ist aus vielem zu holen, Eure himmlische Güte. Ich bin auf das, womit ich einmal begonnen hatte, aus reiner Nostalgie zurückgekommen. Ich habe vor, mir das Monopol im römischen Fischhandel zu erwerben – frische Fische, die in Kühlfässern in Eilmärschen von der Küste herangeschafft werden, um billig und rasch verkauft zu werden. Im Handel mit sizilianischen Pferden habe ich schon das Monopol. Geld, natürlich. Aber es soll ausgegeben werden, Herr. Sparen hasse ich. Ich liebe das Leben. Starke Gewürze, wenn Eure olympische Scharfsinnigkeit verstehen, was ich meine. Fischblut ist dünn, aber es gibt Blut, das so dick wie Kassiahonig ist. Die Säfte des Lebens, Herr – Blut und Samen. Laßt sie fließen.«

»Dem Imperator«, sagte Nero in imitierter Würde, »gefällt es, ihn als Mann nach seinem Herzen anzuerkennen. Der Name?«

»Ofonius Tigellinus, zu Diensten des Imperators. Ein euphonischer Name, meinen Euer Heiligkeit nicht auch? Euphonischer Ofonius. Tigellinus – der kleine Tiger. Allzeit bereit, Eurer höchsten kaiserlichen Göttlichkeit die tiefsten irdischen Vergnügen zu bereiten. Ein Epikureer bin ich, wenn ich diese Angelegenheit auf ein philosophisches Niveau heben darf.«

»Und nichts übrig für die Stoiker?«

»Stoiker? Seneca und sein Verein? Da muß ich doch auf dieses fischige Sägemehl spucken. Heuchler, möchte ich mal sagen. Schützen die Tugend vor, um dahinter ihre geheimen Laster zu pflegen. Ich hasse das Loch im Winkel. Lachen wir doch in der hellen Sonne.«

»Ofonius Tigellinus, ich kann den bruzzelnden Fisch von hier aus riechen.«

»Gut, nicht wahr, Herr? Das macht der Knoblauch. Nichts gleicht dem Knoblauch.«

Im Vicus Longus hatte Aquila seinen Laden und hinter dem Laden die Wohnräume, wo er, mit seiner Frau Priscilla als Gastgeberin, manchmal befreundete Juden bewirtete. Sie hatten ihr Geld in Korinth verdient, waren aber froh, wieder in Rom zu sein. Bis auf die Tatsache, daß es dieser Tage, genauer, nachts, nicht ratsam war, viel auszugehen. Sie konnten das laute Rufen der jugendlichen Randalierer hören und fragten sich, wann sie an der Reihe wären. Außer einer kahlen Werkstatt gab es aber nicht viel zu ramponieren, und die Fensterläden, die Aquila angebracht hatte, waren aus hartem Pinienholz und mit Metallstreben verstärkt. Aquila sagte gerade, als er das Geheul und Gedepper hörte:

»Das ist die Zeit, in der wir leben. Da braucht es jemand, der dagegen anschreit. Jemand wie dein alter Freund, Kaleb.« Denn Kaleb war mit seiner Frau Hanna und ihrem Sohn Jakob da, außerdem Sara, die an diesem Tag einen Brief von ihrem römischen Ehemann erhalten hatte, der von Kalebs altem Freund berichtete, sowie Ruth, die inzwischen selbst für einen Ehemann reif war. Zusammen ergaben sie eine nette Gesellschaft. Hanna, die sich in der Gesellschaft mit Heiden manchmal als Fannia ausgab, war die verwaiste Tochter eines Geldverleihers, den einer seiner Senatorskunden der Entweihung der Vestastatue anklagen und hatte verurteilen lassen. Sie hatte bei Sara rasch zynisch zu sein gelernt, bei Sara, die weder Gott noch Mensch traute und eine leise Verachtung für den römischen Dünkel geerbt hatte: nach allem konnten die beiden Damen als römische Patrizier durchgehen, die eine etwas südlichere als die Sonne Roms berührt hatte. Kaleb, den die Sonne Roms mit den Jahren dunkler gemacht hatte, griff Aquilas Anspielung auf und sagte:

»Mit Predigen würde er hier nicht weit kommen. Wenn es irgendwo einen üblen Geruch gibt, dann läuft man weg und versucht nicht, ihn mit Zibet zu verbergen.«

»Man kann sich aber auch an den üblen Geruch gewöhnen und ihn Rosenduft nennen.« Beide waren sie irgendwie vom Thema abgekommen. »So wie du mit Blut.«

»Ehrlich vergossenes Blut. Keiner befiehlt einem Gladiator, sich die Adern zu öffnen. Blut ist sein Beruf.«

»Wie ist das mit den Briten?«

»Ja. Deshalb habe ich manchmal böse Träume. Untrainierte Männer und Jungen, die in Stücke gehackt werden. Aber der Pöbel schätzt das.«

»Weil«, sagte Priscilla, während sie aus ihrem Vorrat an korinthischen Rosinen, der nie auszugehen schien, welche brachte, »weil es der Imperator schätzt. Die Verderbtheit beginnt ganz oben. Warum schmeißt du nicht alles hin?«

»Und was dann? Ich muß schließlich von was leben.«

»Du siehst, was dabei herauskommt, Kaleb«, sagte Aquila. »Du fängst damit an, nach römischem Blut zu dürsten – natürlich für eine gute Sache, Gott segne die Zeloten. Und du hörst damit auf, daß du andere bereitwillig ihr Blut vergießen läßt – Römer, Briten, Syrer, alle.«

»Wir haben genug vom Blut«, sagte Priscilla.

»Die Leute von Saulus«, sagte Kaleb, »von Paulus meine ich, die trinken es. Und sie essen Fleisch.«

»Das ist ja gräßlich«, sagte Hanna. »Können wir nicht über was anderes reden?«

»Jetzt redest du wie ein lästermäuliger Römer«, sagte Aquila. »Paß auf. Weder Priscilla noch ich sind bereits Christen. Aber ich habe mit Paulus einen Handel abgeschlossen. Wenn er je bis zum Tiber kommt, habe ich gesagt, dann kann er uns reintunken. Uns beide. Was ich sagen will, ist folgendes: Sie essen den Leib und das Blut Christi, aber in verwandelter Gestalt. Brot und Wein. Eine sehr sinnreiche und kluge Vorstellung. Man ißt den *soter*, und er wird ein Teil von einem.«

»Und dann«, sagte Kaleb grob, »scheidet man ihn aus.«

»Du bist jetzt nicht bei deinen Freunden vom Zirkus«, sagte Hanna. »Können wir nicht über Octavias neue Frisur oder irgendwas Interessantes reden?«

»Religion«, sagte Sara, »ist nicht nur einfach nutzlos. Religion ist gefährlich.« Aquila seufzte künstlich, weil er das schon oft genug gehört hatte. »Den Tag ohne Kopfweh zu überstehen, ist wichtig und einen Seufzer der Erleichterung loszulassen, daß man die lange Reise zum Kopfkissen überstanden hat.« Der Lärm jugendlicher Zerstörungswut hatte für kurze Zeit aufgehört. Jetzt ging es wieder los.

»Es klingt, als wenn sie...«, fing Priscilla an. »Oh, nein.« Denn da waren Fäuste, die laut an die Rolläden der Werkstatt klopften, Schreie, daß man öffnen solle, ein Knirschen, das die Vermutung nahelegte, daß an den eisernen Streben des Pinienholzes Grateisen am Werk waren. Kalebs Nacken schien um mehrere Zentimeter angeschwollen zu sein. Er sagte:

»Du und ich, Aquila, wir gehen aufs Dach. Manchmal habe ich diese Römer einfach satt.«

»Und was schlägst du vor, daß wir auf dem Dach tun?«

»Dieser Tank dürfte inzwischen voller Regenwasser sein.«

»O nein. Das wird sie nicht aufhalten, was du da im Sinn hast. Sie kommen bloß wieder.«

»Ich glaube, ich komme mit dem Tank allein zurecht.« Und Kaleb strebte auf die Treppe zu, eher eine befestigte Leiter, die nach oben führte. »Du bleibst da, Jakob.«

Er löste den Riegel und fand sich unter römischen Sternen. Unten, nach rechts zu, gingen das Geschrei und Gehämmer weiter. Der hölzerne Tank war nur halbvoll, aber seine Muskeln waren völlig angespannt, um ihn aufzuheben. Es schleppte ihn zum Geländer, keuchte, wartete, sah nach unten. Dumme Jungen aus der Patrizierklasse, einer trug eine grüne Perücke. Er kippte den Tank sorgfältig auf sie hinunter. Es gab Geschrei und Drohungen, runde Mundlöcher, die zu ihm hinauf heulten. Er nahm den geleerten Tank auf und hob ihn hoch. Er warf ihn genau auf die grüne Perücke hinunter. Die Perücke rutschte herab, und ihr Besitzer torkelte wie ein Betrunkener und heulte auf, bevor er zu Boden stürzte. Seine Gefährten beugten sich sehr besorgt über ihn. Einer sah zum Dach hinauf und schrie:

»Weißt du, was du angerichtet hast? Du Idiot, weißt du, was du angerichtet hast?« Kaleb erzeugte hinten im Hals einen ungebärdigen Laut, den Gladiatoren gern anbringen, um Verachtung und Verwünschungen auszudrücken, wischte sich die nassen Hände an seinem Hinterviertel ab und kehrte dann nach unten zu seinen Leuten zurück. Er konnte sein Opfer nicht hören, das nur betäubt worden war, wie es aus der Dunkelheit hochtauchte und laut schrie *»Hic et ubique, mater?«*

Auch einige Wochen später, als er den Darstellern der Spiele einen Höflichkeitsbesuch abstattete, erkannte er im Imperator nicht das wiederhergestellte Opfer. Kaleb, der sich Metellus nannte, stand mit den Leuten, die er hatte trainieren helfen in Habacht, als der hübsche, pickelige junge Mann, der jetzt kein Junge mehr war, in seinem Purpur von der kaiserlichen Loge herabstieg in den Darstellergraben, der sich in die Arena ergießen sollte. Aus der Arena kam der Lärm des sitzenden Rom, das an Würsten kaute und auf Blut wartete. Eine Anzahl exotischer Gefangener, die sich noch nicht ganz im klaren darüber waren, daß sie Rom zu Gefallen Blut vergießen sollten, lagen und saßen herum: bleichhäutig und blondhaariger als der Imperator, ohne Reaktion auf das Gebell des Spielführers, daß sie in Caesars Gegenwart auf ihre dreckigen Füße springen sollten. Caesar war sehr von einem sommersprossigen Knaben von vielleicht vierzehn Jahren eingenommen, der von dem Lärm, der Aufregung und seiner eigenen Dummheit völlig verstört war; er umfing ihn liebevoll. »Was meinst du, Tigellinus?« sagte er. »Viel zu hübsch, um zu Hackfleisch verarbeitet zu werden, meinst du nicht?«

Wo, rätselte Kaleb, war der Präfekt Burrus? Wieder einer, der in die Verbannung geschickt worden war, weil er es gewagt hatte, während einer der kaiserlichen Rezitationen zu gähnen? Der Mann, der als Tigellinus angeredet worden war, trug keine Uniform, schien aber eine Art prätorianischer Autorität erlangt haben.

»Caesar hat ein zu weiches Herz. Caesars Untertanen lieben es, wenn junges Fleisch in Stücke gerissen wird. Du«, sagte er zu Kaleb, »wie heißt du?«

»Metellus.«

»Wenn du Metellus bist, dann bin ich Kleopatra. Versteht der hier soviel mit einem Dolch umzugehen, daß es wie ein Kampf aussieht?«

»Er ist ein Kind. Er hat nicht die geringste Chance.«

»Er wird doch eine Rüstung tragen.«

»Die wissen gar nicht, was eine Rüstung ist. Und welche Chance soll er schon gegen Tibulus haben?« Nero strahlte Tibulus an, einen Haufen hübsches Gestein aus Ligurien, eher massig als biegsam, nur schwer umzubringen und zu blöd, um Schmerzen zu spüren. Der Spielführer sagte:

»Er wird sich zurückhalten. Mindestens fünf Finten, bevor er sich ans Töten macht.«

»Genau so«, sagte Kaleb hitzig. »Das Töten. Und der Junge hier weiß gar nicht, was vor sich geht. Er kann kein Latein, und wir können nicht Britisch.« Hinten im Hals erzeugte er einen ungebärdigen Laut, den Gladiatoren gern anbringen, um Verachtung und Verwünschungen auszudrücken. Der Imperator war von dem Geräusch bezaubert, das er vorher noch nicht gehört zu haben schien.

»Das sind bloß Tiere«, sagte der Spielemanager. »Großer Caesar, wir sind Eurem Vergnügen zu Diensten.« Dann stiegen der Imperator und sein Gefolge in die kaiserliche Loge und in die Luft zurück, die noch nicht von Wut, Schweiß, Angst und verwandten Ausströmungen verunreinigt war. Die Kaiserin, die blöde Kuh, war auch anwesend. Sie erhob sich bei Neros Eintreten und blieb wie er stehen, um sich vor dem untertänigen Gebrüll der Menge zu verbeugen. Die Menge war riesenhaft: ein sicheres Zeichen für ein blühendes Imperium, diese massenweise Nachmittagsmuße. Die *hydraulis* oder Wasserpumpe wurde angeschlossen und grunzte in chthonischem Donner. Es war die Stimme einer rohen und verwöhnten Bürgerschaft, die die gemeinsame blaue Mütze eines makellos friedlichen Himmels trug. Die schwache Stimme von Vergils Geist rief sie auf zu gemeinsamer Tugend, aber sie fragten sich, für welche Mannschaft dieser Cergil oder Pervil gespielt hatte. Nero grinste und knickste und sagte laut, aber ohne daß sie es hörten: »Dreckige kunstlose Bande, was wißt ihr von der Qual, unter der man Elfsilber schmiedet?« Dann nahm er Platz. Britannicus kam verspätet; seinem Aussehen nach leicht angetrunken. Nero schaute böse, und Britannicus strahlte. Als die verstörten Briten hereinkamen und die ungewohnten Waffen gegen (zunächst) im Spiel sich aufbäumende geübte Gegner erhoben, strahlte er weniger. Er hatte eine Art Besitzerinteresse an diesen bleichen, nackten Nordländern. »Ein Hohn ist das«, hörte man ihn rufen. »Auf ihre Art haben sie sich tapfer geschlagen. Sie kämpfen noch immer tüchtig und richtig, nachdem wir sie überfallen und geschlagen und ausgeräuchert haben.« Nero hörte dieses ganze hochverräterische Gerede mit hellem Entzücken. Er sah, wie nackte Briten ungeübt um sich schlugen, und wie wirkungsvoll auf sie eingeschlagen wurde, als das allgemeine Geheul nach Blut lauter wurde. Nackte blutige Briten lagen in Blut und Sand. Dann wurde der sommersprossige vierzehnjährige Junge hereingestoßen, der auf seinen Dolch mit der Verwirrung von jemandem sah, der zum ersten Mal eine Eidechse in die Finger bekommt. Tibulus nahm tumb die Begrüßung durch die Menge entgegen, mit anderen Worten, er sah die Menge so an wie der Junge seinen Dolch. Der Junge, der annahm, daß er den Dolch gegen diesen hier gebrauchen sollte, hieb ihn ihm in den Arm. Ein Rinnsal von römischem Blut erzeugte einen Aufschrei patriotischer Entrüstung, dreckiger kleiner ausländischer Saukerl, sogar die Kinder bewaffnet in diesem nordischen Loch von Hundescheiße trainiert auf Verrat an unseren heldenhaften Jungen. Tibulus beobachtete das Tröpfeln roter Tropfen mit dem gleichen Interesse, das der ältere Plinius vielleicht einer Straße von Feuerameisen widmen würde, dann schwang er, zum Entzükken der Menge, das Schwert ganz fürchterlich. Der Junge vollführte jetzt etwas, was der Pöbel für einen barbarischen dreckigen Kriegstanz um den tapferen Römer hielt, und er kniff, was allen Regeln eines sauberen Spiels zuwiderlief, ihm nicht nur einmal, sondern zweimal in die Hinterbacken. Nero war überrascht, weil er Britannicus nicht gegen die allgemeine Stimmung anschreien hörte; er drehte sich um und stellte fest, daß Britannicus nicht mehr anwesend war. Tibulus stand da und blinzelte auf den tanzenden Jungen und hieb dann sein Schwert auf den Dolch des Jungen. Der Bursche schien froh darüber zu sein, ihn los zu sein, er schien sich aber auch zu fragen, ob er, nach den Regeln eines Sports, den er mit Hilfe der Menge verschwommen zu begreifen anfing, ihn nicht doch vielleicht von dort, wo er lag, am Fuß von Tibulus, aufheben sollte. Statt dessen entschied er sich, vor Tibulus' Schwert, das so unerfreulich in der Sonne gegen ihn blitzte, davonzulaufen, aber das entsprach genauso wenig den Regeln, wenn man nach dem wütenden Aufschrei der Menge ging. Im Laufen stolperte er über einen britischen Leichnam, und in ihm brach sich ein tränenreicher und machtloser Zorn Bahn. Er schien bereit, sich zerhacken zu lassen, war das doch das offensichtliche, wenn auch seltsame Bedürfnis der Menge; am besten gleich jetzt hinter sich bringen. In diesem Moment erschien Britannicus in der Arena und machte dem Kampf ein Ende. Zunächst wußte die Menge nicht, wer er war und brüllte das nieder, was er sagen wollte. Dann begann Britannicus, zum gräßlichen Erstaunen des Imperators, zu singen.

Er sang. *Sang.* Öffnete die Kehle und sang in einem klaren, überall hörbaren und offenbar geübten Tenor, zwei oder drei wortlose Takte lang, die bei der Menge das gleiche wie eine Miniaturtrompete bewirkten. Die Menge wurde ruhig und hörte zu.

»Ich bin Britannicus, der Sohn des göttlichen Claudius. Wo, frage ich, ist der altrömische Geist der Gnade mit einem tapferen Feind? Ich habe mit den Briten gekämpft. Ich habe mitgeholfen, sie zu erobern. Das genügt. Wollen wir sie nicht auch noch demütigen.« Und er nahm, wie es Nero in einer Regung einer gänzlich anderen Absicht getan hatte, den Jungen in die Arme. Der wankelmütige Pöbel heulte vor Begeisterung. Dem Pöbel war nie zu trauen. Caligula, dachte sich Nero, hatte recht mit seinem Wunsch, daß das römische Volk nur einen Hals haben sollte und er selber die Befriedigung, ihn abzuschneiden. Nachdem natürlich ein paar ganz spezielle Hälse abgehauen waren.

Jede Art von Pöbel heult gern, wenn er auch nicht immer weiß, warum er heult, genauso wenig wie ein Hund weiß, warum er den Mond anheult. Der jüdische Pöbel, fern in Jerusalem oder, weil er sich in Teilen in den hauptsächlich heidnisch bevölkerten Hafen bewegt hatte, um seiner Zelle in Caesarea so nahe wie möglich zu sein, heulte noch immer wegen Paulus, hatte aber den Grund vergessen oder nie gekannt. Für den neuen Landpfleger war es an der Zeit, sich klarzumachen, warum dieser kahlköpfige Kettensträfling sich sowohl hohes wie niederes Mißfallen zugezogen hatte, und inwieweit das in die Zuständigkeit der römischen Administration fiel.

Glücklicherweise bekam er zu dieser Zeit einen Höflichkeitsbesuch von König Herodes Agrippa II. und seiner Schwester Bernike. Denn wie es hieß, wußte dieser Sohn des verstorbenen und unbeweinten Monarchen von Judäa alles über das jüdische Gesetz. Er war Herrscher von Chalkis gewesen, das zwischen Libanon und Antilibanon lag, und hatte später die Tetrarchien übernommen, die Gaius Caligula seinem Vater von der Erhöhung auf einen höheren Thron verliehen hatte. Nero hatte in seinen noch pflichtbewußten Anfängen ein paar Gebietsfleckchen vom galiläischen See hinzugefügt, und der Kleinkönig hatte aus Dankbarkeit den Namen seiner Hauptstadt von Caesarea Philippi in Neronias geändert. Bernike oder Berenike (wie der Name ursprünglich im Makedonischen lautete) war eine hübsche junge Witwe, die mit ihrem Onkel, Herodes von Chalkis, verheiratet gewesen war. In der herodianischen Familie gab es eine ganze Reihe von Onkelehen, und es war auffallend, daß keiner dagegen wetterte, wo die Juden sich doch so leicht über Verstöße gegen die erlaubten Heiratsbeschränkungen aufregten, während im römischen Senat, der sonst nicht unbedingt als moralische Körperschaft ausgewiesen war, bei Claudius' Antrag, seine Nichte heiraten zu dürfen, ein Geheul losbrach, bis diese Nichte diesem Heulen durch das eine oder andere Attentat ein Ende machte.

Der säuberlich bebartete kleine Monarch saß, angetan mit einem kostbaren, gold und schwarz durchwirkten Gewand, neben seiner Schwester, die in Alexandria frisch herausgeputzt und neu frisiert worden war, auf einem kleinen Thron, den man auf dem Rostrum des Landpflegers aufgestellt hatte. Es war ein blau und goldener Tag, und Bernikes hellhörige Öhrchen waren mehr damit beschäftigt, die Zusammensetzung des Vogelgezwitschers zu analysieren, als daß sie viel auf das barsche Griechisch geachtet hätte, mit dem der Landpfleger anhub.

»Wir sind hier und heute zusammengekommen, um uns über einen Punkt Klarheit zu verschaffen, den das jüdische Volk in seiner Klage gegen diesen Paulus vorgebracht hat. Der Geltungsbereich des römischen Gesetzes erstreckt sich auf Handlungen weltlicher Provenienz. Es ist daher nicht unangemessen, wenn ein Monarch, der über große Erfahrungen im Bereich des jüdischen Gesetzes verfügt, mit seinem Wohlwollen den römischen Arm unterstützt, auf daß dieser Punkt aufgeklärt werde. König Herodes Agrippa, das ist der Mann.« Tatsächlich stand da ein kettentragender Paulus, der sich leicht in die Richtung der hebräischen königlichen Hoheit verneigte. »Die Juden von Judäa haben bei mir Klage geführt und sich dagegen gewehrt, daß er weiter am Leben bleiben soll. Ich für meinen Teil kann an ihm nichts finden, womit er den Tod verdient hätte. Er hat eine Appellation an den Imperator in Rom verlangt, und sie ist ihm gewährt worden. Doch die Frage bleibt bestehen: Was sollen wir nach Rom schreiben? Vielleicht können wir es schließlich noch herausfinden. Der Gefangene soll sprechen.«

Die jüdische Anklagevertretung machte geltend, daß dieser Fall aramäisch verhandelt werden sollte, da sich der Sachverhalt aller Voraussicht nach im Griechischen, einer heidnischen Zunge, nicht hinreichend darstellen lasse, doch Festus sagte, daß er Grund zu der Annahme habe, daß der Angeklagte die Anklage ebenso deutlich machen würde wie die Verteidigung. Paulus setzte also mit einer durch aufgezwungene Wiederholungen abgeschliffenen Beredsamkeit die Segel für das weite Meer der Selbstrechtfertigung. Marcus Julius Tranquillus hörte sehr genau zu, und trotz seiner jüdischen Eheschließung brauste ihm der Kopf von den ganzen orientalischen Feinheiten. Die Geschichte, daß Paulus den Tempel entweiht haben sollte, schien nicht mehr von Bedeutung zu sein. Von den Juden war er darauf festgelegt worden, daß er eine ketzerische Lehre gepredigt habe, und die Juden hofften, die Römer einbeziehen zu können, indem sie ihm die Störung der öffentlichen Ordnung aufbanden, die sie selbst, da sie eine Logik zurückwiesen, die nicht im geringsten ketzerisch war, verursacht hatten. Paulus schien eine elegant geraffte Geschichte des jüdischen Volkes zu geben, seiner Hoffnung auf einen Erlöser, der Erfüllung dieser

Hoffnung, die sie hartnäckig zurückwiesen, weil sie sich inzwischen so sehr an die Hoffnung gewöhnt hatten, daß sie kein sonderliches Interesse mehr an der Einlösung hatten. Paulus zitierte ausführlich, und es fielen Namen wie Esra, Nehemia, Prediger Salomo, Jeremia, Ezechiel, Daniel, Hosea, Joel, Amos, Obadja, Micha, Nahum, Habakuk, Zephanja, Haggai und Secharja, die von Festus offensichtlich nur als ein ungeschlachtes Getöse wahrgenommen wurde, während er in einem römischen Intellektuellenschlaf versteinert vor sich hinstarrte. Paulus schloß mit den Worten:

»Ich habe die Botschaft, für Juden und Heiden gleichermaßen, nach Griechenland und Asien gebracht. Um deswillen wurde ich im Tempel ergriffen, und Männer versuchten mich zu töten. Aber nachdem mir Hilfe zuteil wurde, die von Gott kam, stehe ich hier und gebe allen, klein und groß, Zeugnis und erkläre, daß ich nichts gepredigt habe, als was Moses und die Propheten gesagt haben, daß sicher kommen werde: daß der Christus sollte leiden und mit seiner Auferstehung von den Toten verkündigen das Licht, den Juden sowohl wie den Heiden.«

Festus und Herodes Agrippa begannen zur selben Zeit zu sprechen.

»Verzeihung...«

»Oh, nein, bitte...«

»Ich wollte eigentlich nur sagen, daß er verrückt ist. Er hat zuviel gelesen. Das viele Brüten macht einen Menschen verrückt.« Julius fühlte eine vorsichtige Sympathie. Das Leben war schon schwer genug, ohne daß man Habakuk mit hineinnahm. Alles was die Römer beabsichtigten, war, das Leben für jeden ein wenig erträglicher zu machen: ausreichend zu essen und zu trinken, einen freien Nachmittag für die Spiele, Steuern, ein paar auswendig gelernte Brocken von den Klassikern, *una nox dormienda*. »Verrückte sind mir schon genug über den Weg gelaufen«, fügte Festus nicht wahrheitsgemäß hinzu. Paulus sagte gutgelaunt:

»Ich bin nicht verrückt. Ich sage völlig nüchtern die Wahrheit. Unser König kennt sich damit aus. Nichts ist ihm verborgen. Nichts von dem, was geschehen ist, geschah im Winkel. König Agrippa, Ihr glaubt an die Propheten. Mehr will ich nicht sagen.«

Herodes Agrippa sagte: »Wenn du recht hast und du die jüdische Erfüllung predigst, was haben dann die Heiden damit zu tun?« Sehr schlau, dachte sich Julius.

»Wollt Ihr das Wort in einen Käfig sperren?« antwortete Paulus. »Wollt Ihr es beschränkt haben? Gott hat mehr als nur die Juden erschaffen. Man könnte ihm nachsagen, daß er sogar die Römer ersehnt.«

Festus war nicht sonderlich begeistert davon, seine Rasse mit Untertanenvölkern in einen Schöpfungstopf geworfen zu sehen, aber er beruhigte sich damit, daß er vor sich hin brummelte, Paulus müsse verrückt sein. Agrippa grinste Paulus an und sagte:

»Du bist so überzeugend, daß ich mit dir den Weg sehe und ihm vielleicht folgen möchte. Du hast dich selbst in eine bestimmte Lage hineingeredet, und ich kann gut verstehen, wie du auch andere überredet hast.«

»Ja. Ich wünschte vor Gott, ein jeder könnte den Stand einnehmen, den ich erreicht habe, hier, wie ich dastehe. Bis auf die Ketten natürlich.« Und er schüttelte sie. Julius lachte, und Festus sah ihn an und fragte sich, warum.

»Ich möchte sagen, daß diese Ketten fallen sollten«, sagte Agrippa. »Wenn der Beklagte so gut wäre, sich zurückzuziehen, um sie entfernen zu lassen, könnten der Landpfleger und ich uns unter vier Augen besprechen.«

Paulus wurde also rasselnd abgeführt, und Festus sagte zu Agrippa:

»Für mich ist das ein Haufen Blödsinn.«

»Ihr meint, unrömisch. Nein, es hat schon seinen Sinn. Die Sache ist die, daß er nichts Unrechtes getan hat. Er kann freigelassen werden.«

»Dann wird er in Stücke gerissen. Ein netter Anfang für meine Amtszeit. Ein römischer Bürger, der in Stücke gerissen wurde, und dann muß ich eines dieser Massaker veranstalten, um die Reißer zur Ruhe zu bringen, also Soldaten aus Syrien kommen lassen, neinnein. Außerdem haben wir die Schwierigkeit mit dieser Appellation an Caesar. Das ist durchgegangen und in den Akten festgehalten, kann also nicht mehr rückgängig gemacht werden.«

»Wenn er nicht appelliert hätte, dann hättet Ihr ihn in ein Schiff nach Korinth oder sonstwohin setzen können. Jetzt müßt Ihr ihn nach Rom schicken. Ich habe so ein Gefühl, daß ihm an Rom mehr liegt als an Caesar. Gelegenheit, die Lehre in der kaiserlichen Metropole zu verbreiten. Auf römische Kosten. Der Mann ist nicht blöd.«

»Also nicht verrückt?«

»Alles andere.« Bernike redete unerwartet. Sie hatte eine liebliche tiefe Stimme, und sowohl ihr geschultes Timbre als auch die Information, die sie einbrachte, bestätigte ihren Bruder darin, daß die

Schule, die sie in Alexandria besucht hatte, eine gute Schule war. Sie sagte:

»In Rom wird er natürlich eine *religio licita* predigen.«

»Eine was?« fragte Festus, als ob er kein Latein verstehen könnte.

»Der nazarenische Glaube ist auf römischem Gebiet zugelassen. Gallio hat einen Präzedenzfall geschaffen.«

»Wer ist oder wer war Gallio?«

»Na, ein Landpfleger«, sagte Herodes Agrippa, »er ist der Bruder von des Kaisers Erzieher und Redenschreiber. Er wißt doch, Seneca.«

»Sie – sind – doch Spanier?« Er wußte, daß Seneca einer war, demzufolge...

»Meine Schwester hat recht«, sagte Herodes Agrippa. »Natürlich, die Priester werden keinen Präzedenzfall hinnehmen, und dieser Paulus weiß das. Auf was er aus ist, das ist die kaiserliche Bestätigung, worüber der Sanhedrin zwar murren wird, es sich dann aber mit dem Steineschmeißen noch einmal überlegen dürfte. Ich kann mir gut vorstellen, daß er sie erhält. Rom ist allem Neuen gegenüber aufgeschlossen. Jedenfalls geht mein Rat dahin, daß Ihr ihn so schnell wie möglich auf ein Schiff setzt. Natürlich mit einer Militäreskorte. Offiziell wird er ein Gefangener bleiben. Dann verläßt er Euren Verantwortungsbereich. Er gehört dann Rom.«

Das schien zumindest nahezulegen, daß er, Porcius Festus, nicht Rom war. Aber er erkannte, worauf es ankam: das *richtige* Rom.

Tigellinus, das hatte Nero herausgefunden, war ein sehr direkter und etwas brutaler Mann, aber in der Philosophie nicht unbewandert. Er hörte zwar zu, wie sein Herr die Lehre von der Kunst entwickelte, wie er sie von Gaius Petronius gelernt hatte, der sich noch immer in Griechenland befand, aber er grunzte und nickte, ohne damit Zustimmung ausdrücken zu wollen, und sagte dann: »Ich merke, worauf es ankommt – ein Bild von der Wirklichkeit und so weiter, aber was wollt Ihr mit einem Bild, wenn Ihr sozusagen die Wirklichkeit *seid*?«

»Ich verstehe nicht ganz, worauf...«

»Also bitte, Caesar, Kunst ist für die Impotenten. Manipulationsträume sind Machtträume. Warum träumen, wenn es weit befriedigender ist, wenn man wach ist? Die Wirklichkeit ist *potestas*.«

»Natürlich, aber *potestas*, um *pulchritudo* zu schaffen.«

»Die *pulchritudo*, wie Ihr sie nennt, besteht in der *potestas*. Etwas Höheres gibt es nicht.«

»Sehr seltsam. Genau was meine Mutter immer sagte.«

»In einem Eurer Träume, Caesar?«

»Verachte mir die Träume nicht, Tigellinus. Träume sind eine fantastische Möglichkeit, um Dinge zu bündeln, sie zu verschärfen und um dir zu zeigen, was du gedacht hast, ohne eigentlich davon zu wissen. Ich hatte viele Alpträume, in denen meine Mutter vorkam. Ich glaube, ich war kein besonders guter Sohn. Aber erst gestern, gerade bevor ich erwachte, geschah etwas Seltsames: Vor mir stand meine Mutter, schön wie sie immer gewesen war, auch wenn sie an mir herumnörgelte, lächelte und sagte: ›Im Namen der *potestas* ist alles gerechtfertigt. Diese Lektion habe ich dir aufgezwungen, mein Sohn, und bin dafür zum *martys* geworden.‹«

»Ein was geworden?«

»Sie meinte Zeugin, glaube ich, ein griechisches Wort. Danach wachte ich auf, fühlte mich wohl und nicht mehr als böser Sohn.« Er lächelte zufrieden und lehnte sich in die Kissen zurück. Die beiden saßen in einer Loggia zusammen, in der sich das absterbende Licht fing, sie nippten an einem Getränk, das Tigellinus importiert hatte: ein mit bitteren Kräutern versetzter Wein, ein Appetitanreger. Tigellinus sagte:

»Ihr müßt Euer Leben reinigen.«

»Moralisch, meinst du? Das klingt wie bei Seneca.«

»Nein, nein. Da hängt noch zuviel vom letzten Imperiat herum. Man kann den Muff deutlich riechen. Und ich meine nicht Seneca. Noch nicht.«

»Willst du uns nicht zum Abendessen laden, Tigellinus?«

»Uns?«

»Ja, mich und die Kaiserin und, ja, Seneca und natürlich meinen Stiefbruder. Vielleicht«, sagte er bitter, »läßt er sich überreden und singt für uns.«

»Wie ein Schwan.« Es gab keine Fragen. Und dann: »Es ist mir selbstverständlich eine Ehre. Doch im Landhaus?«

»Ja, keiner von ihnen würde den Gestank der Suburba ertragen können. Du kennst doch diese Frau, die dort lebt, Locusta?«

»Ich werde sie kennen, bevor das Essen stattfindet.«

Das Landhaus war, wie es Nero erwartet hatte, in seiner Prächtigkeit recht vulgär: der emporgekommene Neureiche mußte protzen. Doch wurde das Essen außerhalb des Durcheinanders von Ornamenten in einem gepflasterten Hof an einem Bassin gereicht. Auf dem Tisch, der dicht mit Blumen von schwerer Süße besetzt war, stand ein echtes Bassin, oder eher ein Fischbehälter. Darin schwammen winzige Fische. Tigellinus hatte seinen bitteren Appetitanreger vor dem Essen gereicht, aber nur sein wichtigster Gast war betrunken. Tigellinus bemerkte die Schwäche des Künstlers bei ihm: für das, was kommen sollte, mußte er betrunken sein. Als Gastgeber war ihm Schwafelei gestattet, und so redete er dahin:

»Heute morgen mit einer Barke aus Ostia geholt. Ich habe das Kochen persönlich überwacht. Und hier sind, wie Ihr sehen könnt, einige lebendige Fischlein. Es ist ein angenehmes Gefühl, wenn man sie spürt, wie sie roh und lebend den Hals hinabgleiten. Sie knabbern, während sie runterrutschen. Möchte Caesar es bei diesem schmerzhaften Vergnügen auf einen Versuch ankommen lassen?«

»Probier's zuerst beim alten Seneca aus. Er *braucht* Vergnügen. Einer, der ein langes Leben ohne sie zugebracht hat.«

»Das möchte ich bezweifeln, Caesar«, grinste Tigellinus. Seneca fühlte sich nicht sonderlich unwohl, wenn er auch nur wenig aß. Sein Stoizismus war ihm von Nutzen. Der Diener brachte Wein. Der Wein dampfte. Nero sagte:

»Unser Gastgeber war so aufmerksam, sich an die Tatsache zu erinnern, daß Prinz Britannicus auf seinem britischen Feldzug Bekanntschaft mit Glühwein gemacht hat. Probiere doch den hier mal. Du auch, Seneca, du kalter Fisch, du.«

»Der kalte Fisch hält sich an kaltes Wasser, Caesar.«

»Sehr klug ist das. Wasser ist nämlich ein gefährliches Getränk. Versuch doch dieses köstlich heiße Getränk, Britannicus. Mit seltenen Kräutern versetzt. Loslos, eine kalte Nacht ist das. Ah, jetzt weiß ich, was dir fehlt. Welch entsetzliche Beleidigung. Er hat ernsthaft Angst davor, der Imperator könnte ihn vergiften. Aber sieh nur bloß, Tigellinus ist kein Angsthase.« Tatsächlich nahm der Gastgeber ein paar Schlückchen. »Völlig harmlos, nicht, gesund. Aber vielleicht willst du lieber ein wenig warten, Britannicus. Tigellinus könnte ja eine Art Sokrates sein, und bei manchen Giften dauert es etwas länger.« Ohne seinen Ton zu ändern, sagte er: »Octavia, du bist eine Ehebrecherin.« Sie war schockiert. Octavia stammelte:

»Ich bitte um Verzeihung, ich habe den Imperator nicht recht verstanden?«

»So ist's recht, bitte nur, aber du wirst sie nicht erhalten. Mit dem alten Seneca eingeschlossen, und dann tun sie so, als würden sie Philosophie treiben. Kratz nur ein bißchen an einem Stoiker und du findest einen Wüstling – würdest du das nicht auch so sehen, Tigellinus?«

»Das«, sagte Seneca, »ist ein Scherz der übelsten Sorte, Herr.«

»Üble Sorte? Das hört sich an wie ein ästhetisches Urteil. Solche Urteile überläßt du besser einem Künstler, Seneca, einem wie deinem Herrn und Meister. *Artifex, artifex.* Also gut, Octavia, ich weiß, daß du den alten Seneca nicht mal mit einer Dreimetergabel anfassen würdest. Heißes Blut schreit nach heißem Blut. Ich komm' dir noch auf die Schliche, keine Angst.«

»BBBBBritannicus«, stammelte Octavia, »hab wenigstens soviel MMMMMut, daß du deine Schwester bbbbbbeschützt.«

»Aber das könnte ja gefährlich werden, nicht?« jauchzte Nero. »Das könnte den Imperator beleidigen. Den guten netten Imperator, der unseren netten Gastgeber überredet hat, etwas Glühwein für den Eroberer der Briten zu bereiten. Versuch ihn. Unser Gastgeber hat ihn versucht und lächelt noch immer unversehrt.«

Britannicus gehorchte, aber die Ellenbogen zitterten ihm vor Wut. »Zu heiß.«

»Das läßt sich ändern. Jemand fülle kaltes Wasser nach.«

Tigellinus gehorchte rasch und benutzte den blauen Krug neben seinem Teller. Britannicus trank jetzt gieriger, aber ohne Freude. Tigellinus sagte: »Da du aber weder heiß noch kalt, sondern lauwarm bist, werde ich dich ausspeien aus meinem Munde.«

»Das ist gut«, sagte Nero. »Sehr gut ist das. Wer hat das gesagt?«

»Es wird dem nicht umzubringenden Sklaven Chrestus zugeschrieben. Um den sich jetzt dieser kannibalistische Kult dreht. Wißt Ihr, daß die miteinander kopulieren? Und sie setzen sich auch über gesetzmäßige Beziehungen hinweg. Bruder mit Schwester, Mutter mit Sohn, Vater mit Tochter...«

»Das ist doch wohl eine Verleumdung«, sagte Seneca. »Mir stellt sich das anders dar.«

»Immer anders«, jauchzte Nero, »alter Sennerknabe? Immer wenn sich etwas halbwegs interessant anhört, so wie jetzt diese Geschichte mit Chrestus, mußt du einen Eimer kalten Wassers draufgießen.« Britannicus erbrach sich. »Was ist denn los, du süßer Sänger und Liebhaber britischer Knaben? Knabbert ein Stichling an deinem Zäpfchen? Grundgütiger Himmel, dir geht's gar nicht gut.« Denn Britannicus versuchte zu sprechen, konnte aber nicht. Versuchte zu atmen, konnte aber nicht. Versuchte sich zu erheben, aber. Tigellinus sagte:

»Vielleicht etwas kaltes Wasser gefällig?«

»Zu spät. An einer Gräte erstickt. Eine Schande das. Kein besonderer Sänger, aber ein großartiger Soldat.« Octavia und Seneca erhoben sich von der Liege und wedelten in nutzloser Besorgtheit mit den Händen. Britannicus keuchte wie ein gestrandeter Seebarsch und hörte dann auf zu keuchen. »Setzt euch hin, beide. Seneca, ich hatte gedacht, eine solche Sache wäre für einen Stoiker ein Kinderspiel. Kotzzimmer zur Linken, glaube ich«, als Octavia blind herumtappte. Tigellinus sah Nero scharf ins Gesicht, wenn er auch den Abstand wahrte. Er schnalzte mit den Fingern nach einem Diener, damit er die Teller abräume, vier weitere entfernten die Leiche. Nero, dachte er bei sich, spielte den Part eines amoralischen Ungeheuers recht gut. Doch er hatte eigentlich nicht das Zeug zu einem Mörder. Heut nacht würde er nicht gut schlafen. Böse Träume würden kommen. Künstlerhysterie ohne viel künstlerisches Talent. Doch er, Tigellinus, würde sich um ihn kümmern.

In Caesarea herrschte ein günstiger Wind. Die Segel waren gebläht. Das Schiff war ein Küstenfahrzeug, das aus Adramyttion, in der Nähe der Insel Lesbos, eingelaufen war. Geräumig war es zwar, aber es brauchte einen neuen Anstrich, und mehrere Taue waren durchgescheuert. Die Krane knackten, als die Ladung ballenweise an Bord gehievt wurde. Porcius Festus sagte: »Jetzt seht Ihr Rom früher als erwartet.«

»Noch früher sähe ich es, wenn wir auf ein Schiff warten könnten, das direkt hinfährt.«

Der von der Sonne schlitzäugige Landpfleger betrachtete den Pöbel, der von der gesamten Garnison Caesareas abgewehrt werden mußte. »Ihr werdet schon etwas finden in Sidon. Oder Zypern. Oder Myra.« Der Kapitän und Eigentümer brüllte in einem unverständlichen griechischen Dialekt zwei neue Besatzungsmitglieder an und ohrfeigte den Schiffsjungen. »Wir müssen ihn hier heraushaben. Ich habe das Steineschmeißen und die Sticheleien von wegen einer römischen Freundschaft mit Ketzern gründlich satt; egal was Ketzer sind. Ich hätte zu gern gewußt, worum es eigentlich geht. Aber vielleicht sollte ich es gar nicht verstehen wollen. Was es auch ist, es ist jedenfalls schmutzig, unrömisch. Ihr habt den Brief sicher verwahrt?« Marcus Julius Tranquillus klopfte sich an die Brust. »Vielen Dank dafür, daß Ihr ihn geschrieben habt. Ihr habt von diesem Zeug natürlich mehr Ahnung, kein Wunder bei einer jüdischen Frau. Bald werdet Ihr ja wieder mit ihr im Bett liegen. Ja nun, nicht zu bald.« Jetzt war er mit seinem Oberzenturio ein wenig umgänglicher, weil er wußte, daß er ihn los war. Mit Genehmigung von Syrien abkommandiert zum Nachrichtentrupp, den *frumentarii*, aber noch immer Truppenkommandant und auch für Gefangene verantwortlich.

Paulus befand sich bereits unten. Lukas war bei ihm und spielte freudig den Leibsklaven. Das war nicht unwichtig. Es gab noch andere Gefangene, Gesindel, aber doch römische Bürger: ein Soldat, der im Rausch seinen Dekurio angegriffen hatte, ein geschnappter Deserteur, ein trasteveraner Mörder, der nach Syrien ausgewischt und in Damaskus gefaßt worden war. Paulus war ein Appellant, kein Gefangener, aber man konnte von den Bordsoldaten nicht erwarten, daß sie den Unterschied bemerkten. Wenn man ihm einen Sklaven beigab, der die ganze Zeit ja, Herr und nein, Herr sagte, könnten es sogar diese Dickschädel begreifen, daß es sich hier um einen kahlen und hakennasigen echten *Herrn* handelte. Neue Kleider waren als Geschenk von Bernike in Neronias eingetroffen. Auf Damen der oberen Klasse machte er oft Eindruck. Der verantwortliche Offizier, der sich einfach als Julius vorgestellt hatte, hatte Paulus und ihm, Lukas, eine Kabine mit zwei Kojen zugeteilt, die neben jener lag, die er seinem Rang entsprechend allein bewohnte. Folgendermaßen hatte sich Julius mit unerhörtem Respekt, der aber dennoch nachdrücklich war, bei Paulus für die voraussichtlich etwas längere Fahrt entschuldigt.

»Ich fürchte, es wird eine Kreuzfahrt. Nach Rom über Kleinasien.«

Eine verrückte Reise für einen Verrückten. Er selber ist nicht so verrückt, und auch die Reise ist es nicht. Der Landpfleger war wild darauf, mich loszuwerden, aber darauf, daß ich nach Rom komme, scheint er nicht besonders wild zu sein. Die Beziehungen eines Landpflegers mit Rom sollten eigentlich ganz einfache sein – rechtzeitig die Steuern übersenden, nichts weiter. Nun muß er sich mit der Justizabteilung herumschlagen. Ich fürchte fast, daß ich für den Landpfleger ein Ärgernis bin. Irgendwo juckt es mich, daß es ihm viel lieber wäre, wenn ich unterwegs Schiffbruch erleide.«

»Wir segeln genau in die Jahreszeit für Schiffbrüche.« Julius lächelte. Paulus lächelte. Möwen krakraten. Paulus sagte:

»Sagt doch, versteht *Ihr* meine Lage? Versteht *Ihr*, was ich gepredigt, gelehrt und getan habe? Euer vorgesetzter Offizier ja offensichtlich nicht.«

»Ich habe ihm gegenüber einen gewissen Vorteil: meine jüdische Frau. Mein Schwager behauptet, er hätte Euch gekannt. Ihr hättet zusammen studiert. Damals, als sie Euch Saulus nannten.«

»Wie heißt er?«

»Kaleb heißt er. In seinen revolutionären Anfällen nennt er sich Kaleb der Zelot.«

»O ja, ich erinnere mich. Doch was macht ein Zelot in Rom?«

»Er ist fertig mit den revolutionären Umtrieben – jedenfalls für jetzt, sagt er. Verheiratet, ein Sohn. Er trainiert Ringer und Gladiatoren. Ich bin gespannt auf Euer Wiedersehen.«

»Ich bin auf einige Wiedersehen gespannt. Einschließlich des einen in Sidon – wenn Ihr mir erlaubt, daß ich an Land gehe. Welche Ironie! In Jerusalem habe ich die griechischen Nazarener verfolgt, und einige von ihnen sind geflohen und haben in Sidon eine Gemeinde gegründet. In gewisser Weise habe also ich die Gemeinde gegründet. Die Wege Gottes... Ihr haltet mich doch nicht für verrückt, weil ich statt *die Götter Gott* sage?«

»Auch Sara sagt *Gott.*«

»Sara? Die Schwester von Kaleb. An die Eltern kann ich mich nicht mehr erinnern. Aber von einem Onkel weiß ich noch. Der zwölfte Jünger.«

»Der Name Matthias wird manchmal erwähnt.«

»Da war doch noch ein anderes Mädchen...«

»Ruth. Ein Name, der in unserer Tochter weiterlebt. Ruth ist gestorben. Ach, warum verbergen, was geschehen ist? Ruth wurde hingemetzelt. Unter Gaius war Rom bösartig.«

»Und unter Eurem neuen Imperator? Dem einen, bei dem ich eingekommen bin?«

»Noch zu früh, um etwas zu sagen. Er ist jung. Aber er hat Seneca, der ihn auf dem richtigen Weg hält.«

»Seneca, ja.«

Seneca, ja. Nero saß beim Frühstück und zwar schon angeheitert, als Seneca endlich zur lang erbetenen Audienz kam. Tigellinus saß abseits vom Tisch des Imperators, einem kleinen Tisch, wie es einem kleinen Essen angemessen war, wenn er auch mit Silberplatten bedeckt war – mit Safran gekochter Krebs, hartgekochte Kiebitzeier, ein Stück kalter Schmorbraten in Kruste, kaltes Wasser, das er nicht anrührte, dafür aber den gewärmten Wein. »Mir wäre lieber, ich könnte meine Bitte privat vortragen, Caesar.«

»Keine Geheimnisse vor dem Gardepräfekten.«

»Ich, ich... verstehe nicht.« Aber er verstand schon.

»Der würdige Burrus ist auf geheimnisvolle Weise verschwunden. Ich brauchte deshalb Ersatz. Welcher Mann wäre für das Amt besser geeignet...«

»...als ein Fischhändler. Ich verstehe.« Tigellinus war nicht beleidigt, er grinste eher geschmeichelt. »Und wenn Ihr sagt, daß Burrus verschwunden ist...«

»Ich will sagen, daß es Burrus nicht gutging. Er war nicht recht froh. Er war unzufrieden. War nicht sehr brauchbar in seinem Amt als Gardepräfekt. Setz mir nicht die Fischhändler herab, Seneca. Sie verstehen es, Fische zu verkaufen. Für das, was du und Burrus verkaufen wolltet, fand sich kein Markt. Nicht hier.«

»Dann kommt meine Bitte ja gelegen. Ich werde alt. Ich muß Bücher schreiben – Ideen entwickeln. Ich muß mich zurückziehen.«

»Auf welche deiner vielen Besitzungen? Also, mein lieber Tigellinus, dieses Ei ist zu weich.«

»Ich will nicht bezweifeln, daß ich mehr Besitz angesammelt habe, als es sich vielleicht gehört – bei einem stoischen Philosophen. Ich bin Caesar für seine Geschenke verpflichtet. Jetzt möchte ich sie gerne zurückgeben.«

»Am Ende wirst du also ein *echter* Stoiker. Du hattest recht, Tigellinus. Lauter Heuchler sind sie alle. Predigen die Vorzüge des einfachen Lebens und kriegen den Hals nicht voll mit Gold und Silber und Besitztiteln. Ich glaube gar nicht, daß ich dich gehen lassen will, mein lieber Seneca. Du schreibst mir gute Reden. Die beeindrucken den Senat.«

»Ja, Caesar. Ihr seid im Recht, wenn Ihr von Heuchelei sprecht.«

»Und was«, er saugte das Mark aus einem Knochen, »meinst du«, er erzeugte damit einen unflätigen Laut, »damit genau?«

»Ich habe herausgefunden, daß Politik und Moral nur wenig miteinander zu tun haben. Ich flehe Euch darum an, mich zurückziehen zu dürfen. Ich kann das Imperium nicht reinigen, nicht mit bloßen Worten. Aber ich kann etwas für mich selbst tun.«

»Woll'n wir ihn gehen lassen, Tigellinus?«

»Es wäre von Vorteil«, sagte der neue Gardepräfekt, »wenn Caesar genau darüber informiert wäre, wo er sich hinbegibt. Eine Begabung wie Seneca sollte nicht einfach so verschwinden – so wie Burrus.«

»Bleib also in Rom, Seneca, oder in der nächsten Nachbarschaft. Ich könnte mich an dich wenden, damit du mir gelegentlich eine Ansprache schreibst. Und es wäre natürlich sehr erfreulich, wenn du meiner unmittelbar bevorstehenden Heirat ein paar Worte widmen würdest. Etwas über die Tugenden ehelicher Liebe und den Glanz weiblicher Treue dem Gemahl gegenüber.«

»Heirat? Ich verstehe nicht.«

»Du verstehst ja offensichtlich nie was. Für einen Philosophen hast du ein äußerst geringes Verständnis der wirklichen Welt. Dein Protektionskind, die Kaiserin Octavia, hat bei all deinen Stunden in Moralphilosophie nichts über die Tugend gelernt. Ehebruch ist immer ein Verbrechen. Wenn aber der Imperator gehörnt wird, wird aus einem Verbrechen Verrat. Auf den es natürlich nur eine Reaktion gibt.«

»Ihr meint«, sagte Seneca angewidert, »Ihr habt die Absicht, diese, diese... Ich habe angenommen, daß... Ich war der Meinung, daß das...«

»Nur raus damit, Alter. Du bist schon so übel wie dieser Witzbold Claudius. Nein, nicht Akte, so ergötzlich sie auch war. Mit Akte ist Schluß. Eine Dame, mein Herr. Der Imperator will eine Dame heiraten.« Als Abschluß rülpste er. »Na denn, entlassen.«

Sie segelten im Schatten der Küste durch siebzig ruhige Meilen nordwärts zur alten phönizischen Hauptstadt namens Sidon. Zwei Ballen mit galiläischem Getreide wurden ausgeladen; außerdem mußte ein Riß in der Takelage repariert werden. Paulus und Lukas war es erlaubt worden, in Begleitung von Julius an Land zu gehen. Dort befanden sich zwei Häfen, und für kurze Zeit lagen sie in dem einen namens Leukippe vor Anker. Hier kamen Mitglieder der örtlichen Gemeinde zusammen, um unter einem Sanhedrin kreischender Möwen Paulus zu sehen. Manche der Sidoneser Christen hatten Paulus für längst tot gehalten und betasteten seine Glieder wie auf einem Fleischmarkt. Es gab tränenreiche Umarmungen, die von einigen der niederen Soldaten an der Heckreling übel ausgelegt wurden, weil sie alles über die Christen als Kannibalen und Perverse wußten. Dann begann Paulus dringliche Worte zu sprechen, die er bereits Lukas in der gemeinsamen Kabine diktiert hatte:

»Der Heilige Geist hat euch zu Aufsehern oder Bischöfen über eine Herde gemacht, der allzeit Gefahr von den Wölfen droht. Er hat diese Herde, diese Kirche mit seinem Blut erkauft, er, der in Verbindung mit dem Vater den Geist aussendet, damit er euch allzeit führe. Ich weiß, daß der Feind bereits auf der Lauer liegt und versucht, die Anhänger Christi abzuziehen auf den Weg der Unkeuschheit und des schlechten Verhaltens, damit sie auf das spukken, was sie einmal angebetet haben. Arbeitet hart, helft den Schwachen, gebt ihnen eure Stärke und Liebe und denkt daran, daß Geben seliger ist denn Nehmen.«

Danach mußten sie wieder zurück an Bord. Doch während er hinter Julius herging, drehte sich Paulus plötzlich um und schrie den Gläubigen Worte zu, die er sich offenbar nicht vorher zurechtgelegt hatte. »Ich weiß wohl, wie es aussieht. Ihr glaubt, daß euch

Christi Blut für alle Zeiten von der Sünde freigekauft hat, und daß ihr berechtigt seid, nach Herzenslust und ohne Bestrafung zu sündigen. Doch wirkt Christi Erlösung nur für das Vergangene. Ihr haltet euch für etwas Besonderes, über die Strafen des jüdischen sowohl wie des römischen Gesetzes erhaben. Ihr meint, ihr könnt mit jedem x-beliebigen schlafen und jeden Dreck essen. Das könnt ihr nicht. Ihr habt das Licht gesehen, und andere nicht, und damit habt ihr eine moralische Verantwortung, über die der Rest nicht verfügt. Ich werde nicht mehr in eurer Nähe sein, und ihr werdet meine Stimme nur mehr in der geisterhaften Gestalt der Briefe hören, die ich schreiben werde, aber denkt immer daran, was ich von euch will, was Christus will – Reinheit, Reinheit und nochmals Reinheit.«

»Wir müssen an Bord«, sagte Julius entschuldigend.

»Ist gut. Ich habe alles gesagt.« Einige der Soldaten an der Heckreling bastelten ein kleines Liedchen über die *Reinheit*, ein Wort, das deutlich zu vernehmen war. Paulus grimassierte in ihre Richtung, aber seine Augen waren zornig. Julius hatte den Eindruck, daß er über sich selbst erbost war: keine ordentlich ausgeführte Arbeit, der Auftrag nicht gut genug verstanden, die Reise eine Reise in die Erkenntnis des Fehlschlags. Aber er war sich nicht sicher.

Sie segelten östlich und nördlich von Zypern. Es war Sommer, und die vorherrschenden Winde kamen vom Westen, also hielten sie sich im Windschatten der Insel. Paulus lag in seiner Koje und hatte auf dem dreckigen Strohkissen die Hände hinter dem Kopf verschränkt. Nichts zu diktieren? Nichts. Wie ging es seinem Magen? Es ging. Oben an Deck spielten die Soldaten ein Spiel, in dem sie versuchten, mit Wurfringen aus Tau einen Pflock zu treffen. Ihre rohen Rufe klangen herein, weil die Tür für den kühlenden Wind offenstand. *Pone in culum. Fili scortorum.* Lukas ging nach oben und stellte fest, daß sie sich vom Westwind gegen die kleinasiatische Küste treiben ließen. Damit hieß es also nordwärts kriechen, immer nah am Land und den Anker jedesmal in Buchten werfen, wenn der Wind die Küstenströmung und die schwachen Brisen von der kleinasiatischen Landmasse überwand. Eine langsame lange Fahrt. An sich sollte Paulus aus seiner Kabine heraufkommen und damit beginnen, den Soldaten oder den richtigen Gefangenen, die in dunklen Arrestkammern angekettet waren, das Wort zu verkünden. Gott schien irgendwie landgebunden, eine dünne Stimme irgendwo hoch im Aufbau, sklavisch von Wind und Gezeiten abhängig, eingeschüchtert von der See, die er geschaffen hatte. Was hatte Gott, als er das Universum zusammenschmiedete, mit Tugend, Erlösung oder dieser seltsamen Substanzlehre zu schaffen?

Alle außer den Angeketteten befanden sich an Deck, um den Hafen von Myra gelassen auf sich zutanzen zu sehen. Hier sollten sie das Schiff wechseln. »Das dort«, sagte der zeigende Julius, »wird das unsre sein. Eines aus der Kornflotte.«

»Aus Alexandria.« Paulus hatte sich zu einem einfachen kenntnisreichen Reisenden verkleinert; er war länger gereist als irgendein anderer auf dem Schiff, außer dem Kapitän und Eigner. »Sie legen alle in Myra an. Richtung Norden. Eine gute Bucht.« Ihr Schiff tanzte auf das tanzende Myra zu und blieb von den Proviantbooten unbelästigt; diese zerbrechlichen Fahrzeuge, überladen mit Obst, kleinen Götzenbildern, protzigem Tand, plärrenden Verkäufern und einem Ruderbuben, umschwärmten das Kornschiff. Prostituierte mit zurückhaltend verschleiertem Gesicht zogen lustlos den Rock hoch, um die jauchzenden Soldaten zu locken. Die Laufplanke fiel hinab. Die angeketteten Gefangenen tauchten schmerzhaft blinzelnd auf. Die Sonne war ein heißes Bad; flinke Sklaven wedelten mit kühlenden Tüchern. Die Soldaten, die den Huren mit den Fingern Zeichen zusandten und in schlechtem Aramäisch schrien, gingen mit geschultertem Zeug an Land. Zivile, aufgeputzte Passagiere, die auch auf dem gemeinsamen Messedeck namenlos geblieben waren, schulterten namenlose eingesackte Waren und winkten grüßenden Knäueln an den Lagerhäusern zu. Paulus und Lukas standen geduldig neben den zu verladenden Ballen, bewacht von einem Soldaten, der Dattelkerne wie schmutzige Worte ausspuckte. Marcus Julius Tranquillus überreichte dem Kapitän und Schiffseigner Geld, und der jammerte den Himmel wegen der strengen römischen Methoden an. Dann zog er los, um nach dem Herrn des Kornschiffs zu fahnden. Säcke wurden mit Kränen an Bord befördert. »Vorsicht«, schrie Lukas, als einer davon platzte und seinen Inhalt ergoß. Paulus duckte sich. Es war ein gelbes, sehr feines und noch recht unbekanntes Getreide. Lukas ließ etwas davon durch die Finger rinnen.

»Sand?« sagte er.

»Sand für Rom«, sagte der Vorarbeiter, »ob du's glaubst oder nicht. Die Welt ist verrückt.«

Ein Ringerpaar wühlte beim Kampf Sand auf. Der eine war Kaleb, noch muskulös zwar, aber schon mit viel Ballast um die Hüften. Die Menge verschlang Knorpelwürste, brüllte und buhte. Ganz Rom war da und hatte wie immer nichts zu tun. Aus Ägypten Weizen und Sand aus Myra. Die Welt leistete Tributzahlungen und gewährte die Muße, beim Blutvergießen zuschauen zu können; Blut galt weniger als Sand. Nicht, daß auch jetzt Blut vergossen worden wäre. Nur ein Zwischenspiel. Der Imperator hatte jüdische Ringer sehen wollen. Nun, hier war einer, schon etwas über die Jahre. Sein Gegner, den er trainiert hatte, war Sizilianer und wußte, wann er sich zurückhalten mußte. Kaleb würde aufgeben, sobald er sich müde fühlte.

Der Imperator saß da, kaute Datteln und spuckte die Kerne aus wie Epigramme. Hinter ihm stand Tigellinus in Uniform. Neben ihm saß seine neue Ehefrau, deren Gemahl er nach Lusitanien verbannt hatte. Ich stelle fest, daß ich in dieser Chronik keine einzige häßliche Frau erwähnt habe. Um der lieben Abwechslung willen würde ich Poppea Sabina gern häßlich machen, aber ich kann nicht. Sie war aus dem Geschlecht derer von Milch und Honig, genauso wie Messalina und Agrippina. Die Vollkommenheit von Gesicht und Körper macht eine Beschreibung langweilig, aber im Gegensatz zu diesen Damen war sie gut. Sie war auch klug, allerdings nicht, wenn es um Intrigen ging. Sie las Dichter und Philosophen. Sie hatte sogar die Septuaginta gelesen. Nero betrachtete Kalebs Vorstellung finster und sagte:

»Zu alt. Junge Körper möcht' ich sehen.«

»Dieser Mann«, sagte Poppea, »ist nicht unbekannt. Er hat beinah den seligen Gaius Caligula erdrosselt. In einem ähnlichen Ringkampf. Caligula hatte ihn herausgefordert. War seine eigene Schuld. Die Juden kämpfen gut, wenn sie müssen.«

»Du scheinst ja die Juden zu bewundern. Ein unnachgiebiges Volk. Letzte Woche wieder Aufruhr vor einer ihrer... wie heißen die?«

»Synagogen.«

»Irgendwie im Zusammenhang mit der Bande, die Chrestus verehrt. Mir scheint die Idee von Claudius gar nicht so unvernünftig. Aber er hatte nur wenige vernünftige. Raus mit den Juden. Sie sind ein Ärgernis. Sie spucken auf die Götter Roms. Und damit spucken sie auf Caesar.«

»Die Juden, die ich kenne, sind respektabel und klug. Sie lesen Bücher statt zu den Spielen zu gehen. Sie finden die Spiele blutrünstig und kindisch.«

»Aha, tun sie das? Außerdem sind sie zu reich. Ich glaube, das kaiserliche Schatzamt sollte sie da ein wenig eintauchen. Ui, das war gut.« Er meinte damit die Tatsache, daß der angebliche Jude den wirklichen in einen schmerzhaften Schwitzkasten genommen hatte, und daß der echte im Sand trommelte, um zu zeigen, daß er aufgebe. Sie standen da, verbeugten sich und rannten rasch davon, aus Angst, der Imperator könnte als Divertimento Halsabschneiden verordnen. Dann sagte Nero: »Was gibt's als nächstes, Tigellinus?«

»Elefanten, Caesar.«

»Ah, Elefanten. ›Dumpf dräuen in dekadischen Divisionen die Dickhäuter.‹ Aus einem Gedicht, das ich einmal über Hannibal schreiben wollte. Nie fertig geworden. Poppea, mein Liebling, ich glaube, ich könnte mir deine Freundschaft mit diesen Leuten zunutze machen. Stell doch mal fest, wieviel Geld die Leute angehäuft haben. Plündern wir ihre ... wie heißen die ... Synagogen. Rom braucht Geld. Ich habe einen großartigen Plan für Rom. Kunst. Meine Gedichte bringe ich nie zu Ende. Ich singe, ich spiele, ich tanze, und alles ist weggegeben, vorbei, dauert nicht, Rauch im Wind. ›Erwarte dir keine Stunde des Phönix mehr.‹ Mit dem Gedicht bin ich auch nicht fertig geworden. Ich träume von einem dauerhaften Kunstwerk.«

»Für das Ausnutzen von Freundschaften bin ich nicht geeignet. Die Juden vertrauen mir.«

»Aha, sie trauen dir also? Oh, was für wundervolle Tiere. Und so klug.«

Die Elefanten kamen hereingepoltert, grau, runzlig, unbeholfen. Sie begannen einen schwerfälligen Tanz, von ihren Mahauts, wie sie hießen, angepeitscht und angeflucht, einen schwerfälligen Tanz zur elefantischen Musik der *hydraulis*. Die Römer kauten an ihren Würsten. Korn, Sand, Elefanten.

Langsam ging es von Myra weiter. Der Geruch des Korns aus dem Laderaum machte krank, aber doch nicht so sehr wie das Rollen des Schiffs. Die See, dachte Lukas bei sich, nachdem er sein Frühstück den Wogen übereignet hatte, die See war wie sich auflösender Marmor, so als wäre Rom im Tiber zerschmolzen. Immer noch Reste des Dichters. Paulus lag stöhnend in der Koje. Sie teilten sich die Kabine mit einem gewissen Aristarchos aus Thessalonich, der in Myra zugestiegen war und angekündigt hatte, daß er das Schiff in Knidos, am karischen Vorgebirge von Tropion verlassen wolle – falls sie dort je ankamen. Er war ein Mann mit starkem Magen, der viel von der Küche Tropions sprach, die er für außergewöhnlich erklärte. Er war auch so freundlich, sich für seine Gefährten in der

Messe zu interessieren, und erklärte sich bereit, sobald Paulus' Magen wieder zur Vernunft gekommen wäre, sich alles über die große christliche Missionierung erzählen zu lassen. Das Essen und Trinken des *soter* schien ihm eine ganz vorzügliche Lehre zu sein. »Eine gute Religion«, verkündete er, »ißt und trinkt selbst von dem, was sie verdrängt.« Er schien keine Religion zu besitzen. »Ich habe von manchen Reisenden von der sogenannten Anthropophagie an manchen primitiven Orten gehört, die von den Römern erst noch kolonisiert werden müssen. Leute essen Leute. Zerbeißen ihre Knochen, kauen am Fleisch. Gekocht natürlich, vermutlich mit einheimischen Kräutern.«

»Bitte«, stöhnte Paulus. »Jetzt nicht.«

»Meiner Meinung nach sind sie wohl hinter dem Salz her. Der menschliche Körper enthält Salz. Wenn man weitab vom Seesalz lebt, ist vielleicht der Leib der Freunde und Verwandten, selbstverständlich auch der Feinde, die einzige Bezugsquelle für dieses lebenswichtige Mineral.« Er stellte fest, daß er derzeit kein besonderes Bedürfnis nach Religion verspürte. »Was ich im Augenblick brauche, sind billige Arbeitskräfte und eine höhere Rendite.« Doch würde er, wenn er sich einmal zurückzog, den Ansprüchen des neuen Glaubens besondere Aufmerksamkeit widmen. Er hatte den Eindruck, daß dieser besonders bei Sklaven ankam, was ihn nicht unbedingt für freie Menschen empfehlenswert machte. Während er schnarchte, und Lukas aus dem Takt des rollenden Schiffs schlingerte, lag Paulus auf dem Rücken, hörte die Balken knarzen und die Wellen anprallen und spülen. Er versuchte eine Unterhaltung mit Christus zu führen, aber Christus war spröde und wollte nicht auftauchen. Erst als er schließlich in einen unruhigen Schlaf gefallen war, strömten aus einer Art innerem Meeresleuchten die Antworten.

»Wie wird es mir in Rom ergehen?«

»So was fragt man nicht. Die Zeit ist eine Straße mit lauter hohen Pforten. Auch ich mußte durch sie hindurch.«

»Bist du mit dem zufrieden, was ich bisher getan habe?«

»Du hast dir den leichteren Weg ausgesucht. Über die Juden hast du nicht genug den Hammer geschwungen. Wenn sie mich in einen Herrn der Heiden verwandelt sehen, werden sie um so eilfertiger meine messianische Sendung zurückweisen. Ein Jammer ist das alles.«

»Siehst du noch immer einen Mörder in mir?«

»Selbstverständlich. Das wird nicht vergessen. Aber deine kriminelle Energie wurde gebraucht.«

»Ich glaube, ich muß mich übergeben.«
»Am Fuße der Kajütentreppe wirst du an einem Pflock einen Segeltucheimer finden.«
Es dauerte einige eklige Tage, bis sie Knidos erreicht hatten. Hier sank Artistarchos von Thessalonich gesund und vor Energie knisternd in einem Netz auf eines der Passagierboote hinab, die auf der Reede hüpften. Sein Gepäck wurde ihm hinuntergelassen; ein Packen fiel ins Wasser und wurde mit dem Bootshaken herausgefischt. Dann winkte er den ganzen Weg bis zum Ufer. Der Kapitän, der den einfachen und gewinnenden, aber ganz und gar unpassenden Namen Philos besaß – war er doch misanthropisch und übellaunig –, diskutierte mit Julia die Ratsamkeit, in einen der beiden Häfen einzulaufen (der östliche war der größere), um dort unter den angesammelten Schiffen aus Ägypten auf eine Änderung der Windrichtung zu warten. Julius war durch die Tatsache, daß er den römischen Staat repräsentierte, eine gewisse Autorität zuerkannt, obwohl er nur Soldat war, während Philos nichts weiter als ein Konzessionär war. Sein, Julius' Wort aber war maßgeblich, als er sagte: »Ich verstehe schon, worauf Ihr hinauswollt. Kythera liegt in Richtung Westen, aber es dauert Wochen, bis sich der Wind dreht. Meine Anweisung lautet, daß ich mich mehr um Geschwindigkeit als um Sicherheit kümmern soll.«
»Und was ist mit meinem Schiff? Und mit meiner Mannschaft? Und die Ladung? Und die Fahrgäste, die aus eigener Tasche und nicht der des römischen Staates bezahlen? Ich weiß doch, wie das ist, Ihr wollt diese Galgenvögel loswerden und möglichst bald ins Bett Eurer Innigstgeliebten hüpfen. In diesem Gewerbe ist man vorsichtig.«
Julius ließ den Zeigefinger auf die Seekarte niedersausen und verrückte ihn nach rechts. »Wir fahren zur Ostküste Kretas.«
»Kap Salmone.«
»Heißt das so?«
»Mir gefällt das gar nicht.«
Philos sagte, daß er es doch gleich gesagt hätte, daß sie der verfluchte Nordwest wie eine Nußschale an diesen Felsen zerschmettern würde, als sie an der schmalen, länglichen Insel vorbei südwärts krochen. Mit Hilfe von Schreien und einer Berufung auf dreißig Jahre See-Erfahrung, fünfzehn davon als Besitzer und Kapitän, setzte er seinen Willen durch und steuerte Limeonas Kalous oder Gutfurt an, die erste geschützte Bucht, an der sie nach der Umschiffung des Kaps vorbeikamen; dort wollten sie warten, bis sich der Wind gedreht hatte. Julius sagte:

»So schnell wird er sich nicht drehen.« Sie standen an Deck und beobachteten die Mannschaft, wie sie in Schläuchen frisches Wasser von einer Barkasse einholten, die vom Kai mit seinen preistreibenden Hökern gekommen war. Das Schiff stampfte vor Anker. Paulus sagte:

»Zenturio, Kapitän, ist mir ein Wort erlaubt? Die schlechte Zeit zum Segeln hat bereits begonnen. Wir haben den Monat Tishri.«

»Welchen?«

»Oktober. Ich bin vielleicht eine Landratte, aber ich bin in diesen Gewässern nicht ganz unerfahren. Ihr werdet hier überwintern müssen.«

Philos wurde krebsrot vor Wut. »Hör mal her«, sagte er. »Auf den Rat so eines dahergelaufenen jüdischen Galgenstricks bin ich noch lange nicht angewiesen...«

»Das nehmt Ihr zurück«, sagte Lukas.

»Ich meine, Ihr nehmt das besser zurück«, empfahl Julius. »Ihr sprecht von einem römischen Bürger, der an Caesar appelliert hat.«

»Gut, gut. Ich nehm's ja zurück. Was aber keiner von euch zu wissen scheint: das hier ist ein ganz schlechter Winterhafen.«

Julius überschaute die kleinen Inseln, die den Hafen zur Hälfte einkreisten. »Die brechen doch den Wind, oder?«

»Das ist offener, als Ihr Euch vorstellen könnt. Nur eine Breitseite und, peng. Schaut Euch doch mal diese Felsen an: Zähne sind das. Was wir aber machen werden: wir fahren nach Phönix oder Phineka, wie es bei manchen heißt. Hier, seht her auf die Karte.« Er schnupperte, als röche er ein gutes Essen. »Da ist ein Wechsel im Anzug, ich merke es in beiden Nasenlöchern. Mit einem ordentlichen Süd schaffen wir Phönix ohne besondere Schwierigkeiten. Ein Schritt nach dem anderen. Über den nächsten denken wir nach, wenn ich in Phönix fest verankert bin.« Und ohne weiter auf den Segen des römischen Staats zu warten, gab er die Befehle, und der Bootsmann pfiff sie weiter. Paulus schmeckte die Sanftheit des Südwinds. Bald reisten sie vorsichtig und küstennah nach Westen, und die Matrosen sangen den Wind wie eine launische Frau an, redeten ihm zärtlich zu, flehten, daß er sie sicher über die Mündung im Golf von Messara blase. Und, fragte sich Paulus, war dieses Gebet Götzenanbetung? Gott war da oben, der Wind hier; man mußte zu irgend etwas beten, das sich so kapriziös wie ein Gott und eine Frau benahm, doch offensichtlich *dort unten* war. Der Monotheismus war nichts für die ängstlichen Alltagsgeschäfte der Welt, die nicht ohne Klopfen auf Holz zu haben waren. Ein Luxus wie die Kunst?

Dann sprang der Wind um. Blitzrasch und ohne Vorwarnung. Ostnordost – *anemos typhonikos*, Typhon, Taifun. Er hörte, wie ein Matrose die Frau verfluchte, die sich in ein wildes Tier namens Eurakylon verwandelt hatte. Das griechische *euros* und das lateinische *aquilo* verbanden sich zu einer Zwittergestalt wie dem Kentauren, obgleich dieser hier geflügelt war. Sie konnten dem Sturm nicht standhalten. Wolken aus entgegengesetzten Himmelsrichtungen rollten aufeinander zu, und ein Blitz hinterließ eine kurze Unterschrift. Für die, die des Lesens nicht kundig waren, ließ sich einige Augenblicke später der Donner hohltönend vernehmen. Ungefähr zwanzig Seemeilen vor dem Euraquilo lenzten sie unter tintigen Wolken und den ersten Kübelladungen Regen. Er hielt sich neben Julius an der Takelage fest; Lukas torkelte unten herum. Die Insel, die zur Leeseite nur undeutlich zu erkennen ist? Clauda. Bei manchen hieß sie auch Gavdho. Dank sei Gott oder den Göttern für diesen Leeschutz. Alle Hände zupacken, das Beiboot sichern. Sie hatten es bisher immer achtern nachgezogen; voller Wasser war es. Der nach vorn gesenkte Vormast fungierte als Ladebaum; alle zogen an den Tauen und halfen das Bott belegen. Danach war das Umspannen mit festgezurrten Trossen dran.

Paulus beobachtete fasziniert, wie die Arbeit ablief. Die Trossen wurden aus einem Kasten, *hypozomata*, gezogen; ein zuvor nie gehörtes Wort. Verwegene Matrosen sprangen über Bord, tauchten unter und zogen die Trossen unter den Backbordplanken durch und wieder hoch und verbanden schließlich die Balken wie das Fascis eines Würdenträgers. Der Wind würde Rahen und Aufbau und alles zersplittern, was nicht verschnürt wäre. Ernst sagte der Kapitän zu Julius: »Dieser Wind treibt uns in die Große Syrte. Ihr wißt doch, was das ist? Nein. Ist dieses Treibsandgebiet westlich von Kyrene. Wir werden die Oberbramstenge abwerfen und Sturmsegel setzen. Dann legen wir uns auf das Steuerbordstag und driften gemächlich nach Nordwesten.« Er sah Paulus böse an und sagte: »Ein Religionsmensch bist?«

»Ich nehme an, Ihr wollt sagen, ein Betender. Ich werde beten.«

»Bet zu den richtigen Göttern. Poseidon und Aiolos und die alle. Den Jüdischen wolln wir nicht. Den Juden hat er nie was genützt und uns wird er auch nichts nützen. Wir werden alle Hilfe brauchen, die wir von da oben kriegen können. Und«, er patschte hilflos die Hände zusammen, »von überall hier herum.«

Am nächsten Tag ordnete Philos an, daß die Ladung über Bord geworfen werde. Die Brise war heftig und rachsüchtig. Niemandes Götter hatten zugehört, oder vielleicht hatten sie sogar. Das erste, was wegmußte, waren die Sandsäcke für die römische Arena. Sie wurden aus dem Frachtraum gezogen und in den Wind geworfen, der mit seinen gerissenen Fingern Löcher in die Säcke kratzte und den Sand zurückschleuderte. Das Getreide ging unbedauert über Bord. Am Tag darauf mußte ein Zusatzteil weg. »Zusatzteil?« fragte Paulus. Bald wußte er, was das war: die Hauptrahe, eine Sparre so lang wie das ganze Schiff. Alle Hände, Besatzung, Passagiere, Gefangene verbanden sich, um sie über Bord zu kippen. Mehr konnten sie nicht tun. Tagelang wollte der Sturm nicht nachlassen. Es gab weder einen Ost-, noch einen West-, noch einen Nordstern, das ganze Firmament schwarz verdeckt wie mit grobem Sackleinen, und die See boxte und butterte und prallte gegen die verbundenen eichenen Schiffssteven. Die gesamte Gesellschaft war auf dem Messedeck, das mit Latten verstärkt war, versammelt, aber die Lecks in den Schotten bewiesen die ungeduldige Absicht der See, vollends Besitz zu ergreifen. Ein herumplanschender Matrose zuerst, dann der Herr, dann Gott, alles. Philos hatte keine Illusionen über ihre Lage:

»Wenn ich wüßte, wo Land ist, würde ich landen, oder? Aber ich weiß nicht, wo Land ist. Wenn das so weitergeht, gehen wir unter. Stellt euch langsam drauf ein.« Manche Fahrgäste jammerten. Paulus sagte:

»Verzeiht mir, wenn ich damit anfange, ich habe es euch gleich gesagt, wenn wir nur in Gutfurt überwintert hätten...« Philos hätte deshalb einen Tobsuchtsanfall bekommen, wäre er nicht völlig erschöpft gewesen. »So wie es aussieht«, sagte Paulus, »sollten wir alle etwas essen, meine ich. Tage geht das nun schon, und wenn wir Gott gegenübertreten müssen, dann tun wir es am besten mit vollem Magen.« Julius hätte wohl gelacht, wären seine Lachmuskeln in der Lage gewesen, die Bewegung zu vollführen: Dieser alternde Glatzkopf war zu einer Zeit krank gewesen, die man inzwischen für das schönste Wetter ansehen konnte; jetzt an der Grenze von aller Verzweiflung, schien er sich bester Gesundheit und eines gesunden Humors zu erfreuen. Paulus sagte: »Über eines bin ich mir sicher – daß ich bis nach Rom kommen werde. Ihr könnt Träume ruhig verspotten, aber ich weiß aus Erfahrung, daß Gott auf diese Weise die Mauern durchbricht. Falls aber ich nach Rom komme, wird auch der Rest von euch mit Sicherheit Land sehen. Wir sitzen sozusagen alle in einem Boot. Sehen wir doch mal nach, wieviel Vorräte uns die See übriggelassen hat.« Wie alle anderen rollte der Schiffskoch, ein großzinkiger Phönizier, vor Übelkeit an Deck umher, aber da war nichts mehr, was heraufkommen konnte. Zwei aus der Gesellschaft versuchten die Lecks im Steuerbordschott mit Stücken von nasser Leinwand abzudichten. Ein anderer schöpfte das hereinströmende Wasser in ein Faß, das über das Deck schlingerte.

Im Lagerraum neben der angeschlossenen Kombüse fanden Paulus und Julius einen Sack Weizenmehl, dessen obere Hälfte zwar nicht durchweicht, dafür aber von Würmern verseucht war, ein versiegeltes Faß mit abgestandenem Wasser, getrocknete Bohnen, die nicht mehr trocken waren. Das lebende Inventar – Geflügel und zwei Schafe – war längst über Bord gespült. Mit Feuerstein, trockenem Zunder und grünem Holz brachten sie ein Feuer zustande. Grobes, trockenes, ungesäuertes Brot und gekochte Bohnen. Die pechversiegelten Weinamphoren wurden angebrochen. Viele behielten das Essen unten, der Wein belebte zu einer fröhlichen Furcht vor dem, was noch zu erwarten war. Paulus sang auf aramäisch eine freudige Hymne. Der Trost von des Herren Liebe, seine unendliche Güte: es war alles eine wunderliche Metapher für den halsstarrigen Überlebenswillen des Menschen. »Halt doch die Schnauze«, stöhnte der Kapitän, als Paulus zur fünften Strophe kam.

Ein paar meiner Freunde, die sich mit nautischen Dingen gut auskannten, haben mir gesagt, daß die wahnsinnige Drift, die auf solche Fahrzeuge bei solchem Wetter drückt, irgendwo bei 36 Meilen in einem Tag und einer Nacht liegt. Dreizehn Tage und ein wenig mehr als eine Stunde würden dieses Schiff von Klauda nach Koura bringen, was ein Ort an der Ostküste Melitas oder Maltas ist. Mit dem leichten Nachlassen der Brise öffneten Philos und sein Bootsmann die Läden, um draußen sausende Wolken und den dröhnenden Gesang der Brecher an einer Küste zu entdecken. Sie trieben direkt auf Klippen zu, wie sich aus der Brandung entnehmen ließ. Philos befahl Ausloten.

»Zwanzig Faden.« Sehr schwach bei den ringenden Winden.

Paulus und Julius waren dem Kapitän in den Nachtwind hinaus gefolgt, der süßer als die eingeschlossenen Gerüche unten schmeckte. Julius sagte: »Ich denke, ich glaube. Wenn wir dieses Wasser überstehen, kommt es mir auf ein paar weitere Tropfen auch nicht mehr an.«

»Taufen? Ihr? Aber Ihr wißt doch nichts darüber, was Ihr glauben sollt.«

»O doch, ich weiß einiges. Ein Gott, der Heiden und Juden gleichermaßen annimmt. Eine Gemeinschaft aller Menschen, die in einem Sturm gefangen sind. Ihr habt das Brot gebrochen und den

Wein ausgeteilt und gesagt, was daraus wird. Ich habe es geglaubt. Was muß ich sonst noch tun?« Er brüllte die Frage über die Brise hinweg.

Es war keine echte Frage. Paulus sagte nichts und hörte auf das neue Ausloten:

»Fünf Faden.«

Das hieß, daß sie weiter in die unsichtbaren Klippen hineinliefen. Sie konnten das abgestandene Seegras riechen. Der Kapitän befahl, das auf der Heckseite vier Anker geworfen würden. Wie er das Heckreling umspannte, sah Paulus zwei Trossen aus den Hafenklüsen hervorkommen: sie würden den Bug landwärts halten. Vier Besatzungsmitglieder begannen heimlich die Taue zu kappen, die die Barkasse an Deck festhielten. Er rief: »Was macht ihr denn da?«

»Vom Bug aus Anker werfen.«

»Ich habe dafür keinen Befehl gehört.«

»Kümmer dich nicht um Befehle.« Sie hatten es sichtlich darauf abgesehen, in sicherer Gesellschaft die Küste anzusteuern. Paulus rief Julius. Julius rief seine Soldaten. Die Soldaten rangelten mit den Matrosen und ließen das Beiboot aufspritzend hinabstürzen und davontreiben. Das war unklug, denn sie würden das Boot brauchen. Für den Augenblick würde das Schiff mit den Heckankern halten. Sie versuchten ein bißchen zu schlafen, aber das war nicht einfach.

Im Morgengrauen zauberte Paulus nicht nur die Reste des harten ungesäuerten Brotes, sondern auch einen Korb mit Zwieback hervor, den er hinter der letzten Amphore versteckt gefunden hatte.

»Ihr werdet alle Kraft brauchen. Eßt. Trinkt.« Im bleichen Licht, vor ihnen die Felsenküste, der Wind wild darauf, seine Morgenarbeit zu absolvieren und das Schiff in seine letzte Katastrophe zu stoßen, brach er sein eigenes Brot und sagte: »Danke, Gott, für dieses Geschenk. Herr, in deiner Hand sind wir Kinder. Wir vertrauen, wir lieben, wir hoffen. Amen.«

»Amen«, wiederholte Julius.

Jetzt konnten sie die Küste deutlicher sehen. Die Westseite der Bucht war felsig, und auf sie wurden sie hingetrieben. Im Osten war ein Flußarm mit einem Sandstrand. Philos rief seine Befehle: »Laßt die Anker rutschen. Kippt über Bord, was von der Ladung übrig ist. Vorsegel an den Wind. Die Steuerruder freimachen. Ich lasse es jetzt auf Grund laufen.«

Der Unteroffizier von Julius sagte: »Die Gefangenen, Herr. Sie hauen ab. Wir müssen sie umbringen.«

»Umbringen?«

»Die Gefangenen, Herr. Angefangen mit dem hier.« Und er deutete ohne Drohung nickend auf Paulus.

»Was bist du eigentlich für ein Mensch?«

»Das ist die Vorschrift, Herr.«

»Geh mir bloß aus dem Weg.«

Der Mann war bestürzt. »Um Vergebung, Herr?«

»Nein, warte. Gib folgenden Befehl weiter. Für Gefangene und Soldaten gleichermaßen. Alle die schwimmen können, sollen jetzt über Bord gehen. Der Rest – au weia, es passiert schon.«

Sie liefen auf. Das Vorderschiff traf nicht auf Felsen, sondern auf einen Untergrund aus zähem Schlamm, in den es sich rasch hineinmahlte. Das Heck war dem Trommeln der grünen Drachen überlassen. Der Wind ritt auf den schuppigen Rücken und speichelte mordlustigen tollwütigen Schaum. Paulus sprang, Julius, Lukas; beherzt wie Julius Caesar hatte er seine Chroniken in eine lederne Rolle eingeschlossen und sie sich mit einem Stück Schiffstau um den Leib gezurrt. Andere schrien tonlos, griffen nach zersplitternden Balken. *Rari nantes.* Vergils Ausdruck. Seltsam, dachte Julius beim Schwimmen, wie das Gehirn unbehelligt bleiben und sich der Vergangenheit zuwenden kann, dem langweiligen Schulzimmer, um im krisenhaften Licht oder Dunkel ganz kühl altes, nutzloses Wissen abzufragen. Die wenigen Schwimmer kämpften sich zur Küste durch. Diejenigen, die nicht schwimmen konnten und glaubten, sie würden ertrinken, wurden mit grobschlächtiger Fürsorge liebevoll und bösartig an den Strand getragen, der ihnen Bänke anbot, von wo aus sie den Rücken und die Eingeweide ihres Schiffs von den Zähnen der See zerrissen und in den grünen Magen hinabwandern sahen, während sich das Vorderschiff tiefer und tiefer in den Schlick eingrub. Alle wurden gerettet.

Paulinische Zeit, neronische Zeit – sie wollen nicht zusammenstimmen, noch nicht. Macht nichts. Die Gruppe geschlagener Reisender hat vielleicht zu der Zeit, da sich Nero wegen der Frage, wie man Marmordenkmälern längere Dauer verschaffen könnte, an den Senat wandte, nicht einmal die maritime Auflösung des Marmors unter und über und um sich bemerkt. »Was ich anstrebe, strebe ich für Rom allein an. Die Stadt beleidigt in ihrem gegenwärtigen Zustand meine Künstlerseele. Ich könnte verzichten auf... Ihr wißt auf was. Die Kosten ließen sich aus vielerlei Quellen beitreiben. Nach einer so langen Zeit der fiskalischen Milde ist die Zeit für eine höhere Besteuerung gekommen. In den Stadttempeln liegt ungenutzt ein Haufen Gold herum. Die kluge Idee der verstorbenen Kaiserin Messalina, nämlich das römische Bürgerrecht feilzuhalten, könnte mit noch größerem Gewinn neu belebt werden – für den Staat, für Rom, für Rom, das möchte ich hier einmal festhalten. Außerdem gibt es Gruppierungen in unseren Städten, die Rom mit seinen Tugenden und Göttern ablehnen. Ich spreche von den Juden und dieser Sekte, die Chrestus oder Christus anhängt. Es wäre eine Geste römischer Milde, wenn man diesen Leuten erlaubte, mit ihren barbarischen Ritualen und anmaßenden Glaubenssätzen fortzufahren – sie aber natürlich für eine solche Erlaubnis mit drükkenden Abgaben belegt. Es gibt verschiedene Möglichkeiten, wie die Errichtung einer neuen Stadt, die ihrer Bürger würdig wäre, erreicht werden könnte. Ich lege sie Euch in einer Geste kaiserlichen Entgegenkommens vor – und erinnere Euch daran, daß die Macht dort liegt, wo sie auch hingehört, aber daß ich als guter Sohn Roms die Weisheit und Erfahrung des Senats anerkenne, ohne daß ich deshalb notwendig an den Ratschlägen des Senats festhalten müßte.«

Gaius Calpurnius Piso erhob sich, ein junger, gestählter Mann, der ohne Furcht der unterdrückten Reaktionen auf die kaiserliche Anmaßung trotzte. »Des Imperators künstlerischer Ehrgeiz ist dieser Versammlung wohlbekannt. Rom nach seinem eigenen Bild neu zu erbauen, ist ein allerletzter Ehrgeiz, den manche hier schon längst erwartet hatten. Dennoch möchte ich den Imperator daran erinnern, daß es größere Dringlichkeiten gibt, die nach seiner Aufmerksamkeit rufen. Im besonderen beziehe ich mich auf die Lage in Gallien und Spanien, wo die Ergebenheit der Soldaten inzwischen ganz offen ihren Provinzkommandeuren gilt und von Rom abgezogen wird. Die Lage in Britannien ist erschreckend. Siebzigtausend unserer römischen Mitbürger wurden von den Barbaren hingemetzelt, ohne daß irgendwelche Strafaktionen vorbereitet würden...«

Nero war gröblich beleidigt. »Nein! Nein! Es kommt diesem erlauchten Haus nicht zu, als des Imperators Gewissen zu fungieren. Die römischen Provinzen sind nichts weiter als verzichtbare Erweiterungen, die unserer Meinung nach wie ein Eidechsenschwanz jederzeit abfallen können. Rom ist das erste, Rom ist das letzte...«

Ein älterer Senator, C. Lepidus Calvus, erhob sich, um folgendermaßen zu sprechen: »Rom *besteht* aus den Provinzen. Rom besteht in seinem Imperium. Rom ist der kaiserliche Weltfriede und die erhabene Blüte der Ordnung. Rom ist nicht klebrige Lieder und obszöne Tänze und herabwürdigende Schauspiele und eine Stadt, die nach dem Muster des brechreizfördernden Geschmacks eines mittelmäßigen Möchtegernkünstlers neu erbaut werden müßte. Ich erhebe meine Stimme, Caesar, ohne um die Folgen zu fürchten. Ein alter Mann, dem die Ärzte nur mehr eine kurze Spanne zumessen, hat wenig zu fürchten. Doch ein einziges Mal wenigstens sollte der Imperator auf die Wahrheit statt auf die Speichelleckereien von Schmarotzern und Buhlknaben hören.«

»Ich kann viele Beleidigungen hinnehmen«, sagte Nero nachsichtig. »Doch einen Angriff auf den göttlichen Geist der Schönheit, dem zu huldigen ich in meiner kurzen Lebenszeit immer bemüht war, kann ich nicht zulassen. Ihr werdet, ob Ihr es wollt oder nicht, Euer neues Rom erleben. Graubärte, wacklige Schwachgeister, impotente Heuchler – wer braucht Euch denn? Ich spreche für Rom. Ihr sprecht im Namen von abgetragenen Vorstellungen von bürgerlicher und kaiserlicher Tugend, die so grau und zerlumpt wie altes Sackleinen ist. Ich spreche hier im Namen der neuen Zeit. Meine Herren – Ihr seid bereits tot – Ihr alle.« In seinem rüschenbesetzten Purpur wischte er zwischen zwei Reihen von Gardeleuten hinaus; Tigellinus hinterdrein. Ein Teil seines Gefolges blieb zurück, um das pantomimische Schauspiel drohender Blicke für die Versammlung zu geben.

Zuflucht«, sagte Paulus. »Kein Honigschlecken das.« Er bezog sich auf den Namen der Insel, die ihnen Schutz gewährt hatte – phönizisch oder kanaanitisch mit hebräischem Einschlag. Sie schauten vom Deck eines alexandrinischen Schiffes mit Namen *Dioskouri* oder ›Die himmlischen Zwillinge‹ herab, während es aus dem Hafen stach. In der Sonne güldene Felsen, güldene Häuser. Publius, der römische Statthalter, stand dort zusammen mit seinem alten Vater und winkte ein *vale* vom Kai. Lukas und Paulus hatten den Alten zusammen von einem Fieber geheilt. Alle erdenkliche römische Hilfe bei der raschen Bekehrung eines Gutteils der Insel. Und Julius selbst bekehrt an einem Binnensee mit Salzwasser, wo ihm Paulus erläuterte: »Ein Symbol der Reinigung, nichts weiter. Doch Symbole sind wichtig. Der menschliche Geist lebt in der Welt von Wasser und Feuer und Brot und Wein. Wir dürfen nicht von der Welt abgeschnitten werden. Von der Welt der Dinge. Noch werden Dinge durch den Glauben geheiligt. Das Meerwasser wird durch deine Taufe geheiligt.« Er winkte einer Gruppe winkender maltesischer oder phönizischer Bekehrter zu, kauernde braune Leute, die schnell mit Geschenken wie Feuer und *hobz* und *ilma* waren.

Nach einem Tag unter Segeln erreichten sie bei ruhigem Wetter Syrakus. Der Südwind, der sie bis jetzt geführt hatte, ließ dort nach. In einem Nordwest halsten sie auf Rhegium, den Zeh Italiens zu. Julius sagte:

»Letzte Nacht kam mir ein seltsamer Gedanke. Hier steht ein Soldat, der nie geglaubt hätte, daß er zum Glauben bekehrt würde. Was einem heidnischen Römer zustoßen konnte, kann vielen zustoßen. Ohne es zu wissen, erleichtert Rom selbst die Sache mit seinen Straßen und den Seestraßen zwischen den Provinzen. Nie wissen wir die eigentliche Absicht von dem, was wir tun. Ein Reich ohne Schwert aufrechterhalten. Wahrscheinlich eine widersinnige Idee.«

Paulus sagte: »Wir sind alle Werkzeug. Mein großes Sehnen war es, nach Rom zu kommen – freiwillig, ein freies Werkzeug des Glaubens. Und doch komme ich in Ketten nach Rom.« Er meinte das nicht wörtlich, obwohl er wußte, daß ihn in Rom echte Ketten erwarteten, eine Art dekoratives Symbol der Bindung eines Appellanten an das Gesetz.

»Die heißen nichts. Du hast noch immer eine freie Stimme. Ein Gefangener, der seinen Wärter bekehrt. Gibt es etwas, das weniger wahrscheinlich wäre?«

»Was wird in Rom passieren? Wie wird meine Sache entschieden? Wie lange habe ich zu warten? Was wird herauskommen?«

»Wenn du mich fragst, dann wird die Sache auf ein Versäumnisurteil hinauslaufen, weil die Klägerpartei ausbleibt. Du wirst zwar ein Gefangener bleiben, aber dann waschen die Gerichte wegen dir die Hände in Unschuld.«

»Ja. Das gab's schon mal. Richtig unheilschwanger, so von Richtern zu reden, die ihre Hände in Unschuld waschen.« Julius verstand nichts. Ein Tag nach Rhegium erhob sich ein Südwind und trug sie auf Puteoli zu, den Haupthafen für den Süden, der geschützt in der Bucht von Neapel lag. Ihr Schiff gehörte zur Kornflotte aus Alexandria. Es hatte deshalb in der Masse der Handelsschiffe, die die Reeden bedrängte, Vorfahrt. Die anderen hatten die Topsegel oder *suppara* zu streichen, die Weizenschiffe dagegen nicht. Das war ein Zeichen, nach dem vom Kai Ausschau gehalten wurde. Die *Himmlische Zwillinge* lief in den Ankerplatz ein. »Italien«, sagte Paulus überflüssigerweise. Auch Lukas sah auf Italien, war aber weniger beeindruckt: Als Grieche kam er zwar aus der Provinz, aber immerhin war er ein Grieche. Der Kai war belebt, doch schien die Arbeit der Be- und Entlader und der Hafenbeamten mit ihren Frachtbriefen durch die riesenhafte Statue des Imperators als Meeresgott, der mit einem Dreizack aus der Bucht hinauswies, irgendwie behindert. Aber die Plinthe des hohen Bronzemonuments bot Bettlern und Frauen, die Fallobst verkauften, ein Zuhause. Die Laufplanke wurde hinabgelassen. Julius' Truppe erwartete seine Anweisungen. Julius sagte:

»Ich habe mich im Büro der *frumentarii* zu melden. Danach wartet ein langer Marsch auf uns.«

»Bleibt genug Zeit, um mit den hiesigen Christen Kontakt aufzunehmen?«

Julius schien um Verzeihung zu bitten. »Leider mußt du bei den übrigen Gefangenen bleiben. Du wirst angekettet marschieren, und der Marsch beginnt bald. Du wirst nicht in die Stadt können, fürchte ich.«

»Ich kann«, sagte Lukas. Während die meisten Reisegefährten abgenommen hatten, schien Lukas im stillen einen Muskelzuwachs erlebt zu haben; außerdem war sein Nacken irgendwie stierig geworden. Er sah fast so aus, als müßte er diesen Römern zeigen, wie ein griechischer Vetter des Odysseus, der ebenfalls Schiffbruch erlitten hatte, auszusehen hatte. »Da drüben steht ein Haufen Juden. Sie werden was wissen.« Tatsächlich befand sich dort eine Gruppe Männer mit gestreiften Gewändern, und in der Sonne blitzten Ringe, wenn sie um Teppiche und Goldbarren feilschten.

Die Ältesten der neapolitanischen Gläubigen zogen mit Paulus, seinen mitgefangenen Gefährten und der Militäreskorte die Via Appia entlang. Paulus sagte: »Man muß immer den Beweggründen nachgehen. Ein Sklave wird Christ, weil er in diesem Leben keine Hoffnung hat. Er träumt von einem himmlischen Reich, einer Art ewig linderndem Bad zusammen mit jemand, die ihm Trauben reicht. Er hat nichts zu verlieren und alles zu gewinnen. Es ermutigt mich weit mehr, wenn ich höre, daß Reiche alles den Armen gegeben haben, Männer in hohen Positionen, die alles aufs Spiel setzen, sogar die Gunst des Imperators. Wie ist die offizielle Haltung?«

Der alte Simon, dessen Familie in vorschriftlicher Zeit aus Galiläa nach Neapel gekommen war, strich sich den geteilten Bart und sagte: »Der Glaube wird geduldet. In der Hauptsache, weil er vorwiegend ein Arme-Leute-Glaube ist. Es laufen absurde Gerüchte über unseren Kannibalismus und Inzest um. Wir machen uns frei von den Zwängen der Zivilisationsgesellschaft – das scheinen die Leute zu glauben. Ich sehe Gefahr heraufkommen.«

»Wann?«

»Eine jede Gesellschaft braucht eine ausgestoßene Minderheit, der sie alles anlasten kann – Flut, Hunger, niedrige Löhne, den

Rheumatismus des Präfekten der Prätorianergarde. Die Priester Roms sehen Abtrünnige von der Anbetung der alten Götter nicht so gerne. Konservative Senatoren brummen etwas von unrömischen Umtrieben. Noch immer ist es ein Glaube der Obergemächer, der Keller, der dunklen Ecken. Aber er keimt.« Sie hatten Forum Appii erreicht. »Die sehen aus wie Mitglieder der römischen Gemeinde. Die Botschaft ist zu ihnen gedrungen – weiß Gott, wie.« Es entstand da tatsächlich ein Knäuel mit begrüßenden Armen; dem Aussehen nach waren nicht alle Juden. Und dort, ihr Gealtertsein ein Spiegel des eigenen Alterns, war Aquila mit seiner Frau Priscilla. Sie waren in einem Karren gekommen, den ein alter Esel zog. Aquila sagte:

»Im Tiber, weißt du noch? Gott, du bist ja gefesselt. Warum?«

Die römischen Gläubigen, die schließlich aus der Metropolis kamen, wurden von den neapolitanischen Gläubigen sowohl mit Respekt als auch mit Groll begrüßt. Schließlich waren es die Römer, denen Paulus vor drei Jahren geschrieben und einen mitreißenden und liebenden Besuch für irgendwann versprochen hatte, und nicht die Neapolitaner. Doch bekräftigten Simon und seine Abordnung, bevor sie sich auf den Heimweg machten, die Einheit der italischen Christenheit. In einer Taverne am Meer tranken sie höflich mit Paulus und mit allen von ihnen Wein, während die Soldaten abseits standen und sich über den wandernden Knastbruder wunderten. Der weitere Weg führte Paulus und die Römer an einen Ort mit Namen *Tres Tabernae*, wo es in Wirklichkeit fünf Tavernen gab und noch mehr freudig bewegte römische Christen warteten. Julius war unentschieden: Was war er eigentlich – ein Vertreter des Staates oder einer aus dieser überschwenglichen Bande, vorwiegend jüdisch, überspannt in den Gebärden, ganz scherzhafte Knuffe und schmatzende Küsse? Er beschloß, nicht eher ein ordentlicher Christ zu sein, bis er es seiner Frau erzählt hätte, und das wäre nicht vor dem Morgen nach ihrer Vereinigung der Fall. Sie könnte verärgert sein, schmälernd, gleichgültig. Aber egal: Anders als der Körper war die Seele eines Mannes nicht Eigentum seiner Ehefrau.

Sie betraten Rom durch die Porta Capena, und Julius führte die Gefangenen auf den Caelius, zum Hauptquartier des *stratopedarch* oder *princeps peregrinorum*, der für die kaiserlichen Kuriere zuständig war. Die Verbrecher wurden wegen ihres anhängigen Verfahrens ins Gefängnis gesteckt; Paulus, dessen Anhörung anhängig war, bekam mit Hilfe einer dünnen langen Kette einen jungen Soldaten buchstäblich angehängt, dann wurde ihm befohlen, selbst nach einer Unterkunft zu suchen. Er wußte, wo er bleiben würde:

bei Aquila und Priscilla im Suburbabezirk. Julius salutierte, Paulus deutete einen Segen an. Sie würden einander bald genug wiedersehen. In der Zwischenzeit wollte Julius auf Befehl des *princeps* die Akten des Landpflegers, soweit sie Paulus betrafen, bei der kaiserlichen Rechtsabteilung abliefern. Paulus zerrte seinen Soldaten zum Vicus Longus und stellte ihn seinen Gastgebern vor:

»Dieser junge Mann heißt Sabinus. Er hält diese Kette für ebenso peinlich wie ich, aber Gesetz ist Gesetz. Wie ich höre, erhaltet ihr einen Mietzuschuß, wenn ihr ihn aufnehmt. Sabinus, das hier sind Juden. Etwas dagegen?«

»Mir alles gleich«, in kalabresischem Griechisch. »Aber ich mag keine jüdische Küche. Ich koche selbst für mich.«

»Wieder an die alte Arbeit«, sagte Paulus.

»Hier gibt es keine Zelte«, sagte Aquila. »Baldachine. Sind viel zarter.«

Die Ältesten des nichtreformierten Glaubens hatten es mit einem Besuch bei ihm eilig. Er saß da, an den stierenden Sabinus gekettet, der kein Wort Aramäisch verstand, und erläuterte ihnen die Lage: »Brüder, ich habe nichts gegen den jüdischen Glauben oder das jüdische Volk unternommen und doch wurde ich aus Jerusalem den Römern in Caesarea als Gefangener in die Hände geliefert. Die Römer ließen mich frei, weil sie an mir keinen Grund zur Hinrichtung fanden. Doch waren die Oberhäupter in Jerusalem gegen mich, weshalb ich gezwungen war, an den Kaiser zu appellieren. Ich muß hier deutlich machen, daß ich nicht das geringste gegen mein Volk habe. Wie ihr seht, bin ich gefesselt oder besser mit einer Kette um der Hoffnung Israels willen gebunden.«

Der Rabbi Ismael sagte: »Wir hören nichts wider dich. Wir haben keine Briefe aus Jerusalem erhalten. Keiner der Brüder ist zu mir mit Berichten oder Anschuldigungen gekommen. Alles was ich höre, ist, daß die Sekte, die du führst, einen üblen Leumund hat. Aus deinem eigenen Munde möchten wir hören, warum das so ist.«

»Oder besser – warum sie einen *guten* Leumund haben sollte. Also gut. Hört zu.«

Während er noch immer an Sabinus gefesselt war, vollzog Paulus am Tiber, der in dieser Jahreszeit nicht viel Wasser führte, eine Reihe von Taufakten. Lukas, der sich im Ärzteviertel bei der Via Lata etabliert hatte, kam dazu und half. Aufrechte heidnische römische Bürger beobachteten die Zeremonie und gebrauchten schlechte Wörter: *Kannibalen, Mutterschänder, entweihen Vater Tiber mit ihrer Unreinheit, widerwärtig ist das doch.* Sabinus sagte: »Also,

Leute. Ich bin seine offizielle Eskorte, kapiert? Kaiserlicher Befehl. Tut ihm was und ihr kriegt's mit mir zu tun. Haut in Sack.«

»Ich taufe dich, Aquila, im Namen des Allerhöchsten, dem Sohn, der von ihm kommt, und dem Heiligen Geist, der von beiden kommt. Zum neuen Leben in diesem Geist bist du von nun an zugelassen.«

Abends fanden im Hause von Aquila meist heiße Diskussionen statt. Sara, die die Bekehrung ihres Gatten mit einem Schulterzukken hingenommen hatte, war dennoch begierig, Paulus kennenzulernen; das gleiche galt für ihren Bruder, der ihn nach wie vor Saulus nannte. Sie schockierte die Christen, wenn auch nicht die Juden, als sie sagte:

»Gott verzeiht alle Sünden, sagst du uns. Was ich aber wissen möchte – wer verzeiht Gott?« Weder Lukas noch Julius kannten das Buch Hiob. »Ein guter Gott hätte nicht zugelassen, was mit meiner Schwester geschah. Ein unschuldiges Mädchen von einem Verrückten in Stücke gerissen, während alle dabei standen und es sahen. Ich stand dabei, Julius stand dabei, aber vor allem stand Gott dabei. Gott kümmert sich um die Seinen, nicht wahr? Gott hat sich nie um die Seinen gekümmert. Die Israeliten nennen ihn *abba*, Vater, nur um dafür einen Tritt in die Zähne zu empfangen.« Paulus sagte:

»Gott verlieh dem Menschen die Freiheit – für Böses oder Gutes. Ein furchtbares Geschenk aber auch ein wunderbares Geschenk. Gott mischt sich nicht in die Freiheit seiner Geschöpfe ein, gelte es gut oder böse. Es wird noch viel Leiden kommen – für Juden, für Christen, für die, die sich zu gar keinem Glauben bekennen. Geschichte ist ein Verzeichnis menschlichen Leidens. Gott weiß das, und doch wird sich Gott nicht einmischen.«

»Doch hat er sich«, sagte Rabbi Ismael, »nach deinem Glauben, eingemischt. Er hat seinen Sohn herabgesandt – Gotteslästerung, Gotteslästerung –, damit er sich in den Strom des menschlichen Lebens einfüge – was bedeutet (oh, Gotteslästerung), daß er selbst herabgekommen ist.«

»Um zu sterben, zu leiden, aber um wieder aufzustehen. Das menschliche Böse behält nicht für alle Zeiten die Oberhand. Tod in der Hand des menschlichen Bösen bedeutet selbst schon einen Sieg, denn wenn etwas nicht stirbt, kann es auch nicht wieder erstehen. Wir haben mit der animalischen Schöpfung die Geburt gemein. Die Auferstehung haben wir mit Gott gemein.«

»Das kann ich nicht annehmen. Das kann keiner von uns.«

Paulus erhob seine Stimme. »Die Wege trennten sich. Der Heilige Geist sprach durch den Propheten Jesaja, und der Geist sprach sehr recht. ›Gehe hin zu diesem Volk und sprich: Mit den Ohren werdet ihr's hören, und überhaupt nicht verstehen; und mit den Augen werdet ihr's sehen, und überhaupt nicht erkennen. Denn das Herz dieses Volkes ist verstockt und ihre Augen sind verschlossen und ihre Ohren mit Wachs verstopft. Sie wollen nicht sehen mit den Augen und hören mit den Ohren und verständigt werden im Herzen. So sei es euch kundgetan, daß den Heiden gesandt ist dies Heil Gottes; und sie werden's hören.‹ Brüder, oder vielmehr Fremde, die Heiden haben bereits gehört.«

»Ich meine«, sagte der Rabbi, »*wir* haben genug gehört. Ich glaube, daß es wenig Sinn hat, wenn wir hierbleiben, um noch mehr zu hören.« Immerhin wünschten sie der Gesellschaft höflich eine gute Nacht, diese höflichen und ehrlichen Juden, die darauf festgelegt waren, in einem Stand unerfüllbarer Erwartung zu leben. Paulus fühlte sich sehr niedergeschlagen.

Julius wurde zum Büro der Juristen Holconius Priscus und Vettius Proculus befohlen. Noch immer trug er Uniform, befand sich aber offiziell im Urlaub, wartete auf seine Entlassung, die endgültige Freistellung und das Stück Land, das sich zu Bargeld machen ließ. Die beiden alten Männer kannten sich im römischen Recht aus und gingen flink daran, die gesetzliche Position von Lucius Shoel Paulus oder Paullus auszuleuchten.

»Dieses Shoel hat einen höchst aparten Klang. Wo ist er jetzt?«

»Unter einer Art Hausarrest«, sagte Julius. »Mit einer Kette am Handgelenk. Er erwartet, was Euer Ehren gefällt.«

»Was dem Imperator gefällt. Was dem Volk von Rom gefällt. Zu diesem Gefallen bereits seit – wieviel Jahren verwahrt?«

»Zweieinhalb. Das überschreitet den niedergelegten Zeitraum, bis zu dem etwas zu geschehen hat.«

»Nein. Sein Status hat sich geändert. Er ist ein Staatsappellant. Der Zeitraum beginnt mit dem Augenblick der Appellation – wann wurde sie eingelegt?«

»Vor mehr als einem Jahr.«

»Keine Akte mit irgendeiner Anklage wurde nach Rom gebracht. Bis jetzt jedenfalls. Noch ein Monat. Wenn nichts geschieht, stellen wir eine Verfügung mit *Liberetur* aus.«

Wir kommen jetzt zu einer möglicherweise apokryphen Episode, doch waren meine Informanten mit ihren Berichten über sie sehr detailliert und durchaus bestätigend. Offenbar befand sich der Imperator Nero am hellichten Tag und verkleidet – also mit einer Perücke angetan – im Bereich der Suburba, nachdem er die Zauberin Locusta (die nach wie vor erfolgreich und zu verschwiegen war, um es nicht zu sein) in der Frage, wie man dem leidenden Schoßpanther der Kaiserin einen raschen und schmerzlosen Abgang verschaffen könnte, konsultiert hatte (diese Geschichte müßt ihr natürlich nicht glauben). Seine Wachen waren ebenfalls verkleidet, also in Mäntel gehüllt, die auch die Hand am Dolch verbarg; die Männer hielten auf fünf Meter Abstand vor und hinter ihm. Tigellinus war nicht bei seinem Herrn, und auch Gaius Petronius begleitete ihn nicht, da er Tigellinus aus bestimmten Gründen fürchtete; er saß statt dessen auf seinem Gut zehn Meilen weiter südlich auf der Via Ostiensis und schrieb. Nero schien sich an einen bestimmten Laden zu erinnern: War nicht hier vom Dach Wasser auf ihn heruntergeschüttet worden? Wer hatte die Unverschämtheit besessen, solches zu tun? Das hatte ihm ein leichtes Schaudern eingetragen, und er dachte noch immer daran. Er erwog keine Strafaktion, was ja seiner unwürdig gewesen wäre, wo er schließlich damals seinen Stand verleugnet hatte und inzwischen hinnahm, was in Gestalt von Hieben auf ihn zukam (ein Bürger aus dem Ritterstand hatte ihn einmal windelweich dafür geprügelt, daß er sein Eheweib belästigt hatte, und war straffrei ausgegangen); das gehörte einfach zum Spiel. Tatsächlich sah er mit etwas Achtung und einiger Neugier nach dem Laden hin. Ein sehr alter Mann nähte an etwas herum, das wie Segeltuch ausah, und ein ältlicher Kahlkopf arbeitete an etwas, das wohl ein Baldachin war. An diesen Mann war ein römischer Soldat gekettet. »Was ist das denn?« begehrte er zu wissen.

»Wer fragt so?« fragte der kahle Näher. Nero nahm die Perücke ab und sagte:

»Bitte keine Umstände. Caesar gefällt es, von Zeit zu Zeit unter seinem Volk zu wandeln.« Und er legte die Perücke beiseite. Die beiden Arbeiter erkannten ein Gesicht, das auf Münzen und Medaillons allgegenwärtig war und wollten sich erheben. »Ich sagte, kein Aufsehen. Behaltet Platz. Doch sollte der Soldat dort stehen bleiben. Habt ihr für euren Imperator einen Becher mit kühlem Naß?« So geschah es, daß Paulus, der noch immer ein Appellant an eine Abstraktion mit Namen Caesar war, diesen Caesar von Angesicht zu Angesicht traf und aufgefordert ward, mit ihm zu sprechen.

»Ein Christ, sagst du, ein Christ? Eine gefährliche und zudem widernatürliche Sekte, bin ich gezwungen zu glauben.«

»Eine *religio licita*, Caesar. Ihr könnt das in den kaiserlichen Akten finden.«

»Kannibalen, Fröner von widernatürlichen Liebespraktiken, oder etwa nicht?«

»Widernatürliche Liebe ist ausdrücklich verboten. Was den Kannibalismus angeht: Wir essen keine kleinen Kinder, wie oft behauptet wird. Wir essen schlicht und einfach den Leib und das Blut von Gottes Sohn in der Gestalt von Brot und Wein. Eine harmlose Feier, die der Brüderlichkeit zuträglich ist und eine gesunde mystische Bedeutung hat.«

»Der Sohn welchen Gottes?«

»Es gibt nur einen Gott, Caesar. Sein einfaches Wesen ist in verschiedene Gestalten aufgesplittert und unterteilt, die bei Griechen und Römern jeweils göttliches Ansehen genießen. Wenn man an Zeus oder Jupiter denkt, versucht man einen einzigen Aspekt im Wesen dieses einen einzigen Gottes zu fassen. Der Gott, an den wir glauben, hat die Welt geschaffen und er liebt sie. Er hat den Menschen geschaffen und er liebt ihn. Er ist ein durchweg moralischer Gott, weil er das Böse verabscheut und das Gute schätzt.«

»Was sollte denn das Sittliche mit Göttlichkeit zu tun haben?«

»Gott ist von strahlender Reinheit und wünscht, daß seine Schöpfung zur gleichen Reinheit gelangt. Die kleinste Sünde läßt seine Reinheit vor Schmerz aufschreien.«

»Das ist doch Unsinn.«

»Nein, Caesar. Seine unendliche Vollkommenheit muß notwendig vom Bösen abgestoßen sein.«

»Was meinst du mit dem Bösen?«

»Zerstörerische, verderbende, selbstsüchtige Handlungen.«

»Und mit dem Guten?«

»Liebe für die Gefährten, auch für die Feinde, Handlungen, die Liebe beweisen.«

»Aber es ist unmöglich, seine Feinde zu lieben.«

»Schwierig, gewiß, Caesar, aber wir müssen es versuchen. Auf die Weise macht man aus Feinden Freunde.«

»Demnach eine Lebensform, die ziemlich nah an diese lächerliche stoische kommt, die mich der schlechtgesegnete Seneca lehrte.«

»Nein, Caesar. Wir führen ein tugendhaftes Leben, um würdig dafür zu werden, vor Gottes Angesicht zu erscheinen.«

»Wie?«

»In der nächsten Welt. Nach dem Tod. Die Guten erlangen die göttliche Anschauung, und die Bösen werden aus ihr verstoßen.

Ihre Qual besteht im Wissen um das, was ihnen fehlt. Das ist, wie wenn für immer und ewig Millionen von Feuern in ihnen brennen.«

»Und das alles wurde dir von einem Sklaven beigebracht?«

»Nein, Caesar, das ist ein weiterer Irrtum. Gott liebt seine Schöpfung so sehr, daß er bereit war, selbst auf die Erde zu kommen und wie ein Mensch zu leben. Ja, er hat uns das gelehrt und er wurde dafür bestraft, daß er es uns lehrte, so seltsam das klingen mag. In Judäa wurde er an einen Baum genagelt und starb. Aber er erstand wieder auf aus dem Grab.«

»Quatsch und Blödsinn. Tote Männer erstehen nicht mehr. Oder Frauen.« Obwohl er das bekräftigt hatte, schauderte ihn doch.

»Dafür gab es zu viele Augenzeugen und manche von ihnen leben noch heute, Caesar. Nach seinem Tod wurde er gesehen. Seine Auferstehung fordert von uns, daß wir an die eigene glauben. Die Rechtschaffenen erstehen neu nach dem Tod. Genauso wie die Verruchten. Über beide wird Gerichtstag gehalten. Die Schafe werden von den Böcken geschieden. Ewige Seligkeit oder ewiges Feuer. Wir haben die Wahl. Das ist unsere Freiheit.«

»Ihr seht also im Tod die Pforte in ein besseres Leben. Wenn ihr gut gewesen seid.«

»Caesar formuliert es kurz und bündig.«

»Die Vernichtung des Körpers hat nichts zu bedeuten?«

»Vielleicht schmerzhaft, aber annehmbar – für die Gerechten mehr als nur annehmbar.«

»*Una nox dormienda.* Uns wurde der Glaube daran beigebracht. Und daran glaube ich auch.«

»Catull befand sich im Irrtum, Caesar. Die, die vernichtet werden, erstehen zu um so größerem Glanz. Die heidnische Legende um den Phönix ist eine brauchbare Erläuterung. Etwas muß sterben, um wieder zu erstehen. Wir säen im Tod, wir ernten im Leben. Der Tod bedeutet nichts weiter.«

»Alles, was du da sagst – wie heißt du eigentlich?«

»Paulus, Caesar.«

»Alles, was du da sagst, Paulus, klingt wie eine Verleugnung des Lebens. Kein Wunder, wenn es da welche gibt, die dich fürchten und andere, die dich verachten.«

»Das nehmen wir hin, Caesar. Geschmäht werden, die Hinrichtung im Namen des Glaubens erleiden – was dem Sohn Gottes zugestoßen ist, muß von einfachen Männern und Frauen nicht gefürchtet werden.«

»Der Phönix, was? Vergehen und wieder erstehen. Erst Asche,

dann Gold. Und was verkündet dieser dein Sohn Gottes über Caesar, der nicht das gleiche wie normale Menschen ist?«

»Caesar als Fleisch, Blut, Knochen und Geist muß wie alle anderen dem göttlichen Gericht gegenübertreten. Caesar als Herrscher ist zu gehorchen. ›So gebet dem Kaiser, was des Kaisers ist, und Gott, was Gottes ist.‹«

»Und falls man Caesar für über Gott gestellt ansehen sollte?«

»Das Geschöpf kann nicht größer als der Schöpfer sein. Über Gott geht nichts.«

»Falls es«, sagte Nero, »einen, wie du ihn nennst, ewigen Schöpfer gibt, dann muß es auch einen ewigen Zerstörer geben.«

»Gott hat seinen Feind, Caesar. Wie Ihr es sagt, ist es gut gesagt. Die Geschichte geht dahin, daß Gottes schönster Engel, Luzifer der Lichtträger, sich gegen Gottes Herrschaft auflehnte und aus Gottes Nähe verstoßen wurde. Gott konnte ihn nicht vernichten, weil Gott seiner Schöpfung verpflichtet ist. Gott konnte nicht verhindern, daß dieser Böse der Vernichtung verpflichtet ist, weil Gott seine Geschöpfe völlig frei erschaffen hat. Deshalb zieht das Böse durch die Welt, aber das Böse wird am Ende nicht den Sieg davontragen. Gott ist zu mächtig.«

»Das klingt, als ob sich Gott selbst in die Ohnmacht begibt.«

»Ein Maß für seine Liebe, Caesar.«

»Interessant.« Nero erhob sich, um wegzugehen. »Wenn ich deine Religion annähme – nein, bitte bleibt sitzen – müßte ich gut sein. Doch kann es sich ein Imperator nicht leisten, immer gut zu sein. Er kann nicht seine Feinde lieben. Es ist bedauerlich, aber unvermeidlich, daß er sie vernichten muß. Ein Herrscher ist zu dem gezwungen, was du die Verpflichtung zum Bösen nennen würdest.«

»Es gibt immer ein Vergeben, Caesar. Gott vergibt alles. Gott reagiert auf der Stelle auf das geringste Zeichen von Reue. Gott ist, wie ich Euch erklärt habe, gut.«

»Und doch stößt er Menschen ins Feuer, in die Leere oder was du da gesagt hast?«

»Nein. Es ist der Sünder, der sich selbst ins Feuer stößt. Die Wahl, Caesar, steht allen frei. Den Sklaven so sehr wie Caesar. Selbst Caesar steht es frei, ein gutes Leben zu führen. Ein Leben, das nichts weiter als eine schattenhafte Vorbereitung auf das wahre Leben ist, das mit dem Tod des Rechtschaffenen beginnt. Wenn wir uns aber«, und jetzt schien es, als hämmere er auf die Epheser, »mit den gefallenen Mächten der Vernichtung verbinden, dann braucht ihr keinen Zweifel über die Natur dieser letzten Bestrafung zu haben. Denn wenn auch der Körper abstirbt, so ersteht doch der Körper in verklärter Gestalt zur Seligkeit oder zur Bestrafung, je nachdem, was wir erwählen. Bestrafung, Caesar – Verlust, Finsternis, Leere, die auf immerdar angefüllt ist mit einem Schmerz, der größer ist als der Schmerz des Feuers. Auch ein Imperator ist nicht von der logischen Folge seiner Handlungen ausgenommen. Wie der Mensch sät...« Und er beugte sich über ein anderes Nähen. Nero kam sich entlassen vor. Er sagte:

»Und der erste Schritt zum Glauben?«

»Die Taufe, Caesar. Das Wegwaschen der alten Sünden.«

»Waschen?«

»Im Wasser, Wasser, das in ein Zeichen der Erlösung verwandelt ist.«

»Gewöhnliches Wasser?«

Der alte Mann, der weiter an seiner Leinwand gestichelt hatte, wirkte verlegen. Nero nickte, setzte die Perücke auf, deutete eine Art verwirrten kaiserlichen Segen an und ging dann. Reichlich unsicher schritt er auf das kaiserliche Forum zu, die Wachen vor und hinter sich. Eine alte Frau mit einem Schal wandte sich nach ihm um und grinste ihn an. Es war Agrippina mit geschwärzten Zähnen, die Haare versengt, zurückgekommen von jenem Ort. Hölle. Dann wieder war sie's doch nicht. Es gab keinen Grund, warum seine Mutter besuchsweise aus jener fernen Schwärze zurückkommen sollte. Oder Britannicus. Oder Octavia. Oder all die anderen, deren Namen er vergessen hatte. Die Anschauung der glühenden Leere reichte wahrscheinlich aus. Den grenzenlosen Glanz ewiger Schönheit oder Güte oder was es war, mit karmesinroten Spritzern beflecken. Laut die reinen weißen Schreie im reinen weißen Schmerz.

Man könnte sagen, daß Paulus in den Kopf seines Imperators bestimmte Ideen säte. Daß es einen obersten Schöpfer gab, schien vollkommen logisch, ein Erschaffer von Jupiter, Apollo, Mars, Priap und dem Rest des komischen Pseudopantheons: so schien es schon immer gewesen zu sein und es hatte viel mit dem unvergänglichen Prinzip der Schönheit zu tun. Aber daß es ein ewiges Prinzip der Güte und ein immerwährendes System von Belohnen und Bestrafen geben sollte, war weniger annehmbar. Seneca hatte davon oder über etwas ähnliches geleiert, doch hatte er nie die Möglichkeit einer erwählten Verdammung vorgeschlagen. Für Nero war es nicht schwer, sich diese als ewiges Feuer vorzustellen. Er konnte es sehen: Eine ewig lodernde Stadt erfüllt von den Schreien derer, die loderten. Doch die Besonderheit einer Zerstörung, die nicht zerstörte, war nicht so leicht hinzunehmen. Logisch erschien eher der Übergang von irdischer Zeit in eine Region, die man als parachronisch, jedoch nicht als achronisch bezeichnen konnte: Das Feuer konnte Schuld ausbrennen, und das gereinigte Wesen aus ihm zur Reinheit der ewigen Anschauung erstehen: Schönheit, ihre platonische Idee personalisiert, vergöttert in eine Art Kunstwerk, das sich bewegte und das atmete wie ein unvergängliches organisches Wesen, unendliche Musik, die auch einen unendlichen Liebesakt anbot. Vielleicht widersinnig. Ganz bestimmt sogar widersinnig. Da war die Zeit und da die Nicht-Zeit. In der Nicht-Zeit gelangte man zur Seligkeit oder zu ewiger Strafe. Die Vorstellung, daß es in seinem Imperium möglicherweise Tausende gab, die sich bereits ein Bild von ihm, dem Imperator, machten, wie er in der Hölle brannte, wollte Nero überhaupt nicht gefallen. Auf immer und ewig. Während Sklaven mit Namen wie Felix und Chrestus von einem kühlen Sitz, der aus Poesie und Musik bestand, hinunter auf sein glühendes Schreien linsten. Das war nicht richtig, gerecht war es auch nicht, einen Fall von *laesa maiestas* bildete das, und er würde sich das nicht gefallen lassen. Befrei dich von den Gläubigen und du bist den Glauben los. Er sah das Feuer und dann, in einem Gnadenakt, wie er nur dem Künstler gewährt ist, sah er den Phönix sich daraus erheben. Das war etwas anderes, es war faßbar. Und dann sah er wieder den reinen, grenzenlosen Glanz. Er war verletzt. Er schrie, und sein Schrei erfüllte die Ewigkeit. Lauter Blödsinn.

Tigellinus fand das auch. »Güte. Das *summum bonum*. Jeder Mensch hat sein eigenes. Jedes lebende Wesen hat sein eigenes. Es gibt kein einzelnes *summum bonum*. Worin besteht das *summum bonum* des hungrigen Löwen? Der Sprung nach dem Hals der hilflosen Hindin. Güte als göttliche Ordnung? Rattenkacke. Ordnung ist Eigeninteresse. Ordnung ist ein toter Körper. Für das gemeine Volk heißt es, daß morgen nicht schlimmer ist als heute. Der Ausnahmemensch *zerstört* die Ordnung, auf daß er das blendende Licht sehe. Ihr versteht mich nicht? Die scharfe Wahrheit des Vergnügens an einer Greueltat. Angenommen wir deflorieren heute nacht die vestalischen Jungfrauen...«

»O nein.«

»O nein? Etwas Neues und etwas Schockierendes. Die Feuer einer anderen Macht, wie sie aus der zerstörerischen Tat herausschlagen. Eine Pforte in eine Realität, wie sie die allgemeine Menschenheit nicht erfahren kann. Allein durch bestimmte Zerstörungsweisen sind die neuen Bilder zu erlangen.« Er hielt ein und sagte dann: »Wir haben das Imperium nicht auf Vorstellungen wie

Duldsamkeit und brüderliche Liebe errichtet. Ist aber nicht das Imperium das bedeutendste Gut, das die Welt je gesehen hat? Es gibt Kräfte, die es nicht durch die Tat, sondern durch Tatenlosigkeit vernichten wollen. Liebet einander, und das meint jene ungewaschenen Stämme an Rhein und Donau. Nimm sie herein, laß sie Rom nehmen und die Götter umstürzen. Die Juden, die Chrestusleute – die würden es zulassen.« Und dann: »Die Kaiserin tut den Juden zu schön.«

»Sie wird noch Geld aus ihnen herausholen. Rom braucht jüdisches Geld.«

»Sie will kein jüdisches Geld. Sie ist von ihren dunklen Augen und der Olivenhaut und ihren Liebespraktiken und dem Zauber angezogen, den ihnen ihre Wüstenpropheten überliefert haben. Das Kind, das sie trägt, ist bestimmt nicht von Euch.«

Wütend schlug Nero zu und hinterließ rote Ringspuren auf der linken ledernen Wange von Tigellinus. »Das ist schamlos. Verrat ist das.« Tigellinus gefiel es immer festzustellen, wie weit er gehen konnte. Danach machte er, wie jetzt, vorsichtig einen Rückzieher.

»Vermutlich habe ich Unrecht. Meine Verehrung für Caesar ist so groß, daß ich manchmal schon Gefahr wittere, wo gar keine ist. Denkt nicht mehr daran. Sie ist eine schätzenswerte Dame. Ich bitte um Vergebung für meinen unwürdigen Verdacht.«

In dieser Nacht träumte Nero wie sooft von der nächsten Welt, deren Geographie, Klima und soziale Ordnung von den epischen Dichtern haargenau bestimmt worden waren. Ein bleicher Ort, blutleer. Er, Caesar, kam zu den bleichen Schatten. Unter alten Feinden gab es keinen Groll. Das hatte nichts mit Liebe oder Verzeihen zu tun. Es gab einfach nicht genügend Blut, um die gewalttätigen Gefühle der Lebenden zu nähren. Dann sah er eine weitere nächste Welt und diese hatte nichts Bleiches oder Blutleeres an sich. Feuer. Nerven, die wie Lyrasaiten bis zum Zerreißen angeschlagen wurden, aber dann nicht fähig waren, zu reißen. Schmerz. Der Schnee, wahnsinnig gemacht durch Entweihung, schrie auf. Nero schrie und befreite sich aus dem Traum. Dieser verfluchte Christ.

Dem verfluchten Christen wurde mitgeteilt, daß die Verfügung des *Liberetur* durchgegangen sei. Er und Sabinus waren fortan nicht mehr aneinander gekettet, Paulus, der auf dem Esquilin, dem Caelius, dem Viminal, dem Aventin, dem Quirinal und sogar auf dem Marsfeld zu den Gläubigen, darunter vielen, die im Tiber neu erschaffen worden waren, gesprochen hatte, rüstete sich für die Fahrt nach Spanien; im Gürtel klimperte reichlich bemessenes Reisegeld. Eine große Menge umstand ihn am Kai in Puteoli – Juden, Heiden, Patrizier, Sklaven, der *miles* Sabinus. Manche weinten; emotionale Labilität war eine Eigenheit im Temperament der Halbinsel. Lukas berichtete Paulus, daß er ans Ende seiner Erzählung gelangt sei und von berufsmäßigen Schreibern zehn Abschriften anfertigen lasse. Er brauche einen Adressaten, eine fiktionale Persönlichkeit, von der sich vorstellen ließe, daß sie einer grundsätzlichen Unterweisung im Glauben und seiner Verbreitung bedürfe. »Irgendeiner, der Gott liebt«, sagte Paulus. Er grinste. »An den Imperator? Nein.«

»Ich bin inzwischen gut Freund mit einem Patienten – einem Dichter namens Gaius Petronius. Er zeigt ehrliches Interesse. Er hat mein kleines Buch mit schmeichelhafter Begierde gelesen. Ein ehemaliger Freund von Caesar. Sucht nach dem Licht, sagt er. Nenn mich Theophilus.«

»Theophilus geht. Theophilus kann jeder sein.«

Umarmungen, Küsse, Tränen, Weiberklagen. Ein Lied, heidnisch, aber doch angebracht: »Komm wieder, komm wieder zurück.« Paulus winkte vom Deck aus, als sich das Schiff, das nach dem spanischen Hafen ging, den Hamilkar Barkas gebaut hatte, den Weg durch das Schiffsgedränge stieß. Abwesend bemerkte er, wie ein anderes Schiff einlief. Ein knorriger alter Mann mit ungepflegtem Bart saß auf einer Taurolle dieses Schiffes und bemerkte abwesend, wie Paulus' Schiff langsam hinausfand. »Und wo geht das hin?« Ein Matrose sagte es ihm. »Jawoll, ein großes Reich haben sie da. Überhaupt eine große Welt. Wie wenig davon ich gesehen habe.«

»Ich habe geglaubt, daß du selbst zur Zunft gehörst. Du kennst dich aus mit Knoten und Talje.«

»Boote am galiläischen See. Netze flicken. Fischen. Meine Zunft.«

Petrus kam also zögernd die Laufplanke herunter, auf der Schulter ein verschnürtes Bündel, in der Faust einen groben Schwarzdornstock. Er war alt und es ging ihm nicht gut und er mußte nach Rom, wo immer das sein mochte. Ein Haufen Leute herum, Juden, Heiden, die so aussahen, als könnten sie Nazarener sein, doch sie schwatzten Lateinisch oder Griechisch, in Sprachen, die er nie gelernt hatte, und jetzt war es zu spät dafür. Aber *»Rum?«* fragte er einen herumlungernden Dockarbeiter, der undeutlich zeigte. Alle Wege führen hin, hieß es. Nach etwa einer schmerzenden Meile kam er zu einem, der Via Appia hieß. Hier war viel Verkehr – Edelleute oder Würdenträger in Sänften, Sklaven, die unter dem

Schwung der Peitsche ihr Bündel schleppten, manipelweise schwitzende Soldaten unter gebellten Befehlen. Staubbedeckt humpelte er zur Straßenseite und ließ sich unter einem Baum nieder, den er nicht kannte – Buche, Pinie, Platane? Er hatte Schmerzen, die Gelenke knackten. Er wäre besser in Joppe geblieben, doch hatte Jakobus furchtbar gedrängt wegen seiner Mission. Der Mann, mit dem er in Rom Kontakt aufnehmen sollte, hieß Linus, ein griechischer Römer oder so, ein echter Ausländer, aber ein Nazarener. Mußte ihn treffen, wo sie nicht einmal die Sprache des anderen beherrschten. Petrus wimmerte vor sich hin. In wenigen Tagen lief ein Schiff nach Caesarea aus, und er hatte das Geld für die Überfahrt: die Brüder in Jerusalem hatten ihm mehr gegeben, als er brauchte. In Jerusalem gab es ein seltsames Gefühl, wie wenn alles davonzog, zumachte, der Glaube an Boden verliere, Abfall und allgemeine Erschlaffung. Inzwischen war es eine Angelegenheit zwischen Juden und Römern. Die Nazarener standen abseits, predigten Frieden, während alles vom bevorstehenden Kampf sprach. Petrus dürstete nach Joppe, wo er die Führung der örtlichen Gemeinde mit der Mitgliedschaft in einer Fischergenossenschaft verbunden hatte. Aber er war das Oberhaupt der *ganzen* Kirche: Das war ihm vor langer Zeit verkündet worden. Nicht Jakobus. Dieser Saulus, aus dem Paulus geworden war, hatte keine richtigen Anweisungen erhalten, und doch war er es, der sich mit seinem schönen Hebräisch und Griechisch und Latein für den Verantwortlichen hielt. Er, Petrus, war der Fels, hatte Angst vor krähenden Hähnen, Angst vor den eigenen Träumen, die Knochen waren schwach und der Kopf durcheinander. Er schöpfte Trost aus seinem Beutel in Gestalt von Trockenfisch und Brot und einem Fläschchen, das er an einer Quelle in Hafennähe aufgefüllt hatte, Quellwasser, das aus dem grinsenden Maul eines gehörnten Geschöpfes aus totem Metall sprudelte. Er mußte und würde weiterziehen, wenn er gerastet hatte. Der Traum, den er an Bord gehabt hatte, war ebenso klar und sonnenüberflutet gewesen wie jener alte über Ziegenmilch und Schweine und Krebse, der so viel Ärger verursacht hatte. Ihm träumte, er säße unter einem Baum wie diesem und habe es mit sich abgemacht, daß er zum Hafen zurückginge, um dort auf das Schiff nach Caesarea zu warten. Günstiges Sommerwetter und schnurgerades Segeln. Und dann erschien *er*, *er*, der auf seinen riesenhaften Schultern einen Kreuzbalken trug, Petrus anlächelte und den Kopf vor soviel Narretei schüttelte, kurz wie ein Hahn krähte und leichtfüßig romwärts hüpfte. Das bedeutete, daß er, Petrus, ebenfalls zu gehen hatte, wenn auch auf schwereren Füßen. Er seufzte, stand auf und richtete seinen Trott nach Norden. Er sah eine fremde Sonne untergehen und eine fremde Nacht mit seltsamer Langsamkeit heraufziehen, ließ sich dann unter Bäumen nieder und hörte, in den Mantel eingewickelt, Eulen und andere *tsiporim* des *laylah* einschließlich jenes einen, der den Sang verströmte, als ob ihm das Herz bräche. Er sah vertraute Sterne und fühlte doch ein verzweifeltes Heimweh. Der falsche Mann. Immer hatte er das schon gewußt.

Doch er trottete einen weiteren Tag und noch einen. Keiner redete mit ihm. An Ständen kaufte er sich zu essen, indem er deutete. An einem Ort mit Tavernen hörte er etwas, das wie Aramäisch klang, doch dann stellte es sich als irgendeine andere Sprache heraus, wahrscheinlich Phönizisch. Im Hirn hatte er einen Namen und eine ungefähre Ortsangabe gespeichert. Linus. Ein Brunnen auf einer Straße in der Nähe der Via Labicana, im Osten der Stadt. Schließlich sah er die Ausläufer einer großen Stadt, größer als Jerusalem, die durch einen Hain aus Bäumen, die er für Pinien hielt, mit ihm Verstecken spielte. Sogleich fragte er einen Eseltreiber nach der Via Labicana, aber der Mann lachte ihm ins Gesicht und breitete die Arme weit auseinander. Noch weit, sehr weit. Er schlief eine weitere Nacht unter Bäumen. Heißes, trockenes Wetter, ideal für die Fahrt nach Hause. In einem Morgen, der zartgrün und austernschalenfarben begann und sich allmählich vergoldete, aß er ein gekauftes Frühstück bestehend aus übersäuertem Brot und einem Viertel dünnem, bitteren Wein. Er holte tief Luft und hinkte dann in Gesellschaft von streitenden Krähen auf die Stadt zu.

Atemberaubend. Das war kein Ort für ihn. Da war der feine Geruch der Brutalität, mit der sich keiner um den anderen scherte. Via Labicana? Eine alte Frau, die einen Kübel in die Gosse einer Straße leerte, die unter den überragenden Wohnungen ein dunkles Tal bildete, konnte ihn zuerst nicht verstehen. Sie deutete. Er wurde nicht klüger. Hier also lebten Leute, die Treppe um Treppe hinaufstiegen, um ihre nassen Kleider auf den Simsen zu trocknen. Und um herunterzuhetzen, während sie ein Brot kauten, um dann zur Arbeit zu gehen. Jeder mußte arbeiten.

Blinzelnd schritt er gegen die noch immer niedrig stehende Sonne weiter. Er hielt nach Brunnen Ausschau und fand auf jeder Piazza einen, Roms Segen mit Quellwasser für seine Bürger. Frauen waren früh auf, um Kleider zu waschen. Sie füllten Kübel, um sie über all diese Treppen hinaufzutragen, obwohl einige einfallsreiche Familien sie mittels eines Flaschenzuges auf den Sims wanden. Dort gab es Streit, sehr jüdisch mit zum Himmel erhobenem Arm, um den Preis der Fische, die ein Händler auf seinen Schubkarren patschte. Petrus stellte einer Frau mit einem sabbernden Kind auf dem Schoß seine Einwortfrage. Sie verstand sie, ein kleines Morgenwunder, und deutete.

Dieselbe Frage wieder, als er schmerzhaft die vielen ausgetretenen Stufen des Gebäudes hinaufstieg. Linus? *Sum Linus, ego.* Ein recht junger, dunkler Mann, bartlos, schon ziemlich kahl, sah die Treppe hinab. *Petrus,* sagte Petrus schnaufend; wenigstens kannte er seinen eigenen Namen. Er stieg hinauf. Petrus der Fischer in Rom, wie er ein einzelnes Zimmer sieben Treppen hoch betritt, wie er ein Bett und einen Tisch und einen kahlen Ölofen sieht. Die beiden Nazarener oder Christen blickten sich an, im Glauben eins, aber nicht in der Sprache. Doch bot Linus Brot von gestern an, verdünnten Wein, ein paar dünne, kalte Fleischscheiben, Knoblauch. Verspätet erinnerte er sich an etwas: Er ging für Petrus' Segen auf die Knie. Dann ging er fort, um einen Dolmetsch zu holen. Petrus blieb zurück und sah auf einen Tisch voller Schriftrollen, alles Latein. Er sah sich nach einer Gelegenheit zum Wasserlassen um, weil er keine Lust hatte, wieder hinabzusteigen (um sich mühsam wieder heraufzuarbeiten), um nach einer öffentlichen Latrine zu suchen. Hinter einem Vorhang fand er einen Kübel und leerte mit leisem Schmerz seine alte Blase; die Erleichterung war größer als der Schmerz. Bald kam Linus mit einem jungen römischen Juden zurück, der wegen seines Gebells allgemein Canis hieß. Sein eigentlicher Name war Schadrach ben Hanania, aber er war an Canis gewöhnt; nennt mich Canis. Er tröstete Petrus, daß er seine eigene Redeweise mit einem Akzent, der sie nicht weit vom Galiläischen einordnete, wieder hören konnte. Er sagte:

»Petrus, Oberhaupt der Gläubigen, von Christus eingesetzt. Du bist der Mann, wegen dem ich geschickt wurde. Was bist du eigentlich von Beruf?«

»Ich arbeite für einen Verleger heidnischer Bücher. Poesie, Geschichte. Ich kopiere. Ich bin ein guter Kopist. Warum ich?«

»Jakobus zeigte mir in Jerusalem deine Briefe. Ich konnte sie nicht lesen, und er auch nicht, doch einige konnten es und haben sie übersetzt. Rom soll die Mutter sein. Eine Mutter, sagte Jakobus, die sich hinter dem Rockzipfel einer Hure versteckt.«

»Warum aber ich?«

»Ja, richtig. Ich komme als eingesetzter Vater der Gläubigen, aber als Narr, der weder Griechisch noch Latein kann, nach Rom. Aber ich bin alt und viel Zeit habe ich nicht mehr. Das Alter oder das Beil werden mich erledigen. Ich habe genau wie Jakobus Träume. Er sieht alles dort drüben, und ich glaube, er hat recht. Dieser Paulus hat es auch gesehen und war im Recht, obwohl ich mich dagegen gewehrt habe. Aber du wirst diesen Paulus nicht kennen.«

»O doch. Er schrieb einen Brief nach Rom und kam dann selbst her. Er ist kaum eine Woche fort. O ja, ich habe Paulus kennengelernt. Ein bemerkenswerter Mann.«

»Doch keiner der Zwölf«, sagte Petrus. »Ein Jude, der bei den Juden kein Glück hatte. Gut, dann war er also hier. Und jetzt ist er fort.«

»Er kommt wieder, versprach er. Was Ihr sagt, verwirrt mich. Wir sehen nach Jerusalem als der Mutterkirche. Rom ist nichts weiter als eine heidnische Stadt.«

»In Jerusalem sind zwei Glaubensrichtungen«, sagte Petrus, »und sie halten es nicht miteinander aus. Es war ein Glaube für die Juden, den wir lehrten, aber es war keiner, der Aufruhr und Blutvergießen lehrte. Die Römer haben den Zeloten in die Hände gearbeitet. Schlaff, korrupt, grausam. Es muß zum Bruch kommen. Dieser Nero bei euch läßt alles zusammenstürzen. Jetzt wollen die Jerusalemer Juden hinein und die Römer hinausjagen. Sie meinen, daß Rom darin nichts unternehmen wird und vielleicht haben sie recht. Aber sie wollen die Nazarener nicht mit ihrem Frieden und Liebe und schlag auf die andere Backe. Ist ja auch ganz klar, wenn man's bedenkt. Der Glauben ist ein Heidenglauben geworden. Eines Tages werden die Heiden die Juden lehren, aber noch nicht. Keiner von uns hätte je erwartet, daß es so kommt. Und hier habt ihr das Zentrum des großen heidnischen Imperiums. Hier muß auch die Mutterkirche sein. Und du mußt sein erster echter Vater sein.«

»Ich bin völlig unwürdig.«

»Nein. Du bist ein Römer. Du kennst Rom. Es ist deine Stadt.«

»Genaugenommen ein Grieche. Aber schon lange in Rom.«

»Richtig, du kennst das Rom der Straßen und Plätze und Brunnen. Und das Rom der Keller und dunklen Ecken.«

»Wir üben den Glauben im hellen Sonnenlicht aus. Wir brauchen keine dunklen Ecken.«

Petrus schüttelte mehrmals den Kopf. »Nein. Ihr werdet noch froh um die dunklen Ecken sein. Ich spüre, wie es kommt. Schlagt die Juden wegen Aufruhrs und schlagt auch gleich die Nazarener, wenn ihr schon dabei seid, wo die Nazarener doch nur eine Art Juden sind.«

»Das stimmt nicht mehr.«

»Ich weiß schon. Ich weiß nur zu gut, daß es nicht stimmt. Irgend etwas ist irgendwo schiefgelaufen.«

»Das ist ein großer Augenblick für uns, daß Ihr zu uns gekommen seid. Ihr müßt zur Gemeinde sprechen.«

»Aramäisch?«

»Die Sprache des Herrn, die authentische Stimme. Grundgütiger Himmel, es ist noch immer kaum zu fassen. Ihr kanntet ihn, habt mit ihm gearbeitet, habt gesehen, wie er an diesem Platz gekreuzigt wurde, auf diesem Hügel...«

»Golgatha. Nein, ich war nicht dort. Gott steh mir bei, ich war nicht dort.«

Das Treffen wurde in einem aufgelassenen Gymnasion in der Nähe der Gärten des Maecenas und des Hauses von Aulus an der Ecke der Via Labicana und der Via Tiburtina abgehalten. Einige der römischen Christen waren Juden und erinnerten sich ans Aramäische; die meisten von ihnen waren nicht beschnitten, manche blondhaarig; einige gehörten der Klasse der Patrizier an. Die Heiden sahen mit etwas Ehrfurcht und einer gewissen, schwer zu verbergenden Verachtung auf diesen ungepflegten Greis, einen Vorkämpfer aus den grauen Nebeln der Vorzeit, der nicht imstande war, das Mysterium der Dreifaltigkeit zu erklären oder das Kommen des Messias mit einer dunklen Prophezeiung in den Eklogen von Vergil in Zusammenhang zu bringen. Statt dessen sprach er in einer fernen und ungeschlachten Zunge über die Entstehung des Vaterunsers: »Denn es war Jesus selbst, der mich dieses Gebet lehrte, mich und meine Gefährten, gewöhnliche Fischerleute, als wir im galiläischen See fischten. Ein Sturm erhob sich und wir waren in Angst, doch er hat uns gesagt, wir sollten uns niemals fürchten. Wir müssen auf den Vater vertrauen, der uns in seiner Obhut behält, und müssen beten: ›Vater unser, der du bist im Himmel, geheiligt werde dein Name...‹« Sie fielen ein, einige griechisch, die meisten lateinisch. Doch die Nichtjuden waren alle ein wenig peinlich berührt.

Als sich das Treffen nach dem Segen und dem Schmatzen des sakramentalen Brots auflöste, erschnüffelten jene, deren Geruchssinn gut entwickelt war, Rauch, der mit einem heißen trockenen Südwind aus dem Süden kam. Petrus konnte nichts riechen.

Keiner weiß, wie das Feuer entstand, doch gibt es noch immer welche, die schwören, sie hätten Tigellinus gesehen, wie er nördlich von den Servilianischen Gärten auf dem Aventin einen ganz aus altem Holz gebauten Ölladen in Brand steckte. Dort bestanden fast alle Behausungen aus Holz und das brannte in der Hitze einer trokkenen Sommernacht wie Zunder. Der Ölladen gehörte Accius, doch wohnte er nicht darin. Als er ihn von seiner Tür aus in fünfzig Meter Entfernung lodern sah, rief er nach Männern, die aus dem Brunnen Kübel ziehen und eine Eimerkette bilden sollten, aber die gelben und blauen Zungen leckten das Wasser auf und wollten mehr. Die Hitze erzeugte Schweiß, und der Schweiß blendete. Schwarze Splitter kreischten wie Fledermäuse in der glühenden Luft. Das Feuer erklomm den Hügel und zerbiß die Pinien, zerfraß das hölzerne Sommerhaus von Lucius Aemilius und wurde davon fett. Die Familie von C. Aeserninus saß in ihrem kleinen Ziegelhaus in der Falle, als das Feuer hereinkam, die Stufen erstieg und unterwegs weiterfraß. In mütterlicher Panik wurde aus einem oberen Fenster ein Kind geworfen und landete mit zerbrochenem Schädel auf der steinernen Einfriedung. Im XI. Bezirk am Tiberufer sangen die Wohnungen beim Circus Maximus ein loderndes Lied zum hohen Himmel, der in all dem Rauch unsichtbar war, und drinnen kämpften sich hundert Familien mit Klauen hinaus; mehr hustend als schreiend verstopften sie das Treppenhaus. Jene, die das verzweifelte Zerreißen überlebten, sahen das Feuer am Haupteingang auf sich eindringen. Manche schrien sich ihren Weg durch und rannten, bis sie umfielen; sie hatten sich in Feuer verwandelt. Die schwarzen Flocken tanzten und flogen im Wind und lösten sich wie schwarze Schneeflocken im Fluß, in den Kettenleute mit Leinenkübeln wateten, um Wasser hinaufzureichen, das nicht mehr war als Löwenzahn im Maul einer Kuh. Nahe der Kreuzung von Via Ostiensis und Via Latina stand ein Lagerhaus, das bis unters Dach mit Olivenölgläsern vollgeräumt war. In den Flammen platzten oder brachen die Verschlüsse und heraus strömte ein glühender aromatischer Fluß, in dem quiekende Ratten schwammen, die Schwänzchen Fackeln, die Pelzchen versengt. Die Bibliothek der Aequiculi auf dem Aventin war in einem Marmorgebäude untergebracht, doch wurde das Feuer durch ein Fenster eingesogen, dessen hölzerne Läden in Windeseile verschlungen waren. Danach war ein Schatz an griechischer und römischer Geschichte wie gekühlter Fruchtsaft ein rasches Mahl für den durstigen Schlund der Flammenkolonnen. Der Bibliothekar bot eine längere Brotzeit, doch schloß er sich seinen Manuskripten in der Asche an.

Das Feuer breitete sich nach Osten sowohl wie nach Norden bis zum Caelius aus. Der Tempel des göttlichen Claudius bildete das Zentrum einer schrecklichen Feuersbrunst, in der die Häuser der Priester und Auguren trotz der Gebete sich auflösten, die das Flakkern der Flammen erstickte. Bekleidete und unbekleidete Männer und Frauen wurden schwarz und liefen mit schmauchenden Kleidersäumen stöhnend auf die Straßen, in den Armen wertlose Haushaltsschätze. Der Tempel der Isis schien mit ägyptischer Magie eine Hand auszustrecken, um dem Feuer den weiteren Vormarsch nach Osten zu untersagen; es gehorchte. Im Norden der Stadt, in dem Gebiet, das vom Pantheon, dem Mausoleum des Augustus und dem Castra Urbana begrenzt wurde, wütete ein Feuer, das dem Kolonisierungseifer jenes südlichen purpurfarbenen Reiches nichts schuldig zu sein schien, denn die Bäder der Agrippa, der Jupitertempel und das Hauptquartier der Stadtwachen blieben selbst von den Fingerspitzen des Schreckens unangetastet.

Die heidnischen Römer, die sich mit Knorpelwürsten und Schläuchen von verdünntem Wein, in einer Art von parodierter Form bürgerlicher Ordnung gestapelt und angeordnet, bei den Spielen niedergelassen hatten und nach dem richtigen Rot gebrüllt hatten, waren jetzt Tausende von Ameisen, die aus ihren Haufen flohen, in die die Faust hieb, hieb und immer wieder hineinhieb. Was gehen sie uns an, Canus und Capys und die Brüder Casca, Cestius und Crassus und Domitilla und Fausta und Augusta und die eben aus Alexandria eingetroffenen Tänzerinnen, Polla und Vettius, die Puffmutter Omphale, Macro und Marius, die Salnatorer und Livius und Livilla und? Wenig, wenig, denn wir kennen sie nicht. Aber Kaleb und seine Frau Hanna und ihrem Sohn Yakob sind wir wenigstens begegnet. Sie wohnten im Norden des XII. Bezirks zur Miete; zwei Zimmer im fünften Stock. Sie lagen im Bett und erwachten von einem seltsamen Licht, der Hitze, dem Lärm. »Der Himmel brennt!« schrie Hanna auf und griff nach dem schlafenden Jungen. Im Nachtgewand stolperten sie übereinander zur Tür und sahen Männer und Frauen vorbeihasten, alle mit wirren Haaren und bloßen Füßen, die Treppen hinunter, die Kinder, umschlungen, brüllten. Kaleb befahl seiner Frau, sich hinter ihm zu halten und sein Gewand mit der einen und mit der anderen Hand ihren Sohn zu packen. Dann zog er los, um sich rücksichtslos den Weg durch das hustende und keuchende Gedränge zu erkämpfen, das an jedem Treppenabsatz noch schlimmer wurde; alle waren sie bereit, einander zu erdrücken und selber erdrückt zu werden, um dann den Flammen zum Opfer zu fallen, die an der großen Tür des Mietshauses warteten. »Jetzt!« schrie Kaleb, und sie warfen sich auf den zweiten Absatz hinab, wo man auf sie einschlug, gepackt wurde, blutete. In der Wand ein offenes Fenster und darunter ein junger Erdbeerstrauch, den von links die Flammen hell beleuchteten, der aber selbst noch unversehrt war. »Jetzt!« schrie er hustend, dann sprang er hinaus in die Luft. Der Busch bremste seinen Fall und, er stand mit bloßen Füßen auf dem heißen Erdboden. »Wirf ihn!« Sie warf das Kind blindlings, und Kaleb, der es auffing, hatte nicht die Zeit, sich darüber zu wundern, daß der Junge kein schreiendes Bündel war, sondern in seltsamer Ruhe alles verschlafen hatte. Er setzte das Kind auf dem Boden ab, während sich Hanna vom oberen Fenster in seine Arme stürzte. Er fing sie auf. Sie klaubte Yakob auf. Der Junge blutete heftig aus einer Kopfwunde. Sah man da nicht einen nackten Knochen durchscheinen? Sie konnte nicht schreien, sich nur das Herz zum verborgenen Himmel heraushusten. Mit dem Körper rannten sie Richtung Süden und blieben kaum je stehen, bevor sie die Dreifachkreuzung von Via Ardeatina, Via Latina und Via Appia erreichten. Hier gab es kein Feuer, nur ein Durcheinander von Stöhnenden, Trauernden und Beraubten.

Marcus Julius Tranquillus war mit Frau und Tochter auf dem Janiculus sicher, wie sich auch die meisten Christen auf dem Viminal und dem Esquilin in Sicherheit befanden. Die Juden hatten drunten im XII. und XIII. Bezirk leiden müssen, denn ihre Läden, billige Holzhäuser, wurden Holzkohle, mit Feuer bekränzt, sobald sich das Feuer gesättigt hatte. Die an den Rändern des Feuers auf dem Caelius wohnten, sahen Rom auch nach Nordwesten zu, zum Palatin hin, brennen. Manche, die betrunken waren und Plünderzüge unternahmen, sahen noch mehr. Julius Caesar, wie er mit einer brennenden Legion durch die Straßen marschierte, Romulus und Remus, die Feuer aus den Zitzen einer ganz aus Feuer bestehenden Wölfin saugten; Gerüchte schwirrten herum, nach denen der Tiber von dem Öl, das aus dem Laden im Süden des Circus Maximus so heftig hineingeströmt war, in hellen Flammen stünde. Auf einem flammenbeschwingten Stier ritt Jupiter über den Flammen, klaubte sich Spreißel aus der Glut und warf sie jauchzend zum Himmel hinauf. Die vestalischen Jungfrauen hoben ihre Flammenröcke, um entflammte Schamteile vorzuzeigen. Die schreienden Ameisen trippelten ohne Blick für die kaiserliche Barke, die gerade nördlich von ihnen an der Tiberinsel vertäut lag, über die Brücke, die vom Kapitol zum Seetheater des Augustus führte. Dort unten verfolgten der Imperator und sein Hofstaat den Vormarsch des Feuers und hörten es vom Circus Maximus bis zum Palatin schmatzen, wie es unterwegs gleichmütig gepflegte Parks oder erhabene Paläste zermalmte und verschluckte. Tigellinus, der von der purpurgoldenen Majestät der einfallenden Flammenarmee zutiefst bewegt war, erklärte, daß in der Katastrophe eine Tugend zu entdecken sei, daß

Rom oder Neropolis, wenn es denn so heißen sollte, jetzt neu entstehen müßte; sogar der Senat hätte das einzusehen. Nero, der zitterte, als stünde er kurz vor einem Orgasmus, erwiderte:

»Nichts gleicht dieser Kunst. Weder Musik noch Verse noch Tragödien. Endlich darf ich sehen, wovon ich bisher nur gesungen habe. Ende des zweiten Troja, die Geburtswehen des dritten und letzten.« Und er sang:

»Mit den Flammen so reich gerüstet zur Hochzeit,
zur Hochzeit vermählt mit dem Tod, berühmtes Ilion,
du Liebreiches, Lustvolles. Taubengleich gurrend,
Brüllend wie Löwen und heulend wie Wölfe im Wald...«

Und doch fühlte er die Verzweiflung selbst der großen Künstler über die mangelnde Ausdruckskraft der Worte. Der riesige Rauchschleier hatte Mond und Sterne ausgelöscht, winzige Schmutzfledermäuse flogen in schweren, unordentlichen Scharen herum, Rauch dampfte, Rom wurde beständig gefressen, und wenn der geschwärzte Marmor nicht nachgab, dann wurden seine verborgenen Holzstreben zu nichts zerkaut, während sich die Stützen in der Glut aufwarfen. Und die ganze Zeit über auf der anderen Flußseite die Schreie und Seufzer und das irre Husten einer Stadt, die schon vorher gelitten hatte, wie das alle Städte tun müssen, doch nie zuvor so wie jetzt. Seit zweihundert Jahren schon verfügte Rom über eine Feuerwehr, ausgebildete Männer mit Wasserpumpen an ihrem Stützpunkt westlich von der Via Lata, doch blies der heftige trockene Wind von Süden her Feuer auf sie, so daß sie ohne Hoffnung wieder einrückten. Erst mit dem plötzlichen Drehen der Windrichtung nach Nordwesten schien es möglich, das Feuer vom bedrohten Forum und dem Nordrand des Palatin abzudrängen. Doch in den geschlagenen Straßen der Mietshäuser war es für Rettungsleitern und ackergroße Dämpftücher bereits zu spät. Aus der Suburba, vom Quirinal und vom Esquilin kamen die Bürger langsam und ängstlich zu den Gärten des Maecenas und der Begrenzung des künftigen Domus Aurea, um jene zu sehen, die sich aus dem Schrecken nach Norden gestürzt hatten. Mit einer Art krankhaftem Staunen, doch auch dem Wunsch zu helfen, standen sie da, fühlten sich jedoch hilflos im Angesicht der wahnsinnig gewordenen Frauen, die mit verkohltem Haar über den verkohlten Leichen ihrer Kinder schrien. Roms Geruch war der Geruch einer Brennschere geworden, deren Versengen sich millionenfach vervielfältigt hatte.

Petrus, der neuerdings im Laden von Aquila wohnte, weil er es nicht mehr ertrug, bis zur Wohnung des Linus hinaufzusteigen, sprach von Sodom und Gomorra, doch verstanden die Nichtjuden seine Anspielung nicht. Es war Christenpflicht, den Heimgesuchten beizustehen, doch welche Hilfe außer dem Gebet konnten sie geben? Jene, die heimgesucht in den Gärten des Maecenas oder den Straßen des Dreiecks lagen, dessen Basis die Via Praenestina bildete, blickten erschrocken hoch, als sie einen alten, bärtigen Mann mit Stock sahen, der seine Finger über ihnen spreizte und magische Beschwörungen in einer ungeschlachten Sprache murmelte. Der Arzt Lukas brachte seine Tasche mit Salben, doch war er, abgesehen von schlichtem Trösten, machtlos angesichts des harten, trockenen Fleisches. Es herrschte furchtbarer Durst, und der konnte gestillt werden, jedoch war das oft genug nur die Wegzehrung für einen Schlaf, aus dem es kein Erwachen mehr gab. Catull stolzierte wie ein verkohltes Holzstück herum und brummelte etwas von *una nox dormienda.*

Die Dämmerung kämpfte sich durch den Rauch, der nach Südosten abzog. Besser wäre es gewesen, wenn die Nacht angehalten hätte, um die armen geschwärzten Körper und die Balken, deren verlöschende Glut im Morgenwind zu einem kurzen Flammenfluch erweckt werden konnte, gnädig zu verbergen. Der Gestank war unerträglich, die schwarzen Splitter flogen träge, ausgebrannte Haine schickten im stärkeren Wind des vollen Tages Gestöber aus skelettierten Blättern herüber, von denen die Substanz verzehrt, das Geäder aber wunderbarerweise heil geblieben war. Die Nacktheit brachte eine weitere Obszönität zum Vorschein: Die Stadt hatte das Gewand ihres Laubwerks abgeworfen, um im sichtbaren Schrecken der Verstümmelung zu erstrahlen. Zwei Tage lang lagen unversorgte Leichen herum, an denen die Ratten nagten. Im ziehenden Rauch konnte man ein, zwei rauchige Schemen erkennen, wie sie gebückt über und durch die Ruinen stolperten, suchten und nicht fanden oder in einem wahnsinnig gewordenen Automatismus ihr Leben durch ziellose Bewegung bestätigen wollten. Am dritten Tag berief sich der Senat selbst ein und stellte fest, daß einige fehlten. Keiner kannte den Verbleib des Imperators: Gerüchteweise verlautete, daß er zusammen mit den Überbleibseln seines Hofstaats in die Viertel der Castra Praetoria übergesiedelt wäre. Gaius Calpurnius Piso wurde zum Vorsitzenden einer kleinen Untersuchungskommission bestellt, die sich mit den Ursachen des Feuers befassen sollte, das weiter schwelte und gelegentlich aufflackerte. Die Gruppe trottete verdrießlich durch den Schutt, wich plötzlich sichtbar werdenden und noch sehr lebendigen Flammen dahinter aus und preßte Togen auf Nasen, wenn sie an schwarzen Kadavern vorüberkam. Auf dem Aventin trafen sie wie erwartet Tigellinus mit einem Manipel Prätorianer. Er wartete auf Caesar. Welcher in einer Sänfte eintraf. In seiner Begleitung die sichtlich schwangere Kaiserin. Piso stellte sich vor und erläuterte das Anliegen des Senats.

»... und natürlich dafür zu sorgen, daß für die unglücklichen Opfer Unterkünfte bereitgestellt werden.«

»Ich kenne dich, Piso, glaub bloß nicht, ich würde dich nicht kennen. Du hast mich im Senat für diverse Nachlässigkeiten getadelt, an deren jeweilige Natur ich mich nicht deutlich erinnern kann. Kann denn niemand etwas gegen diesen Gestank unternehmen? Seht doch, die Kaiserin wird ohnmächtig davon.« Ein Senator machte eine symbolische Geste, um den Gestank wegzuwedeln. »Was nun die Obdachlosen betrifft«, sagte Nero, »so hat euer Imperator bereits bestimmte Vorbereitungen für die Armen getroffen. Die kaiserlichen Gärten stehen ihnen offen, und die Zimmerleute und Zeltmacher arbeiten bereits an Notunterkünften. Genauso ist natürlich das Marsfeld für eine Unterbringung ausgewiesen bei dieser, wie ich fürchten muß, unberechenbaren Zahl von Kranken und Obdachlosen. Nach Ostia sind Boten entsandt worden, die für eine Notverpflegung sorgen sollen. Es wird für alles Sorge getragen. Habt ihr es anders erwartet?«

»Wir staunen über die Schnelligkeit, mit der Caesar alles in Gang gesetzt hat.«

»Verehrte Senatoren, wir treffen uns morgen, um zu besprechen, wie die Geldmittel für einen Wiederaufbau der Stadt beigebracht werden können. Es darf kein Augenblick verschwendet sein.«

»Hat Caesar«, fragte Piso, »irgendeine Ahnung, wer dieses Unheil verursacht haben könnte?«

»Ach, in Rom war es mit Feuersbrünsten immer schon schlimm. Die Läden und Wohnungen aus Holz, Öllampen, plötzlich aufkommende Böen. Diesmal sind wir weniger glücklich als sonst gefahren.« Doch konnte er nicht die Andeutung eines Lächelns verhindern. »Aber denkt an den Phönix, die Auferstehung und dergleichen. Wir müssen immer das Positive sehen. Eines Tages, eines nicht allzu fernen Tages werdet ihr auf ein Rom blicken, auf das man stolz sein kann.«

»Das Problem besteht darin«, sagte Tigellinus zu seinem Herrn, als er neben der hüpfenden Sänfte ging, »daß sie jemandem die Schuld werden geben wollen.«

»Wozu? Eine Tat der Götter, ein Unfall. Rom hat das nicht zum erstenmal erfahren.«

»Wenn ich es ein wenig anders ausdrücken darf: Ihnen wäre wohler, wenn man von einer solchen Gefühlsregung überhaupt sprechen kann, wenn sie jemand hätten, dem sie die Schuld geben können. Wenn ich mich so ausdrücken darf, Caesar, Ihr habt zu viel von dem großen Phönix Neropolis gesprochen.«

»Noch jeder Imperator hat freimütig davon gesprochen, daß er Ziegel vorfand und Marmor hinterließ.«

»Dieser Imperator ist kein Liebling des Senats. Und es ist der Senat, der die Schuld in eine bestimmte Richtung zuweisen will. Euer Ärger wird mit den Finanzierungsgesetzen beginnen. Der Senat wird davon sprechen, daß man zugunsten von Caesars Wahn die Legionen in den Provinzen hungern läßt.«

»Es ist kein Wahn. Du hast die Pläne gesehen. Die Pläne sind ein Meisterwerk an, äh, Planung.«

»Ich habe die Pläne gesehen. Ihr wart nicht zurückhaltend, wenn es um das Vorzeigen der Pläne ging. Sie wurden nicht in aller Eile gefertigt, um auf einen Notfall zu reagieren. Diese Pläne gibt es seit mehr als einem Jahr.«

»O nein, Tigellinus, schon viel länger. Ich habe schon lange davon geträumt.«

»Ich habe den Eindruck, daß Caesar ein wenig Geld aus seiner eigenen Tasche wird zahlen müssen, bevor er überhaupt davon träumen kann, diese Pläne in die Tat umzusetzen.«

»Geld? Für wen?«

Tigellinus seufzte tief, hustete dann; noch immer hing der beißende Rauch in der Luft. »Nun, ich würde einen bestimmten Senator namens Vettius Caprasius vorschlagen. Guter Rhetoriker. Er wird die rechten Ideen ausstreuen.«

»Wo?«

»Überlaß das nur mir.«

Es war eine Woche später, daß ein zurückhaltender Nero im Senatsgebäude saß und einem beredsamen Vettius Caprasius zuhörte, einem knochigen Mann am Anfang seiner mittleren Jahre, der Caesar und dem Senat erzählte, wer die Leute waren, die den Brand gelegt hatten.

»Caesar, verehrte Senatoren! Ich stehe hier, um über die Ergebnisse einer Sonderkommission zu berichten, die eingerichtet wurde, um die Ursachen der jüngsten verheerenden Feuersbrunst zu erforschen, die unsere Stadt geschlagen und verkrüppelt hat. Dokumente, Briefe, Zeugenaussagen – sie alle in Ruhe zu prüfen, ist der Senat aufgefordert – führen zu einer unausweichlichen Schlußfolgerung. Das Feuer war eine Greueltat, die von einer abweichlerischen Gruppe dieser Stadt verübt wurde, einer Gruppe, die Rom verachtet, die Götter verspottet und die überkommenen römischen Tugenden – einschließlich jener militärischen Tugenden, die das Imperium aufrichteten und erhalten – mit höhnischem Blick betrachtet. Nein, nein, nicht die Juden. Die Juden haben so gut wie alle anderen gelitten und haben doch großzügig in die Wiederaufbaukasse gespendet. Ich meine die Christen oder Chresten, eine Sekte, die sich unter Sklaven, Plebejern, Perversen und Ausländern großer Beliebtheit erfreut und für die Laster Tugend und Tugend Laster ist. Wohlbekannt für so widernatürliche geheime Praktiken wie Kannibalismus und Inzest, für die Verweigerung jeder Art von Dienst am Vaterland einschließlich des einen, gegen die Feinde Roms zu den Waffen zu greifen, sind sie jetzt endlich als Terroristen und Brandstifer entlarvt. Es wird vorgeschlagen, daß sich eine weitere Kommission bildet, um diese verabscheuenswerten Dunkelmänner aus ihren Löchern zu zerren und mit ihnen nicht nach den Geboten und Gesetzen umzugehen, sondern unserer Regung von Abscheu und Entsetzen nachzugeben. Tollwütige Hunde werden nicht vor Gericht verhandelt; man tötet sie ohne langen Prozeß. Sie ließen unsere Stadt leiden. Jetzt müssen sie selber leiden.«

»Ja, aber wäre es nicht genug«, warf Nero zwischen das Brummen und Murmeln ein, »wenn wir sie mit einer, natürlich drückenden, Geldstrafe belegten?«

»Caesar ist wie immer zu weichherzig. Wollen wir doch der Entrüstung ihren unvermeidlichen Lauf lassen.«

Nicht der gesamte Senat war einverstanden. Viele Senatoren hatten einen recht klaren Begriff von dem, was eigentlich gespielt wurde. Doch konnte es nicht schaden, wenn man das leidende Volk auf die Christen losließ, es wurde dann davon abgehalten, über die Senatoren herzufallen; Pöbelredner waren schon über sie als unvollkommene Väter und kaltherzige Selbstsüchtlinge mit Häusern, die das Feuer verschont hatte, hergezogen. Ja, sogar Caesar selbst hatte leiden müssen: er weinte bitterlich um den zerstörten Palatin. Heimlich finanzierte Tigellinus einen Haufen, der Geheul gegen die Christen anstimmte und sich auf einem Marsch noch vergrößerte, der einem Haus galt, das anmaßend nahe am kaiserlichen Forum stand. Sie wußten, welchen Tag sie zu wählen hatten – Dies Solis, an dem das atheistische Pack zusammenkam, um Babys zu kochen und sie dann zu essen. Das Haus gehörte einem griechischen Schneidermeister, der wegen seines Kropfes Lemos hieß, und der Haufen war hocherfreut, ihn einem Mahl, bestehend aus weißem Brot und griechischem Wein, vorsitzen zu sehen, dem weitere Männer, Frauen und Kinder der schmutzigen Richtung beiwohnten. Das weiße Fleisch, so schworen sie, sei in Wahrheit Brot: Probiert doch. Es schmeckte wie Brot, aber der Haufen wußte, daß es in Wirklichkeit Fleisch war. Sie spuckten es auf den Boden, sprangen dann in die Küche, machten Fackeln aus dem Schürholz und steckten das Haus in Brand. Sollen diese Verbrecher brennen, wie es den grundsanständigen Römern auch geschah. Sie gingen noch weiter; sie machten vor dem Haus ein Feuer und fütterten es mit Möbeln, Büchern und Bettzeug. Dann schmissen sie das kleinste Christenkind, das sie finden konnten drauf, um das arme kleine Schwein vor dem Kannibalismus dieser Verbrecher zu bewahren. Die erwachsenen Christen, die eigentlich die andere Backe an dem Arsch, den sie versohlt kriegten, hinhalten sollten, wurden statt dessen sehr ekelhaft und schlugen auf die rechthaberische Bande ein. Auch sie wurden ins Feuer geworfen, einige zumindest.

An dieser Stelle schritt das Militär ein. Christen hatten absichtlich dieses Haus in Brand gesteckt, daß einem anständigen Griechenrömer namens Lemos gehörte, der Vertragslieferant für die Uniformen der Prätorianergarde war. Demnach waren sie Brandstifter. Demnach hatten sie die Stadt angesteckt. Auf Befehl errichteten die Soldaten auf dem verkohlten Boden der Wohngebiete, die am meisten gelitten hatten, im Abstand von zwei Metern drei Meter hohe Holzstöße, banden Christen, Männer, Frauen und Kinder an sie, tauchten sie in Pech und steckten sie mit Fackeln an. Es war nicht schwer, die Christen zu finden. Sie leugneten nicht, daß sie welche waren und sie machten ein kabbalistisches Zeichen in Gestalt eines Kreuzes, wenn man sie verhaftete. Aber natürlich faßten sie nicht alle Christen: davon gab es zu viele.

Zum Beispiel faßten sie Marcus Julius Tranquillus nicht. Während sie packten, schimpfte Sara mit ihm. »Ich hab's dir ja gleich gesagt, du sollst dich nicht mit ihnen einlassen.«

»Blödsinn. Paulus hat uns von Anfang an gewarnt, daß wir für irgend etwas den Sündenbock abgeben würden. Gott sei Dank wurden wir rechtzeitig gewarnt.«

»Paulus – Paulus – Erst ist er für einen Schiffbruch verantwortlich, jetzt für den Brand. Der hat mir schon auf den ersten Blick nicht gefallen.«

»Du redest törichtes Zeug, Frau. Wenn wir sicher in Pompeji sind, wird Zeit sein, dir diesen Blödsinn auszutreiben.«

»Woher willst du wissen, daß wir in Pompeji, wo immer das sein mag, sicher sein werden?«

»Weil mein Onkel dafür sorgen wird, daß wir in Sicherheit sind. Angesehen, verschwiegen, ein Bücherwurm, freundlich, einsam – ich muß ihn einmal besuchen. Wir werden sagen, daß ich bei Nero wegen irgendeiner Kleinigkeit in Ungnade gefallen bin. Er wird uns freudig aufnehmen. Er glaubt an die alte Republik.«

»Unheil, nichts als Unheil. Gott schafft das Feuer, er läßt den Wind wehen. Gesegnet sei der Name des Herrn. Während unsrer ganzen Geschichte. Flucht, Verbannung, Wanderung in der Wüste.«

»Ausnahmsweise sind die Juden kein Feind. Dieses Mal sind es die Christen. Verkünder von Liebe und Duldsamkeit, nicht wahr. Wir sind der Feind.«

Aquila hatte einen Eilauftrag für Zelte, die auf dem Marsfeld aufgestellt werden sollten, und er mußte mehr Gehilfen einstellen. Keiner hätte ihn für einen Christen gehalten. Lukas hinterließ bei seinem Patienten Gaius Petronius einige Exemplare seiner »Pauliade« und verschwand in Richtung Adria. Ganz verstohlen war Linus einfach nicht mehr da. Aber Petrus stolperte mit wirrem Bart, den Stock in der Hand, weinend zwischen den Leichen von denen herum, die er für seine hingeschlachtete Herde halten mußte. Linus konnte seine Vaterschaft, Papst von Rom in spe, noch hinausschieben, aber Petrus schuldete Gott einen Tod und forderte den morgendlichen Hahnenschrei heraus, als er segnend und trauernd in der Stadt umherzog. Man hielt ihn zunächst für einen alten, ausländischen Verrückten und ließ ihn in Frieden.

Tigellinus sagte: »Wenn Caesar so freundlich wäre, diesen Bericht zu lesen. Das hier ist eine Liste von eher unerwarteten Mitgliedern der, äh, Sekte.«

Sie saßen im nordwestlichen Abschnitt des Palatin, der dem Feuer entgangen war. Hier gab es Unterkünfte in ausreichendem Umfang, aber nicht für einen Imperator. Die Wiederaufbauarbeiten hatten bereits begonnen: Baumeister befragten die Pläne, und Poliere brüllten schwitzende Sklaven an. »Ich wußte gar nicht«, sagte Nero, »daß so viele unserer reingeborenen Edelleute dazugehören. Lucius Popidius Secundus – er auch, hätte ich nie gedacht. Ein guter Esser und Trinker.«

»Nun ja, einige Staatsfeinde wurden natürlich auch als Chresten proskribiert. Das macht alles ein wenig einfacher. Doch die meisten gehören wirklich dazu.«

»Es heißt *Christen*, Tigellius. Und diese Anschuldigungen von wegen Anthropophagie und so weiter habe ich reichlich satt. Ignoranz kann ich nicht ertragen. Wie du weißt, habe ich von diesem Mann eine Menge gelernt.«

»Und *dieser Mann* hat Italien leider verlassen. Doch man hat mir versichert, daß er bald zurückkommen wird. Sie lügen nicht, jedenfalls hat es den Anschein. Es scheint ihnen zu gefallen, daß sie verhaftet werden, manchen zumindest. Sie spinnen; sogar die Römer haben ihre römischen Eigenschaften verloren. Eine auszehrende Spielart von Aberglauben.«

»Du verstehst gar nichts, Tigellinus, oder? Sie haben nichts dawider zu sterben. Für sie ist der Tod die Pforte ins ewige Leben, wenn sie gerecht waren. Wenn sie nicht gerecht waren, kommen sie an einen Ort, wo das Feuer brennt, ohne sie zu verzehren. Und das hört nie auf. Wenn sie aber um ihres Glaubens willen hingerichtet werden, dann werden sie zu Zeugen für diesen Glauben, und alle Fehler, die sie begangen haben, sind ausgelöscht.«

»Caesar, Ihr sprecht da mit einer gewissen Nachdenklichkeit. Keine besonders angenehme Vorstellung das – ewiges Feuer für Mord und Vergewaltigung und den Versuch, einen Knaben zu kastrieren, um ihn in eine Frau und Euch selber in eine Braut zu verwandeln, die ihre Jungfernschaft verliert, sowie für den Vorstoß auf die vestalischen Jungfrauen. Keine sehr angenehme Religion für diesen Ort. Wir sind ohne sie besser dran. Und die guten Römer haben einen Heidenspaß am Brandschatzen und Rauben. O Politik, Politik. Wir kriegen sie alle noch, auch diesen kahlen Juden, der Euern Verstand mit Beschlag belegt hat.«

»Es wird aber nicht genügen«, grummelte Nero. »Dieses Verbrennen. Ich habe diesen Feuergestank satt. Das ist unästhetisch. Es ist ohne Ordnung. Auch Gaius Petronius meint das. Sein Gefühl für Schönheit und Ordnung ist zutiefst verletzt.«

»Ich war der Meinung, Ihr hättet diese Seerose verbrannt.«

»Diese Seerose, wie du ihn so roh titulierst, hat in seinen kleinen Zehen mehr Gefühl für Schönheit, als du in deinem ganzen frischgestärkten Kadaver. Du bist ein roher Mensch, Tigellinus.«

»Caesar weiß natürlich alles über Roheit.«

»Caesar weiß viele Dinge, Tigellinus. Deshalb ist er Caesar.«

Ein Ding, das Caesar kannte, war ein kleines Buch, das ein griechischer Arzt geschrieben hatte und das die frühen Kämpfe und Siege des christlichen Glaubens beschrieb. Gaius war sich in begeisterten Tönen über die Strenge des Erzählgarns, die beinah homerische Knappheit des Ausdrucks ergangen, obwohl ihn betrübte, wieviel die griechische Sprache seit der Zeit der großen Alten verloren hatte: Als zweite Sprache des Imperiums war sie ein Ausdrucksmittel geworden, das auf das Nützliche, Wirtschaftliche, Politische und Sentimentale ging. Marmor und Feuer, die alten Eigenschaften, fehlten. Sieh an, das Buch war einem gewissen Theophilus dediziert, einem der Gott liebt. Gaius Petronius war vom Verfasser selbst versichert worden, daß man annahm, Caesar würde eines Tages Theophilus sein: Welcher Mensch wäre besser mit Einsicht ausgestattet, um im reinen Licht der emportauchenden Wahrheit gewaschen zu werden? Nero wußte, daß Gaius Petronius wieder bei seinem alten Spielchen, der schwelgerischen Schmeichelei war, aber er war willfährig. Nero als Liebling des obersten Gottes der Wahrheit, Schönheit und Güte: eine sehr angenehme Vorstellung. Unangenehmerweise gab es da diese Lehre von einem ewigen Feuer. Wenn man ihm Zeit gewährte, könnte er diese schuftigen Taten vielleicht bereuen, Taten, die ihm mit dem Schicksal der Herrschaft aufgezwungen waren, aber dafür gab es keine Garantie. Am Ende war es doch am besten, die *una nox dormienda* zu haben, und das bedeutete, kein Christentum in seinem Herrschaftsbereich. Mit eigener Hand verbrannte er das Büchlein, ohne zu wissen, daß es davon noch weitere Exemplare gab. Er würde den neuaufgekommenen Glauben mit all seinen Anhängern töten, damit keiner mehr über das ewige Feuer schwadronieren konnte; zugleich würde er diesen Anhängern den Glauben ermöglichen; sie gingen in die ewige Seligkeit ein. Das würde ihn nichts kosten. Doch mußte die ganze Angelegenheit *ästhetisch* durchgeführt werden. Er beriet sich mit Gaius Petronius darüber, wie das am besten bewerkstelligt würde.

»Ihr habt ja so recht, Caesar. Es verletzt einem die Sinne, wenn man all dieser Körper entlang der Via Appia, ja, der Straßen der Stadt ansichtig wird und sie riecht.« Nero saß bei Petronius auf einem Stuhl in der Laube von Petronius' laubreichem Gut, wohin der Geruch des schmorenden Roms nie gedrungen war. »Den Geschmack des Volkes verbessern – war das nicht immer unser Ziel gewesen? Beschränken wir den Tod dieser Fanatiker auf die Arena und verzichten wir auf brutale Vorgehensweisen. Machen wir Verkörperungen römischer Geschichte und Mythologie aus ihnen. Auch der griechischen. Eine wunderbare Gelegenheit wäre das. Wollt Ihr es Eurem demütigen Freund und Gesellen überlassen, Pläne für ein solches Programm zu entwerfen?«

Als das römische Volk aus den Notunterkünften hereinströmte, um sich mit Knoblauchwürsten, Kindern und Frauen niederzulassen (gut zwanzigtausend waren es unter Sonnensegeln, die die

Sonne abhalten sollten, nachdem man gegen Brand sehr empfindlich geworden war), waren sie nicht genau darüber im Bilde, was sie erwartete. Die *hydraulis* dröhnte die übliche Staatsmusik, die vage Gefühle von Tod und Glanz enthielt, dann aber plötzlich aufhörte, als eine Hundertschaft stolzer Männer und Frau singend in die Arena einzog. Die Zuhörer waren bereit, diesem Chor, der wie ein poetischer Ausdruck der guten alten römischen Tugenden klang, Beifall zu spenden, doch als der Name Christus darin auftauchte, reagierte die Menge sehr ungnädig. Im Hirn der weniger Schlauen begann es bereits von fürchterlichen Vorstellungen zu brodeln, daß sich die Dinge verkehrt hätten, daß der Kaiser plötzlich durchgedreht wäre und die Christen nicht als romfeindliche Brandstifter dargestellt sehen wollte, sondern als eine Sekte, die für ihren Brandstiftermut Bewunderung verdient hätte (hab' ich doch schon immer gesagt, daß dieser Verbrecher die Stadt niedergebrannt haben will, hab' ich's nicht gesagt, aber diesmal kommt er damit nicht durch). Doch alles hatte wieder seine Ordnung, als ein Fallgatter hochschnurrte und Männer in Etruskermasken mit fünfschwänzigen Peitschen ein Rudel ausgehungerter Löwen in die Arena trieben. Die Löwen knurrten ihre Wärter an, aber dann sauste das Fallgitter nieder, und die Löwen begannen ein leichtes Interesse für den Christenchor zu zeigen. Sie waren sehr hungrig und sie rochen menschlichen Schweiß. Sie krochen langsam auf pelzigen Bäuchen vorwärts, weil sie von ihrer Beute Widerstand erwarteten. Alles was geschah, war, daß die Christen auf ein Zeichen von einem kräftigen jungen Mann, der ihr Anführer zu sein schien, in vollkommener Einmütigkeit auf die Knie fielen und etwas aufsagten, das sich wie ein lateinisches Gedicht an ihren himmlischen Vater anhörte. Der Ausdruck *panem quotidianum* bewegte die ganz Gewöhnlichen zu ein paar Lachern; für dieses Pack gab es kein tägliches Brot mehr. Als beim *Amen* eine Löwin mit dem Instinkt einer Mutter, die für ihre Jungen Fleisch braucht, einen Satz machte, erhob sich unter den Christen so etwas wie Kampfgeist. Einige sprangen auf die überraschte Löwin zu und rollten über ihren Rücken, um das brüllende Tier dann mit den Pfoten nach oben in den Sand zu drücken. Einige Löwen sahen träge zu, doch dann schien ein Löwe etwas gegen diesen menschlichen Angriff auf einen aus dem Rudel zu haben und schritt nicht übermäßig eilig auf eine alte Frau zu, die noch immer auf den Knien kauerte. Sie schrie auf, blieb aber unbewegt, als ihr der Löwe mit rauher Zunge den linken Arm leckte. Er krallte den Ärmel ab, um an das Fleisch zu gelangen, und dann schoß das Blut hervor. Es war genug. Er ließ die alte Frau auf den Rücken fallen, legte sich über sie und begann ihren Hals zu zerreißen. Zwei junge Männer, die vielleicht ihre Söhne waren, hieben dem Löwen auf die Hinterseiten und zerrten an seiner Mähne, doch blieb er dafür taub und bei seiner Mahlzeit.

Jetzt lief eine Gruppe von vorbestimmten Opfern aus dem Knäuel sich labender Löwen weg und wurde von der Menge für mangelnden Sportsgeist und fehlende Brüderlichkeit getadelt. Doch die Löwen konnten sichtlich nicht jeden fressen. Sie taten ihr Bestes beim Knochenbrechen und Gliederzerreißen, obwohl die meisten bald darauf kamen, daß man sich erst an die weicheren Teile halten müßte – ein kräftiger Prankenhieb in den Bauch und schon waren die Eingeweide hochgespült und boten ein schnelles Mahl aus Blutpudding. Die Gliedmaßen kämen später an die Reihe. Doch das war keine Kunst. Das war keine Schaustellung von Gladiatoren. Nichts weiter als ein Schlachtfest. In der kaiserlichen Loge schüttelte Gaius Petronius den Kopf: Die Ouvertüre hatte schon zu lange gedauert; jetzt war es Zeit, daß der ästhetische Programmteil anfing. Der Spielführer mußte den gleichen Gedanken gehabt haben, denn die maskierten Wärter mit den Peitschen erschienen wieder, um die Tiere zurück in den Käfig zu peitschen. Die meisten waren nicht damit einverstanden, da sie noch mitten im Fressen begriffen waren; sie knurrten, erhoben eine Pranke, während sie mit der anderen das Fleisch festhielten. Als sie die Peitsche zu fühlen bekommen hatten, waren sie schließlich soweit überzeugt, daß sie zurück zum Käfig trotteten. Manche hatten noch einen Brocken Christ zwischen den Zähnen, während der Rest des Durcheinanders, Blut, Knochen, Haut, Fleisch und Sand, von Arbeitern mit Holzschiebern an langen Stecken mit ihnen hinausgeschoben wurde. Die unverzehrten Christen wurden zur gegenüberliegenden Pforte gepeitscht. Eine Peitsche war aber nicht nötig, denn sie marschierten so tapfer wie zuvor und sangen auch; einige winkten sogar den Wurstzerkleinern. Die Jubelrufe, die sie erhielten, waren nicht alle nur ironisch. Die Dinge nahmen nicht den geplanten Verlauf.

Gaius Petronius hatte nur wenig römische Mythen oder Geschichtstaten gefunden, die sich dramatisieren ließen: Es war lauter Völker erobern oder sie einlegen, und Christen als Etrusker und Karthager zu verkleiden und ihnen Schwert und Speer in die Hand zu drücken, hieß noch lange nicht, sie auch kämpfen zu lassen. Deutlich waren im Rund die Gähnlaute des knorpelgesättigten Pöbels zu hören. Dort wurde ein Katapult von der schweren Sorte, mit dem man Steine gegen feindliche Befestigungen schleuderte, hereingerollt und männliche Christen damit in die Luft geschossen, was ein stiergewaltiger Ausrufer den vier Seiten der Arena dergestalt erklärte, daß die Christen damit rechneten, in den Himmel zu fliegen: Gut, dann sollen sie fliegen. Mit Hilfe einer Winde wurde der stählerne Bogen gekrümmt, die Schnur von einer Feder losgelassen und schon flogen die Christen ins Publikum, ohne daß vorher die Erlaubnis dieses Publikums eingeholt worden wäre. Daraus ergab sich eine schwere Beleidigung für bestimmte anständige römische Plebejer, die zu Recht brummten, daß ihnen von den verdammten Christen genug Leid angetan worden wäre, als daß sie noch mehr davon brauchten. Vielleicht würden die griechischen Mythen besser ankommen.

Kaleb, übellaunig und rachsüchtig, erklärte einem jungen Christen, was jetzt mit ihm geschehen würde. »Du kennst doch die Geschichte, was? Daedalus war der erste Mensch, der Flügel bastelte und flog. Er bastelte auch für seinen Sohn Flügel. Sein Sohn hieß Ikarus. Doch Ikarus flog zu nahe an die Sonne, und das Wachs in seinen Flügeln schmolz. Also stürzte er ab. Du bist Ikarus. Du wirst abstürzen. Dir wird das Hirn aufplatzen. Und das gilt auch für euch anderen«, sagte er und erhob seine Stimme zu der Gruppe anderer möglicher Ikarusse.

»Du bist doch ein Jude? Du sprichst mit einem aus deinem Volk.«

»Nein, du bist Christ. Ein Mörder. Ihr habt meinen Sohn getötet. In der Hölle sollt ihr schmoren.«

»Du glaubst also an das, was man dir einredet?«

»Genau wie du. Raus da, du Schweinepriester.«

In der Mitte der Arena war ein sehr hoher Turm aufgerichtet worden, den acht verstrebte Füße fest am Boden hielten. Eine Leiter führte nach oben, und dort befand sich eine Plattform, auf der Daedalus stand, der nach einer Fiktion, die man hinnehmen konnte, mit seinen Schwingen aus Holz und Sackleinen dorthin geflogen war. Seine Aufgabe bestand darin, jeden ankommenden Ikarus zu packen und ihn dann weiterzubefördern. Um sicherzustellen, daß das Schädelsplittern wirkungsvoll war, hatte man am Boden Felsgeröll ausgelegt. Das Spiel lief nicht gut. Einige Ikarusse weigerten sich hinaufzuklettern: Wenn sie ohnehin sterben mußten, warum sollten sie dann zuerst körperliche Erschöpfung und Erniedrigung erleiden? Als am Fuß der Leiter der Knüppel auf ihre Köpfe niedersauste, rang Gaius Petronius die Hände: Diese Christen hatten keinen Kunstverstand; wie konnte da ihr Gott ein Gott der Schönheit sein? Mit Erleichterung sah er aber einen muskulösen Christenjuden mit dichtem Bart und Stiernacken, der mit seinen dünnen

Schwingen aus Draht und Tuch freudig die Leiter erklomm. Auf der oberen Plattform nickte er vor einem Wasserschlauch, der den Durst des Zirkusartisten, der den Daedalus vorstellte, lindern sollte, nahm ihn, packte Daedalus am Kragen und taufte ihn dann feierlich. Mit einer Hand am Nacken und der anderen am fetten Hintern schickte er den Vater des Fluges schreiend in die Luft und in den unordentlichen, wenn auch höchstwahrscheinlich heiligen Tod unten. Gaius Petronius kaute an den Nägeln: Eine Lüge war das, das war nicht die ehrwürdige Mythe, sondern eine Pervertierung, kein Kunstverstand – Zirkusarbeiter stiegen auf die Leiter, um den ungestürzten Ikarus zu fassen, doch stieß er sie bequem zurück oder hieb mit dem Knüppel auf sie ein, mit denen Daedalus die eher zögerlichen Flieger in Bewegung setzen sollte. Schließlich wurde mit den vereinten Kräften von einem Dutzend Zirkusarbeiter der Turm selber in den Staub gelegt, und der junge Judenchrist vergoß sein Hirn zur Belustigung des Pöbels, den er zuvor noch gesegnet hatte. Ein spektakuläres Ende der Vorstellung, doch wußte auch der Dümmste, daß es nicht ganz im Sinne des Erfinders war: Irgendwie ein Mangel an sportlicher Gerechtigkeit.

Verschiedene nackte Christenfrauen mußten nacheinander auf einem lebhaften weißen Stier reiten. Wenn dieser Stier Zeus sein sollte, dann war das eine gotteslästerliche Parodie. Als die Europas schreiend in den Sand fielen und ordentlich gestoßen und aufgespießt wurden, war die Gotteslästerung ein wenig gemildert. »Paß auf. *Paß auf*«, befahl Nero Poppea. Sie hatte die Augen im Schal versteckt. Sie ließ ihn jetzt nur fallen, damit sich ihr Gesicht vor Ekel verkrümmte. Dann verließ sie die kaiserliche Loge und kotzte beim Hinausgehen Tigellinus voll. Einige bemerkten das, und es entstand eine schwache Woge der Zustimmung aus den Reihen, wie vermutet wurde, der Plebejer ihres Geschlechts. Nero war wütend und spuckte bösartig nach Gaius Petronius.

Als amythisches Zwischenspiel wurden jetzt mehrere Christen hereingebracht, die mit Tierfellen bekleidet waren. Dann wurden wilde Hunde, deren Lefzen von der Tollwut schäumten, auf sie losgelassen. Diese Tiere wurden durch die vertrauensvolle Christenhymne, die angestimmt wurde, eingeschüchtert und zudem verwirrt, als einige Christen ihre Haut abrissen und sie ihnen vor die knurrenden Zähne warfen. Die Hunde nahmen an, daß es diese Häute waren, die sie zu verschlingen hatten, und taten das auch trotz der Proteste aus dem Publikum eine Zeitlang. Dann, als sie in den aromatischen Fellen keine Nahrung fanden, sprangen sie an die christlichen Gurgeln, von denen es ja genug gab. Zum Abschluß kam eine sorgfältig eingerichtete Darstellung, in der römische Soldaten als barbarische Briten verkleidet waren, einschließlich angeklebter Schnurrbärte und gelber Perücken. Komischerweise waren die männlichen Christen als römische Soldaten verkleidet und mit hölzernen Schwertern und Speeren bewaffnet. Die Pseudobarbaren verfügten über Pfeil und Bogen und durchbohrten in hervorragender Haltung und mit hoher Treffsicherheit in aller Ruhe die Pseudorömer. Damit war die Menge gewissermaßen in ein Dilemma geraten. Sie begrüßte es, daß die Vorstellung zur Erinnerung an den jüngsten britischen Aufstand gegen gutgemeinten römischen Kolonialismus gedacht war; sie verstand, daß die Christen sozusagen dafür hingeschlachtet wurden, daß sie die standhaften römischen Soldaten verspotteten; sie wußte, daß die Vorführung des Pfeil-und-Bogen-Zielens römische Fertigkeit auch mit barbarischen Waffen bewies; aber sie war verwirrt, weil das letzte Bild – Kriegsgeheul der Bogenschützen, bei denen sich die Schnurrbärte lockerten und die Perücken in der versinkenden Sonne schief hingen – dem römischen Imperium nicht gerade zum Vorteil gereichte. Der Patriotismus von Gaius Petronius, so wollte es Nero vorkommen, war von besonders qualifizierter Art: Er ließ die Kunst, und zwar eine eher mittelmäßige, dreinreden. Es stand zu hoffen, daß der zweite Tag der Spiele besser als dieser ablaufen würde.

Der wachhabende Offizier vor den Büros des Stadtrates, der an der Verbindung der Via Tiburtina mit dem Vicus Longus stand, wurde an diesem Abend gehörig verwirrt, als ein alter Mann, der weder Griechisch noch Latein sprach, offensichtlich danach verlangte, verhaftet zu werden. Der Offizier suchte nach einem Übersetzer, nachdem er immerhin festgestellt hatte, daß der Mann Jude war, und fand einen verwundeten Soldaten, der in Palästina gedient hatte, jetzt als hinkender Bote zwischen den Abteilungen arbeitete und den alten Mann einigermaßen verstand.

»Er sagt, Petrus, das sei er, Herr, und daß er ein Christ ist nicht nur, sondern der Kopf der Christen. Er sagt, daß er von dem Mann selber ernannt worden ist, von Christus.«

»Was will er?«

»Er sagt, daß er nicht weiß, warum er weiterleben soll, wenn es so vielen seiner Freunde an den Kragen geht, sozusagen.«

»Er will *sterben*, meinst du?«

»Ja, Herr, ist ganz vernünftig. Er ist ein Christ, sagt er.«

»Hier ist kein militärisches Hauptquartier, Crassus. Das geht uns nichts an. Er wird am besten ans Castra Praetoria weitergeleitet. Sie sind dafür eingesetzt, daß sie die Christen zusammentreiben. Aber doch seltsam. Er *will*, sagt er?«

»Man kann ihn schon verstehen, Herr. Er hat genug gesehen, sagt er. Wenn schon kleine Kinder umgelegt werden, warum sollte dann der Vater der Wieheißendiegleich davonkommen. Er hat alles versucht, um Aufmerksamkeit zu erregen, sagt er, hat wie ein Verrückter auf der Straße herumgebrüllt, doch es hat sich keiner einen Dreck um ihn gekümmert.«

»Er scheint ja recht harmlos zu sein. Bring ihn rüber. Du brauchst doch keine Hilfe?«

»Ja, nun, es gehört eigentlich nicht zu meinen Pflichten. Und dann habe ich doch den schlimmen Fuß. Wir könnten doch jemand von den Vigiles holen, damit der ihn hinbringt. Die sind gleich ums Eck.«

»Ja gut, hol einen.«

Im Castra Praetoria herrschte kein Mangel an Leuten, die Aramäisch verstanden. Der aufnehmende Offizier war genauso wie der Diensthabende in der Stadtverwaltung von dem überrascht, was wie die ruhige Hinnahme einer Art von Kollektivschuld für den alten Mann wirkte. Doch schuldig an was eigentlich? Am Anzünden von Rom oder an der Zugehörigkeit zu einer abergläubischen Sekte, die für illegal erklärt worden war? Alles, was der alte Mann vorbrachte, waren zwei ausländische Ortschaften namens Sodom und Gomorra, die der Herrgott wegen ihrer Sünden verbrannt habe, und er sagte, daß Rom noch schlimmer als Sodom und Gomorra wäre. Das hörte sich sehr nach einem Eingeständnis der christlichen Verantwortung für die schlimme Brandstiftung an, und der alte Mann wurde aufgefordert, eine Erklärung dieses Inhalts zu unterschreiben. Nein, er würde nichts unterschreiben. Nie in seinem ganzen Leben habe er etwas unterschrieben. Kreuzigt mich und erledigt das alles. Kreuzigen? Wer bist du eigentlich, um die Art und Weise deiner Erledigung anzugeben? Ich habe mich selber ausgeliefert, oder? Dann habe ich doch gewisse Rechte? Ich will gekreuzigt werden, doch nicht auf die gewöhnliche Art. Ich will es verkehrt herum haben. Offensichtlich war der alte Mann verrückt. Vielleicht sollten sie ihn mit einer Verwarnung entlassen. Verkehrt herum, was er nicht sagt. Damit wurde die ganze Sache ein wenig lustig. Nun ja, sie konnten sich in der Angelegenheit reinwaschen, wenn sie ihn an den Spielführer überstellten. Christen waren zum Rohstoff für volkstümliche Unterhaltung geworden. Irgendwie unwürdig. Bei der Strafwürde verlor Rom langsam an Ansehen.

Über Nacht wurde Petrus in eine Zelle gesperrt und am anderen

Morgen früh dem Spielführer vorgeführt. Der Spielführer sah Möglichkeiten in einer umgekehrten Kreuzigung. Es war komisch, aber das war in Ordnung. Die Zimmerleute sollten gleich mit der Arbeit an einem Galgen beginnen, der verkehrt herum an einer Art Wagen angebracht werden konnte. Die am Ende des Veranstaltungstages übriggebliebenen Christen könnten den Wagen mit diesem alten Knaben verkehrt herum an einem Kreuz hereinziehen, dazu eine Hymne singen, um schließlich wie geplant auf die Gladiatoren zu treffen und niedergemäht zu werden. Zwischenzeitlich ließe sich der alte Knabe anstecken, und der Ausrufer könnte verkünden, daß der Brand Roms endlich gerächt sei. Und damit wäre Schluß mit den Christen.

Für die heutige Unterhaltung hatte Gaius Petronius überaus raffinierte Darstellungen entworfen. Doch wieder schienen die Christen ihre Verpflichtungen für die Kunst nicht erkennen zu wollen. Ein Schiff auf Rädern wurde hereingerollt, um einer künstlichen Insel aus singenden Sirenen gegenüber Aufstellung zu nehmen – Männer, oder eher Halbmänner mit blonden, langen Perücken und Melonenbrüsten vor der Brust stellten sie dar. Sie trugen Handschuhe mit rasiermesserscharfen Krallen und sollten die nackten Seeleute, die in Wirklichkeit Christen waren, in Stücke reißen und sie aus dem Boot drängen, wo sie ihr Schicksal in Gestalt von extrascharfen Speeren ereilte. Die Sirenenmusik kam von einem Chor echter Frauen, die hinter den hölzernen Felsen verborgen waren. Einige Christen zogen den Krallen die Speere vor, und andere gebrauchten gegen die Sirenen die Faust so heftig, bis sie nicht mehr kämpfen konnten, weil den meisten die Augen ausgekratzt waren. Doch hatten viele Zuschauer Einwände gegen Männer, die als Sirenen verkleidet waren. In der Stadt herrschte bereits genug Verweiblichung, ohne daß man sie auch noch öffentlich feiern mußte. Das kretische Labyrinth kam besser an, bei dem stämmige Gladiatoren in minotaurischer Verkleidung die christlichen Irrläufer im hölzernen Durcheinander niederknüppelten. Und das trojanische Pferd, in dessen seitliche Öffnung zweihundert Christen getrieben wurden, um dort lebendig verbrannt zu werden, wurde gar als genial angesehen. Doch die vorletzte Schaustellung des Tages zeugte nach allgemeiner Ansicht von schlechtem Geschmack.

Alle Christenkinder, die noch übrig waren, und es waren mehrere hundert, wurden in Lammfell gekleidet. Die Jüngsten hielten das für einen irren Spaß und tollten ausgelassen zwischen den anderen in der Arena herum, welche eher Zweifel hatten und von einem herumstolzierenden Schäfer geführt werden mußten. Dieser

Hirte hatte es eilig mit seinem komischen Abgang, als die tollwütigen Hunde, die ihr gestriges schweres Mahl bereits verdaut hatten, lossprangen und die Lämmer zerfleischten. Von den Vernünftigeren im Publikum gab es hörbares Gemurmel: Die Kleinen hatten weder Kannibalismus noch Inzest begangen und ob sie teil am Brand der Stadt hatten, schien zumindest zweifelhaft. Das war, ohne weitere Umschweife, billige Grausamkeit. Viele gingen davon. So war die Arena nur mehr zur Hälfte gefüllt, als im letzten Akt die Christen ihr Lied von Zuversicht und Mut sangen und dabei einen Wagen zogen, der einen festgenagelten und blutenden alten Mann präsentierte, der jedermanns Großvater sein konnte. Er war irgendwie seltsam verdreht und sah, wenn er dennoch sehen konnte, wie die Welt verschwamm, was die Welt aber nicht tat. Dieser Mann, brüllte der Ausrufer, hatte das Niederbrennen der Stadt befohlen. Nur wenige glaubten das. Als brennendes Pech auf den alten Mann gegossen wurde, war er offensichtlich schon tot. Die Christen hatten gegen die Schwertkämpfer nicht den geringsten Kampfgeist gezeigt: Sie ließen sich einfach niederhauen. Kein Spaß und ein schwaches Ende von zwei Tagen Unterhaltung, die man eigentlich nicht als Spiele bezeichnen konnte. Murrend lief das Publikum auseinander.

In dieser Nacht träumte Nero in seinem einsamen Bett, das die Ausmaße einer Barke hatte, von der Hölle. Schreiend wachte er auf, blieb den Rest der Nacht wach liegen und trank verdüstert unverdünnten warmen Wein. Er war übler Laune, als er am Frühstückstisch seine Kaiserin traf. Sie selber entzündete und bündelte seinen wirren Zorn, weil sie über die Brutalität der Spiele herzog, eine Brutalität, die, wie sie andeutete, den gegenteiligen anstelle des beabsichtigten Effekts haben würde. »Ihr und das römische Volk. Unter der Toga erregt beim Anblick dieser Männer, Frauen und Kinder, die in Stücke gerissen werden. So leicht ist es doch, dem Vieh in uns sein Recht zu lassen. Geschichte sollte nur verzeichnen müssen, wie das Vieh gezähmt wurde. Das römische Imperium übernimmt die Geschichte und posaunt den Sieg der Vernunft hinaus. Doch in Wahrheit wird für einen schurkischen Elefanten posaunt. Die Tiere sind in uns, und sie haben Namen, doch soll der meine nicht dazugehören.«

»Es war deine Pflicht als kaiserliche Gefährtin, wie jeder anständige Römer nach dem Blut dieser Verbrechen zu rufen, hast du mich verstanden?«

»Nach dem Blut von Tigellinus und seiner Komplizen, meint Ihr wohl. Mein Herr, ich habe die letzte Aufgabe als kaiserliche Gefährtin erfüllt. In meinem Bauch trage ich etwas, das der nächste Kaiser sein könnte. Ich kann nur, zu welchem Gott es auch ist, flehen, daß er mehr vom Blut meiner Familie mitbekommen hat als von der Euren.«

»Deiner Familie und welcher noch? Die eines jüdischen Sportlers, der Fett ansetzt? Eines bärtigen Murmlers mit seinem hebräischen Hokuspokus? Du hast vom beschnittenen Fleisch gekostet, und ich darf annehmen, daß es dir schmeckt. Meine Klage ist die aller Väter – wie kann ich sicher sein, woher weiß ich es denn?«

»Zu meiner Schande ist das Euer Kind. Ich wünschte zu Gott, es wäre von jemand anderem.«

»Gott, wie? Welcher Gott? Du Hure, du abscheuliches Miststück. Du hast dem Tier einen Namen gegeben, sagst du. Gut, weiter, sag ihn...« Und bei diesen Worten stieß er die Kaiserin auf den harten Boden und trat ihr böswillig in den Bauch. Sie krümmte sich und schrie und hörte dann auf zu schreien. Nero gab ihr einen letzten Tritt. Keine Antwort von Angst oder Schmerz kam, und er bekam es mit der Angst. Dann aber hatte er wieder keine Angst, weil er erkannte, daß ihm als einem, der auf seiten des Zerstörers war, alles außer Angst und Mitgefühl erlaubt war. Zerstörung enthielt eine gewisse Würde, wenn der Zerstörungsdrang in Zusammenhang mit einer Art von kosmischem Kampf gesehen wurde. Hier versagte die Religion der Römer. Der Kampf gegen Gott war etwas Heiliges.

Es darf uns nicht verwundern, wenn die Leiden und der Mut der toten Christen sowie auch ein bestimmtes Element ihrer Eschatologie Bilder für verstohlene Gespräche von tugendhaften Römern lieferten, die ihren Imperator reichlich satt hatten und los sein wollten. Gaius Calpunius Piso hatte das Wort *martyr* aufgenommen und gebrauchte es nach Meinung von Subrius Flavus von der Garde zu oft. »Ja gut«, sagte Flavus, »einige von uns werden sterben müssen, doch sich dabei zu lange aufzuhalten, ist dekadent und entspricht nicht der römischen Tradition. Haltet euch an klare, nützliche Taten und vergeßt die Feinheiten. Wenn wir draufgehen, gehen wir eben drauf, und das ist verdammt noch mal Pech. Doch wir ziehen in die Schlacht, um zu siegen.« Die beiden saßen im Haus Pisos, eines der vielen Senatorenhäuser, die das Feuer nicht angerührt hatte. Von der Terrasse aus konnte man sehen, wie die Wiederaufbauarbeiten vorangingen. Es gab unbegrenzt Sklavenarbeiter, die Schatzkammern der Provinzen waren für das Heraushauen und den Transport des Marmors rücksichtslos geplündert worden, für die kostbaren Steine, die requirierten Statuen aus Griechenland. Piso sagte:

»Wie steht es bei der Garde?«

»Die Garde steht hinter dir. Die jedenfalls, die keine Angst haben.«

»Zu viele haben Angst.«

»Du siehst aus wie einer von ihnen, Piso.«

»Bei mir ist es normal. Tigellinus öffentlich anzuklagen, war nicht gerade eine zurückhaltende Handlung. Nero ist bereits an Anklagen gewöhnt und kümmert sich kaum darum. Tigellinus weiß, daß ich bestimmte Sachen weiß. Von einigen habe ich eidesstattliche Versicherungen, daß sie ihn in der Nacht sahen, als ... Ist egal. Die Frage, die sich stellt, ist ganz einfach – wer? Und natürlich wann und wo?«

»Du meinst den Kopf und nicht den rechten Arm?«

»Wurzel und Ast.«

Ein Sklave namens Felix hörte beim Auftragen des Weins alles mit. In der folgenden Nacht lag er in der schmutzigen Behausung, die er mit anderen Sklaven teilte, wach und dachte darüber nach, wie seine Belohnung ausfallen würde – Freilassung, selbstverständlich, doch was weiter? –, während zwei andere Sklaven, männlich und weiblich, im Liebesakt stöhnten. Er wartete, bis die Ekstase vorbei war, stand dann auf, legte ein einfaches, einteiliges Gewand und die Sandalen an.

»Wo gehst du hin?«

»Zur Cloaca. Hab' was Falsches gegessen.«

Er lief in die Stadt, sah im Mondlicht Berge von Marmorplatten, Kräne, Zementmischer. Er lief und ging abwechselnd zur Villa von Tigellinus, die südlich des Castra Praetoria lag.

Tigellinus lag mit einem Knaben im Bett. Zu beiden Seiten des Bettes brannten Lampen: Tigellinus sah gern, was er tat oder getan hatte. An der Tür ein Klopfen. So spät?

»Gnaeus, Herr.«

»Was willst du?«

»Etwas Dringliches. Herr.«

»Immer ist es dringlich. Komm rein, verfluchter Hund.«

Er bedeutete dem Jungen, daß er durch eine andere Tür verschwinden solle. Er gähnte, richtete sich auf den Kissen ein. Gnaeus, ein korpulenter, kahler Freigelassener, kam herein. »Ein Sklave ist hier, Herr. Er weiß etwas. Er will eine Belohnung dafür.«

»Ein Sklave? Peitsch ihn aus und stopf ihm sein Wissen in den Arsch. Wessen Sklave?«

»Er sagt, er gehört zum Senator Piso.«

»Piso? Herein mit dem Schuft.«

Zitternd kam der Schuft herein. »Jeden Tag, Herr, erwähnen sie andere Namen. Leute, die sie gern dabeihätten, bei denen sie aber nicht sicher sind.«

»Zum Beispiel?«

»Ein Name ist Seneca, Herr.«

»Aha. Und du sagst, daß Subrius Flavus dabei war. Bist du sicher? Überleg dir's genau. Subrius Flavus ist ein hoher Offizier in der Prätorianergarde.«

»Er hat am meisten gesprochen, Herr.«

»Du bist ein guter Junge«, sagte Tigellinus, »und ein wahrer Patriot, was aber nicht heißt, daß du auch nur die Rechte eines unpatriotischen Bürgers hättest. Aber ein Sklave sollte immer zu seinem Herrn halten. Geh und wende dich draußen an Gnaeus. Er wartet mit der Peitsche.«

»Aber, Herr, ich dachte...«

»Sklaven werden nicht fürs Denken bezahlt. Sklaven werden überhaupt nicht bezahlt, oder? Raus.«

Raus hätte er am nächsten Tag auch gern zu Gaius Petronius gesagt, der in kostbarer violetter Robe und weichen Lederstiefeln mit Caesar in einer Laube saß, von der aus man durch Entfernung und Bewuchs natürlich ausreichend gedämpft, den ermutigenden Lärm von Roms Wiederaufbau hören konnte, die Erschaffung von Neropolis. Petronius sprach von Neros Stimme – »ein scharfes Schwert, das bis in die *pia mater* fährt, die wie ein beinah unerträglich starkes Aphrodisiakum in die Liebeszentren fährt.« Und zu Athen: Die Athener Juroren hatten ihrem Imperator den Preis *in absentia* verliehen: mit ihrem griechischen Scharfsinn wußten sie um die unbesiegbare Vortrefflichkeit von Caesars Stimme, ohne daß sie sie erst hören mußten.

»Eines Tages«, sagte Nero, »*werden* sie sie hören. Sie sollen den *Brand Trojas* haben.«

»Aber doch, wie zu hoffen steht, ohne die pyrotechnische Begleitung, die Euren letzten Vortrag des unsterblichen Werks auszeichnete.« Dem Stirnrunzeln seines Herrn und Meisters entnahm Petronius, daß er taktlos gewesen war. »Natürlich beziehe ich mich auf das Brennen der ästhetischen Leidenschaft bei denen, die Euch hörten.«

Tigellinus konnte das nicht mehr aushalten. Außerdem gab es dringliche Geschäfte. Er schritt vom laub- und blumenreichen Spaliergang in die Laube vor Caesars Angesicht und sagte:

»Nachrichten. Dringend. Muß diese Seerose dabei sein, wenn ich berichte?«

»Mein Schmetterling? Wenn ich ihn davonflitzen lasse, kann ich ihn vielleicht nie mehr erhaschen. Du bist roh, Tigellinus, grob bist du. Ich gehe dorthin, wenn du mir etwas ins Ohr flüstern willst.«

Sie sprachen miteinander, und Petronius konnte sie nicht hören, aber das wollte er auch nicht. Ein Fleck Vogelscheiße hatte den Zeh an seinem linken Stiefel entstellt. Er wischte ihn mit einem Maulbeerblatt ab. Nero rief: »Petronius!«

»*Liebster* Caesar?«

»Du weißt so elegante Lebensweisen. Weißt du auch elegante Sterbeweisen?«

»Ah, Selbstmord«, erwiderte Petronius sofort. »Vorzugsweise in einem Dampfbad. Ein sanftes Öffnen der Pulsadern. Das Wasser rötet sich zu einem feinen Rosa und verdickt sich zu einem königlichen Purpur. Man verschwimmt wie in einem Traum.«

Tigellinus sagte: »Weißt du das?«

»Das stelle ich mir vor.«

Tigellinus nickte. »Für Seneca wird das passen. Aber kein feines Rosa und königliches Purpur für Flavus. Nicht für Flavus.«

Als Flavus einige Tage später gebunden und für das Beil bereit war, das besonders aufdringlich an einem Wetzstein geschärft wurde, bestand er darauf, daß er etwas sagen dürfe. Ein Wort.

»Kein Wort wirst du sprechen«, sagte ihm Tigellinus.

»Ich möchte mich an den Imperator wenden. Euch habe ich nichts weiter zu sagen, als daß ihr noch angenehmer wart, als Ihr nach Fisch gestunken habt, während es jetzt Blut ist.«

»Ach, laß ihn reden«, sagte Nero. »Er hat eine bescheidene rhetorische Begabung.«

»Caesar, ich war Euch ergeben, als Ihr Ergebenheit verdient habt. Als Ihr aufhörtet, sie zu verdienen, erwies ich sie weiter. Aber ich fing an, Euch zu hassen, als Ihr Eure Mutter und Eure Frau ermordetet, als Ihr Euch als zweitklassiger Sänger und Schauspieler großtatet, und mein Haß brodelte und kochte über, als Ihr Euch in einen Brandstifter verwandeltet. Ihr habt das Imperium ruiniert, und das Imperium zieht seine Ergebenheit gegen Rom zurück. Die Provinzstatthalter erklären ihre Unabhängigkeit von Caesar. Die Barbaren revoltieren. Einen Herrscher hätten wir gebraucht, aber bekommen haben wir nur einen schludrigen Sänger und Tänzer, einen schludrigen Mörder, einen Muttermörder, einen Gattenmörder, einen Sodomiten und einen Brandstifter.«

Zwei Meter weiter weg wurde noch immer sein Grab ausgehoben.

»Eine schludrige Arbeit wie alles, das unter Eurer Herrschaft verübt wurde. Ich bin froh, wenn ich aus dieser Herrschaft entlassen bin. Schlagt zu, wenn ihr fertig seid.« Nero und Tigellinus sahen zu. Nero sagte:

»Ein Hieb. Ein halber. Hm. Er hat schludrig gesagt. Sehr gemein, Tigellinus.«

Seneca empfing den Befehl zum Selbstmord und die genaue Anweisung, in der er auszuführen sei, ohne große Überraschung. Er war als jemand angegeben worden, den man zur Verschwörung eingeladen hatte, und er hatte abgelehnt. Doch schon die einfache Angabe reichte aus. Es war nur typisch und paßt genau ins Bild. Mit arthritischer Vorsicht ließ er sich in das warme Bad sinken: Seine Sklaven weinten, als sie den eingeschrumpften Körper sahen. Viel Blut war nicht in ihm, und die Arterien hatten es nicht eilig mit dem Pumpen. »Weinet nicht«, sagte er. »Das Leben ist eine schwere Last, sogar für freie Männer und Frauen. Laßt mich jetzt allein.« Wieder gebrauchte er das Rasiermesser, doch das Blut floß nur träge. Bald reagierte es auf die Wassertemperatur, und Seneca versank im Schlaf. *Medea superest. Seneca superest.* Nein, das war nicht wahr: nichts blieb übrig.

Als der Befehl bei Gaius Petronius eintraf, wandte er ein, daß er nichts Unrechtes getan hätte. Er war doch der Freund Caesars. Doch darin hatte schon immer die Gefahr bestanden: Tigellinus schätzte es nicht, wenn Caesar Freunde hatte, insbesondere Freunde von so außerordentlicher Befähigung wie Gaius Petronius. Er schob den Vollzug so lange auf, bis er vernahm, daß der Gardepräfekt ungeduldig wäre, daß bewaffnete Soldaten kämen, um ihn ein wenig brutaler zu erledigen, als das ein einfaches Rasiermesser konnte. Petronius war kein Stoiker. Ein paar der eher poetischen Aspekte des neuen Glaubens hatten ihn angezogen, aber seine Anhänger hatten ihn enttäuscht, die eine kunstferne Besorgtheit um die Moral zeigten, die wiederum das Vergnügen an der Schönheit überwältigte, die doch das eigentliche Charakteristikum des Zivilisationsmenschen war. Sie verehrten einen Gott, dessen Anblick der rohen Welt erst noch zu enthüllen war. Ach ja.

Gehorsam öffnete sich Petronius die Adern, bewunderte den reichen, roten Fluß, befahl dann aber seinem neuen Arzt, daß er sie ihm für einige Zeit wieder verbinde. Lukas, der über so köstliche griechische und einige bemerkenswerte asiatische Tränklein und Salben verfügte, hatte er verloren. Ach ja. Sein Selbstmord sollte ganz besonders in die Länge gezogen werden und in der Öffentlichkeit stattfinden, also unter seinen Freunden, die um ihn herum aßen und tranken und sich liebten. Das Leben, er verließ das Leben. Dieses bewundernswerte Gemach, Marmor, bekränzt mit den Blumen der Jahreszeit. Dieser wunderbar gedeckte Tisch, an dessen Kopfende er auf der Liege ausgestreckt lag. Er sagte zu seinem Freund, dem jungen Dichter Hortensius:

»Diese kostbaren Zeilen von Catull.«

»Selbstverständlich.

Soles occidere et redire possunt:
Nobis cum semel occidit brevis lux
Nox est perpetua una dormienda.«

»Wie so kostbar! Sonnen gehen auf und unter. Ist unser kurzes Licht versunken und gestorben, bleibt nur die eine lange, lange Nacht, die durchschlafen werden muß. Glaubst du, daß das wahr ist, Hortensius?«

»Ein blasses Leben, das nach Menschenblut winselte. Kaum wert, daß man es hat. Oder besser nichts. Nichts ist das Beste.«

»Das Leben war süß, weißt du. Und ich habe nichts Unrechtes getan.«

»Ich glaube, jetzt wird es Zeit, Petronius. Draußen warten Soldaten. Sie wollen mit der Botschaft nach Rom zurückreiten.«

»Halt sie von hier fern. *Rohe* Soldaten. Wirst du das für mich tun?«

»Du weißt, daß ich es nicht kann.«

»Also dann. Wir werden die tödlichen Wunden öffnen und das Blut strömen sehen. Ich werde sogar noch einmal aufschneiden. Ich werde so tun, als wollte ich diesen zarten goldenen Flaum auf den Ellbogen rasieren und sie so haarlos wie bei einem Eunuchen machen. Ach, und noch ein wenig Wein. Noch etwas Catull.«

»Nein. Jetzt.«

»Die Musik lauter, bitte.«

Sanfte Musik war es, die Nero einer falschgestimmten Lyra entlockte. Tigellinus sagte: »Er ist weg.«

»Wer?«

»Die Seerose, die unter sich eine Schlange versteckte.«

»Der einzige Mensch, der meinen Gesang *wirklich* zu schätzen wußte. Und du mußtest ihn umbringen lassen. Du hast alle umbringen lassen, was? Du hast aus Rom ein Gefängnis gemacht und dann ein Blutbad ...«

»Eine etwas abgedroschene Metapher, würdet Ihr nicht auch meinen?«

»Ich konnte ja nicht ahnen, daß sich die Dinge so entwickeln würden. Mir ging es nur darum, die Leute glücklich zu machen. Nie wollte ich Imperator sein. Ein großer Künstler, nichts weiter. Und ich *war* ein großer Künstler... *bin* einer.«

»Ohne Publikum. Ich gehe jetzt, Caesar.«

»*Du* gehst? *Du?*«

»Die Spiele sind vorbei. Die Sklaven fegen Nußschalen und abgenagte Knochen aus der leeren Arena. Ich muß fort. Der Senat wünscht meinen Kopf.«

»Deinen Kopf, deinen? Wer ist hier eigentlich der Herr? Was bildet sich der Senat ein, wenn er meint... Will er auch meinen Kopf? Will er ihn?«

»Mein Rat ist, aus Rom zu verschwinden. Sofort.«

»Warum erscheint der Palast so leer? Ich kann mein Echo hören. Wo sind sie alle?«

Tigellinus grinste traurig und sagte: »*Vale.*« Er verschwand rasch.

»Wo seid ihr? Lepidus! Myrtilla! Phaon!«

Phaon, ein Freigelassener, kam weder anmaßend noch achtungsvoll herein und sagte: »Caesar hat gerufen?«

»Gott sei Dank, daß du noch da bist. Wo sind die anderen?«

»Weg. Auch für *uns* Zeit, daß wir gehen. Zur Villa. Nur vier Meilen. Nicht genug Sklaven, um eine Sänfte zu tragen. Ich treibe vielleicht ein paar Pferde auf.«

»Rom verlassen? *Mein* Rom? Mein großes Geschenk an die Welt? Nun gut. Meinen Mantel, Phaon, meine Reitstiefel.«

»Caesar weiß, wo sie sind. Ich habe selber Vorkehrungen zu treffen.« Er ging hinaus. Nero schrie in ein unsichtbares Publikum: »Phaon! Phaon! Das wird dich den Kopf kosten!«

Im Senat hatte der Vorsitzende die jüngsten Meldungen verkündet. »Vindex, Legat von Gallien, hat seinen Treueid als ihn nur an den Senat und das Volk von Rom bindend erklärt. Der Legat in Spanien, Servius Sulpicius Galba, hat eine ähnliche Erklärung abgegeben. Der Imperator verfügt über keinerlei Treupflicht mehr, weder im zivilen noch im militärischen Bereich. Der Aufruhr hat in den Provinzen begonnen. Galba, so alt er ist, erscheint als der einzig mögliche Kandidat für das Kaisertum. Doch alles der Reihe nach. Gilt es von dieser erhabenen Versammlung als beschlossen, daß der gegenwärtige Inhaber des Kaiserthrons zum Staatsfeind und für geächtet erklärt und zur Ergreifung, zu Prozeß und Hinrichtung freigegeben wird?« Piso hätte dabei sein wollen; das wäre ein erhebender Augenblick für ihn gewesen. Doch Piso war nirgends mehr.

Nero war dagegen sehr lebendig in der kaum benutzten Villa vier Meilen vor der Stadt, wo er Vasen zerdepperte und die Vorhänge zerriß. Phaon war sein ganzes Publikum, und der saß auf einem Hocker, kaute Nüsse und beobachtete und hörte ohne sichtbare Regung zu, wie sein Herr auf und ab lief, nach lange Verstorbenen rief und schrie. Dann sagte Nero: »Sie kämen doch nie auf die Idee, daß sie in den Sklavenunterkünften nachsähen? Sie werden das Haus leer vorfinden und dann abziehen. Oder nicht, Phaon? Oder nicht? Zeig' mir, wo die Sklavenunterkünfte sind, Phaon. Rasch, rasch.«

Phaon stand auf. Sein feines Ohr hörte draußen in einiger Entfernung etwas, Pferde. »Dann kommt mit, nehmt eine Fackel.«

Er ging hinaus, nicht übermäßig eilig, und sein Herr folgte ihm eifrig und stolpernd, bis sie zu einem dunklen, staubigen Bereich jenseits der Küchen gelangten. Diese Küchen hatten lange schon kein Essen mehr gesehen. »Hier ist es also sicher, meinst du, Phaon? Einigermaßen sicher?« Die Fackel zeigte ihm einen Wandhalter. Er drückte die Fackel hinein. Die ganzen Schatten gefielen ihm gar nicht. Ihm gefiel auch nicht, wie Phaon den Kopf schüttelte und einen Dolch aus dem Kleid zog. Mit einer leichten Verbeugung überreichte er ihn seinem Herrn. »Ich soll das tun? Nein, niemals. Feig' wäre das, Phaon.« Doch Phaon bestand darauf. »Dann zeig's mir. Zeig mir, wie man es macht. Du zuerst, und dann ich, Phaon.« Doch Phaon bog Neros Faust um den Griff und führte sie zum Hals. Ein so großer Künstler und mußte sterben. Nein, so groß nicht: Jetzt war nicht die Zeit für Selbstbetrug. Wenn es nur die Gelegenheit zum Lernen gegeben hätte, zum demütigen Lernen. Ein Märtyrer für die Kunst gewissermaßen: Für die Zukunft Zeugnis dafür ablegen, daß man für die Kunst alles aufgeben mußte, und ihm war es nicht gestattet worden, alles aufzugeben. Als er an seinem Blut schluckte, erschien vor ihm eine Seite mit vollkommenen sapphischen Strophen, die jetzt nicht geschrieben werden sollten. Er hörte sie in einer Art Phönixausgabe der eigenen Stimme gesungen, doch kam die Stimme nicht weiter als bis zum ersten Vers und dem nächsten halben. Bis zur Zäsur. Die eintreffende Schwadron machte großen Lärm ums Haus.

Es entbehrt nicht einer gewissen Ironie, daß Paulus erst nach Nero der Tod ereilte. Er kam in einem Interregnum aus Spanien an, doch war das Gesetz noch in Kraft wie ein durchgegangenes Pferd nach der Kandare. Er hatte davon keine Ahnung. Das Christentum war eine *religio licita*. Das Schiff langte in Puteoli an, wo es als Getreidefrachter beim Anlegen Vorrang genoß. Es wurde von Ballen und Passagieren entladen. Zwei Hafenbeamte forderten den Kapitän auf, ihnen die Liste von letzteren zu zeigen.

»Heimaturlauber aus Spanien. Zivile Passagiere. Wer ist dieser Paulus?«

»Ein römischer Bürger.«

»Name hört sich aber gar nicht römisch an.«

»Man kennt ihn nur als Paulus. Ein christlicher Prediger. Hat in Spanien viele bekehrt. Auch einige von den Urlaubern. Warum, stimmt was nicht?«

»Wie lange warst du aus Italien fort?«

»Drei Jahre bin ich zwischen dem spanischen Festland und den Balearen hin und hergefahren. Warum?«

»Das Christentum ist eine geächtete Religion. Todesstrafe. Wo ist dieser Paulus?«

Der Kapitän deutete auf einen sehr dunklen, sehr kahlen, sehr dünnen, aber schon recht alten Mann in braunem Gewand, der sein Zeug schulterte und drauf und dran war, den Hafenbereich zu verlassen. Der Hafenbeamte, der bisher gesprochen hatte, ergriff wieder das Wort:

»Und er weiß auch nichts davon?«

»Nicht mehr als ich wußte. Was werdet ihr machen?«

»Wir haben unsere Anweisungen.« Ein Manipel wurde beordert; es rückte an, um Paulus zu verhaften; er konnte nicht begreifen warum. Er versuchte sich zu widersetzen, doch packten ihn kräftige Arme. Er wurde in die Räume der Quästur in Neapel gebracht. Paulus sprach zuerst.

»Offenbar bin ich verhaftet. Darf ich fragen, warum?«

»Ich nehme an, du hast ein Recht auf Erklärung. Die Religion, die du verkündest, ist geächtet. Du solltest eigentlich nicht überrascht sein.«

»Warum?«

»Sie ist eine antirömische Tätigkeit. Ihr seid Kannibalen, Arschficker, Brandstifter und Jupiter weiß, was nicht noch.«

»Sehr gut. Und ich werde persönlich all dieser Vorwürfe angeklagt?«

»Nein. Der Staat verzichtet auf ein formelles Verfahren.«

»Auch bei einem römischen Bürger?«

»Da waren genug römische Bürger, die ihre eigene Stadt niedergebrannt haben.«

»Was geschieht also mit mir?«

»Ich muß deine sofortige Hinrichtung befehlen. So macht man das heutzutage. Paß auf«, sagte der Quästor, ein Mann so kahl und dunkel wie Paulus, aber viel jünger. »Ich mag das alles nicht. Ich glaube auch all diese Geschichten nicht. Es ist nicht die Art, wie damit früher verfahren wurde. Aber wir haben unsere Vorschriften.«

Immer war es eine Frage der Vorschriften. Rom würde noch an Vorschriften ersticken. Paulus fragte: »Kreuzigung?«

»Nein. Das Beil. Das geht schneller.«

Paulus befiel ein unwürdiger Gedanke. Bei einer Kreuzigung brach nichts. Nägel gingen durchs Handgelenk, manchmal sogar ohne den Knochen zu verletzen. Eine Leiche konnte vom Kreuz abgenommen werden und später gar keine mehr sein. Lufttaschen in den Lungen. Wiederbelebung. Wäre Christus enthauptet worden, hätten dann die Jünger ein feines rotes Band bemerkt, das ähnlich einer zierlichen Halskette die wundersame Wiedervereinigung bezeichnet hätte? Aber Christus war nicht enthauptet worden. »Wann?« fragte er.

»Jetzt. Am besten, wir bringen es hinter uns. Wir mußten drüben im Hof einen Block aufstellen. Ich lasse den Scharfrichter rufen. Tut mir leid.«

Es war nur angemessen, daß Paulus sein Ende in einem Hafen finden sollte. Rom war nie seine Stadt gewesen, und es wäre widersinnig, dort nach seinen Gebeinen zu suchen. Er starb in einer Meeresbrise. Für das Protokoll gab er folgende Erklärung ab:

»Ein letztes Mal muß ich meinen Widerspruch gegen einen schreienden Rechtsbruch einlegen. Ich bin römischer Bürger. Ich bin in keinem Anklagepunkt schuldig. Ich wurde vom Staat aller früher gegen mich vorgebrachten Anklagen entlastet. Ich bin Jude und Christ und bekenne mich daher zu Glaubensrichtungen, die für den römischen Staat annehmbar sind. Ich habe das Recht, Gerechtigkeit zu verlangen.« Diese Worte wurden nicht ins Protokoll aufgenommen. Er wurde zum Block geführt und betete, bevor er den kahlen Kopf niederbeugte: »Vater, vergib ihnen, denn sie wissen nicht, was sie tun. Gott dem Vater und Gott dem Sohn und Gott dem Heiligen Geist empfehle ich meine und die Seele meiner Feinde. Amen.« Er betete aramäisch. Dann fiel das Beil.

In Rom gingen trotz des Todes seines kaiserlichen Architekten die Wiederaufbauarbeiten weiter. Kaleb, der das Schlachten in der Arena aufgegeben hatte, arbeitete als Kapo, der für den Transport von Marmor und Travertin verantwortlich war. Eine rissige Mauer wurde niedergelegt, um Platz für etwas Massiveres, Höheres, Edleres zu machen. Irgend etwas schien in die Mauer gekratzt zu sein, das vom Staub fast ausgelöscht war. Er bürstete den Staub ab und bemerkte die grobe Zeichnung eines Fischs. Er nickte: er kannte das Zeichen. Dieser Petrus war Fischer gewesen, aber Tigellinus hatte nur Fisch verkauft. Jetzt war Christus selbst zu einem Fisch geworden. Kaleb mochte Fisch nicht besonders: seine Muskeln waren mit Fleisch gebildet worden. Dennoch sah er die ungelenke Zeichnung mit einer gewissen Zärtlichkeit an. So schnell gaben die Leute nicht auf. Der Glaube, dem sie folgten, war jüdischer Herkunft. Auch die Juden würden nicht so schnell aufgeben.

FÜNF

Jetzt sollt ihr zum letztenmal von meinen körperlichen Beschwerden hören, die durch das fortdauernd gute Wetter in dem Monat, der nach Gaius Julius, einem nicht grausamen Caesar, heißt, etwas gemildert werden. Jedoch kann ich die Tatsache nicht leugnen (auch meine Ärzte versuchen es nicht), daß mir nur mehr eine kurze Spanne vergönnt ist. Ein Krebs kratzt mir im Magen herum, und seine Scheren schnippeln mit jedem Tag bösartiger. Vom Zustand meiner Eingeweide wage ich kaum zu sprechen. Allerdings bemerke ich jetzt, daß es von größerer Bedeutung ist als zunächst angenommen, wenn ich euch mit meinen Schmerzen behelligt habe. Der Verfall eines einzigen kleinen Körpers bildet die Metapher für die organische Zerrüttung des römischen Imperiums.

Ich kann mich noch gut an den Tod des Vaters eines meiner Freunde erinnern. Wegen seiner Rundlichkeit nannte man den alten Mann Kedera, doch jetzt war der Name Hohn. Die leidenden Organe waren nur zu bereit, seinen Tod zu befördern, doch sein unbezwingbarer Verstand schob den Tod hinaus. Genauer gesagt war es die verführerische Kraft eines bestimmten Buches, die seinen Verstand zumindest vorübergehend unbezähmbar machte. Sein ganzes Leben lang hatte er hart im Beruf gearbeitet, und erst als Pensionär war es ihm möglich, zur Leidenschaft seiner Jugend zurückzufinden, zum Lesen. Er hatte, als er jung war, nie die Odyssee gelesen, und es dauerte bis zu seiner letzten Krankheit, daß er ein Exemplar auftreiben konnte. Dann beschloß er, die bettlägrige Lektüre zu beenden, bevor er sich in die Arme der Dunkelheit ergab. Er kam also bis an die letzten Zeilen, las sie, legte das Buch weg und bereitete sich dann auf seinen Heidentod vor. Er starb in Frieden. Er hatte das eine getan, das er tun wollte und jetzt ließ er sich von den Schatten umfangen.

Ich fühle mich da in einer ähnlichen Lage. Auch ich habe ein Buch zu beenden – sein Schreiben (ich fürchte, daß mir nicht genug Zeit bleiben wird, um es noch einmal durchzulesen, den Stil zu überarbeiten, Widersprüche auszumerzen, meine Porträts großer Männer, guter wie böser, abzustimmen) – und dann werde ich nichts dawider haben, diese schöne und schändliche Welt zu verlassen (in der letzten Nacht kamen Glühwürmchen ins Schlafzimmer, und ich konnte sehen, wie der Hundsstern auf der Spitze einer meiner Alpen balancierte), von der ich mir so viel erhofft hatte und so wenig erhielt. Der Vater meines Freundes konnte sich wenigstens nachempfindend am endlichen Triumph des Odysseus freuen – der Bereinigung seines Inselkönigreichs, mit der geduldigen Penelope im Schlaf der Liebe zusammenliegen – doch ich kann außer dem Scheitern wenig vermelden. Ein Glaube entstand und starb dann. Er wurde von Juden und Römern gleichermaßen hingeschlachtet. Die hoffnungsvollen Worte, die Linus an die durch Märtyrertod und Fahnenflucht zusammengeschrumpfte Herde richtete, klangen erbärmlich.

»Kinder in Christus, wir haben des Herren Abendmahl gefeiert, indem wir in Liebe und Eintracht das geweihte Brot und den Wein zu uns nahmen, die durch ein täglich erneuertes Wunder zu seinem Fleisch und Blut werden. Der Leib des Herrn wurde zerschlagen und zerfetzt und gekreuzigt, auf daß wir leben. Doch die schwere Aufgabe, das Wort zu verkünden und dafür zu leiden, damit es verkündet werde, bleibt eine Aufgabe, die wir mit ihm teilen und die wir stolz mit ihm teilen. Die Christen der Stadt Rom haben gelitten. Sie boten ein blutiges Schauspiel, um einen verkommenen Pöbel und einen noch verkommeneren Kaiser zu befriedigen. Doch war ihr Tod nicht vergebens. Er hat einer heidnischen Welt bewiesen, daß Männer und Frauen bereit sind, für ihren Glauben zu sterben, wenn er nur stark genug ist. Die Gemeinde von Rom lebt in beständiger Gefahr, aber nicht in der Gefahr ihrer Auslöschung. Ach, die großen Männer, die an fernen Orten den Glauben begründet haben, verschwinden aus den Augen und bald vielleicht aus dem Sinn. Petrus wurde in Rom gekreuzigt, Paulus in Neapel enthauptet. Ich, Linus, euer Bischof, folge ihnen in Demut nach. Ich stelle euch jetzt unseren Bruder Cletus vor, meinen Nachfolger für den Augenblick, wenn mich der Tod aus den Händen des Henkers oder in den Zähnen der Tiere ereilt. Ich möchte hier betonen, und es ist mir ernst damit, daß die Kirche sich durchsetzen wird. Tatsächlich ist die Kirche stärker als das Imperium, das sie angreift. Dieses Imperium hält Ausschau nach einem Caesar. Es ist verstört und kann bald in einen Bürgerkrieg geraten. Wir, die wir uns zum Frieden bekennen, haben nichts weiter als den Tod des Leibes zu fürchten. Wir, die wir uns zur Liebe bekennen, werden es vielleicht noch erleben, wie sich dieses gequälte Imperium in ein Werkzeug des Ausdrucks göttlicher und menschlicher Nächstenliebe verwandelt.

Seid stark in eurer Schwachheit und stolz in eurer Demütigung. Im Namen des Vaters...«

Erbärmlich, ja. Ganz verflucht sogar. Wir müssen uns Linus und seine Versammlung als einen Haufen ängstlicher Leutchen vorstellen, die sich ironischerweise in jenem Hain vier Meilen südlich von Rom treffen, wo das Grab Neros bereits von gemeinem Gras und Winden überwuchert ward. Gebete wurden oft nur heruntergehaspelt und die Nebensächlichkeiten des Sakraments nur zu häufig hinuntergeschlungen. Das Ende Neros bedeutete noch kein Ende der Intoleranz. Es war ein Gras, das üppig ins Kraut schoß und es nach wie vor tut.

Wenden wir uns Servius Sulpicius Galba in seinem Lager in der Nähe Córdovas zu, der Stadt, in der Seneca und Gallio geboren wurden. Der Legat in Spanien hoppelte auf alten, verkrümmten Füßen, die kaum mehr Sandalen ertrugen, zum gelegentlichen Martern abweichlerischer Iberer heraus. Wie jetzt. Befriedigt sah er zu den drei Männern hoch, die hüpfend und keuchend wie gestrandete Fische an den drei Kreuzen auf einem kleinen Hügel hingen. Siebzig, haarlos, die Gelenke erschöpft, doch der Geist noch lebenskräftig, hatte das Alter seine angeborene Brutalität verhärten lassen, aber keinen Schimmer Mitleid gebracht. Von dieser letzten Eigenschaft zeigte sein Adjutant Porcellus ein wenig und er sprach, wenn auch unruhig, von einem möglichen Mißfallen des Senats an der Kreuzigung römischer Bürger.

»Sieh genau hin, Junge. Du wirst bemerken, daß unser römischer Übeltäter ein wenig höher als unsere iberischen Übeltäter hängt. Römische Bürger haben keinen Anspruch auf besondere Milde. Gerechtigkeit ist Gerechtigkeit. Was den Senat betrifft, so war er laut genug in seiner Anklage der Christen. Ich mache es einem Senat nur recht, dem ich dienen soll und noch nicht diene. Ich wünschte, ich hätte diesen Juden Paulus erwischt, bevor er das Schiff erreichte. Auch er war römischer Bürger.«

»Unsere Christen«, sagte Porcellus beherzt, »waren keine schlechteren Soldaten als die anderen.«

»Aufpassen, Porcellus, paß bloß auf. Bleib mir mit deinen Sympathien außer Seh- und Hörweite. Laut Definition sind die Christen Anhänger eines Sklavenkults, verhöhnen unsere Tugenden und unserer Götter, verabscheuen Blut, es sei denn das Kinderblut, das sie ekelhafterweise bei ihren inzestuösen Feiern trinken. In *meinem* Rom werden keine Christen mehr am Leben sein.«

Sie hatten Galbas Zelt erreicht, eine ausgeklügelte Einrichtung mit einem flügelschlagenden Adler hoch über der Mittelstange auf einer Art Leinwandkuppel. An das Hauptzelt schlossen sich Außenzelte an, und außen herum standen zwölf Soldaten als ständige Wache. Dunstig im trägen, heißen Tag lagen auf der anderen Seite blaue spanische Hügel, zwischen denen echte Adler hausten. Galba hielt an, bevor er hineinging.

»Du hast den Brief gelesen, Porcellus?«

»Ich habe ihn sogar studiert, Herr.«

»Oh, sehr pflichtbewußt. Du bist mit mir einig, daß das der einzig richtige Weg ist? Nero ordnet meinen Tod an, weil mich unsere spanische Armee aufgerufen hat – obwohl allein die Götter wissen, wie meine Hinrichtung seiner Meinung nach bewerkstelligt werden soll. Ich hebe den Befehl auf. Und dazu gibt es nur eine Möglichkeit.«

»Ich muß mich daran gewöhnen, Euch Caesar zu nennen, Caesar.«

»Servius Sulpicius Galba Caesar.« Er grinste mit wenigen Zähnen. »Hört sich ganz gut an. Schade nur, daß ich so alt bin, Porcellus. Wie viele Jahre bekomme ich, um das Durcheinander klarzukriegen, das Nero hinterläßt? Ach, schick mir doch bitte eine Frau herein. Nicht zu jung. Ich bin kein Athlet mehr.«

»Diese iberischen Frauen sind schmutzig, Caesar. Soll ich ein paar baden lassen, damit Caesar sich dann eine aussuchen kann?«

»Schick eine ins Bad. Ich überlasse dir die Wahl. Wirst du mit siebzig auch so sein wie ich, Porcellus? Daß du darum bittest, daß man dir eine Frau hereinschickt?«

»Ich bezweifle, ob ich siebzig werde, Caesar.«

»Wohl wahr. Du wirst nicht mal vierzig werden, wenn du mir weiter erzählst, daß die Christen gute Soldaten abgeben. Gut, abtreten.«

In Wahrheit kümmerte sich Galba herzlich wenig um Umarmungen von Frauen, seien sie sauber oder schmutzig. Doch die heterosexuelle Geste machte sich in einer Provinz gut, die Homosexualität mit einem verbrannten und schmutzigen Rom verband, das aufzuräumen die Bestimmung des Provinzlegaten war. Wie all unsere heidnischen Potentaten außer Claudius schätzte Galba seine kleinen Knaben, und man muß sich wundern über diese krankhafte Verkehrung, die nicht nur ein importierter griechischer Kult war, sondern eine Befriedigung, die tief in den männlichen Drüsen und der Psyche der römischen Herrschaftsklasse verwurzelt war. Man zeugte geistesabwesend seine Kinder, hatte aber vermutlich eine tiefsitzende Furcht vor diesen magischen Höhlungen im weiblichen Körper, die ihre Entsprechung im weiblichen Gehirn fanden.

Man fürchtete die Frauen mehr als man zugeben wollte, und war damit zufrieden, daß sich das kindliche Liebesspiel im Knabengymnasium oder den Schulbädern bis hinauf ins hohe Alter fortsetzte. Als Galba mit seiner Legion in Ostia landete, war er, so verkrümmt und zahnlos er war, begierig darauf, in die Perversionen des kaiserlichen Lebens einzutauchen, die (ein schwerer Fehler bei Nero, aber einer, dem er, um ehrlich zu sein, zuerst widerstanden hatte, und seine Mutter war ihm dabei behilflich), mit anderen Perversionen im Zusammenhang gesehen werden müssen – wohlfeile Grausamkeit, willkürliche Machtausübung. Galba reinigte Rom nicht; Rom würde nie sauber werden.

Ein sauber aussehender Römer trat Galba in Ostia entgegen. Während der aufwendigen Ausschiffung von Soldaten und Kriegsgerät begrüßte er den neuen Caesar mit einem freundlichen Lächeln, aber ohne unterwürfige Ehrerbietung: »Marcus Salvius Otho, falls Ihr Euch entsinnt.«

»Ich erinnere mich an deine Frau.«

»Ja«, sagte Otho traurig. »Caesars Frau. Die sie wurde. Ihr seid ihr nie begegnet, wenn ich Euch widersprechen darf. In Lusitanien war sie nicht mit dabei. Meine Überstellung zum Statthalteramt in Lusitanien war meine offizielle Scheidung.«

»Ich erinnere mich nicht, daß ich dich je in Lusitanien besucht hätte. Doch erinnere ich mich daran, daß ich Poppea Sabina in Rom getroffen habe. Wohin ich morgen marschiere. Ich nehme an, daß es zwecklos wäre, mich zu erkundigen, wie es ihr geht, oder ob sie überhaupt noch lebt.«

»Zwecklos. Und unnötig zu fragen, wem meine Loyalität gehört.«

»Ja, ich kann mir vorstellen, wo sie hingehört. So folgst du mir also, wenn ich Nero ausschalte?«

»Natürlich, Ihr habt noch nichts davon gehört. Er hat diese notwendige Aufgabe selbst besorgt. Letzte Woche. Der Senat ist mit Eurer Ernennung einverstanden. Euer Marsch wird ein Triumphzug, Caesar.«

»Meinen Dank. Du hast das Privileg, auf italischem Boden der erste zu sein, der mich so nennt. Wo werde ich heute nacht untergebracht?«

»Ein rauhes Lager für den Imperator, steht zu fürchten. Das beschlagnahmte Anwesen eines Importkaufmanns, der so unberaten war, sich zu diesem neuen Glauben zu bekehren.«

»Allerdings unberaten.«

»Doch wir Soldaten sind rauhe Lager gewöhnt, was?«

»Du verstehst dich als Soldat?«

»O ja, ich habe reichlich Soldaten befehligt. Gegen die Feinde Roms, Caesar«, fügte er hinzu. Sie sahen sich sehr fest in die Augen. Sklaven eilten mit einer Sänfte herbei. Otho lächelte Galba an und sah dann ohne Lächeln auf die verkrümmten Füßen seines Imperators. »Schmerzhaft, wahrscheinlich?«, fragte er.

»Alt, Otho, alt, alt, alt.« Er bestätigte diese Erklärung, indem er seinen verwüsteten Mund zu einem schwer deutbaren, aber bestimmt häßlichen Grinsen öffnete. »Nicht wahr, ich muß rasch etwas wegen der Ernennung meines Nachfolgers auf dem Thron unternehmen? Ein alter Mann ohne Frau und ohne leibliche Erben. Wie alt bis *du*, Otho?«

»Siebenunddreißig, Caesar.«

»O Jugend, Jugend. Und ein Mann mit Verbindungen. Zwei Kaisern nahegestanden.«

»Meine Nähe zu Nero war, wie Ihr Euch denken könnt, eine taktische Sache, was man auch als Überlebensfrage erklären könnte. Der göttliche Claudius war zu mir und meiner Familie sehr freundlich, Caesar.«

»Gute Verbindungen, wie gesagt. Ist es weit zu meiner Unterkunft?«

»Kaum tausend Schritte.«

»Dann marschieren wir doch gemeinsam, was, Otho? Jaja, gemeinsam marschieren.«

Der Marsch auf Rom, der am anderen Tag stattfand, sollte etwas von einer heiligen Prozession an sich haben, bei der Priester ihren Erlöser besangen und kleine Kinder Galba Blumen auf den Wewg streuten. Doch die Tuba und die Bucina plärrten in schauerlich widerstrebenden Tonarten, große Trommeln wurden heftig geschlagen und kleine verprügelt, und ein kahler alter Mann mit verkrümmten Füßen ritt auf einem edlen Braunen und grinste der Menge furchteinflößend zu, die ihn und seine gebräunten Soldaten begrüßte. Manche gab es in der Menge, die rätselhafterweise etwas gegen Galbas Nachfolge einzuwenden hatten, wenn sie auch keinen würdigeren Namen riefen, und der neue Imperator ließ schnell das walten, was er Gerechtigkeit nannte. Die Abweichler wurden unordentlich an Bäume genagelt oder im Schnellverfahren enthauptet. Als er Rom über die Via Ostiensis betrat, war er etwas enttäuscht, daß die Verwüstungen des berühmten Feuers so rasch wieder behoben sein sollten: Nero hatte Rom in besserem Zustand hinterlassen, als er es erinnerte. Der Palatin war immer noch in Arbeit, daß er schöner als je zuvor werde, und der Palast, den Galba auf abstoßend bloßen Füßen betrat, wobei er flache, dampfige Fußabdrücke auf dem Marmor hinterließ, zeigte eine Pracht, der natürlich in Spanien nichts gleichkam. Galba hatte gehofft, eine Art Gallapolis zu erschaffen, doch um ihn herum erblühte Neropolis. Rasch rief er den Hof zusammen: Überbleibsel der alten Palastverwaltung einschließlich Tigellinus, dem großen Überlebenden. Den Senat würde er später aufsuchen. Er sagte:

»Servius Sulpicius Galba. Caesar. Neuer Purpur an einem alten Körper, aber laßt euch nicht täuschen von den Zeichen natürlicher Gebrechlichkeit. Ich bin hier um zu herrschen, nicht um zu singen, zu tanzen oder auf der Bühne herumzugockeln.« Tigellinus schien über ein inneres Bild von einem Galba, der auf diesen gräßlichen Füßen tanzte, zu grinsen, und Galba sagte: »Wer bist du?«

»Ofonius Tigellinus, Caesar, Caesar zu Diensten. Unter dem verschiedenen Imperator Gardepräfekt.«

»Ich ernenne meinen eigenen Gardepräfekten«, sagte Galba. »Ich kann selber ernennen. Jedoch halte ich die Diener des verschiedenen, unbetrauerten Schlächters nicht unbedingt für unverwendbar. Also, paßt auf ihr alle, die ich wohl für den kaiserlichen Hof halten muß. Ihr habt böse Zeiten mitgemacht und manche unter euch haben mitgeholfen, daß sie böse waren. Wir müssen diese bösen Zeiten vergessen und unseren Blick in eine Zukunft richten, die für mich naturgemäß nicht lang dauern wird. Ich kröne meine Laufbahn in den Provinzen mit der höchsten Ehre Roms. Ein Witwer, dessen Gemahlin lange tot ist und dessen Söhne, ach, leider auch tot sind. Als erste kaiserliche Amtshandlung ernenne ich den edlen Piso Licinianus zu meinem Erben.«

Galba sah aufmerksam zu Otho hinüber, als er diese Ankündigung machte. Otho reagierte nur mit sichtlicher Befriedigung. Piso Licinianus, ein hübscher junger Mann mit leerem Gesicht und einer Soldatenuniform, trat vor, um vom Hof inspiziert zu werden. Keiner kannte ihn, nur wenige hatten zuvor überhaupt von ihm gehört, alles wunderte sich, wie Galba ihn überhaupt kennen konnte. Er kannte ihn nicht; er hatte ihn recht willkürlich aus der Gruppe junger Edelleute herausgesucht, die ihm in Ostia vorgestellt worden war. Für die Nachfolge war jeder recht. Galba wandte sich an die anwesenden Armeepräfekten und sagte:

»Den kaiserlichen Truppen erkläre ich folgendes. Rechnet mit Gerechtigkeit, aber nicht mit besonderen Gefälligkeiten. Ich weiß nur zu gut, daß sich die Armee für einen Kaisermacher hält und daß sie glaubt, sie hielte die Kaiser im Amt. Ich bin es, der, mit meinem eigenen Edikt, den nächsten Kaiser macht. Ich bin es gewohnt, Soldaten aufzuheben, nicht sie zu kaufen. Ich verlange von allen Treue, ich suche sie nicht. Titellonus, bleib noch ein wenig bei mir. Der Rest, abtreten.«

Der Hof ging oder marschierte hinaus. Die beiden Schurken, der eine im fortgeschrittenen Alter, der andere auf dem besten Weg dahin ergrauend, blickten sich an. »Also, Titilinus...«

»Tigellinus, Caesar.«

»Wie du auch heißt, war das alles gut gesagt?«

»In welcher Eigenschaft fragt Ihr mich, Caesar?«

»Ich bemerke wohl, daß du sowas wie ein Strolch bist. Du warst doch verantwortlich dafür, daß Rom niedergebrannt wurde?«

»Die Verantwortung dafür lag allein beim verschiedenen Unbeweinten, Caesar. Er war ein Künstler. Er schätzte leuchtende Farben.«

»Ich bin jedenfalls kein Künstler. Ganz normaler Mensch. Es heißt, du bist mal ein Fischhändler gewesen.«

»Ein ehrbarer Beruf, Caesar. Durch die Listen des verschiedenen Imperators wurde ich in das kaiserliche Amt gelockt, das ich offiziell noch immer innehabe. Für mich war es eine unglückliche Zeit, aber ich habe meine Pflicht getan.«

»Es hält dich also nichts mehr im kaiserlichen Dienst? Möchtest du lieber wieder Fische verkaufen?«

»Mein Wunsch ist es, einem wahren Imperator mit jedem Tropfen Blut und jeder Sehne, die mir zu Gebote steht, zu dienen.«

»Schönschön. Ich ernenne einen neuen Gardepräfekten, im Augenblick nicht wichtig, wen. So etwas wie eine Zusage. Sozusagen eine Ehrensache. Die Prätorianergarde muß jedoch gut überwacht werden. Vielleicht verstehst du, warum.«

»Ihr hebt Soldaten aus, Caesar. Ihr kauft sie nicht. Caesar zu Diensten. Ich werde der Garde hinterherspionieren, die zu befehligen ich einst die Ehre hatte.«

»Etwas roh formuliert. Du bist ein roher Mensch.«

»Ich bin alles, was Caesar sagt, daß ich bin.« Galba lachte im stillen.

Als festzustehen schien, daß Galbas Ernennung von Pisco Licinianus als seinem Nachfolger offiziell bestätigt werden sollte, lud Otho die älteren Offiziere der Prätorianergarde zu sich auf seinen Besitz am Fluß. Zunächst rückte er nicht mit den Krügen und den Weinjahrgängen heraus, die sie erwartet hatten; die meisten von ihnen waren über den Mangel an Rohstoffen zu einem Gelage verwirrt. Auch die lächelnde Gegenwart von Tigellinus und die Abwesenheit ihres neuen Präfekten Cornelius Laco verwirrten sie, aber letzterer war wegen eines Zahnleidens entschuldigt, während ersterer sich in Ausdrücken einer nostalgischen Sehnsucht erklärte, die ihn mit seinen alten Freunden zusammensein lasse. Otho hatte ernste Dinge zu sagen, bevor seine Gäste berauscht und wollüstig wurden. »Meine Herren«, sagte er in einem blumenüberwucherten Gartenhaus, in dem undisziplinierte Drosseln ausgelassen sangen, »ich war selbst lange genug unter Soldaten, um zu wissen, daß es ein hartes Leben und der materielle Ausgleich kaum der Rede wert ist. Als lebenslanger Freund der verdientesten Soldaten des Imperiums muß ich vor Caesars Undankbarkeit und, ja, Unfähigkeit erröten. Wenn wir nachsichtig sind, können wir glaube ich, von Vergreisung sprechen.« Viele Offiziere sahen einander an: das waren kühne Worte. »Seneca, ein großer Mann, der umgebracht wurde, hat etwas sehr Weises gesagt, wie mir scheint. Er sprach von der Gefahr von Amtsgewalt ohne Macht. Gefährlich für den im Amt, meinte er. Ein solcher Mann schaufelt sich sein eigenes Grab.« Er strahlte sie an. Das war, wie sie alle nur zu lebhaft erinnerten, keine bloße Metapher. »Zu viele Versprechen wurden gemacht. Zu wenige gehalten. Meine Herren, ich halte meine Versprechen.«

»Was meint Ihr genau, Herr?«, fragte ein würdiger, ranghoher Offizier.

»Ich glaube, daß ich mit der Hilfe meines guten Freundes Tigellinus hier in der glücklichen Lage sein werde, euch für die Mängel des Imperators zu entschädigen.« In orientalischer Weise klatschte er in die Hände, und die ganzen Eber am Spieß wurden herangerollt. Durch die grünen Haine, die zu der Besitzung gehörten, erschienen weiße nackte Körper zu flitzen, und es klang helles Gelächter auf. »Natürlich spreche ich nicht von Bestechung.« Natürlich nicht, ein höchst gefährliches Wort. Seine Gäste, die schon ganz begierig waren, langten zu.

Etwas später ging Galba, um an den Senat eine Ansprache zu halten. Gefolgt von seinen dämlichen Gefolgsleuten Titus Vinius, der in Spanien unter ihm gedient hatte, Cornelius Laco, einem anmaßenden Schwachkopf und dem Freigelassenen Icelus Marcianus, der es auf Lacos Stellung abgesehen hatte, strebte er auf den Amtssessel zu. Er stellte fest, daß er der Wand zugekehrt war. Er wütete, während die Diener damit beschäftigt waren, ihm die richtige Stellung zu geben. »Wer war das?«, rief er. »Wer besitzt die Unverfrorenheit, diesen Tatbestand eines schlimmen Omens herzustellen?« Keiner sagte ein Wort. Galba sagte: »Ich bin mir eurer Haltung, verehrte Senatoren, eurem Imperator gegenüber wohl bewußt. An Bestechung gewöhnt, seid ihr nicht auf Gerechtigkeit eingestellt. Ich höre ein Gemurmel von wegen nichteingehaltener Versprechen, nichtgeleisteter Zahlungen. Von mir dazu nur das, das, *das*... daß zum Amt Stufen führen und diese schwere Kletterarbeit verlangen. Doch wenn das Klettern von bereiten Händen und Armen erleichtert und vereinfacht wird, dann wird die Unterstützung rechtmäßig mit freundlichen Worten belohnt. Doch oben an der Treppe steht die Ebene der Macht, und Macht liegt bereits im Namen des Amtes, in seiner Geschichte und seinem mystischen Klang. Ich werde mir die Erhaltung des Amtes nicht erkaufen. Caesar ist Caesar.«

Die verehrten Senatoren erinnerten sich, ähnliche Worte schon früher gehört zu haben, von Seneca aufgesetzt und von Nero vorgetragen und jetzt an den Neuen vermutlich von dem verfluchten Tigellinus weitergegeben, der durch ein kaiserliches Fiat für die senatorischen Rachegelüste oder die Gerechtigkeit immun war. Mit wenig Zutrauen sahen sie nach dem alten zahnlosen Kahlkopf, in dem allein scharfe, blaue Augen mit einem Versprechen kaiserlicher Vitalität brannten, und bemitleideten und verachteten die gichtigen Hände, die ohne Hilfe nicht einmal ein Pergament entrollen konnten, und sie fragten sich, wieviel Wochen ihm noch blieben.

Später, in den Gärten auf dem Palatin, sagte Tigellinus zu Galba: »Es ist ganz so, wie Ihr geargwöhnt habt, Caesar. Die Garde ist zur Meuterei bereit. Ein übles Pack. Käuflich.«

»Wie die ganze Stadt. Warum hat sie ihre Meinung geändert?«

»Ein paar Worte von Eurem demütigen Diener. Eine kleine Bestechung.«

»Mit welchem Geld?«

»Meinem eigenen.«

»Diese Treue reicht weit. Was willst du?«

»Caesar weiß, was ich will.«

»Ich verkaufe keine Ämter, Tigellinus. Normalerweise nicht. Man wird sehen. Du sagst, daß äh, die äh Unzufriedenheit gedämpft wurde?«

»Caesar kann in vollkommener Sicherheit ausgehen.«

Caesar ging aus, und zwar zum Saturntempel. Icelus Marcianus berichtete ihm, daß Otho das Lager der Garde eingenommen habe. »Die Legionäre«, keuchte Galba. »Wo sind die Legionäre? Sofortigen Befehl, daß sich die Legionäre unter meiner Fahne sammeln.« In panischer Angst sah er, daß sein Stab einzeln und in verschiedenen Geschwindigkeiten zum Forum rannte.

»Die Kavallerie, Caesar, seht nur.« Eine überflüssige Bemerkung. Bewaffnete Reiter kamen beim Ostende der Stadt hereingaloppiert. »Caesar, ich verabschiede mich unterwürfig.« Galba fand sich in der heißen Sonne einer gezügelten Schwadron gegenüber, die viel Staub aufwirbelte. Dann, zu seiner Erleichterung, hörte und sah er hinter sich eine laufende Abteilung mit germanischen Soldaten. Dann aber ergab sich keine Erleichterung, denn sie liefen zu langsam, und die Schwerter waren heraus und blitzen.

»Was soll das alles? Was wollt ihr von mir? Mir gefällt dieser Blick nicht. Los, wir sind doch Kameraden. Ihr gehört zu mir, ich gehöre zu euch.« Es klang wie ein volkstümliches Lied, das Galbas Vorgänger wegen zu großer Einfalt verachtet hätte. Der Anführer der Truppe erzeugte einen rauhen Ton mit der Stimme, und dann gab es nur noch Blut und Hufe. Niedergeschlagen. Man ließ ihn an dem Zierteich liegen, der nach Curtius benannt war. Die germanischen Soldaten machten in der Nähe kehrt und marschierten zurück. Die Kavallerie nach Osten zum Lager der Garde zurück, wo Otho ausgerufen wurde. Der blutende Leichnam wurden den Freßzellen überlassen. Ein gemeiner Soldat wußte, um wen es sich handelte und hatte eine verschwommene Vorstellung davon, er würde Geld für den Kopf bekommen. Er sägte ihn ohne Schwierigkeiten ab, denn der Hals war dünn und bestand nur aus Sehnen, dann aber fluchte er, denn es gab kein einziges Haar, an dem er ihn hätte tragen können. Er schob den Daumen in den zahnlosen Mund und arretierte ihn gegen den harten Gaumen. Dann trug er ihn erhoben und schwingend zum Hauptquartier der Prätorianergarde. Er hörte Jubelrufe. Otho wurde auf kräftigen Schultern getragen. Ein neuer Caesar. Wie lange würde er bleiben?

Aulus Vitellius, ein großer Mann in den Fünfzigern, an den ein unverhältnismäßig großer Schmerbauch geklebt schien, erhielt die Nachricht von Othos Thronfolge in seinem Lager am unteren Rhein. Mit starken, braunen Zähnen kaute er flechsige Fetzen von verkochtem Keilerfleisch, während er den Brief, in dem ihn Otho um die Hand seiner Tochter bat und ihn einlud, mit ihm die Herrschaft des Imperiums zu teilen, las und nochmal las. Das langsame Gehirn von Vitellius, das mit dem Fett seiner ekelhaften Küche hartnäckig verstopft blieb, erwog dies und erwog ebenfalls seine gegenwärtige Ernennung zum Statthalter, zu dem ihn Galba gemacht hatte. Diese Frischlinge hatten offenbar Angst vor ihm. Der eine wollte ihn aus dem Weg haben, der andere flehte um eine Verschwägerung. Das war soviel wie eine Einladung, selbst die Macht zu übernehmen. Sein Adjutant Severus war der gleichen Meinung. Während er vorsichtig an dem Knochen zupfte, den ihm Vitellius angeboten hatte, sagte er: »Tatsache ist, daß sich die Zeiten geändert haben. Die Prätorianergarde glaubt, sie mache den Kaiser. Die Tage der Militärmacht in der Hauptstadt sind vorüber. Diese Provinz Germanien spricht für die Zukunft. Das Imperium sind seine Provinzen.«

»Wie lang ist es her, daß Otho die Macht übernommen hat?«

»Ein paar Wochen.«

»Wer hat ihm dazu verholfen?«

»Kennt Ihr Tigellinus?«

»Den Lump kenne ich. Ein paar Wochen, wie? Es scheint nicht angemessen, ihm Zeit zu geben, um sich festzusetzen.«

So kam es, daß Vitellius seinen Soldaten eine Leutseligkeit erzeigte, die er vorher nicht bewiesen hatte. Er umarmte normale Gemeine soweit das sein Bauch gestattete, ließ Goldstücke über sie regnen, lud sogar Zenturionen ein, daß sie an seinem Frühstück teilnahmen, ein Mahl, das gewöhnlich ausgedehnt wurde, bis man es rechtmäßig Mittagessen nennen konnte, und erreichte ohne weiteres eine jubelnde Proklamation. Wie schäbig das alles ist. Als Otho die Nachricht erhielt, daß Vitellius' Legionen bereits in Oberitalien gesehen worden waren, marschierte er zögernd an der Spitze der Dreizehnten, war bereit für Verhandlungen und dann bis auf den Selbsttod betrübt, als er feststellte, daß er in die Schlacht gehen mußte. Er war kein Kämpfer. In seinem Zelt außerhalb von Brixellum redete er streng mit Tigellinus, der seine Uniform unerwartet gegen die Kleidung eines zivilen Reisenden vertauscht hatte:

»Nicht damit gerechnet? Was meinst du mit – du hast nicht damit gerechnet?«

»Ich habe nicht«, sagte Tigellinus sanft, »mit einem derartigen Mangel an Vorbereitung gerechnet. Ich habe Euch meine Unterstützung mit einem anderen Verständnis gewährt. Sogar unter meinem ersten Herrn Nero herrschte eine gewisse Stabilität. Die Nero, wie ich zugeben muß, auf lange Sicht völlig aufhob. Meine Treue gilt schließlich Rom.«

»Was bedeutet, jedem, der imstande ist, Rom einzunehmen?«

»Ihr könnt es so formulieren, ja. Es ist keine unpatriotische Tat, Euch jetzt zu verlassen, Otho.«

»Ich werde noch immer Caesar genannt«, sagte Otho laut, aber wenig überzeugt.

»So kurz, so schrecklich kurz. Dennoch habt Ihr Anspruch auf die Ehrenform. *Vale,* Caesar.« Er bezeigte den alteuropäischen Gruß und ging aus dem Zelt. Einer von Othos ranghöchsten Offizieren kam herein und blickte fragend auf seinen Herrn. Otho sagte:

»Nein, ich weiß, was du vorschlagen willst. Überlassen wir das Vitellius.«

»Kämpfen wir, Caesar?«

»Wir werden bestimmt nicht kapitulieren. Aber ich habe keine rechte Lust auf einen Bürgerkrieg. Ich glaube, ich bringe jetzt besser meine Papiere in Ordnung.«

Das dauerte lange. Seinem Sekretär übergab er gewisse, einfach unterzeichnete Anweisungen. Keine Bestrafung der Deserteure. Alle Listen mit den Anhängern Othos waren zu verbrennen, dazu alle Privatbriefe, die seine Freunde belasten könnten. Mit anderen Worten, keine Aufzeichnungen. Obwohl man bei Tigellinus eine Ausnahme machen könnte.

»Ich ziehe mich jetzt zurück. Bis morgen früh will ich nicht gestört werden. Ich würde empfehlen, daß auch du dich zurückziehst. Irgendwohin, wo es abgelegen und sicher ist. Du weißt, daß für dich gesorgt ist.«

»Ich bin dankbar, Caesar.«

Otho war, wie so viele Personen in meiner Geschichte, vollkommen kahl, doch hatte er immer eine gutangepaßte Perücke getragen, die seinen Zustand sogar vor Freunden und Konkubinen verbarg. Jetzt nahm er sie ab. In einem Gefühl vollkommener Gemütsruhe aß er ein leichtes Abendessen und ging dann zu Bett. An seinem Bett erwartete ihn ein guter, scharfer Dolch. In der Dämmerung donnerte Vitellius' Armee ins Lager, um in einem bösen roten Licht, einer drohenden Morgenröte, zu plündern. Im Zelt Othos fanden die Soldaten Othos säuberlich durchstochene Leiche; das Gesicht oberhalb der Wunde entspannte sich nach den tödlichen Verzerrungen in einem tiefen Frieden. Das Haar über dem Gesicht war säuberlich entfernt. Das war, was man als römischen Tod bezeichnete.

Vitellius fraß sich seinen Weg nach Rom, zermantschte die Votivtrauben, die ihm Bauern unterwürfig reichten, grub die stumpfen Finger in Wassermelonen, schrie bei den Ständen an der Straßenseite nach gebratenem Fleisch. Das erste feierliche Gelage sollte drei Tage dauern.

Tigellinus suhlte sich auf der Besitzung eines gewissen Laetus an den Ausläufern Roms in einem schäumenden Schlammbad, als er die Botschaft vernahm, daß seine Tage, ja, seine Stunden gezählt waren. Eine nackte Magd massierte ihm heißen roten Schlamm in die Lenden, während ihn die andere rasierte. Mit hungriger Glut umfaßte er die Masseuse und sagte dann höflich zur Rasiererin: »Gib mir das Messer. Dann laßt mich allein, ihr beiden. Ein Herr muß manchmal allein sein. Es gibt gewisse Dinge, die ein Herr nur selbst erledigen kann.« Die Mädchen packten Bademäntel und kicherten auf dem Weg hinaus. Tigellinus packte das Rasiermesser am weißen Beingriff und murmelte vor sich hin.

»Ja, kleiner Nero, es war ein guter Lauf. Dem eigenen Wesen treu. Dem meinen war ich immer treu. Gut, ja, bis vor kurzem. Ein Herr sollte niemals Ränke schmieden, um Macht zu erlangen. Macht kommt zu denen, die sie brauchen können – egal für welchen Zweck. Ich war ein schlechter Mensch, Nero. Vollkommen schlecht. Das allein sollte an sich schon dem einen oder anderen Gott gefallen. Aber ich weiß seinen Namen nicht. Ich bin aus dem Schlamm entstanden. Und da bin ich. Zu guter Letzt.« Er ritzte beide Unterarme sehr tief und beobachtete mit einer Art Bewunderung das reiche rote Strömen. »Schläfrig, ein wenig schläfrig. Hans im Dreck, Tigellinus.« Er versank darin.

Ein Mann wie Tigellinus durfte in einer Herrschaft eines Kaisers wie Vitellius als überflüssiges Element betrachtet werden, denn seine hauptsächlichen Eigenschaften waren Gefräßigkeit und Grausamkeit und die Bereitschaft, beidem zur gleichen Zeit zu frönen. Da gab es etwa eine Zeit, als er allein zu Tisch saß und Hirne, Lebern und in Sahne und Honig gesottene Pankreasse verschlang, nachdem er bereits einen Morgenimbiß bestehend aus den Göttern dargebrachtem Opferfleisch und Näschereien wie Stör, Austern, Pasteten aus kleinen wilden Vögeln und zum Erbrechen süßes Gebäck zu sich genommen hatte, während ihm gleichzeitig die Augen wegen des bevorstehenden Desserts in Gestalt der Hinrichtung eines anständigen Bürgers namens Octavius übergingen. Octavius stand in der Nähe des Richtblocks, aber weit genug von der Tafel entfernt, um sicherzustellen, daß kein Blut das Tischtuch beflecken würde, während der Henker mit dem Beil zur Linken wartete, und seine Frau Livia weinte und an seiner Rechten flehte. Mit ausgesuchter Höflichkeit sagte Vitellius:

»Ich bitte um Verzeihung, wenn ich in diesem feierlichen Augenblick deines Lebens speise, Octavius. Ich habe einen anstrengenden Tag und muß essen, wenn es mir möglich ist. Hast du etwas zu sagen, bevor der Schnitter, äh, schneidet?«

»Ich sterbe verdient, Caesar«, sagte Octavius. »Es gibt kein schlimmeres Verbrechen, als ein Dummkopf zu sein. Ihr solltet eine Abhandlung mit dem Titel *Kurzer Prozeß mit Gläubigern* verfassen.«

»Oh, Caesar«, schniefte Livia, »er hat Euch nur Gutes getan, Herr. Er hat das Haus seiner Mutter verkauft, um das Geld zu bekommen, von dem Ihr sagtet, Ihr braucht es. Laßt Gnade vor Recht ergehen. Er wird es nicht wieder tun.«

Darüber verschluckte sich Vitellius; er benetzte die Luft mit Bröckchen gekochter Milz. Octavius sagte zu seiner Frau: »Jetzt geh, Livia. Erinnere dich meiner, so wie ich war.« Vitellius sagte zu ihr: »Nein, geh nicht, Olivia oder Lavia oder wie du heißt. Für etwa eine Sekunde kannst du dich gern seiner so erinnern, wie er war. Ein kapitaler Ehemann sozusagen. Du wirst schon wissen, daß dein Verbrechen größer ist als das seine. Du hast um sein Leben gefleht. Damit hast du gesagt, daß das kaiserliche Urteil ungerecht ist. Henker, probier dein Schwert an einem *leichten* Hals aus – ich glaube, die Dichter würden sagen ›zarter Schwanenhals‹.«

»Ich darf Euch beglückwünschen, Vitellius«, sagte Octavius. »Ich war der Meinung, Gaius und Nero wären die schlimmsten Ungeheuer gewesen. Ihr macht Euch noch besser als beide. Und Ihr werdet genauso enden. Wenn Ihr nicht wie ein vergifteter Hund platzt.«

Die schreiende Livia wurde zum Block geschleppt, während Vitellius mit Genuß aß. Für ihn war das kein außergewöhnlicher Tag. Die außergewöhnlichen Tage waren gekennzeichnet durch den Verzehr der großen Minervapastete, die unter einer dicken Mehl- und Eiweißkruste aus den Eingeweiden von Hechten, Karpfen, Fasanen, Wachteln, Rebhühnern, Pfauen, Flamingos und Lampreten bestand sowie durch die Hinrichtung nicht bloß von Gläubigern, sondern auch von engen Freunden, die lächelnd zum Essen erschienen waren. Für Vitellius gab es immer genug zu essen.

Was läßt sich über dieses Rom weiter sagen, als daß es dringend einer sittlichen Erlösung bedurfte und daß die Gelegenheit versäumt war? Und was läßt sich von der Verderbtheit dieses Autors hier sagen, der sich die widerwärtige Faszination eingestehen muß, mit der er eine blutige Mißherrschaft aufzeichnet, aber nur zögernd zum Leben der kleinen Leute zurückkehrt, die Staub fegen, Brot backen, sich anständiger ehelicher Liebe befleißigen, ihre bescheidenen Pflichten der Gemeinschaft gegenüber erfüllen, aber eher ein Gähnen als Bewunderung hervorrufen, wenn sie Gegenstand eines Buches werden? Gott, wenn er existiert und Petronius nicht anerkennt, mag anders darüber denken, aber ihr seid nicht Gott.

Marcus Julius Tranquillus, seine Frau und seine Tochter verließen Rom in einem günstigen Augenblick. Julius' Onkel, der alt wurde und einsam war, hieß sie in seinem Haus in Pompeji willkommen, das nicht weitab von den fruchtbaren Hängen des Mons Summanus lag, eines Berges, der vor kurzem ausgebrochen war und wenigstens ein Jahrhundert nicht mehr ausbrechen würde, wie die Astrologen verkündeten. Julius, ein Soldat im Ruhestand, verlegte sich auf das, was in jenen Tagen viele Soldaten aus Gesundheitsgründen und zum Vergnügen taten: er bestellte einen Garten. Aber er versorgte für den Ertrag auch die Felder seines Onkels, die brach gelegen hatten. Dem Garten fügte er zwei Morgen einer ungenutzten Pferdekoppel hinzu: Von früheren Lavaausbrüchen war der Boden hier so fruchtbar, daß er förmlich danach schrie, bebaut und abgeerntet zu werden. Julius zog also grünen Salat, Gurken, Melonen, Kürbis, pflückte Pflaumen und Kirschen und versorgte Reben, die einen so wunderbaren Wein hervorbrachten, daß man ihn Göttertränen nannte; die paar heimlichen Christen in der Nähe (zu denen Julius nicht mehr gehörte) gingen sogar noch weiter und nannten ihn Tränen Christi. Als Julius' Onkel hochbetagt und noch immer mit dem Traum einer Rückkehr der Republik in sich starb, ging der Besitz an seinen Neffen. Julius wurde wohlhabend und beschäftigte zwei Burschen und seinen eigenen Schwiegersohn mit Anbau, Bestellung und Verkauf. Ruth hatte den Sohn eines griechischen Brückenbauers, der als Kind mit seiner Familie aus dem westlichen Zypern zugewandert war, geheiratet; wie sein Vater hieß er Demetrios. Während das römische Reich der Geschichte die schlimmstmöglichen Beispiele für Sittengesetz und Herrschaft lieferte, verkündete es gleichsam nebenher die Tugend der Mischehe, die mir immer schon als die Hoffnung einer Menschheit galt, die zu lange versucht hat, auf der Grundlage von Unterschieden zu gedeihen.

Julius wurde allmählich alt, eisengrau aber nicht kahl, muskulös und sonnenverbrannt, hatte aber unter Hexenschuß zu leiden. Sara war noch nicht so alt, doch auch sie wurde grau, und ihr Körper, der immer schlank wie ein Schwert gewesen war, hatte sich zu einer annehmbaren Matronenform gerundet. Ihren alten Zynismus über die Wege Gottes und der Reiche bewahrte sie sich. Der Tag war genug und was er brachte – die Küchenarbeit, das Beseitigen des roten Staubes, das Füttern der Hühner und Tauben, der abendliche Ratsch bei den Göttertränen, der Bummel mit der verheirateten Tochter durch die Stadt, die in der Kultivierung des Vergnügens reich geworden, aber immerhin gut angelegt und voll mit lächerlichen Statuen und erfrischenden Brunnen war. Pompeji war eine Stadt der Bäder und Bordelle, der verrückten Haar- und Kleidermoden bei den Patrizierfrauen, der üppigen Gelage für die Reichen, mit einer allgemeinen Toleranz für orientalische Kulte mit Ausnahme des Christentums. Sport, Schauspiele und Sängerwettstreit waren an der Tagesordnung in dem balsamischen Klima, während sich der Mons Summanus von seiner Krankheit erholte und müßig und gütig vor sich hin schmauchte.

Eines Tages traten unerwartet Saras Bruder Kaleb und seine Frau Hanna ein; sie führten einen grauen Esel mit, an dem wohlverschnürt ihr Hausrat hing. Von der Reise waren sie über und über verdreckt und erschöpft, doch kamen sie mit Hilfe einer warmen Dusche und einem Becher mit göttlichem Tränenfluß rasch wieder zu Kräften. Sie luden ihr Lasttier ab und schickten es zum Grasen zwischen die abgefallenen Pflaumen im Obstgarten.

»Wie lange wollt ihr bleiben?«, fragte Sara.

»Ich überhaupt nicht. Hanna nur, bis ich wieder zurück bin. Wenn ich überhaupt wiederkomme.«

Hanna war von einem Schmerz, den sie nicht vergessen konnte noch sichtlich wollte, dünn geworden. Kaleb war da kräftiger, doch wirkte er älter als Julius. Seine Nase schien noch entschiedener als früher zu sein, die Wangen waren eingefallen. Sie hatten kein weiteres Kind mehr bekommen und gaben sich mit einer unphilosophischen Verstimmung über den Tod ihres Sohnes zufrieden.

»Wir haben Platz für sie.«

»Sie kann gut mit der Nadel umgehen. Außerdem keine schlechte Köchin.«

»Und wo willst du hin?«

»Das ist eine lange Geschichte«, sagte Kaleb zu Julius und Sara, während sie bei einem kühlen Becher zusammensaßen. »Ich kehre nach Jerusalem heim. Mit dem Schiff von Puteoli. Wie lang, jahrelang habe ich abgewartet. Und jetzt kommt es, wenn ich zu alt bin, ein alter verheirateter Mann ohne Sohn, dem er eine Zukunft versprechen könnte.«

»Welche Zukunft?«, fragte Julius. »Was ist eigentlich los?«

»Hier hörst du wohl gar nichts?«

»Was denn?«

Kaleb, wie er da auf dem geschnitzten kleinen Stuhl saß und sich mit seinem Becher beschäftigte, seufzte tief und bog die Schultern nach innen. »Die Römer haben Palästina immer schlecht verwaltet. Unser Volk hat sich viel gefallen lassen, aber irgendwann ist Schluß. Der Landpfleger Florus hat das dem Volk aufgezwungen. Den Tempel ausgeraubt, Gott steh uns bei. Was sollen die Juden tun? Sich zurücklehnen und ihn machen lassen? Sie schlagen zu, jedenfalls haben das die Zeloten getan. Es gab einige römische Todesfälle. Florus befahl ein Massaker, und irgendeine Frau versuchte es zu verhindern. Tochter diese Caligula-Marionette – ihren Namen habe ich vergessen.«

»Bernike oder Berenike«, sagte Julius. »Ich habe sie in Caesarea gesehen. Hübsche kleine Frau. Gar nicht dumm.«

»Jetzt ist sie auf die Seite der Römer gewechselt«, sagte Kaleb. »Man kann's ihr gar nicht mal übelnehmen. Die Juden haben ihren Jerusalemer Palast niedergebrannt. Die Juden können manchmal ganz schön undankbar sein. Doch im Augenblick sind die Juden wütend, und wer kann ihnen das verdenken?«

»Woher weißt du das alles?«, fragte Sara.

»Es ist bis nach Rom gedrungen. In den Synagogen wird gebetet. Es gibt also endlich Krieg. Die Römer haben sich das selbst zuzuschreiben. Ich muß da hin.«

»Damit du umgebracht wirst«, begann Hanna zu schluchzen. »Sie werden nie gewinnen, können sie nicht. Ein großes Gemetzel wird es geben.«

»Jaja«, gab Kaleb zu. »Die Legionen kommen von Syrien herüber. Und wir, die Zeloten, haben Steine und ein paar Messer und keine Organisation. Keine Einheit, keinen Überblick. Die Sadduzäer wollen sich raushalten, und die Pharisäer wissen nicht so recht. Was die Nazarener angeht...« Er sah Julius ins Gesicht. »Mit den Nazarenern ist es jetzt aus.«

»Hab' ich mir schon gedacht, daß es eines Tages vorbei ist«, sagte Julius. »Gott war den Nazarenern keine große Hilfe. Oder den Juden. Ich habe den Glauben verloren. Jetzt weiß ich, daß es Paulus war, an den ich geglaubt habe.«

»Du gehörst nicht mehr zu denen?«

»Nein. Ich habe meinen Glauben an etwas anderes gehängt. Etwas, das eher mit den Bedürfnissen eines verabschiedeten Zenturios im Einklang steht.«

»Er meint«, sagte Sara leicht höhnisch, »daß man ihn im Blut des weißen Ochsen gewaschen hat. Blödsinn, genau wie das andere. Aber immerhin phantastischer. Mithraimus heißt es.«

»Inwiefern«, fragte Julius, »ist es mit den Nazarenern aus?« Er spürte einen Klumpen wie von hartem Brot im Hals.

»Wie könnte man den Nazarenern trauen? Sie halten nichts vom Krieg. Sie halten die andere Backe hin. Sie wollen nicht für den Tempel sterben.«

»Aus gutem Grund«, sagte Sara. »Warum sollte jemand für einen Steinhaufen sterben wollen?«

»*Er will* unbedingt dafür sterben«, schniefte Hanna. »Männer sind so blöd.«

»Selbstmörderische Dummköpfe«, gab Sara drauf. Kaleb zeigte ein Schafsgesicht. Julius sagte:

»Was ist mit den Nazarenern passiert?«

»Nicht viel. Sie sind gewarnt worden. Sie wurden aufgefordert zu zeigen, zu wem sie halten würden. Und als ihr *episkopos*, wie sie ihn nennen, die Steine abkriegte...« Er schluckte, weil er an Stephanus dachte.

»Wer?« fragte Julius.

»Jakobus. Oberhaupt der Nazarener in Jerusalem. Der letzte, der Jesus Naggar noch gesehen hat. Die Zeloten sagten, es wäre nicht sicher, wenn er da wäre.«

»Ich bin ihm nie begegnet«, sagte Julius. »Aber ich habe von ihm gehört. Er war in Ordnung. Er wirkte ausgleichend. Ich hätte gedacht, daß die Juden ihn mochten.«

»Ja, bevor Florus den Tempel überfallen hat, haben sie ihn gern geduldet. Dann aber redete er von Verzeihen und von einem Tempel, den nicht Menschenhände erbaut hätten. Also erlaubte der Hohepriester Ananus die Steinigung. Er wußte, was passieren würde, wenn er nicht mitmachte. Den Hohenpriester Ananias haben sie umgebracht. Vor dem großen Krieg das jüdische Lager aufräumen. Die reine, saubere Schneide des Schwertes Israel.« Bald schniefte er genauso wie seine Frau, aber dann gab er nach und zeigte der Gesellschaft stolz die nassen Augen. »Ich weiß, wie aussichtslos es ist, aber was soll ich machen? Ich könnte es nicht mehr mit mir aushalten. In Puteoli gehe ich an Bord.«

»Der Krieg wird vorbei sein, wenn du in Caesarea ankommst«, sagte Julius.

»Er wird niemals vorbei sein«, sagte Kaleb. »Die Römer werden nie damit fertig werden, alle Juden dieser Welt umzubringen. Der Tempel kann zerstört werden, aber die Juden haben die Bundeslade durch die Wüste getragen und werden es wieder tun.«

»Dann geh in die Wüste«, sagte seine Schwester, »und warte auf sie. Du folgst einem bösen Traum.«

»Ein guter Traum. Als ich ein Junge war, habe ich davon geträumt, weißt du noch? Ich muß meiner Jugend treu bleiben. So einfach ist das.«

Kaleb marschierte an einem regnerischen Tag zum Hafen; der Kegel des großen Berges war mit graufliehendem Nebel verkleidet. Er küßte seine Frau und Schwester und Nichte und weinte. Ohne Hoffnung schüttelte ihm Julius die Hand und ging dann zum wöchentlichen Gottesdienst in einen Tempel, der weniger ruhmreich als der Salomos war. Der Altar war ein einfacher Steintisch, und an der Wand dahinter befand sich ein Gemälde in pompejanischen Blau- und Brauntönen, das den Gott Mithras als wunderschönen Jüngling zeigte, der sein Schwert in den Hals eines weißen Bullen trieb, welcher, um ein übriges zu tun, gleichzeitig von einem Skorpion, einem Krebs und einem Hund verschlungen wurde. Er merkte, daß er für die Wohlbehaltenheit seines Schwagers zum abgeschlagenen Haupt des Paulus betete und schüttelte dann die Blasphemie ab. Mit einem Messer in der Hand stand der maskierte Priester bei einem angepflockten weißen Stier. Auch Julius war maskiert und trug, wie viele andere Gläubige, eine abgetragene Uniform, die zu klein und etwas stockfleckig war. Außerdem standen da fünf Kandidaten ohne Maske, der Priester sagte:

»Anbeter des Mithras, Verehrer des Mithras, Sonnengott und Lebensherrn, achtet wohl auf die Erzählung. Der Lichtgott ward empfangen als unser Erlöser von dem Gott der Dunkelheit Ahriman, dem Fürsten des Bösen. Der Kampf geht weiter bis zum Ende aller Zeiten, und wir haben teil an diesem Kampf. Betrachtet nun die Würde dieses Mysteriums. Das schnelle Schwert des Lichtes bewahrt die Zeugungskraft davor, von der Macht der Finsternis verschlungen zu werden. Das Schwert des Todes ist zugleich das Schwert der Wiedergeburt. Denn aus dem Blut des Erschlagenen geht neues Leben hervor. Für diese Kandidaten, die heute hier als Prüflinge versammelt sind, steht ein besonders feierlicher Augenblick bevor. Denn sie sollen im Blut des Erschlagenen gebadet werden und neues Leben erhalten.« Er erhob das Opfermesser, und Julius schloß die Augen. Der Regen trommelte auf das Tempeldach. Er erinnerte sich an ein anderes Bad an der Küste der Insel Melita. Das Sakrament entsprach einem Fahneneid. Gebrochen, verletzt. Feigheit. Nein, Pragmatismus. Waren sie nicht alle eins? Isis und Osiris, bei deren Feiern seine Tochter Ruth weinte und sich freute am Tod der Wiedergeburt des Fruchtbarkeitsgottes. Sie brachte ihre Schwangerschaft zur Priesterin der Isis, um sie segnen zu lassen. Alles dasselbe, nur verschiedene Namen. Er öffnete die Augen, als das schwere Trumm von einem blutenden Ochsen in die Knie ging, auf die Seite fiel, vor Schmerz aufbrüllte und mit glasigen Augen starb. Die Kandidaten gingen nach vorn an den Altar, um sich mit dem Blut des Erschlagenen beschmieren zu lassen. »Denn bei seinem letzten Mahl sprach der Herr und sagte: Nehmt hin und esset, das ist mein Leib. Nehmt hin und trinket alle daraus, denn das ist mein Blut.« Julius hörte die falschen Worte. Der Priester sagte: »Wirf nieder die Heere des Ahrinan. Erlöser, nimm unsere Liebe hin.« Der Regen regnete tadelnd weiter; Julius schlug sich an die Brust.

Titus Flavius Sabinus Vespasianus, den wir einfach Vespasian nennen wollen, ein ehemaliger *legatus legionis* in Britannien, ein rüstiger Fünfziger, den Nero haßte, für den er aber als nützlicher, unermüdlicher und unbestechlicher General unentbehrlich gewesen war, saß zusammen mit seinem Sohn, der denselben Namen trug, den wir aber einfach Titus nennen wollen, in beider Hauptquartier in der Nähe der syrischen Grenze. »Die Zehnte Fretensis«, sagte Titus. »Die Zwölfte Fulminata. Die Fünfzehnte Apollinaris. Die Fünfte Macedonia.« Regimentsbefehle wurden versiegelt und für die Beförderung aufgestapelt. Vespasian sagte:

»Ich überlasse es dir.«

»Aber es hat doch gar keine Eile. Zuerst diese Juden.«

»Zuerst Rom.« Vespasian las die Meldungen noch einmal. Moesische und pannonische Legionen hatten Vitellius nicht anerkannt. Auch die Legionen in Syrien und Judäa nicht. Ihre Treue zu Vespasian war nicht gesucht und ganz gewiß nicht bezahlt worden. Vespasianus Caesar. Titus sagte:

»Wenn du es mir überläßt, dann überläßt du mir auch die Erfüllung des Antonius-Traumes.«

»Also paß auf«, sagte sein Vater eindringlich. »Nichts geschieht zweimal. Das östliche Reich war ein Ding der Unmöglichkeit, und Antonius hätte das selbst bemerkt, wenn er nicht so auf sie gesponnen hätte.«

»Bernike ist nicht Kleopatra. Bernike ist mit der *Pax Romana* einverstanden.«

»Die von Rom aus verwaltet wird. Wo du, wenn ich sterbe, Kaiser sein wirst. Was anderes: Jerusalem ist nicht Alexandria. Ich weiß, an was du denkst, du Grünschnabel.« Titus war Mitte zwanzig. »Es ist eine neronische Idee in dem Sinn als es ein Künstlertraum ist. Die Verbindung römischer Disziplin mit orientalischem Glanz. Nun, die Juden haben keinen Glanz. Sie haben nicht diese dekadente Sanftheit der Ägypter. Ich kann es ja verstehen, wenn du von dieser galiläischen Prinzessin da bezirzt bist, aber damit verfällt nur ein weiterer junger Mann der asiatischen Stumpfheit. Du wirst schon darüber wegkommen.«

»Ich habe die Absicht, sie zu heiraten.«

»Nein, nein. Wenn deine Zeit kommt, werden die Römer niemals eine ausländische Prinzessin hinnehmen. Nicht mal jetzt wirst du Zeit haben, sie als Geliebte zu gebrauchen. Von jetzt an bist du allein für die palästinensische Kampagne verantwortlich. Wird nicht lange dauern. Sei gnadenlos. Gnade haben sie nicht verdient. Stampf es zu Staub und streu Salz in die Ruinen. Schone keinen. Schone nichts. Auch nicht ihren verfluchten Tempel.«

»Es gibt gewisse Dinge, die nicht einmal ein Eroberer tun sollte.«

»Ja, ich weiß schon – kostbare Architektur, Heiligtum eines alten Volkes. Aber hau ihn zusammen, entweih ihn, laß dich nicht von den Tränen deiner galiläischen Prinzessin verführen. Im Imperium ist kein Platz für fremde Götter. Deck den Leib des jüdischen Glaubens mit ungelöschtem Kalk zu.«

»Und der christliche Glaube?«

»Der ist bereits erledigt.«

Über diese jüdische Kampagne habe ich nicht viel zu sagen: die Geschichte wurde erschöpfend, wenn auch manchmal ungenau, von einem Mann namens Joseph ben Mattias erzählt, der die Partei wechselte und sich aus Verehrung für die Dynastie, die Vespasian begründete, in Josephus Flavius umtaufte. Es war nach dem Massaker bei Jotapata in Galiläa, daß er, ein einzelner Überlebender und fähiger Leutnant der Infanterie, Titus in dessen Zelt aufsuchte. »Er kommt unter der weißen Flagge«, berichtete der Zenturio Liberalis seinem General. »Er will auf unsere Seite wechseln, sagt er. Er verfügt über wertvolle Informationen, sagt er.«

»Ich mag keine Deserteure. Warum konnte er nicht mit den anderen von, von... Wie heißt das Kaff?«

»Jottapatata oder so ähnlich. Soll ich ihn hereinlassen?«

Titus nickte müde. Ein bewaffneter junger Mann mit starkem Bart kam herein; die Augen glühten, als hätte er Fieber. Er nannte seinen derzeitigen Namen und den, der seiner Hoffnung nach der künftige wäre. »Die jüdische Sache war immer hoffnungslos«, sagte er. »Warum habt Ihr einige gekreuzigt und andere nicht?«

»Das Holz ging aus.«

Josephus seufzte. »Ich habe gekämpft, aber dann merkte ich, daß Kampf eine Art Selbstzerfleischung war. Ich möchte mich der römischen Sache anschließen.«

»Und was glaubst du, daß für dich bei der römischen Sache herausspringt?«

»Für mich selber nichts. Außer meinem Leben. Ich kenne Rom. Ich habe dort einmal die Sache der Juden vertreten. Die Kaiserin Poppea Sabina war so großmütig zu sagen, daß sie beeindruckt wäre. Sie beabsichtigte, sich den Gottesfürchtigen anzuschließen. Nein, unwichtig. Ich schreibe Historien. Deshalb weiß ich auch, daß kein Mensch gegen die Geschichte kämpfen kann. Sie ist eine starke Strömung, und der Mensch muß mit ihr treiben. Für die nächsten paar hundert Jahre steht die Geschichte zweifellos und unausweichlich auf der Seite des römischen Imperiums.«

»Und wie viele deiner Landsleute sind der gleichen Meinung?«

»Nicht viele. Wir Juden sind ein stures Volk. Wenn ich dazu komme, die Geschichte dieses Krieges niederzuschreiben, will ich weder die Sturheit noch den Mut noch den Glauben leugnen. Wenn das so weitergeht, wird alles, was vom jüdischen Volk übrig bleibt, das sein, was in meinem Buch stehen wird. Aber so muß es sich bei allen Völkern verhalten, sogar bei denen, die ihre Reiche für die Ewigkeit aufrichten.«

»Ich bin ein Mensch mit Geduld«, sagte Titus. »Ich habe zugehört, aber ich bin nicht sonderlich interessiert. Warum erzählst du mir das alles?«

»Ich erzähle Euch das alles, weil Ihr, ohne es noch zu wissen, wahnsinnig daran interessiert seid. Jeder siegreiche General bedarf der Siegespalme des Dichters oder Geschichtsschreibers. Sonst wird aus ihm nur ein entstelltes Kindermärchen. Aber ich bin nicht in erster Linie gekommen, um Euch das zu sagen. Ich bin gekommen, um Euch von den Rissen in den Befestigungsanlagen der heiligen Stadt zu berichten.«

Titus zeigte einen kurzen Gefühlswechsel. »Du bist hierhergekommen, um dein eigenes Volk zu verraten?«

»Kaum. Ich will nicht, daß Jerusalem unter einer langwierigen Belagerung leidet. Soll Jerusalem mit möglichst wenig Blutvergießen eingenommen werden. Ich zeige Euch den sichersten Weg zur Zitadelle. Ich bin außerdem der Meinung, daß ich Euch bei einer Reihe weiterer Dinge von Nutzen sein kann. Euer Aramäisch ist nicht der Rede wert. Aramäisch ist meine Muttersprache.«

»Was hindert's, daß ich dich als Gefangenen und Sklaven behandle?«

»Eure Klugheit. Euer Siegergroßmut. Die Tatsache, daß ich bin, was ich bin. Ein Mann, der die richtige Ansicht von der Geschichte hat. Was Gefangenschaft und Sklaverei angeht – ich werde sie natürlich nicht hinnehmen. Ich kann mich jederzeit auf Eure Kehle stürzen und dann niedergeschlagen werden. Der ganze Tod ist Gefangenschaft. Im Leben haben wir die Wahl.«

»Sehr philosophisch. Besser du erzählst mir von den Jerusalemer Befestigungsanlagen.«

Großen Nutzen brachte diese Aufklärung nicht. Die Sturmböcke fanden ihre eigenen Schwachstellen in den Stadtmauern. Die Katapulte schleuderten Felsbrocken gegen die Zinnen. Als Titus' Soldaten eindrangen, stießen sie auf eine klagende Bevölkerung, die vom Staub weiß war, die Arme zum Himmel erhoben hatte, Frauen, die über ihre toten Kinder heulten, die sie noch immer eng an sich drückten, Juden, die Juden bekämpften. Vereinzelte Zelotensoldaten, die mit der Schlinge bewaffnet waren, die David als so wirksam gegen Goliath empfunden hatte, außerdem mit Schwert und Dolch ausgerüstet, öffneten böse den Mund gegen die eindringenden Römer und stießen ohne Erfolg gegen sie vor. Diejenigen, die gefangen wurden, nagelte man in Kreuzhaltung an die Stadtmauern. Die Schwachen und Alten hatten bereits im Tempel Zuflucht gefunden, der über eine eigene Schutztruppe aus jungen Soldaten verfügte. Die Feste Antonia war in jüdischer Hand. Pfeile und Steine regneten auf die Vorhut herab, die Titus selbst zu den Tempelpforten führte. Auf dem Vormarsch durch die inneren Höfe bemerkte Titus interessiert einen Hinweis in den drei Sprachen des Landes, die dem nichtjüdischen Eindringling den Tod ansagte. Das allein war schon eine Herausforderung. Er befahl, die Rammböcke vor die massiven Tore zu schaffen, während er ihr Gold und Elfenbein bestaunte und sich einer Übelkeit erwehren mußte, die eine eher vorübergehende Krankheit seiner leicht zu beeindruckenden Jugend war.

»Halt, da. Paßt auf das äußere Rad da auf. Vorwärts, schieben.«

Klagen kamen durch die Wolken weißen Staubs. Die Römer kamen mit dem gewaltsamen Öffnen der Tore zuende, aber es war keine leichte Aufgabe. Drinnen im Tempel fanden sie heulende Frauen, die Kleinkinder wie eine Waffe oder einen Schild hochhielten. Die Alten lagen auf den Knien, aber nicht vor den Römern. Ein lärmender Haufen, dachte sich der Zenturio Liberalis. Jetzt gab es einen Kampf im Tempel. Bärtige junge Männer kämpften für das Allerheiligste. Priester schrien Gebete an ihren Allerhöchsten. Schwitzende römische Soldaten, die unaufmerksam die Pracht von Gold und Onyx und Karfunkel und Amethyst bestaunten, trieben den Speer hinein und schienen das Blut in Schreien über den Schrecken der allerschlimmsten Entweihung sprudeln zu hören.

Im vogelzwitschernden Morgenglanz inspizierte Titus die gekreuzigten Körper, die am Horizont zusammengedrängt waren. In der ganzen Umgebung gab es keine Bäume mehr für weitere Kreuzigungen. Mit Josephus schritt er durch Rauch, Staub und Schutt, stolperte über Leichen. Eine Leiche wurde lebendig und sprach:

»Yusef ben Mattias. Verräter.«

»Josephus Flavius. Römischer Bürger.«

Die Leiche kehrte rasch durchspeert zu den anderen zurück.

»Etwas möchte ich in meiner Historie nicht verzeichnet haben«, sagte Josephus ruhig. »Die Entweihung des Tempels durch Abbruch und Plünderung. Die Nachwelt wird das nie vergessen.«

»Obwohl er als militärisches Fort benutzt wurde?«

»Notwendigkeit, die Notwendigkeit. Die Zitadelle des Glaubens, und der Glaube heißt die Stadt, Ich will Euch den wahren Grund nennen, warum ich mit der römischen Oberherrschaft in den mittelmeerischen Ländern einverstanden bin. Die Zukunft wird niemals der Theokratie gehören.«

»Erklär das große Wort einem einfachen Soldaten.«

»Die Christen haben recht, wenn sie Caesar und Gott geben, aber die beiden Tributleistungen auseinanderhalten. Jegliche Herrschaft muß weltlich sein. Wenn Gott sich in die Politik mischt, verwandelt er sich in sein Gegenteil. Immer schon. Wird er auch immer.« Titus verstand das nicht recht.

Die Soldaten stolperten über die Körper von Männern, Frauen und Kindern in den Vorhöfen. »Heidnischer Dreck«, sagte Liberalis, als die Plünderung begann. Der Vorhang des Tempels wurde zerrissen. Die große Menora geraubt. Ein junger Soldat schüttelte traurig den Kopf. »Zweifel, was, Junge? Kein eigentlicher Befehl, denkst du *daran?* Hast du je das Wort *Takt* gehört? Kein kommandierender Offizier *befiehlt* so etwas gern. Aber er weiß, daß es sein muß.«

Die Zerstörung des geplünderten Tempels beanspruchte alle planerische Begabung, die die einfallenden Legionen besaßen. Riesige Metallkugeln schwangen von Kränen, die äußeren Mauern waren hartnäckig, aber schließlich gaben sie mit quälenden Staub- und Rauchladungen nach. Die Säulen knickten ein, und man hörte das Balgen um Sicherheit, als die großen verzierten Decken nachzugeben begannen. Nur wenige Juden waren zum Klagen übriggeblieben. Nach zwei oder drei Wochen beständiger Zerstörungsleistung gab es nur noch eine riesige Schutthalde, von der Staub zur unsichtbaren Sonne aufstieg.

Als Kaleb in Caesarea landete, sah er aus wie ein Römer, der im Dienst bei verschiedenen Schiffskombüsen alt wurde. Wenn ihn einer fragte, nannte er sich mit seinem Pseudonym Metellus. In diesem Hafen, in dem man kaum einen Juden sah oder hörte, kam er sich wie ein Fremder vor. Römische Patrouillen klirrten durch die Straßen; eine zurückkehrende Legion nahm am Hafen Aufstellung.

Kaleb sah einen alten, blinden Mann auf einem Poller sitzen, wie er mit seinem Becher klirrte und um Almosen bettelte. Er warf ihm eine Münze in den Becher.

»*Todah, ach, achot.*«

»Gibt's was Neues aus Jerusalem, *av*?«

»Von Jerusalem wirst du nichts Neues hören wollen, *ben*. Jerusalem ist nicht mehr, *ben*. Mach dich auf nach Masada.«

»Warum Masada?«

»Alles, was von Israel übrig ist, sind die jungen Männer von Masada. Bis die Römer hinkommen. Sie werden kommen und euch aushungern. Doch der Glaube wird sich behaupten, *ben*.«

»Aber was ist mit Jerusalem, *av*?«

»Dank dem großen Schöpfergott, daß ich Jerusalem nie gesehen habe. Und selbst wenn ich sehen könnte, würde ich es nicht sehen. Denn Jerusalem wird es nicht mehr geben. Sterweise wurden die Bäume für Kreuzigungen gefällt. Und das Gras der Weiden vor der Stadt verbrannt und der Boden des fruchtbaren Landes mit Salz gesät, damit nie wieder Leben aus ihm hervorgeht. Mach dich auf nach Masada, *tsair*.«

Kaleb zitterte und strebte zur Straße. Er begegnete einer zerlumpten Zelotengruppe, die sich mit den Truppen von Eleazar vereinigen wollte.

Vitellius verspürte große Angst, als er die Nachricht hörte, und die Angst führte zu einem riesenhaften Appetit. Er zernagte Fleisch und zitterte. Beidhändig stopfte er sich Kuchen in den Mund und zitterte. Kämpfen. Gleich eine Aushebungsaktion beginnen; sofort abtreten; Meuterei; anständige Pension nach dem Sieg. Auf dem Palatin Soldaten gesammelt. Wollte nie Kaiser sein, mich nicht danach gedrängt, wurde gegen meinen Willen dazu gezwungen. Gib uns jetzt Geld, und wir stehen dir bei. Einen Boten zu Flavius Sabinus, Bruder des einfallenden Vespasian: Werde dich nicht wegen Treubruch hinrichten lassen, biete statt dessen fünfhunderttausend, nein, eine ganze Million Goldstücke, wenn er Bruder fernhält. Friede, ich will Frieden. Sagt Senat, daß er Gesandte wegen Waffenstillstand schickt, vestalische Jungfrauen voraus, die Friiiieeeden flöten.

»Wer bist du?«, fragte er essend.

»*Explorator*, Caesar. Erste Abteilungen von Vespasians Legionen ganz in der Nähe. Empfehle die sofortige Evakuierung des Palastes.«

Er befahl eine geschlossene Sänfte für sich und seinen Oberkoch und arabischen Blätterteigexperten. Den Mund vollgestopft, einen Hühnerschlegel in der Faust, stopfte er sich hinein. Rasch, zum Haus meines Vaters auf dem Aventin. Soldaten vor dem Palast, entspannt, flöten Friiiieeeden, kein Grund zur Aufregung, Vespasian noch immer in Judäa beschäftigt. Aber der Palast war leer. Aus einem Schrank nahm Vitellius einen Gürtel mit Taschen, die bereits mit Goldstücken vollgestopft waren, und schnallte ihn um. Nicht verhungern, anonym weghumpeln, unbemerkt, in Mantel und Kapuze. Dann hörte er Lärm. Er lief, klirrend, kauend, zur Hausmeisterwohnung. Der Hausmeisterhund, der außen an der Kette lag, knurrte böse. Vitellius gab ihm ein Stück Fleisch und ging hinein, wo er das Bett mitsamt der Matratze gegen die Tür spreizte. Man konnte hören, wie die Vorhut trampelte, zerdepperte, plünderte. Sie brachen herein.

»Wer bist du?«

»Als einziger übrig. Passe auf den Palast auf. Was habt ihr mit meinem armen Hundchen gemacht?« Der Zenturio und seine Soldaten beschauten sich Vitellius' Wampe und nickten. »Wichtige Botschaft für Vespasian. Verlange Schutzhaft, bis er eintrifft.« Sie banden ihm die Hände auf den Rücken, legten ihm eine Schlinge um den Hals, zerrten ihn wimmernd, nach Essen verlangend aus dem Palast, rissen ihm die Kleider vom Leib, schlitzten den ledernen Geldbeutel auf und warfen das Geld dem Pöbel vor. Dann stießen sie ihn die Via Sacra entlang zum Forum. Er versuchte, sein weingerötetes Gesicht an der Brust zu bergen, aber sie drückten ihm ein Schwert unters Kinn und ließen ihn in die Sonne blinzeln. Der Pöbel schrie schwabbeliger alter Drecksack. Die Soldaten spielten das Spiel der kleinen Schnitte mit ihm, ein Schwerthieb hier, ein Dolchstoß da, dann, auf den Gemonien, stachen sie ihm in der Bauch und sahen zu, wie die Eingeweide herausquollen. Dann warfen sie seinen Körper in den Tiber. Er trieb noch eine Zeitlang, bevor er zum Grund absackte.

Als Vespasian den Palast betrat, fand er ihn vollständig eingerichtet sowie ein Bankett, das für ihn und seinen Stab vorbereitet war. Mit Abscheu blickte er auf den überladenen Tisch.

»Weg mit dem Dreck.«

»Dreck, Caesar? Es wurde eigens vorbereitet...«

»Merkt euch meinen Namen. Er lautet Vespasianus Caesar und nicht Vitellius Pseudocaesar. Vespasianus Caesar wüßte einen kaiserlichen Imbiß bestehend aus Brot, Ziegenkäse und rohen Zwiebeln zu schätzen. Und zu trinken ein wenig *cervisia.*«

»*Cccccervisia,* Caesar?«

»Jawoll. Ist kein Wein. Das ist ein Hefegetränk aus gemaischter Gerste. Schäumt. Ist bitter und belebend. Rom braucht heilsame Bitternis und einen Schuß bekömmlicher Lebenskraft. Hier wird sich manches ändern.«

Nachdem also das ganze Israel mit Ausnahme der Festung Masada unterworfen war, bestand die abschließende Aufgabe der Römer darin, den Widerstand von Eleazar, Anführer der eifrigsten unter den Eiferern, die *sicarii* genannt wurden, zu brechen, der seine Truppen gesammelt und sich mühsam über den steilen Felsen, auf dem Masada stand, hatte hochschleppen lassen. Zwei Wege führten hinauf, beide steil. Einer verlief im Osten oberhalb des Asphaltsees, der andere war ein Serpentinenpaß im Westen. Herodes hatte eine Art Palast auf dem Gipfel errichten lassen, den ringsum eine Mauer aus weißen Steinen umgab, auf die wiederum achtunddreißig Wachtürme gebaut waren, die in gleichmäßigen Abständen an der Peripherie verliefen. Der neue Landpfleger, Flavius Silva, marschierte mit Belagerungsmaschinen aus dem zerschlagenen Jerusalem heran, baute sie auf dem sogenannten weißen Vorgebirge, etwa hundertfünfzig Meter unterhalb des höchsten Punktes der Festung, auf. Verzeiht mir, ich bin nicht in der Lage, hier alle Details des Belagerungsplans herzusetzen, weil mir einmal die Fachkenntnisse abgehen und ich zum anderen Schmerzen leide und ein wenig angetrunken bin, doch genügt es, wenn ich sage, daß Eleazar auf den Rauch eines ausgedehnten Lagers mit kampfbereiten Römern in dem Wissen hinabblicken konnte, daß die Vorräte der Festung bis auf das Wasser der natürlichen Quellen aufgebraucht waren, daß der Feind darauf vertraute, daß kein einziger Jude entkommen würde und morgen oder übermorgen ein waffenstarrender Römerzug die beiden Pässe heraufströmen, die Mauern niederbrechen und mit der Arbeit des systematischen, Gottstehunsbei, Abschlachtens beginnen würden.

»Ich weiß, was sich manche unter euch überlegen«, sagte er zu den Männern der Garnison (Frauen und Kinder waren auch dort, die ebenfalls systematisch hingemetzelt werden sollten). »Am besten, man wird gefangengenommen und gefüttert. Aber sie werden keine Gefangenen machen.«

Der Mann, den sie den alten Kaleb nannten, murmelte etwas von Lauch und Zwiebeln, die die Israeliten in Ägypten gegessen hätten, und daß Gefangenschaft keine Belastung sei.

»Offenbar begreifst du nicht, Kaleb. Die Römer werden sich nicht wie die Ägypter verhalten. Auch nicht wie Babylonier. Wir haben hier die Neuzeit. Die Geschichte ist in der Hand der Römer, und das neue geschichtliche Ideal beruht nicht auf der Menschlichkeit der Versklavung, sondern auf der Grausamkeit der Beseitigung.« Eleazar hörte sich leidenschaftlich gern selbst, auch wenn er sich in erster Linie als Kämpfer bezeichnete. Es folgten nun längere Ausführungen über die Schönheit des Todes, wie er nichts weiter als ein Schlaf wäre, und durfte man den Schlaf nicht als großes Geschenk nach einem langen Tag, angefüllt mit Arbeit und Durst und Hitze und schmerzenden Muskeln ansehen?, Nein, sie würden nicht von den Römern umgebracht werden; die Römer würden diesen mühevollen Aufstieg vergeblich machen; sie würden die Festung mit den Leichen tapferer Männer (und von weniger tapferen Frauen und Kindern, die nach den Moralbegriffen eines heiligen Krieges weder das eine noch das andere waren) erfüllt finden. Um die Beute betrogen. Einer der Männer kaute an etwas; Kaleb schaute schräg hinüber: es sah aus wie eine tote Ratte. Verboten, gewiß. Massenselbstmord war wahrscheinlich auch verboten. Um den Glanz des Gesetzes zu demonstrieren, mußte man das Gesetz brechen. »Ihr Männer, die ihr Frauen und Kinder habt, die bei den Müttern seufzen«, sagte Eleazar, »solltet sie nicht über das in Kenntnis setzen, was ihr vorhabt. Gewährt ihnen nicht die Zeit, sich zu widersetzen, sondern tut, was ohne ein Wort zu geschehen hat, wenn auch, und das ist in der Ordnung, in einem Abschiedskuß.«

»Du meinst«, sagte ein etwas beschränkter Mann namens Yigael, »daß wir in unsere Nächsten und Liebsten des Messer stecken müssen?«

»Ungeschliffen formuliert, aber das ist genau, was ich meine. Seht hinab auf die Römer, wie sie an ihren Lagerfeuern das Fleisch unseres Landes verzehren, die Schwerter wetzen und über der Aussicht auf ein Massengemetzel geifern. Ich weiß wohl, was das Mosaische Gesetz über Mord sagt, doch was ich vorschlage und sogar befehle, fällt nicht unter die Kategorie Mord aus Zorn, Geilheit oder Gier. Indem wir einander töten, führen wir noch immer einen gerechten Krieg. Du, alter Kaleb, ich sehe, wie du den Kopf schüttelst. Dieses sybaritische römische Leben und, woran ich nicht zweifle, der wäßrige Glaube der Nazarener haben dich zu sehr verweichlichen lassen. Sei ein Jude, sei tapfer und gib den Jüngeren ein leuchtendes Beispiel.«

Kaltblütiges Hinschlachten ist nie einfach, auch nicht bei einer guten Sache. Man hielt es für besser, sich als erstes der Kinder zu entledigen, und das geschah zumeist, indem man sie die Felsen hinunterwarf, damit der Kopf an den harten Vorsprüngen oder festen Oberflächen zerbräche. Die Römer blickten vom Essen, Waschen oder Putzen auf und sahen, wie weiße Sachen durch die dünne Höhenluft purzelten: Zeichen für Aufgabe, oder was? Das Niedermetzeln der Mütter war schwieriger, obwohl sich manche weinend oder fluchend ihren Kindern nachstürzten. Gewöhnlich hatten zwei männliche Freunde eine schreiende Frau niederzuhalten, während ihr der zitternde Gatte den Dolch unter die Brust stieß. Diese Witwer waren unter den ersten, die bereit waren, sich mutig an einer Wand aufzustellen, den Hals für den Dolch zu entblößen und *Israel* zu murmeln, während das Blut spritzte.

Kaleb stand über Leichen Yigael gegenüber. Eleazar, der noch immer seine Reden über die Schönheit des Todes schwang, hatte erklärt, er würde warten, bis seine Freunde sich für die lange Nacht hingelegt hatten, bevor er selbst zum Messer greife. Yigael sagte zu Kaleb: »Wer macht den ersten? Yakob dort wird sich des einen annehmen, der von uns beiden übrig bleibt.« Kaleb dachte an seinen eigenen Yakob, der tot und in Rom begraben war, und spürte die Säure großer Verzweiflung in der Kehle aufsteigen. Ohne eine Antwort zu geben, ging er um Yigael, der in die Hügel Israels hinaussah, herum und stieß ihm den geliehenen Dolch ins Rückenmark. Dann stach er ins Fleisch und sah Blut strömen. Yigael sagte: »Eigentlich doch nicht so schlimm, wie man gedacht hätte.«

»Blutverlust«, sagte Eleazar, »befördert ein Bedürfnis nach Schlaf. Und Schlaf ist ein Geschenk, nach dem man streben muß.«

»Ach, sei doch still«, sagte ein torkelnder Yigael. Yakob, ein kräftiger Mann am Anfang der mittleren Jahre, dessen Gesicht keinen besonderen Ausdruck zeigte, packte Kaleb plötzlich am Kragen seiner schmutzigen Tunika, beschrieb mit dem Arm einen weiten Bogen und setzte Kaleb das Messer an die Kehle. Das also war es. Worum ging es eigentlich im Leben? Warum sind wir hier? Kaleb sah und hörte, wie die rote Flut über die Vorderseite seiner Tunika schwappte, Hanna wird sich ärgern, Blut immer mit kaltem Wasser auswaschen, dann, das war weniger angenehm, mußte er daran schlucken. Hieb ins Herz am besten, Zentrum der scharlachfarbenen Stadt, nicht in die Außenstraßen. *Israel*, hörte er jemand sagen und ihm fiel im Würgen ein, daß der Name Kampf mit Gott bedeutete.

Kampf mit Gott, gewiß doch. Ich bin hinreichend betrunken, um der ganzen Welt, also diesen Bäumen und dem Blick auf die Alpen über dem See, diesen nistenden Drosseln und dem friedlich aber beständig wachsenden Gras, zu verkünden, daß trotz aller Einwände der Skeptiker Gott existiert. Es muß eine Erklärung für das ungewollte Elend des Menschen geben. Und doch steht Gott über dem menschlichen Sittengesetz und weiß in der Arena der Moral nicht, was er tut. Er ist nichts weiter als ein Spieler. War denn nicht alles ein Spiel? Er spielte das Spiel, einen fleischlichen Sohn in die Welt zu bringen, dessen Aufgabe es war, die Erlösung Israels auszurufen. Er stellte sicher, daß Israel entweder die Ohren vor dem Rufen verschloß oder darüber rätselte, als ob es sich um eine fremde Sprache handelte, um es dann abzulehnen. Um sicherzustellen, daß Jerusalem nicht der Mittelpunkt des Glaubens an seine Errettung wäre, zerschmetterte er die Gemeinde von Jerusalem und sandte ihren Vater nach Rom, um dort vor seinem drolligen Tod ein spirituelles Geschlecht in seiner imaginären Vaterschaft zu begründen. Welcher üblere Mittelpunkt ließe sich für die Lehre der Liebe denn vorstellen? Oh, ein großartiges Spiel von unbezweifelbar göttlicher Herkunft, und das Spiel läuft weiter. Daß Menschen unter ihm leiden, gehört nicht zum Bereich von Gottes angenommener Allwissenheit: Das Fleisch ist eine seltsame Substanz, von der er nicht viel versteht, weil er selbst keines hat, und weil er keines hat, muß es als zu einer negativen Wesenheit gehörig angesehen werden. Ich habe mich mit saurem Wein betrunken, verzeiht mir also. Er sieht meine Schmerzen nicht und ist sicherlich unfähig, sie zu spüren. Er sieht nicht die tiefe Wunde im Körper Israels, den zerstörten Tempel, die Straßen, in denen Hunde kläffen und die Trümmer anheulen, die Felder, wo die Krähen krächzen, um dann in den Augen der zahllosen Gekreuzigten zu hacken. In Rom erschallen die Trompeten, als die Menora in der siegreichen Prozession des Titus mitgetragen wird. Die Frau, die Israel heißt, weint unter Weiden. Laßt mich in Frieden, ich habe genug mitgemacht.

In Pompeji weinte die israelitische Witwe Hanna, und Sara wußte nur wenig Trost. Boshaft zitierte sie:

»Wenn ich dein je vergesse, o Jerusalem, soll mir die rechte Hand verdorren. Die Zunge soll mir kleben bleiben am Dach meines Mundes, wenn ich nicht an Jerusalem als die höchste aller Freuden denke.«

»Du bist... herzlos. Er war dein Bruder.«

»Ich glaube nicht, daß ich Märtyrer billigen kann. Das Leben ist schwer, und wir haben ins irgendwie durchzuschlagen. Wir müssen es nicht noch schwerer machen, indem wir Götter und Anliegen und heilige Städte erfinden. Städte sind nichts weiter als Steine, Ziegel und Dachstroh. Leicht brennbar. Rom wurde niedergebrannt, Jerusalem wurde niedergebrannt. Was macht das schon? Leben, das ist es, worauf's ankommt, trotz alledem am Leben bleiben, die harten Gesichter, die Männer, die mit ihrem Machtanspruch erfüllt sind, die großen Anliegen, Gott, Deus, Zeus, Jehovah...«

»Es ist ein Trost«, schniefte Hanna, »zu wissen, daß er für das starb, an was er glaubte.«

»Quatsch. Du bist es, an die er hätte glauben sollen. Aber du wirst jemand anderen finden, der an dich glaubt. Ein Mann, dem es genug ist, wenn er sein tägliches Brot verdient und der keine großen Augen kriegt, wenn er von großartigen Anliegen träumt.«

»Du bist herzlos, du hast einfach kein Gefühl. Ich will keinen anderen Mann. Ich will bloß sterben.«

»Ja, das sagst du jetzt. In ein paar Wochen wirst du allein und fröstelnd in der Nacht aufwachen, und dir den Trost von jemand oder etwas wünschen. Verzeih den Gemeinplatz, aber das Leben muß weitergehen.«

»Das sagst du immer wieder. Aber es bedeutet nichts.«

»Es soll auch nichts bedeuten. Ich mache dir jetzt etwas Hühnersuppe. Iß, Mädchen. Mach weiter. Lebe, wenn man's ein Leben nennen kann.«

Sie aß und sie machte und sie lebte, wenn man das überhaupt leben nennen konnte und sie ging auf die werbenden Anträge des Witwers Isidorus ein, der trotz seines Namens kein Zyniker war. Und Saras Tochter Ruth, die zwei Jahre vor Neros Tod einem Mädchen namens Miriam das Leben schenkte, lebte einigermaßen glücklich in dem Häuschen am Ende der Straße der Schmiede, und Julius wurde mit der Arbeit alt, die Luft machte ihn rot und gesund, wenn auch der Rücken bereits knackte. Das ist nicht der Stoff, mit dem Geschichte gemacht wird. Geschichte gibt vor, eine schnurgerade Straße mit einer vermessenen Bestimmung am noch nie gesehenen Ende zu sein, wogegen das gewöhnliche Leben einen Kreis beschreibt. Miriam wuchs gertenschlank heran, war stolz auf ihr leicht gewelltes schwarzes Haar und freundete sich dreizehnjährig mit einem sechzehnjährigen Burschen namens Ferrex an. Ferrex war, wie euch wohl schon der Name sagt, ein Brite. Sein Vater war als Gefangener zusammen mit Caractacus gekommen, hatte wegen seiner kämpferischen Begabung überlebt und war als Freigelassener Gladiator in Neapel geworden. Er starb in der Arena von Pompeji, als der Besucher Galba den Daumen nach unten hielt. Der junge Ferrex bereitete sich auf das gleiche Gewerbe vor, als er Miriam kennenlernte.

In meiner Erzählung springe ich jetzt zu diesen beiden weiter, weil ich ja irgendwo Hoffnung finden muß, und ich finde sie nur bei diesen Jungen. Sie lebten unter einem vernünftigen Imperator, dessen älterer Sohn die Geschäfte seines Vaters vernünftig weiterführen würde; über den anderen Sohn, den Imperator, der mir den Steuerbeamten schickt, will ich vorläufig noch nichts sagen. Das Leben und die Welt lagen vor ihnen. Das Imperium war wieder einmal bei seinem zerstreuten Geschäft, nämlich dem Vermischen von Blut. Ferrex liebte Miriam. Sie saßen an den niedrigeren Hängen des gütig schmauchenden Vesuv und redeten. Ferrex' Rotschopf wurde in der Sonne golden. Der Bruder von Miriams Großmutter war noch nicht ganz vergessen. Ferrex war der Meinung, daß er etwas reichlich Blödes getan habe, wenn er in ein fremdes Land ging, um sich dort umbringen zu lassen.

»Aber er glaubte.«

»Gut, ich glaube. Und du glaubst auch, oder? An den Gott Osiris. Aber ich würde für meinen Glauben nicht sterben.«

»Vielleicht ist das das Faule am Gott Osiris. Für ihn würde niemand sterben. Er ist nur eine Art Gedicht über den Winter und den Frühling.«

»Besser, du läßt die Priester nicht merken, daß du das bemerkt hast.«

»Er hat nicht Himmel und Erde und Meer und alles darin erschaffen.«

»Jetzt redest du wie ein Jude.«

»Ich *bin* Jude.«

»Auch so was, über das man besser nicht so laut redet. Die Juden sollen eigentlich in die Sklaverei gehen und die Tiere bei den Spielen füttern.«

»Nur dic Juden, die in Judäa gegen die Römer gekämpft haben. Warum hast du gesagt, was du gesagt hast?«

»Was habe ich gesagt?«

»›Jetzt redest du wie ein Jude.‹ Als wenn irgendwas dran falsch wäre, daß man Jude ist.«

»Nichts ist da falsch, außer... Nun ja, ihr nehmt alles so ernst. Wegen Gott, der alles geschaffen hat. Und er schaut die ganze Zeit auf dich herab, brummt, wenn wir uns küssen oder... na ja...«

»Ja?«

»Wir sollten heiraten.«

»Fängst du schon wieder an! Immer wieder dasselbe. Wie der Gott Osiris. Und ich sage, wir sind zu jung.«

»Sind wir nicht. Wir sind nicht zu jung, um... Ach, wenn du bloß ahnen würdest, wie sehr ich dich mag...«

»Oh, das weiß ich schon. Vielleicht sollten wir uns nicht mehr treffen. Vielleicht solltest du mit diesem Griechenmädchen ausgehen, die dir immer schöne Augen macht, wenn sie nicht so tut, als würde sie zum Gott Osiris beten. Wie heißt sie doch gleich? Daphne oder so. *Sie* müßtest du nicht heiraten.«

»Das ist nicht schön, was du da sagst. Ich bin kein... ich bin nicht wie manche Männer, Jungs. Ich glaube an die Liebe.«

Amor, eros, agape, ahavah. Schau bloß, der Berg. Feuer. Jetzt ist es weg.«

»Das ist dein Gott, wie er wütend wird.«

»Das ist blöd und... na ja...«

»Gotteslästerung. Wäre es besser, wenn ich Jude würde? Würdest du mich dann heiraten?«

»Das ist genauso blöd. Du kannst keiner werden. Das *ist* man einfach.«

»Dann Christ. Das ist auch ernsthaft. Mit einem Gott, der alles geschaffen hat und sogar einen Sohn aus Fleisch und Blut hatte, den seine Leute jeden Sonntag essen.«

»Tun sie jetzt nicht. Das ist verboten. Es ist tödlich, ein Christ zu sein.«

»Hat es deshalb der Vater deiner Mutter aufgegeben? Weil er Angst davor hatte, den Tieren vorgeworfen zu werden? Wenn man davor Angst hat, dann hat man ein Recht, das aufzugeben, glaube ich. Aber es ist nicht sehr tapfer.«

»Er war *sehr* tapfer.«

»Ja, als er die römische Armee vor und hinter sich hatte. Jetzt wohl nicht mehr so. Geht hin und betet diesen Gott an, der den weißen Stier getötet hat. Zusammen mit den anderen alten Soldaten, was ihm das Gefühl gibt, er würde wieder kämpfen.«

»Ferrex, wenn du noch ein einziges Wort gegen meinen Großvater sagst, stehe ich auf und gehe. Hast du verstanden?«

»Ich verstehe schon. Der Vesuv versteht dich auch. Und er streckt dir seine große rote Zunge raus. Jetzt ist sie wieder weg. Ich liebe dich, Miriam.«

»Ich liebe dich auch, Ferrex.«

Und sie küßten sich mit geschlossenem Mund und verschlungenen Armen. Der große Berg spie, ohne daß sie es sahen, eine kleine Lavaspeichelspur aus.

Süß, nicht wahr? Junge Liebe. Oh, ich weiß sehr wohl, das hat mit dem Schäumen der Drüsensäfte zu tun, aber ich glaube, wenn es einen Gott gäbe, der die Liebe begriffe, dann legte er seine papierenen Spiele für einen Augenblick aus der Hand, um sie zu segnen. Sein Sohn hat sich genau ausgekannt, aber Paulus wußte nicht so recht. Und die übrigen Jünger? Zu diesem Zeitpunkt, neunundsiebzig Jahre nach der Geburt ihres Meisters, wäre es nicht möglich gewesen, einen von ihnen zu fragen, weil sie alle untergegangen waren. Barbarische Tode für die meisten in fremden Weltgegenden. Doch wartet.

Eines Nachmittags, als Julius die Raubzüge der Vögel in seinem Obstgarten beklagte, kam ein alter Mann, älter als Julius, furchtsam ans Tor. Er sagte: »Julius? Bist du Julius?«

»Zu Diensten. Was kann ich dir verkaufen – eine schöne Melone, ein Pfund Kirschen, Kürbisse, Gurken?«

»Kann ich reinkommen? Können wir miteinander reden?«

»Ja«. Ein sehr alter Mann, gebrechlich, zerlumpt, zum Hoppeln einen Knotenstock. »Setzen wir uns unter die Buche dort. Möchtest du ein wenig Wein und Wasser dazu? Aber woher weißt du, wie ich heiße? Hat dich jemand hergeschickt?« Sie saßen auf der groben Holzbank, die Julius zusammengezimmert hatte. Wein und Wasser hatten sich in der Lederhaut vereint. Der alte Mann trank zitternd, aber dankbar. Er sagte, während er sich den Mund am zerschlissenen grauen Ärmel wischte:

»Ja und nein. Ich sage dir wohl besser *meinen* Namen. Es ist nicht fair, wenn ich diesen Vorteil habe. Matthias. Aus Jerusalem. Ich wurde der neue zwölfte Apostel Christi genannt. Kannst du dir etwas darunter vorstellen?«

»Aber«, sagte Julius, »dann seid Ihr ja Saras Onkel.«

»Sara«, sagte Matthias. »Lebt sie noch?«

»Ja und wie. Sie ist drüben im Haus. Gehen wir rüber zu ihr. Die wird Augen machen.«

»Aber vielleicht nicht erfreut sein. Sie hat mir manches vorgehalten ... eine Sache, um genau zu sein. Es war in der alten Zeit von Pontius Pilatus. Ihr Bruder, mein Neffe, verurteilt. Es gab die Möglichkeit, mit Bestechung einzuwirken. Aber die neuen Nazarener waren nicht der Meinung, daß jeder mit seinem Geld machen konnte, was er wollte. Außerdem, ich will da niemand zu nahe treten, reden Frauen über alles. Das ist ein ganz geheimer Besuch.«

»Ihr seid Jude«, sagte Julius, »Und Christ. Das sind beides tödliche Dinge – bei dem, wie die Dinge derzeit stehen. Ich nehme an, Ihr seid aus Rom geflohen.«

»Ich bin aus Rom geflohen. Ich bin nach Pompeji gekommen, weil man mir sagte, hier sei man toleranter – wirklich in vielen Dingen tolerant – seltsame Glaubensrichtungen vom Euphrat, Bordelle als Hauptwirtschaftszweig, Trunkenheit, Ehebruch. Und lebt mein Neffe Kaleb noch?«

»Er ist in den Judäakrieg gezogen. Und nie zurückgekehrt.«

»Ja. Das war zu erwarten. Hat für den Tempel gekämpft. Und Stephanus und Jakobus starben, weil sie nichts vom Tempel hielten. Die meisten tot, meine Gefährten, glaube ich. Und ich selber lebe auf den Tod zu. Nach den rechten Erwartungen eines Menschen bin ich längst drüber hinaus. Aber wie du siehst, bin ich noch rüstig, wenn auch etwas dürr. Meine Stimme ist immer noch fest. Ich habe in dieser Stadt etwas zu tun.«

»Nein«, Julius schüttelte den alten Kopf lebhaft. »Hier gibt es nichts für Euch zu tun.«

»Ja. In der Nähe hier ist ein Hain am Fuß des Berges da. Gut für Treffen geeignet. Eignet sich für das Brotbrechen. Aber du mußt mir sagen, wo die Christen sind.«

»Das weiß ich nicht und will ich auch nicht wissen. Ich glaube, daß da ein Mißverständnis vorliegt. Ich war Christ, wurde vom Apostel Paulus selber getauft, aber ich lehne den Glauben ab. Ich bekenne mich zum Mithraskult.«

»Ein sehr unzureichender Ersatz, wenn ich mal so sagen darf. Du betest einen Mythos statt einer Wirklichkeit aus Fleisch und Blut an. Gott tritt in die menschliche Geschichte ein, und du kehrst ihm den Rücken zu.«

»Ich muß Euch warnen«, sagte Julius heftig, »bleibt uns aus dem Weg. Sara darf nichts von Eurer Ankunft hier erfahren. Ein Mann hat eine gewisse Verantwortung für seine Familie.«

»Ich verstehe. Das ist deutlich genug. Deshalb bin ich hierher unter den Bäumen zu dir gekommen und nicht in dein Haus. Ist das dein Haus – das mit dem rauchenden Schornstein?« Es lag eine gute Meile von der umgewandelten Koppel ab. Julius nickte. »Für einen alleinstehenden Mann ist es leichter, dem Märtyrerpfad zu folgen. Aber du kannst mir auf andre Weise helfen. Gib mir Arbeit. Ich kann Obst zusammenklauben, rechen, Unkraut zupfen. Alt aber rüstig, wie gesagt. Und ich muß mir den Lebensunterhalt verdienen.«

»Mein Schwiegersohn arbeitet hier. Heute ist er bei den Spielen. Die Pompejaner sind stolz auf ihr Amphitheater – so groß wie das eine, das Vespasian in Rom baut. Arbeit? Natürlich kriegt Ihr zu essen. Was die Unterkunft angeht...«

»Ja, ich versteh' schon. Eines Tages werde ich verhaftet und du wirst verhaftet, weil du einem Verbrecher Unterschlupf gewährt hast. Du hast bestimmt einen Verschlag, einen Stall – in den ich in der Nacht hineinkriechen kann, und du kannst alles Wissen um meine Anwesenheit leugnen. Oder machen dir meine Vorschläge das Leben zu schwer?«

»Ich gebe unter dem Vorwand, daß Ihr es wegnehmt. Ich lasse Essen da und Ihr nehmt es. Doch Ihr werdet bald christliche Freunde mit tiefen Kellern finden.«

»Es betrübt mich, daß du selber kein christlicher Freund bist. Ich betrachte deine – Apostasie jedoch als vorübergehenden Fehltritt. Du kommst schon wieder.«

»Glaub' ich nicht.«

»Julius«, sagte Matthias und grinste zwischen seinen paar Zähnen, »man kennt dich besser als du glaubst. Du hast doch einen Mann namens Lukas gekannt, einen griechischen Arzt mit schriftstellerischem Ehrgeiz? Während ich dort war, tauchte er wieder für kurze Zeit in Rom auf, suchte nach Paulus und verschwand – Gott weiß wohin. Vielleicht nach Athen, wo sie einen Bischof namens Dionysos haben und die Römer das Christentum nicht anrühren. Sie scheinen den Glauben für eine harmlose Ausgabe des Platonismus, wenn man das so nennt, zu halten.«

»Ich habe Lukas gekannt, ja. Er und ich und Paulus standen – uns nahe. Gemeinsam haben wir Schiffbruch erlitten. Inwiefern bin ich besser bekannt als ich glaubte?«

»Lukas hat für die düstere Zukunft die hellen Tage aufgezeichnet. Sein Bericht wird abgeschrieben und gelesen. Der Name Julius kommt darin vor. Ein menschlicher und hilfreicher römischer Zenturio.«

»Und wie konntet ihr wissen, daß ich hier bin?«

»Ein steinaltes Paar hat mir in Rom von dir und deiner Frau Sara erzählt. Ein Zeltnäher, uralt. Er hat überlebt und seine Frau auch. Ich glaube, du wirst auch überleben. Du schaust wie ein Überlebender aus.«

»Einer der überlebt *hat*. Was zählt das jetzt noch? Ich muß mich um das Überleben von anderen kümmern.«

»Ich glaube, das kann ich auch von mir sagen. Aber ich bin nicht wichtig, und die anderen eigentlich auch nicht. Man erinnert sich der großen Kämpfe, aber wer weiß noch die Namen der Soldaten, die sich darin geschlagen haben?«

In Rom lief für die Römer, die den römischen Göttern die gehörige, wenn auch zynische Achtung erwiesen, alles gut. Doch eine Rückkehr zu den schlechten Zeiten kündigte sich an. Titus Flavius Domitianus, der zweite Sohn des Imperators, den ich der Einfachheit halber Domitian nennen will, war, obwohl er bereits Ende zwanzig war, nicht geneigt, dem Pfad der Tugend und der Weisheit zu folgen. Er trank, spielte, hurte und machte mit einem Haufen vulgärer Saufkumpane und einem blutrünstigen Wolfshund aus Neapel, der ohne großen Benennungsaufwand Lupus hieß, die Straßen unsicher. Er hatte keinerlei Begabung, weder als Soldat noch als Athlet, obwohl er beim Bogenschießen eine gewisse Fertigkeit bewies. Als eines Tages ein Sklave aus den kaiserlichen Wohnungen in die ummauerten Gärten auf dem Palatin kam, wo sich Domitian und seine Freunde mit Fallobst bewarfen und Lupus ohne Grund dazu bellte, wollte er dem Mann nicht erlauben, seine Meldung aufzusagen, bevor er sich nicht erst einer sportlichen Tortur unterzogen hatte. Der Sklave mußte vor einem weißgestrichenen Brett, das an der Mauer lehnte, Aufstellung nehmen, die Arme seitlich ausstrekken und dann die Finger spreizen. Danach griff Domitian zu Pfeil und Bogen und zielte aus vielen Metern Entfernung auf die Fingerzwischenräume. Er traf kein Fleisch und wurde pflichtschuldig, wenn auch etwas träge von seinen Freunden beklatscht. Der Sklave sagte:

»Mein Herr Domitian...«

»Ich weiß schon, ja. Mein kaiserlicher Vater wartet. Los, Lupus, lassen wir die beiden Tiere zusammen vor das heilige Angesicht treten. Warum will er uns sehen?«

»Euch, mein Herr, nicht den Hund. Er gab strenge Anweisung, die an mich weitergeleitet wurden, damit ich sie an Euch weiterleite. Er will Euren Hund nicht sehen. Ihr allein, Herr. Warum, weiß ich nicht.«

Domitian schoß einen letzten Pfeil ab, der die Haare des Sklaven scheitelte.

»Eines Tages«, sagte er, »ziele ich niedriger. Viel niedriger. Du weißt, wohin. Du redest zuviel.«

Als er fort war, sagte ein Freund zu einem anderen:

»Die Tiere, ab.«

»Du bist ungerecht zu seinem Wolfshund.«

Vespasian nahm sein schlichtes Mahl allein im kleinen Eßzimmer der sehr begrenzten, aber, wie er sagte, völlig ausreichenden kaiserlichen Gemächer ein. Brot, Käse, Knoblauch, aus Alexandria importiertes Bier. Er konnte hören, wie der Hund draußen winselte, weil er an einen Pfosten gelegt war. Vespasian hob deshalb in der Erwartung, seinen jüngeren Sohn zu sehen, den Kopf. Domitian, wohlgenährt, untersetzt, frech, kam mit spöttischem Gruß herein und rief: »Heil, Caesar.« Dann nahm er sich einen Käsekeil und kaute laut daran herum.

»Ich schätze deine Manieren gar nicht, Sohn. Wenn du dich so gegen mich beträgst, dann wissen die Götter allein, wie du mit deinen Sklaven verfährst. Du kannst dich setzen.« Domitian setzte sich kauend und grinsend und zeigte dabei, was er kaute. »Viele Kenntnisse von der Kaisergeschichte hast du ja nicht. Genaugenommen hast du von nichts Kenntnisse außer vom Würfelspiel und der Hurerei.«

»Ein guter Bogenschütze.«

»Du weißt nicht, wie ich mit der Hilfe deines Bruders dieses Imperium nach Jahrzehnten des ständigen Unheils wieder auf den Pfad der Vernunft gebracht habe. Titus folgt mir nach. Du folgst Titus nach.«

»Wenn ich's erlebe. Wenn das Titus erlebt.«

»Nehmen wir an, daß ihr es beide erleben werdet. Doch ich könnte keinem Sklaven gram sein, der dich im Schlaf erdrosselt. Oder der Hure, die ein Rasiermesser verbirgt – egal, mehr sage ich da nicht. Ich weiß, wie es dich langweilt, wenn man dich an deine künftige Verantwortung erinnert. Ich beabsichtigte, dich mit einer Quästur in der Provinz auszustatten. Ich will dich aus Rom weghaben. Du schädigst das Ansehen der Flavier.«

»Aber ich will kein Provinzquästor sein. Ich will hier bleiben und dir zur Seite stehen, Vater. Wie ich das bisher schon getan habe. Mithelfen, die Steuern einzutreiben.«

»Die Steuer auf die Juden ist nützlich, das habe ich nie bezweifelt. Jede Steuer ist nützlich. Aber hör mir mal zu...«

»Eine Steuer ist nützlich, solange sie nicht mit einem Verlust kaiserlicher Würde einhergeht, würde ich sagen, Vater. Die Leute, die die öffentlichen Pissoirs benutzen, nennen sie schon Vespasiane. Das schadet deiner Würde.«

»Mir egal. Eine saubere Steuer. Geld stinkt nicht. Doch zumindest entblößen die Männer, die ein Pissoir aufsuchen, ihre privaten Teile privatim. Du bringst, wie ich höre, Männer dazu, daß sie öffentlich nachweisen, keine Juden zu sein. Das ist ungehörig.«

»Aber die Juden sind der Feind. Sie können von Glück sagen, daß sie's nicht schlimmer kriegen.«

»Die Juden sind der geschlagene Feind, das ist ein kleiner Unterschied. Das einzige Salz, das wir ihnen in die Wunden reiben, ist das Salz übertriebener Besteuerung. Mit den Christen ist es anders. Die Christen trotzen unseren Göttern und spucken auf die neuen Tempel, die ich gebaut habe. Und einen Christen kannst du nicht entdecken, indem du ihm die Genitalien abdeckst. Du hast meine Erlaubnis, jeden einzelnen Christen zu verfolgen, den du findest. Aber nicht in Rom. Wir können uns der Christen auch ohne deine Hilfe annehmen. Ich schicke dich nach Pompeji.«

»Ich will aber in Rom bleiben. Alle meine Freunde sind in Rom.«

»In Pompeji wirst du neue finden. Anständige verabschiedete Zenturionen und griechische Geschäftsleute. Und du wirst dort einen anständigen Stadtrat finden, der dich im Zaum hält. Auf meinen Befehl. Ich erbitte mir einen monatlichen Bericht. Wenn du dich noch schlimmer als sonst aufführst, schicke ich dich dorthin, wo sich Fuchs und Hase Gutnacht sagen. Zum Beispiel Britannien. Jetzt aber vorwärts.«

Domitian stand auf, nahm sich ein Käsebröckchen, grüßte spöttisch und entbot seinem Vater das *vale*. Dann ging er hinaus. Vespasian konnte hören, wie der Hund jetzt bellte und nicht mehr winselte. Dann verschwand der Lärm in Richtung auf die Streiche, die sich Domitian für den Nachmittag ausgedacht hatte.

Wie die meisten Nachmittage einschließlich des letzten in Rom, bevor er seine Mission übernahm, verbrachte er auch diesen in einer üblen Spielhölle, wo er mit einem Einäugigen namens Scrupulus würfelte, während ihm Lupus keuchend zu Füßen lag (›Bring deinem Herrn Glück, Junge‹) und um ihn herum Huren saßen, die mit Traubensirup versetzen Wein tranken und gleichzeitig das Blei der Schüssel zu sich nahmen, das möglicherweise ein Faktor war, der zum römischen Wahnsinn beitrug. Scrupulus sagte:

»Hab' ich dich, Euer Ehren. Ich erhöhe auf dreihundert Sesterzen.«

»Krieg' dich mit Doppel. Nein, warte – verdoppelt, verdoppelt und nochmal verdoppelt.«

»Sechshundert und Sechsundsechzig, die heilige Zahl. Gut, Herr.«

Domitian verlor und sagte: »Gezinkte Würfel.«

»Das hättet Ihr nicht gesagt, wenn Ihr gewonnen hättet, Euer Ehren. Sechssechssechs Sesterzen.«

»Spuck mich nicht an. Lupus, faß. Beiß zu.« Der Hund knurrte gehorsam und ging auf Scrupulus zu, der sich in eine finstere Ecke zurückzog, wo ihn die triefenden Fänge festhielten. Domitian schrieb die Summe mit Kreide an die Wand: DCLXVI, und sagte:

»Also gut, das sind meine Schulden. Ich zahle, wenn ich aus Pompeji zurückkomme. Ich glaube aber immer noch, daß die Würfel gezinkt sind. Vorwärts, Lupus.« Und er verschwand. Die Zahl war seitdem das Zeichen dieser Bestie und wurde in den geheimen Schriften der Christen als Abkürzung für *Domitian Caesar Legatos Xsti Violenter Interfacit* gedeutet, was bedeutet, daß der Imperator Domitian die Abgesandten oder Vertreter Christi brutal umbringt. Die Verbindung von Amt und Tat mußte erst noch kommen und schreitet fort, während ich schreibe, doch war Domitian, wie ich noch zeigen werde, rasch genug bei der Verfolgung, während er nicht mehr als Prinz war.

Zur Übernahme seines Amtes in Pompeji ritt er, den Hund Lupus führte er in einer Satteltasche mit. Ihm folgten seine Leibsklaven sowie der gestrenge Grieche Amilon, ein überaus steifer Mann, den Domitian als seinen Sekretär bezeichnete. Er wurde von den Stadtdirektoren großzügig mit Essen und Wein versorgt und in die selten genutzten kaiserlichen Wohnungen an der Straße der Blumen geführt, und verbrachte dann die ersten Tage und Nächte damit, die großzügigen Vergnügungen der Stadt zu erforschen. Er hurte, spielte, soff, wohnte in der kaiserlichen Loge den Spielen bei und wurde als brüllender Halbstarker bekannt, dem man eine gefährliche Amtsgewalt angegipst hatte.

Eines Tages war er mit einer Abordnung Liktoren hinter einem jungen Mann namens Keravnos her, der diesen Namen wegen seiner lauten Stimme trug: Er verlangte von dem jungen Mann, daß er sein Gewand hob und die Spitze seines Penis zeige, doch Keravnos, der das nur für einen üblen Scherz der übelsten Sorte hielt, lief rasch davon, während Lupus hinter ihm hertrottete, und stürmte in das Haus von Marcus Julius Tranquillus, dessen Tür immer offen stand. Er schlug die Tür zu und verriegelte sie, hörte das Kratzen und Winseln des Hundes und dann das Donnern der liktorischen Fasces auf dem Holz, womit Einlaß verlangt wurde. Die Witwe Hanna saß mit einem neuen Freier namens Achilles da. Ihre Unterhaltung war so verlaufen:

»Ich meine, ich kenne das.«

»Ihr kennt es?«

»Die Einsamkeit, meine ich. Als meine zweite Frau starb – nun, ich habe angefangen zu trinken. Getrunken habe ich. Das bekommt keinem.«

»Nein, Trinken nicht.«

»Einsamkeit. Auch keiner Frau. Ich bin über das Trinken hinweggekommen. Mein Geschäft litt darunter. Über das andre bin ich aber nie drüberweggekommen. Deshalb bitte ich Euch, daß Ihr da nachdenkt.«

»Oh, ich denke die ganze Zeit nach.«

»Denkt nach. Wir haben alle Anspruch auf ein bißchen Freude.«

»Wie bei einem Griechen.«

»Ich *bin* Grieche.«

»Ja, deshalb sprecht Ihr wie einer. Jetzt bin ich aber – wie heißt das Wort – dreist. Ich bin dreist. Ich bitte um Verzeihung. Ich bin dankbar dafür, daß Ihr fragt.«

»Ja, ich habe eigentlich noch nicht gefragt, um bei der Wahrheit zu bleiben. Aber mit Eurer Erlaubnis *werde* ich fragen. Nicht nötig, daß Ihr sofort antwortet. Sagen wir morgen.«

»Oder übermorgen.«

Genau in diesem Augenblick stürmte Keravnos herein und verriegelte die Tür. »Die Liktoren«, keuchte er, »sie wollen was ganz Lächerliches. Und der neue Mann, Dom irgendwas...«

»Domitian«, sagte Achilles und wurde blaß. »Das ist der Sohn des Kaisers.« Offenbar wurde der Versuch unternommen, die Tür aus den Angeln zu heben, während sich eine Art Wolfsgeheul, das eine Autorität verkörperte, die sich von Romulus und Remus herleitete, mit lauten männlichen Rufen, daß man öffnen solle, vereinigte. »Besser, wir...« Dann kam Sara aus der Küche herein. Sie ging schnurstracks zur Tür, blickte finster und entriegelte sie. Domitian und sein Hund stolperten herein. Immer noch finster, blickte sie Keravnos an und fragte:

»Ist das ein Freund von dir?«

»Hab' ihn im Leben noch nicht gesehen.« Die Liktoren, die nichts Schlechtes von dieser Familie wußten, blieben draußen, waren etwas peinlich berührt und über die Befehle nicht froh. Domitian und sein Hund durchmaßen das Zimmer, während Domitian sagte:

»Domitian, Sohn des Imperators, im Vollzug eines kaiserlichen Befehls. Ist das ein jüdischer Haushalt? Bist du«, zu Achilles, »Jude?«

»Grieche bin ich. Ich bin auch nur zu Besuch hier.«

»Über die Besteuerung der Griechen werden wir später nachdenken. Im Augenblick beschäftigen uns die unbeschnittenen Brüder nicht. Ist eine dieser Frauen deine Mutter?«, fragte er Keravnos. Der schüttelte den Kopf. Sara sagte:

»Der Haushaltsvorstand ist in Geschäften abwesend. Er ist römischer Bürger und verabschiedeter Zenturio der kaiserlichen Streitmacht. Ich denke, das sollte dir reichen, wer du auch sein magst.«

»Ich sagte dir doch, Frau, wer ich bin.«

»Wir haben nur deine Angabe. Wer du auch bist, denk daran, daß römische Bürger über gewisse Rechte verfügen. Eines dieser Rechte ist das Privatleben. Sei so gut und hindere deinen Hund oder Wolf oder was daran, daß er an meinem Mobiliar das Bein hebt. Und jetzt, geh. Wer du auch bist.«

»Wer ich auch bin. Du wirst es schon merken. Einen schönen Tag wünsche ich.«

Er ging, und Lupus träufelte einen Abschiedsgruß auf den Boden. Achilles sagte: »Unklug, sehr unklug war das.«

Sara sagte auf aramäisch ein schmutziges Wort und suchte nach einem Wischlappen.

Matthias, dessen muttersprachliches Aramäisch zugunsten eines Griechisch, das er mit verlängerten Vokalen und kratzenden *chis* sprach, verschwunden war, Matthias befand sich in diesem Augenblick in einem Hain beim Fuß des Vesuv, der heute friedlich war und einfach nur vereinzelte Dampfwölkchen hinausseufzte, und sprach zu einer Anzahl pompejanischer Christen. »Die Ehe«, sagte er, »oder besser der heilige Ehestand, ist ein Sakrament oder heiliger Eid auf ein Bündnis, das man auf eigene Gefahr bricht. Bei uns Christen ist er ein Gnadenakt, der uns an Gott und seinen gesegneten Sohn bindet. Wenn ein Mann und eine Frau in den heiligen Stand der Ehe treten, dann stehen sie vor Gottes Thron, um sich für ewige Treue zu verbinden. Sie zeugen Kinder und helfen so mit, den Himmel mit neuen Seelen zu bevölkern...«

Ferrex und Miriam spazierten Hand in Hand in der Nähe dieses Haines. Miriam war überrascht, als sie ihren Großvater allein auf einem vor langer Zeit erstarrten Lavaklumpen sitzen sah. Julius kannte Ferrex. Er lächelte den beiden zu und sagte: »Wacheschieben. Ein geheimes Treffen.«

»Was für ein Treffen?«, fragte Miriam.

»Wenn ihr einen Mann sehen wollt, der tatsächlich noch Jesus Christus gekannt hat – er ist dort drüben und spricht zu ein paar Christen. Ich glaube, euch beiden kann man schon trauen. Ich sitze hier, damit ich in ein Wolfsgeheul ausbreche, wenn sich hier etwas Verdächtiges rührt. Ihr wißt doch, was mit Christen passiert?«

Sie nickten. Sie wußten es. Hand in Hand spazierten sie weiter in den Hain und sahen einen sehr alten Mann, der zu vielleicht fünfzehn Bürgern von Pompeji sprach. Der alte Mann sagte eben:

»Die Zeremonie ist ein heiliger Akt. Es handelt sich nicht darum, daß ein ziviler Vertrag abgeschlossen würde. Ein himmlischer Vertrag ist es, und einer von Gottes Bischöfen oder Diakonen führt dabei den Vorsitz. Ich muß mich selbst als Bischof von Pompeji und vom Herrn selbst bevollmächtigt betrachten, daß ich die heilige Verbindung schließe und sie überwache. Jesus Christus hat bestimmte Worte gebraucht, an die zu erinnern ich euch bitten möchte: ›Was Gott verbunden hat, das darf der Mensch nicht trennen.‹ Ein immerwährender Vertrag zwischem dem Mann, der Frau und Gott selbst. Weder die Gesetze des Staates noch der Wille des Menschen vermöchte ihn zu brechen...«

»Ihr habt Jesus gesehen?«, fragte eine Frau.

»Ich bin inzwischen der einzige lebende Mensch, der ihn noch gesehen hat. Ich war eben ins Apostelamt gewählt worden. Zwei Kandidaten gab es für das Amt – mich und den armen toten Barnabas, und man beschloß, die Würfel darüber zu werfen. Der Herr erschien uns mit Wunden in Händen und Füßen, aber wahrhaft auferstanden von den Toten, und gebot uns, das Wort zu predigen. Doch ich schweife vom Thema ab...«

Weiter unten am Hang erscholl ein Wolfsgeheul. Die Gruppe ging auseinander. Matthias lächelte kurz den beiden Kindern zu, eines jüdisch, das andere keltisch, als er an ihnen vorbeihumpelte. Ferrex sagte zu Miriam:

»Da hast du es – Ehe.«

»Christliche Ehe.«

»Sie nehmen's jedenfalls ernst.« Und dann sagte Ferrex: »Sie sagen, ich bin so weit. Sie sagen, ich kann bei einem der nächsten Spiele in einem der kleineren Gänge auftreten. Sie sagen, ich darf mich als Gladiator bezeichnen. Meine Probezeit ist vorbei. Ich kann in die Hauptbaracken umziehen. Ich habe nach der Abteilung für Ehemänner gefragt.«

»Ach nein!«

»Das haben *sie* auch gesagt – ich meine, sie haben gelacht und gesagt, Gladiatoren heiraten nicht, sie haben jede Nacht eine andere, und die Frauen raufen sich um die Gunst, auch Damen sind dabei, manche von hohem Stand.«

»Aber das ist ja schrecklich.«

»Das habe ich auch gesagt. Ich habe gesagt, ich liebe jemand, und dann haben nicht mehr alle gelacht. Einer sagte, es würde ja nichts machen, wenn man jemand liebt, solange das nicht mein Training beeinträchtigt, aber er sagte, wenn man verheiratet ist, dann ist es noch mal was ganz anderes.«

»Was hat er gemeint?«

»Und einer von den Gladiatoren hat so saugende Geräusche zu mir her gemacht. Das hab' ich auch nicht verstanden.«

Domitian verstand die Zeichen nicht, die ihm einer der Liktoren mit Kohle an die weiße Wand vor der Stadtverwaltung aufmalte. »Ein Kreuz«, sagte Domitian, »ich dachte, sie hätten ein Kreuz.«

»Ihr meint, ein griechisches *chi*? Nein, das ist eine Bettlerzinke. Sie bezeichnen die Häuser, wo man etwas gibt. Essen oder Geld. Das ist der erste Buchstabe von *Cheir*, was die Hand bedeutet. Sie händigen etwas aus, versteht Ihr? Nein, was Ihr gesehen habt, in Neapel noch eher als hier, war eine Zeichnung von einem Schafhirten, nicht leicht das, oder von einem Anker oder auch einem Fisch.«

»Warum ein Fisch?«

»Weil Fisch im Griechischen *ichthys* heißt, und das ergibt die Initialen *Iesous Christsos Theou Yios Soter*. Versteht Ihr, Herr? Ich habe es zum ersten Mal vor dem Fischmarkt gesehen, den die Banausen den ichthischen Fischmarkt nennen. In Neapel, meine ich. Hier gibt's ja nicht mehr viele. Hier werdet Ihr das Zeichen kaum mehr finden.«

»Heute habe ich dieses Fischdings gesehen.«

»Wo, Herr?«

»Wir werden sie ausheben.«

Sara suchte nach ihrem Mann Julius. In der Nähe der altersschwachen Pforte zum Obstgarten war ein Verschlag, in dem der Esel, der von Hanna und Kaleb, der damals noch jung war und jetzt auch alt wurde, untergebracht war. Julius saß manchmal dort und schnitzte Stecken für seine Pflanzen. Sie fand den Esel, wie er Stroh kaute, und im Stroh fand sie einen uralten Mann, der zwei grobe Holzstücke zusammenbinden wollte, um ein Kreuz zu machen. Sie sahen einander an; er lächelte unsicher.

»Wer bist denn du? Was machst du da?«

»Kennst du mich nicht mehr, Sara?« Sie kniff die Augen zu, sie war verwirrt. »Ich kenne dich. Ich erkannte dich gleich, als ich dich neulich auf dem Markt sah. Aber ich habe nichts gesagt.«

»Onkel Matthias? Aber das gibt's doch nicht. Onkel Matthias ist zu den Nazarenern gegangen. Er ist tot; die sind alle tot.«

»Ich sollte eigentlich tot sein. Ich hatte wahrscheinlich Glück. Aber ich gehöre noch immer zu diesem Glauben. Deshalb ist es besser für dich, Sara, wenn du mich nicht kennst. Ein alter Mann, der irgendwelche anfallenden Arbeiten macht und in diesem Stall schläft. Ich will euch keinen Ärger machen. Aber ich habe mich schon gefragt, wie lange es dauern würde ...«

»Guter Gott«, sagte Sara mit einem Ruck entschlossen, »müssen wir denn unser ganzes Leben in Furcht zubringen und vorsichtig sein, wenn wir einmal nicht gejagt werden? Gibt es denn in dieser Welt keinen Fleck, wo die Leute so frei sind, daß sie denken und tun können, was sie wollen, ohne daß irgend jemand mit Gesetzen und Schwertern und Beilen und Kreuzen dazwischenfährt? Du kommst ins Haus, Onkel Matthias. Mein Fleisch und Blut muß nicht in einem dreckigen Futtertrog schlafen.«

»Nein, laß mich hier. Bring dich oder Julius in keine größere Gefahr, als in der ihr euch vielleicht schon befindet.«

»Julius? Woher kennst du Julius? Hat Julius dir etwa gesagt, du sollst hier bleiben? Inwiefern ist Julius in Gefahr?«

»Er hält Wache, wenn wir Christen unsere Treffen abhalten. Das ist gut und tapfer von ihm.«

»Julius«, sagte sie säuerlich lächelnd, »der sich im Blut des weißen Stiers gewaschen hat. Du hast ihn wieder zu den Nazarenern rübergezerrt?«

»Nein. Er gehört nicht zu uns. Er steht einfach auf der Seite der Verfolgten, so ist das. Ich habe ihn nicht überredet.«

»Komm sofort ins Haus.«

»Laß mich erst drüber nachdenken. Ich habe mich hier verabredet. Ein junges Paar. Sie wollen heiraten. Ich muß ihnen sagen, daß sie den christlichen Ehestand nicht ohne den christlichen Glauben haben können. Und hier muß ich, glaube ich, meine Überredungskunst anwenden. Negativ. Ich will sie nicht getauft haben. Sie sind zu jung, um Märtyrer zu werden.«

Es dauerte bis zum nächsten Tag, bevor Matthias den Mut aufbrachte, wahrlich einen Pfarrersmut, daß er ins Haus seiner Nichte kam. Er bestaunte die Zeichen bescheidenen Wohlstands, die geputzte und gescheuerte, sehr jüdische Sauberkeit. Im Haus traf er nicht allein Sara und Julius, sondern auch die Witwe seines Neffen Kaleb und seine Großnichte Ruth mit ihrem Mann Demetrios, einem rotgesichtigen Mann mit Dreck unter den Nägeln. Der Tisch war mit Tellern, Weinbechern, geschnittenem Brot und einem pompejanischen Krug gedeckt, an dem der verkrümmte Leib eines jungen Athleten den Griff bildete; in einer Terrine dampfte Gemüsesuppe. »Setzt euch«, sagte Julius. »Du, Onkel Matthias, wie ich dich jetzt nennen muß, sitzt oben.« Sie nahmen Platz. Matthias sagte:

»Ich, der Christ, sitze also in einem Haus mit sehr gemischten Überzeugungen. Hanna und Sara, die an wenig glauben...«

»An nichts«, sagte Sara. »Außer an das, was so einfach wäre und was wir nicht haben können. Unsrer Wege zu gehen.«

»Würde es der Versammlung viel ausmachen«, sagte Matthias,

»wenn ich dieses Brot und den Wein in der Weise darbringe, wie man es mich gelehrt hat?«

Schweigen trat ein, weil sie peinlich berührt waren. Sara sagte: »Wenn es dir Freude macht, Onkel Matthias. Uns anderen wird's schon nicht weh tun.«

»Dann also. In der Nacht, bevor er starb, nahm der Herr Brot, brach es und sagte: ›Das ist mein Leib, eßt es zu meinem Gedächtnis.‹« Er reichte das Brot herum. Sara wollte nicht davon essen. Hanna knabberte daran. Ruth sagte:

»Der gebrochene Leib von Osiris. Ich nehme ihn ein.«

Julius konnte nichts essen. Als der Wein kam, sagte Sara:

»Für mich ist das Wein. Wein ist Wein.«

»Das vergossene Blut von Osiris.«

Draußen gab es wütendes Gebell. Die Tür wurde aufgebrochen. Dieses Mal kamen die Liktoren herein, ihnen voran Domitian in prinzlicher Tracht. Domitian sagte: »Das ist das kaiserliche Rom, meine Kinder. Wir forschen nach Juden, die sich vor der Zahlung der Steuern drücken. Du, alter Mann. Ich habe dich beobachtet. Weißt du etwas über Fische?« Julius stand auf und sagte:

»Dies ist ein römischer Hausstand, mein Herr. Vorübergehend gewähren wir einem alten Mann Unterschlupf, der ohne Arbeit, ohne Brot und ohne Dach über dem Kopf ist. Wir verstoßen gegen kein Gesetz.«

»Wie heißt du, alter Mann?«

»Matthias.«

»Kein sehr römischer Name. Packt ihn. Und du, wie du auch heißt...«

»Marcus Julius Tranquillus, Zenturio außer Dienst, römischer Bürger.«

»Du wirst dich erklären müssen. Um die anderen kann ich mich später kümmern. Los, vorwärts.« Matthias, der mit den Fasces zur Tür getrieben wurde, vermied es, die Versammlung zu segnen. Sara spuckte aus. Domitian übersah sie.

Domitian übersah Matthias und Julius bis zum anderen Tag, der auch der Tag war, an dem Ferrex zum ersten Mal bei den Spielen auftreten sollte. Ferrex mußte sich am Morgen erbrechen, erholte sich aber mittags. Matthias und Julius hungerten in einer Zelle, bis sie in einen Verhörraum im Quästorgebäude beordert wurden. Domitian saß träge da, hielt einen Bogen in der Hand und hatte einen Köcher mit kurzen Pfeilen mit sich. Der Präfekt Rusticanus war bereit, der üblichen Verhörmethode zu folgen; er wartete auf Domitian, daß der ihm sagte...

»Weiter.«
»Dein Name?«
»Matthias bar Yakob.«
»Wo geboren?«
»Jerusalem in Judäa.«
»Gibst du zu, ein Jude zu sein?«
»Ich bin als Jude geboren. Aber ich halte mich nicht an den jüdischen Glauben.«
»Wie ist deine Lebensweise?«
»Schneller«, sagte Domitian. »Ich muß den Spielen beiwohnen.«
»Was für ein Leben?«, sagte Matthias. »Makellos, glaube ich. Und ohne daß ich das Mißfallen von irgend jemand, den ich kenne, erweckt hätte.«
»Du sagst, du bist geborner Jude, aber jetzt keiner mehr. Was bist du dann?«
»Christ.«
»Mein Herr«, sagte Rusticanus, »die Sachlage hat sich geändert. Fortan steht dieses Verhör nicht mehr unter dem Aspekt, daß dieser Mann Jude ist.«
»Damit ist er doch doppelt überführt, oder?«, sagte Domitian. »Wir fahren mit Rücksicht darauf fort, daß sich dieser Mann zu einem Glauben bekennt, den der römische Staat verurteilt hat. Schnell aber.«
»Was sind das für Lehren, die du ausübst?«
»Ich habe versucht, mich mit allen Lehren vertraut zu machen, die die Menschen haben. Aber ich habe mich selber den wahren Lehren der Christen überschrieben, auch wenn sie denen nicht gefallen, die einem falschen Glauben anhängen.«
»Gibt es hier in der Stadt Pompeji noch weitere Christen?«
»Ja.«
»Kommst du mit ihnen zusammen?«
»Ja.«
»Wo triffst du dich mit ihnen?«
»An verschiedenen Orten.«
Die feinen Ohren Domitians vernahmen den Lärm der Bürger, die zu den Spielen eilten. »Schneller, Mann. Die Spiele fangen an.«
»Was ist das in deiner Hand?«
»Ein Holzkreuz. Das Symbol meines Glaubens. Mein Meister ist am Kreuz gestorben.«
»Was steht darauf geschrieben?«
»Pater Noster. Vater unser. Gemeint ist mein Gott.«

»Du glaubst, daß du wieder aufstehst, wenn du stirbst?«
»Ja.«
»Und wenn du gegeißelt und enthauptet wirst, glaubst du, daß du dann an einen Ort kommst, der Himmel heißt?«
»Das weiß ich. Daß für die, die hier unten das Leben eines Gerechten führen, oben das göttliche Geschenk ewigen Lebens wartet.«
»Du glaubst also, daß du in den Himmel kommst?«
»Ich glaube das nicht, ich weiß das.«
»Wirst du im Einklang mit den Gesetzen Roms den Göttern Roms opfern?«
»Ich kann nicht. Diese Götter sind Menschenwerk. Ich kann keine Götter aus Stein und Holz und Metall verehren. Es gibt nur den einen wahren Gott.«
»Diejenigen, welche sich weigern, den Göttern zu opfern, sollen im Einklang mit den Gesetzen gegeißelt und hingerichtet werden. Du bist verurteilt.«
»So sei es.«
Domitian stand auf. Er sagte: »Matthias, was ist deine schöne Hand?«
»Schöne Hand? ich verstehe Euch nicht.«
»Wie ich sehe, hältst du dieses Kreuz in der Linken. Ist das die Hand, in der du Dinge hältst?«
»Ja.«
»Gut. Bist du unternehmungslustig?«
»Auch das verstehe ich nicht.«
»Hast du eine glückliche Hand beim Würfeln?«
Matthias lächelte darüber kurz, bevor er antwortete. »Vor vielen Jahren hatte ich beim Würfeln Glück.«
»Gut. Ich werde dir eine Chance geben, Matthias. Nimm diese Würfel und schüttel sie gut.« Aus seiner Gürteltasche nahm er die geschnitzten weißen Knochen, die schwarze Punkte zeigten. Er warf sie auf den Tisch. »Wenn du mehr als fünf Augen würfelst, wirst du dich meiner Treffsicherheit mit Pfeil und Bogen aussetzen – mit einer Spitze direkt auf dein altes *cor cordium*.«
»Man spielt nicht mit seiner – nun, sagen wir Bestimmung.«
»Nimm sie. Würfle.«
Matthias sah, wie Petrus und die anderen zusahen; Barnabas sah am genauesten hin. Er nahm die Würfel. Unter ihren Füßen war ein spürbares Zittern, und durch das ladenlose Fenster kam ein schwacher Schwefelgeruch. »Nichts, Herr«, sagte Rusticanus. »Wir haben diese Beben öfter. Das geht vorbei.«

»Würfle.« Matthias würfelte. Sechs. »Spreiz deine Hand dort an der Mauer. Die *glückliche* Hand.«

»Das ist Wahnsinn«, sagte Matthias, aber er gehorchte. Aus einem Abstand von gut drei Metern ließ Domitian seine Pfeile flitzen. Zwei weigerten sich, in die Mauer einzudringen, aber alle trafen sie am Fleisch vorbei.

»Dein Glück, Matthias – erstaunlich. Aber manchmal ist Glück nicht genug.« Und er schoß dem alten Mann einen Pfeil pfeilgerade ins Herz. Er drang tief: auf Matthias' altes graues Gewand quoll Purpur. Als er umsank, lief Julius zu ihm. »Du – römischer Zenturio – bist du auch Christ?«

»Ja.«

»Also. Wir verschieben dein Verhör bis nach den Spielen. Sperrt ihn in irgendeine Zelle.« Der Boden bebte wieder; Schwefeldampf segelte herein. Domitian ging in den Hof. Vesuvius rülpste goldenes Feuer und sabberte rote Lava. Der Hund Lupus, der an einen Pfahl gebunden war, heulte bitterlich und zog den Schwanz ein. »Versuch dein Glück«, sagte Domitian und tätschelte ihn, als er ihn losmachte. Der Hund lief, ohne daß die Beine ihren Dienst recht tun wollten; er winselte. Domitian schritt zu den Ställen hinüber, wo die Stallburschen mit schreckgeweiteten Augen und vor Angst wie versteinert dastanden. *Es kommt.* Die Pferde stampften, die Mähne wehte, die Augen glasig; sie schnaubten und schwitzten. »Schnell, den Schecken.« Domitian galoppierte allein Richtung Osten. Er mußte leben, um Kaiser zu werden; zu viele Herzen mußten noch durchbohrt werden, bevor er starb.

Rauch, Feuer und Lava. Die Lungen erfüllt, erstickt. Ein schwarzer Schleier begann sich über die Heiterkeit des Tages zu ziehen. Im Amphitheater fühlten zehntausend Pompejaner den Boden wogen, hörten den Donner, sahen, wie der schwarze Vorhang vorgezogen wurde. Sie schrien, kreischten, zertraten einander. Ferrex ließ sein Schwert fallen und lief davon. Der Berg erbrach sich ohne Ende. Dicke Luft, beschmutzt, eine bleiche Sonne versuchte sich manchmal durchzudrängen. Die über den Berghang verlaufende glühende Lavastraße erreichte die Straßen und gabelte sich.

Ich tröste mich, soweit ich überhaupt noch dazu imstande bin, mit einem Bild von Ferrex und Miriam durch den Rauch hindurch, vereinigt, wie sie über herabgefallene Ziegel stolpern, die viel Staub aufgewirbelt haben. Ein Esel ist aus seinem Stall davon, kam einer einstürzenden Mauer aus und wurde nicht zermatscht. Ferrex und Miriam entdecken den Esel. Miriam steigt auf; vielleicht haben Ferrex und Miriam ihre Verbindung bereits vorweggenommen, und sie trägt ein Kind unter dem Herzen. Und weil's gerade so schön ist, sollen sie auch noch das Holzkreuz von Matthias finden, auf dem Pater Noster steht. Dann rasen sie davon aus dem Unheil und nehmen die Hoffnung mit. Ich glaube nicht, daß es sich so zugetragen hat. Man hofft gewissermaßen ohne Hoffnung. Wenn nur der Berg mein Körper sein und ebenso sein Leben ausströmen könnte. Aber ich muß noch warten.

Sie sind alle fort. Accius und Acerronius Proculus und Achilles erstickt und erdrückt von einem stürzenden Dach. Gaius Acilius und Aviola Acilius und Glabrio Acilius zertreten. Paulus Aemilius traf Aeneas, wie er Laentes aus wankenden Ruinen zieht. Afrianus und Agrippa und Titus Ampius laufen mit erhobenen Armen, Silhouetten aus Feuer. Die Aequiculer stürzen in heiße Lava. Annona und Antistius zusammen im Bett, von fallenden Balken zermatscht. Aponius und Antillus und Anicetus beim Trinken erwischt, wie sie einander zuprosteten und Feuer trinken mußten. Epicadus Asinius rittlings auf Asillius, das Kreuz von einem stürzenden Tympanon gebrochen. Ein Priester ruft Osiris an, ein anderer Mithras, ein Diakon den Herrn Jesus. Der sterbende Julius sagt *Mein Herr und mein.* Hanna und Sara ersticken an den fliegenden Giften der Luft. Balbillus und Bibulus und Blossus können nicht den Namen der *Bona Dea* aus dem Mund kriegen, so schnell ist er verstopft. Caesonius Priscus von Cassius Longinus zertreten. Cornelius Fuscus und Corvinus und Cremutius und Clodius und Salvitio und Licinius und Marcus Curtius nackt im Bad überrascht, wo sie zu ihrer Überraschung sehen, als ein starker, rauchender Strom ins Wasser taumelt und eine Temperatur zuwegebringt, die sie zuvor noch nicht verspürt hatten. Drusilla will eben gebären und Domitia steht ihr bei, das Kind bereit, in die Hölle zu kommen. Ennia Naeva erstickt an schwarzer und goldener Luft. Flavia Domitilla – nein, sie ist in Rom, die sichere Tochter Vespasians. Furius Maximus hat das Bein gebrochen, kriecht unter Schmerzen an einen sicheren Platz, der unsicherer ist. Fontcius und Gabinius lesen die Dichter, während Vesuvius sein eigener ist und mit dem Fuß aufstampft, um den Rhythmus zu bezeichnen. Gallius, Quintus oder Marcus, stolpert mit einer Fackel durch einen unterirdischen Tunnel, nur um zu sehen, daß an beiden Enden die Ziegel einbrachen, derweil das Gift einsickert. Halotus und Hadrubal und Hecuba und die helvetischen Besucher schwimmen in einer brennenden Flut, noch ein letzter Zug bis ins letzte Feuer. Hortensius und Hermogenes sicher in einem tiefen Keller, außer daß der Steinschlag den Weg ins Freie blockiert, dort, wo zu ihrer Freude die Tür aus den

Angeln gefallen war. Isidorus begeht seinen letzten Zynismus. Janus Quirinus weiß nicht, wohin er sich wenden soll. Julius Marathus und Julius Saturnis und Julius Vestinus Atticus und Julius Vindex und Junia Calvinavon von heiß harkenden Fingern skalpiert, brennende Klauen reißen Münder voll Zähne aus. Laberius und Labienus und Lactus und Livius und Lollia und Lollius und Lucceius essen im Grünen eines Pappelgartens, hören Kiesel knirschen, sehen die Kiesel als Felsbrocken, und die Felsbrocken brennen und erschlagen. Macro und Marcia Furnilla laufen um Kind und Amme, die zu Hause gelassen wurden, finden zu Hause Staub, sind dann selber Staub. Mummia und Micia gehen gleich während eines Nikkerchens in den Tod. Nonius und Norbanus und Novius Niger und der alte Nymphidius essen heiße Lava, sehen durch die Dunkelheit das rote Getöse vulkanischen Triumphes, der durch den heißen Wind plötzlich weggeweht ist; sie sehen die äußere Dunkelheit nicht mehr. Die Schwestern Oculata ergeben, sie liegen sich steif in den Armen, als die hüpfende Flut kommt. Odysseus und Oedipus und Oenone am Himmel in Feuer verwandelt, riesenhaft, weiter zu Wolken verbrannt, die mantelartig in ihrer Steifheit sind, schreien nach Frau, Frau-Mutter, Paris. Orestes wird verfolgt. Paconius und Pacuvius und Paetus und Palfurius und Pallas hören in den innersten Gehirnkammern laute Panflöten, als sie in der letzten Luft von Pech und Schwefel keuchen. Pedius befriedigt gleichzeitig Phoebe und Phyllis und wird in einem zentrumsnahen Bordell vom riesigen Splitter einer hölzernen Säule gepfählt. Pitholaus hört die Stimme Platos, wie er sagt, daß nur Ideen wirklich sind. Versuch's mit diesem Schmerz, Plato, und dann kein Schmerz mehr. Plautius und Pollux und Pompejus und die Psyllen winden sich mit ihren gezähmten Schlangen in den Böen eines Windes, der aus den terrestischen Eingeweiden gepumpt wird. Priapus dephallifiziert. Proserpina kühl in der Hölle. Ptolemäus erinnert sich einer Weissagung vom Untergang durch Feuer, aber nur für Alexandria. Pyrrhus das Opfer, Romulus schreit, als er an einer Feuerzitze saugt, Rubria ein roter Leib, bevor er endlich verkohlt. Rustius und Rutilius schreiend einbalsamiert, ihr Streit abgebrochen. Salus betet in einem letzten Alptraum zu Saturn, dem Gott der Wohlfahrt im Altertum, was die großzügige Verwendung von Meersalz besorgte, während er Sabines mit dem Einverständnis der Salii, der singenden Priester, vergewaltigte. Salvidienus reißt sich die Haut vom eigenen Gesicht. Scipio von einem feurigen Afrika gefressen, das von Skorpionen bebt. Selene gelingt es nicht, Semiramis zum Mond zu ziehen. Spiculus wird von Stephanus gesteinigt, beide werden von elementaren Feuersteinen gesteinigt. Auf Statilius setzt sich ein Stier, so groß wie eine Insel. Sulpicius an einem Galgen aus geschmolzenem Marmor. Theogenes sieht keinen mit seinem Kristallblick, keinen Himmel, alles verbrannt, die Sterne fliehende Funken. Um noch nichts über die Thessalier, Trioptolemus, die Vinier, die Vononer, die auf Besuch sind zu sagen. Die Lichter aus, Zerstörung der Zeit, unsere Mutter unser Mörder, eine unbekümmerte Gottheit, so hört alles auf, ein Bild der Endgültigkeit und nichts geschehen.

Und Sadok, der Sohn des Asor, leidet zwischen den grasenden Ziegen, den vielbrüstigen, große Schmerzen, hat nichts und niemanden, zu dem er beten kann. Eine große Idee war aufgekeimt, hatte Blüten getrieben, war gestorben, die Sonne über den beschnittenen Alpen, und die helvetischen Drosseln öffnen die Kehle und warten auf ein weiteres Ende.

Nachbemerkung des Autors

Es ist wohl angebracht, daß ich auf die verschiedenen Quellen verweise, denen ich verpflichtet bin. Mein fiktiver Erzähler kommt manchmal durcheinander, hat manchmal recht, Gewährsleute, die wir als selbstverständlich voraussetzen, kann er, mutmaßlich, nicht kennen. Die wichtigsten sind Tacitus, Sueton, Flavius Josephus und die Apostelgeschichte. Mir schien es angebracht, sie jeweils in der Originalsprache heranzuziehen, und im letzten Fall gilt meine besondere Anerkennung der griechisch-lateinischen Ausgabe des Neuen Testaments, erschienen in Rom und versehen mit einem kritischen Apparat von Augustinus Merk SJ. Zahlreich sind meine weniger bedeutenden Gewährsleute. Zu ihnen gehören:

Die Exegese der Apostelgeschichte von F. F. Bruce, erschienen innerhalb des *New International Commentary on the New Testament; Paulus* von M. Dibelius; *St. Paul the Traveller* von A. M. Ramsay; *Die Romfahrt des Apostels Paulus und die Seefahrtskunde im römischen Kaiserzeitalter* von H. Balmer; *Jerusalem zur Zeit Jesu* von Joachim Jeremias; der zweite Band der Apokryphen zum Neuen Testament in der Ausgabe von Edgar Hennecke und *The Acts of the Christian Martyrs* in den Oxford Early Christian Texts. Ich möchte außerdem die Hilfe meines Freundes Dr. Vincenzo Labella erwähnen, mit dem zusammen ich an den Szenarios für drei Fernsehserien gearbeitet habe, nämlich *Moses the Lawgiver, Jesus of Nazareth* und *A. D.* Auf das Schreiben der drei Fernseharbeiten habe ich mich vorbereitet, indem ich zuerst literarische Arbeiten verfaßte – das Langgedicht *Moses*, den Roman *Man of Nazareth* und den vorliegenden. Die Forschungsarbeit, die in eine gemeinverständliche Fernsehserie investiert wird, ist dem Endergebnis nicht unbedingt anzusehen, weil es auf große narrative Schlichtheit und die bewußte Weglassung von Elementen, die nur den Gelehrten oder den Leser von Romanen erreichen würden, abzielen muß. *Das Reich der Verderbnis*, das zum Teil für sich selbst, zum Teil in Vorwegnahme von *A. D.* entstand, kann deshalb sowohl als Erweiterung des letzteren wie als literarisches Divertimento mit eigener Geltung angesehen werden.

Die Ansichten, Deutungen, Irrtümer, Verfälschungen und der grundsätzliche Pessimismus des angeblichen Autors (den ich angeblich aus einem angenommenen angeblichen Umgangsgriechisch übersetze) sind nicht immer von mir. Die Hauptsache, die wir gemein haben, ist der Standort: Er schrieb in Helvetia in der Nähe von Lucanum unter der Herrschaft des Domitian; ich schreibe in Lugano in der Schweiz unter den demokratischen Fittichen von wem, weiß ich gar nicht genau.

A. B.